本书为国家社科基金重大招标课题"'汉学大系'编纂及海外传播研究"
（14ZDB029）阶段性成果

国家社科基金一般项目"汉代文学与三楚文化关系研究"
（15BZW008）最终成果

汉学大系　　朱存明　　主编

两汉文学与三楚文化关系研究

周苇风　著

人民出版社

总　序

　　世界总是在不断地变化。历史上，有些文明消失了，有些文明则不断壮大，以至于形成现代世界的格局。进入 21 世纪，世界格局面临一个新的调整，美国人塞缪尔·亨廷顿写了《文明的冲突与世界秩序的重建》，认为不同文明的冲突将导致未来社会的对抗。这个观点值得警惕也值得研究。做好中国自己的事，勇敢面临挑战，是我们的任务。

　　中国文明发展了几千年，历史上曾经有过自己的辉煌，但是清朝后期，由于没有科学民主的现代理念，曾经落后挨打，令多少志士仁人痛心疾首。新中国成立后，经过七十余年的现代发展，中国又迎来了一个快速崛起的历史新时期。

　　中国文化现代性的发展，一方面要学习国外的先进经验，促进科学技术的发展与社会的进步；另一方面要不断回溯历史，在历史的记忆中寻求民族之根。当今世界的寻根与怀旧实际上都有现实的基础，它是民族凝聚力的根源。在回溯历史的新的阐释中，一个新的历史轴心期即将来临。

　　编纂"汉学大系"丛书就是为了探求中华文化的历史起源、学术源流、基因谱系、思维模式、道德价值等，为实现中华文化的历史复兴奠定基础。

　　"汉学"，是一个历史的概念，因时间与空间的不同而发生变化。究其变化之因，皆由对"汉"字的理解与运用不同所致。"汉"字既可指汉代，也可指汉族，还可以作为中华民族的代称。"汉文化"可以指两汉文化，也可以代指中国传统文化。所以"汉学"一词在不同的语境中有不同的内涵：可以指两汉的学术文化，可以指清代的汉学流派，也可以指中国及海外关于中国文化的研究。具体来看，汉学研究范围以经学为中心，而衍及小学、史学、天算、水地、典章制度、金石、校勘、辑佚等，引证取材多集于两汉。"汉学"一词在南宋就已出现，专指两汉时期的学术思想。清朝汉学有复兴之势，江藩著《汉学师承记》，自居为汉学宗传。汉学又称"朴学"，意为朴质之学。"朴学"重考据，推崇汉儒朴实学风，反对宋儒空谈义理也被称为"汉学"。现代"汉学"或称作"中国学"，自 20 世纪 80 年代以来，"海外汉学"是国外的学者对有关中国方方面面进行研究的一门学科。

梁启超在《清代学术概论》中提出清代汉学的复兴是对当时理学思潮的反动，其学术动力就是源于复汉学之古；钱穆在《清儒学案》中认为，汉学的兴起是继承与发展传统的结果；侯外庐在《中国思想通史》等著作中认为，清代汉学思想的发展动力是"早期启蒙思想"。

在国外汉学的经典名称为"汉学"（Sinology），有的称为"中国学"（Chinese Studies）。"汉学"（Sinology）或"中国学"（Chinese Studies）是国外研究中国的学术总称，它们具有跨学科、跨文化的特征，反映着世界范围内的学术变化及学术发展趋势。

在西方，主要是在欧洲，严格意义上的汉学研究已经有四百多年的历史。这一学科的形成，表明了中国文化所具有的世界历史性意义。从汉学发展的历史和研究成果看，其研究对象不仅仅是中国汉民族的历史和文化，实际上是研究包括中国少数民族历史和文化的整个中国的学问。由于汉民族是中国的主体，而且汉学最初发轫于汉语文领域，因而学术界一直将汉学的名称沿用下来。汉学只是一个命名方式，丝毫没有轻视中国其他民族的含义。经过几百年的发展，西方汉学已经形成三大地域，就是美国汉学、欧洲汉学、东亚汉学。

21 世纪以来，随着全球一体化的进程，国内外汉学的研究又形成了一个热潮。在新的历史条件下，中国学术界需要发出自己的呼声，海外汉学与中国本土学术进行跨文化对话，才能洞悉中国文化的深层奥秘；中国学人向世界敞开自己，才能进一步激活古老的传统和思想。

因此，汉学是继承先秦诸子文化在汉代统一性国家建立基础上形成的中华民族的学术。"汉学"的研究中心是以中华民族统一性的价值观为主体，以汉语言为基础，以汉字为符号载体的文化共同体。汉文化是在融合了不同民族、不同区域文化而形成的一个文化统一体。从人类文明发展史来看，这个文化与西方基督教文化、印度佛教文化、阿拉伯伊斯兰文化有着不同的发展模式与价值体系。"汉学"作为中国传统学术流派的称谓，常常与"国学""经学"相混，也有人赋予"汉学"以新内涵，将国内的中国学研究也称为"汉学"，这可以称为"新汉学"。汉民族是历史上多民族长期交流融合的结果，历史上形成的汉语、汉字及其独特的汉文化对中国文明以至世界文明都产生巨大影响。汉学就是对建立在汉语、汉字、汉文化基础之上的中华民族的学术传统的学理性探讨。

中华文化在历史上就对世界产生过影响，中外文化交流一直是世界历史的一部分，16世纪以来，中华文化进一步引起西方的注意，西方"汉学"研究也随之兴起。西方人对于汉学的研究是基于他们的文化立场的，对中国汉学的研究虽然取得了一些成果，但是也有一些误读。目前，时代赋予了我们新的历史使命，本课题就是基于目前中国的现实需要对中国"汉学"学术内涵进行的基础研究。

由于历史原因，一段时间内中国的汉学在国外得到研究，国内研究反而滞后，国内外有些研究机构把汉学的概念仅仅看成外国人对中国学的研究，这无疑缩小了汉学的视域。西方有些国家从自身战略利益出发，正在通过各种渠道争夺中国的学术资源。今天我们有责任对民族文化进行深入系统的研究，为中华民族的现代复兴打下坚实的话语基础。文化是一个民族生存的基础，保护民族文化基因就是我们面临的一个重要的历史任务。

"汉学大系"的编纂会促进汉学的历史回归，既是对汉学内涵的理论建构，也是对汉文化研究成果的学术汇编；既是对"国学"基因谱系的深度描述与重新阐释，也是对国外汉学研究历史的重新定位，更是在新的历史形势下对中国传统文化价值进行的一次新发掘。

目前，中国发展到了一个历史的转折点，过去我们大量翻译了西方的学术著作，促进了中国对国外的了解，也为新中国的学术建设奠定了基础。但是一度，我们对传统文化否定、破坏的多，肯定、继承的少，中国传统学术在西学的影响下逐渐式微，现在中国面临一个新的发展机遇，就像西方的文艺复兴时代回归古希腊罗马文明一样，中国新的历史复兴将在恢复传统文化的基础上，指向科学民主繁荣昌盛的未来。

"汉学大系"是汉文化的学术成果的集约创新，既是对"汉学"内容的研究，又是对"汉学"内容的确定。既有深入的学术探讨，又有普泛性的知识体系。既有现代性的学科划分与学术视野，又有现代性的学术理念与学术规范。借助汉代经学的原典传统研究思路，并对经典进行现代性的阐释，深入挖掘经学原著中对现代社会普遍有效的思想资源，明确中国汉学的智慧传统，为中国文化的复兴寻找历史的深度。以汉代汉学为正统，以清代朴学与海外汉学为两翼，深入探讨汉文化之源。

丛书对汉学的内涵进行发掘、整理、探讨。汉学历史的考据与研究同步进行；经典阐释与主题研究并重；历史的考据与新出土文物的相互发明；古典文献与出土简牍对应解读。以汉代的现实生活与原典为基础，兼及汉代以后的发展，参以国外汉学的不同阐释，通过比较来探讨汉学的真正内涵，寻求中华文化的话语模式，进而形成自己的话语权。发掘中国的智慧，促进新观念的变革，促进社会进步，实现大同世界的美梦。

朱存明

2014 年 7 月 8 日

目 录

绪 论

　　本书从地理空间的角度对三楚文化与汉代文学的内在关系进行了历史文化的综合性分析，对三楚文化的核心区和模糊区进行了分别考察和个案研究，在南北文化融汇交流的视域中分析了三楚文化对中原文化的丰富、补充和影响，探讨了中原文化对三楚文化的吸收、选择和改变。将楚汉文学关系置于具体的历史生态环境之中，重新认识了秦汉统一和南北文化交流给汉代文学带来的影响，对楚汉文学的继承性和连续性进行了重新定位和思考，并赋予了这一传统观念以新的历史文化内涵。

　　研究内容主要从以下几个方面展开：

　　一是界定了三楚观念的概念，阐述了三楚观念的学术意义。"楚"有广义和狭义之分，狭义上指的是楚人早期生活的南楚，广义上则是战国时期的楚国疆域。汉代人将楚国分为南楚、东楚、西楚，采用的是广义上楚的概念。在推翻暴秦的战争中，东楚、西楚发挥了至为重要的作用，楚文化之所以能够在汉代的文学艺术领域产生极大影响，与来自东楚、西楚的军事力量最终建立了统一的、巩固的汉朝中央政权有直接的关系。三楚观念在楚汉文学关系研究中具有重要学术价值。本书不否定楚文化、楚文学对汉代文学的哺育之功，楚文化和楚文学对汉代文学的影响超过了任何其他区域文化，但认为这种影响只有在三楚视域下才阐述客观、全面、真实。

　　二是重点论述了西楚文化对汉代文学品质的影响。一般而言，帝王集团成员，尤其是核心成员的出身，直接影响到该集团的文化面貌和组织结构。这中间起重要作用的是文化的认同。随着帝王在争夺天下的战斗中胜利，这个地方性的集团也入主中央，并将其地域性带入中央。秦末刘邦率丰沛子弟起兵，入关灭秦，又打败项羽，建立了西汉王朝。丰沛子弟在刘邦夺取天下和西汉前期政治中发挥了重要作用。西汉建立后，丰沛集团构成了汉初功臣集团的核心。丰沛文化是西楚文化的重要组成部分，西楚文化在汉初文化建设中扮演了重要角色。西楚文化质朴厚重，它不仅影响和塑造了汉代文学的基本品质，而且成为文学史上所谓的"汉唐气象"的文化基础。

三是描述了东楚与西楚的文学活动。汉兴之初，刘邦大力分封同姓诸侯王国。吴国、淮南国、梁国壤地相接，呈西北东南走向，在空间地域上是一个整体。这里原来是吴、越、陈、宋的疆土，战国时期几乎悉数归入楚国版图，是司马迁所谓的东楚与西楚的主体部分。这片土地上生活过老子和庄子，上演过《诗经》中的《商颂》和《陈风》。春秋时期的季札曾观乐于鲁，汉初则有朱买臣诵《楚辞》于路。这片土地也是汉初文学活动最具活力的地方，以刘濞为首的吴国集团、以刘安为首的淮南集团和以刘武为首的梁宋集团不仅是学术团体，还是文学集团。在西汉有籍贯的作家中，东楚、西楚作家人数最多，占西汉有籍贯作家总数的 52.2%。

四是考察了汉代文学浪漫情调的特色与来源。在汉文化中，我们既可以找到周秦文化中的厚重，也能找到楚文化的浪漫灵动，当然随着对外交往增多，汉文化还增添了不少域外色彩。如果说汉文化中的气韵生动得益于楚骚的影响，那么汉文化的厚重感又从何而来？从地域上说，西楚的主体部分是春秋战国时期陈、宋的疆土，在这块土地上曾生活过老子和庄子。《庄子》一书以奇幻的想象，丰富的寓言，向世人昭示西楚大地并不缺乏浪漫的文化因子。历史上，在西楚大地上曾演出过《诗经》中的《商颂》和《陈风》。陈地传说是"太皞伏羲氏之墟"，其民"好乐巫觋歌舞之事"。据《陈风》，陈地的宛丘之上，衡门之下，都曾是著名的歌舞场地。周封殷遗民于宋，"殷人尊神，率民以事神，先鬼而后礼"。《商颂》五篇全是庄严的祀祖乐歌。从《商颂》和《陈风》中，我们不但可以看到陈宋两地击鼓婆娑的舞者身影，也能聆听到"既和且平"的"穆穆厥声"；《老子》《庄子》虽然杳冥而深远，荒唐而谲怪，但却是对哲学不折不扣的理性思考，是中原地区理性文化的产物。陈宋两地文化既有中原文化特有的质朴厚重，同时又不乏一定程度的浪漫灵动。如果说汉代文学和文化给人的总体印象是厚重有余而灵气不足，我们不得不说这是汉代在以陈宋为主体的西楚文化的基础之上各地文化杂糅的结果。

五是论述了汉代的文化选择与中国文学开放系统的形成。春秋以后，中国大一统的趋势越来越明显，南北文化交流也越来越频繁。三楚文化对中原文化不断进行丰富、补充和影响，中原文化则对三楚文化进行吸收、选择和改变。秦汉统一南北文化进一步水乳交融，在此基础上形成了多元整合的大一统文化。汉代文化总体上是以两周伦理文化为源头，以春秋战国以来多元整合的百家学说为基础，根据社会发展进行的文化选择。因此，真正的汉代文学并非简单的三楚文学的延续，而是对其艺术精神的包容、吸收和改造。开放、包容不但是汉代文学的特点，也是中国文学的传统和精神。

在学术思想上，本书承认南楚文化的地域特色及其对周边地区有着深远的影响。与此同时，本书更加重视西楚文化在汉初文化建设中的作用，从而为汉文化与汉代文学质朴稳重的特色找到了文化上和哲学上的依据。在学术观点上，本书认为兼并战争尽管促进了各地文化的融合，但文化的地域性并不以行政区划的改变而完全改变；南楚文化只是楚文化的一部分，楚文化实际就是当时的南方文化；三楚观念具有重要学术价值，楚汉文学关系研究只有在三楚视域下才客观、全面、真实。在研究方法上，本书借鉴人文地理学和人类文化学的研究成果，对楚文化内部作了前所未有的细致划分，将楚汉文学关系研究置于具体的历史生态环境之中，确立了楚文化和楚文学的内涵与外延，从而为楚汉文学关系研究找到了一个新的视角。

三楚观念的引入对于楚汉文学研究具有重要学术价值。首先，它解决了楚文学的内涵与外延问题，楚文学不再局限于南楚、东楚和西楚，极大地丰富了楚文学的内容。其次，评估楚文学与汉代文学的关系也不再局限于楚辞、楚歌对汉代文学的影响，南楚文学只是楚文学的一部分，楚文学实际就是当时的南方文学，楚汉文学关系研究扩展为先秦南方文学对汉代文学的影响研究。

本书有利于促进民族进一步融合。楚居"南郢之邑"，长期生活在中原边缘，以至于常被中原诸侯国视为蛮夷。但自西周初年楚国成为周王室的一个诸侯国，从来没有独立出中原的企图。楚国虽曾向南开地千里，后来却重点向北用兵，目的是想进入中原，反映了楚人对中原文化心理上的认同趋向。战国时期，楚国兼并了淮北许多诸侯国家，楚文化与中原文化俨然融为一体。在楚文化研究中，许多学者钟情于发现南楚文化的地方特色，不厌其烦地胪列南楚重淫祀的风俗，南音、南风的地域特色，"南冠""楚服"以及官制的独特性，等等。这样做虽然突出了南楚文化的地域特色，却自觉不自觉地忽略和割裂了楚文化与中原文化之间的联系，不符合秦汉时期大一统的历史走向。

本书为徐州城市文化定位提供了历史依据和理论支撑。三楚文化里面有吴越文化，吴越文化实际就是东楚文化。虽然西楚大部分在河南东部、安徽北部，但徐州却地处西楚文化核心区。江苏拥有西楚和东楚文化，在建设文化强省和文化强市的今天，应该值得珍惜和自豪。在城市文化定位上，徐州提出"楚风汉韵，南雄北秀"的文化口号，这里的"楚风"指的是西楚之风，汉韵指的是作为汉唐气象底色的西楚文化。楚风汉韵是以徐州为核心区的地域文化对中国历史文化作出的最大贡献。

第一章 三楚观念的学术意义

第一节 三楚区域的划分

三楚是一个历史名词，具体范围学者们意见不统一，总体指中国的南方。在唐代文人笔下，南方很多地方被称为楚，其根据就是三楚。三楚指的是东楚、西楚和南楚，西楚因为西楚霸王而声名显赫，南楚因为屈原也为人津津乐道。唯有东楚，因为其范围大致与吴越相重叠，既然有吴越文化驰名中外，所以鲜为人所知，无籍籍名。

一、楚国故地上的三朵花

"寒雨连江夜入吴，平明送客楚山孤。洛阳亲友如相问，一片冰心在玉壶。"① 这是唐代诗人王昌龄广为流传的送别诗，题为《芙蓉楼送辛渐》，是作者被贬为江宁丞时所写。江宁即现在的南京市，芙蓉楼的遗址坐落在今江苏省的镇江市。南京、苏州、镇江等地是春秋时期吴国活动的核心地区，也是三国时期吴国的政治文化中心，所以王昌龄称此地为吴。白居易《长相思》："汴水流，泗水流，流到瓜州古渡口，吴山点点愁。"② 瓜州古渡位于扬州古运河下游与长江交汇处，江对岸就是镇江。镇江在历史上属于吴地，按理说这一带的山应该称为吴山才对，但王昌龄却说是楚山。实际上这里的楚山就是吴山。春秋时期，越王勾践灭吴，向北渡过淮河，横行于吴越大地。战国时期，越王无彊伐楚，楚威王派景翠为元帅，一举歼灭了越军主力，越王无彊也被楚人杀死，越人所占吴地至于浙江尽归于楚国版图，因此后世也称吴山为楚山。

---

① 喻守真编注：《唐诗三百首详析》，中华书局 1985 年版，第 219 页。
② 喻岳衡点校：《白居易集》，岳麓书社 1992 年版，第 1173 页。

805 年，在唐顺宗的支持下，为打击宦官势力，以王伾、王叔文为代表的一批士大夫官僚发起了一场政治革新运动。很可惜，这场历史上被称作永贞革新的政治运动很快就失败了，参加革新运动的柳宗元、刘禹锡等八人在同一天被贬往远郡去做官位低下的司马，史称"二王八司马"事件。刘禹锡去了朗州，朗州就是今天湖南的常德市。十年之后的 815 年，刘禹锡一度被召回京，但明升暗降，很快又被赶到更为偏远的连州做刺史去了。连州在今广东省，与湖南接壤，目前是一个县级市。后来刘禹锡又改任夔州、和州刺史。夔州在今天重庆市的奉节县。和州今称和县，隶属安徽省。刘禹锡在外州做了十三年的刺史，826 年由和州被召回京。刘禹锡在回京途中，路过扬州，与在扬州为官的白居易相遇，白居易席上有诗相赠："为我引杯添酒饮，与君把箸击盘歌。诗称国手徒为尔，命压人头不奈何。举眼风光长寂寞，满朝官职独蹉跎。亦知合被才名折，二十三年折太多。"① 对于白居易的感慨，刘禹锡写了一首诗作答："巴山楚水凄凉地，二十三年弃置身。怀旧空吟闻笛赋，到乡翻似烂柯人。沉舟侧畔千帆过，病树前头万木春。今日听君歌一曲，暂凭杯酒长精神。"② 刘禹锡将自己二十三年的为官之地用"巴山楚水"一词概括。刘禹锡《竹枝词》其中一首也说："楚水巴山江雨多，巴人能唱本乡歌。今朝北客思归去，回入纥那披绿罗。"③ 古时四川的东部属于巴国，湖南的北部和湖北等地属楚国，刘禹锡被贬到这些地方做官，用巴山楚水指代自己的被贬之地。

"九里山前作战场，牧童拾得旧刀枪。顺风吹动乌江水，好似虞姬别霸王。"④ 这是《水浒传》第四回的一首民歌。这首民歌是一个挑酒汉子随口而谣，与整个水浒故事没有多大关系。清程穆衡在《水浒传注略》中说："九里山，在彭城，正秦汉东城地，故及乌江事。"⑤ 九里山在今徐州西北部，海拔 134 米，因东西长约九里，故名九里山。徐州古名彭城，自古便是北国锁钥，南国门户，战略位置极为重要，历来为兵家必争之地。公元前 205 年，刘邦偷袭彭城成功，项羽从齐地回兵相救，与刘邦在彭城激战，结果汉军被项羽击溃，被赶入睢水，淹

---

① 喻岳衡点校：《白居易集》，岳麓书社 1992 年版，第 853 页。
② （唐）刘禹锡：《刘禹锡集》，上海人民出版社 1975 年版，第 290 页。
③ （唐）刘禹锡：《刘禹锡集》，上海人民出版社 1975 年版，第 253 页。
④ （明）施耐庵、罗贯中：《水浒全传》，浙江古籍出版社 2016 年版，第 34 页。
⑤ 朱一玄、刘毓忱编：《水浒传资料汇编》，百花文艺出版社 1981 年版，第 437 页。

死者不计其数，《史记·项羽本纪》称"睢水为之不流"①。在民间演义中，九里山成为楚汉鏖战的战场，韩信在此设下了十面埋伏，将楚军打得落花流水，尸横遍野。据说著名的琵琶曲《十面埋伏》就是以九里山前古战场为背景创作的，从音乐中能够感受到楚汉战争的激烈场面。公元前206年，完成灭秦大业后，项羽在咸阳宰割天下，分封诸将，自称西楚霸王，定都彭城，所以徐州向来被称为楚地。楚汉战争期间，徐州地区不但是项羽统治的核心区域，也是项羽、刘邦激战的主战场。项羽之后韩信被封为楚王，都下邳，徐州地区成为韩信的封地。后来，韩信被褫夺楚王封号，降为淮阴侯，刘邦的弟弟刘交被立为楚王，都彭城。汉景帝的时候，刘交的孙子刘戊参加了七国之乱。作为惩罚，楚国的部分领土被划入梁国，楚国的领地大为缩减。为加强中央集权，汉朝政府采取各种办法进行削藩。公元前68年，有人告楚王谋反，楚王刘纯被迫自杀，国除，楚国入汉为彭城郡。项羽、韩信、刘交的楚国都在现在的徐州地区，因此徐州也被称作楚地。

楚人最初在湖北西部山区和和江汉平原一带活动，后来沿长江向西发展，将领土一直扩张到了今天四川的东部。为了向当时的政治文化中心中原靠拢，楚人一直将向北发展作为战略重点。他们溯汉水而上，将势力扩展到河南西南部的南阳盆地和丹江流域。与此同时，为了获得一个稳固的后方，楚人还不失时机地将势力延伸到今湖南北部的洞庭湖一带。春秋时期，吴楚争斗，楚人不得不在东方进行防御战争。越灭吴后，楚人也开始染指吴越大地。他们沿着淮河、长江一直向东发展，逐渐将势力推至河南的东南部、安徽的北部、山东的南部、江西的北部。战国时期楚国灭掉越国，楚国领土东至大海，今天的江苏、浙江全部归入楚国版图。从历史上来看，楚国的疆域是非常辽阔的，当时几乎整个南中国都打上了楚人的烙印。这片土地历史上文化多姿多彩，各地表现多有不同。《荀子·儒效篇》说："居楚而楚，居越而越，居夏而夏。"②《荀子·荣辱篇》也说："越人安越，楚人安楚，君子安雅（夏）。"③这里，荀子特别指出越族、荆楚和华夏有着不同的风俗。《越绝书·越绝外传纪策考》载伍子胥之言："吴越为邻，同俗并

---

① （汉）司马迁：《史记》，中华书局2006年版，第66页。
② （清）王先谦：《荀子集解》，中华书局1988年版，第144页。
③ 王引之认为，此处的雅读为夏，夏指中国，与楚、越对文。王先谦：《荀子集解》，中华书局1988年版，第62页。

土。"①《越绝书·越绝外传记范伯》亦记范蠡之言："吴越二邦，同气共俗。"② 古越族与荆楚文化的不同也正是吴地与荆楚文化的不同。余秋雨在《白发苏州》一文中说："柔婉的言语，姣好的面容，精雅的园林，幽深的街道，处处给人以感官上的宁静和慰藉。……苏州，是中国文化宁谧的后院。"③ 吴侬软语，苏州的方言悦耳动听，人们常用"柔""软""甜""糯""温"等类的词语来形容苏州的方言。这种语言孕育了三朵艺术之花——昆曲、评弹、苏剧，也造就了苏州人儒雅、内敛的气质。

同属楚地的苏北和苏南，乡土民情各有特色，甚至相去甚远。在民风方面，人们一般认为江南尚文，温文尔雅；淮北尚武，多出帝王将相。《中华全国风俗志》下编卷三"武进社会状况"谓："武进自泰伯开基以来，重文轻武，相袭成风，文学代有专家。"④ 其实，江南原来也好勇，春秋时期的吴越之君在史籍文献中都被写得勇武好战。比如《史记·吴太伯世家》记载吴国伐越，越王勾践在槜李（今浙江嘉兴一带）迎战，"越使死士挑战，三行造吴师，呼，自刭"⑤。为了造成出其不意的效果，越国竟然派士兵到吴军阵前抹脖子，当年的场面一定十分震撼。但"永嘉之后，帝室东迁，衣冠避难，多在萃止，艺文儒术，斯之为盛"⑥。东晋以后，江南得到极大开发，文化也迅速得以提升，民风为之变得温文儒雅。淮北尚武是久沿的"恶习"。淮北徐州一带自古以来地势险要，为历来兵家必争之地，在徐州周围发生了不计其数的战乱。为了应对战乱，这一地区的人们不得不在耕作之余习武备战，这样就养成了尚武的风气。司马迁在《史记·货殖列传》中这样评价淮北沛陈一带的民风："其俗剽轻，易发怒。"⑦ 在淮北颍州、亳州、徐州为官的苏轼对淮北民风有着更为深刻的切身感受，他在《徐州上皇帝书》中说："其民皆长大，胆力绝人，喜为剽掠，小不适意，则有飞扬跋扈之心，非止为暴而已。"⑧ 徐州被誉为"千古龙飞地，几代帝王乡"，从这里走出过不少皇帝，这

---

① （汉）袁康：《越绝书》，中华书局1985年版，第29页。
② （汉）袁康：《越绝书》，中华书局1985年版，第33页。
③ 余秋雨：《文化苦旅》，东方出版中心2001年版，第92页。
④ 胡朴安：《中华全国风俗志》，上海科学技术文献出版社2008年版，第466页。
⑤ （汉）司马迁：《史记》，中华书局2006年版，第193—194页。
⑥ （唐）杜佑：《通典》，岳麓书社1995年版，第2541页。
⑦ （汉）司马迁：《史记》，中华书局2006年版，第754页。
⑧ 孔凡礼点校：《苏轼文集》（全六册），中华书局1986年版，第758—759页。

与徐州的彪悍民风不无关系。

文化区域的划分向来是学者们关注的重要对象。由于研究的目的不同，文化区域划分的标准和方法也不尽相同。国外学者一般从语言和宗教两个方面划分文化区，因为语言和宗教最能体现不同地区的文化差异。但在我国，各地的宗教观念并无明显的差别，地域差异更多地体现在风俗和民间信仰上。因此周振鹤认为，在中国可以把风俗与语言作为地域文化差异研究的两项主导指标。① 历史上的楚地疆域辽阔，作为文化核心区的徐州地区、苏州地区、荆州地区在地理空间上构成了一个大大的三角形，三地距离遥远，语言和风俗各具特色，差别明显。这三个地区恰如三朵盛开的花朵，开放在广阔的楚国故地上，为多姿多彩的楚地文化增添了无限生机和魅力。

二、"三楚"的划分

司马迁《史记·货殖列传》："越、楚则有三俗。夫自淮北沛、陈、汝南、南郡，此西楚也。……彭城以东，东海、吴、广陵，此东楚也。……衡山、九江、江南、豫章、长沙，是南楚也。"② 从司马迁的描述来看，今天的徐州地区在汉代属于西楚，苏州则被划入了东楚。鉴于徐州和苏州在文化上彼此有着各自的特点，我们认为徐州、苏州分别是西楚和东楚的文化核心区。南郡就是今天的湖北荆州市，历史上又被称作郢都。公元前689年，楚文王定都于郢。从那时候算起，到公元前278年白起攻破郢都，郢作为楚国的政治文化中心长达四百多年。秦将白起攻破郢都后，秦在郢都故地设置了南郡。今天的徐州距离荆州七百多公里，一个在西楚的最东端，一个在西楚的最西部。就文化上来讲，无论是语言还是风俗，两地至今都有着明显的差别，更不要说在两千多年前的秦汉时期了。正因为两地文化有着显著的差别，对于南郡和彭城到底该分属三楚中的哪一部分，历史上学者们有着不同的看法。汉魏之际的文颖同意司马迁《史记·货殖列传》中的说法，《汉书·高帝纪》"羽自立为西楚霸王"注引文颖的说法："《史记·货殖传》曰淮以北沛、陈、汝南、南郡为西楚，彭城以东东海、吴、广陵为东楚，衡山、九江、江南、豫章、长沙为南楚。羽欲都彭城，故自称西楚。"③ 然而颜师

---

① 周振鹤：《秦汉风俗地理区划浅议》，《历史地理》第13辑，上海人民出版社1996年版。

② （汉）司马迁：《史记》，中华书局2006年版，第754页。

③ （汉）班固：《汉书》，百衲本《二十五史》第一册，浙江古籍出版社1998年版，第302页。

古注又引三国时期孟康的《汉书音义》，把江陵（即南郡）划归了南楚，说吴为东楚，彭城为西楚。

楚国最初生活在荆山、雎山之间，在楚人吞并了江汉诸姬之后不断向四周扩张。春秋时期，楚国一方面向南开地千里，另一方面出方城与中原诸侯国争强。越灭吴后一度将势力范围推进至淮河以北，控制了江淮一带，但在这一带的统治并不牢固。战国时期，楚国向东发展势力，很快便将势力范围推至泗水两岸。战国时期，楚威王一举灭掉越国，更将楚国领土扩展到齐国边界。战国时期，人们常将国都作为参照物，来区分和表明城邑的方位。如《史记·田敬仲完世家》，为了劝说齐闵王放弃帝号，苏代一番说辞：“夫有宋，卫之阳地危；有济西，赵之阿东国危；有淮北，楚之东国危。”[1] 阿就是东阿，当时属于赵国。之所以称东阿为赵之东国，原因是东阿在邯郸的东方，邯郸是当时赵国的国都。同样，淮北在楚国郢都的东方，所以称楚之东国。彭城以东地区，文献上称为“下东国”。《战国策·齐策三》记载苏秦和田婴听说楚怀王被囚禁于秦，想趁火打劫，苏秦建议扣留楚太子以谋取楚之“下东国”，高诱注云：“下东国，楚东邑，近齐也”。又说：“盖楚国之东，其地近齐，楚地高而此下。”[2] 这块近齐的地区地势低下，故谓“下东国”。为什么称为“东国”呢？原因是这一地区位于楚国都城郢的东方。

楚之东部地区被视作东国，这是形成“东楚”一词的历史原因。从地形上看，战国时期的楚国西北部已抵达黄河的南岸，东北部与齐国接壤，楚国的北部疆界仿佛是一个凹字形，宋国深陷其中，被楚国三面包围。很可能是受“东国”尤其是“下东国”称谓的影响，秦汉时期宋国以东的楚国地区被称作东楚，宋国以西的楚国地区被称作西楚。公元前286年，楚国联合齐国和魏国灭掉了宋国，三国将宋国的土地瓜分了，彭城并入了楚国的版图。西楚、东楚之称或许早在灭宋之前就已经存在，只是文献没有记载罢了。由于楚人兴起于荆山、雎山之间，楚人绝大部分时间活动在西楚地区，但正如屈原在《哀郢》中所说“鸟飞反故乡兮，狐死必首丘”，和其他地区相比，西楚在楚人心目中占据着更为重要的地位。楚国通过瓜分宋国得到了彭城，当时恐怕没有人会想到几年之后自己的郢都也会被别国所占领。失去郢都乃至西部半壁江山也就在几年之间，这在楚人心灵上所产

---

[1] （汉）司马迁：《史记》，中华书局2006年版，第319页。

[2] （汉）高诱注：《战国策》第一册，上海书店1987年版，第83页。

生的震撼是前所未有的，而这正是项羽自称西楚霸王的民族心理基础。同时，楚将所得彭城归入西楚而不归入东楚，也显示了西楚在楚人心目中占据着不可替代的地位。

按照东楚得名的原因，南楚应该就是在楚之郢都的南方。《史记·货殖列传》指衡山、九江、江南、豫章、长沙为南楚，从地理方位来看都在郢都的南方或东南方。尤其是公元前278年白起攻破郢都（即后来的南郡，又称江陵）后，楚国被迫迁都到陈城（今河南省淮阳县），衡山、九江、江南、豫章、长沙等地更符合郢都之南的含义。司马迁说南楚"其俗大类西楚"，此处的西楚不是"自淮北沛、陈、汝南、南郡"这个意义上的西楚，而是专指南郡而言。楚人祖先熊绎筚路蓝缕建国的荆山已是中原边缘，楚文王定都于郢更与中原腹地拉开了一定距离。就文化上来讲，南郡属于南楚文化，这也正是孟康《汉书音义》以江陵（即南郡）为南楚的原因。关于屈原创作《九歌》的具体情况，王逸《九歌叙》这样说："《九歌》者，屈原之所作也。昔楚国南郢之邑，沅、湘之间，其俗信鬼而好祠，其祠必作歌乐鼓舞以乐诸神。屈原放逐，窜伏其域，怀忧苦毒，愁思沸郁，出见俗人祭祀之礼，歌舞之乐，其词鄙陋，因为作《九歌》之曲。"[1] 这里将南郢之邑与沅、湘之间相提并论，综合论述了此间歌舞的特点。由此可见，南郢之邑与沅、湘之间在文化上显然是一体的，南郡从文化的归属上讲应该属于南楚文化。

若以江陵（南郡）为南楚，西楚则又指哪儿呢？孟康《汉书音义》认为彭城属于西楚，主要原因是项羽曾都彭城为西楚霸王。项羽何以自称西楚霸王？这自然又要追溯到楚人的郢都这个根子上来。文颖说："羽欲都彭城，故自称西楚。"[2] 按照文颖的说法，好像项羽自立西楚霸王之前已有定都彭城的意向，自称西楚霸王的目的就是为都彭城制造舆论。换句话说，因为彭城在地理上属于西楚，所以要在彭城定都自然应该用西楚这个名号。其实，项羽自称西楚霸王与项羽定不定都彭城没有直接关系，即便项羽定都别的地方照样会自称西楚霸王的。在历史上，项羽一度想定都江都，也就是现在江苏省的扬州市。据今百衲本《史记·秦楚之际月表》记载，义帝元年二月，项羽都彭城。此格下又有"都江都"三个小字。陈直《史记新证·项羽本纪第七》"项王自立为西楚霸王，王九郡，

---

[1]　（汉）王逸注，（宋）洪兴祖补注：《楚辞章句补注》，吉林人民出版社1999年版，第54页。
[2]　（汉）班固：《汉书》，百衲本《二十五史》第一册，浙江古籍出版社1998年版，第302页。

都彭城"条下云："《秦楚之际月表》'义帝元年二月，项羽都彭城。同年又都江都(武英殿本，据宋刻)。'此条重要史料，细字夹杂在表文内，学者多不注意。"① 张文虎《校刊史记集解索隐正义札记》卷二"都彭城"条下云："各本此格下衍都江都一格。"② 既然各本都有"都江都"三字，说明此非孤本，怎能贸然说是衍文呢？

从当时的情势言，项羽战河北，刘邦战河南，分兵攻秦，楚怀王坐镇彭城。刘、项先后入关，项羽杀了秦降王子婴，一把火烧了秦宫室，派人到彭城向楚怀王报告胜利消息，尊楚怀王为义帝。项羽为了自己做王，在咸阳先立有功诸将为王。项羽在咸阳分封诸王时，楚怀王就在彭城，彭城是楚国的都城。按照常理，项羽不大可能在这个时候宣布定都彭城，因为这样不就造成鸠占鹊巢之势了吗？从各方面考虑，此时的项羽实在没有必要与楚怀王争彭城，考虑定都别处才是项羽的合理选择。因此清代刘文淇在《项羽都江都考》一文中说："项羽于义帝元年正月犹在关中，分天下，立诸将为侯王，是时虽有都彭城之意，而怀王尚在彭城，故先以江都为都。"又云："怀王未徙郴县之先，彭城方为怀王所都，羽岂能与怀王共都一地？此亦事理之显然可见者。故知江都为项羽初都之地也。羽虽未至江都，然先议所都之地实在江都。太史公于羽《本纪》直言都彭城，不言都江都，所以纪其实，《月表》兼载都江都，所以存其名。"③ 刘文淇的这番分析还是合情合理的。按照这样的分析，在分封诸将为侯王之前，项羽其实已经有了自称西楚霸王的打算。若非后来改变主意，贸然将义帝迁往郴县，自称西楚霸王的项羽可能会定都江都。由以上分析可以知道，项羽定都彭城并非因为彭城属于西楚。既然项羽都彭城并非因为彭城属于西楚，则径直称彭城为西楚就没有根据了。何况按照司马迁的说法，彭城是西楚的最东端，最西端的南郡不称西楚，倒是最东端的彭城称西楚，又从何说起呢？

按照东楚、南楚一词的来历，西楚应该是郢都（南郡或称江陵，即今湖北荆州）以西地区，但司马迁所指西楚区域却都在郢都之东。即便以楚东迁后的郢都陈城（今河南淮阳）为坐标，郢都之东仍有大片土地为西楚范围。若以郢都陈城为坐标，陈城以西至故郢之间称之为西楚自然没有问题。公元前 278 年白起破

---

① 陈直：《史记新证》，中华书局 2006 年版，第 27 页。

② 张文虎：《校刊史记集解索隐正义札记》，中华书局 1977 年版，第 170 页。

③ 曾圣益点校：《刘文淇集》，台北"中央研究院"中国文哲研究所 2007 年版，第 57—62 页。

郢，楚国不仅丢掉了东楚、南楚因之得名的郢都，而且几乎可以说是丧失了半壁江山。丢失国土的伤痛强化了郢都及其周边地区在楚人心目中的地位，郢都陈城之西成为楚人复国雪耻的一个情感符号，西楚不再是单纯的地域概念，此时的西楚更多地担负起楚人寄托故国之思的重任。再说郢都以东地区，彭城是东楚、西楚的分界点，站在东楚的角度，彭城以西的楚国领土都可以称为西楚。这其中不但有彭城至陈城之间的土地，也包括陈城至故郢之间的土地，两部分土地从东楚来看都是西楚。据上所述，西楚观念的来历比东楚、南楚更为复杂，它不但涉及与郢都的方位问题，还有楚人对故郢的情感因素以及东楚存在的现实影响。

三、彭城与西楚

早在战国初期，楚国的势力就已影响到徐州以东地区。据《史记·楚世家》，楚惠王十六年，越国灭掉吴国。楚惠王四十二年，楚国又灭掉了蔡国。楚惠王四十四年，楚国再灭杞。杞原来在陈留雍丘（今河南杞县），后来迁往淳于（今山东安丘东北），再后来迁到缘陵（今山东昌乐东南），公元前445年杞为楚所灭。此时越虽然吞并了吴国，却不能牢牢控制江淮地区。楚国趁这个机会向东扩展势力范围，将领土推至泗水边上。楚简王元年，楚国北上，灭掉了莒。莒，在商代为古幕国，春秋时为莒国，汉代为成阳国。《汉书·地理志》"成阳国"云："莒，故国，盈姓，三十世为楚所灭。"[1] 公元前431年，莒国为楚所灭，但莒国全境后来被齐国所占领。公元前334年，楚灭掉了越国，将春秋时期吴国和越国的领土尽数纳入楚国版图。楚国东部所达到的最北端大致在今山东省东南部地区。很长一段时间，楚国和齐国为争夺这一地区，你来我往，彼此进退。

然而，彭城归属楚国的时间却比较晚。彭城原来是宋国的领土，《史记·宋微子世家》："平公三年（前573年），楚共王拔宋之彭城，以封宋左师鱼石。四年，诸侯共诛鱼石，而归彭城于宋。"[2] 宋国的都城最初在河南省的商丘一带，战国中期受韩、魏的压迫，不得不一再迁都，最后定都彭城。据《史记·韩世家》记载，在韩文侯二年（公元前385年），韩曾伐宋至于彭城，并俘虏了宋国国君。钱穆先生推测，宋国迁都彭城至少应该在公元前385年之前[3]。另据《史记·楚世家》

---

① （汉）班固：《汉书》，岳麓书社1993年版，第730页。

② （汉）司马迁：《史记》，中华书局2006年版，第238页。

③ 钱穆：《先秦诸子系年》，商务印书馆2001年版，第122页。

记载，公元前 333 年楚国与齐国在徐州会战，齐国军队被打败。公元前 286 年，楚国与魏国、齐国一起攻打宋国，宋国灭亡，宋国领土由齐、魏、楚三国瓜分。《汉书·地理志》记载了这次三国瓜分宋国领土的情况："魏得其梁、陈留，齐得其济阴、东平，楚得其沛。故今之楚彭城，本宋也。"① 从《汉书·地理志》的记载可以知道，宋国的土地没有全部为楚并吞。

公元前 209 年 7 月，陈胜、吴广在大泽乡揭竿而起，掀开了反抗暴秦的序幕。这年 9 月，项梁授意侄子项羽斩杀会稽守，在今天江苏的苏州举事，响应陈胜、吴广的起义。成功以后，他们带领江东子弟八千多人，渡江而西，汇入了秦末农民起义的滚滚洪流之中。秦以武力横扫天下，建立统一的秦帝国后，继续沿袭之前的苛刻法令。在前所未有的政治高压之下，不仅是六国的遗老遗少潜藏复国的愿望，即便普通百姓也难以忍受秦朝的横征暴敛。秦朝民心尽失，帝国大厦岌岌可危。对于秦末的民心所向，当时的居巢人范增曾有具体分析。《史记·项羽本纪》记载范增的言辞说："夫秦灭六国，楚最无罪。自怀王入秦不反，楚人怜之至今，故楚南公曰：'楚虽三户，亡秦必楚。'今陈胜首事，不立楚后而自立，其势不长。今君起江东，楚蜂午之将皆争附君者，以君世世楚将，为能复立楚后也。"② 项梁听从了范增的建议，为了顺应当时的民心，从民间找来了正替人放羊的楚怀王的孙子心，把他立为楚怀王。有了楚怀王这面旗帜收拢人心，秦末农民起义军气势如虹，摧枯拉朽，很快就推翻了暴秦的统治。公元前 206 年，刘邦进入关中，秦王子婴素车白马，脖子上套着绳索，手捧皇帝玉玺符节，站在路边等刘邦受降。不久，项羽进入咸阳，他杀掉了秦降王子婴，志得意满地划分天下。为了使自己能心安理得地做西楚霸王，项羽先封有功的诸将为王。《史记·项羽本纪》说："项王自立为西楚霸王，王九郡，都彭城。"③《汉书·高帝纪》也记载："羽自立为西楚霸王，王梁、楚地九郡，都彭城。"④

项羽王九郡，这九郡是哪九郡，《史记》和《汉书》都没有明确的记载。《史记·项羽本纪》这样记载当时项羽分封诸将的情形："立沛公为汉王，王巴、蜀、汉中，都南郑。而三分关中，……立章邯为雍王，王咸阳以西，都废丘。……立

① （汉）班固：《汉书》，岳麓书社 1993 年版，第 743 页。
② （汉）司马迁：《史记》，中华书局 2006 年版，第 60 页。
③ （汉）司马迁：《史记》，中华书局 2006 年版，第 65 页。
④ （汉）班固：《汉书》，岳麓书社 1993 年版，第 9 页。

司马欣为塞王，王咸阳以东至河，都栎阳。立董翳为翟王，王上郡，都高奴。徙魏王豹为西魏王，王河东，都平阳。……立申阳为河南王，都洛阳。韩王成因故都，都阳翟。……立（司马）为殷王，王河内，都朝歌。徙赵王歇为代王。……立（张）耳为常山王，王赵地，都襄国。……立（黥）布为九江王，都六。……立（吴）芮为衡山王，都邾。……立（共）敖为临江王，都江陵。徙燕王韩广为辽东王。……立臧荼为燕王，都蓟。徙齐王田市为胶东王。立（田）都为齐王，都临淄。……立（田）安为济北王，都博阳。"①从以上记载我们知道，九江郡划给了黥布，颍川郡划给了韩王成，河内郡划给了殷王司马，张耳拥有了邯郸、巨鹿二郡，济北郡划给了田安，临淄郡分封给了田都，胶东郡分封给了田市。又据《汉书·王陵传》："及高祖起沛，入咸阳，陵亦聚党数千人，居南阳，不肯从沛公。及汉王还击项籍，陵乃以兵属汉。"②项羽分封诸将时，刘邦的老乡王陵占据南阳，既不从汉，也不从楚。项羽为了拉拢王陵，自然会承认既成事实，将南阳分封给王陵，而不可能将南阳再封给他人。由此可以断定，邯郸、巨鹿、济北、临淄、胶东诸郡以南，南阳、颍川、河内三郡以东，九江郡以东以北，都是项羽的封地。从项羽封地范围来看，项羽虽然自称西楚霸王，其所封之地实际已经远远超出了先秦的西楚范围。

西周时，楚国蜗居于荆山、雎山之间。春秋时期就兼并了荆楚大地，而且北出方城，开始在中原与齐晋争霸。战国时期，楚国疆域迅速扩张，将西北边界推至今陕西东南部，西南边界到了今广西的东北部，东北则与齐国相邻，到了今山东的南部。楚国的西部地区与韩、魏两国的边界犬牙交错，楚国与韩、魏之间的争执不断，战事频仍。公元前327年以后，很长一段时间楚国的疆界维持在方城（今河南南部）内外。由于宋国的苟延残喘，楚国北部的疆界大致呈凹字形。《战国策·楚策》说："楚襄王为太子时，质于齐。怀王薨，太子辞于齐而归。齐王隘之：'予我东地五百里乃归子。'"③宋国东部的楚国领土被称作"东地"，相对而言，宋国以西的楚国领土自然要被称作西楚了。由此可见，在楚得彭城之前，宋国无形中起到了将楚国分为东楚和西楚的作用。

彭城位于东楚、西楚的分界点上，将彭城归于西楚固可，视作东楚之一部分

① （汉）司马迁：《史记》，中华书局 2006 年版，第 65 页。
② （汉）班固：《汉书》，岳麓书社 1993 年版，第 903 页。
③ （清）程羲初：《战国策集注》，上海古籍出版社 2013 年版，第 150 页。

也无不当。项羽都彭城，号西楚霸王，不一定是因彭城归属西楚的关系，而是因为西楚是楚人的始兴之地。楚人缅怀先人的丰功伟绩，出于爱屋及乌的心理，先祖始兴之地在他们心目中成为圣地。楚人习惯于用旧居的地名称呼新居的地方。比如，作为奠定楚国基业的先祖鬻熊，曾居住在丹水和淅水之间的丹阳，后来他的曾孙熊绎迁居到了荆山和睢山之间，这样丹阳这一地名就出现在了荆山和睢山之间。熊渠的嫡子熊挚被分封到夔，于是在夔这个地方出现了一个丹阳。西周时有一部分楚人迁到了今湖北枝江，于是在枝江也有一个丹阳。战国时期楚人东迁，将丹阳这个地名带到了安徽当涂，于是在今安徽当涂县还有一个丹阳。郢这个地方，楚武王时是楚国的一个重要据点，武王末年或文王初年迁都于此。后来楚国迁都多次，凡新迁之都大多也沿用郢这个名字。所以在今湖北宜城境内有郢，在今湖北钟祥境内有郢，在今湖北江陵境内有郢，在今河南淮阳境内有郢，在今安徽寿县境内有郢，可能还有一个在今安徽阜阳境内。楚人之所以一而再再而三以至于四五用旧居的地名称呼新居，说明楚人对故土有着深深的眷恋。

楚人始祖鬻熊曾辅佐周文王，他的后人熊绎在周成王时以子男之田被封于丹阳，开始在荆山中筚路蓝缕，艰苦创业。熊绎创业成为一种民族精神，激励着楚人一代代奋发图强。到了熊通那个年代，楚国已经有了雄厚的势力。熊通自称楚武王，这是楚人长期艰苦奋斗的结果。熊通是春秋时期第一个称王的人，凭借强大的实力，中原诸侯国已拿楚国没有办法，只能眼睁睁看着楚子称王。楚文王雄才大略，很有远见卓识，就是他将楚国都城迁到了郢，开创了楚四百年的基业，为楚与诸侯争霸中原打好了良好基础。楚成王在位时，极力向东拓展，向南发展。在楚成王手里，楚国由一个蛮荒小国，发展成为沃野千里的泱泱大国。楚庄王更是一代雄主，他励精图治，一度问鼎中原，饮马黄河，大展鸿鹄之志。楚人由逼仄的荆山一步步走了出来，艰苦卓绝的历程和创业精神自然让楚人引以为傲。西楚是楚国的政治文化中心，承载着楚人深厚的故国之思和光荣梦想。在灭秦过程中，项羽打着复兴楚国的旗号号令天下，项羽后来自称西楚霸王，既是一种接近客观事实的描述，也反映了项羽兴灭继绝的使命感和正统意识。所以，尽管所都彭城在西楚的最东边，却并不妨碍项羽自称西楚霸王。

第二节　老庄的文化归属

在中国传统文化中，儒家和道家是两棵参天大树，枝繁叶茂，荫蔽着后世子孙。老子、庄子、列子生活在黄河岸边，淮河流域，道家是中原文化滋生出的一棵奇葩。楚国逐鹿中原，其势力推至黄河南岸，产生道家的这块土地被并入楚国版图，道家是楚文化的一部分本无异议。然而，如果将道家文化并入荆楚文化，显然与事实不符，毕竟老庄与屈原思想上存在着相当大的差异。

一、道家不属于荆楚文化

华夏民族与华夏文化形成于先秦时期，在华夏民族与华夏文化形成发展的过程中，曾存在着各种丰富多彩的地域文化，比较著名的有荆楚文化、吴越文化、齐鲁文化、巴蜀文化等。周代至春秋时期，荆楚文化开始在江汉流域形成和兴起。作为一种地域文化，荆楚文化不仅与东夷文化、商文化有着深远的历史渊源，而且深受南楚多彩多姿、氤氲化生的自然环境影响。荆楚文化孕育出的楚骚文学，以其瑰丽的想象、丰盈的意象哺育了后世众多作家，成为中国文学的一个重要源头。杳冥深远的万里长江滋养了摇曳多姿的荆楚文化，气势雄浑的黄河则成为中原文化成长的摇篮。中原文化固然可以算作一种地域文化，但又不是一般的地域文化，因为在华夏文化发展史上中原文化在绝大部分时间里都占据着重要地位，中原文化被视作华夏文化的根，维系着全球华人的血脉相通。自上古至唐宋，中原地区一直是中国的政治、经济、文化中心。中原文化在某种程度上可以说代表了中国传统文化。作为一个地域概念，中原的含义是"天下之中"的意思，中原华夏诸侯国就散布在"天下之中"的中原地区。公元前632年，围绕宋国、曹国和卫国，晋楚为争霸爆发了城濮之战，秦国、齐国、蔡国、陈国都被卷入其中。曹国、卫国、晋国、蔡国都是姬姓。秦嬴姓，居周人故地，彼时已隔河与晋相邻。周武王死后，商纣王的儿子武庚发动叛乱，周公用了三年时间将叛乱镇压下去，武庚被周公杀死，改封商纣王的庶兄微子启于商丘，这就是春秋战国时期的宋国。陈国是西周封国，奉祀虞舜，第一任国君胡公满据说是舜的后代。齐国则是周朝开国功臣姜子牙的封国。城濮之战前，晋文公周游列国时曾到过楚国，楚国的国君楚成王对当时还是晋国公子的重耳非常敬重，招待也非常周到。楚成王反复追问重耳，假如回国以后做了国君，重耳会如何报答楚国呢？重耳的回答是："若以君之灵，得反晋国，晋楚治兵，遇于中原，其辟君三舍。若不获命，其左执鞭弭，右属櫜鞬，以与君周旋。"①重耳这里所谓的中原与偏处一隅的荆楚相对而言，指的是华夏诸侯国。从地理上说，秦、晋、齐、卫、宋、曹、陈、蔡都属于中原国家。

陈国和宋国都地处淮河以北，黄河以南。西汉武帝时，赵人徐乐上书谈论国家大事，其中有这样一段："七国谋为大逆，号皆称万乘之君，带甲数十万，威足以严其境内，财足以劝其士民，然不能西攘尺寸之地，而身为禽于中原者，此其故何也？"②汉景帝的时候发生了七国之乱，以吴国和楚国为主的叛军猛烈攻打梁国，周亚夫引兵绕过昌邑（今山东巨野），截断叛军粮道，七国最终大败。吴王刘濞带壮士数千人逃往江南丹徒。汉军紧随其后，刘濞不得已逃往闽越。不多久，越人斩刘濞将其头送往汉廷。七国之乱主要在黄河以南、淮河以北的陈、宋故地展开，汉代人称之为中原。先秦时期道家代表人物有老子、庄子和列子。司马迁《史记·老子伯夷列传》："老子者，楚苦县厉乡曲仁里人也。"裴骃为《史记》作集解时说："《地理志》曰：苦县属陈国。"司马贞《索隐》也说："苦县本属陈，春秋时楚灭陈，苦又属楚，故云楚苦县。"③公元前478年楚灭陈，当时的老子可能还在世，但已年老。司马迁将老子称作楚人，是以战国时楚国疆域称之。即使这样，老子也应该视作陈国遗民才对。另外，老子做过"周守藏室之史"，长期在洛阳供职。老子思想不是荆楚文化的产物，而是中原传统文化的一部分。庄子，宋之蒙人，曾钓于濮上。《汉书·地理志》："卫地有桑间濮上之阻。"④今河南有濮阳市，在黄河下游北岸，冀鲁豫交汇处。列子是郑国人，郑为姬姓诸侯国，亦为黄河沿岸国家。陈、郑、宋三国相距不远，生产条件和文化极为相似，所以才在三国产生了老、庄、列三位道家代表人物。

司马迁所谓的三楚，是就战国后期楚国的疆域而言。东楚原是吴越故地，西楚除了南郡绝大部分领土为楚兼并过来的中原华夏诸侯国的土地。楚人的发祥地荆山、雎山虽然属于西楚中的南郡，但最具地域特色的荆楚文化却主要在南

① 李宗侗：《春秋左传今注今译》，新世界出版社 2012 年版，第 287 页。
② （汉）司马迁：《史记》，中华书局 2006 年版，第 658 页。
③ （汉）司马迁：《史记》，百衲本《二十五史》第一册，浙江古籍出版社 1998 年版，第 181 页。
④ （汉）班固：《汉书》，岳麓书社 1993 年版，第 743 页。

楚，屈原作品表现出来的地域特色也在南楚。然而汉代人将战国后期楚国兼并来的土地一律称作楚地，在这块土地上生活的所有人也都称作楚人，甚至吴地的民歌也被称作了楚歌。这样一来，不仅老子，连庄子也都成了楚人。按照汉代人的观念，楚文化绝不仅仅是荆楚文化，吴越文化、梁宋文化、丰沛文化、陈楚文化也都是楚文化的一部分。这些文化之间不仅互相影响，同时也保持着相对的独立性。说老子、庄子为楚人、说道家思想是楚文化的一部分也还说得过去，但绝不能将楚文化等同于荆楚文化，更不能将单一的荆楚文化视作孕育道家思想的土壤。就道家思想产生的地域来讲，春秋时的陈、郑虽邻近楚国北部，老、庄却生活在淮河以北靠近黄河的中原地区。楚人的发祥地荆山和睢山在楚国北部，与陈郑相距也不算太远。但荆山、睢山地区文化代表不了荆楚文化，具有鲜明地域特色的荆楚文化在长江流域，甚至远在南方的沅水、湘水两岸。以此而论，道家产生的地域与荆楚文化圈腹地距离还是非常遥远的。

楚自建国开始，便与中原诸侯国接触和联系。通过频繁的经济往来和战争，春秋中期以后，楚文化在保持荆楚文化特色的同时，也不断地吸收外来文化，尤其是深受中原文化的影响。影响总是双向的，楚文化既受中原文化影响，同时也影响中原文化。如楚灭陈，由此有了陈楚文化。值得注意的是，兼并战争尽管促进了各地文化的融合，但文化的地域性并不以行政区划的改变而完全改变。以陈楚文化为例，陈并入楚国版图后，并不意味着陈地文化就此而灭亡，只不过在吸收了荆楚文化以后，陈地的文化更加丰富多彩。《说苑·修文篇》："昔舜造南风之声，其兴也勃焉，至今王公述而不释；纣为北鄙之声，其废也忽焉，至今王公以为笑。"①《左传·成公九年》记楚人钟仪被俘虏至晋国，南冠而絷，琴操南音。南音、南风，当然可理解为特指陈地或楚地的音乐，但也可理解为泛指南方音乐，不但包括荆楚、陈地，也包括吴越音乐。地理位置上，相对于北方的殷墟而言，陈、楚自然均为南方。然而陈人看殷墟为北方，视楚人为南方。陈处中原边缘，楚人视陈则为中原诸侯国。这也说明，陈郑处于中原文化的边缘，故表现出有异于中原腹地文化的性状。

---

① 赵善诒：《说苑疏证》，华东师范大学出版社 1985 年版，第 594 页。

二、老庄、屈骚产生的土壤不同

《老子》这本书非常神奇，它对道的描述杳冥而深远，由一些生活现象衍生出来的哲学思考发人深省，出人意表。《庄子》《列子》接受了《老子》的基本观点，在对道家思想的阐述过程中采用大胆的想象，用荒唐而谲怪的言辞，表达他们对社会人生的看法。屈原的作品以无法遏制的激情支撑起想象的空间，以南方的山水铺排神奇的文学画卷。王逸在评论《离骚》的时候，在肯定它依经立义的同时，也指出其屈原的作品具有"诡异之辞""谲怪之谈"的特点。在先秦文学作品中，《老子》《庄子》和屈原的作品相当引人注目。在很多文学史著作中，庄、骚向来被一并视作我国浪漫主义文学的源头。因为这个缘故，也有人将屈原和老庄放在一起作进一步的文学联想，将屈原作品与《老子》《庄子》一并视作南方文学的代表。比如刘师培的《南北文学不同论》："韩、魏、陈、宋，地界南北之间，故苏、张之横放（苏秦为东周人，张仪为魏人），韩非之宕跌（非韩人），起于其间。惟荆楚之地僻处南方，故老子之书，其说杳冥而深远（老子为楚国苦县人）。及庄、列之徒承之（庄为宋人，列为郑人，皆地近荆楚者），其旨远，其义隐，其为文也，纵而后反，寓实于虚，肆以荒唐谲怪之词，渊乎其有思，茫乎其不可测矣。屈平之文，音涉哀思，矢耿介，慕灵修，芳草美人，托词喻物，志洁行芳，符于二《南》之比兴（观《离骚经》《九章》诸篇皆以虚词喻实义，与二《雅》殊。）而叙事纪游，遗尘超物，荒唐谲怪，复与庄、列相同。（故《史记》之论《楚辞》也，谓蝉蜕秽浊之中，浮游尘埃之外，皭然涅而不污，推此志也，虽与日月争光可也。）南方之文，此其选矣。"① 学者一般认为，和中原文化相比，荆楚文化有着自己鲜明的特点。老子、庄子、列子他们都生活在中原文化圈，受着中原文化的传统教育，怎么能得出他们都"地近荆楚"这样的结论呢？从《南北文学不同论》的行文上来说，刘师培既然承认陈、宋地界南北之间，就当将老子、庄、列与苏秦、张仪、韩非诸人同列，而不应该归之于僻处南方的荆楚。

刘勰的《文心雕龙·辨骚》通过四个方面来论证屈原的作品不合于儒家经典，它们是"托云龙，说迂怪，丰隆求宓妃，鸩鸟媒娀女""康回倾地，夷羿弊日，木夫九首，土伯三目""依彭咸之遗则，从子胥以自适""士女杂坐，乱而不

---

① 陈引驰编校：《刘师培中古文学论集》，中国社会科学出版社1997年版，第262页。

分，指以为乐，娱酒不废，沉湎日夜，举以为欢"①。从以上刘勰所胪列的四事来看，在《老子》《庄子》《列子》中都不见踪影，但这却正是荆楚文化最为鲜明的特色。因此我们说，同是荒唐谲怪，在荆楚文化与中原文化中各自的表现并不完全一样。这其中的不一样，既体现了荆楚文化的特点，也说明荆楚文化不同于中原文化。将老庄与屈原捆绑在一起，忽略了他们之间的差别，使得荆楚文化取代了楚文化，老子甚至庄子都成为了荆楚文化的一部分，这是不符合实际情况的。

清廖元度《楚风补·凡例》谓是编为"补三楚文献之遗"②，其中录有李耳、庄周、项羽、刘邦、韦孟等人诗作。刘师培的《南北文学不同论》将老庄与屈原相提并论，共同作为先秦时期南方文学的代表。受此影响，张正明《楚文化史》、蔡靖泉《楚文学史》将楚文学的内容扩展为当时整个南方文学，但同时反复强调楚文学以南楚文化为基础。这种做法遭到一些学者质疑。人们一般认为楚辞是南方文学的代表，《诗经》代表了北方文学的成就。对这种流行的观点，郭沫若虽然不太反对，但又认为这不过都是皮相之论。郭沫若在《屈原的艺术与思想》中说："《雅》和《颂》并不限于黄河流域的北方，《雅》《颂》是贵族文学。长江流域的南方，其贵族文学，同北方文学一样是四个字一句。拿屈原的作品，就可以获得证明。《招魂》《天问》《橘颂》几篇，与四个字一句的调子是很相近的。"③方铭的《从庄子与屈原的审美理想看楚文化》不同意将老庄与屈原捆绑在一起，他认为庄子和屈原有着本质的不同④。孙立《老庄故里及文化归属考辨》也认为老庄不是南楚文化的产物，他认为老庄都生活在淮河以北，在地域上属于北方人，在文化的归属上则属于中原文化⑤。这些质疑和争论自然很有道理，因为产生老庄思想的土壤和产生屈骚作品的土壤截然不同。老庄思想生长的土壤是中原的黄土地，屈骚之花却开放在南方的红土地上。

生长土壤不同，所开之花自然给人以完全不同的观感，这也是学者无法苟同老庄和屈原共同代表楚文化尤其是荆楚文化的原因。但从另一个角度讲，老子生活的陈国，庄子生活的宋国，历史上的确一度成为楚国的一部分，所以称老庄为

---

① 杨明照等：《增订文心雕龙校注》，中华书局 2012 年版，第 51—52 页。

② 湖北省社会科学院文学研究所：《楚风补校注》，湖北人民出版社 1998 年版，第 17 页。

③ 郭沫若：《郭沫若全集》第 19 卷，人民文学出版社 1992 年版，第 124 页。

④ 方铭：《从庄子与屈原的审美理想看楚文化》，《中国文化研究》1996 年第 1 期。

⑤ 孙立：《老庄故里及文化归属考》，《学术研究》1996 年第 8 期。

楚国人本也没什么错，说老庄思想和屈骚作品代表了楚文化的最高成就自有其历史根据和道理。其实这个问题争论的焦点不应纠缠于老庄和屈原能否共同代表楚文化，而应该引入汉代人的"三楚"观念，从三楚区域划分的角度审视老庄思想、屈骚作品乃至整个楚文化。楚国疆域辽阔，汉代的人们将其分为东楚、西楚和南楚。三楚之间当然没有一个明显的界限，因此在它们的过渡地带的确存在着互相影响和渗透的文化现象，但各自的核心区域文化上却各具特色，谁也代替不了谁，谁也掩盖不了谁。就文化的归属来讲，老庄思想应该属于西楚文化，屈骚作品却代表了荆楚文化也就是南楚文化。楚文化是西楚、东楚、南楚三种文化的合体，站在汉代"三楚"观念的角度，老庄自应属于楚文化，只不过属于西楚而非南楚。

第三节　汉代对先秦文化的吸纳与整合

传统文化，薪火相传，汉代承前启后，是中国传统文化的非常关键的一环。中国历史在商代以后传承有序，中间没有断层。从总体上看，汉代继承了三代文明，并以恢宏的气度，建立起更加统一的政治格局。其后的各个朝代，始终沿着两汉开辟的道路，"九州混一"，多民族共同发展。由汉代开创的"汉唐气象"，一直是中华民族拼搏进取的精神动力。

一、张大楚国与汉承秦制

学术界一般认为汉承秦制。其实，刘邦本人不但以楚人自居，原本他也是钟情于楚制的。刘邦自号沛公就很能说明问题。《汉书·高帝纪》注引孟康："楚旧僭号王，其县宰为公。陈涉为楚王，沛公起应涉，称为公。"[1]从孟康的这段话中我们可以知道，在楚国的职官制度中，县的长官都称作公。对此，西晋的学者杜预也有明确的说明。杜预在《左传·庄公三十年》的注中说："楚僭号，县尹僭称公。"[2]东汉的高诱在《淮南子·览冥训》的注中也说："楚僭号称王，其守县大

---

[1]　（汉）班固：《汉书》，百衲本《二十五史》第一册，浙江古籍出版社 1998 年版，第 301 页。

[2]　（唐）孔颖达：《春秋左传正义》，（清）阮元校刻：《十三经注疏》，中华书局 1980 年版，第 1782 页。

夫皆称公。"①刘邦虽然钟情于楚制，但楚制却没有直接演变为汉制，反倒是秦制直接为汉所继承并被发扬光大了。原因是复杂的、多方面的，其中一个原因或在于刘邦原非楚人。按照《汉书·高帝纪》的说法，刘邦原本是尧的后裔，其祖上一度秦国生活，后来流落到魏国，"秦灭魏，迁大梁，都于丰"②。刘邦祖上迁到丰这个地方已在战国末期。秦灭六国之前，沛属于楚，丰属于魏。公元前256年刘邦出生，公元前225年秦灭魏，当时刘邦是31岁，又过了四年秦统一了天下。纵观刘邦的一生，其中有一半的时间为魏人。最初刘邦用楚制主要是出自政治斗争的需要，因为当时反抗暴秦是以张大楚国为号召的。进入楚汉战争阶段，以项羽为首的楚人集团成为主要斗争对象，楚制对于刘邦来说已经不太重要，行之有效的制度才是取得胜利的保证。暴秦虽然臭名昭著，但秦之所以能电扫六合，秦制必然有其不可替代的优越性。刘邦审时度势，承袭秦制，不但取得了楚汉战争的胜利，也为汉代的长治久安奠定了政治文化基础。

汉承秦制，丞相萧何功不可没。公元前206年，刘邦进入咸阳，很多人闯入秦朝府库争强财物，只有萧何看重秦朝的图书，派人妥善收藏了起来。萧何收藏的这些律令图书，对于刘邦建立汉朝意义重大。有了这些图书，就可以掌握天下的关塞，户口的多少，了解天下民情，知道赋税之所由出，这对于刘邦紧接着与项羽争夺天下具有非凡的意义。刘邦刚到咸阳，就与当地百姓约法三章，"杀人者死，伤人及盗者抵罪"③。但随着形势的发展变化，仅仅依靠约法三章已经不能管理越来越复杂的社会秩序了，于是萧何在秦法的基础上，针对当时社会的实际情况，制作了《九章律》。萧何的《九章律》为汉代萧规曹随打下了良好的基础。项羽进入咸阳后，杀秦降王子婴，火烧秦宫室，自立为西楚霸王，王诸将。为了防范刘邦，项羽将巴、蜀、汉中一带分封给了刘邦，刘邦称汉王，都南郑。其后，刘邦明修栈道，暗度陈仓，拜韩信为大将军，东向与项羽争天下。萧何以丞相的身份镇守巴蜀，巴蜀成为刘邦稳固的后发，保证了阵前军需物资的供应。刘邦取得关中后，萧何将大本营迁到栎阳，进一步完善各种规章制度，建立宗庙社稷，修筑宫室，规划城市建设。刘邦在外与项羽争锋，萧何在后方从事户籍管理，征收赋税，以供给前方军需之用。巴蜀与关中是秦王朝的传统区域，为了支

---

① （汉）高诱注：《淮南子注》，上海书店1986年版，第98页。

② （汉）班固：《汉书》，岳麓书社1993年版，第29—30页。

③ （汉）司马迁：《史记》，中华书局2006年版，第75页。

持关东的楚汉战争，必须动员这个地区的全部资源，包括所有的人力和物力。萧何在秦时为县主吏，娴习吏事，随刘邦起事后仍然以吏事见长。作为秦朝一名精明能干的县吏，秦的法律条文萧何自然再熟悉不过了，他的《九章律》就是以秦律为基础增益而成。在干戈扰攘之际，萧何不可能撇开巴蜀关中地区原有的社会管理制度，另起炉灶，制定一套他不熟悉的制度和律令。这意味着，萧何管理下的巴蜀汉中实际上使用的还是秦王朝原有的一套：律令依然是秦律，郡县制度、基层组织基本维持不变，秦地原有的乡邑制度也得到了尊重，三老乡豪在社会管理中仍然发挥着巨大作用。秦承汉制的根源即在此。

西周初年，为了长治久安，周公制定了一整套的礼乐制度。周公制定的礼乐制度，在塑造华夏民族的精神品格中发挥了深远的影响。周代礼制是两周时期人们的行为准则，东周时期虽然"礼崩乐坏"，但礼制在人们的生活中始终发挥着作用。经过战国末期的兼并战争，法家在秦国占据了绝对优势。统一后的秦帝国更提出以吏为师，禁止儒生谈论《诗》《书》，人们只能生活在严刑苛法之下。然而，在人与人的交往中还是离不开周公制作的礼仪。刘邦称帝后，尽去秦朝苛法，平常大家都很随便，不拘小节。但也造成尊卑失序，不成体统。甚至群臣饮酒争功，拔剑击柱，大呼小叫，使得刘邦不胜其烦。儒生叔孙通趁机向刘邦进言，说儒者虽然难与进取，但可以守成。礼仪是为时世人情设置的，每个时代都应该有自己的礼仪。礼仪无法割断传统，商朝的礼仪是在夏朝礼仪的基础上损益而成的，周朝的礼仪是在商朝的礼仪基础上损益而成的，汉朝的礼仪也应该在三代礼仪的基础上损益而成。叔孙通告诉刘邦，自己愿意带领一帮弟子根据古礼和秦仪为汉朝制定礼仪。在刘邦支持下，叔孙通与左右学者及其弟子百余人"为绵蕝野外月余"，朝仪排练成熟后，用之将帅诸侯，诸侯王以下莫不震恐，无敢喧哗失礼者。刘邦对朝仪排练的效果非常满意，他由衷地感叹道："吾乃今日知为皇帝之贵也。"① 鲁为周公子伯禽封地，鲁国保存周礼最为完备。孔子为鲁国人，对周公最为服膺，连梦中都常见周公。周公制礼作乐，奠定了周代礼乐文化。平王东迁，礼崩乐坏，多亏了孔子极力维持，弟子风雅弦诵数百年，最后成就了叔孙通的功业。周代礼乐在汉代能够被继承和发扬，叔孙通可谓功不可没。《汉书·礼乐志》："王者必因前王之礼，顺时施宜，有所损益，即民之心，稍稍制

---

① （汉）司马迁：《史记》，中华书局 2006 年版，第 585 页。

作，至太平而大备。"①周公制定的一套礼乐制度并非空穴来风，另起炉灶，而是建立在夏商二代礼乐制度的基础之上。所谓损益，可以理解为是对传统礼乐制度的继承和发展。叔孙通为刘邦制定的朝仪不仅采古礼，而且对秦朝的礼仪也兼采并包。由此可见，汉代在整合前代文化时表现出宽广的胸怀、宏大的气魄，无怪乎后人津津乐道，谓之汉唐气象。

二、秦对周文化的传承

西周时，秦与犬戎杂处，在夹缝中求生存。犬戎攻杀周幽王，秦襄公将兵救周，战功卓著。后周避犬戎之难，东迁洛邑。秦襄公又以兵送周平王。周平王为报答秦襄公，不但封他为诸侯，还将周之故地拱手相送，云："戎无道，侵夺我岐、丰之地，秦能攻逐戎，即有其地。"②周平王东迁洛邑，秦占据了西周故地，同时也继承了西周文字。

唐初，天兴三畤原（今陕西省宝鸡市凤翔三畤原）出土了十只石鼓，分别用大篆刻有四言诗一首。这首诗比较长，只是文字已经残破，欧阳修《集古录》存有四百六十五字，说不可识者过半③。从内容上看，石鼓文主要记载出猎的过程，所以又称《猎碣》。石鼓文的年代认定，上到西周，下至北朝，人们的看法存在很大分歧。韩愈《石鼓歌》中有"宣王奋起挥天戈"这样的句子，这说明韩愈认为石鼓文是周宣王时的刻石。宋代郑樵《通志略·金石略》著录石鼓文时认为是秦篆，郑樵为此还写有《石鼓辨》④。清末震钧《石鼓文集注》断为秦文公时物，民国时马衡《石鼓为秦刻石考》认为是秦穆公时所刻，郭沫若《石鼓文研究》断定是秦襄公时的作品，段飏则认为石鼓为秦德公时的遗物⑤。从字体的风格上说，石鼓文既有西周金文的古茂遒朴，又有秦代小篆的圆活奔放，气质雄浑，刚柔相济，被书法界誉为"圆笔书"的圣典。

一般人们认为石鼓文是大篆的真迹。大篆与小篆相对而言，西周时期通行大

---

① （汉）班固：《汉书》，岳麓书社 1993 年版，第 478 页。

② （汉）司马迁：《史记》，中华书局 2006 年版，第 30 页。

③ 欧阳修：《六一题跋》，中华书局 1985 年版，第 22 页。

④ 郑樵：《通志略》第四册，山东画报出版社 2004 年版，第 38 页。

⑤ 段飏：《论石鼓乃秦德公时遗物及其他——读郭沫若同志〈石鼓文研究〉后》，《学术月刊》1961 年第 9 期。

篆，小篆则是对大篆的进一步简化。小篆流行于秦代，是秦始皇"书同文"政策的结果。《汉书·艺文志》说："《史籀》十五篇，周王室太史籀作大篆。"①然而随着周天子地位下降，诸侯力政，车涂异轨，尤其是平王东迁之后，六国文字在细微之处开始出现差异。秦灭六国后，秦始皇决定统一天下的文字。李斯不仅是著名的法家，也是一位造诣深厚的文字学家，他有文字学著作《仓颉篇》，著录在《汉书·艺文志》中。秦始皇将"书同文"的工作交给李斯负责，可谓选得其人。秦人立国很晚，周平王东迁洛邑后，将周人故土让给了秦人，秦人在周人故土上建立了秦国。秦国不但继承了周人在岐山一带的土地，同时也在很大程度上继承了周人的传统文化。以文字的使用为例，大篆在六国渐渐出现变形，而在秦国却得到了比较好的保护和使用。秦统一六国后，为了进一步加强统治，秦始皇决定实行"书同文，车同轨"的文化政策，李斯肩负起了这个历史使命。李斯将秦国使用的大篆进行了进一步简化，所形成的文字被称作小篆。和大篆相比，小篆书写更为简便，秦朝通过行政手段将其推行到全国使用，规定在官方文书中使用。许慎《说文解字·叙》："秦烧灭经书，涤除旧典，大发吏卒，兴役戍，官狱职务繁，初有隶书，以趣约易，而古文由此绝矣。"②

小篆是简化了的字体，当然这是和大篆相比较来说的。今天的人们看来，小篆也是比较烦琐，书写速度很慢。我们知道，秦帝国以文书治天下，官府之间文书来往非常频繁，为节省书写时间，下层管理人员进一步简化文字，这样就出现了隶书。隶书在汉代取代了小篆，成为当时通行的文字，被称作今文。就文字的传承来说，秦国直接继承了西周的大篆，通过对大篆的不断简化，形成了小篆和隶书，隶书为汉所延续，薪火相传，至于今日。

春秋初期，诸侯国内普遍实行采邑制度。楚武王在位时灭掉了权国，将权国改建为楚国的一个县，学者们往往以此作为我国的设县之始③。《国语·晋语》记载，晋惠公在与秦国公子絷谈话中提道"君实有郡县"④，这里的"君"指的是秦穆公。秦国设郡，这是最早的文献记载，也是我国最早的对郡制的记载，时间是公元前 651 年。换句话说，中国的郡制起源于春秋时期的秦国。西周的分封制赋

---

① （汉）班固：《汉书》，岳麓书社 1993 年版，第 765 页。
② （清）段玉裁：《说文解字注》，浙江古籍出版社 1998 年版，第 785 页。
③ 李柏武：《楚国权县是"中华第一县"考述》，《荆楚学刊》2013 年第 4 期。
④ （三国）韦昭注：《国语》，上海书店 1987 年版，第 110 页。

予各诸侯国极大的权力，他们有自己的都城、军队，财政独立，君主世袭。当王室衰微时，这些诸侯国就会摆脱中央控制，成为地方割据势力。郡县制的郡守和县令都由中央直接任免，彻底解除了地方对中央的威胁。郡县制有利于保证政令畅通，大大提高了国家的行政能力，有力地维护了国家机器的正常运转。秦国设立郡县制，在统一战争中发挥了重要作用。商鞅变法时，秦国废分封，行县制。秦灭六国后，秦始皇将郡县制度在全国范围为推行。

公元前 209 年，陈胜、吴广在大泽乡揭竿而起，掀起了反抗暴秦的序幕。公元前 206 年，项羽杀掉了已经投降的秦王子婴，重新划分天下，继续沿用西周的分封制度，分封诸将，诸侯并立的状况再次出现。为打败项羽，也曾有人给刘邦出主意，复立六国之后。刘邦听后颇为动心，甚至命令马上刻印。但张良却为他分析，连用八不可，说明复立六国的危害。刘邦听后恍然大悟，骂道："竖儒，差点坏了老子的好事。"命令赶快销毁铸好的印信。事见《史记·留侯世家》。

汉初实行郡国制度，郡即秦朝实行的郡县制度，国则是封国。汉朝建立后，除了长沙王和南越王，异姓王被刘邦以各种理由一一铲除。但分封意识依然在刘邦思想里有残留，希望同姓王能起到藩屏中央政权的作用。所以，刘邦在铲除异姓王的同时，又大封刘姓王，并与大臣杀白马为盟，其中的盟誓是："非刘氏王者，天下共击之。"但刘邦死后，吕后却大封吕氏王，引起刘姓与吕氏火并，最后以吕氏覆亡告终。文帝、景帝时，刘姓王不断坐大。更为严重的是，景帝时发生了七国之乱，几乎动摇了汉朝的根本。汉武帝深知分封的弊病，实行推恩令，不断拆解削夺诸侯王的封地和权力。经过长期不断努力，汉朝终于解除了分封制带来的威胁，实行了中央对地方的直接管理。

公元前 213 年，有博士淳于越上书反对郡县制，他认为分封制度有利于秦的长治久安。淳于越的意见遭到丞相李斯的驳斥，李斯主张进一步统一天下思想。《史记·秦始皇本纪》记载李斯在上书中说道，古代因为天下不能实现统一的政策，导致诸侯势力强大。很多人常常引用古人的说法，对当今的一些法令说三道四，以至于人们思想混乱，莫衷一是。君主有什么想法，马上就有一些人引用古人的说法进行反对。现在虽然天下一统，但私学还很流行，一有政令颁布，这些人各以所学进行议论，入则心非，出则巷议，严重阻碍了政令的推行。这些人自以为掌握了真理，在反对政令时还觉得理直气壮。他们只知道沽名钓誉，不知道自己的浅陋。很多人被他们所蒙蔽，给他们很高的名誉，也让他们在造谣生事时更加没有什么忌惮。如果不禁止他们，一旦成了气候，他们就会挑战君主的权威，损害中央集权制度。因此，应该禁止私学的存在。为了彻底禁止人们以古非今，李斯还提出了具体措施：史书不是秦国史官记载的统统烧毁；非博士者不允许私藏诗书；家中如果有诗、书、百家语者，应该马上上缴销毁；有敢在一起谈论诗书者杀，以古非今要灭族；官员知道而不揭发举报，与之同罪。令下三日之内，家藏书籍不烧者罚做苦役。有想学习法令的，让他们向官员请教。李斯的主张被秦始皇采纳，为了统一天下的思想，杜绝以古非今事情的发生，秦始皇帝采取了一系列雷厉风行的政策，甚至不惜为此焚了一批书，坑杀了四百六十余人。焚书坑儒使中国学术文化经历了一场浩劫。

《汉书·惠帝纪》颜师古注引张晏的说法："秦律，敢有挟书者族。"[1] 秦代的法律苛烦，除六篇刑律外，还颁布了大量单行的法律条文。"挟书律"出台的目的是为了维护高度统一的思想，保证中央集权的权威性不受挑战。其实，不准民间私藏书籍并非始于秦始皇，秦法"挟书律"不过延续了前人的做法。章学诚在《文史通义》中讲："有官斯有法，故法具于官；有法斯有书，故官守其书；有书斯有学，故师传其学；有学斯有业，故弟子习其业。官守学业，皆出于一。而天下同文为治，故私门无著述文字。"[2] 在私学兴起之前，学在官府，书籍和著作的传承全部归官府掌握。春秋之后，随着史官文化的下移，私学慢慢兴起，官府垄断书籍的局面才被打破。秦法"挟书律"的推出是对复古派分子的坚决反击，其文化理据也还是周代的礼乐文化。

三、汉文化有多个来源

西汉王朝初期，制度基本上都是继承秦朝的，挟书律也不例外。学在官府和秦法"挟书律"严重阻挠了文化的传播和传承。公元前191年，汉朝政府下令废除"挟书律"，允许私家自由收藏书籍，战国以来一些不敢公开的民间藏书开始公诸世。汉朝政府认识到书籍的重要性，不遗余力地到处搜集存世书籍，还为此建立了专门的藏书机构。汉文帝的时候，伏胜在济南传授《尚书》，汉文帝特派晁错往伏胜处学习。晁错回到长安，也将用隶书抄写的《尚书》带回了长安。晁

---

① （汉）班固：《汉书》，百衲本《二十五史》第一册，浙江古籍出版社1998年版，第307页。

② （清）章学诚著，叶瑛校注：《文史通义校注》，中华书局1985年版，第951页。

错因为通晓《尚书》做了太子舍人、门大夫、家令，深受太子刘启的信任，大家称他为智囊。汉武帝对古代典籍很感兴趣，为了避免古代典籍失传，他下令采取一系列措施，"建藏书之策，置写书之官，下及诸子传说，皆充秘府"①。汉成帝也比较关心天下图书的散亡问题，他以政府的名义，派官员陈农到民间访求书籍，让刘向将收集来的书籍分门别类，进行校对。

汉初的许多藩王也喜爱图书，比如河间献王刘德，史书说他是一个"修学好古，实事求是"的人。《汉书·河间献王传》记载，河间献王每每从民间搜集到好书以后，就会将这本书认真抄写一遍，将原本留下，抄写的那一份让献书人带走，然后多多赐予金帛。河间献王诚恳的态度和公道合理的做法赢得了藏书家的拥护，很多人不远千里到河间献王刘德那儿，将祖传珍藏的旧书献给了刘德，因此刘德搜集的书很多，甚至比朝廷所得到的书还要多。除了河间献王刘德，当时的淮南王刘安也喜欢书。和刘德多收儒家经典不同，刘安专注于收集辞赋方面的书籍，屈原的作品多亏刘安收集才流传至今。东汉光武帝也很注意书籍的收集，《后汉书·儒林传》记载，光武帝刘秀到一个地方，未及下车，必先拜访当地的硕学宿儒，"采求阙文，补缀漏逸"。通过汉朝政府的大力搜求，大量秦末散失的图书被发掘整理出来。对于藏书的盛况，刘歆的《七略》有具体的描绘："百年之间，书积如山，故外有太常、太史、博士之藏，内则有延阁、广内、秘室之府。"②汉代搜集的书籍可参看《汉书·艺文志》，《汉书·艺文志》是对刘歆《七略》的删减，而刘歆的《七略》则参考了其父刘向校书中秘时完成的《叙录》，所以比较全面地反映了汉代藏书情况。从《汉书·艺文志》著录的书籍来看，汉代全面整理和继承了两周的伦理文化，对春秋战国以来的百家学说都进行了悉心搜求，从中可以看出汉文化具有极大的包容性和开放性。

汉代文化上承先秦，以三代为源头，并整合了春秋战国以来的地域文化和百家学说，成为华夏文化传统的集大成者和大一统的楷模。春秋以后，王室衰微，诸侯兼并，礼崩乐坏，兼并战争的规模也越来越大。随着兼并战争规模的扩大，中国大一统的趋势也越来越明显。兼并战争促进了各地文化的交流，各地文化不断补充和丰富中原文化，中原文化在充分吸收各地文化之后变得越发丰富多彩。

---

① （汉）班固：《汉书》，岳麓书社1993年版，第758页。
② （清）姚振宗辑录：《七略别录佚文》，上海古籍出版社2008年版，第92页。

中原文化对各地文化的吸收是有选择和改变的，在文化选择和改变中，随着分裂局面的结束，秦汉时期形成了我国大一统文化。这个大一统文化的源头是周公制定的伦理文化，在两周伦理文化基础上整合了先秦百家学说，并根据社会发展的需要进行了文化选择。因此，真正的汉代文化并非简单的某种文化的延续，而是对各地文化精神的包容、吸收和改造。开放、包容不但是汉代文化的特点，也是华夏文化的传统和精神。

第四节　汉文化的质实与灵动

所谓汉唐气象是指自信、包容，多元文化融合，民族关系融洽。汉文化的来源不是单一的，它在全面继承两周伦理文化的基础上，又融合了楚文化的浪漫和春秋战国以来的地域文化和百家学说，并从对外交流中获取源源不断的营养。宏大巨丽，气势磅礴，汉文化成为中国大一统文化的真正源头。

一、汉文化的质实与周秦文化的厚重

公元前 221 年，秦始皇通过惨烈的战争手段终于结束了春秋战国长达五百多年的诸侯纷争的局面，完成了统一中国的伟业。一个新的历史时代——秦汉时代由此揭开了帷幕。在诸侯纷争的春秋和战国时期，周天子地位衰微，王纲解纽，诸侯力政，礼崩乐坏，田畴异亩，车涂异轨，政令不一，衣冠异制，雅言地位下降，各国文字也出现了自己的特色。但与此同时，伴随着各国的兼并与争霸，各地文化也得到了极大交流和融合。如楚灭陈，由此有了陈楚文化。勾践灭吴后，以兵渡淮，与齐晋诸侯会盟于徐州，并将越国都城北迁至于琅琊（今山东胶南市或诸城市东南）。秦起于陇西，周平王时秦襄公救周有功，被赐岐山以西之地，秦始与诸侯通使聘享。秦始皇灭掉了六国以后，积极推行书同文、车同轨、统一度量衡等政策，极大地加速了中华民族的大融合。秦王朝虽然只存在了短短的十五年，但却建立起一整套行之有效的行政制度。尤其是自秦穆公就开始施行的郡县制，在秦统一天下的过程中得到全面推广，对加强秦朝的中央集权起到了非常重要的作用。汉朝完全继承了秦朝的郡县制度，在一步步瓦解各地藩国势力的同时，汉武帝通过"罢黜百家，独尊儒术"，进一步在思想、政治、文化方面进

行了统一，确立了儒家在意识形态体系中的独尊地位。汉武帝雄才大略，他拓边开土，通过北击匈奴，打通了河西走廊。南伐诸越，沟通了西南夷。中国后来的疆域轮廓在汉武帝的时候基本上得以确立。随着汉朝疆域的扩大，周边越来越多的民族融合到了华夏民族这个大家庭里。汉代在中国历史上承前启后，它继承并弘扬了夏商周三代的文明和文化，在一个新的历史高度以宏大的气魄建立了封建大一统的政治与文化格局，成为中国大一统文化的真正源头。

汉初，为纠正秦朝严刑苛法的弊端，恢复社会经济，采取休养生息的便民政策。秦汉之际，道、法、儒并行而互黜。在这三种政治思潮中，汉初统治者选择了黄老之学，推行清静无为的政治，有助于恢复经济和安定人民生活。然而，清静无为的政治方针也助长了藩国割据势力。在汉初几十年的发展中，有些藩国势力甚至可与中央分庭抗礼，渐渐形成尾大不掉之势。刘邦来自社会最低层，素来讨厌儒生们的繁文缛节。但即位后，群臣饮酒争功，醉或妄呼，也让刘邦头疼。为此，刘邦让叔孙通制礼仪，有力地规范了将帅们的行为举止，使得整个帝国渐渐走上了正轨。中国大一统的局面来之不易，为了维护这个大一统的政治格局，汉朝政府从汉文帝起就开始着手削弱藩国势力。经过几十年的休养生息，社会经济基本上得到了恢复和发展。此时的汉朝政府需要进一步建立和健全专制主义中央集权制度，强化封建等级秩序的任务摆在了汉武帝的面前。汉武帝在即位以后，断然摒弃了长期以来行之有效的黄老治国思想，他根据董仲舒提出的"罢黜百家，独尊儒术"的改革思路，设乐府，兴太学，立五经，置博士子弟，以伦理为中心，以纲常名教、等级秩序为内容，施行教化，构建起一套完整的儒家意识形态体系，建立和健全了专制主义中央集权制度，有力地巩固了封建大一统的局面。

关于汉文化的来源及形成，学者们或认为秦承汉制，或认为汉文化就是楚文化。邓以蛰的思考比较全面和缜密，他在《辛巳病余录》中这样说："世人多言秦汉，殊不知秦所以结束三代文化，故凡秦之文献，虽至始皇力求变革，终属周之系统也。至汉则焕然一新，迥然与周异趣者，孰使之然？吾敢断言其受楚风影响无疑。汉赋源于楚骚，汉画亦莫不源于楚风也。何谓楚风，即别于三代之严格图案式，而为气韵生动之作风也。"[1]周平王时，为了避开犬戎的骚扰，周东迁洛

邑，将岐山以西之地赐予了救周有功的秦襄公。秦承袭了西周故地的同时，也承袭了西周文化。以文字为例，当东方"诸侯力政，不统于王"，由此导致"言语异声，文字异形"时，文化落后的秦国文字反而延续了西周文字特点。邓以蛰说秦文化属于周之系统有一定的道理。秦始皇横扫六合，中国政治、经济、文化并于一统，尤其是"书同文，车同轨"政策极大地推动了各地文化的交流和融合。但秦享祚不久，延至二世胡亥，统一不过短短十五年就被推翻了。在风起云涌的秦末乱世中，崛起于丰沛地区的刘邦带领一帮弟兄东冲西杀、南征北战，最后入主长安，建立起一个空前统一的汉朝。汉武帝以前，在许多国家制度上，基本没有突破秦代模式，所以人们常常说汉承秦制。但在统治思想上，汉一改秦之苛政，施行与民休息的宽缓政策。汉代文化融合的力量是巨大的，融合的速度很快，汉初文化色彩斑斓，让人耳目一新。邓以蛰说汉文化气韵生动，说的就是这种感觉。

汉文化的确与周秦文化有所不同，不同之处在于周秦文化的色调毕竟有些单一，而汉文化却丰富多样。在汉文化中，我们既可以找到周秦文化中的厚重，也能找到楚文化的浪漫灵动，当然，随着对外交往增多，汉文化还增添了不少域外色彩。如果说汉文化中的气韵生动得益于楚骚的影响，那么汉文化的厚重感又从何而来？秦代不文，文学几乎没来得及创作就灭亡了。但秦帝国却为我们留下了气势恢宏的秦始皇兵马俑和万里长城，秦帝国横扫六合的气势以一种宏大巨丽之美呈现在世人面前。宏大巨丽，气势磅礴，秦代的这种文化特征被汉代所继承，并作为汉唐气象的底色被长期保留了下来，成为中华民族宝贵的精神财富。汉代文化具有极大的包容性，它不但继承了两周伦理文化，吸收和消化了先秦百家学说，对疆域内甚至域外文化的精华也持开放态度。对此，鲁迅先生在《观镜有感》一文中这样说："遥想汉人多少闳放，新来的动植物，即毫不拘忌，来充装饰的花纹……汉唐虽然也有边患，但魄力究竟雄大，人民具有不至于为异族奴隶的自信心，或者竟毫未想到，凡取用外来事物的时候，就如将彼俘来一样，自由驱使，绝不介怀。"①

---

① 鲁迅：《鲁迅全集》第一卷，人民文学出版社 1981 年版，第 197 页。

二、厚重有余灵动不足的汉代文学

汉代文学给人最深刻的印象是质实为主，汉代文学表现出较多的明显的理性思考，这显然是受了周代以来中原地区理性文化的影响。汉初的学术氛围相对自由，战国时期仙道思想在齐地非常流行，在汉代被散播到四方。儒家和道家虽然互相排斥，但具体到个体，不可能只接受一家的影响，儒、道互补成为汉代文化的一大特点。楚辞在汉代受到帝王的喜爱，也在上层阶级广泛流播，对汉代文学产生了积极影响。这一切都使得汉代文学在厚重质朴之余，又有了纷繁多彩、绚丽多姿的一面。汉代文学确有属于浪漫特征的因素，但同样是浪漫特征，汉代的浪漫似乎缺少了点什么。汉代文学的质实厚重主要表现在容量大，气势恢宏，给人一种崇高巨丽之美。以汉大赋为例，凡是能够写入作品的事物，赋家都尽量囊括包举，细大无遗，无远弗届。汉代文学对纷繁复杂的众多事物很有兴趣，想尽办法描绘、表现，不避重复，不忌堆砌，铺陈罗列，不厌其烦，漫无节制。汉代文学的描写叙述喜欢夸饰，篇幅冗长，给人强烈的笨拙呆板的印象。汉代对经学的解读更加烦琐，经学家可以用上百万字来解说一经，甚至解释经书上的一个字就可能用上几万字。桓谭《新论·正经》："秦近君能说《尧典》，篇目两字之说，至十余万言。"[1] 在文字的运用上，汉代文学和经学都追求过长的篇幅，无论对什么，作者一罗列起来就不厌其烦，多多益善，铺天盖地，使得某些文学作品如同辞典字书一样，使人难以卒读。汉代文学缺少创造性，许多文人一生都在模拟，他们不但模拟前代作品，同时代文人之间的模仿也成一时风尚。他们不仅模仿文体，也模仿题材，甚至许多作品在具体的谋篇布局上也多有雷同之处。汉代文学体裁有散体赋、骚体赋、七体、九体、设辞等，这些文体是模拟的重灾区，形成了一种特殊的文学现象。

汉初的文人心胸都比较宽广，反映在文学创作上则是"苞括宇宙，总揽人物"的气度。司马迁撰写的《史记》上至黄帝，下至汉武帝太初年间，全面记载了我国上古至汉初三千年来的历史，从帝王将相到市井细民，三教九流，诸子百家，各类人物纷至沓来。如果没有宽广的胸怀，是很难完成这样一部史学巨著的。对于《史记》的写作目的，司马迁在《报任安书》中这样交代："欲以究天人之际，

---

① （汉）桓谭：《新论》，上海人民出版社1977年版，第35页。

通古今之变，成一家之言。"①这三句话不但包含着一种坚忍不拔的精神，也很能显示司马迁顶天立地的人格力量。这不是司马迁独有的精神气质，它代表了汉代人勇于开拓、敢于担当的时代精神，这种时代精神及其在文学中的反映被后人誉为汉唐气象。汉代的散体赋篇幅一般都较长，体制宏伟，极力铺写都、宫殿、苑囿、游猎、饮食、声色等内容，针对不同对象，采用铺张扬厉的表现方法，务必做到穷形尽相的描写和渲染，造成波澜壮阔的场面和雄厚充沛的气势。在结构上，采用虚构人物、设为问答的形式，一般在开头介绍事情的缘起，中间假设主客问答，展开作者要铺叙的内容，结尾是一方向另一方屈服。汉代的散体赋，凡是能够写入作品的事物，作者都无不尽力搜求，大肆铺陈，很容易造成充沛的气势。但也由于过分铺张，层层排比，缺少变化，堆砌辞藻，好用奇辞僻字等等弊病，使作品生硬晦涩。

一般认为汉大赋由骚体的楚辞演化而来，其实汉大赋的来源是多方面的。以枚乘的《七发》为例，吴客在说明贪图享乐对养生的危害时说："且夫出舆入辇，命曰蹶痿之机；洞房清宫，命曰寒热之媒；皓齿蛾眉，命曰伐性之斧；甘脆肥脓，命曰腐肠之药。"②我们将这段文字和《吕氏春秋·本生》中的一段作对比："出则以车，入则以辇，务以自佚，命之曰招蹶之机。肥肉厚酒，务以自强，命之曰烂肠之食。靡曼皓齿，郑卫之音，务以自乐，命之曰伐性之斧。"③将这两段文字进行对比，是不是很相似？再比如《七发》中有观涛一段描写，其中有"观其所驾轶者，所濯拔者，所扬汩者，所温汾者，所涤汔者"这样的句子④。看《庄子·齐物论》"似洼者，似污者，激者，謞者，叱者，吸者，叫者，譹者，宎者，咬者"⑤，是不是也很眼熟？《七发》的确有模仿《招魂》和《大招》的地方，最明显之处是对宫室、音乐、饮食等事项的大肆铺写，确实会让人联想到《招魂》和《大招》，这也成为楚辞对汉赋产生影响的直接证据。汉赋并非楚辞一个来源，《诗经》和诸子散文也对汉赋的形成产生了难以估量的影响。章学诚在《校雠通义·汉志诗赋第十五》中就说："古者赋家者流，原本《诗》《骚》，出入战国诸子。

---

① （汉）班固：《汉书》，岳麓书社 1993 年版，第 1181 页。
② 龚克昌：《全汉赋评注》，花山文艺出版社 2003 年版，第 32 页。
③ 陈奇猷：《吕氏春秋校释》，学林出版社 1984 年版，第 21 页。
④ 龚克昌：《全汉赋评注》，花山文艺出版社 2003 年版，第 35 页。
⑤ （清）王先谦：《庄子集解》，上海书店 1986 年版，第 7 页。

假设问对，《庄》《列》语言之属也；恢廓声势，苏、张纵横之体也；排比、谐隐，韩非《储说》之属也；征材聚事，《吕览》类辑之义也。"① 就汉赋所受影响来说，假设问对不为《离骚》所独有，恢廓声势是战国策士说话的特色，排比谐隐、征材聚事是诸子散文常用手法。如此说来，所谓楚辞对汉赋的影响，最直接的证据也只有《招魂》《大招》中对宫室、音乐、饮食铺排描写这一项了。如果说楚辞代表了南方文化，《诗经》和战国诸子无疑代表了北方文化。从以上种种分析不难看出，北方文化对汉赋的形成是直接的、主要的，南方文化只不过为汉赋增添了一丝异样的光彩。也正因如此，汉赋给人最为强烈的印象不是南方文化的光怪陆离，而是北方文化的厚重巨大。汉文化给人的总体印象是厚重有余而灵气不足，然而令人迷惑不解的是，很多学者只关注汉唐文化中的几朵碎花，而对其厚重的底色几乎可以说视而不见。

　　学术界长期流行着这样的观点，认为汉初在政治、经济、法律等制度层面沿袭了秦朝的做法，但在意识形态上却全面接受了楚文化。甚至有一种错误的观点认为，汉文化就是楚文化，楚文化与汉文化一脉相承，无论在内容上还是形式上楚汉文化都保持了继承性和连续性。有学者特别强调，在文学艺术领域楚汉不可分，汉文化保持了"南楚故地"的乡土本色②。不得不说，这些观点都深受刘师培影响。他们将荆楚文化认作了楚文化的全部，他们强调荆楚文化地域特色的同时，认为汉文化与楚文化的关系就是汉文化与荆楚文化的关系。殊不知，在楚文化这个大概念下，除了荆楚文化，还有吴越文化、陈楚文化等。一个简单的事实是，我们经常说的"四面楚歌"，很可能是在后世大放异彩的吴歌。汉朝所谓的楚歌、楚声，其内涵与外延和《说苑·修文篇》"舜以南风"中的"南风"大致相同，泛指战国后期楚国疆域内的音乐，包括荆楚民歌、陈楚民歌和吴越民歌。

　　公元前278年，秦将白起破楚拔郢，楚顷襄王迁都于陈。公元前209年，陈胜、吴广首先在蕲县的大泽乡起义，刘邦和项羽分别在沛县、吴中响应。蕲县，秦时属泗水郡，汉初属沛郡。刘邦"收沛子弟二三千人"，转战于黄河中下游，入咸阳，居汉中，后出关东征项羽。项羽在吴中举兵反秦，带着江东子弟八千多人渡过长江，向西与章邯战于巨鹿，屠咸阳，都彭城，最后在垓下被围，身死东

---

① （清）章学诚著，叶瑛校注：《校雠通义校注》，中华书局1994年版，第1064页。
② 李泽厚：《美的历程》，中国社会科学出版社1984年版，第85页。

城。秦并六国之前，楚国中心由荆楚转向沛陈，沛陈地区的人民也以楚人自居。故《史记·陈涉世家》记载陈胜、吴广起义，"三老、豪杰皆曰：'将军身被坚执锐，伐无道，诛暴秦，复立楚国之社稷，功宜为王。'陈涉乃立为王，号为张楚"①。项梁在吴中起事后，特意从民间找到了为人牧羊的楚怀王的孙子，立他为王，想以此收揽民心。在以楚人为主体的反秦浪潮中，刘邦好楚声，为义帝发丧报仇，实际也以楚人自居。"楚虽三户，亡秦必楚。"无论是在当时，还是在后世，秦为楚所灭都是不争的事实。但从历史上讲，在秦国的步步紧逼下，楚实际已经放弃了荆楚地区。在反秦风暴和楚汉战争中，刘邦和项羽谁也没翻越过伏牛山脉到达过荆楚地区，推翻秦朝的主要力量来自东楚的吴中和西楚的沛陈。来自吴中和沛陈的楚人推翻了暴秦，在此过程中刘邦和项羽打出的都是大楚的旗号。作为秦末农民起义的最终成果，汉朝建立之初首先是将原产于沛陈的道家思想运用到治国的行动中去，推行清静无为的政治，以恢复被战争摧毁了的经济，安定人民生活。楚文化指的是战国时期楚国疆域内的文化，包括陈楚文化、荆楚文化和吴越文化。既然同属于楚文化，作为楚人建立起来的刘汉政权，在推崇楚文化的时候自然不便区分彼此。况且，荆楚文化的代表人物屈原，在政治上是反秦的，代表了当时普遍的反秦意识，因此受到极大推崇，深刻地影响了汉代乃至后世的文学。

在改朝换代之际，出身底层的人走向帝王宝座的过程中，在其周围总会聚集一帮家乡来的子弟，这些人最忠诚，最勇敢，最后往往会成为开国功臣。同一个地方的人容易形成文化认同，这种文化认同感促使他们凝心聚力，成为一种势不可挡的力量。最初，这种文化认同是以地域文化的面貌出现的，随着革命成功，该集团入主中央时，自然也会将这种地域性带入中央，并且成为新朝建构文化的基础。当然，随着政权越来越稳固，在京畿文化的熏陶下，在各地文化交流沟通中，新朝的文化面貌会悄然发生变化，而来自帝王家乡的地域性特征渐渐融入整个文化之中。帝王家乡文化往往在新王朝建立之时表现最为明显。秦末刘邦率丰沛子弟起兵，入关灭秦，又打败项羽，建立了西汉王朝。在刘邦夺取天下和西汉前期政治中，丰沛子弟发挥了中流砥柱的作用。西汉建立后，刘邦升丰邑为丰县，与沛县并置。据《史记·高祖功臣侯者年表》统计，高祖共封侯142人，其

---

① （汉）司马迁：《史记》，中华书局2006年版，第332页。

中来自丰沛而侯者 47 人，约占三分之一强，丰沛集团构成了汉初功臣集团的核心。丰沛文化是西楚文化的重要组成部分，西楚文化在汉初文化建设中扮演了重要角色，黄老思想在汉初成为国策即为明证。西楚文化质朴厚重，它不仅影响和塑造了汉代文学的基本品质，而且成为文学史上所谓的"汉唐气象"的文化基础。

从地域上说，西楚的主体部分是先秦时期陈国与宋国的疆土，在这块土地上曾生活过老子和庄子。中国古代学者往往庄、屈合诂，或庄、骚并称。当今学术界一般认为《庄子》与屈原的《离骚》共同构成了我国浪漫主义文学的源头。《庄子》这本书以奇幻的想象和丰富的寓言向世人昭示西楚大地并不缺乏浪漫的文化因子。历史上，在西楚大地上曾演出过《诗经》中的《商颂》和《陈风》。朱熹《诗集传》说陈地是"太皞伏羲氏之墟"，其民"好乐巫觋歌舞之事"①。据《陈风》，陈地的宛丘之上，衡门之下，都曾是著名的歌舞场地。周封殷遗民于宋，《礼记·表记》说："殷人尊神，率民以事神，先鬼而后礼。"②《商颂》五篇全是庄严的祀祖乐歌。从《商颂》和《陈风》中，我们不但可以看到陈宋两地击鼓婆娑的舞者身影，也能聆听到"既和且平"的"穆穆厥声"；《老子》《庄子》虽然杳冥而深远，荒唐而谲怪，但却是对哲学不折不扣的理性思考，是中原地区理性文化的产物。陈宋两地文化既有中原文化特有的质朴厚重，同时又不乏一定程度的浪漫灵动。如果说汉代文学和文化给人的总体印象是厚重有余而灵气不足，我们不得不说这是汉代在以陈宋文化为主体的西楚文化的基础之上各地文化杂糅的结果。

第五节　三楚观念是考察楚汉文学关系的新维度

在楚文化研究中，许多学者钟情于发现南楚文化的地方特色，不厌其烦地胪列南楚重淫祀的风俗，南音、南风的地域特色，"南冠""楚服"以及官制的独特性，等等。这样做虽然突出了南楚文化的地域特色，却自觉不自觉地忽略和割裂了楚文化与中原文化之间的联系，不符合秦汉时期大一统的历史走向。

---

① （宋）朱熹：《诗集传》，凤凰出版社 2007 年版，第 93 页。
② 崔维高校点：《礼记》，辽宁教育出版社 1997 年版，第 197 页。

一、汉代文学中的三楚风味

秦朝建立不过短短的十五年就灭亡，但秦王朝却在政治、经济、法律等制度方面作了有益的尝试。从运行的效果来看，这些制度还是行之有效的。因此，刘邦在和萧何谋划汉朝的政权架构时没有另起炉灶，而是基本上承袭了秦代的体制。我们常说的"汉承秦制"，指的是秦汉在制度方面的沿袭。在意识形态方面，特别是在文学艺术领域，汉代不仅受南楚（即荆楚）文化的影响，更受以道家思想为代表的沛陈文化影响，同时西周礼乐文化也顽强地左右着人们的思想。贾谊的旷达、司马迁的坚韧、汉赋铺彩摛文的写作方法、《古诗十九首》中及时行乐的思想内容，都能找到道家思想或隐或显的影响来。

汉初有不少藩王爱好文学或经学。楚元王刘交喜欢读书，多才多艺，曾向浮丘伯学《诗》，在其周围也形成了一个传授《诗经》的学术团体。河间献王刘德举六艺，立《毛氏诗》《左氏春秋》为博士，"山东诸儒多从而游"，在他的周围形成了一个研究儒术的学术集团。淮南王刘安更是喜欢文学，在他周围有数千宾客，著有《内书》（即《淮南子》）二十一篇，《外书》甚众。吴王刘濞虽不好文艺，也喜欢招四方游士，齐人邹阳、吴人严忌、枚乘都是其中的重要人物，"皆以文辩著名"。后刘濞反叛，邹阳、严忌、枚乘等离开吴国，从梁孝王游。梁孝王好营宫室苑囿，日与游士驰骋田猎，饮酒作赋。在诸多藩国文化圈中，吴、梁、淮南除了学术活动之外，还有令人欣喜的文学创作活动。梁国北界泰山，西至高阳，东临楚国，南接淮南国，东南与吴国接壤。吴、梁、淮南连接成片，正是道家产生之地和影响所及的范围。

当然，就文学艺术领域的影响而言，荆楚文化的代表人物屈原对后世文人和文学的影响是难以估量的。汉初的贾谊谪迁长沙，途经湘水，作《吊屈原赋》。司马迁受"屈原放逐，乃赋《离骚》"影响，以惊人的毅力忍辱负重，最终完成了《史记》的写作。陶渊明作《感士不遇赋》，称"三闾发已矣之哀"。李白《江上吟》，有"屈平词赋悬日月，楚王台榭空山丘"之句。杜甫《戏为六绝句》说"窃攀屈宋宜方驾，恐与齐梁作后尘"，其思想与文采都与屈原一脉相承。汉唐之后，继承屈原传统的作者，代有其人，不可胜数。

关于楚辞的产生，近世学者往往以为是荆楚文化的产物，并极力从楚歌、楚声中寻找其渊源。比如王国维在他的《人间词话》中，就将楚辞体格追溯到《沧浪》《凤兮》二歌①。但汉代学者却将屈原视作《诗经》的继承者。如王逸在《离骚后叙》中就说屈原是"依诗人之义"创作了《离骚》，这里的"诗人"指的是《诗经》的作者。对于《离骚》写作的目的，王逸认为一是为了讽谏君王，二是为了自我安慰②。讽谏君王，安慰自己，这些都属于《诗经》精神，是《诗经》作者创作的初衷，这些都被屈原继承了下来。

西汉刘安也是研究楚辞的大家，他曾奉命作过《离骚传》，可惜没有流传下来。《文心雕龙·辨骚》："昔汉武爱《骚》，而淮南作《传》，以为《国风》好色而不淫，《小雅》怨悱而不乱，若《离骚》者，可谓兼之矣。蝉蜕秽浊之中，浮游尘埃之外，皭然涅而不缁，虽与日月争光可也。"③这里所谓的"淮南作《传》"，指的就是刘安奉命作的《离骚传》，说明这段话出自刘安《离骚传》。这段话也被载入《史记·屈原列传》中④，同时被班固《离骚序》所引用⑤，是刘安《离骚传》流传至今的只言片语。从还能见到的《离骚传》中的这段话可以知道，刘安对屈原的评价非常高，他称屈原的精神可与日月争光。具体到《离骚》这篇作品，刘安认为是屈原怨愤的产物，但这种怨愤并未超越典型，和《小雅》一样，属于"怨悱而不乱"。屈原的《离骚》采取了香草美人的象征写法，刘安评价其中的蛾眉谣诼，也在《诗经》的规矩之内，属于"好色而不淫"。刘安将《离骚》与《诗经》相提并论，实际上是在强调由《诗》到《骚》一脉相承。刘安之后，历代学者大多坚持由《诗》到《骚》的思路，认为屈原的《离骚》是在学习北方《诗经》的基础上创作的。

自刘师培发表《南北文学不同论》以后，学者大多认同屈原的作品是南北文化交融结果。按照现代一些学者的观点，楚人原本居住在河南、山东、安徽一带，与东夷族有着密切交往。后来在民族整合的历史过程中南下至江，先在荆山、雎山站住脚跟，并不断壮大，成为春秋至于战国时期最为活跃和重要的诸侯国之一。楚人长期生活在中原边缘，与南方蛮族不断融合，进一步外化于中原，以至于楚国常被中原的诸侯国视为蛮夷。但楚人原本由中原地区迁到南方，他们

---

① 滕咸惠校注：《人间词话新注》，齐鲁书社 1981 年版，第 96 页。
② （汉）王逸注，（宋）洪兴祖补注：《楚辞章句补注》，吉林人民出版社 1999 年版，第 47 页。
③ 杨明照等：《增订文心雕龙校注》，中华书局 2012 年版，第 51 页。
④ （汉）司马迁：《史记》，中华书局 2006 年版，第 505 页。
⑤ （汉）王逸注，（宋）洪兴祖补注：《楚辞章句补注》，吉林人民出版社 1999 年版，第 49 页。

对自己的中原身份没齿难忘，从来没有要独立出中原的企图。西周时期，楚居"南郢之邑"，蛮荆之地，在政治上归附周天子。随着国力强盛，楚国一度向南扩展自己的势力，开地千里，但后来却重点向北用兵，目的是想进入中原，反映了楚人对中原文化心理上的亲和力。战国时期，楚国兼并了淮北许多诸侯国家，楚文化与中原文化俨然融为一体。屈原作为一个政治人物，他曾经"入则与王图议国事，以出号令；出则接遇宾客，应对诸侯"①，他对中原文化的熟悉程度当远超别人。楚辞"书楚语，作楚声，纪楚地，名楚物"及其"诡异之辞""谲怪之谈"，的确为楚辞涂抹上了浓厚的南楚地域色彩，但《诗经》对伟大诗人屈原的出现及创作的影响则是决定性的。

楚辞在南方横空出世，就中国诗歌创作来讲，的确在《诗经》之外开辟了一个崭新的诗歌境界。楚辞有着华丽的辞藻，瑰奇的想象，狂放不羁的夸饰，这些毫无疑问属于楚辞所独有，得益于南国江山之助。但这些都属于表面现象，就像一个人穿了两件不同的衣裳，衣服下面是同一个人，而不是两个人。楚辞是中国诗歌的一部分，《诗经》与楚辞不是并行的两条河流。从诗歌的发展来说，《诗经》与楚辞一脉相承。虽然在中原诸侯国看来楚国属于南蛮，但楚人自己却清楚地记得他们来自中原，在心理上对中原文化有着天然的亲近感。在楚国崛起的过程中，楚国不断向北发展，兼并了很多中原诸侯国，他们很早就融入了中原文化。春秋以后，中原地区呈现出礼崩乐坏的局面。但此时的楚人，在认祖归宗的心理驱使下，反而更容易接受一些已经过时了的礼乐文化内容。"礼失求诸野"，在中原消失了的一些文化，反而在楚国得到了很好的保存，就是这个道理。

屈原创作了《离骚》《九章》等作品，其渊源实可上溯至西周时期的献诗制度。春秋以前周朝有献诗的传统，《国语·周语》说当时的天子听政，有使公卿至于列士献诗的规定。根据《尚书·金縢》的记载可以知道，西周初年的周公曾作过一首题目叫《鸱鸮》的诗献给周成王。据说周公作的《鸱鸮》就是今《诗经·豳风》中的《鸱鸮》。然而春秋以降，周天子地位下降，天子以诗观政的制度废弛，献诗传统也就中断了。献诗传统中断了将近三百年，突然被屈原重新接续，这不能不说是一个奇迹，以至于刘勰在《文心雕龙·辨骚》中感叹："自《风》《雅》寝声，

---

① （汉）司马迁：《史记》，中华书局 2006 年版，第 505 页。

莫或抽绪，奇文郁起，其《离骚》哉！"①《诗经》的句型多种多样，但以四言为主，总体上给人以整齐划一的印象。屈原的作品，除了《卜居》《渔父》别为一格，其他作品虽间杂言，句式整齐划一的特点也很突出。

一般人们认为，中国的诗歌适合于抒情，而说理最好用散文的形式。先秦诸子的创作实践也证明了这一点，诸子散文都采取了奇句单行的句式来表达思想和观点。先秦诸子急于将自己的思想观点呈现给世人，他们采用散文的写作方法客观冷静地表达着自己对这个世界的看法和认识。和先秦诸子不同，屈原有着强烈的感情冲动，他需要通过内心宣泄求得心理平衡，强烈的抒情冲动需要一种更为恰当的语言方式。《毛诗序》："治世之音安以乐，其政和；乱世之音怨以怒，其政乖；亡国之音哀以思，其民困。故正得失，动天地，感鬼神，莫近于诗。"②《诗经》相对整齐的语言形式满足了屈原表运政治理想的需要，兼顾了屈原发愤抒情的主观要求，同时使屈原的作品能够独立于散文之外，为屈原赢得了诗人的徽号。

屈原清醒的诗人意识和文体意识，在西汉很长一段时间内没有被完全理解和接受。受诸子散文和道家思想影响，在屈原作品基础之上产生了"一代之文学"汉赋。汉赋非诗非文，亦诗亦文，诗歌与散文的界限呈现胶着模糊的状态。就外在形式上来讲，散文与诗歌的主要区别在于杂言和齐言，杂言歌辞一旦脱离了音乐也就与散文相差无几了。区别诗歌与散文，齐言并且入韵无疑是最为简明的形式。明确的诗歌文体意识始自屈原，东汉以后才逐渐成为文人共识，汉乐府中整齐的五、七言歌辞引起了文人的兴趣和模仿，在很短的时期内就创作了像《古诗十九首》这样的极具思想性和艺术性的作品。

二、荆楚文化代表不了整个楚文化

楚文化在 20 世纪 30 年代开始引起人们的关注。到了 20 世纪 80 年代，楚文化研究渐成规模，湖北、湖南、河南、安徽四省成为研究楚文化的主要阵地，他们在墓葬考古、楚系简帛文字研究、楚人族源、都城考古、丧葬礼制等诸多方面取得了许多重要研究成果。湖北省社会科学院楚文化研究所是最早以楚文化为研

---

① 杨明照等：《增订文心雕龙校注》，中华书局 2012 年版，第 51 页。
② （唐）孔颖达：《毛诗正义》，（清）阮元校刻：《十三经注疏》，中华书局 1986 年版，第 270 页。

究对象的学术团体，始建于20世纪80年代，组建不久就开始招收硕士研究生，该院创办的《江汉论坛》是楚文化研究和宣传的阵地。湖北作为楚国历史的中心区域，楚文化研究的科研力量强大，除了湖北省社会科学院楚文化研究所外，还有武汉大学、华中师范大学、湖北大学、长江大学（原荆州师院）等一大批科研人员参加，取得了许多丰硕成果。楚文化研究并不局限在湖北境内，尤其是大量的楚文化遗址在湘、鄂、豫、皖乃至江苏等地被陆续发掘后，楚文化已经走出湖北一隅而渐渐被整个学术界关注和承认。1995年马世之出版了《中原楚文化研究》①，刘和惠出版了《楚文化的东渐》②，1996年高至喜出版了《楚文化的南渐》③，展示了楚文化极强的辐射能力。

没有人否定楚文化、楚文学对汉代文学的哺育之功，然而受思维定势的影响，人们往往习惯于用屈原、宋玉等创作的楚辞来评估楚文学与汉代文学的关系。绝大多数文学史教材将南楚文化视作楚文化的全部，将楚汉文学的继承性和连续性简单描述为楚辞、楚歌对汉代文学的影响。赵明、杨树增、曲德来的《两汉大文学史》④、孟修祥的《楚辞影响史论》⑤、李立的《楚汉浪漫主义文学发展史》⑥等在探讨楚辞、楚文化对汉代文学的影响时，也都没能超越传统的研究范式。张强的论文《汉文学与楚文学关系综论》⑦在评估楚文学与汉代文学关系时没有只关注屈原、宋玉等创作的楚辞，而是重点考察了道家思想对汉代文学的影响。但就楚文化的内涵和外延来讲，该文显然沿用了廖元度、刘师培等人的看法，对三楚文化之间的区别和联系缺少明晰的界定和分析。楚文化对汉代文学的影响超过了任何其他区域文化，这种影响只有在三楚视域下才客观、全面、真实。

战国后期，楚国疆域辽阔。司马迁将楚国分为南楚、东楚、西楚。事实证明，兼并战争的确可以促进各地的文化融合，但并不能完全改变一个地区的文化。因此，楚文化实由东楚、西楚、南楚三个相互影响又相对独立的地域文化组成。"楚虽三户，亡秦必楚"，东楚、西楚在推翻暴秦的战争中发挥了极为重要的

---

① 马世之：《中原楚文化研究》，湖北教育出版社1995年版。
② 刘和惠：《楚文化的东渐》，湖北教育出版社1995年版。
③ 高至喜：《楚文化的南渐》，湖北教育出版社1996年版。
④ 赵明等：《两汉大文学史》，吉林大学出版社1998年版。
⑤ 孟修祥：《楚辞影响史论》，湖北人民出版社2003年版。
⑥ 李立：《楚汉浪漫主义发展史》，中国社会科学出版社2013年版。
⑦ 张强：《汉文学与楚文学关系综论》，《社会科学战线》2001年第1期。

作用。然而在楚汉文化与文学研究中，国内外学者大多将关注的重点集中在南楚，却忽略了东楚、西楚的存在。楚有广义和狭义之分，狭义上指的是楚人早期生活的南楚，广义上则是战国时期的楚国疆域。汉代人将楚国分为南楚、东楚、西楚，采用的是广义上楚的概念。在推翻暴秦的战争中，东楚、西楚发挥了至为重要的作用，楚文化之所以能够在汉代的文学艺术领域产生极大影响，与来自东楚、西楚的军事力量最终建立了统一的、巩固的汉朝中央政权有直接的关系。

　　三楚观念在楚汉文学关系研究中具有重要学术价值。首先，它解决了楚文学的内涵与外延问题，楚文学不再局限于南楚，东楚和西楚极大地丰富了楚文学的内容。其次，评估楚文学与汉代文学的关系也不再局限于楚辞、楚歌对汉代文学的影响，南楚文学只是楚文学的一部分，楚文学实际就是当时的南方文学，楚汉文学关系研究扩展为先秦南方文学对汉代文学的影响研究。目前三楚观念尚未引起学者们的注意，三楚视域下的楚汉文学研究成果很少，因此具有极大的学术开拓空间。三楚文化既相互影响又相对独立，三楚关系不能混为一谈，但也不宜截然分开。如何客观评价和把握三楚文化内部间的关系，进而推进楚汉文化和文学整体性研究，是学术界需要给予关注和投入研究热情的重大学术课题。

第二章　西楚文化中的丰沛

第一节　古代的沛泽

丰沛地区虽不像江南那样烟雨氤氲，但在历史上却也是湖沼纵横，野旷天低。沛泽面积很大，远及于淮北。丰沛地区土地肥沃，生态良好，物产丰富，民风淳厚。

一、丰沛地区多湖泊

微山湖由南阳、独山、昭阳、微山四个湖泊组成，其中微山湖最大，习惯上统称微山湖。微山湖在徐州的北边，向北蜿蜒长达125公里，直抵济宁古城。微山湖位于泰沂山脉的西侧，是地质时代黄河泥沙淤积遗留下的湖泊。华北平原原是一片茫茫大海，第四纪时逐渐被黄河泥沙淤积成陆地，并与山东古陆的汶、泗冲积扇连接成片。海水退去后，在这片土地上留下了许多大大小小的湖泊、沼泽和湿地。

《左传·昭公二十年》有"齐侯田于沛"的记载，杜预在此注说："沛，泽名。"[1] 梁履绳的《左通补释》引刘熙之言："水草相伴曰沛。"又说："沛即庄八年之贝丘，盖地多水草，故常田猎于此。"[2] 贝丘在今天山东省的博兴县东南。《尔雅·释地·十薮》："鲁有大野。"[3]《汉书·地理志》："巨野，大野泽在北，兖州薮。"[4] 大野泽，又名巨野泽，是古代著名的湖泊，位于郓城、巨野、嘉祥、梁山四县之间。《汉书·地理志》载："《禹贡》菏泽在定陶东。"[5] 菏泽还北连雷泽，通

---

① （唐）孔颖达：《春秋左传正义》，（清）阮元校刻：《十三经注疏》，中华书局1986年版，第2093页。

② （清）梁履绳：《左通补释》，（清）阮元：《清经解》第二册，上海书店1988年版，第234页。

③ （宋）邢昺：《尔雅注疏》，（清）阮元校刻：《十三经注疏》，中华书局1986年版，第2615页。

④ （汉）班固：《汉书》，岳麓书社1993年版，第705页。

⑤ （汉）班固：《汉书》，岳麓书社1993年版，第706页。

濮水、羊里水、瓠子河；南纳黄沟枝流，通孟诸泽。综合众多历史文献记载，我们知道菏泽在古代曾经是一个东西长五六十旦，南北宽达十几里的狭长水道，是古代中原一带水上交通枢纽。又《尔雅·释地》称："宋有孟诸。"① 古时的孟诸野水波浩渺，宋玉《对楚王问》曾说："鲲鱼朝发昆仑之墟，暴鬐于碣石，暮宿于孟诸。"② 按照《庄子·逍遥游》中的说法，"鲲之背，不知几千里也"，鲲鱼能够暮宿孟诸，据此可知孟诸之浩渺。

先秦时期，华北平原的湖沼发育完全，湖泊星罗棋布，地理景观与今天有很大差异。《左传》《禹贡》《山海经》《史记》《汉书》等历史文献记载了大量湖泊的名字，黄淮海平原上的湖沼多达四十余处③。事实上古代黄淮海平原上的湖沼，远不止此数。竺可桢在《中国近五千年来气候变迁的初步研究》中，通过丰富的历史文献证明，从春秋时期（公元前770—公元前481）到东汉时代（公元之初），中国大陆处于一个相对温暖的时期④。温暖的气候为中国大陆带来了丰沛的降雨，在庄子的眼中黄河的汛期是这样的："秋水时至，百川灌河。泾流之大，两涘渚崖之间，不辨牛马。于是焉河伯欣然自喜，以天下之美为尽在己。顺流而东行，至于北海，东面而视，不见水端。"⑤ 丰沛地区地势平坦，秦汉之际的丰沛地区到处是沼泽湖泊。

公元前212年，刘邦押送一批刑徒到骊山，出发不久人就逃亡得差不多了。走到丰西泽，刘邦将剩下的人也放走了，自己带着十多个人也逃亡了。在逃亡途中，有白蛇当道。刘邦乘着酒意，斩了白蛇。后来听人说，有一个老太太到这里哭泣，向别人说自己的儿子白帝子被赤帝子杀了。这个故事在《史记》《汉书》中都有记载，当然都有神化刘邦的意图。但故事中描写的环境值得我们注意，刘邦是在丰西泽释放刑徒的，斩白蛇也是在大泽中。可见，当时的丰沛一带，湖沼纵横，自然生态良好。关于刘邦斩蛇处，《汉书·叙传》引班彪《王命论》这样说："始起沛泽，则神母夜号，以彰赤帝之符。"⑥ 沛泽是古代沛邑的大泽，现在

① （宋）邢昺：《尔雅注疏》，（清）阮元校刻：《十三经注疏》，中华书局1986年版，第2615页。
② 金荣权：《宋玉辞赋笺评》，中州古籍出版社1991年版，第111页。
③ 邹逸麟：《历史时期华北大平原湖沼变迁述略》，《历史地理》第5辑，上海人民出版社1987年版。
④ 竺可桢：《中国近五千年来气候变迁的初步研究》，《考古学报》1972年第1期。
⑤ （清）王先谦：《庄子集解》，上海书店1986年版，第99—100页。
⑥ （汉）班固：《汉书》，岳麓书社1993年版，第1851页。

的微山湖就是古代沛泽的一部分。丰西泽与沛泽相距不远，或者就是古沛泽的一部分。大约是刘邦在丰西泽纵徒亡归后，自己也亡命沛泽中。

二、丰沛地区自然条件优越

秦汉之际，丰沛一带的气候比现在湿润得多，全境遍布河流和湖沼，生态环境非常优越。大禹将天下分为九州，九州中的徐州土地原来很肥沃，非常适合农业生产。《尚书·禹贡》和《汉书·地理志》都说，徐州的土壤有着"赤埴坟"的特点。赤指的是土壤的颜色，坟的意思是隆起。埴说明徐州的土性发黏。土性发黏的优点是利于保肥保水，缺点是透气透水性差，雨水不易下渗，容易形成涝灾，并且水后地面干硬，耕作起来比较困难。但徐州的土壤又有"坟"这个特点，这说明徐州的土壤中含有大量的有机质和腐殖质。有机质和腐殖质改善了土壤的团粒结构，土质疏松使得土壤有着很好的透水性和透气性，这种土壤有利于植物根系的生长。所以说，"赤埴坟"是一种非常肥沃的土壤。《尚书·禹贡》将土壤分为十种，按照肥力又分为九等，徐州的"赤埴坟"位列第二，仅次于雍州的黄壤。后来黄河改道，夺淮入海，丰沛地区的土壤结构受到破坏，形成了不少低产的薄沙地和盐碱地。当然，这都是春秋战国之后的事情了。在黄河改道以前，丰沛地区的自然环境是非常有利于发展农业生产的。

丰沛地区农业发展条件很好，当地历来重视农业。《汉书·地理志》总共论及当时的 13 个区域，其中只有秦、宋两个区域"好稼穑"，鲁地则"有桑麻之业"。许行是战国楚人，生卒年不详，大约与孟子同时。许行是农学家的代表，主张"君民并耕""市价不二"。据《孟子·滕文公上》记载，许行曾千里迢迢来到滕国，请求滕文公允许他在滕国做一个农夫。滕国是当时的一个小国，在今山东省滕州市。微山湖在滕州西南，与沛县隔湖相望。就地理位置上来说，也可以说许行隐耕于沛。许行在滕隐耕，许多人慕名前来，拜师学习。其中有一人叫陈相，他和弟弟陈辛带着农具也来到滕国，见到许行后非常折服，"尽弃其学而学焉"。许行的活动影响了丰、沛乃至苏北人民的价值观念，"好稼穑""重桑麻"的风俗一直延绵于后世。江苏泗洪县重岗乡出土一耕种画像石，一农夫在前牵牛，一农夫在后左手扶犁，右手扬鞭。两牛并排，体格硕壮。牛头上的双角内弯，显然为水牛。牛的尾巴下垂，显示出努力向前的样子。在牛耕图下方，一农夫左挎盛种子的笸斗，右手扬起撒播种子。在其后又有农夫二人，手执耙锄，在已播种的土地上糭耕。① 在睢宁双沟也出土了一块牛耕画像石。这块牛耕画像石分为上下两层，上层有主宾相迎的场景，有神仙飞升的画面。下层表现田间劳作的场面，一个农民在扶犁扬鞭喝牛耕田，旁边一个儿童在提篮随墒撒播种子，远处有一个农民在挥锄松土，有一个农民在挑担送水送饭，右侧停放着一辆牛车，有一只狗卧在旁边，一头牛在远处觅食②。徐州铜山新区苗山汉墓出土了一块神农画像石，画面上的神农氏执耒牵凤，表现的是"教民耕种"的内容，表达了汉代丰沛地区的人民对农业始祖神农氏的崇拜和敬仰③。

三、"仓廪实而知礼节"的丰沛民风

优越的自然环境，对农桑深厚的感情，使得丰沛地区的人民基本生活有了保障，这从刘邦称帝前的家庭情况可见一斑。刘邦的父母和兄长都长期从事农业生产，没有其他收入来源。妻子吕雉除了抚养子女，还要为下地干活的人做饭送饭，甚至下地除草。整个家庭都围绕着农业忙碌着。当时的刘盈尚在襁褓中，不得已只好放在田间地头由姐姐看管。刘邦不愿意从事农业生产，在外经常酗酒惹事。虽然有人"折券弃责（债）"，浪费家中钱财应该是常有的事情，所以常被父亲责怪，以至于登基后还耿耿于怀。刘邦做了皇帝，有一次不无得意地对父亲说："始大人常以臣无赖，不能治产业，不如仲力。今某之业所就孰与仲多？"④意思是说，您平常总说我不干活，说家里老二很能干，现在怎么样呢？我和二哥谁挣得多？刘邦这番话让刘老太公无话可对。在刘家，只刘邦不事产业，刘邦的弟弟刘交也需要养家。刘交天性喜欢读书，年轻的时候和鲁穆生、白生、申公一起都跟着浮丘伯学《诗》。刘邦即位后，封刘交为楚王，都彭城。靠种地为生的刘家，除了长期供刘邦挥霍，还要供一个子弟读书，由此可见丰沛地区农业生产能力。据刘磐修先生研究，汉代东海郡的人均小麦生产大约在 800 斤左右，除掉 10% 的田租赋税后，人均拥有小麦大约在 720 斤左右。沛郡与东海郡相邻，农业产量应该差不多。当时黄河流域产量相对较低，中等土地的粮食亩产一般不超过 3 石，条件好的土地也不过 6.4 石。淮河流域相对好一点，中游的淮南一带亩产

① 夏亨廉、林正同主编：《汉代农业画像砖石》，中国农业出版社 1995 年版，第 22 页，图 A5。
② 夏亨廉、林正同主编：《汉代农业画像砖石》，中国农业出版社 1995 年版，第 21 页，图 A4。
③ 夏亨廉、林正同主编：《汉代农业画像砖石》，中国农业出版社 1995 年版，第 20 页，图 A3。
④ （汉）司马迁：《史记》，中华书局 2006 年版，第 81 页。

量大约在 4 石左右。丰沛地区的农业产量特别高，下邳蒲阳陂一带稻田的产量竟然高达 10 石。① 通过对汉代苏北农业生产的考察，对于刘家供养两个闲人也就不足为奇了。

《管子·牧民》："仓廪实而知礼节，衣食足而知荣辱。"② 丰沛地区的农业生产条件非常优越，人们的基本生活得到了保障，因此这里的民风也就特别淳厚。公元前 195 年，淮南王英布反，刘邦率军在会缶（今安徽省宿县南）大败黥布。眼看胜利在望，黥布已无可能卷土重来，于是刘邦让别的将领乘胜追击，自己准备班师回朝。在回朝的途中，刘邦顺便回了趟沛县。此时的刘邦春风得意，衣锦还乡，在沛宫大摆宴席，与沛地的父老子弟纵酒高歌，《大风歌》就是在这种场合下产生的。高祖还乡，带人不少，与沛县父老欢聚十余日，连刘邦自己都觉得"父兄不能给"，但仍然又"张饮三日"。虽经数年战争，沛地仍然能完成这样的接待任务，人民殷富也由此可见一斑。也正因为丰沛人民生活富足，故人情特别厚重。酒酣耳热之际，刘邦免除了沛地赋税，并对沛地父老说："游子悲故乡，吾虽都关中，万岁后吾魂魄犹乐思沛！"③

更难能可贵的是，沛人在得到免除赋税的允诺后，还请刘邦一并免除丰地赋税。原来，在刘邦反秦之初，丰地人曾做过一件让沛公耿耿于怀的事。刘邦部下雍齿，也是沛人，原是沛县世族。刘邦初为沛公，雍齿颇不以为然，史称"雅不欲属沛公"，可能是觉得刘邦是一个油嘴滑舌的人，如何当得起起义领袖。刘邦起事后，以丰为根据地，四处出击，令雍齿守丰。刘邦走后，陈胜的将军魏人周市略地至丰，使人告诉雍齿，如果不投降，城破后将屠丰。或许是为了保全丰城，或许是原本就不相信刘邦真能成大事，雍齿竟"为魏守丰"，以至于"沛公引兵攻丰，不能取"。由此，沛公怨雍齿与丰子弟叛己。后雍齿又投刘邦，南征北战，立下了汗马功劳。尽管刘邦非常厌恶雍齿，在大封功臣时还是听从张良的意见，封雍齿为什邡侯。高祖还乡，过沛，免除了沛地赋税，却不愿免除丰地赋税，原因还是丰子弟曾随雍齿背叛自己。然而，正像刘邦自己所说："丰，吾所生长，极不忘耳。"④ 刘邦对丰并非没有感情。因此，当沛地父老请免丰地赋税

① 刘磐修：《汉代苏北农业探析》，《中国农史》2006 年第 1 期。

② （唐）房玄龄注：《管子》，浙江书局辑刊：《二十二子》，上海古籍出版社 1986 年版，第 140 页。

③ （汉）司马迁：《史记》，中华书局 2006 年版，第 82 页。

④ （汉）司马迁：《史记》，中华书局 2006 年版，第 82 页。

时，刘邦发了一顿牢骚，但还是答应了他们的请求。从这件事情上，既可见刘邦丰富的内心世界，也反映了整个丰沛地区人民的厚道淳朴。

第二节　地理位置对丰沛文化的影响

司马迁在《史记·货殖列传》中说淮北沛陈这一带的民风"剽轻"，喜欢生气。在淮北颍州、亳州、徐州都做过官的苏轼也说淮北民风飞扬跋扈。一个地方的民风虽然也会受到外来文化的影响，但更取决于当地的气候、土壤和水质。所谓"生而同声，长而异俗"，就是这样一个道理。

一、丰沛的归属

在《史记》《汉书》中，丰、沛属宋、鲁分野。据钱穆先生考证，至少在韩文侯二年（公元前385年），宋国已将都城东迁至彭城。[①] 至公元前286年齐国、楚国、魏国联合灭宋，丰、沛作为宋土中心地带持续了百年之久。齐、楚、魏灭宋以后，楚国得到了沛地，魏国分得了丰地。《史记·高祖本纪》："陈王使魏人周市略地。周市使人谓雍齿曰：'丰，故梁徙也。今魏地已定者数十城。齿今下魏，魏以齿为侯守丰。不下，且屠丰。'"[②]《史记集解》引文颖曰："梁惠王孙假为秦所灭，转东徙于丰，故曰'丰，梁徙也。'"[③] 三家分晋的时候，魏国都安邑（今山西夏县禹王城）。魏惠王三十一年（公元前340年），魏迁都大梁（今河南开封）。战国末期，秦引水灌魏都，魏王假不得已请降，"转东徙于丰"，被流放在丰邑。秦灭魏国，时间在秦始皇二十二年（公元前225年）。公元前221年秦最终灭掉六国，统一了天下，距灭魏国时间中间差了四年。《史记·魏世家》："三年（魏王假年号），秦灌大梁，虏王假，遂灭魏以为郡县。"[④] 又《史记·六国年表》："始皇帝二十二年，王贲击魏，得其王假，尽取其地。"[⑤] 秦灭魏后，丰地自然也属于

---

① 钱穆：《先秦诸子系年》，商务印书馆2001年版，第122页。
② （汉）司马迁：《史记》，中华书局2006年版，第73页。
③ （汉）司马迁：《史记》，百衲本《二十五史》第一册，浙江古籍出版社1998年版，第38页。
④ （汉）司马迁：《史记》，中华书局2006年版，第308页。
⑤ （汉）司马迁：《史记》，百衲本《二十五史》第一册，浙江古籍出版社1998年版，第64页。

秦。由此可见，丰地自始至终未属于楚。

公元前 286 年楚得沛地，在沛地设县。秦统一全国后，秦所建的沛县属泗水郡。《史记·高祖本纪》："项氏起吴，秦泗川监平，将兵围丰三日……引兵之薛，泗川守壮败于薛。走至戚，沛公左司马得泗川守壮。"《集解》："文颖曰：泗川，今沛郡也，高祖更名沛。"①《汉书·高帝纪》记载基本相同。《史记·绛侯周勃世家》："籍已死，因东定楚地泗川、东海郡。"②传世秦封泥中有"四川太守"，周晓陆认为泗水郡本应该为四川郡，因字形相近，川讹为了水，"四川郡之得名，或因其境内有淮、沂、濉、泗四水之故，后则因有泗水为作泗水郡"③。泗水郡领十六县，在安徽境内有城父（今亳州市城父集）、铚（今濉溪县临涣集）、蕲（今宿州南蕲县集）、符离（今宿州东北灰古集）、竹邑（今宿州老符离集）、取虑（今灵璧县高楼乡潼郡集）、僮（今泗县僮城）、萧（今萧县城西北）、相（今淮北市）等九县，在江苏境内则有沛（今沛县）、留（今沛县东南五十里）、彭城（今徐州市）、下邳（今邳州西南）、徐县（今泗洪县南大徐台子）、下相（今宿迁西南）等县，山东境内有傅阳（今枣庄市旧峄县城南侯孟）、戚县（临沂市西南）。泗水郡最初郡治在沛，在泗水之滨，所以很多典籍称之为泗水郡，大约在秦二世时已徙治相城。④汉初，刘邦为提高家乡地望，改泗水郡为沛郡，又从中分出部分领土建立了楚国。这个楚国最初封给了韩信，定都在下邳（今江苏省的睢宁县北）。公元前 201 年，韩信被降为淮阴侯，楚国改封刘邦的弟弟刘交，楚王刘交都彭城，也就是现在的徐州。

二、丰沛的范围与交通

泗水郡辖境约相当于今天安徽江苏两省的淮河以北，北边抵近山东的临沂、枣庄，东边到宿迁和泗洪，西边到萧县、淮北市、涡阳、凤台一带，泗水纵贯南北。泗水郡的北边是薛郡，南边以淮河为界与九江郡相接，东边是东海郡，西北与砀郡接壤，西南与陈郡相邻。泗水郡地理位置十分重要，清人顾祖禹说："盖彭城、邳、泗，北连青、齐，西道梁宋，与中原形援相及，呼吸相闻，自古及今

---

①　（汉）司马迁：《史记》，百衲本《二十五史》第一册，浙江古籍出版社 1998 年版，第 38 页。

②　（汉）司马迁：《史记》，百衲本《二十五史》第一册，浙江古籍出版社 1998 年版，第 176 页。

③　周晓陆、路东之：《秦封泥集》，三秦出版社 2000 年版，第 260 页。

④　谭其骧：《泗水郡治》，见谭其骧：《长水集续编》，人民出版社 1994 年版，第 466 页。

要会之处也。"① 又云:"北接中原,南通吴会,所谓梁宋吴楚之衢,齐鲁汴洛之道也。"② 泗水郡的交通非常便利,四通八达,水陆两便,是中原通往齐鲁和吴会地区的必经之地。人们常说徐州是"五省通衢",汴水与泗水在这里交汇处,来往河南、河北、山东、江苏和安徽都要经过这里。在古代,大宗货物主要靠水道运输。徐州是漕运的枢纽,各地的物资都要先在这里集中,然后从这里再发往各地。元世祖至元二十年(1283),京杭大运河正式开通,南方的稻米可以畅行无阻地直接运到京城,保证了北京的粮食供应。作为京杭大运河的重要环节,徐州的地理位置就更加突出了。

徐州自古以来就是南北交通的重要孔道。公元前544年,吴公子季札出使晋国,他取道泗水郡,经由彭城,顺道拜访徐君。吴国兵器在春秋时期非常有名,铸造精良。当时季札佩戴一把宝剑,徐君心里很喜欢,季札也有意将宝剑赠给徐君,但出使任务未完成,不便当时相赠,心中已然默许。没想到出使任务完成,回来再经徐国,徐君已经故去。季札祭拜后将宝剑挂在墓前树上就走了。徐国最先在鲁南的郯城一带,后来迁至安徽泗县、江苏泗洪县一带。徐国在徐偃王的时候最为强盛,疆域扩大到整个苏北、皖中、鲁南等广大地区。彭城因徐国而改名徐州,成为九州之一。司马迁也曾多次穿行于泗水郡,他在《史记·太史公自序》中说自己二十多岁时曾南游江、淮地区,到会稽查看禹穴,到九嶷山实地考察,乘船漂浮在沅、湘之上。又渡过了汶水、泗水来到齐鲁大地,考察孔孟之乡的风土民情。司马迁还说自己由于某种原因曾滞留鄱、薛、彭城等地,最后穿过楚国和梁国回到了长安。下江南,赴齐鲁,过梁宋,泗水郡都是必经之地。

历史上有大沛、小沛之说。在泗水郡更名为沛郡之前,丰沛地区范围很小,这就是先属于宋、后属于魏、再属于秦的丰和先属于宋、后属于楚、再为秦并吞的沛,也就是现在的丰县和沛县。更名沛郡以后,沛县被称为小沛,丰沛地区范围扩大了很多。丰沛地区范围的扩大虽带有行政区划的性质,却也有其地理环境上的因素,因为沛泽的范围就很大。《列子·黄帝篇》记载杨朱曾南之沛去见老聃,但当时老聃已经离开沛,西游于秦,杨朱抄近道在梁(今河南开封)追上了老子。杨朱是魏国人,若沛泽仅仅局限在沛县,则自魏之沛很难说"南之沛"

① (清)顾祖禹:《读史方舆纪要》,中华书局2005年版,第869页。
② (清)顾祖禹:《读史方舆纪要》,中华书局2005年版,第1035页。

了。孔子也曾南下去沛地见老子，此事见于《庄子·天运篇》，当时孔子五十一岁。《列子》《庄子》多用寓言，其中有许多虚拟成分，自然不能全部凿实。但是，其中的一些情节、场面也并非纯属虚构，应该是有一些历史和现实的影射的。据《庄子·天道篇》记载，孔子要西藏书于周王室，子路告诉孔子，说他曾听人说周守藏室之史老聃"免而归居"。当时老子已经离开洛邑"归居"了。既然是归居，当然是回到自己的故乡了。故乡在今河南的鹿邑，也有人说在今安徽的淮北市，总之是回到了今河南、安徽交界一带。当时吴楚争战正酣，故乡受到兵乱骚扰，故老聃进一步避居至沛泽。从孔子和杨朱皆"南之沛"来看，当时的老子当隐居在鲁之西南方和魏之东南方。以曲阜、梁（今河南开封）、相（今安徽淮北市）三点画三角，可以推测老子隐居之地不远。《吕氏春秋·求人》："昔者尧朝许由于沛泽之中。"沛泽人迹罕至，野旷天低，很适宜观察和探讨自然天道，又是前辈隐士许由隐居之地，所以免而归居后的老子来到了沛泽。也就是说，历史上的沛泽远及于淮北，与泗水郡范围差不多。由此可见，汉代将泗水郡改为沛郡不一定完全是出于提高刘邦家乡地望，而是有其历史地理原因的。

三、丰沛的文化

一方水土养一方人，以丰沛为中心的淮海地区也有自己的文化。大禹将天下划为九州，徐州为九州之一。作为一个区域中心城市，徐州城市历史悠久。公元前573年，楚共王与郑成公一块儿攻打宋国，《春秋经》记载，这年夏天，"鱼石复入彭城"。鱼石是宋国人，逃亡在楚国，接着楚国、郑国攻打宋国，鱼石再次回到宋国并且拥有了彭城。这应该是记载徐州这个城市的最早的史料。《后汉书·东夷传》记载周穆王令楚国讨伐徐国，徐偃王不敌楚国，率众败走于"彭城武原县东山下"[①]。周穆王是西周时的人物，如果按照《后汉书》的说法，徐州建城的历史更加悠久。徐州又称彭城，据说和一个叫彭祖的人也有关系。彭祖是长寿之星，民间传说他活了八百多岁。由于彭祖善于养生，深受贵生的道家尊崇。屈原在《天问》中曾发问："彭铿斟雉，帝何飨？受寿永多，夫何久长？"[②]王逸注说彭铿就是彭祖。彭祖有两个特点让后人津津乐道，一个是他擅长烹调，另一个

---

① （南朝）范晔：《后汉书》，百衲本《二十五史》第一册，浙江古籍出版社1998年版，第932页。
② （汉）王逸注，（宋）洪兴祖补注：《楚辞章句补注》，吉林人民出版社1999年版，第113页。

是他有着令人羡慕的高寿。彭祖的养生文化是人体生命科学的一支，烹饪、导引等是重要的延年益寿方法，在华夏文化中独具特色。彭祖文化与老庄哲学在某些内容上有相似的地方，对后来道教产生了深远影响。这也说明，淮海地区的文化与梁宋、沛陈文化整体上有着很大程度的一致性，虽然细分起来也有某些差异。

项羽为下相（今江苏宿迁）人，但长于吴中（今江苏苏州），起兵于会稽。项羽性格迥异于刘邦，他直率、热情，精力旺盛，情绪波动大，易于冲动，有妇人之仁的一面，也有残暴恶狠的一面。刘邦则擅长交际，善于拉拢、吹拍，有很高的政治手腕。老子贵柔，同时还尚奇谋，老子思想对刘邦的为人和性格有着深刻的影响。和易怒的项羽相比，刘邦在危急关头要冷静得多。楚汉相争时，刘邦、项羽在广武（今河南荥阳东北）对峙数月，彭越绝楚粮道，项羽患之，架一口大锅，将抓到的刘老太公放在上面，告诉刘邦，如果不投降，就将刘邦父亲给烹了。刘邦告诉项羽，当年两人曾约为兄弟，我父亲就是你父亲，你要烹父亲，也分我一杯羹吧。项羽以刘邦父亲要挟刘邦出城投降，刘邦则以"分一杯羹"的无赖手法迫使项羽讲和。《庄子·达生》有呆若木鸡的寓言，刘邦近乎不可理喻的冷静与庄子的呆若木鸡在精神上是相通的。尽管说个体差异是造成刘邦、项羽性格迥异的根本原因，但不同的文化环境对于个体性格形成也具有不容忽视的影响。

广义上的丰沛地区属于三楚中的"西楚"，狭义上的丰沛地区却在楚文化区的边缘，甚至有部分地域从来都不属于楚国领土。楚文化的确对丰沛地区有影响，《汉书·礼乐志》说刘邦非常喜欢楚声，所以汉朝用的《房中乐》都属于楚国音乐。《房中乐》又名《安世房中乐》，为高祖唐山夫人作，共十七章，见于《汉书·礼乐志》。刘邦宠妾戚夫人，定陶人，为刘邦生了个儿子刘如意。刘邦不仅喜欢戚夫人，经常将她带在身边，也喜欢这个小儿子刘如意。戚夫人以色事人，对音乐也很擅长，尤其是楚歌、楚舞，与刘邦一唱一和，更增加了刘邦对她的喜爱。《史记·留侯世家》中记载，刘邦对戚夫人说："为我楚舞，吾为若楚歌。"[①]汉人所谓楚歌，未必都是荆楚民歌，战国时期楚国疆域内的各地民歌统称楚歌。然戚夫人以色艺事主，所习必广。刘邦好楚声，戚夫人自然会投其所好，所奉献的楚歌楚舞中未必就没有荆楚特色。戚夫人为定陶（今山东定陶区）人，对楚声楚舞非常精通。由此可见，楚文化已经越过丰沛地区，影响甚至远及定陶。丰沛

---

① （汉）司马迁：《史记》，中华书局 2006 年版，第 363 页。

文化受楚文化的影响自不待言，然而相对于楚国的中心区域来讲，荆楚文化对丰沛地区的影响还是有限的。因此丰沛文化既受荆楚文化的影响，同时又表现出与荆楚文化极大的不同。

据《列子·说符篇》记载，孔子从卫国返回鲁国的途中曾在河梁上休息，只见河流湍急，鱼鳖不能游，鼋鼍不能居，然而有个男人却义无反顾地向深水区走去，孔子劝也劝不住。让孔子感到惊奇的是，这个人竟然毫发无损地渡了过去。这个故事以重言的方式还出现在《列子·黄帝篇》中，只不过添加了一些细节描写："孔子观于吕梁，悬水三十仞，流沫三十里，鼋鼍鱼鳖之所不能游也，见一丈夫游之，以为有苦欲死者也，使弟子并流而承。数百步而出，被发行歌，而游于棠行。"①这里明确说孔子息驾的河梁就是吕梁。吕梁在史籍中也被称作吕梁洪，是泗水经过吕梁山的一处险要处。郦道元《水经注》卷二十五："（泗水）又东南过彭城县东北，又东南过吕县。吕，宋邑也。……泗水之上，有石梁焉，故曰吕梁。……悬涛崩奔，实为泗险，孔子所谓鱼鳖不能游。又云悬水三十仞，流沫九十里，今则不能也。盖惟岳之喻，末便极天，明矣。"②吕梁洪的四周布满了山石，河道非常狭窄，水中到处有巨石盘踞。元代的赵孟頫曾写有《吕梁洪关（羽）、尉（迟恭）庙碑记》一文，文中这样形容船只通过吕梁时的艰险："舟行至此，百篙枝柱，负缆之夫流汗至地，进以尺寸数，其难也乃几于登天，舟中之人常号呼假助于神明。"③息驾吕梁是孔子晚年的事情，孔子时年六十三岁，即公元前488年。孔子有句著名的话，这就是"逝者如斯夫"。据《论语·子罕》讲，孔子说这句话时是站在一条河边。这条河是什么河？在什么地方？明人秦凤山认为这条河就是吕梁洪④。吕梁洪是一条激流，只有李白的"黄河之水天上来"才能与之相配。孔子性情温和，说话不疾不徐，似乎是站在一条潺潺流淌的河边发出感叹的。吕梁洪的水流惊心动魄，看后让人血脉偾张，孔子站在岸边大约不会心平气和地说"逝者如斯夫"的。我们不能因为孔子到过吕梁，就说那句著名的话是在吕梁所说。沂水从孔子的家乡流过，《论语·先进》记载曾皙在谈论自己

---

① 杨伯峻：《列子集释》，中华书局2012年版，第59—60页。

② （北朝）郦道元：《水经注》，巴蜀书社1985年版，第426—427页。

③ （清）吴世熊、朱忻等：《同治徐州府志》，《江苏府县志辑》（第61册），江苏古籍出版社1991年版，第447页。

④ 徐放鸣、赵明奇：《徐州汉文化的来龙去脉》（上），《江苏地方志》2008年第5期。

志向的时候曾说：最大的愿望是在春暮时候，童子六七人，冠者五六人，"浴乎沂，风乎舞雩"。孔子听后大为赞赏。我倒觉得，孔子是站在沂水边说"逝者如斯夫"这番话的。

孔子三十四岁时（公元前518年），曾前往东周首都洛阳向老子问礼，应该路过丰沛地区。也就是说，孔子恐怕不止一次观吕梁洪。孔子五十一岁时，又南之沛见老子，与老子进行了更为深入的探讨。老子与孔子是两位比肩而立的文化巨人，他们在沛泽的交往和探讨，不仅为中国思想文化奠定了基础，也深刻影响和塑造了丰沛文化。儒家的另一位代表人物孟子也曾活跃在丰沛地区。《孟子·滕文公上》："滕文公为世子，将之楚，过宋而见孟子。"① 滕国是一个小国，方圆不过五十里，在今山东省的滕州。滕州的南边是微山县，即微山湖。微山湖是古沛泽的一部分，也可以说滕国紧邻沛泽。滕文公还是世子的时候，有一次出使楚国，路过丰沛地区。《孟子·滕文公上》说滕文公"过宋见孟子"，可见孟子当时在宋国生活。按照钱穆先生的看法，宋迁都彭城至少在韩文侯二年（公元前385年）之前。孟子生活在公元前372年到公元前289年之间。滕文公与孟子见面的地点可能就在战国后期宋的都城彭城，彭城就是现在的徐州。换句话说，孟子可能在徐州生活过一段时间。孟子鼓吹"王道"思想，反对不义的战争和统治者的横征暴敛，反复向各诸侯国君推销自己的"保民而王"的主张，为当时的诸侯国君详细规划了实施"仁政"的具体措施。在争于力的战国时代，孟子的主张被认为是"迂远而阔于事情"，因此并不被各诸侯国君所真心接受。但在道德层面上，孟子的政治主张无疑又是合理的、高贵的。许多诸侯国君即使不愿意接受他的主张，也不得不表达出对孟子的敬意。生活在秦暴政下的人民，对孟子的仁政理想也更加向往。《史记·高祖本纪》说刘邦"仁而爱人，喜施，意豁如也。常有大度，不事家人生产作业"②。在灭秦过程中，刘邦、项羽采取了不同的方法，项羽"诸所过无不残灭"，而刘邦军队所到之处都反复强调"毋得掠卤"，入关后更与秦人约法三章，所以刘邦深受秦人欢迎。刘邦能够"仁而爱人"，应该说与孔孟思想在丰沛地区的传播不无关系。

史书多说刘邦不喜欢儒术，如《史记·郦生列传》就记载了刘邦戏弄儒生

① （宋）朱熹：《孟子集注》，齐鲁书社1992年版，第62页。
② （汉）司马迁：《史记》，中华书局2006年版，第71页。

的事情，把他们的帽子当尿壶用。然而《汉书·高帝纪》却记载："（汉十二年）十一月，行自淮南还。过鲁，以大牢祠孔子。"[1]汉十二年也就是公元前195年，这年冬天刘邦亲征黥布。打败黥布后，刘邦衣锦还乡，与沛地的父老子弟纵酒狂欢。除此之外，刘邦还特意到鲁地，以最高规格的祭品祭祀了孔子。由此可见，刘邦从内心对孔子是很尊重的。丰沛与鲁国紧邻，孔子曾讲学于洙泗之间，周游列国也道出丰沛，因此孔子思想不可能不对丰沛地区产生影响。刘邦以戏谑的态度对待儒生是表面现象，其内心还是受到了儒家仁爱思想的熏陶。儒家修道德，克己复礼，固守节操，这些无疑都是人类值得肯定的高贵品格。但也因为克己、固守，缺少权变灵活性，儒家的这些高贵的品格反倒成为政治斗争中的羁绊，往往束缚住了人的手脚，使得君子在小人面前往往不堪一击。刘邦对儒术的局限性是非常清醒的。儒生陆贾特别喜欢在刘邦面前称道《诗》《书》。有一次刘邦大怒："乃公居马上而得之，安事《诗》《书》。"针对刘邦马上得天下的说法，陆贾反唇相讥："居马上得之，宁可以马上治之乎？"刘邦听后虽然不高兴，面有惭色，但他觉得陆贾说的有道理。于是他让陆贾把具体意见写下来，看看秦朝到底为什么灭亡的，他刘邦何以能成功。刘邦能够将眼光扩大到整个历史，让陆贾好好总结历史上的兴亡规律，以供自己斟酌参考，这是很了不起的。陆贾没让刘邦失望，连续写了十二篇文章，不但刘邦看后大加赞赏，刘邦身边那些功臣名将看后也觉得有道理。由此看来，刘邦包括他身边的将领，从骨子里是服膺儒家思想的，只不过为了政治斗争刘邦不得不做些变通。另外，刘邦虽然不爱读书，他的弟弟刘交却是一个大学问家。刘交主要学习《诗经》，而《诗经》正是儒家的典籍。刘交未必能向刘邦一本正经地传授儒家的思想精义，但作为兄弟，他的一言一行对刘邦不能说没有影响。刘交能够深谙《诗经》一类的典籍，这至少说明在刘邦生活的环境中不乏儒家的思想氛围。

刘邦深知权变在政治斗争的重要性，他的权变思想应该深受老子影响。《史记·老子列传》载老子之言："君子得其时则驾，不得其时则蓬累而行。"[2]讲的是顺势而为。刘邦以亭长的身份送刑徒骊山，走到半道儿刑徒就跑得差不多了，到骊山恐怕也剩不下几个。既然如此，还不如让大家都跑，自己也跟着逃亡去了。

---

[1]　（汉）班固：《汉书》，岳麓书社1993年版，第28页。
[2]　（汉）司马迁：《史记》，中华书局2006年版，第394页。

陈胜、吴广在大泽乡揭竿而起，消息传到沛地，沛地人杀了沛令，推刘邦为沛令，刘邦推辞说自己德薄，恐有负众望。萧何、曹参都比较胆小，大家坚持推举刘邦做了沛公。刘邦是被众人裹挟着，半推半就，一步步走上了权力的顶峰。刘邦早年在咸阳服徭役，见始皇帝出游曾叹息："嗟乎！大丈夫当如此矣！"虽然表现出对权力的渴望，但也仅仅是艳羡而已，绝不会想到后来有一天他也能和秦始皇拥有同样的权力。刘邦是一个能在自己的舞台上挥洒自如的人。为泗水亭长时，"廷中吏无所不狎侮"。为沛公为汉王直至登基称帝，诸事都能从善如流，处分得当。

　　刘邦自信却不超出实际，走一步说一步，入乡随俗，及时调整自己的身份和心态。公元前202年，刘邦在定陶称帝，跟随他打天下的一帮兄弟，依旧像从前一样，饮酒争功，大呼小叫，甚至拔剑击柱，让刘邦不胜其烦。儒生叔孙通看出了刘邦心思，于是选拔了儒生三十多人，每天带着一帮学生在野外排练，演习朝拜的礼仪。经过一个多月的演习，请刘邦来看，刘邦看后大为惊讶。叔孙通告诉刘邦，他也能让群臣做到彬彬有礼。于是找了一帮人，天天演练。公元前196年，长乐宫建成，举行落成典礼，天还没亮，叔孙通就让文武大臣站在殿门外，让负责礼仪的官员维持秩序，大家依次进入殿门。殿门里面张设旗帜，官兵持戟肃立，异常安静。原先大呼小叫的将军振恐肃静，无敢哗者。然后是行礼，喝酒，大家按照尊卑依次向刘邦敬酒。"觞九行"，罢酒。有不按规矩行事者，马上就被赶出了大殿。整个过程，秩序井然。事后，刘邦感叹说："吾乃今日知为皇帝之贵也。"[1]很难想象，一个混迹于乡野的农村汉子，几年之间竟然能如此安逸地享受这样的礼节。

第三节　梁宋仁厚之风对丰沛地区的浸润

　　丰沛与梁宋毗邻，梁宋民风仁厚，与丰沛接近。宋为殷商遗民，保留了不少殷商文化。春秋战国，崇尚诈力，宋人为坚守仁义付出了沉重代价。丰沛地区受梁宋文化中的仁义之风濡染，同时又剔除了宋人的迂腐和不知变通，这或者与老子思想在丰沛地区的传播有关。

---

[1]　（汉）司马迁：《史记》，中华书局2006年版，第585页。

一、梁宋的仁义之风

春秋时期，宋国的最东端在现在的徐州。《史记·宋微子世家》说，楚共王曾夺得宋国的彭城，并将它封给了一个叫鱼石的人。鱼石是宋国的左师，窃得彭城没多久，中原诸侯国联合起来攻打他，彭城重新回到了宋国怀抱。宋国领土最广的时候包括现在河南的东北部、安徽的北部、江苏的西北部和山东的西南部，都城在现在河南省的商丘市。战国时期，西边的韩魏日渐坐大，并且成为宋国的威胁。在韩、魏的蚕食之下，宋国领土日蹙，最后不得不迁都彭城。宋国被齐楚魏联合灭掉之前，丰沛地区一直属于宋国。尤其是宋国迁都彭城以后，丰沛地区更加靠近宋国的政治文化中心。《史记·货殖列传》："夫自鸿沟以东，芒、砀以北，属巨野，此梁宋也。"① 关于宋之分野，《汉书·地理志》写道："宋地，房、心之分野也。今之沛、梁、楚、山阳、济阴、东平及东郡之须昌、寿张，皆宋分也。"② 丰沛地区原本属于宋国，梁宋文化对丰沛的风土人情的影响自然不可忽视。

西周初年，周公在平定武庚叛乱后，让微子开代殷后，在今天的商丘建立了宋国。微子开是商纣王的庶兄，因为仁贤，深受商朝遗民的爱戴。春秋时期，诸侯侵伐，礼乐制度已经遭到很大破坏，宋人依然保存着较为浓厚的仁义之风。据《左传·宣公二年》记载，郑与宋战，宋大夫狂狡迎战郑人，郑人入于井，狂狡倒戟而出之，郑人乘机将狂狡俘虏了。《左传》作者借君子之口评价道："失礼违命，宜其为禽也。"其实，春秋初期的战争远不像战国后期那么残酷，动辄坑杀降卒几十万。公元前 579 年发生在齐晋之间的鞌之战，齐顷公马不披甲，人不早餐就上阵出击，结果被晋军击败。齐顷公仓皇逃跑，晋国大夫韩厥紧追不放。为齐顷公驾车的叫邴夏，和齐顷公说后面追赶的人是个君子。当邴夏让人射杀韩厥时，被齐顷公制止了。齐顷公认为，既然认出他是君子还射杀他，这就不符合礼了。后来，韩厥追上了齐顷公，护卫逢丑父冒充齐顷公，使得齐顷公借机逃脱。逢丑父被俘后，郤克准备要杀他。但逢丑父说，像他这样的忠义之人如果被杀掉了，今后就没有人替君主分担灾祸了。郤克听了，就将他释放了。狂狡倒戈出郑

---

① （汉）司马迁：《史记》，中华书局 2006 年版，第 754 页。
② （汉）班固：《汉书》，岳麓书社 1993 年版，第 742—743 页。

人，说明狂狡心中还存有仁义之心。郑人反过来俘虏狂狡，只能说狡猾欺骗了善良，恩将仇报，应该受到谴责。孟子评价春秋诸侯之间的战争，谓之"春秋无义战"。狂狡举动代表的却是战争中人性的光辉。

被世人嘲笑的除了狂狡，还有宋襄公。仔细翻检中国史书，发现所谓的政治斗争不过是兄弟父子之间的互相算计和残杀，卷入其中的外人不过是左祖右祖而已。对权力的迷恋是导致兄弟残杀、父子残杀悲剧在中国历史上不断上演的原动力，主动让位的例子少之又少，宋襄公是其中一个。公元前652年，宋桓公病重。按照当时嫡长子继承制，宋桓公死后宋襄公即位顺理成章。当时还是太子的宋襄公却坚持让自己的庶兄目夷继位，目夷名不正言不顺，自然坚决不接受，这样兄弟之间你让来，我让去，都非常谦虚。宋桓公很欣赏自己这个懂谦让的儿子，最后还是让他继承了君位。公元前638年，宋与楚人战于泓。宋人已经排好战斗队形，楚人在泓水的对岸还没有过来。有人建议宋襄公趁敌人未渡之时出击，宋襄公没答应。楚人渡过泓水，有人建议趁楚人立足未稳未排好战斗队形时出击，宋襄公还是没有答应。楚人万事俱备，一交战，宋人败绩。宋襄公为了展示自己的仁义形象，有两条战争原则：一是不鼓不成列，二是不伤二毛。宋襄公对战争的这种认识，被人称为"蠢猪式"的仁义。泓水之战，宋人大败，宋襄公也受伤死去，在历史上留下了笑柄。宋人的仁义固然让人发笑，但视仁义为愚蠢，也从另一个角度反映了春秋之后礼崩乐坏、世风日下的现实。

寓言是先秦诸子讲述道理的一种重要方式。其实，无论对于读者还是作者，寓言中人物和故事的真实性并不重要，重要的是其中蕴含的道理。人物和故事的目的是使人会心一笑，只要能动人视听目的就达到了，讲述者并不刻意追求故事本身的真实性。因此，寓言中人物和情节的真实性是不可靠的，同时也没有必要追究这里的人物和情节的真实可信。所以，寓言中受讽对象，包括他们的籍贯，似乎都是随意安排的。但从创作心理学上讲，作者的随意却也并非绝对无意。事实上，先秦寓言的作者虽然生活在不同的国家和地区，但他们创造的人喻型寓言中受讽刺的对象的国别却比较一致。有学者对先秦寓言进行过统计分析，发现被讽刺得最多的诸侯国是宋国，其次是齐国，再其次是楚国，再其次卫国①。受讽的宋人，或固执己见、迂腐呆板，或孤陋寡闻、幼稚无知，或自以为是、弄巧成

---

①　汤力伟：《先秦寓言中愚人形象分类及宋人居多的原因》，《湘潭大学学报》2001年第1期。

拙。先秦寓言愚人形象宋人居多，其原因学者多有讨论，仁者见仁，智者见智。但有一个原因学者尚未指出，那就是宋襄公的"愚蠢"太出名了。

二、梁宋之风对丰沛的浸染

宋人的"愚蠢"尽人皆知，但不可否认宋人有着宽厚的情怀。丰沛地区深受梁宋文化中的仁义之风濡染。公元前206年，刘邦进入关中，召集诸县的父老豪杰，和他们约法三章，杀人者死，伤人及盗抵罪，将秦朝的苛法一律废除。刘邦向秦地百姓展现了沛地宽约仁义之风，以至于"秦人大喜，争持牛羊酒食献飨军士"，深受关中百姓的欢迎和爱戴。汉惠帝刘盈是刘邦的大儿子，刘邦死后即位为皇帝。刘邦非常宠爱定陶的戚夫人，戚夫人生赵王如意。由于惠帝仁弱，刘邦常常感叹，"以为不类我"，所以欲废太子，立戚夫人所生的如意。由于很多大臣反对，刘邦一直不能实现自己的愿望。刘邦死后，吕后专制，怨戚夫人及赵王如意，尝想加害于他们。孝惠帝知吕后想杀如意，于是亲自去接赵如意，起居饮食都和赵如意在一起，以防别人加害。后赵王如意还是被吕后害死了。如意死后，吕后将戚夫人斩断手脚，挖去眼睛，把她弄得又聋又哑，扔在厕所，成为"人彘"。后来被惠帝看到了，惠帝大哭，让人告诉吕后，这不是人干的。汉惠帝精神上受到极大的刺激，从此不理政事，每天饮酒淫乐，很早就去世了。尽管赵王如意曾与自己有过争帝位的经历，孝惠帝却没有像一般政治人物表现的那样冷酷无情，这在中国历史上是不多见的。究其原因，和惠帝长期生活在丰沛，濡染上了丰沛淳朴民风不无关系。

丰沛地区受梁宋文化中的仁义之风濡染，同时又剔除了宋人的迂腐和不知变通，这或者与老子思想在丰沛地区的传播有关。老子的家乡距离丰沛不远，老子又曾到沛泽来隐居。老子讲"无为"，但老子的"无为"并非真的无所作为，而是有为的一种方法，是为了更好地达到有为的目的，与庄子"知其无可奈何而安之若命"的人生态度截然不同。另外，老子尚"阴谋"。《老子》第八章说："夫唯不争，故无尤。"第二十二章说："夫唯不争，故天下莫能与之争。"第三十六章："将欲歙之，必固张之；将欲弱之，必固强之；将欲废之，必固兴之；将欲夺之，必固与之。"又说："柔弱胜刚强。鱼不可脱于渊，国之利器不可示人。"四十三章："天下之至柔，驰骋天下之至坚。"五十七章："以正治国，以奇用兵，以无事取天下。"六十章："治大国若烹小鲜。"六十八章："善为士者不武，善战者不怒，善胜敌者不与。善用人者为之下。是谓不争之德，是谓用人之力。"纵观《老子》，老子的思想既有悲天悯人的人文关怀，也有洞察世事的机智精明。萧何的许多做法深得老子精髓。刘邦领兵在外，萧何被封为相国，在后方筹备粮草。为了使刘邦相信自己的忠心耿耿，解除刘邦的后顾之忧，他让子孙昆弟数十人随刘邦南征北战，"悉以私财佐军"。公元前195年，黥布背叛刘邦，为了让刘邦安心在外平叛，他买了很多田地，目的是让刘邦对自己放心，表明自己对于刘邦地位没有觊觎之心，对他不会有任何威胁。萧何身上表现出的人生智慧，可以理解为萧何深受老子思想的影响，从中可见老子思想在丰沛地区的传播情况。也可以这样理解，萧何的所作所为代表了丰沛地方文化，丰沛文化不但滋养了萧何的人生智慧，也是老子思想产生的文化土壤。丰沛地区乘势而起的英雄们，他们大都能够审时度势，恰当地为自己进行历史定位，并因此各自立下了不朽的功勋。

第四节　丰沛文化在汉初文化建设中的作用

一般而言，帝王集团成员，尤其是核心成员的出身，直接影响到该集团的文化面貌和组织结构。这中间起重要作用的是文化的认同。随着帝王在争夺天下的战斗中胜利，这个地方性的集团也入主中央，并将其地域性带入中央。

一、汉初政治舞台上的丰沛集团

公元前209年9月，在萧何与曹参等人的拥戴下，刘邦在沛县起义。依靠着丰沛子弟，刘邦东征西讨，南征北战，终于在公元前202年打败项羽，定都长安，建立了汉朝。在刘邦夺取天下的过程中，丰沛子弟发挥了重要作用，他们勇敢冲杀，团结一致，紧紧围绕在刘邦周围，出生入死，九死而不悔。刘邦对他们也不薄，连他最讨厌的老乡雍齿也被封了侯。据《史记·高祖功臣侯者年表》，刘邦一共封了142个侯，其中有47人来自丰沛地区。在汉初功臣集团中，来自丰沛地区的功臣成为了这个集团的核心。刘邦去世前对于身后的人事有过安排，在丞相人选中他提到了萧何、曹参、王陵、周勃、陈平这五个人，在这五个人中只有陈平不是来自丰沛的功臣。刘邦死前对丞相一职的人事安排是重要的政治遗嘱。早在诛灭暴秦的过程中，丰沛籍将领就已经成为刘邦腹心。刘邦为"砀郡长"

时，封曹参为建成君，樊哙为贤成君，开始对丰沛子弟有意栽培。在刘邦为汉中王时，所封的列侯无一例外都是丰沛将领，这是其他籍贯的将领所没有的殊荣。

公元前 202 年，刘邦在垓下彻底消灭项羽集团，赢得了楚汉战争的最终胜利。随后刘邦称帝，建都长安，丰沛集团进入了一个新的发展时期。作为开国功臣，丰沛将领功勋卓著，他们担任各种要职，被委以重任，成为一股新兴势力开始在政治舞台上发挥作用。在西汉初期很多重大政治事件中，都活跃着这些来自丰沛地区功臣的身影，他们在关键时刻扮演了关键角色。公元前 202 年，项羽集团刚被消灭，燕王臧荼就开始谋反。为了汉朝江山永固，刘邦开始剿灭异姓王。他采取各个击破的方法，使得异姓王的数量越来越少。在和异姓王的较量过程中，来自丰沛地区的将领成为刘邦坚强有力的支持者。尤其是萧何，他留守长安，保证了前方军用物资的供应，与吕后一起稳定了后方。其他丰沛子弟则随刘邦出征，奋勇杀敌，一往无前，先后剿灭了燕王臧荼、韩王信、赵王张敖、梁王彭越、淮南王英布、燕王卢绾等异姓王。萧何则配合吕后，诱杀了淮阴侯韩信。由于当时异姓王势力强大，每次都刘邦亲自出征，灌婴、周勃、樊哙等丰沛籍武将则紧随刘邦左右。丰沛籍将帅或以智谋，或以勇武，各守其职，独当一面，已经是较为成熟的政治军事集团。

在丰沛将领的帮助下，刘邦以种种借口除掉了异姓王，同时大封刘氏子侄为王。刘邦还和大臣举行了隆重的仪式，他们杀白马为盟，向天宣誓："非刘氏而王，天下共击之。"① 白马之盟的中心内容是"非刘氏不王"，刘邦希望借助神道的力量杜绝异姓对刘氏江山的觊觎之心，从血统上保证刘氏政权的正统性。事实证明，刘邦与大臣订下的"白马之盟"在后来的确起到了不可估量的巨大作用。刘邦去世后，吕后当政。吕后心狠手辣，她先后逼死了赵王刘如意、刘友和刘恢，并将戚夫人残害致死。为了争取吕氏的政治权力，她大封吕姓为王。吕后的所作所为引起了丰沛籍将领的强烈不满，尤其是封吕氏为王，违背了刘邦与大臣订下的"白马之盟"，使得铲除吕氏获得了合法性。面对吕后咄咄逼人之势，丰沛集团的右丞相王陵立场坚定，他明确告诉吕后，吕氏为王违背了白马之盟。公元前 180 年，吕后去世，丰沛集团与吕氏家族的斗争开始公开化、白热化。对于丰沛集团，吕后活着的时候就很不放心，她生怕大臣有变，所以特意嘱咐要派值

---

① （汉）司马迁：《史记》，中华书局 2006 年版，第 85 页。

得信任的军队护卫宫室。吕后所说的"大臣"指的就是丰沛集团的将领。为了防止丰沛集团对吕氏作出不利的举动，吕后让吕产、吕禄先后掌握了军权。吕后死后，周勃与陈平商量如何铲除吕氏势力。他们利用郦商之子郦寄与吕禄之间的私人交情，派郦寄以言辞诱使吕禄同意放弃了兵权，周勃顺利接管了北军。朱虚侯刘章打着保护皇帝的名义，率领千余人强行进入皇宫斩杀了吕产，并乘势诛杀了所有吕姓诸王侯，彻底平定吕氏之乱。丰沛集团经历了反秦起义、楚汉战争的考验，政治经验丰富，做事沉稳果断。在平定诸吕的过程中，丰沛集团与刘氏宗亲紧密合作，长期积累的政治、军事潜力都得到了充分发挥。成长起来的丰沛集团越来越成熟，以周勃为首的丰沛集团在刘邦死后的政权过渡时期发挥了中流砥柱的作用。刘邦临死时曾断言："安刘氏者必勃也！"[①]刘邦虽然明指的是周勃，实际上是指以周勃为代表的、追随其开国建功的丰沛籍将帅。诸吕之乱的成功平定，保证了西汉政权的平稳过渡。在这场事关西汉前途的政治斗争中，丰沛集团作出了重要贡献，西汉从此掀开了新篇章。

二、丰沛文化引领全国风气

孝文帝刘恒是刘邦的中子，原本被封为代王。丰沛籍将领在铲除吕氏集团后，商议立代王刘恒为帝。面对突如其来的机遇，刘恒表现得相当谨慎低调。最初他拒绝了众大臣的推戴，表示自己无德无能，担当不起重任。在即位之前，他对着西方站立的人群让了三次，对着南方站立的人群让了两次，在确定没有任何异议的情况下，他才稳稳地走向天子宝座。孝文帝性格宽厚，不事张扬，这赢得了很多人心。刘恒继位后，施惠天下，镇抚诸侯，社会稳定，人民安居乐业。淮南王刘长性格刚烈，对天子诏书不理不睬，行为举止不按法度，甚至有谋反的举动，汉文帝也不忍心加法。后刘长病死贬所，汉文帝追尊刘长为淮南王，谥号厉王，将刘长的三个儿子分别立为淮南王、衡山王和庐江王。齐太仓令淳于公犯法当刑，他的女儿缇萦上书汉文帝，称愿意替父赎罪。汉文帝读了缇萦上书，悲悯之心顿生，于是下诏废除了肉刑。汉文帝生活非常节俭，他和后宫夫人们穿的衣服都不曳地，帷帐无文绣。汉文帝想做一个露台，算了下成本，需要费百金，于是就下令不起这个露台了。为自己修建的霸陵，汉文帝只让用瓦器，禁止以金银

---

① （汉）司马迁：《史记》，中华书局 2006 年版，第 83 页。

铜锡装饰。为了节省人力，"因其山，不起坟"。汉景帝也比较注意节俭，他在一份诏书中这样说："雕文刻镂，伤农事者也；锦绣纂组，害女红者也。农事伤则饥之本也，女红害则寒之源也。夫饥寒并至，而能亡为非者寡矣。朕亲耕，后亲桑，以奉宗庙粢盛、祭服，为天下先。"①文景之治的出现，绝不仅仅是经济上的复苏，丰沛民风在文帝、景帝的率先垂范之下，在全国得到了推广和发扬。对于文帝、景帝作出的历史贡献，班固称赞说："汉兴，扫除烦苛，与民休息。至于孝文，加之以恭俭，孝景遵业，五六十载之间，至于移风易俗，黎民淳厚。周云成、康，汉言文、景，美矣。"②班固这里讲到的"移风易俗"，我们不妨这样理解：来自丰沛的汉初统治者以率先垂范的方式，努力地将丰沛地区的淳厚民风推向全国。

秦朝灭亡后，有人曾建议项羽定都关中。项羽见秦宫室均已烧破，心里又怀衣锦还乡的念头，于是说："富贵不归故乡，如衣绣夜行，谁知之者。"③其实不仅项羽有浓厚的乡土情结，刘邦及其率领的丰沛子弟也有着浓得化不开的思乡情感。刘邦被项羽封为汉王，封地在巴、蜀、汉中一带。他们被迫远离故乡，还没到封地，很多人就逃亡了。一路上大家唱的也都是思念家乡的歌。韩信劝刘邦利用士卒怀乡的情绪，东归与项羽争天下。刘邦听从了韩信的谏言，他用思乡之情鼓动士气，向项羽首先发起了挑战。就对故乡的感情来讲，刘邦和项羽不相上下。公元前195年，刘邦亲自出征讨伐黥布。黥布败后亡，刘邦让别的将领乘胜追击，自己则顺道回了故乡。刘邦这次回乡可谓志得意满，他与故人父老子弟在沛宫纵酒畅饮，即兴演唱了传诵至今的《大风歌》。刘邦亲自击筑，且舞且歌，慷慨伤怀，以至于泪流满面。刘邦还用充满感情的话语表示："游子悲故乡。吾虽都关中，万岁后吾魂魄犹乐思沛。"④尽管刘邦不是文学家，但无论是《大风歌》还是这段话，动情处自有文采在其中。丰地曾助雍齿守城，对此刘邦耿耿于怀，他也坦率地表露自己的情怀："丰，吾所生长，极不忘耳！"⑤

丰沛人对家乡的思恋，还体现在刘邦为刘老太公筑新丰。据葛洪《西京杂

---

① （汉）班固：《汉书》，岳麓书社1993年版，第56页。
② （汉）班固：《汉书》，岳麓书社1993年版，第57页。
③ （汉）司马迁：《史记》，中华书局2006年版，第64页。
④ （汉）司马迁：《史记》，中华书局2006年版，第82页。
⑤ （汉）司马迁：《史记》，中华书局2006年版，第82页。

记》卷二记载，刘邦的父亲被请到长安后，天天在深宫待着，很没意思，整天凄怆不乐。刘邦了解到他不乐的原因是屠贩少年，沽酒卖饼，斗鸡蹴鞠，到长安后这些景象都见不到了。刘邦想了个办法，他让人在长安附近修建了一个村镇，房屋街道，小桥流水，都按照家乡原有的样子进行复制。就连刘邦小时候常祭的枌榆之社，在修建的时候也移植了过来。衢巷栋宇，物色惟旧。然后让家乡的人一块搬来此地居住。搬家的时候，家乡人来到新丰村口，不用问就能找到自己家。甚至连携带来的犬羊鸡鸭，也像在老家一样，不用赶，自己就回家了。刘邦常年在外征战，和一般人一样，对家乡也是非常想念的。他的《大风歌》真实地流露了这种感情，虽然不免有衣锦还乡的杂念。刘邦按照丰地原貌，在长安附近造一新丰固然是为了父亲，但也未尝不是他自己的乡土情怀的流露和表达。

中国是一个农业文明的社会，和游牧民族逐水草而居不同，为了守护收获劳动成果，他们只能在一个地方世世代代生活。农业文明的这种生活方式陶铸形成了汉民族安土重迁、衣锦还乡、叶落归根等乡土情结，游子思乡也由此成为中国文学的一个永恒主题。《诗经》中的《采薇》有"昔我往矣，杨柳依依。今我来思，雨雪霏霏"的句子，王粲《登楼赋》胪列了很多古人对家乡的思念。人情同于怀土，思乡恋家是人类尤其是农业社会群体普遍拥有的一种情感。

丰沛地区淳朴的民风、优越的自然条件和生活条件，使得丰沛地区的人们对故乡尤为依恋。带着这份依恋，刘邦率领丰沛子弟南征北战，不过三年五载，便入主长安。《西京杂记》是笔记小说，鸡犬识新丰未必实有其事，但其中反映的情感却是真实的。作为中央集团的核心，来自丰沛地区的人们必然有着浓厚的家乡之思，才有了《西京杂记》中"鸡犬识新丰"故事的诞生。《古诗十九首》中一个重要主题是游子思乡情感的表达，这类诗歌的产生固然与东汉末期的时代风气有关：一些文人为了进入仕途，不得不抛家舍子，游走京师州郡，奔走富贵权门。他们常年在外，思乡念家，实属难免，不由形诸诗歌。另外一个原因是：汉朝以农业立国，成熟的农业劳作方式进一步强化了人们安土重迁心态。汉初丰沛集团表现出的对乡土的迷恋情绪，对汉朝人的这种心态起到了推波助澜的作用。所以当汉代文人掌握了五言诗的创作技巧后，马上就涌现出大量优秀的游子思妇之作。

第五节　老庄思想对丰沛地区的影响

在司马迁所谓的"三楚"中，沛、陈同属于西楚。沛郡与陈郡相邻，老子曾隐居于沛泽，孔子、杨朱都曾之沛与之讨论。正因如此，老子思想对沛地影响甚深，在汉初的意识领域中也占据了主导地位。

一、老庄思想属中原文化

楚有狭义与广义之分。狭义上的楚指荆楚，广义上的楚指战国后期楚国的疆域，除荆楚外，还包括所有并吞过来的领土。司马迁所谓的楚是广义上的。项羽建都彭城，自号西楚霸王。汉初，刘邦封韩信为楚王，都下邳。韩信降为淮阴侯后，刘邦改封其弟刘交为楚王，都彭城。彭城离荆楚绝远，然封此地者均号楚王。由此可见，汉代人所谓的楚不仅仅是荆楚，凡战国后期属楚国疆域内者均被视作楚地。

《汉书·艺文志》称庄周为宋人①，刘向的《别录》说得更具体，称庄周为"宋之蒙人"②。战国时的宋地，在汉代大部分封属梁国。《汉书·地理志》记"梁国，县八"，其三为蒙③。宋代乐史《太平寰宇记》卷十二"宋州"云："六国时，楚有蒙县，俗为小蒙城，即庄周之本邑也。"④六国时楚有蒙县的说法，在秦汉典籍中找不到印证。马叙伦在《庄子义证》附录《庄子宋人考》推测说："宋亡后，魏、楚与齐争宋地，或蒙入于楚，楚置为蒙县，汉则属于梁国欤？庄子之卒，盖在宋之将亡，则当为宋人也。"⑤战国时，宋在魏国的进逼之下，国都由商丘迁相、彭城，昔日国家中心区域成了边陲之地。此时的商丘位于宋国西部边境，西北与魏临近，西南与楚接壤。《庄子·秋水》载："惠子相梁，庄子往见之。"又载楚王使大夫二人往聘庄子，"愿以境内累"。据此而言，庄子所居或离楚魏不远的宋国西部边境。庄子故里，目前有两种说法：一说在今商丘附近，一说在今安徽的蒙

---

① （汉）班固：《汉书》，岳麓书社 1993 年版，第 769 页。

② （汉）司马迁：《史记》，百衲本《二十五史》第一册，浙江古籍出版社 1998 年版，第 181 页。

③ （汉）班固：《汉书》，岳麓书社 1993 年版，第 730 页。

④ 乐史：《太平寰宇记》，《影印文渊阁四库全书本》第 469 册，台湾商务印书馆 1986 年版，第 94 页。

⑤ 马叙伦：《庄子义证》，上海商务印书馆 1930 年版，第 926 页。

城。战国时代，安徽蒙城不属于宋国，庄子故里在商丘当不容置疑。

道家的另一个人物是列子。列子活动的地点主要发生在郑国，据《列子·天瑞篇》记载，列子居于郑国的郑圃，四十多岁还无人认识，大家都把他看作平常人一样。列子是郑国人，这一点似乎没什么值得怀疑的。《汉书·艺文志》称列子名圄寇，早于庄子，庄子常称道他。《庄子》一书有十多处提到列子，如《让王篇》谓："子列子穷，容貌有饥色，客有言之于郑子阳者。"① 子阳为郑国相，《史记·郑世家》："（郑繻公）二十五年，郑君杀其相子阳。"② 郑繻公二十五年即公元前 389 年。列子与子阳生活的年代差不多。据《战国策·韩策》："史疾为韩使楚，楚王问曰：'客何方所循？'曰：'治列子圄寇之言。'"③ 公元前 375 年韩国灭掉郑国，并将都城迁到郑，于是韩人史疾有了向列子学习的机会。从《列子》一书的内容来看，列子是一位隐士，生活在郑国的圃田一带。他会辟谷、导引、入定等，能够做到心凝形释，骨肉都融。列子虽然"容貌有饥色"，但和庄子一样不肯出仕，不愿"为有国者所羁"。《列子》一书推崇清虚无为，顺性体道。

陈国、宋国和郑国都处于淮河以北，黄河以南，三国紧相邻接。洪迈《容斋随笔》卷五曾考察春秋战国时期的疆土说，当时所谓的"中国"者，"独晋、卫、齐、鲁、宋、郑、陈、许而已"④。陈国、宋国和郑国不仅在当时被认为是"中国"的一部分，即便现在也都属于中原地区。老子是陈国人，司马迁称其为楚人。庄子为宋人，到了宋代，也有将之归为楚人，如朱熹在《朱子语类》卷一百廿五云："庄子自是楚人……大抵楚地便多有此样差异地人物学问。"⑤ 近代刘师培提出文学南北不同论，将老子、庄子与屈原相提并论，认为他们共同代表了荆楚文化。⑥ 任继愈先生不但认为《老子》《庄子》和《楚辞》带有楚文化的鲜明特征，而且楚文化对中原文化是持批判态度的⑦。可以说老子、庄子是楚文化的一部分，但不能说老子、庄子代表了荆楚文化。屈原是荆楚文化的产物，老子、庄子不是，老子、庄子不能和屈原相提并论。另外，任继愈说楚文化对中原文化持批判

① （清）郭庆藩：《庄子集释》，中华书局 2013 年版，第 852 页。

② （汉）司马迁：《史记》，中华书局 2006 年版，第 283 页。

③ 贺伟、侯仰军点校：《战国策》，齐鲁书社 2005 年版，第 312 页。

④ 洪迈：《容斋随笔》，穆公校点，上海古籍出版社 2015 年版，第 43 页。

⑤ （宋）黎靖德：《朱子语类》，王星贤点校，中华书局 1994 年版，第 2989 页。

⑥ 刘师培：《南北文学不同论》，《刘师培中古文学论集》，中国社会科学出版社 1997 年版，第 262 页。

⑦ 任继愈：《中国哲学发展史》，人民出版社 1983 年版，第 23 页。

态度，也是不符合历史事实的。

楚武王曾说过："我有敝甲，欲以观中国之政，请王室尊吾号。"① 如果楚文化自愿外放于中原文化，楚武王还会"请王室尊吾号"吗？虽然楚文化有着自身特点，但其受到的西周传统文化的影响也不小。江汉流域原本有许多姬姓诸侯国，后都被楚国兼并了。若说江汉文化最能代表楚文化，这其中不就融合了原来的"汉阳诸姬"的文化吗？春秋时期，诸侯国之间有着比较密切的联系，对重要事件要互相通报。战国时期，"楚才晋用"，各诸侯国为了图强自保，都不遗余力地延揽别国人才。尤其是诸侯兼并，各国疆域不断发生变化。这些都促进了各地文化的交流。宋楚相接，梁宋文化自然受楚文化影响，但楚文化毕竟无法取代梁宋文化。同样道理，楚并陈，陈地也只能是陈楚文化，而不可能是荆楚文化。另外，老子故里为陈国，又曾为周守藏室之史，在洛阳供职多年。以此论，老子受楚文化影响多，还是受西周传统文化影响多呢？

陈胜、吴广起义，号为张楚，以楚人自居。其实陈胜、吴广的家乡，春秋时期并不属于楚国。刘邦家乡丰邑，战国时期从未属于楚，但"高祖乐楚声"，又曾在临近的沛邑为泗水亭长，战国后期沛曾属楚。《史记·叔孙通列传》载，叔孙通第一次见刘邦时，穿了一身儒服，刘邦表现出憎恶的样子。再见刘邦时，叔孙通就特意换了件楚式的短衣服，刘邦看了后很喜欢。刘邦喜欢楚文化，也常常以楚人自居。司马迁说老子是楚人，其楚是广义上的楚，具体来讲是陈楚。宋国靠近黄河，与荆楚相距更远。春秋后期，楚国势力曾抵达黄河岸边。战国中期，庄子故里毗邻楚魏，庄子卒，宋犹未亡。庄子为宋人，其故里商丘后属于魏，汉时属梁国。即便如此，如按汉代人对楚的理解，说庄子为楚人，虽然牵强，也还勉强说得过去。然而一旦将屈原牵连进来，问题将变得异常复杂。因为屈原代表的是荆楚文化，属于江汉文明或者说长江文明。庄子生活在黄河岸边，他笔下多是黄河两岸的景色。《庄子·秋水》就绘声绘色地描写了"秋水时至，百川灌河"的壮观景象。庄子曾钓于濮水，濮水为黄河水系，现在黄河北岸有濮阳，其名即源自濮水。由此可见，庄子属于典型的中原文化。老子代表了陈楚文化，陈楚文化虽受楚文化影响，但终归还是中原文化。

---

① （汉）司马迁：《史记》，中华书局 2006 年版，第 258 页。

二、丰沛文化中的黄老思想

从领土的归属时间上分析，荆楚文化对丰沛地区，尤其是狭义上的丰沛地区，影响时间短，影响也有限。对汉初意识形态影响最深的是产生在西楚大地上的黄老思想。黄老思想尊老子和传说中的黄帝为创始人，继承和改造了老子无为思想，主张无为而治，"省苛事，薄赋敛，无夺民时""恭俭朴素""贵柔守雌"，通过"无为"而达到"有为"的客观效果。刘邦入关伊始即废除秦苛法，与关中父老约法三章。如此简约，切中肯綮，因此大受秦人欢迎。刘邦未必对黄老思想有深入研究，但身边智谋之士称引各家学说，黄老当为其中之一。另外，黄老思想曾在沛地传播，早就春风化雨一般深入人心，沛人刘邦自然也不例外。刘邦在灭秦过程和楚汉战争中，充分利用黄老智慧，禁止队伍烧杀抢掠，树立了仁义之师的形象。在强大的项羽面前，该示弱时示弱，顺从地接受了汉王封号，却明修栈道，暗度陈仓。在楚汉战争中，刘邦是屡战屡败，但又屡败屡战，死缠硬打，百折不挠。一切都顺势而为，却无时无刻不展现出积极进取的姿态。黄老思想已经深入刘邦骨髓。综观刘邦一生的伟业，很难分清哪些是受黄老思想的影响，哪些是刘邦的性格起作用。

萧何死后，曹参为丞相，完全按照萧何制定的政策做事。对于那些沽名钓誉之徒、言文刻深之辈一概革除，而选择一些忠厚老实、拙于文辞的人办事。他自己则日夜饮酒，从来不说处理什么公务。有人想和曹参商量事情，或劝劝曹参不要这样，曹参就请他喝酒。刚要张口说话，曹参的敬酒就到了，这样直到来人喝醉，想说的话也不能说出口。汉惠帝对曹参的行为感到很奇怪，他怀疑曹参是不是对自己不满意。曹参耐心地向汉惠帝解释："陛下觉得你和先帝相比怎样？"汉惠帝回答说："我怎么敢和先帝相比！"曹参又问："陛下觉得我和萧何相比怎样？"汉惠帝答道："你好像比不上他。"曹参说："陛下说得很对。高皇帝与萧何既然安定了天下，各种法令都已经制定好了，我们只要按部就班，不要有什么过失，这样不就很好了吗？"惠帝听了，大加赞赏①。其实，曹参在齐国为相时就采取无为而治了，《史记·曹相国世家》说他在齐国为相九年，齐国安集，大称贤相。另一位丞相陈平，也"好黄帝、老子之术"。汉初战乱刚结束，人心思治，社会需

---

① 参见（汉）司马迁：《史记》，中华书局 2006 年版，第 358 页。

要稳定，老百姓希望少受干涉。道家的无为而治思想迎合了广大人民的愿望和要求，适应了社会恢复和发展生产的需要。以刘邦为首的丰沛统治集团来自社会最低层，对人民的愿望和需求深深理解。鉴于秦亡的历史教训，为收拢民心，采取休养生息的政策，实行无为政治，是顺天时，应民心的。

来自丰沛地区的汉初统治集团极力推行黄老思想，对当时人们的思想产生了极大影响。司马迁的父亲司马谈就深受黄老思想的影响，他写的《论六家要旨》完全肯定了道家，对其他五家儒、墨、名、法、阴阳学说都进行了批判。黄老思想还深刻地影响了窦太后。窦太后是汉文帝刘恒的妻子，出身贫寒，既理解下层人民对无为而治的需要，也目睹了汉初无为而治带来的翻天覆地的变化，因此成为黄老治国策略的忠实维护者。窦太后喜欢黄老之术，还让景帝及窦氏子弟去读《老子》。魏其侯窦婴因好儒术，虽然很有才能，却受到窦太后的冷落。窦太后在世时，黄老之术以外的学者很少有被擢升的。汉景帝时，窦太后把博士辕固生找来，问他《老子》是怎样一部书，辕固生不识时务，回答说："此是家人言耳。"意思是很平常的学说。窦太后听后大怒，把辕固生关进猪圈，亏得景帝借给他一把兵器，刺死野猪，才出得猪圈①。在对待黄老、儒家问题上，窦太后甚至和刚即位的汉武帝刘彻发生了冲突，支持汉武帝的赵绾、王臧等人被窦太后抓到一些把柄，最后被逼自杀了。可以说，黄老和儒家思想斗争的初期，黄老学派占上风，儒家思想落下风。直到窦太后去世，汉武帝独尊儒术的思想和做法才得以贯彻施行。

---

① 参见（汉）班固：《汉书》，岳麓书社 1993 年版，第 1564 页。

第三章　楚人与荆楚文化

第一节　楚人的来源

楚人原是东夷族的一支，生活在黄河中下游一代，后来迁徙到中原的边缘，与所谓的"南蛮"杂居，被中原诸侯国视作蛮夷。其实，楚文化有很多中原文化的因素，楚人在心理上对中原文化有着天生的亲近感。楚人逐鹿中原的过程，实际上是认祖归宗的一个过程。

一、楚人北来

关于楚人来自什么地方，学术界有不同的说法。有一种观点认为楚人来自东方。郭沫若根据《令簋》《禽簋》等西周铭文，认为"楚本蛮夷，亦即淮夷"[1]。郭沫若在《殷周青铜器铭文研究》中进一步论述说："淮夷即楚人，亦即《逸周书·作雒解》中之'熊盈族'"[2]。他在《金文丛考》一书中也说："楚之先实居淮水下游，与奄人、徐人等同属东国。《逸周书·作雒篇》……熊盈当为鬻熊，盈、鬻一声之转。熊盈族为周人所压迫，始南下至江，为江所阻，复西上至鄂。至鄂而与周人之沿汉水而东下者相冲突。《左氏传》（僖二十八年）'汉阳诸姬，楚实尽之'者，是也。"[3] 胡厚宣也认为楚人来自东方，不过不是淮夷，而是东夷，在更加遥远的东方——鲁地。他在《楚民族源于东方考》一文中指出，楚人原本生活在鲁地。由于周民族向东扩张以及黄河流域气候的变化，使得东方民族大多南迁，这其中就有楚人。在南迁过程中，楚人在南方的江汉流域定居下来[4]。说楚人来自鲁地，可以在文献中找到不少证据。比如巫山是楚境内的名山，然而据古

---

[1]　郭沫若：《中国古代社会研究》，人民出版社 1954 年版，第 263 页。

[2]　郭沫若：《殷周青铜器铭文研究》，人民出版社 1954 年版，第 46 页。

[3]　郭沫若：《金文丛考》，人民出版社 1954 年版，第 44 页。

[4]　胡厚宣：《楚民族源于东方考》，载北京大学潜社编：《史学论丛》第一册，北京大学潜社 1934 年版。

典文献记载，山东境内也有巫山。《左传·襄公十八年》："齐侯登巫山以望晋师。"杨伯峻《注》："巫山在今山东肥城县西北六十里。"① 人类迁徙往往会携带地名同行，山东境内的巫山可能曾是楚人的旧居。《左传》隐公七年、僖公二年都曾提到楚丘这个地名，一个在卫地，一个在曹县东南，都属于东方。《左传》中的楚丘，有可能是楚人的故土。大彭氏族是夏商时期徐淮西部地域的一个早期的部族，是东夷文化的重要一支。根据《史记·楚世家》的记载可以知道，楚人的先祖是颛顼帝高阳，到了陆终的时候，陆终共有六个儿子，其中第三子叫彭祖，建立了大彭氏国。第六子叫季连，季连姓芈，是楚人的祖先。《史记索隐》引《世本》："三曰籛铿，是为彭祖。"又引虞翻的话："名翦，为彭姓，封于大彭。"《正义》引《括地志》："彭城，古彭祖国也。"又引《神仙传》云："彭祖讳铿，帝颛顼之玄孙。"② 屈原《离骚》开篇也说："帝高阳之苗裔兮，朕皇考曰伯庸。"这些文献保留了自古流传的楚夷同源的说法。

地下考古的成果告诉我们，早在公元前四千多年前，长江中游已经有了大溪文化在活跃。在大溪文化的东边，是螺狮山文化。汉水、丹江汇合处，则是仰韶文化活动区。到了公元前三千年前后，长江中游的大溪文化和螺狮山文化都发展为具有地域特色的屈家岭文化，并且势力强劲，不停向北渗透。屈家岭文化与汉水、丹江流域的仰韶文化混合，形成了被考古学界称作青龙泉一期文化的过渡性文化类型。此时的汉水、丹江流域，从以仰韶文化为主，变成了以屈家岭文化为主。然而没过多久，这个地区的屈家岭文化突然发生了很大变化，从下王岗晚二期开始，黄河流域的影响骤然加大。在淅川下王岗发现的二里头文化遗物，俞伟超先生认为和青龙泉三期不是一个系统发展而来，这说明当时有一支黄河中游的力量来到了这里。③ 在这支来自黄河流域的力量的冲击下，汉水、丹江汇合处存在了两千多年的土著文化就式微了。来自黄河流域的这支力量并没有止步不前，而是不断向南推进，顽强地翻越洞庭湖和鄱阳湖，势力直达现在的江西境内。

在传说中的尧、舜、禹时代，黄河流域的部落和三苗部落冲突不断。据《史记·五帝本纪》记载："三苗在江淮、荆州，数为乱。于是舜归而言于帝，请流共工于幽陵，以变北狄；放驩兜于崇山，以变南蛮；迁三苗于三危，以变西戎；

---

① 杨伯峻：《春秋左传注》，中华书局 1990 年版，第 1038 页。
② （汉）司马迁：《史记》，中华书局 1959 年版，第 1691 页。
③ 俞伟超：《先楚与三苗文化的考古学推测》，《考古学报》1980 年第 10 期。

殛鲧于羽山，以变东夷。四罪而天下咸服。"① 这发生在尧舜时期，《战国策·魏策一》："昔者三苗之居，左彭蠡之波，右洞庭之水，文山在其南，而衡山在其北。恃此险也，为政不善，而禹放之。"② 这发生在舜禹时期，冲突的结果是，三苗部落被赶到了南方偏僻的山区，中原文化开始影响长江流域。楚人由中原迁至荆山，可能就在这个时期。

公元前 634 年，楚成王借口夔子不奉祀祝融和鬻熊，兴师问罪，废黜夔子，把夔国灭掉了③。鬻熊是周文王时人，是楚国始封之君熊绎的曾祖，祝融则是楚人的始祖。《国语·郑语》称楚国公族是重黎之后，重黎又称祝融，是帝喾的火正④。湖北荆门市包山 2 号楚墓，墓主是担任过楚国左尹的邵𨚳，墓中出土的竹简显示，墓主所奉祀的祖先中也有祝融这个人⑤。《国语·郑语》："祝融亦能昭显天地之光明，以生柔嘉材者也。其后八姓，於周未有侯伯。"⑥ 这八姓分别是：己、董、彭、秃、妘、曹、斟、芈。《左传·昭公十二年》载楚灵王说："昔我皇祖伯父昆吾，旧许是宅。"⑦ 楚人认为自己与昆吾同源。昆吾为祝融八姓中的己姓，原来生活在中原，《左传·哀公十七年》："卫侯梦于北宫，见人登昆吾之观，被发北面而噪曰：'登此昆吾之虚，绵绵生之瓜。余为浑良夫，叫天无辜。'"⑧ 文献证明，昆吾曾到过许地。《国语·郑语》："佐制物于前代者，昆吾为夏伯矣。"韦昭注云："昆吾，祝融之孙陆终第一子，名樊，为己姓，封于昆吾。昆吾，卫是也。其后夏衰，昆吾为夏伯，迁于旧许。"⑨ 按照韦昭的说法，昆吾迁到许地的时间在夏朝，而且是在夏朝衰落的时期，也就是夏朝晚期了。李学勤先生曾考证过祝融八姓的早期分布，认为"可以说是环处中原"⑩。祝融八姓暗示这个部落后来分为众多部落，"环

---

① （汉）司马迁：《史记》，中华书局 2006 年版，第 3 页。

② 贺伟、侯仰军点校：《战国策》，齐鲁书社 2005 年版，第 244 页。

③ 李宗侗：《春秋左传今注今译》，新世界出版社 2012 年版，第 310 页。

④ （三国）韦昭注：《国语》，上海书店 1987 年版，第 184 页。

⑤ 张正明：《楚史》，湖北教育出版社 1995 年版，第 2 页。

⑥ （三国）韦昭注：《国语》，上海书店 1987 年版，第 184 页。

⑦ （唐）孔颖达：《春秋左传正义》，（清）阮元校刻：《十三经注疏》本，中华书局 1980 年版，第 2064 页。

⑧ （唐）孔颖达：《春秋左传正义》，（清）阮元校刻：《十三经注疏》本，中华书局 1980 年版，第 2179 页。

⑨ （三国）韦昭注：《国语》，上海书店 1987 年版，第 184—185 页。

⑩ 李学勤：《谈祝融八姓》，《江汉论坛》1980 年第 2 期。

处中原"则是说他们后来都搬离了故土。关于祝融八姓的迁徙，张正明先生认为："散居在中原的小国受到大国的讨伐，力不能敌，除降服外，只有避走一策。"①并认为避走的方向以南为宜。从昆吾的迁徙来看，早在夏代祝融的方国就有南迁的了。

《大戴礼记·帝系篇》："陆终氏取于鬼方氏。鬼方氏之妹谓之女嬇氏，产六子。……其一曰樊，是为昆吾；其二曰惠连，是为参胡；其三曰籛，是为彭祖；其四曰莱言，是为云郐人；其五曰安，是为曹姓；其六曰季连，是为芈姓。季连产附祖氏，附祖氏产穴熊，季连之裔孙鬻熊，九世至于渠。"②陆终部落联盟是同鬼方部落联盟通婚而繁衍起来的，原来都在中原生息，因地缘接近而通婚。在商朝武丁时，鬼方被迫迁徙到西北，《易·既济》："高宗伐鬼方，三年克之。"又《竹书纪年》卷上武丁："三十二年，伐鬼方，次于荆。""三十四年，师克鬼方，氐、羌来宾。"③应该引起我们注意的是"次于荆"。楚人又叫荆人，可能由于商人的征讨，陆终部落中的芈姓逃到南方，因来自荆地，所以仍被称为荆人。作为族名，楚人之"楚"似乎也由来已久。《左传·僖公二年》："诸侯城楚丘而封卫焉。"④所谓"荆"与"楚丘"，可能就是楚人南迁前在中原生活的故地，至今在河南安阳县东曹马村仍有芈姓居住⑤。

商人只是将鬼方赶到西北偏远地区，对于芈姓荆人，似乎穷追不舍，大有斩草除根之意。《诗经·商颂·殷武》："挞彼殷武，奋伐荆楚，罙入其阻，裒荆之旅。"《史记·楚世家》说："季连生附沮，附沮生穴熊。其后中微，或在中国，或在蛮夷，弗能纪其世。"⑥在商朝的打击下，荆人有一部分留在了中原，有些就迁徙到偏远地区去了。受商人的压迫，楚人一再向南迁徙，长期过着居无定所的生活。后来，他们沿丹水而上，来到了今丹水上游的"荆山"或"楚山"⑦。到了

---

① 张正明：《楚史》，湖北教育出版社 1995 年版，第 22 页。
② 高明：《大戴礼记今注今译》，天津古籍出版社 1975 年版，第 249 页。
③ 王国维：《今本竹书纪年疏证》，辽宁教育出版社 1997 年版，第 70 页。
④ 李宗侗：《春秋左传今注今译》，新世界出版社 2012 年版，第 196 页。
⑤ 张正明：《楚史》，湖北教育出版社 1995 年版，第 21 页。
⑥ （汉）司马迁：《史记》，中华书局 2006 年版，第 257 页。
⑦ 张正明：《楚史》，湖北教育出版社 1995 年版，第 30 页注释 1 谓：丹水上游也有荆山或者楚山，但与鬻熊所居的丹阳相距较远，与熊丽所治的睢山相距更远，熊绎绝无北迁到丹水上游去的可能。按沿丹水北迁的并非在熊绎时，甚至远在鬻熊之前，楚人受商人逼迫，曾由北方中原迁徙到今南阳一带，然后又沿丹水逆流而上，到达了丹水上游的荆山，后又溯流而下，向东南迁徙，在鬻熊时始居于丹水和淅水汇合处的丹阳地区，却在丹水上游留下荆山这一地名。

商朝末年，楚人生活在周东南方向的丹水、淅水之间，与周比邻而居，和周一样受商人统治。

徐旭生在《中国古史的传说时代》中说："祝融后人的散居地，南边可到两湖接界处，北上到河南中部，再北到河南、河北、山东交界处，也有向西住到黄河北岸的，再来到山东东部。专从地理的观点来看，也就可以知道祝融八姓很难说成属于苗蛮集团的。"①总的说来，祝融八姓作为一个较大的部族，原先是居住于中原一带的。

二、楚文化与夏商文化

既然芈姓贵族是从中原移居"蛮夷"的，自然是携带着中原文化来到了南方，它的文化应该保留着不少中原文化特色。按照司马迁的说法，祝融八姓在夏时就已经存在了，"昆吾氏，夏之时尝为侯伯，桀时汤灭之"②。姜亮夫主张楚国属于夏文化③。郭沫若在《西周金文辞大系图录考辨》一书中说："徐、楚实商文化之嫡系。"④胡厚宣亦断言："楚国在文化方面是犹有殷之遗风。"⑤过常宝认为："终有商一带，芈姓部落一直在中原居住。至周初，也就是在周公变革的前后，被封于荆蛮，与中原文化有了隔阂。那么，楚贵族的传统文化并不是周文化，而是夏商文化，尤以商文化为主。"⑥《礼记·表记》记载孔子之言，说夏朝尊命，殷人尊神，周人尊礼。在对待鬼神的态度上，夏商敬神事鬼，先鬼而后礼，周人却是敬鬼神而远之。在敬神事鬼方面，周人与夏、商二代有着明显的不同。楚文化具有浓厚的巫祭色彩，从这个角度说楚文化源于夏商，是有一定道理的。无论楚文化源于夏还是源于商，抑或源于夏商而以商文化为主，可以肯定的是楚文化的原始色彩非常浓厚，这与周代的理性主义文化形成了鲜明的对比。

商朝人尊神，《礼记·表记》说商朝统治者"率民以事神，先鬼而后礼"。

---

① 徐旭生：《中国古史的传说时代》，文物出版社 1985 年版，第 66 页。

② （汉）司马迁：《史记》，中华书局 2006 年版，第 257 页。

③ 姜亮夫：《三楚所传古史与齐鲁三晋异同辨》，载姜亮夫：《楚辞学论文集》，上海古籍出版社 1984 年版。

④ 郭沫若：《两周金文辞大系图录考释》，科学出版社 2002 年版，第 16 页。

⑤ 胡厚宣：《楚民族源于东方考》，载北京大学潜社编：《史学论丛》第 1 册，北京大学潜社 1933 年版。

⑥ 过常宝：《楚辞与原始宗教》，东方出版社 1997 年版，第 7 页。

由于商代有着敬神事鬼的传统，所以祭祀的名目数量繁多，见于甲骨史料中的各种祭祀名目高达二百多种①。为了表达对鬼神的敬意，商代统治者不惜用活人向鬼神表达自己的敬意。据胡厚宣的统计，甲骨史料中"有关人祭的甲骨共有一千三百五十片，卜辞一千九百九十二条"②。考古发掘印证了甲骨史料的真实性，证明商代是用人祭祀最为惨烈的时期。河南安阳侯家庄 M1001 号是一座商王墓，考古人员从中清理出四百多个殉葬者遗骸。山东益都苏埠屯一号大墓是一座商朝后期贵族墓葬，从中也清理出四十八具殉葬的尸骸③。商朝统治者除了使用生人殉葬，人牲也被用在各种祭祀之中。比如建筑房屋时，奠基时可能会杀人，上梁立柱时可能会杀人，举行落成典礼时也可能杀人。杀人以祭成为商朝统治者保全自己献媚鬼神的重要手段。历史文献和考古成果都说明，巫祭和鬼神构成了商朝文化的核心，鬼神左右着国家大事乃至日常生活，凡事都要先问诸鬼神，然后按照鬼神的启示去做。当时的人们在精神上完全受着神灵的操控，所有的政治生活也都是在神灵的名义下进行的。④ 盘庚迁都，不但遭到多数王公贵族的反对，下层民众也不能理解他迁都的意义，盘庚几乎站在了整个社会的对立面。在《尚书·盘庚》中我们可以看到，盘庚为了达到迁都的目的，除了利用手里的威权震慑那些居心叵测的王公贵族，更通过"天命"来稳定民心，靠着"卜稽"来使人信服，终于达至自己的政治目的。陈梦家在《商代的神话和巫术》一文中这样论述商代的巫术："王者自己虽为政治领袖，同时仍为群巫之长。"⑤ 过常宝在《楚辞与原始宗教》中说："当时人们更看重神明，只有威严的神明才能使人的生命变得渺小。因此，献身，是崇拜的极端形式，是宗教精神的最高体现。"⑥周、楚当时受商统治，商朝的巫鬼文化自然也影响到周人和楚人。

周人眼看着商朝灭亡了，所谓"殷鉴不远，在夏后之世"，周朝的一些有识之士从商朝的灭亡中意识到"天命靡常"，鬼神有时候并不灵验。周人由此对原来的神格发生了怀疑，由对鬼神的绝对依从发展到"鬼神非人实亲，惟德是依"⑦

① 胡厚宣：《中国奴隶社会的人殉和人祭》（下篇），《文物》1974 年第 8 期。
② 胡厚宣：《中国奴隶社会的人殉和人祭》（下篇），《文物》1974 年第 8 期。
③ 孙淼：《夏商史稿》，文物出版社 1987 年版，第 528—536 页。
④ 参见孙淼：《夏商史稿》，文物出版社 1987 年版，第 528—536 页。
⑤ 陈梦家：《商代的神话与巫术》，《燕京学报》二十期，1936 年。
⑥ 过常宝：《楚辞与原始宗教》，东方出版社 1997 年版，第 7 页。
⑦ 李宗侗：《春秋左传今注今译》，新世界出版社 2012 年版，第 213 页。

的认识。出于这样的思想认识上的转变，周公开始了对夏商礼乐的损益，这就是我们常说的周公"制礼作乐"。夏商时期的"礼乐"主要是对祭祀行为的规范，经过一系列的损益，周公赋予它们新的时代意义。《左传·文公十八年》说："先君周公制礼曰：则以观德，德以处事，事以度功，功以食民……"[1] 周公制礼作乐，为当时的政治生活和社会生活重新制定了一个标准，它成为士人安身立命的前提，主要用来帮助人们修身和建功立业。由此可见，周代的礼乐文化完全偏离了商代的文化传统。因为文献阙如，对当年周公"制礼作乐"的具体内容我们已经无法详细了解了，但却完全可以想象它对当时社会产生了多么大的影响。

对于周公制定的礼乐和商代祭仪乐舞的区别，过常宝说："前者强调敬人和自尊，后者强调对神的崇拜。"[2]《礼记·祭统》："夫祭有十伦焉：见鬼神之道焉，见君臣之义焉，见父子之伦焉，见贵贱之等焉，见亲疏之杀焉，见爵赏之施焉，见夫妇之别焉，见政事之均焉，见长幼之序焉，见上下之际焉。"[3] 周公并没有公开摒弃商代的祭祀礼俗，在《周礼》中保留了大量的祭祀名目和祭祀仪式。不过，这些仪式已与在商代的功用大不相同，周代的礼乐更多地为当时的政治和伦理道德服务，祭祀礼仪由致敬鬼神变成了向人们灌输新的政治伦理思想的工具。

三、楚人与周人的纠葛

楚国的历史上曾发生过"鬻熊归周"一事。鬻熊归周在周文王时，《史记》中的《周本纪》和《楚世家》等都有明确记载。《史记·周本纪》说周文王礼贤下士，于是"散宜生、鬻子（即鬻熊）、辛甲大夫之徒皆往归之。"散宜生来自散国，"散国即《水经·渭水注》大散关、《沔水注》大散岭之散"[4]，位于周国之西；辛甲来自殷朝，殷朝位于周国的东方。《左传·桓公二年》孔颖达疏引《世本》："楚鬻熊居丹阳。"[5]"丹阳"最初的得名，应该和丹水之阳有关，其地在今河南省西南部。殷、周之际，楚国在丹水之北、淅水之南，周国的东南方，沿着丹水而

① 李宗侗：《春秋左传今注今译》，新世界出版社 2012 年版，第 447 页。
② 过常宝：《楚辞与原始宗教》，东方出版社 1997 年版，第 9 页。
③ （唐）孔颖达：《礼记正义》，（清）阮元校刻：《十三经注疏》，中华书局 1980 年版，第 1604—1605 页。
④ 王国维：《散氏盘跋》，载王国维：《观堂集林》（第三册），中华书局 1959 年版，第 887 页。
⑤ （唐）孔颖达：《春秋左传正义》，（清）阮元校刻：《十三经注疏》本，中华书局 1980 年版，第 1743 页。

上，到周国路近而方便。这正是鬻熊归周在地理上的有利条件。《史记·周本纪》选择这样几个人，目的是说当时的人才从四面八方聚集到岐周，显示了周文王天下归心的德能。

鬻熊去世后，周楚之间似乎产生了某种隔阂。在武王伐商，决战于牧野的时候，南方很多部落都参战了，只有楚人置身事外。《墨子·非攻下》云："昔者楚熊丽始讨此雎山之间。"毕沅校注云："（讨）字当为封。"① 毕沅的这种说法值得怀疑。其实，讨有治理的意思。《说文解字·言部》："讨，治也。"②"熊丽始讨"之"讨"，可以理解为治理山水的意思。雎山即雎山，后世称相山、祖山、沮山，今称主山 ③。主山位于湖北省南漳县的西北部，谷城县的东南部。从鬻熊所居的丹淅地区，到熊丽始讨的雎山，意味着楚人再一次向更偏僻的南方迁徙了。熊丽是鬻熊之子，说明这次迁徙刚好发生在鬻熊死后，周人与殷人决战之际。牧野之战，楚人袖手旁观，张正明先生推测道："或许是因为楚人觉得胜负难卜，不敢孤注一掷，托辞未去，但也可能另有原委，这就不便妄断了。"④ 先前楚人居住的丹淅地区在周的附近，商朝时与周部落共同受着商人的统治。后来周部落逐渐强大，灭商后周武王成为天下的共主。丹淅地区邻近周人，从镐京通往长江中下游必经丹淅地区，也就是说丹淅地区处于从周朝的镐京通往长江中下游的咽喉要道上，战略位置非常重要。楚人居住地战略位置如此重要，必然成为周人要征服的对象。《左传·昭公九年》记载周室的詹桓伯说："我自夏以后稷，魏、骀、芮、岐、毕，吾西土也。及武王克商，蒲姑、商奄，吾东土也。巴、濮、楚、邓，吾南土也。肃慎、燕、亳，吾北土也。"⑤ 从这处记载可以知道，武王克商后，楚就成为了周人征服的目标之一了。《武》乐是周初的一首乐曲，内容是歌颂武王伐纣的，相传为周公所监作。它的每一乐章（一成），都象征着武王伐纣的一个阶段。《礼记·乐记》详细记载了《武》乐演奏的情况："夫《武》，始而北出，再成而灭商，三成而南，四成而南国是疆。"⑥ 从上述乐章的安排来看，商朝灭亡之

---

① （清）毕沅校注：《墨子》，浙江书局辑刊：《二十二子》，上海古籍出版社 1986 年版，第 241 页。

② （清）段玉裁：《说文解字注》，浙江古籍出版社 1998 年版，第 101 页。

③ 张正明、喻宗汉：《熊绎所居丹阳考》，《楚学论丛》（《江汉论坛》增刊），1990 年。

④ 张正明：《楚史》，湖北教育出版社 1995 年版，第 27 页。

⑤ 李宗侗：《春秋左传今注今译》，新世界出版社 2012 年版，第 1008—1009 页。

⑥ （唐）孔颖达：《礼记正义》，（清）阮元校刻：《十三经注疏》，中华书局 1980 年版，第 1542 页。

后，周武王又挥师南下，征服了商王畿以南很多部落。河南省西南部的丹阳地区是鬻熊的老家，也在"南国是疆"的范围之内。可能在武王挥师南征时，熊丽带领一部分楚人走避到雎山，并在那里定居下来。

武王伐纣，继而略定南土，丹淅地区正式归入周的版图。"兴灭继绝"，这是周人的传统做法。据《尚书大传》的记载："古者诸侯受封，必有采地……其后子孙虽有罪黜，其采地不黜。使其子孙之贤者守之世世，以祠其始受封之人。"[①]在周人的文化观念里，商纣王虽然恶贯满盈，死有余辜，但商人的祖先却没有什么过错。所以在取得天下之后，周武王在殷朝的故地划了一块地方，作为纣王的儿子武庚的封地。依照这样的成例，对楚人的征服可能也如此。在将丹淅地区并入周之版图后，周武王仍然让楚人在那里居住，这就是后来的楚国。

周武王去世后，历史上曾发生过周公奔楚的事情。周公摄政，引起了管叔、蔡叔的不满，他们到处散布流言，最后勾结商纣王的儿子武庚发动了叛乱。为了平叛，周公亲自东征，用了三年时间才将叛乱完全平定。周公奔楚的事情发生在平叛之前，《史记》的《鲁世家》和《蒙恬列传》对此都有记述。《论衡·感类篇》也记载了汉代经学家的一些说法，说武王死后，周公摄政，管蔡流言，以至于周成王也有点怀疑周公了，于是周公奔楚。《抱朴子·嘉遁》也说"周成（王）贤而信流言，（周）公旦圣而走南楚"[②]。周公当时所奔的楚，有人怀疑是卫国的楚丘或许地[③]。《左传·昭公七年》记载，楚灵王建筑的章华台落成，诸侯国君都去祝贺，鲁昭公也要去，当天晚上梦见鲁襄公祖道。祖道就是祭祀路神。鲁昭公临行之前梦见鲁襄公祭道神，梓慎劝他不要去，理由是，襄公去楚国时梦见周公祭道神，现在不是周公祭道神而是襄公，因此还是不去吧。子服惠伯不同意梓慎的意见，认为襄公以前没有去过楚国，所以周公才祭路神以导之。现在襄公祭道神是因为他已经去过楚国了，所以代替周公祭道神。清人俞正燮《癸巳类稿》卷一《周公奔楚义》据此认为："周公曾适楚，故祖以导襄公。"[④]周公"适楚"就是"奔楚"，周公摄政，引起不少的流言蜚语。当时楚在丹水、淅水的汇合处，离周都甚近，且交通方便。楚人鬻熊曾经来过周国，为周文王出谋献策，很可能认识周

---

① （清）王闿运：《尚书大传补注》，中华书局 1991 年版，第 27 页。
② （晋）葛洪：《抱朴子》，上海书店出版社 1986 年版，第 104 页。
③ 张正明：《楚史》，湖北教育出版社 1995 年版，第 29 页。
④ （清）俞正燮：《癸巳类稿》，辽宁教育出版社 2001 年版，第 18 页。

公，周公避居鬻熊的故国，也在情理之中。当时成王年幼，管叔、蔡叔又野心勃勃，因此周公避难楚国时间不会太长。《逸周书·作雒》记载，周公摄政的"元年夏六月，葬武王于毕"，此时周公不应该还避难楚国，因为到"二年"周公就"作师旅"出征了。另外，根据《尚书·金滕》的记载，成王在"秋大熟"之时突然悔悟，他"新（亲）逆"周公，周公受到了空前的信任。《诗经·豳风·七月》说"十月获稻"，那么"秋大熟"的时间大约在九、十月之间。如此推断，则周公奔楚的时间可能在六七月到九十月，大约三个月左右的时间。周公在短时间内从容往返于周楚之间，说明楚应该在交通方便的周都附近，而丹水、淅水汇合处的丹阳一带是比较符合条件的。

武王略定南土，楚人被暂时征服。当管叔、蔡叔勾结商殷的武庚进行叛乱时，楚人也就蠢蠢欲动起来。《逸周书·作雒》说管叔、蔡叔叛乱时，"熊、盈以略"，又说周师"所征熊、盈族十有七国"[1]。楚人的祖先有"穴熊""鬻熊"等名，后更以熊为氏。周师"所征熊、盈族十有七国"中的熊族，应该包括居住在丹阳的楚人。《路史·后纪八》说，成王时熊氏畔，更明确地指出了楚人在管、蔡叛乱时的作为。成王时的管、蔡叛乱规模很大，《荀子·王制》："周公南征而北国怨，曰：何独不来也！东征而西国怨，曰：何独我后也！"[2]"南征"即征伐包括楚在内的南方叛国。丹淅地区的楚人参与管、蔡、武庚的叛乱，受到周公东征军的讨伐。周公的军队将叛乱的楚人打得落花流水，并一直追击到今湖北宜城市。楚人在丹淅地区无法立足，只得纷纷渡过汉水，向南迁徙。

平定四方叛乱之后，周王将同姓亲属和异姓功臣分封到各地，以"建侯卫"的方式为周朝树立了藩屏。在这个过程中，周朝"采取以姜族治姜族的政策"[3]，将灭商有功的姜太公分封到了姜族聚居的齐国。熊绎是熊丽的孙子，可能没有直接参与管蔡、武庚的叛乱，又因其祖上鬻熊曾为文王出过谋划过策，所以也受到了分封。熊绎当时被封为"子男之田"，居丹阳，楚人由是立国。周室将熊绎封到"楚蛮"，显然也是实行以楚人治楚人的策略。熊绎被封是在周公伐楚，击败楚人叛乱以后，当时楚人已经纷纷逃离丹淅地区，因此周室不可能把熊绎仍封在离周王畿较近的丹淅地区。据《左传·昭公十二年》记载，当时熊绎是处在偏僻

---

① （晋）孔晁注：《逸周书》，商务印书馆 1937 年版，第 108 页。
② （清）王先谦：《荀子集解》，中华书局 1988 年版，第 173 页。
③ 王献唐：《山东古国考》，齐鲁书社 1983 年版，第 165 页。

的荆山，筚路蓝缕，以处草莽。成王封熊绎于荆山，让他在那里建国，目的是镇抚那里的楚人和蛮夷，作为周室的藩屏。

第二节　楚国疆域的变迁

西周时，楚人偏居荆山、雎山之间。春秋时期在占领荆楚大地后，出方城与齐晋争霸中原。战国时期，楚国将疆域一度扩展到今天陕西的东南部，东北到今山东的南部，西南疆域扩展到现在广西的东北部。楚自建国便开始了与中原诸侯国的接触和联系。通过频繁的经济往来和战争，春秋中期以后，楚文化便成为华夏文化中重要的和不可分割的一部分。

一、楚国的初创

《诗经·商颂·殷武》是祭祀殷高宗武丁之诗，其中有"维女荆楚，居国南乡"的句子，又云："挞彼殷武，奋伐荆楚。罙入其阻，裒荆之旅"。商朝武丁时候，楚人在荆楚一带已生活很长时间，并且国力已可和北方的商朝相抗衡，所以引来商朝的征伐。在商朝的武力面前，楚人选择了忍让，暂时臣服于商。当周人奋力伐纣时，看到有机可乘，楚人转而帮助周人对付商人。《史记·周本纪》说文王时"太颠、闳夭、散宜生、鬻子、辛甲大夫之徒皆往归之"，鬻子就是鬻熊，周文王曾经向他询问过治国之道。《文心雕龙·诸子》说："鬻子知道，而文王咨询，遗文余事，录为《鬻子》。"[1]《汉书·艺文志》道家著录《鬻子》二十二篇，小说家有《鬻子说》十九篇。《史记·楚世家》曾记载楚武王自豪地宣称："吾先鬻熊，文王之师也。"[2]楚人将鬻熊奉为祖先，以鬻熊的字为氏，是为熊氏。芈姓熊氏，楚人的氏来自鬻熊。由于鬻熊辅佐周文王治理国家有功，周成王"举文武勤劳之后嗣"分封为诸侯以示褒奖，而封其后熊绎于所居"荆蛮之地"为诸侯，熊绎与当时周公之子伯禽、卫康叔子牟、晋侯燮、姜尚的儿子吕伋都被分封到各地，周王室希望他们发挥屏障起到保卫天子的作用。

---

① 杨明照等:《增订文心雕龙校注》，中华书局 2012 年版，第 231 页。
② （汉）司马迁:《史记》，中华书局 2006 年版，第 258 页。

　　周朝的分封，既是褒奖功臣，也是为了加强控制地方而藩卫王室。不过这种藩卫必须在诸侯国力量弱小而王室有足够力量控制的时候才能起作用。可是历史证明，社会发展终究会打破诸侯国间的平衡而出现强弱之分。周夷王时，周王朝开始衰落，诸侯相侵。而楚国则推行民族和睦政策，"甚得江汉间民和"，国势渐强。熊绎四世孙熊渠兴兵伐庸、杨粤，占有了长江中游的一些地区。周平王时，周王朝进一步衰落。熊通请尊楚，王室不许。熊通怒，自立为武王，向南"开濮地而有之"的同时，又向北攻克州、蓼，征服随、唐，"大启群蛮"。楚武王死后，他的儿子熊赀继位，这就是历史上著名的楚文王。楚文王是一位有为的国君，他最英明的决定是将楚国的都城由睢漳迁到了郢。《史记·货殖列传》："江陵故郢都，西通巫巴，东有云梦之饶。"① 《汉书·地理志》："江陵故楚郢都，楚文王自丹阳徙此。"② 郢都的地理位置非常优越，它南面靠近长江，东面紧邻长湖。溯江而上，与巴蜀交通无碍；顺江而下，很容易就到了吴越；它的北面有个险要去处方城，是防守中原诸侯入侵的重要关口，楚国越过方城就可以控制陈、蔡；又有广袤的云梦大泽，物产丰富可供国用。所以《读史方舆纪要·湖广序》说"楚人都郢而强"③。接着，文王征伐申、吕，打通了北进的道路，为争霸中原奠定了基础。

　　文王死后，儿子熊囏继位，是为庄敖。庄敖五年，庄敖的弟弟熊恽杀了庄敖做了楚国国君，就是历史上颇为有名的楚成王。楚成王因杀兄自立，为收买人心，对内"布德施惠"，对外"结旧好于诸侯"，并使人贡献于周天子。周惠王正处在诸侯不朝不贡之时，对楚成王派人贡献方物自然喜不自胜，于是命楚为南方夷越之长。这样，楚取得了在南方发展势力的合法权利，借口镇压夷越叛乱而开疆拓土。《左传·昭公二十三年》说："若敖、蚡冒，至于武、文，土不过同。"④ 地方百里为同，楚成王之前，楚国"土不过同"，可见楚地之逼仄。到成王时，楚国的领土已经超出了"千里"，等同于天子的领地了。楚国的崛起引起了同时称霸的齐桓公的警惕，成王十六年，齐桓公纠集了一些中原诸侯国，准备讨伐楚国。但因为找不到与楚国开战的理由，中原诸侯国与楚会盟而还。齐桓公死后，

①　（汉）司马迁：《史记》，中华书局 2006 年版，第 754 页。
②　（汉）班固：《汉书》，岳麓书社 1993 年版，第 744 页。
③　（清）顾祖禹：《读史方舆纪要》，上海书店 1998 年版，第 502 页。
④　李宗侗：《春秋左传今注今译》，新世界出版社 2012 年版，第 1126 页。

诸子争立，国势顿衰，齐国失去了霸主地位，楚成王乘机进入中原，伐许，伐黄，灭英。成王三十四年，楚伐宋，在泓水射伤宋襄公，宋襄公重伤而死。成王三十九年，楚再次伐宋，宋国求救于晋国。当时的晋文公已经励精图治了好多年，为确立自己的霸主地位，晋国迫切需要和楚人一战。楚令尹子玉为泄私愤，违背成王的意愿与晋人在城濮开战，结果大败。楚国向北发展得到了暂时遏制。

二、楚国的扩张

楚成王四十六年（公元前 626 年），成王子商臣弑父自立，是为楚穆王。穆王即位后尽力改变楚在城濮之战后的劣势。穆王二年，楚攻嬴姓江国，同盟国晋亦举兵攻楚救江。明年，秦攻晋，楚乘秦晋交战之际迅速灭江。穆王四年，楚未理会西边秦兵挑衅，而是移兵东向，灭了六（今安徽六安北）和蓼（今河南固始东北）。穆王五年，秦穆公、晋襄公相继去世，秦晋之间交战不断，晋国也陷入了立新君的内斗中。晋国内忧外患，已无暇顾及楚国向北扩张。楚穆王八年春，楚国攻郑，俘虏了郑公子坚、公子龙和乐耳。夏，楚国又攻打陈国，占领了陈的壶丘（今河南新蔡东南）。秋，陈国打败了楚国，反而惧怕楚国的报复主动请和。楚穆王九年冬，楚国在厥貉（今河南项城境内）与陈、郑、蔡等国国君会盟，商量攻打宋国，宋昭公主动向楚国示好，邀请楚穆王到宋国的孟诸（今河南商丘东北）一带狩猎。厥貉之会和"田孟诸"，是楚国在城濮之战以后重新称霸中原的标志性事件，说明楚国仍有能力左右中原的局势。楚穆王十一年，楚国讨伐群舒（今安徽六安、舒城一带），并进而攻打巢国（今安徽巢湖市），将楚国的势力进一步发展到江淮地区。

穆王死后，其子庄王即位，三年不出号令，日夜作乐。后任用伍参、苏从、孙叔敖、子重等人，励精图治，使得百姓安居乐业，国力日益强盛，奠定了成就霸业的基础。庄王六年，楚伐宋，获车五百乘。八年，伐陆浑戎（今陕西洛南东），至洛邑，庄王观兵于周郊，问周人鼎之轻重。庄王十三年，灭舒。十六年，伐陈。十七年，伐郑，郑襄公肉袒牵羊请降。晋救郑，与楚战于郑地邲（今河南荥阳东北），大败晋国军队，一直打到黄河北岸的衡雍（今河南省原阳县）。庄王十九年，使齐的楚使为宋人所杀，楚庄王闻此消息，投袂而起，来不及穿鞋佩剑，等车马套好他已经到蒲胥之市了。马上召集军队，很快就包围了宋都。楚国将宋国的都城围了五个多月，以至于城中食尽，守城的宋国军民不得不易子而食，析骨而炊，最后向楚国请降。楚庄王时期，楚人已经有能力饮马黄河，问鼎中原。中原各诸侯国对楚国俯首帖耳，稍有违抗，楚国就会师旅相加，兴师问罪。

庄王死后，儿子熊审继位，是为楚共王。共王二年，楚国与齐、鲁、秦、蔡、宋、卫、陈诸大夫在鲁国的蜀（今山东省泰安市）这个地方会盟。这一年，楚国的申公巫臣借出使齐国的机会投奔了晋国，楚共王杀了申公巫臣全族，瓜分了其家族的财产。楚国争霸中原主要是和晋国相争。楚国在城濮之战中受挫，向北发展的态势得到遏制，但楚国对于晋国始终是一个威胁，两国为此冲突不断。为了报复楚国诛其九族的血海深仇，此时足智多谋的申公巫臣建议晋国采取"联吴抗楚"的方略。吴国与楚国都属于长江流域，最初它们都是"地不过同"的蕞尔小国，地理位置相距较远，所以相安无事，各自独立发展。春秋时期，在互相兼并的过程中，楚国和吴国势力都得到了发展。到了楚庄王时代，楚国已经地跨江淮，傲视群雄了。而吴国也不断征服周边的小国，扩大自己的势力，成了东部势力最为强大的国家。随着两国版图的扩大，吴楚终于开始直接碰撞，矛盾不断。楚共王七年，申公巫臣亲赴吴国，向吴国传授战车之法，用新式方法训练吴国军队，鼓动吴国进攻楚国。在申公巫臣的策动下，吴楚从此拉开了长达八十多年的争霸序幕。吴国采取袭扰战术，楚军来了就撤，楚军去了复来，不断牵制楚军，使楚军疲于奔命，楚国扩张获得的很多土地就被吴国吞并了。楚国不但要在东方与吴抗衡，还要与北方的晋国争霸。共王十六年，晋国攻打郑国，楚国救郑，与晋国战于鄢陵，楚师被打得大败，共王眼睛受伤。共王二十一年，楚国攻打吴国，至于衡山（今安徽当涂县）。当时楚军的主帅邓廖带领楚军在江面上与吴军相遇，吴军一触即溃，楚军很容易就攻克了鸠兹邑。不料吴军欲擒先纵，在放弃鸠兹邑后，设伏兵对楚军拦腰一击，竟然俘虏了楚国的将军邓廖，楚军只有很少的军队逃了回来。这次战役楚军损失惨重。三日后，吴人又乘机攻占了楚国的良邑驾（今安徽巢湖市附近）。子重回国后抑郁而终，楚共王也在这一年与世长辞。

楚共王去世后，共王的长子熊昭即位，是为楚康王。楚康王不仅要北上中原与晋国争霸，还不得不抽出力量应付吴国从东面的袭扰。由于是两面作战，楚军疲于应付，苦不堪言。无奈之下，楚康王不得不和晋国和解。而此时的晋国也是内外交困，深感征战之累，也不愿和楚国这样纠缠下去。就这样，在宋国的调停下，楚国和晋国终于暂时达成了停战协议。当时的楚国和晋国都是非常强盛的国家，楚国和晋国等于是平分了霸权，天下大事取决于楚康王与晋定公。

康王死后，子员立，是为郏敖。郏敖三年，康王之弟公子围绞杀郏敖，是为灵王。灵王三年，会诸侯于申（今河南巩义东北）。同年，以诸侯之师伐吴，围朱方（今江苏丹徒区东南），获庆封。庆封为齐国大夫，曾与崔杼弑齐庄公，后出奔吴国，吴王将朱方这个地方给他作了封邑。灵王以诸侯之师伐吴，围朱方，借口是庆封"弑其君，弱其孤"，没想到将被处死的庆封反唇相讥："楚共王之庶子围弑其君兄之子员而代之"。灵王赶紧将庆封杀了。为了维持霸主的面子，楚灵王四处征讨，楚国与各诸侯国之间战争不断。陈国发生了内乱，他杀了几个制造内乱的大夫，借机将陈国灭掉了。他诱杀蔡灵侯，不顾诸侯调停，执意灭掉了蔡国，甚至用蔡国的世子祭神。楚灵王十一年冬，伐徐至乾溪（今安徽亳州东南），乐不思蜀，在那里一直待到第二年的春天。灵王弑郏敖时，其弟子比奔晋。灵王乐乾溪，不愿离去，子比乘机潜回郢都杀太子禄，自立为王。灵王部众散去，竟饿死于外。

楚共王有子五人，康王子昭、灵王子围、子比、子皙、弃疾。据《左传·昭公十三年》载，共王请神择主社稷者，暗中于祖庙埋玉，使五子按长幼次序祭拜，"当璧而拜者，神所立也。"结果"康王跨之，灵王肘加焉，子比、子皙皆远之，平王弱，抱而入，再拜皆厌纽"。子比杀太子禄自立为王，灵王下落不明，弃疾使人散布灵王将归的谣言，逼迫子比和子皙自杀，弃疾即位为王，是为平王。平王诈弑两王自立，害怕别国讨伐，于是主动向各诸侯国示好，归还了郑国土地，让陈国和蔡国复国。为了在国内争取民心，楚平王采取了收买人心的行动，在国内施惠于百姓。楚平王十年，吴国攻打楚国，楚国军队来到鸡父（今河南固始县东南），还没有列阵就自行溃退，损兵折将。楚平王十一年，吴楚边境小镇的两个女子为争一棵桑树打起来，楚女家人一怒之下杀了吴女的家人，吴国卑梁（今安徽天长市西北）的官员派兵攻打楚国的钟离（今安徽凤台县东北），楚平王大怒，派兵灭掉了卑梁。吴王听说也大怒，派兵攻打楚国的钟离、居巢。战争规模越来越大，楚平王开始害怕。楚平王十三年，楚平王崩，儿子芈轸继位，是为楚昭王，当时还不满十岁。

楚平王二年，太子建十五岁，宠臣费无忌建议太子建成家。太子建聘娶的是秦国女子，楚平王命费无极到秦国迎娶。费无极是个谄媚之徒，为了讨好楚平王，他建议楚平王自娶秦女。楚平王听从了费无极的建议，从此对费无极格外宠信。费无极还建议派太子建镇守城父（今安徽亳州东南），楚平王竟然也听取了。费无极与太子建的矛盾越来越深，为了除掉太子建，费无忌进一步诬告太子建谋反。楚平王相信了奸臣费无忌的谗言，要杀太子建、伍奢和伍奢的两个儿子。太子建事先得到消息，被迫逃往宋国。伍奢的二儿子伍子胥有勇有谋，他不愿愚忠而死，也逃往国外。后来伍子胥逃奔到吴国，受到吴王阖闾的赏识。在伍子胥的辅佐下，吴国越来越强大。伍子胥采取了申公巫臣的做法，"彼出则归，彼归则出"，不断袭扰楚国。楚自昭王即位，无岁不有吴师。楚昭王元年，吴兵数侵楚。昭王五年，吴攻取楚之六（今安徽六安北）、潜（今安徽霍山县东北）。昭王七年，吴大败楚于豫章。[①]昭王十年冬，吴王阖闾、伍子胥、孙武突然发动袭击，在楚人还没明白过来怎么回事的时候，吴国军队就已经进入了楚国的腹地。这年的十一月，楚军和吴军在柏举决战[②]，楚国军队大败，退守到雍澨(今湖北京山县)，又被吴军追上，楚军溃散。吴军一路高歌，在柏举决战后的第十天，攻破了楚国的郢都，楚昭王仓皇出逃。吴师入郢后，昭王庶兄子西召集散兵，组织抗战。申包胥从秦国借来援兵，越国也乘机攻打吴国，吴兵穷于应付，只好匆匆从楚国撤退。昭王回到郢都，历时十多个月的大战终于结束了。

昭王十二年，吴复伐楚，楚去郢，北迁于都。历史上有上都与下都之分，上都在南郡都县，今湖北宜城；下都在商密，今河南淅川县一带。[③]昭王所迁是上都还是下都，不得而知。但其迁都的意图比较明显，那就是背靠秦国以抵抗吴国。在吴伐楚之际，南方的越国乘势崛起，趁吴深入楚境的时候攻打吴国。吴国回兵后，转而伐越，吴王阖闾却在作战中伤趾而死。吴王夫差发誓为父报仇，遂将矛头对准越国，放松了对楚国的进攻。昭王十六年，楚灭顿（今河南项城）、灭胡（今安徽阜阳）。昭王二十七年，吴国攻打陈国，楚国往救之，军队驻扎在城父（今安徽亳州东南）。此时，昭王病死在军中。临终，昭王要子西继位，子西坚决拒绝；让子期继位，子期也不愿为王。要子闾（公子启），为王，子闾先是

---

① 豫章地望，众见不一，张正明认为在湖北安陆市东。参见张正明：《楚史》，湖北教育出版社1995年版，第230页。

② 柏举，湖北省麻城市。张正明以为安陆一带。参见张正明：《楚史》，湖北教育出版社1995年版，第233页。

③ 郭沫若：《两周金文辞大系图录考释》，科学出版社1957年版，第174—175页释文。

拒绝，后在昭王一再劝说之下，才假意答应。昭王死后，他们秘密立昭王的儿子熊章为王。熊章就是楚惠王，他的母亲是越国女子。楚惠王继位后，楚国军队班师回朝。这时的楚国终于从濒临灭亡的边缘复苏，国力渐渐强大，重新具备了称霸诸侯的能力。

楚惠王即位的时候，当时的国外形式发生了很大变化。吴王夫差在南方打败了越王勾践，他拒绝了伍子胥的建议，刚愎自用，执意北上，争霸中原。楚惠王三年，为了讨伐齐国和晋国，吴王夫差筑城于邗（今江苏扬州市境内），通过邗江（邗沟）南引江水，然后北过高邮，再折向东北，进入射阳湖，到达今天的淮安。在打通漕运以后，夫差挥师北上，两次打败齐国，势不可挡。楚惠王七年，夫差在黄池（今河南封丘西南）大会诸侯，终于实现了称霸中原的愿望。然而，这时的越国经过休养生息之后，国力已经复苏。越王勾践趁夫差北上、国内空虚之机，突然出兵，攻破吴国都城姑苏。夫差闻讯仓皇回军，但为时已晚，只得以厚礼卑辞请和。由于尚不能将吴国一举吞并，越王勾践暂时答应了夫差请和。从此吴国再无力量与越对抗。楚国趁吴国力量削弱之际，开始了反击。楚惠王九年，令尹子西和司马子期率兵攻打吴国，楚军进逼到桐（桐水入丹阳湖处，今江苏高淳南）这个地方。从此吴国袭扰楚国的格局得到了彻底扭转。

楚惠王十年，楚国发生了白公之乱，经叶公子高的镇压，白公失败。白公胜逃到山中，自缢而死。白公胜失败后，楚国继续向外扩张。惠王十一年，楚国灭掉了陈国，在那里设县。楚惠王十二年，楚军打败了巴人。楚惠王十三年春，越国开始攻楚。这年夏天，楚军将越军赶到了冥（今江西信江流域内）。这年的秋天，为了报复越国，叶公子高率军攻打东夷，逼迫三夷在敖（在今皖南浙西山地的西部，也有人认为在浙江滨海处）这个地方与楚讲和。楚惠王四十二年，楚国彻底灭掉了蔡国。楚惠王四十四年，又灭掉了杞国。这时，越国虽然灭掉了吴，但不能牢固地控制江淮以北。楚国则不断东侵，将楚国的势力推至泗水两岸。与此同时，楚还尽量向北发展，持续攻打宋国。楚惠王五十年，鲁国的能工巧匠公输般为楚国修建云梯，为攻打宋国作准备，墨子千里迢迢赶到楚国进行阻止。

楚惠王在位五十七年，死后儿子熊中即位，这就是楚简王。简王即位之初，就师出北方灭掉了莒（今山东莒县）。简王十九年，楚国攻打魏国，攻至上洛（今陕西洛南）。楚简王在位二十四年，死后儿子熊当继位，是为楚声王。楚声王在位仅六年，竟然为"盗"所杀。声王死后，子熊疑立，是为悼王。楚悼王即位时，国内国外形势发生了很大变化。当时的韩赵魏已经很强大，楚国重新陷入了列强环伺的局面。楚悼王二年，楚国与韩赵魏在乘丘（今山东巨野县）发生冲突，三晋联军打败了楚军。悼王十一年，三晋联军又在今开封附近大败楚军，楚国丢失了大梁、榆关战略要地。大梁从此属魏，成为战国时期魏国的都城。为了摆脱三晋联军的压力，楚国只好再次向秦国求救。秦国再次出兵相助，派兵攻打韩国后方，迫使韩赵魏不得不转过头对付秦国。秦与楚结为联盟对付三晋，三晋也拉拢齐国对付秦楚。齐国的参与使楚国与三晋的矛盾更加尖锐和复杂，危险加剧。楚悼王十九年，吴起来到楚国。为提升国力，楚悼王让吴起在楚国变法，触动了一些王公大臣的利益，遭到了激烈反对。但因有楚悼王的支持，变法得以顺利展开。由于吴起变法，楚国很快强盛起来。为了有一个稳固的后方，吴起率军南征，五岭一带的百越部落归顺楚国，楚国南部领土被推至今湖南和广西交界一带。接着吴起又打败了西面的秦国。楚悼王十九、二十年，魏、赵两国发生矛盾，齐国帮助魏国，赵国不得已向楚求救。楚悼王二十一年，吴起率军救赵，采取围魏救赵的方法，攻打空虚的魏国本土，魏军回兵相救，吴起在州西（今河南武陟县西南以西）与魏军决战，魏军大败。当时的楚军在吴起的率领下所向披靡，横扫中原，一直打到黄河边。这时，楚悼王突然病逝，反对变法的权贵突然发难，吴起被杀。料理完悼王丧事，悼王的儿子熊臧即位，是为楚肃王。吴起被杀时，伏悼王尸上。根据楚国的法律，凡用兵器接触楚王尸体的人都一律处死，而且要罪及三族。楚肃王即位后，将攻杀吴起的权贵悉数诛杀。

楚肃王四年，蜀国攻打楚国，夺取了楚国的兹方（今湖北松滋市）。楚肃王六年，魏国攻打楚国，夺取了楚国的榆关（今河南中牟县南）。[①] 楚肃王十年，魏国又占领了鲁阳（今河南鲁山）。第二年，楚肃王病死。楚肃王没有儿子，弟弟熊良夫继位，为楚宣王。楚宣王沿用楚肃王隐忍稳健的方针。楚宣王十六年，魏国攻打赵国，齐国联合楚国救赵。齐国以田忌为元帅，以孙膑为军师，围魏救赵，在桂陵（今河南省长垣县西北）因险设伏，击溃魏师。在这次战役中最得利的是楚国，楚宣王命景舍和昭奚恤引兵伐魏，没有经过激烈战斗就夺取了睢、濊之间大片土地，其地与魏、宋、卫三国相接。宣王十八年，魏与韩联合，在襄陵

---

① （汉）司马迁《史记·楚世家》："〔悼王〕十一年，三晋伐楚，败我大梁、榆关。"司马贞《索隐》："此榆关当在大梁之西也。"

（今河南睢县）击败了齐、宋、卫联军，齐人请景舍出面调停，魏人同意罢兵。宣王二十八年，魏伐韩。第二年，齐救韩，与魏战于马陵（今山东郯城县境内），齐国大胜，魏国大将庞涓自尽。齐、魏、赵国混战的时候，楚人作壁上观，没有卷入北方的战争。这一年，楚宣王病逝，儿子熊商即位，即著名的楚威王。

威王在位时，楚国已经积蓄了足够的力量，不但足以抵抗诸侯的入侵，而且有了大面积开疆拓土的资本。魏国自马陵之败后，君臣恐惧，一蹶不振。齐国虽然战胜了魏国，但却面临着楚、越的威胁。当时越国国君无彊志大才疏，也想与诸侯争霸。越国北上，逼近了齐国东南部。齐威王派使者假意对越王无彊说："越不伐楚，大不王，小不伯。"① 意思是，你欺负我们齐国算什么本事，去找楚国挑战那才叫霸王。果然，越王无彊不自量力，于楚威王五年主动挑战楚国。楚威王七年，楚国派景翠为元帅，率军与越国军队决战。这一仗越军主力被彻底消灭，越王无彊也被杀死，越国从此分崩离析，再难成气候。这一仗使得楚国的领土急剧扩张，越国的领土包括越国后来占领的吴国土地，一并被纳入了楚国版图。灭掉越国之后，景翠又挥师北上，与齐国军队在徐州决战，击败了齐国。这次战争，楚国国力达到了最强盛时期，国土面积空前辽阔。当时的苏秦曾对楚威王说，楚国是天下最强大的国家，"地方五千余里，带甲百万，车千乘，骑万匹，粟支十年。此霸王之资也"②。当时唯一可以与楚相对抗的国家是秦国，所以苏秦认为"纵合则楚王，横成则秦帝"③。然而，楚威王却并没有被楚国表面的强盛所迷惑，他冷静地对苏秦说："寡人之国西与秦接境，秦有举巴蜀并汉中之心。秦，虎狼之国，不可亲也。而韩、魏迫于秦患，不可与深谋，与深谋恐反人以入于秦，故谋未发而国已危矣。寡人自料，以楚当秦，不见胜也；内与群臣谋，不足恃也。寡人卧不安席，食不甘味，心摇摇然如县旌而无所终薄。"④楚威王对当时的局势有着清醒的认识，他所担心的事情在楚怀王时还是都发生了。

三、楚国的衰亡

威王十一年，楚威王去世，儿子熊槐继立，是为楚怀王。魏国趁着楚威王的

① （汉）司马迁：《史记》，中华书局 2006 年版，第 274 页。
② （汉）司马迁：《史记》，中华书局 2006 年版，第 427 页。
③ （汉）司马迁：《史记》，中华书局 2006 年版，第 427 页。
④ （汉）司马迁：《史记》，中华书局 2006 年版，第 427 页。

丧期，在南阳打败了楚军。怀王即位后，派柱国昭阳攻打魏国，在襄陵（今河南睢县）大败魏军，抢占了魏国八个城邑。昭阳转而攻打齐国，齐国恐惧，派著名辩士陈轸游说昭阳。陈轸给昭阳讲了画蛇添足的寓言，认为此时的昭阳在事业上达到了人生的顶峰，大败魏军，杀将得城，功高震主，来攻打齐国，齐国已经很害怕了，昭阳应该满足了。但灭掉齐国对昭阳没有好处，楚王总不能让位于昭阳；但如果打了败仗，可就是死罪。所以，此时的昭阳再为楚王卖力就是画蛇添足了。陈轸的游说发挥了作用，昭阳带兵回去了。此时的楚国非常强盛，鲁国和宋国对楚国俯首帖耳，宋国、卫国形同楚国的郡县。但秦国经过商鞅的变法，也蓄积了横扫六合的力量。楚国虽然疆域辽阔，但在秦国的虎狼之师面前毫无招架之功，领土不得不一再向东部收缩。

怀王十一年，苏秦约山东六国共攻秦，怀王为合纵长，至函谷关，秦出兵迎击六国，六国兵不战而退。怀王十六年，秦张仪许楚商于之地六百里，以换取楚绝齐交。怀王贪，与齐绝。后张仪称仅许楚商于之地六里。怀王受骗大怒，发兵西攻秦。怀王十七年，秦国与楚国在丹阳这个地方决战，楚军大败，将军屈匄也战死。怀王不死心，再次倾全国之兵，与秦军战于蓝田。这次又大败。韩、魏落井下石，趁机袭击楚国，楚国大窘。怀王二十八年，秦、齐、韩攻楚，杀楚将唐昧。楚怀王二十九年，秦再次攻打楚国，大将景缺被杀。楚怀王惊恐万状，派太子到秦国为人质。楚怀王三十年，秦再攻楚，夺得楚国八城。秦昭王约怀王在武关会盟，怀王如约而至，竟然被掳至咸阳，胁迫割要巫、黔中之地。为了摆脱秦国的要挟，楚国迅速立怀王的儿子熊横为王，这就是楚顷襄王。秦胁迫楚怀王割要土地不得，大怒，发兵攻楚，夺取楚国城池十五座。顷襄王十九年，秦伐楚，割去了上庸、汉北地。二十年，秦将白起攻取楚国西陵。二十一年，白起攻破楚国的郢都，以郢为中心建立南郡。二十二年，秦攻占了楚国的巫、黔中郡。楚不但丧失了政治文化中心，也丧失了楚国最为富庶的地区，遭到了毁灭性的打击。

白起破郢后，楚丧失了西部半壁江山，顷襄王只好向东北保于陈城（今河南淮阳）。之后二十多年，秦楚维持着和平局面。究其原因，在于秦攻东城之楚甚不方便。若从南郡攻楚，需越冥阨三关①，险塞重重。若从北面攻楚，则需

---

① 冥阨，亦作"冥隘""冥阸"，古隘道名。即今河南信阳东南之平靖关，为古九塞之一，与附近大隧、直辕二隘并为淮汉间兵争要害。《左传·定公四年》："我悉方城外以毁其舟，还塞大隧、直辕、冥阨。"杜预注："三者，汉东之隘道。"

假道两周，越韩、魏攻楚。秦因攻取三晋，无暇顾及楚国，楚国就这样在夹缝中苟延残喘。顷襄王三十六年，顷襄王病死，太子熊完即位，是为考烈王。考烈王二年，楚占领了鲁国的徐州。考烈王八年，楚国灭掉鲁国。考烈王二十二年，楚国迁都到了寿春（今安徽寿县）。考烈王在位二十五年，死后由儿子熊悍继位，为楚幽王。幽王在位十年后，他的同母弟熊犹立，是为哀王。哀王继位不过两个月，庶兄负刍便杀哀王自立。这时的秦国已灭掉了三晋与燕，便腾出手来进军楚国。负刍二年，秦将李信攻打平舆（今河南平舆县北），蒙恬攻打寝（今安徽临泉市），势如破竹。李信、蒙恬率领的秦军准备在城父（今安徽亳州东南）会师，楚军趁敌不备，偷袭成功，大破李信军，秦军败走。为彻底消灭楚军，秦王嬴政再派大将王翦，率领大军六十多万攻楚。王翦到楚国后，坚壁固守，养精蓄锐，任凭楚军挑战，终不出。楚军引军而东，秦军紧迫其后，大破楚军，攻取了陈城以南至平舆的地方，虏楚王负刍以归。楚将项燕又立昌平君为楚王，反秦于淮南。秦派王翦、蒙武攻项燕，昌平君战死，项燕被迫自杀。公元前223年，秦灭楚国，置九江郡、长沙郡。公元前222年，秦降服越，设立会稽郡。楚国彻底灭亡。公元前221年，秦灭齐，完成了全国的统一。

第三节　楚人的北顾心理与向南拓土

楚人来自黄河中下游，他们在中原边缘定居下来，逐渐发展壮大。楚人向南开地千里，但中原始终是楚人进攻的方向，他们越过汉水，一直向北向东发展，吞并征服了汉水流域的很多姬姓诸侯国。楚人逐鹿中原固然有政治上的考量，但也是由文化心理决定的。

一、楚人不认同自己的"蛮夷"身份

屈原《离骚》："帝高阳之苗裔兮，朕皇考曰伯庸。"高阳是黄帝的孙子，又称颛顼。据《史记·楚世家》记载，重黎和吴回都是颛顼的孙子，为帝喾执掌火正，又称祝融氏。吴回的儿子陆终生了六个儿子，他们分别是昆吾、参胡、彭祖、会人、曹姓、季连。季连是楚人的祖先。徐旭生在《中国古史的传说时代》

中说，颛顼属于华夏集团，但又受东夷文化的影响①。华夏集团从黄土高原向东迁徙的过程中，在河南、山东、河北的大平原上与东夷集团接触，继而相争。作为华夏集团的一部分，高阳氏所居最东，与东夷集团的接触也最早，所以互相影响的地方也最多。甚至可以这样认为，高阳这个部落本就是东夷族的一部分。在华夏族与东夷族的交往过程中，高阳的后代或聚或散，他们的足迹遍布现在的河南、山东、安徽、苏北等地。大约在公元前四千多年前，也就是传说中的尧舜禹三代，原本生活在中原的楚人中的一支远徙南方，进入长江流域。

"楚"字在殷墟甲骨卜辞中已出现，如《殷契粹编》四五〇有"刚于楚"三字，一三一五有"甲申卜午楚言"一条，一五四七又有"于楚又（有）雨"一句。从文意上看，上述甲骨文中的"楚"字都是地名。楚的地理范围，郭沫若认为是河南滑县的楚丘②。陈梦家持相似意见，认为泛言周代卫国境内，所指亦为河南滑县楚丘③。徐仲舒认为这些地名"为王田猎所及之地，似不能远至荆楚"④。对于甲骨文中的"楚"字，学术界较为一致的看法是，认定其与后来江汉间的楚国无关。荆楚原本是一种灌木，后来才被当作地名。远古时代，灌木丛生，某个地方生长很多荆楚，于是就以荆楚指代这个地方，这样荆楚一变而成为地名。作为一种地貌特征，荆楚的分布当然很广，这就意味着很多地方都可以称作荆或楚。据《左传》记载，现在河南滑县和山东曹县东南都有所谓的楚丘。

然而后来的情况是，凡提及荆、楚或荆楚、楚荆，我们都知道指的是楚国或楚人。荆、楚或荆楚、楚荆后来成为特定的称谓，如《诗经·商颂·殷武》说："维女荆楚，居国南乡。"《竹书纪年》："周昭王十六年，伐楚荆，涉汉，遇大兕。"⑤楚荆也见于不少出土文物，如《狱驭簋》："狱驭从王南征，伐楚荆，有得，用作父戊宝尊彝。"《鸿叔簋》："鸿叔从王员征楚荆，在成周，作宝簋。"⑥《速盘》："昭王穆王，盗政四方，扑伐楚荆。"《史墙盘》："宖（宏）鲁邵王，广惩楚荆。"⑦

① 徐旭生：《中国古史的传说时代》，文物出版社 1985 年版，第 66 页。

② 郭沫若：《殷契粹编》，科学出版社 1965 年，第 372 页"考释"。

③ 陈梦家：《殷墟卜辞综述》，科学出版社 1956 年。

④ 徐仲舒：《殷周之际史迹之检讨》，《徐仲舒历史论文选辑》，中华书局 1998 年版，第 669 页。

⑤ 李民等：《古本竹书纪年译注》，中州古籍出版社 1990 年版，第 64 页。

⑥ 陕西省文物管理委员会：《西周镐京附近部分墓葬发掘简报》，《文物》1986 年第 1 期。

⑦ 中国社会科学考古研究所：《殷周金文集成释文》，香港中文大学出版社 2000 年版。惩，《史墙盘》从能从攴，或释为惩。

许慎《说文解字》释荆："楚木也，从艸刑声。"释楚："丛木也，一名荆也。"《左传·庄公十年》孔颖达疏："荆、楚，一木二名，故以为国号，亦得二名。"① 殷商时期的荆楚，在很大程度上是一种地域观念，泛指淮河以南，长江中下游及今湖北荆山一带的部族和大小方国，这里面当然也包括来自中原后来崛起于江汉间的楚人。

　　楚人居住在丹淅地区，与周临近，和周人一样受商朝统治。后来周人强大，周武王灭商后成为天下的共主。楚人居住的丹淅地区处于从周镐京通往长江中下游的咽喉要道上，地理位置十分重要，因此成为周人征服的对象。《左传·昭公九年》记周室詹桓伯说："我自夏以后稷，魏、骀、芮、岐、毕，吾西土也，及武王克商，蒲姑、商奄，吾东土也。巴、濮、楚、邓，吾南土也。肃慎、燕、亳，吾北土也。"② 南土很早就纳入了周人重点关注的范围。武王灭商以后，又挥师南下，平定了南方一些臣服商朝的小国。鬻熊生活的丹阳地区，在今河南西南部，正在武王"南国是疆"的范围之内。可能就在武王略定南疆之时，熊丽带领一部分楚人走避到雎山。武王伐纣，继而睟定南土，丹淅地区正式归入周的版图。武王征服丹淅地区后，仍然让楚人居住在那里。

　　《战国策·魏策》记吴起之言："昔者三苗之居，左彭蠡之波，右洞庭之水。"③《史记·五帝本纪》也说古时"三苗在江淮、荆州数为乱"。洞庭以北、江汉之间，在上古为三苗蛮族活动的区域。公元前三千年前后，楚人由中原迁来，并深入到荆山、雎山之间。由于经济相对发达先进，楚人成为了那里的首领。楚人到达荆山、雎山以后，从地域上进一步脱离中原。在和南方蛮族长期生活的过程中，楚人吸收了很多当地文化和习俗，使得楚文化越来越具有自己的特点。在中原地区的人们看来，迁到南方的楚人已经不属于中原人了，他们被中原人视为蛮夷，如《诗经·小雅·采芑》就说："蠢尔蛮荆，大国为仇。"《国语·郑语》亦曰："当成周者，南有荆蛮。"④ 春秋时期，晋楚争强，弱小国家需要选择亲楚还是亲晋。当时的人们有一种根深蒂固的观念，叫"非我族类，其心必异"。鲁国和晋国都属于姬姓诸侯国，晋国对鲁国也是百般欺凌，但在亲楚还是亲晋问题上，鲁

① （唐）孔颖达：《春秋左传正义》，（清）阮元校刻：《十三经注疏》，中华书局1980年版，第1766页。
② 李宗侗：《春秋左传今注今译》，新世界出版社2012年版，第1008—1009页。
③ 贺伟、侯仰军点校：《战国策》，齐鲁书社2005年版，第244页。
④ （三国）韦昭注：《国语》，上海书店1987年版，第183页。

国还是选择了亲晋，理由是"楚虽大，非吾族也"（《左传·成公四年》）。楚人本来生活在中原，是陆终的后代，以祝融为始祖。在商人的压迫下不得不向南方迁徙，长期生活在中原的边缘。周初迁入荆山、睢山一带，与当地土著融合，进一步外化于中原，楚人自己未必愿意被视为蛮夷。

二、楚人争霸中原是"认祖归宗"的行为

楚在西周初年立国，楚国的开国国君熊绎和鲁国的伯禽、卫国的康叔子牟、晋国的燮和齐国的吕伋同时受封，成为周王室的一个诸侯国。周原甲骨 H11：83 云："曰今秋楚子来告父后哉。"这里的楚子为谁，向来有鬻熊和熊绎两说，当以熊绎为是。[①] 据《史记·楚世家》记载，周成王当年是以"子男之田"封熊绎的，也就是熊绎的爵位为子爵。鬻熊没有被封爵，当时他是以士的身份投奔周文王的，不应该称子。所以，周原甲骨 H11：83 上的楚子应该是熊绎，而不是鬻熊。周原甲骨 H11：14 又说："楚伯乞今秋来从于王其则（侧）。"考古学家认为周甲 H11：83 和周甲 H11：14 是同时的事，周甲 H11：14 上的"楚伯"的伯是伯仲的伯，乞是绎的同音假字。也就是说，楚伯乞就是楚子熊绎[②]。楚君来"从于王侧"，说明当时的楚人对周王室是服从的，归顺的。《左传·昭公十二年》记载的"昔我先王熊绎跋涉山川以事天子"，可以与周原甲骨上的"楚子来告"进行出土文物与传世文献的二重对照。周成王、周康王的时候，天下安定，楚国的力量有了明显的增强。到了周昭王的时候，楚国开始有了反叛周朝的力量。为了消除楚国的威胁，周昭王率师南征最后又以失败告终，昭王也死在回归的路上。自此，楚国在南方江汉地区的壮大呈现出不可遏制的趋势。周夷王的时候，熊渠在江汉流域笼络民心，巩固了在南方的统治基础。他将三个儿子分别立为句亶王、鄂王和越章王，为楚国向北发展建立了稳固的后方基地。春秋时期，熊通自立为武王，开始参与中原的政治事务。楚庄王带兵到洛邑近郊，耀武扬威，并且问周鼎之轻重。虽然楚国被中原诸侯国视作蛮夷，楚王赌气时也自称"我蛮夷"，但楚人对自己的中原身份却念念不忘。楚武王自立为王之前，曾派人到周王那里，希

---

① 陈全方：《陕西岐山凤雏村西周甲骨概论》，《四川大学学报》编：《古文字研究论文集》，四川人民出版社 1982 年版。

② 陕西周原考古队、周原岐山文管所：《岐山凤雏村两次发现周初甲骨文》，《考古与文物》1982 年第 3 期。

望周王室能将楚的爵位提高一下。但周天子断然拒绝了楚武王的要求，这让自我感觉已经强大起来的熊通很没面子。恼羞成怒之后，熊通索性自立为王，以蛮夷自居，其用意并非要独立出中原，反倒是让我们看到了楚人渴望被中原诸侯国接纳的急迫心情。楚国从来没有要独立出中原的企图，楚王以蛮夷自居，其实不过是国力强盛后问鼎周室的一个信号罢了。

长江南岸，洞庭湖的西部和西南部，长期生活着一些"蛮夷"部落，史籍上或称"百濮"，或称"群蛮"。百濮，有学者认为就是百越，也称百粤①。百越是古代和越人有关的各个不同族群的总称，百越生活在长江以南的辽阔地域内，所谓"交趾至会稽七八千里"，在秦汉以前都是百越族的居住地。周夷王时，熊渠兴兵攻打庸、杨粤，楚国的势力推进到鄂，开始与这些"百越""蛮夷"直接打交道。周宣王的时候，熊霜死后，他的三个弟弟争夺继承权，最后仲雪死，叔堪亡，避难于濮，而少弟季徇立，是为熊徇。熊霜的弟弟仲堪逃难来到濮地，后来就与当地的"蛮夷"融合起来了。周平王之末年，秦、晋、齐、楚代兴，楚蚡冒开始"启濮"。之后蚡冒的弟弟熊通杀了蚡冒之子而自立，这就是楚武王。楚武王三十五年（公元前306年），楚伐随，随人臣服于楚，并替楚到周王室说情，希望周王室按照中原诸侯国的待遇对待楚君，周天子予以断然拒绝。三十七年，熊通自立为楚武王，"于是始开濮地而有之"。楚武王三十七年，为春秋早、中期之交，楚国军事政治势力正式进入湖南。

因为楚人在灭商过程中发挥了巨大作用，熊绎以子男之田被封于楚，与鲁国的伯禽、卫国的康叔子牟、晋国的燮和齐国的吕伋同时成为周王室的藩屏。楚人本来生活在黄河中下游的中原，西周即受封为侯国，服从周王室，所以在心理归属上原本不愿入蛮夷。楚武王之所以请周王室"尊吾号"，反映的正是楚人的这种民族心理。然而，楚人生活在中原文化的边缘，长期和"群蛮"杂处，自身熏染了"群蛮"风俗习尚，周王室及中原诸侯国早已将楚人视作"群蛮"的一部分。夹在"群蛮"与中原文化之间，楚人心理非常纠结，一方面不甘被视作"蛮夷"，同时由于自身力量渐渐强大，自卑到极点就走向了自卑的反面，反而使楚人越发自尊起来，在"尊吾号"的愿望不能得到满足的时候，索性称王，与周天子平起平坐。早在熊通之前，周夷王时的熊渠就有过称王的经历，他将自己的三个儿子

---

① 雷广正：《侗傣语族族源与"百濮""百越"关系初探》，《贵州民族研究》1980年第2期。

分别封为句亶王、鄂王、越章王，只是后来害怕周人报复暂时去掉了王的称号。无论是熊渠还是熊通，他们称王的理由都是"我蛮夷也，不与中国之号谥"。"我蛮夷也，不与中国之号谥"只是一个借口，这句话所要表现的情绪则是：为什么视我为异族！僭越王的称号行为本身表达的则是对中原文化的皈依心理。

正是楚人对中原文化的皈依心理，楚人特别希望融入中原诸侯国。要北上、东进，必须在西南建立一个稳定的后方。从蚡冒开始，楚人在向北发展的同时，重点开拓西南领土。公元前671年，楚成王继位之后，为了获得向南方发展的机会，暂时减轻来自北方的压力，他主动与中原诸侯国修好关系，并向周天子表示臣服。周天子赐给楚成王胙肉，承认了楚国的大国地位，并告诉楚成王："镇尔南方夷越之乱，无侵中国。"这里的"夷越"，主要是指南方的古越族。周天子的话中透露出这样的信息：一方面依然视楚为"蛮夷"，另一方面也不得不承认，楚国已经具备争霸中原的能力。周天子授权楚成王镇服夷越，其用心是希望楚人向南发展而不要北顾。周天子的这一表述代表了中原大多数诸侯国的愿望，当然只是一厢情愿。不过，楚人却趁着这一机会向南扩地千里，为后来逐鹿中原打下了基础。春秋早期，楚人的势力还没有深入洞庭湖东南部，湘水流域主要散布着一些越人。在长沙、湘潭、湘乡、衡南、资兴等地的考古发掘证明，春秋早期的越人墓往往被春秋后期的楚人墓所打破①。这说明，楚国势力是在自春秋中叶以后，才开始进入洞庭湖东南和湘水流域的。

第四节　荆楚文化中的巫风

楚人"信巫鬼，重淫祀"的风俗有两个来源，一个是受殷商文化的影响，或者说是在来到南方之前楚人就有"信巫鬼，重淫祀"的风俗了。另一个来源是受"群蛮""百濮"的影响，楚人"信巫鬼，重淫祀"的风俗掺杂进了"群蛮""百濮"的文化信仰，使得楚人这一风俗不但一直保持着，而且特点越来越鲜明。荆楚文化更多地继承了夏商巫鬼文化，而且这种文化和当地的土著文化相融合，更加表现出鲜明的地域特色。

---

① 高至喜：《湖南春秋战国时期的越楚文化》，湖南省博物馆1984年编印。

一、楚文化与周公变革擦肩而过

现在人们一般将荆楚文化作为湖北文化的代称，如冯天瑜在为《荆楚文化金三角发展模式》这本书所作的"序"中说："本书'概述'称，书中的'荆楚文化'是湖北文化的代名词。斯言固是。"① 在地缘政治上，两湖始终是一个整体。《尚书·禹贡》："荆及衡阳为荆州。"②《尔雅·释地》则云："汉南曰荆州。"③ 荆州为传说中的古九州之一，这里的荆指湖北西部的荆山，衡为湖南的衡山，汉则为汉水。在白起攻破郢都之前，楚国的政治文化中心一直在两湖交界处，可以说两湖是荆楚文化的大本营。宋明清时，这里在地理上也很统一，康熙时并荆湖南路、荆湖北路为荆湖路，晚清则于武昌设湖广总督管理两省事务。自 1951 年考古队开始对湖南长沙、常德、衡阳等地楚墓进行挖掘，当代楚文化研究中，湖南楚文化也是重要的研究内容之一。因此，荆楚文化的内涵，在本书而言，主要指两湖文化。

西周建立之后，为了长治久安，周公在夏商文化基础之上制礼作乐，对社会秩序进行了重新调整和安排。王国维在《观堂集林·殷周制度论》中说，从表面上看，殷周时的改朝换代不过是一家一姓的变迁，但从实质上看却是新的制度代替旧的制度，新的文化代替旧的文化④。《礼记·表记》称殷人先鬼而后礼，尊神而好祀。周公制礼作乐，是理性对鬼神的胜利，中原民族由此从蒙昧社会步入文明社会。周公的变革，突破了夏商以来的原始宗教文化，周代社会开始进入理性的时代。殷商灭亡后，楚国继续保持和周王朝及其他中原诸侯国的交往，因此，周公带来的文化变革不可能不影响楚人的思想。但楚国不像周人，自觉地对自身文化和意识形态进行理性的变革，还保留着浓厚的商朝留下来的印记。就中原文化带来的影响来说，主要集中在器物形态、政治外交等方面，而传统意识和社会习俗则根深蒂固，难以动摇。另外，楚人长期外化于中原文化之外，他们与"百濮"和"群蛮"长期生活在一起，这使得楚人一方面延续了自己的文化传统，另一方面又濡染上"百濮""群蛮"独特的社会习俗与文化意识，使得楚文化显示

① 杨奋生：《荆楚文化金三角发展模式》，湖北教育出版社 1990 年版。
② （唐）孔颖达：《尚书正义》，（清）阮元校刻：《十三经注疏》，中华书局 1980 年版，第 149 页。
③ （宋）邢昺：《尔雅注疏》，（清）阮元校刻：《十三经注疏》，中华书局 1986 年版，第 2614 页。
④ 王国维：《观堂集林》，中华书局 1959 年版，第 453 页。

出鲜明的地域文化色彩。在一定意义上讲，偏处一隅的楚人与周公的文化变革擦肩而过。

在楚国境内，很早就有土著居民生活。1958 年首先发现于四川巫山大溪的大溪文化，其年代距今约 6500—5300 年之间。① 紧接着大溪文化之后发展起来的屈家岭文化，于 1954 年首先发现于湖北京山屈家岭而得名，距今也在 5000—4600 年之间。②《战国策·魏策一》说洞庭湖一带原来是三苗生活的区域，《史记·五帝本纪》说舜时"三苗在江、淮、荆州，数为乱"，《韩非子》也有类似的说法。尧、舜、禹三代，中原民族和三苗冲突不断。有史料记载，舜就死在征苗的战争中。三苗在中原势力的不断打击下，终于式微，竟至于不见于史书记载了。可能他们分散成很多小部落，散居在长江流域或江南的山水之间，不再与中原发生什么联系了。西周早期，楚国的居处还很荒凉，国土还很狭小，势力尚未到达江南。在湘北的西周早期的文化遗址中，也没有发现任何楚文化的因素。

到西周中期，江南的澧水流域已经有了楚文化的线索。③ 春秋战国时期，楚国经常与"濮""越""巴""蛮"发生战争。《史记·楚世家》说，周宣王的时候，楚国国君熊霜的儿子叔堪曾"避难于濮"。《国语·郑语》说，蚡冒的时候楚国开始侵夺骚扰濮人，"始启濮"。《史记·楚世家》说，到了楚武王时候，楚国已经占领了濮人的土地，"始开濮地而有之"了。《史记·楚世家》还记载，熊渠在江汉间甚得民心，兴兵伐庸、杨粤，将楚国的领土扩展到现在的武汉一带。刘向《说苑·善说》记载鄂君子晳泛舟时，曾有越人"拥楫而歌"。《史记·孙子吴起列传》记载楚悼王派吴起"南平百越，北并陈蔡"。《后汉书·南蛮西南夷列传》也说吴起帮助楚悼王，向南征服蛮越，占有了洞庭、苍梧一带。在《左传》中，楚国南方的土著被称作"群蛮""百濮"，《左传·文公十六年》记载楚庄王三年"庸人帅群蛮以叛楚。麇人率百濮聚于选，将伐楚。""群蛮""百濮"，说明这些部族当时还没有脱离蒙昧状态，仍然处于较为原始的氏族社会阶段。原始社会的人们不了解自然环境和自身，他们对变幻莫测的大自然深感恐惧和不安。在这种

---

① 中国社会科学院考古研究所：《中国考古学中碳十四年代数据集》，文物出版社 1983 年版，第 90 页。

② 方酉生《试论屈家岭文化》云："屈家岭文化早期的年代当在公元前的 3000 年上下。"载《武汉大学学报》1986 年第 3 期。

③ 高至喜：《楚文化的南渐》，湖北教育出版社 1996 年版，第 20 页。

情况下，就容易产生各种巫鬼崇拜，形成"信巫鬼，重淫祀"的文化习俗。班固在《汉书·地理志》中描写了长江流域楚人的生活状况，说他们火耕水耨，食鱼种稻，采摘水果，无千金之家，也无冻饿之苦。班固尤其提到楚人"信巫鬼，重淫祀"的风俗。

二、楚文化是南北融合的结果

我国历史上，有一段时间人人都可以祭祀，可以与鬼神沟通，这是早期人类神权与巫史的关系。随着王权势力的崛起，王权需要借助神的力量加强统治，于是通过"绝地天通"这类的宗教改革，王权就将神权垄断了起来。《国语·楚语下》记载，中国的这场宗教改革发生在颛顼时代[1]。在夏商时代，与神交通的权利已牢牢地掌握在王权和部分巫史的手中了。楚人从中原南迁蛮夷之地，他们带去的文化和当地的土著文化并不完全相同。在宗教祭祀活动方面，楚人主要继承了夏商文化，统治者把天神祭祀专管起来，使神权成为统治的有力工具。然而"群蛮""百濮"人的祭祀活动却仍然停留在民神杂糅的阶段，和继承夏商文化的楚人宗教祭祀相比，"群蛮""百濮"祭祀的社会内容较少，更多的是出于自然崇拜。在楚人的祭祀中，通过中原"绝地天通"的宗教改革洗礼，它的等级骤然森严，不是谁想祭祀就祭祀，谁想怎么祭祀就怎么祭祀。"群蛮""百濮"人的祭祀要简单得多，缺少等级划分，人人可以直接向鬼神表达诉求。另外，"群蛮""百濮"人的祭祀也缺少庄严的气氛，在各种各样的祭祀活动中，除了表达对神的信服，取悦神，他们也更为在意自己的身心感受，所以祭祀时的纵情狂欢也就在所难免。楚人的文化虽然高于当地土著文化，但自从楚人脱离中原以后，一直压着土著部落向南迁移，和土著文化不断融合，楚文化中"群蛮""百濮"的特色越来越浓，逐渐形成了和中原文化差异巨大的新的地域文化。

楚人将夏商文化从中原带到了南方，并且和当地的土著文化相结合，形成了后来的荆楚文化。楚国巫风盛行，在讨论各国衰亡的原因时，《吕氏春秋·侈乐》竟然认为是"巫音"导致了楚国政治的衰败[2]。张正明在《楚文化史》中说："熊绎这位国君实为酋长兼大巫。"[3] 史书上多次记载楚国国君亲自主持祭祀和巫

---

① （三国）韦昭注：《国语》，上海书店 1987 年版，第 203—204 页。

② 陈奇猷：《吕氏春秋校释》，学林出版社 1984 年版，第 266 页。

③ 张正明：《楚文化史》，上海人民出版社 1987 年版，第 20 页。

术活动，如楚共王有五个儿子，不知道让谁继承自己的国君位子，于是"望祭群神，请神决之"。他使人暗中埋了一块玉璧，让五个儿子依次进来跪拜，结果"康王跨之，灵王肘加之"，只有楚平王压在了玉璧上面①。最具有代表性的是楚灵王，他经常穿着鲜洁，躬执羽绂，起舞坛前。有一次吴国来攻，国人告急，他竟然说："寡人方祭上帝，乐明神，当蒙福佑焉，不敢赴救。"②在屈原那个时代，楚人依然对巫祭非常痴迷。《汉书·郊祀志》说楚怀王为了让秦国退兵，"隆祭祀，事鬼神"③。为此，楚怀王还在国内建了很多沉马祠，"岁沉白马，名飨楚邦河神，欲崇祭祀，却秦师"④。但天不佑之，楚怀王竟然客死于秦。《吕氏春秋》将楚国的衰亡归因于"作为巫音"，虽然话说得有点绝对，但也不是完全没有道理。

望星一号墓和天星观一号墓是战国后期楚墓，从两墓出土的竹简来看，当时的贵族无论大事小情都要用占卜来决定。竹简记录的祭祀名目也比较繁多，祭祀的对象除先公先王外，还有一些山川神祇。这些名目和繁文缛节，说明祭祀存在于楚人生活的方方面面，反映了楚国高层统治者畏天命、信巫鬼、重淫祀的迷信思想。楚国的淫祀之风不是由几个君王提倡的结果，楚国相对滞后的文化是巫祭之风得以生存的肥沃土壤。在这样的文化背景下，楚国的政治、军事乃至日常生活都和巫术祭祀牢牢地联系起来了。

第五节　凤与楚人的图腾崇拜

先秦时期楚人的龙凤观念有一个嬗变的过程。春秋时期，出于自身防卫的民族心理，楚人在尊凤的同时，对周边部族普遍崇拜的龙蛇又爱又恨。战国时期，随着文化的交融楚人对龙的恶感渐渐减弱，并最终与凤一样成为楚人崇拜的对象。

---

①　（汉）司马迁：《史记》，中华书局 2006 年版，第 262 页。

②　（汉）桓谭：《新论》，上海人民出版社 1977 年版，第 14 页。

③　（汉）班固：《汉书》，岳麓书社 1993 年版，第 564 页。

④　（明）董说：《七国考》，中华书局 1985 年版，第 393 页。

一、东夷文化中的龙凤崇拜

图腾崇拜在原始社会普遍存在。在人类进入文明社会以后，虽然有些图腾崇拜渐渐变得模糊不清了，但它们对人们的思想依然会产生根深蒂固的影响。原始人的崇拜对象不完全相同，在中国古代有些地方的人崇拜凤、燕之类的鸟类，有些地方的人们崇拜虎、熊这样的兽类，还有崇拜犬、马、羊、猪、蛇、龙、鱼、龟等。鸟类和虫类是最为普遍的图腾崇拜对象，至今中国人还常常将龙凤挂在嘴上。

据《左传·昭公十七年》记载，春秋时期郯国的君主自称是少皞的后裔，在一次外交场合他对少皞氏的职官情况进行了详细介绍[①]。从郯国国君的介绍中可以知道，少皞氏的很多官职都冠以鸟的名称，凤鸟氏则是他们的总管。由此不难推测，少皞氏以飞鸟作为自己的图腾。少皞氏属于东夷集团，现在学术界一般认为，凤图腾源于东夷的少皞氏。东夷集团中又有太皞氏，太皞又称伏羲。《诗纬·含神雾》说华胥在雷泽履大迹而生伏羲[②]。关于雷泽的具体地点，或说在山东鄄城境内，或断定就是今日的太湖，总之是在东南沿海一带。太皞，风姓。繁体字的風从虫，动物的意义，有些地方呼蛇为长虫。很多古代典籍都记载伏羲是人首蛇身，如《艺文类聚》卷十一引《帝王世纪》："太昊帝庖牺氏，风姓也，蛇身人首。"[③]庖牺就是伏羲。在河南南阳出土的汉代砖墓画像中，伏羲、女娲的腰身以上是人形，腰身以下是蛇躯，他们的尾巴紧密地卷曲在一起。[④]山东嘉祥汉代武梁祠西壁的画像石，伏羲、女娲的形象也和南阳汉墓画像上的一样。[⑤]太皞风姓，从虫，就是说太皞蛇生，实际是以蛇为图腾对象。至于后来的龙图腾则是蛇图腾的延续和升华。

在人类跨入文明的门槛的时候，部落之间的战争相当频繁。在我国，先是有阪泉之战。这次战争使得华夏部族的内部秩序得以调整。接着发生的涿鹿之战，确立了华夏族群在黄河中下游一带的主体地位。接着是与长江流域苗蛮部族之间

---

①　李宗侗：《春秋左传今注今译》，新世界出版社 2012 年版，第 1071 页。

②　上海古籍出版社编：《纬书集成》，上海古籍出版社 1994 年版，第 1183 页。

③　（唐）欧阳询：《艺文类聚》，中华书局 1965 年版，第 208 页。

④　南阳文物研究所编：《南阳汉代画像砖》，文物出版社 1990 年版，图 58。

⑤　朱锡禄：《武氏祠汉画像石》，山东美术出版社 1986 年版，图一。

的战争，尧舜禹三代不断对苗蛮部族用兵，苗蛮部族被打败，不得不向南迁徙。随着人类文明的发展，战争的规模一次比一次大，一次比一次更向南方推进。这几场战争是黄河流域各部族之间及黄河流域的主体族群与东夷族之间的文化碰撞。一般来说，被打败的部落或氏族在文化上是没有发言权的，但征服者不可能将被征服者的文化和信仰彻底抹去，有时候甚至不得不吸收被征服者的文化。蚩尤虽然被杀，但他在东夷故地的影响仍然存在着，所以黄帝曾图蚩尤形象以威天下，"天下咸谓蚩尤不死，八方万邦皆为弭服"①。在血与火的战争中，不是一种文化消灭另一种文化，而是两种乃至多种文化加强了融合。这不单纯是文化的融合，还有血缘的融合。几次战争之后，华夏族与东夷族生活在一起，你中有我，我中有你，东夷族的龙凤崇拜也成为华夏族精神生活的一部分。

"敬"是在对象面前的一种心理感受，这种感受可以由爱引起，也可以由畏惧引起，我们分别称作敬爱和敬畏。在文献中常常可以看到这样矛盾的记载，一方面图腾对象被当作人类的保护神被以各种方式虔诚地尊敬着，另一方面它又可能对人自身产生危害。比如龙，据说喉下有逆鳞，不小心触动了它，龙就会杀人。龙的原型据说是蛇，也有人说是鳄鱼。蛇与鳄鱼即便今天也令人望而生畏。凤也如此。《淮南子·本经训》载后羿射日故事，其中讲到"猰貐、凿齿、九婴、大风、封豨、修蛇，皆为民害"，后羿上射十日，下杀猰貐，"缴大风于青丘之泽"。先秦时风、凤二字是相通的，"大风"就是大凤。又《览冥训》载女娲补天时曾言"鸷鸟攫老弱"，其中鸷鸟或即后羿所射之"大风"。后羿射日发生在帝尧时候，断修蛇、射大风透露出华夏部族与东夷部族斗争的历史信息，从中也可见出龙和凤的原始意象是非常可怕和令人厌恶的。大多数图腾崇拜源自人们对图腾对象的恐惧，是由恐惧而产生敬畏，进而产生崇拜的文化活动。

在上古部族融合期间，一个部族的图腾进入另一个部族的文化中，不会原封不动地保存下来。无论是楚人还是华夏族，他们在接纳东夷族的龙凤图腾时，都会按照本民族的审美观念和心理需求进行一番改造。在中国传统文化中，龙凤呈祥向来被视作吉利的象征。上升的龙和展翅的凤周围瑞云朵朵，一派祥和之气。后来，龙象征男性，充满了阳刚之气；凤象征女性，充满了阴柔之美。现在我们看龙凤都不觉得害怕，龙隐去了狰狞的面孔，凤也完全没有了鸷鸟的朴拙与野性。

---

① （汉）司马迁：《史记》，百衲本《二十五史》第一册，浙江古籍出版社 1998 年版，第 8 页。

二、楚人尊凤是为了自强

在出土的楚国文物中，凤的雕像和图像多得不可胜数，仅江陵雨台山楚墓出土的木胎漆绘凤雕像就有三十六件（虎座鸟架鼓每座有凤两只，按两件计）。[1] 楚地出土的战国丝织品和刺绣品的花纹，在动物纹类中，凤纹特多。[2] 在中原各国，龙和凤都能和平相处，如《韩非子·十过篇》："虎狼在前，鬼神在后，腾蛇伏地，凤皇覆上，大合鬼神，作为清角。"[3] 这是黄帝合鬼神于泰山之上的场景，龙凤与虎狼鬼神一起，任凭黄帝来驱使，是那样的温顺听话。但在楚人的艺术品中，龙凤相斗却是屡见不鲜的题材。据张正明的《楚文化史》介绍，江陵马山一号楚墓刺绣纹样有十八幅，其中十幅龙凤俱出，七幅有凤无龙，一幅有龙无凤。在十幅龙凤俱出的刺绣纹样中，龙凤相斗的就占了八幅，龙凤相安无事的只有两幅。在龙凤相斗的八幅刺绣纹样中，龙落下风的有五幅，另外三幅是龙凤势均力敌。[4] 以江陵马山 1 号楚墓出土的《凤斗龙虎纹绣》为例，[5] 在这件绣罗单衣上，上面的刺绣纹样以一凤斗二龙一虎为一个单元，每一个单元里的凤都是一足后登，另一脚前伸。前伸的那只脚踏着一条龙的脖子，龙扭转身子，好像很痛苦的样子。凤的一只翅膀扇动，击中了上部一龙的腰部，这条龙也是痛苦异常，张口哀号，似乎急欲逃走；凤的另一翅膀打中了前方一虎的腰，这只老虎也昂首哀号，痛苦异常。长沙陈家大山战国楚墓中出土的《人物龙凤帛画》也是一幅龙凤战斗图，帛画中的凤鸟象征生命与和平，龙则象征了战争与死亡，帛画表现的是生命与死亡、战争与和平之间的殊死搏斗，帛画中合掌的妇人是在祈祷凤鸟能够取得胜利。

楚人尊凤，楚国周边国家却普遍尊龙。被楚国视作心腹大患的吴国崇拜龙，《吴越春秋·阖闾内传》："吴在辰，其位龙也，故小城南门上反羽为两鲵，以象龙角。"[6] 龙也是越人崇拜的对象，《汉书·地理志》："（粤人）文身断发，以避蛟

---

[1]　荆州博物馆：《江陵雨台山楚墓发掘简报》，《考古》1980 年第 5 期。

[2]　张正明：《楚文化史》，上海人民出版社 1987 年版，第 176 页。

[3]　（清）王先慎：《韩非子集解》，中华书局 2013 年版，第 65 页。

[4]　张正明：《楚文化史》，上海人民出版社 1987 年版，第 178 页。

[5]　张正明：《楚文化史》，上海人民出版社 1987 年版，图 7。

[6]　（汉）赵晔：《吴越春秋》，中华书局 1985 年版，第 41 页。

龙之害。"颜师古注引应劭:"(越人)常在水中,故断其发,文其身,以象龙子,故不见伤害也。"① 吴越崇拜的龙可能是蛇,因为许慎《说文解字》说:"闽,东南越,蛇种。"② 但也可能是鳄鱼,吴越地区是扬子鳄活动的区域。生活在楚国西方的巴人也崇拜蛇,《山海经·海内南经》:"巴蛇食象,三岁而出其骨。"③《说文》谓:"巴,虫也。或曰食象蛇,象形。"④ 中原各国普遍对龙持有好感。《左传·昭公二十九年》载魏献子说:"吾闻之,虫莫知于龙,以其不生得也。"⑤ 在中原人看来,龙非常聪明,所以中原各国普遍用龙来喻人。《史记·老子列传》记载孔子到洛阳,向老子问礼,之后他对自己的学生说:"吾今日见老子,其犹龙邪!"⑥ 这是以龙喻老子。《史记·晋世家》中介子推携老母隐居,介子推的从者为之不平,到处张贴这样几句话:"龙欲上天,五蛇为辅。龙已升天,四蛇各入其宇,一蛇独怨,终不见处所。"⑦ 将晋文公比成龙,将介子推等五位臣子比成蛇。

春秋时期的楚人生活在崇拜龙蛇的部族包围之中,面对强邻环伺,楚人自然对龙蛇满怀恐惧。楚人怕见两头蛇,认为见到两头蛇的人必死无疑。楚国良相孙叔敖在小时候就见到过两头蛇,为了不使别人再看到两头蛇,就将蛇砸死埋了。在长沙子弹库出土的一张《楚帛书》,四边画了十二个神像,其中有两个神像被蛇贯穿了头部。作为一种民俗,楚人怕蛇的迷信心理实际上是一种集体无意识,其中隐含着楚人担忧本民族安全的社会文化心理。为了与崇拜龙蛇的部族抗衡,楚人尊凤,并为此刻意保留了凤鸟意象原型中的鸷鸟形态。从地下出土的楚国龙凤相斗文物是现实的斗争意识的反映,凤胜龙败的创作意图无疑寄托了楚人对战胜周边部族的强烈希冀。

按照一些学者的观点,楚人原本居住在河南、山东、安徽一带,与东夷族有着密切交往。后来在民族整合的历史过程中南下至江,先在荆山、睢山站住脚跟,并不断壮大,成为春秋战国时期最重要的诸侯国之一。在东夷族与华夏族水乳交融的时候,楚人长期生活在中原边缘。楚人与南方蛮族融合,进一步外化于

---

① (汉)班固:《汉书》,百衲本《二十五史》第一册,浙江古籍出版社1998年版,第403页。
② (清)段玉裁:《说文解字注》,浙江古籍出版社1998年版,第741页。
③ (清)郝懿行:《山海经笺疏》,巴蜀书社1985年版,第381页。
④ (清)段玉裁:《说文解字注》,浙江古籍出版社1998年版,第741页。
⑤ 李宗侗:《春秋左传今注今译》,新世界出版社2012年版,第1174页。
⑥ (汉)司马迁:《史记》,中华书局2006年版,第394页。
⑦ (汉)司马迁:《史记》,中华书局2006年版,第248页。

中原，以至于常被视为蛮夷。但楚人却没有忘记自己的中原身份，也从来没有独立出中原的企图。西周时期，楚居"南郢之邑"，蛮荆之地，在政治上归附周天子。随着国力强盛，楚国一度向南发展，目的是建立一个稳固的大后方。楚人念念不忘的是中原，所以向北用兵一直是楚国征伐的重点。楚国的目的很明显，他们想进入中原。楚人对中原文化在心理上有一种天然的亲切感。周夷王时，熊渠在江汉间大得民心，自称"我蛮夷也，不与中国之号谥"。但楚熊通自立为武王后，却偏偏派人到周王室请尊号。楚人本来非常认同中原文化，按照一般情理，受中原文化青睐的龙本应该与凤一样在楚地受到尊崇。但因为四周都是尊龙的部落，楚人感觉受到了威胁，所以楚人对龙又爱又恨，心理非常复杂。所以，在楚人的刺绣纹样中，龙也是壮美的，然而通常只能担当陪衬甚至反衬的角色。

战国时期，越灭吴，楚灭越，楚国疆域不断扩张，巴、吴、越等尊龙部族地区渐次成为楚国郡县，龙对楚人自然也失去了威胁作用，楚人对龙的恶感才渐渐减弱。随着楚国军事和政治上的影响日益增强，楚国成为春秋五霸和战国七雄之一。与此同时，楚人也完成了"认祖归宗"的心路历程。受中原各国好龙风气的影响，原本对龙又爱又恨的楚人进一步在心理上接受了龙凤文化，以至于在楚辞中屈原乘龙驾凤，凤与龙变得相安无事，二者终于能够和平共处了。

刘向《新序·杂事》有叶公好龙的故事："叶公子高好龙，钩以写龙，凿以写龙，屋室雕文以写龙。于是乎龙闻而下之，窥头于牖，施尾于堂。叶公见之，弃而还走，失其魂魄，五色无主。是叶公非好龙也，好夫似龙而非龙者。"① 这个故事非常有名，在我国家喻户晓。可能很多人没有注意到，其实这个叶公历史上真有其人。叶公子高姓沈名诸梁，在楚国平定白公之乱中起过重要作用，后来被封到叶这个地方。叶是楚国的一个邑名，沈诸梁因分封到叶，所以称叶公。叶公子高曾问政于孔子，据《论语·子路》记载："叶公问政，子曰：'近者说，远者来。'"②《墨子·耕柱》中也有子高问政于孔子的记载："叶公子高问政于仲尼曰：'善为政者，若之何？'仲尼对曰：'善为政者，远者近之，而旧者新之。'"③ 子张名颛孙师，是孔子门下最著名的学生之一，与叶公子高是同一时代的人。

语言是文化的载体，言语在一定程度上受文化心理因素的制约。子张讲"叶

① 程荣纂辑：《汉魏丛书》，吉林大学出版社1992年版，第371页。
② （宋）朱熹：《论语集注》，齐鲁书社1992年版，第133页。
③ 朱越利校点：《墨子》，辽宁教育出版社1997年版，第108页。

公好龙"的故事，拿南方的楚人叶公子高说事，言语的背后隐藏着春秋时期楚人对龙又爱又恨的社会文化心理模式。任何语言都不是无意义的，在语言的背后隐藏着另外的丰富的含义。子张讲"叶公好龙"的故事，其目的甚为明了，讽刺鲁哀公"好士"徒有虚名，实际并不"好士"。作为寓言，"叶公好龙"故事的真实性自然不值一驳，世间本无龙，何来"真龙"吓"叶公"。但问题是子张为什么不说齐、鲁、燕、赵等中原的某人"好夫似龙而非龙者"，而偏偏拿南方的楚人叶公子高说事？"叶公好龙"的故事背后隐藏了一种社会文化心理模式，而这种社会文化心理模式随着楚人对龙的观念的改变而改变，竟至于渐渐消失在历史的长河之中，不为后世所知了。

三、凤崇拜与屈原的独立不群

楚辞具有浪漫主义色彩，楚辞的创作借助了原始图腾的力量，保留了原始图腾的痕迹。屈原在《离骚》中说："鸷鸟之不群兮，自前世而皆然。"屈原将自己比作鸷鸟。屈原的作品，依《诗》取兴，引类譬喻是其重要特色。屈原善于用善鸟香草以配忠贞；恶禽臭物以比谗佞。用灵修美人来比喻国君，用宓妃佚女来比喻譬贤臣；虬龙鸾凤，我们可以看作是君子；飘风云霓，暗喻小人当道。屈原作品的这些特点，西汉王逸在《楚辞章句》中有过精彩的概述。在《离骚》中既然屈原将自己比作鸷鸟，按说鸷鸟应该属于善鸟一类。然而《说文·鸟部》云："鸷，击杀鸟也。"[1] 既然鸷鸟是一种凶猛的鸟，那么在意象群的归属上鸷鸟似乎不应该属于善鸟一类。王逸《楚辞章句》："鸷，执也。谓能执服众鸟，鹰鹯之类，以喻中正。"[2] 姜亮夫不认同王逸的解释，认为既然是执伏众鸟，那么它的独立不群就应该理解为凶残，不应该理解为忠贞。对于鸷鸟，姜亮夫有着自己的解释，他说鸷乃执之讹，执与挚是古今字。挚者，诚信忠贞之义。[3] 按照姜亮夫的理解，王逸认为以鸷鸟喻中正本来是不错的，但将鸷鸟解释为猛禽就错了。其实，屈原笔下的鸷鸟就是凤，江陵马山1号楚墓出土的《三头凤纹绣》[4]，凤的形象就极为怪异，这只凤看来像一只鸥鸦，两只翅膀相对高举，两个翅膀内勾，翅膀尖上还各

---

① （清）段玉裁：《说文解字注》，浙江古籍出版社1998年版，第155页。
② （汉）王逸注，（宋）洪兴祖补注：《楚辞章句补注》，吉林人民出版社1999年版，第16页。
③ 姜亮夫：《屈原赋校注》，人民文学出版社1957年版，第38页。
④ 张正明：《楚文化史》，上海人民出版社1987年版，第183页图21。

自有个凤头。安徽寿县出土的《攫蛇铜鹰》[1]，蛇就是龙，鹰其实就是凤。

从出土的文物上看，楚人的凤带有鹰的特征和特性，枭曾经是凤的形象的一部分，隐约透露出凤的意象原型的粗野和可怕，反映了先民对凤鸟恐惧与敬畏的原始心理。但正是凤鸟具有鸷鸟的特性，才使得楚人之凤有着无与伦比的力量和一往无前的勇气，确保了凤在与龙的争斗中能够胜出。凤的另一个显著特点是形体庞大。《庄子·逍遥游》为我们刻画了耸人听闻的大鹏形象，他说"鹏之背，不知其几千里也；怒而飞，其翼若垂天之云"[2]。据《说文》，鹏和凤是一个字，鹏是古文中的凤字[3]。庄子对大鹏的描写固然有夸张的成分，但也反映了凤硕大和健壮的特点。凤体形硕大，群飞自然很困难，所以凤是不能群飞的。然而《说文·鸟部》却说："凤飞群鸟从以万数，故以为朋党。"[4] 许慎之说，恐怕不是楚人之凤。孔子强调兴、观、群、怨，其中的"群"就是合群。凤之合群应该是儒家的观念，是北方西周大一统思想的产物。而楚国远在南方，与群蛮杂居。熊渠声称"我蛮夷也，不与中国之号谥"，显示了楚人特立独行的个性精神，也符合凤不合群的心理。楚国大臣伍举曾问楚庄王："有鸟在于阜，三年不蜚不鸣，是何鸟也？"庄王回答说："三年不蜚，蜚将冲天。三年不鸣，鸣将惊人。"[5] 庄王自比于冲天惊人之鸟。三年不飞又不鸣的鸟是什么样的鸟？我们看出土的一些楚国文物观，读庄子的《逍遥游》，这只鸟不是凤鸟还能够是什么鸟呢？庄王的冲天而鸣，庄子笔下的大鹏扶摇而上，俱是出群之举。在哲学上，老子讲小国寡民，讲鸡犬之声相闻，民至老死不相往来。庄子讲相忘于江湖、讲曳尾涂中，都与儒家的合群观念大相径庭。

屈原是一个极富激情的诗人，屈原的作品主要在围绕自己的忧愤说事，《离骚》中有大段自我赞美的段落。屈原在作品中喋喋不休地反复吟咏自己的行动和心情，以至于让人觉得他有点自吹自擂。[6] 在《离骚》中，主人公披花饰草，缠绵悱恻。与昏君佞臣的两相比照，显示了主人公形象的高大巍峨。描述自己美

---

[1]　皮道坚：《楚艺术史》，湖北教育出版社 1995 年版，第 268 页图 169。

[2]　（清）王先谦：《庄子集解》，上海书店 1986 年版，第 1 页。

[3]　（清）段玉裁：《说文解字注》，浙江古籍出版社 1998 年版，第 148 页。

[4]　（清）段玉裁：《说文解字注》，浙江古籍出版社 1998 年版，第 148 页。

[5]　（汉）司马迁：《史记》，中华书局 2006 年版，第 259 页。

[6]　[日] 冈村繁：《楚辞与屈原》，《日本学者中国文学研究译丛》第一辑，吉林教育出版社 1986年版，第 1 页。

丽、孤危和哀怨的境地，突出主人公道德上的洁净和清高。《离骚》在一开始，屈原就宣称自己出身高贵，生辰不凡，品质高洁，志向远大。对自己内美与外美的过度自信，使屈原在楚国找不到一个知音。屈原主动地将自己置于众人的对立面，他借女媭之口批判世俗社会结党营私的丑恶，他自己深以自媚于众为耻。屈原不容于世的人生态度，不仅使他和党人尖锐地对立起来，而且将自己的学生也推向了自己的对立面。在《离骚》中我们只看到两个正面人物，楚王和屈原自己。而楚王又"后悔遁而有他"，屈原成了彻底的孤家寡人。屈原之所以这样写，其目的无非在说自己与众不同，独立不群。

"三不朽"是中国传统的观念，达至不朽的途径有三条，这就是立德、立功、立言。在三不朽中，屈原更看重立德。寄意怀王，实行美政，表面上是为了立功，但他处处以三后美德约束今王，立功实际上成为屈原道德完善的一个手段。因此，他鄙视众人的竞进与追逐，固守着自己"恐修名之不立"的信念。战国时期，纵横家赤裸裸地宣扬追求势位富贵，争名夺利，对传统道德造成了极大冲击。苏秦甚至认为信、廉、孝不过是"自覆之术，非进取之道也"[1]。苏秦所谓的进取，实际即追名逐利，是屈原竭力反对的。屈原自比鸷鸟，以大凤无与伦比的勇气站在了当时社会风气的对立面。屈原的作品为我们塑造了一个纯洁神圣的诗人形象，他是那样高大巍峨，卓然不群，简直完美得无以复加。从写作方法上来说，屈原形象的自我刻画自然可以称得上是一种浪漫主义手法。但仔细分析，这种浪漫主义手法不是凭空出现的，而是有着深厚的民族文化背景和文化根源。屈原自比鸷鸟，卓然不群，从楚人尊崇的凤鸟身上汲取了无穷的力量和勇气。

第六节　荆楚文化与楚人性格

楚人生活在瑰丽奇伟、光怪陆离的山川风物之中，楚人的生存环境一方面熔铸了楚人性格，规划了楚人的精神，同时对以楚辞为代表的楚文学的创作产生了不可估量的作用。

---

① 《战国策》第二册，上海书店影印本 1987 年版，第 57 页。

一、楚人"抵很难移"的性格

湖北和湖南，气候湿润，雨水充沛，河流纵横交错，湖泊星罗棋布，长江横贯东西，一派水乡泽国，景色绮丽。洞庭湖、云梦泽，更是云蒸霞蔚，色彩斑斓。地理风情极大地影响了文学创作和人的精神风貌，对此清人洪亮吉《春秋时楚国人文最盛论》云："盖天地之气盛于东南，而楚之山川又奇杰伟丽，足以发抒人之性情，故异材辈出，又非仅和氏之璧、随侯之珠与金木竹箭、皮革角齿之饶专其美矣。"①

关于中国的地理环境对文学的影响，日本学者青木正儿在其所著的《中国文学思想史》中讨论甚为详细，他说中国的南方气候温暖，草木繁茂，人们没有冻馁之苦，所以有时间和精力耽于幻想，民风较为浮华，有热情，有诗意，在文艺思想上趋于唯美，浪漫色彩浓厚。青木正儿肯定了南方的自然环境对楚人精神生活有着很大的影响②。中国地域辽阔，既有江南草长、洞庭始波，也有俊鹘盘云、横绝朔漠。地理环境的差异，也造就了南北迥然不同的性格。北方人比较粗犷，南方人比较细腻。在文学作品中，北方文学常常为我们呈现长城饮马、河梁携手的场景，南方文学则常常出现小桥流水和眀月画舫。具体到屈原的作品，在南方山水烟云的熏染下，屈原将读者带入一派惝恍迷离的柔丽之境。刘勰在《文心雕龙·物色》中说屈原的作品"得江山之助"。王夫之也中肯地指出，楚国有山有水，"叠波旷宇，以荡遥情"，"江山光怪，莫能挈抑"③。

巨鹿之战前，楚军的最高统帅是宋义，次将项羽，受宋义的节制。秦将章邯攻打赵国，赵国岌岌可危，不断向楚军求救。宋义打算让秦赵互斗，在双方精疲力竭时趁机从中取利。宋义的想法和项羽发生了冲突，为对项羽实行有效控制，宋义在军中颁布了一道命令："猛如虎，很如羊，贪如狼，强不可使者，皆斩之！"④ 在这道命令中其他几句都很容易理解，唯有"很如羊"值得我们注意。一般人们认为，羊是很温顺的，怎么和虎狼相提并论了呢？《说文》："很，不听

---

① （清）洪亮吉：《更生斋集》册一卷二，上海中华书局据《北江遗书》校刊本。

② ［日］青木正儿：《中国文学思想史》，孟庆文译，春风文艺出版社1985年版，第3页。

③ （清）王夫之：《楚辞通释》，上海人民出版社1975年版，序例。

④ （汉）司马迁：《史记》，中华书局2006年版，第61页。

从也。"①《广雅·释诂》:"愎,很也。"②"很"与"愎"的意思差不多,都是固执、执拗、不听命令的意思。《周易·夬》卦九四:"牵羊悔亡,闻言不信。"王弼的注和孔颖达的疏都说:"羊者,抵很难移之物。"③牧羊人都知道,羊表面上温顺听话,实际上却不大听人使唤。韧劲一上来,越拉它越向后退,而且会顽抗到底、绝不屈服,为此主人常常会大汗淋漓。《周易·大壮》卦六五:"丧羊于易。无悔。"朱熹注云:"卦体似兑,有羊象焉。外柔而内刚者也。"④"外柔内刚""抵很难移"这八个字非常恰当地概括了羊的性格。军队要汇集所有战士的力量,步调一致,才能迸发出巨大威力。如果士兵们都像羊一样各行其是,不听指挥,军队就是一盘散沙,无法形成战斗力。所以宋义在军令中特别强调:"强不可使者,皆斩之。"性格无所谓好坏,关键是在正确的时间和地点作出正确的决定和行动。项羽凭借羊的"很"劲,果断斩杀宋义夺得兵权,破釜沉舟与章邯决一死战,一举扭转了战局,为灭秦大业作出了巨大贡献。

楚人"抵很难移"的性格在楚怀王身上也有鲜明的体现。公元前299年,秦昭襄王假意和楚怀王会盟和好,楚怀王拒绝屈原的意见,坚持赴会,结果一过武关就被秦国扣为人质。秦国以楚怀王为要挟要求楚国割地,遭到楚怀王的严词拒绝。后来楚怀王找了个机会逃到赵国,赵国却害怕得罪秦国不敢收留他。楚怀王最终死在了秦国,秦国将尸首还给了楚国。历史上的楚怀王固然昏庸,但其不畏强秦,至死不出卖国家利益的倔强精神令后人景仰。他客死于秦,还是值得同情的。楚怀王的遭遇在楚国引起了很大反响,激发了楚人的爱国之心,种下了"楚虽三户,亡秦必楚"的种子。直到项梁起兵,还从民间找来了楚怀王的孙子,把他立为楚怀王,"从民所望也"。陈胜、吴广起义,号为张楚,意思就是张大楚国。由此可见,楚怀王的精神在秦末农民起义中已经成为了反抗暴秦的一面旗帜。

《国殇》是屈原歌颂楚国将士的爱国诗篇,在这首诗中屈原说楚国的将士"诚既勇兮又以武,终刚强兮不可凌"。倔强不屈不是单个人的性格,而是一个族群共同的精神。屈原自己当然也不例外,《国殇》中楚国将士的豪迈,在屈原身上

①　(清)段玉裁:《说文解字注》,浙江古籍出版社1998年版,第77页。
②　(三国)张揖:《广雅》,中华书局1985年版,第33页。
③　(唐)孔颖达:《周易正义》,(清)阮元校刻《十三经注疏》,中华书局1980年版,第57页。
④　(宋)朱熹:《周易本义》,湖南人民出版社1998年版,第7页。

也闪闪发光。早年的屈原以橘树砥砺自己的品行，他歌颂橘树的"受命不迁""深固难徙"。在《离骚》中，屈原更加充分地展示了自己九死不悔的倔强精神。屈原有政治抱负，希望楚国国富兵强，为此他奔走先后，不计个人得失。然而屈原的努力遭到了重重阻力。阻力主要来自"党人"，屈原的努力损害到了他们的利益，于是这些"党人"沆瀣一气，对屈原使用各种手段打击报复。屈原原以为只要有楚王的支持，这些"党人"掀不起什么波澜。然而，楚王为"党人"包围，"党人"善于谣诼，楚王竟然听信了谗言。当楚王也站在屈原对立面的时候，政治的天平便发生了严重偏斜，屈原被排挤出政治核心就是必然的事情了。在楚国，屈原是孤军奋战，甚至他苦心培植的人才也背叛了他。原因当然是多方面的，但楚人对凤凰的崇拜，或许是其中很重要的一个原因。硕大无比的凤凰，是无法比翼齐飞的。但屈原没有被吓到，面对来自四面八方的各种迫害，他宁死不屈，绝不屈从流俗。屈原相信自己是正确的，他要永远坚持自己的道路，为此他不惜与众为敌。在《离骚》中，屈原上天入地，苦苦求索，陈辞重华，上扣帝阍，下求佚女，终无所遇。后来，在灵氛、巫咸的劝说下，屈原决心出走。正当他升腾远逝的时候，却看见故乡大地，这让他又柔肠百结，踌躇不已。此时正如《思美人》中说的那样，"登高吾不说兮，入下吾不能"①，走投无路，最后只能选择沉江，以死来反抗黑暗的现实。屈原在《离骚》里将楚人的倔强性格发挥得淋漓尽致。

孔子在《论语·子路》中说："不得中行而与之，必也狂狷乎！狂者进取，狷者有所不为也。"②屈原猛烈地抨击党人误国，也批评楚王听信谗言。对于屈原的所作所为，班固曾经用儒家的标准进行过衡量，他认为屈原"竞乎危国群小之间"属于"露才扬己"，而"责数怀王"无疑是在显扬君过③。在班固看来，屈原显然不符合儒家"中行"的标准，因此不可取。屈原虽然不符合"中行"的标准，却符合"狂狷"的特点。所谓狂者，屈原有着积极进取的精神。尽管屈原遭到"党人"的围追堵截，"美政"理想在楚国根本无法实现，但他不妥协，上下求索，不屈不挠。所谓狷者，是指屈原坚决不与党人合作。他芳香自洁，宁愿"溘死以流亡"，也绝不媚俗从众。他抱定与前修比肩的决心，宣称自己要"伏清白以死直"，乃至"从彭咸之所居"。目的的实现需要通过一定的手段，手段对于目的的

---

① （汉）王逸注，（宋）洪兴祖补注：《楚辞章句补注》，吉林人民出版社 1999 年版，第 145 页。
② （宋）朱熹：《论语集注》，齐鲁书社 1992 年版，第 135 页。
③ （汉）王逸注，（宋）洪兴祖补注：《楚辞章句补注》，吉林人民出版社 1999 年版，第 49 页。

实现具有决定性作用，有人会为了达至目的不择手段。但手段具有道德属性，当手段与自身道德观念发生矛盾时，个体会为此背上沉重的思想包袱。此时，手段成为了考验个体道德感的试金石。屈原是一个极具道德感的人，他拒绝适时调整策略和手段，"吾不能变心而从俗兮，固将愁苦而终穷"①。屈原以极具个性的行为方式，向世人宣示了他听从内心召唤的决心。楚人有着羊一样的倔强性格，屈原以坚韧不拔的精神固守着自己的人格，追求着自己的理想。

二、楚人的怨怒性格

在楚人的性格中，易怒的特点引人注目。《左传·宣公十四年》记载，楚国派往使齐的使者被宋国人劫杀，消息传到楚庄王那儿，楚庄王大怒，"投袂而起，屦及于窒皇，剑及于寝门之外，车及于蒲胥之市"②。这一连串的动作，活灵活现地描绘出了楚庄王暴怒的性格。楚人爱怒，《史记·屈原列传》三次写到楚怀王发怒，一次写顷襄王发怒，还写到楚使怒，子兰大怒，在"怒"字七见中，只有一处是齐"竟怒"。《离骚》："荃不察余之中情，反信谗而齌怒"，齌，王逸注："疾也"③。齌怒，指怀王发怒时不加考虑。司马迁对楚人爱发怒的特点感触颇深，他在《史记·货殖列传》中总结楚人的性格特点，说西楚"其俗剽轻，易发怒"。项羽是典型的楚人，他的祖父项燕为楚国大将，项氏世世为楚将。作为楚人，项羽不但"猛如虎，很如羊"，也很容易发怒，细数《史记·项羽本纪》，竟然有九处说项羽大怒。

屈原的作品充满怨怼之气，屈原自己在《惜颂》中也说"惜诵以致愍兮，发愤以抒情"，"发愤抒情"是屈原创作的原动力。司马迁说屈原的作品"盖自怨生也"④，"怨"其实就是"怒"。许慎《说文解字》："怨，恚也。""怒，恚也。"⑤ 屈原有着自己的美政理想，为了实现这个理想，他奔走先后，入则图议，出则应对。但因为触动党人利益，遭到谣诼诽谤。屈原在《离骚》中猛烈抨击党人祸国殃民的行径，痛斥他们"竞进以贪婪""兴心而嫉妒"的卑劣嘴脸，愤怒地指出

---

① （汉）王逸注，（宋）洪兴祖补注：《楚辞章句补注》，吉林人民出版社1999年版，第127页。
② 李宗侗：《春秋左传今注今译》，新世界出版社2012年版，第517—518页。
③ （汉）王逸注，（宋）洪兴祖补注：《楚辞章句补注》，吉林人民出版社1999年版，第9页。
④ （汉）司马迁：《史记》，中华书局2006年版，第505页。
⑤ （清）段玉裁：《说文解字注》，浙江古籍出版社1998年版，第511页。

党人要把楚国引向灭亡的境地。屈原与党人的矛盾是不可调和的，屈原对党人的仇恨是无法抑制的。在与"党人"不遗余力的厮杀中，楚王的倾向性举足轻重。遗憾的是，楚王被谗言包围，昏庸糊涂，最终被党人蒙蔽。屈原没有将楚王与党人混为一谈，毕竟楚国的前途关系着楚王的切身利益，楚王也不希望为党人所误。正因如此，屈原对楚王忠心耿耿，将全部的希望都寄托在了楚王身上。但就是这个寄予全部希望的楚王，作出了屈原最不愿看到的选择，楚王选择了党人，这对于屈原的打击是致命的。屈原由爱生恨，越爱越恨，他对楚王的批判注定要超出臣子的本分。在《离骚》中，他大胆指责楚王反复无常，埋怨楚王不能体察自己的一片苦心。屈原最后决定"从彭咸之所居"，这固然是以生命为代价对党人做出的最后抗争，同时也是死给楚王看，借此表达自己的绝望和不满。班固的《离骚序》说屈原"露才扬己，竞乎危国群小之间，以离谗贼。然责数怀王，怨恶椒兰，愁神苦思，强非其人，忿怼不容，沉江而死，亦清洁狂狷景行之士"[1]。"怨"与"怒"在屈原性格和屈原作品中都有体现，司马迁和班固都清楚地看出了这一点，只不过班固对此持批判态度，司马迁对屈原的"怨"与"怒"却赞赏有加。

屈原的"怨"与"怒"不是凭空产生的，出身和出生后所接受的教育使他对楚国有着深厚的感情，因为"哀其不幸"，所以"怒其不争"，对楚国的满腔热情使得屈原怨怒，并把这种"怨"和"怒"通过文学的形式表现了出来。屈原的"怨"与"怒"固然和其自身经历有着密切的关系，但另一个因素也不可忽视，那就是地域环境对一个民族的心理形成会产生难以估量的影响。明代袁宏道在《小修诗叙》中对屈原的"怨"与"怒"有这么一段中肯的分析："《离骚》一经，忿怼之极，党人偷乐，众女谣诼，不揆中情，信谗齌怒，皆明示唾骂，安在所谓怨而不伤者乎？穷愁之时，痛哭流涕，颠倒反覆，不暇择音，怨矣，宁有不伤者乎？且燥湿异地，刚柔异性。若夫劲质而多怼，峭急而多露，是之谓楚风。又何疑焉！"[2]在这里，袁宏道明确指出，政治上的挫败感是屈原作品怨怼风格形成的重要原因。另外必须看到，屈原生活在"劲质而多怼，峭急而多露"的文化氛围内，屈原作品的怨怼风格体现的是楚人的民族性格，是楚人在南国的自然山水中长时间养成的易怒而很性格的诗意表达。

---

①　（汉）王逸注，（宋）洪兴祖补注：《楚辞章句补注》，吉林人民出版社1999年版，第49页。

②　（明）袁宏道：《小修诗叙》，袁宏道：《袁中郎随笔》，作家出版社1995年版，第166页。

三、楚人性格的叠加性

民族性格不是单一的，而是复杂叠加的。就个体而言，每一个特定的人都有区别于他者的独特性格，也有一个族群乃至整个人类普遍共有的性格。就一个族群而言，除了与其他民族有着人类的共性之外，也必然具有区别于其他民族的独特性。这种独特性在其他民族中表现非常弱，在本民族中表现特别引人注目。民族的独特性是相对于其他民族来说的，在民族内部的每个个体却也有强有弱乃至于无的差别。民族的独特性是一个混合的文化概念，以民族性格而言，性格有很多，归纳出一个族群的性格体系，综合起来方能显示出民族性格特点。比如"倔强"，先秦时期不仅楚人有这种性格，文献证明周人也有倔强的性格，越国人也有倔强的性格。倔强是一个普在的性格，不仅可以表现在一个民族的性格当中，更表现在各个民族的个体性格当中。只有将倔强、独立不群、易怒而很等性格纳入一个性格体系来看，方能显示出楚人之所以为楚的民族特性来。倔强、爱发怒、有着羊一样的很劲、独立不群等，这些性格特点在楚人身上有的表现重，有的表现轻，有的表现明显，有的表现隐晦。加上个体的多样化，遭遇不同，出身不同，所受教育不同等，这就使得楚人并非千人一面，而是各具特色了。"每个人都是典型，但同时又是一定的单个人，正如老黑格尔所说的，是一个'这个'。"① 马克思清晰地描述了民族共性与共性中的个性之间的关系。

以屈原和伍子胥为例，同是楚国人，屈原爱楚国，伍子胥却将楚国颠覆了。就爱楚国来说，二人形成了鲜明对比。但是如果将"爱楚国"中的楚字抽掉，单就爱国来讲，屈原和伍子胥就有了共性。屈原爱的是楚国，伍子胥爱的是吴国，伍子胥最后也为国献身了。羊的很劲在屈原身上有鲜明的体现，在伍子胥身上的表现也很明显。楚平王杀了伍子胥的父亲伍奢，伍子胥发誓要替父报仇。后来伍子胥率领吴国军队攻入楚国郢都，对楚平王开棺戮尸。父母之仇，不共戴天，先秦时期的道德观念允许这种复仇精神的存在，对此司马迁也表示欣赏和赞同，"方子胥窘于江上，道乞食，志岂尝须臾忘郢邪？故隐忍就功名，非烈丈夫孰能致此哉？"②"隐忍以就功名"，在伍子胥的这种精神鼓励下，司马迁完成了他

---

① 《马克思恩格斯选集》第四卷，人民出版社1975年版，第453页。

② （汉）司马迁：《史记》，中华书局2006年版，第408页。

的《史记》写作。"隐忍以就功名",这不正是楚人"很如羊"的精神吗？伍子胥的隐忍和倔强都是为了复仇。北方的儒家强调忠孝，忠是忠于国家和国君，伍子胥报复的对象恰恰是自己的国家和国君。当别人指责自己太过分了，伍子胥直言不讳地说："吾日暮途远，吾故倒行而逆施之。"① 伍子胥敢于冒天下之大不韪，在他身上我们不仅看到了楚人特立独行的气质，也能感受到易怒而很的倔强和暴戾。

在兼并战争如火如荼的战国时代，各国都在竭力扩大自己的势力。楚国与秦国实力不相上下，"横则秦帝，纵则楚王"，楚国本来也有统一全国的希望和机会。然而党人误国，战国后期楚怀王的时候，楚国竟然岌岌可危了。屈原看在眼里，急在心上。为了使楚国走出泥潭，屈原奋不顾身和党人进行了抗争。《离骚》是屈原的心灵史，记录了屈原由抗争到绝望的全过程。屈原最后选择了"从彭咸之所居"，以死明志，铮铮傲骨，令人肃然起敬。崇高的理想、俊洁的人格、对楚国生死以之情感，屈原的这些精神极大地丰富了楚人的性格内涵，并对华夏民族的精神建构有着积极有益的影响。

---

① （汉）司马迁：《史记》，中华书局 2006 年版，第 406 页。

第四章　吴越文化与楚文化

第一节　吴越与东楚

春秋时期，越王勾践灭吴，向北渡过淮河，横行于吴越大地。战国时期，越王无彊伐楚，楚威王派景翠为元帅，一举歼灭了越军主力，越王无彊也被楚人杀死，越人所占吴地至于浙江尽归于楚国版图。按照司马迁的说法，东海、吴、广陵直至浙江之北名为东楚。虽名其为楚，其实都是战国时楚国取于齐、越的土地。

一、百越中的吴越

唐肃宗永贞元年（805 年），以王叔文为首的永贞政治革新运动失败后，参与政治革新运动的柳宗元等八人在同一天被贬到外地州郡为司马。十年后他们被重新起用，但明升暗降，被贬到更为偏远的州郡做刺史。柳宗元去柳州，刘禹锡去连州，陈谏去封州，韩泰、韩晔分别去了漳州和汀州。漳州、汀州都在今天的福建省，封州、连州在今天的广东省。柳宗元与他们不但有着共同的政治理念，彼此也是很好的朋友。柳宗元到柳州后非常苦闷，写了《登柳州城楼寄漳汀封连四州刺史》，云："共来百越文身地，犹自音书滞一乡。"漳汀封连和柳州都在岭南，被称作百越之地。柳宗元感叹，虽然大家一同到了百越之地，却依然音书难寄。

百越之地非常辽阔，《汉书·地理志》说："粤地，牵牛、婺女之分野也。"颜师古注："臣瓒曰：自交趾至会稽七八千里，百粤杂处，各有种姓，不尽少康之后也。"[①]这里所说的百粤就是百越。交趾在现在的越南境内，会稽在今天的江浙。《逸周书·王会解》记载了许多生活在南方和东方的部族名称，如沤深、瓯人、越沤、于越、东越、百濮、姑妹、且瓯、共人、损子、邓、桂国、产里等，

---

① （汉）班固：《汉书》，百衲本《二十五史》第一册，浙江古籍出版社 1998 年版，第 403 页。

他们都是商王朝时百越系统中的少数民族。周成王二十四年，发生了"于越来宾"的事情①。《周礼·考工记》中也有"吴粤"这样的名称②，《职方氏》中还出现了"七闽"这样的称谓③。《史记》除了记载先秦吴越史事的《吴世家》《越世家》外，另有记载南越、东越的历史的《南越列传》和《东越列传》。"闽越""东瓯""南海""南越""西瓯""骆越""滇越"这样的名称在秦汉时期的文献中也屡见不鲜。除了两广和福建，百越之地还包括浙江、江西甚至云南和贵州等地。

《史记·越王勾践世家》说勾践是大禹的后代。《史记·夏本纪》说夏禹曾经东巡守，死后葬于会稽。夏后帝少康的一个庶子被封于会稽，"以奉守禹之祀"。因此历史上有一种说法，认为生活在浙江的越人是夏禹的后裔。吴国具体的建国时间，先秦古籍没有的记载。《史记》的《周本纪》《吴太伯世家》都记载了太伯奔吴的具体经过。太伯端委、太伯的弟弟仲雍都是周太王的儿子、季历的哥哥。季历生姬昌，也就是后世的周文王。太王古公亶父认为季历与姬昌贤能，想把位置传给季历，以便使季历再传姬昌。为避季历，实现古公亶父的意愿，太伯及仲雍奔荆蛮。太伯、仲雍在荆蛮地区有着很高的声誉，很多人都投奔他，据说"从而归之千余家"。大家立端委为吴太伯，自号句吴。太伯卒，无子，他的弟弟仲雍立，是为吴仲雍。

"吴为周后"的说法，先秦文献非常丰富。《论语·述而》："陈司败问：'昭公知礼乎？'孔子曰：'知礼。'孔子退，揖巫马期而进之，曰：'吾闻君子不党，君子亦党乎？君取于吴，为同姓，谓之吴孟子。君而知礼，孰不知礼！'巫马期以告。子曰：'丘也幸，苟有过，人必知之。'"④鲁昭公娶于吴，称之为吴孟子。按照周礼的规定，"同姓不婚"。吴、鲁都是姓姬，所以昭公娶于吴是有违周礼的，故陈司败向孔子提出"昭公知礼乎"这样的问题。孔子为鲁君讳，避谈此事，后来又承认自己"有过"，实际上也就是承认吴为姬姓。据《左传》记载，鲁襄公十二年，吴王寿梦死了，鲁襄公亲自跑到周庙哭丧。按照周礼，只有同姓的才能到周庙哭丧。⑤这说明鲁国也承认吴国与自己同姓。吴国打败越国后，吴王夫差

---

① 王国维：《今本竹书纪年疏证》，辽宁教育出版社 1997 年版，第 84 页

② 崔高维校点：《周礼》，辽宁教育出版社 2000 年版，第 92 页。

③ 崔高维校点：《周礼》，辽宁教育出版社 2000 年版，第 72 页。

④ （宋）朱熹：《论语集注》，齐鲁书社 1992 年版，第 71 页。

⑤ 李宗侗：《春秋左传今注今译》，新世界出版社 2012 年版，第 729 页。

不顾顾命大臣伍子胥的苦苦劝说，坚持参加在黄池举行的诸侯盟会。《国语·吴语》详细记载了会盟的过程。在会盟中，晋国的大夫称吴国为"兄弟之国"，称吴国的先君为"昔吴伯父"，称夫差为"今伯父"，吴王夫差自己也以"姬姓"自居。黄池之会后，夫差派人向周天子报功，周天子也称夫差为"伯父"。按照周礼规定，天子对同姓诸侯称伯父，对异姓诸侯称"舅父"。可见，"吴为周后"也得到了周天子的首肯。《左传·昭公三十年》："（楚）子西谏曰：'吴光新得国……吴，周之胄裔也。'"① 子西是楚国人，他也承认吴是周之后裔。

根据旧史记载，吴、越王室分别为中原周、夏二族的后裔。吴为周裔，史料文献很多。越为夏裔，史迹渺茫。然古代称某国为某望族，都是指某国的王室、公族而言，而非指全部国人。如鲁为周公后裔，因鲁立国之君伯禽为周公之子，而鲁国国人大多为东夷后裔，其中不少是殷人，殷也是东夷之后。《逸周书·王会解》："共人玄贝。"孔晁注："共人，吴越之蛮。"② 吴越王室、公族可能是中原周、夏二族的后裔，但其国人则应以当地土著居民为主，也就是《逸周书·王会解》中提到的"共人"。周、夏势力虽然扩张到了吴越，但在强大的土著部族的包围中，为稳定政权，也不得不屈从土著习俗。《淮南子·原道训》记载大禹到了裸国，也不得不"解衣而入，衣带而出"③。夏禹时吴地称裸国，《太平御览》卷六百九十六引《风俗通义》云："裸国，今吴郡也，被发文身，裸以为饰。"④ 太伯、仲雍来到江南后也入乡随俗，《左传·哀公七年》记载："太伯端委，以治周礼，仲雍嗣之，断发文身，嬴以为饰，岂礼也哉？有由然也。"⑤ 关于越国断发文身的记载很多，《墨子·公孟篇》就说："越王勾践，剪发文身。"⑥《战国策·赵策》也指出："被发文身，错臂左衽，瓯越之民也。"⑦ 除吴越地区外，闽越、南越、西瓯、骆越、西南夷等地区也都盛行断发文身，断发文身代表了古代百越民族的一种习俗。

---

① 李宗侗：《春秋左传今注今译》，新世界出版社 2012 年版，第 1180 页。

② （晋）孔晁注：《逸周书》，商务印书馆 1937 年版，第 246 页。

③ （汉）高诱：《淮南子注》，上海书店 1986 年版，第 6 页。

④ （宋）李昉等：《太平御览》，中华书局 1960 年版，第 3106 页。

⑤ 李宗侗：《春秋左传今注今译》，新世界出版社 2012 年版，第 1293 页。

⑥ 朱越利校点：《墨子》，辽宁教育出版社 1997 年版，第 115 页。

⑦ （清）程瘦初：《战国策集注》，上海古籍出版社 2013 年版，第 178 页。

二、吴越与三楚中的东楚

吴越之民在《逸周书·王会解》中被称作"共人"，春秋战国时期又称为干越、于越或於越。《庄子·刻意》："夫有干越之剑者，柙而藏之，不敢用也，宝之至也。"陆德明《释文》："干，吴也。吴越出善剑。"①《荀子·劝学》："干越夷貉之子，生而同声，长而异俗，教使之然也。"杨倞注云："干越犹言吴越也。"② 吴越紧邻，交往最多，不仅有共同的风俗，语言上也十分接近。由于民族的流散和融合，吴越上古语言究竟如何已经很难稽考，不过从流传下来的许多地名和人名中，依然可以看到吴越在语言上有不少共同之处。比如太伯奔荆蛮，"自号句吴"，在越国也有"句践""句章"等称呼。吴国的国都名称叫姑苏，越国则有姑蔑这样的地名；吴地有无锡、无（芜）湖，越国则有地名句无，这些可能都是当时的方言。《越绝书》卷六："吴越为邻，同俗并土。"③ 又卷七："吴越二邦，同气共俗。"④ 由此可见，吴越文化是一体的。

虽然今本《竹书纪年》记载了周成王二十四年"於越来宾"的事实，但吴越与中原诸侯的交往却很晚，吴国和越国都是在春秋中晚期才开始强大并与中原来往的。《左传·成公七年》："吴始伐楚、伐巢、伐徐，子重奔命。马陵之会，吴入州来，子重自郑奔命。子重、子反于是乎一岁七奔命。蛮夷属于楚者，吴尽取之，是以始大通吴于上国。"⑤ 吴越紧邻，出于利益考虑，两国长期以来战争不断。据《左传》记载，昭公五年（公元前 537 年），越人随楚国伐吴；昭公三十二年（公元前 510 年），吴伐越；定公五年（公元前 505 年），越趁吴攻入郢都，攻击吴国。这些战争多半发生在两国交界处，互有胜负。但公元前 494 年，吴国军队突然长驱直入，把越王勾践围在了会稽山上，勾践被迫求和最终成了俘虏，被押送到吴国都城姑苏囚禁了两年，直到公元前 490 年才被放回越国。勾践回国后，卧薪尝胆，时刻不忘雪耻，经过十多年的惨淡经营，终于在公元前 473 年灭掉了吴国。灭吴后，勾践北渡江淮，与齐、晋会盟于徐州，向周天子致贡，

① （清）王先谦：《庄子集解》，上海书店 1986 年版，第 97 页。

② （清）王先谦：《荀子集解》，中华书局 1988 年版，第 2 页。

③ （汉）袁康：《越绝书》，中华书局 1985 年版，第 29 页。

④ （汉）袁康：《越绝书》，中华书局 1985 年版，第 33 页。

⑤ 李宗侗：《春秋左传今注今译》，新世界出版社 2012 年版，第 581 页。

诸侯毕贺，一时横行于江淮之上，直接参与了周王朝范围内的全国性政治和军事活动。

勾践的儿子与夷、与夷的儿子子翁、子翁的儿子不扬、不扬的儿子无疆，勾践之后连续七代都称霸江淮地区。到了无疆，主动向楚国挑战，被楚威王败，身死国灭。无疆的儿子之侯为君长，后来之侯的儿子尊为君长，尊的儿子亲为君长。亲不得民心，众叛亲离，楚国趁机攻打越国，亲只好退守南山。越国土地几乎全部落入楚人之手，楚国领土直达今钱塘江北岸。当时的越国被分割为两部分，无疆之子之侯、之侯之子尊、尊之子亲三代，仍然保有琅琊一隅；另外，今浙江的绍兴一带，以前就是越国政治文化中心，无疆以后仍然有越人在那里居住。到了战国后期，楚人彻底攻占琅琊以后，北方部分越人"走南山"，重新回到了浙东的会稽山地。

《荀子·儒效》言："居楚而楚，居越而越，居夏而夏。"① 同书《荣辱》又言："越人安越，楚人安楚，君子安雅。"② 荀子时代，雅夏同音，雅就是夏。越、楚、夏分别为三个不同的地区，这在《史记·货殖列传》中言之甚明："颍川、南阳，夏人之居也。"又言："陈在楚、夏之交。"③ 由此不难推知，淮水、汉水是楚、夏的分界线，夏在淮水以北，楚在淮水以南。后来楚国吞并了陈国，楚国的疆界推至淮河以北，原来夏人居住的南阳、颍川都成为了楚国的领土。关于楚与越的分界线，司马迁有"三楚"之说。按照司马迁的看法，越楚之分界以浙江为界，浙江以南为越，浙江以北为楚。在三楚之中，南楚指衡山、九江、江南、豫章、长沙等地，实为楚之南土。豫章、长沙（今江西、湖南）之南，即五岭之表，也是越人居住地区。东海、吴、广陵直至浙江之北名为东楚，虽名为楚，然皆战国时取之齐、越。现在所谓的吴越文化，就地域上来讲主要指的就是东楚。

第二节　楚人与《越人歌》

春秋时期，楚国是有名的扩张之国。楚将疆域扩张到鄂之后，势必向鄂的北

---

① （清）王先谦：《荀子集解》，中华书局 1988 年版，第 144 页。
② （清）王先谦：《荀子集解》，中华书局 1988 年版，第 62 页。
③ （汉）司马迁：《史记》，中华书局 2006 年版，第 754 页。

方和东方发展。鄂是与吴越临近的地方，九江至于鄂原住民与吴越人同属于百越。从时间和空间上讲，拥楫越人的语言应该更接近吴越，《越人歌》当为吴越民歌。

一、《越人歌》中的性取向

"今夕何夕兮，搴舟中流。今日何日兮，得与王子同舟。蒙羞被好兮，不訾诟耻。心几顽而不绝兮，得知王子。山有木兮木有枝，心悦君兮君不知。"这首歌一般称作《越人歌》，在中国诗歌史上占有很高的地位。这是一首优美的诗，却也是一首尴尬的诗。说它优美，因为它蕴含了人类的某种情感：对方高不可攀，心中又着实爱慕，于是有了"心悦君兮君不知"的忐忑和浩叹。说它尴尬，在于这首诗明明是在表达爱慕之情的，但故事的本事却让人心生疑窦。

据刘向的《说苑·善说》记载，这首诗和楚国的一个贵族有关。有一次，楚国的贵族鄂君子皙在水上泛舟，一个越人拥楫而歌，鄂君子皙不知道对方在唱什么，于是找了一个懂越语的人来翻译。经过翻译，鄂君子皙终于明白拥楫越人唱的是什么了。鄂君子皙愉快地接受了这份情感，"于是鄂君子皙乃揄修袂行而拥之，举绣被而覆之"①。按说拥楫越人如果是个女子也就罢了，问题是这之外还有一个故事，说的是楚国的襄成君在受封那一天，有个叫庄辛的人想和他握握手，被襄成君断然拒绝了，于是庄辛就给他讲了鄂君子皙的故事。讲完这个故事，庄辛与襄成君有这样一番对话：庄辛说："鄂君子皙亲楚王母弟也，官为令尹，爵为执珪，一榜枻越人，犹得交欢尽意焉。今君何以踰于鄂君子皙，臣何以独不若榜枻之人，愿把君之手不可何也？"襄成君听了庄辛这番话，主动将手伸了过去，说："吾少之时，亦尝以色称于长者矣，未尝遇僇如此之卒也。自今以后，愿以壮少之礼，谨受命。"②令人浮想联翩的是，庄辛是男性，襄成君也是一个男性，襄成君拒绝与庄辛握手，庄辛就讲了鄂君子皙与榜枻越人的故事。按照连类比事的逻辑，鄂君子皙与榜枻越人自然也应该都是男性。这样一来，榜枻越人向鄂君子皙表达的还是爱慕之情吗？如果不是一首爱情诗，鄂君子皙又何来"揄修袂行而拥之，举绣被而覆之"这样一连串动作？于是后人生发联想，以为鄂君子皙与

---

① 赵善诒：《说苑疏证》，华东师范大学出版社 1985 年版，第 311 页。
② 赵善诒：《说苑疏证》，华东师范大学出版社 1985 年版，第 311 页。

越人是同性恋，甚至用"鄂君被"来形容男性间的感情。比如《儒林外史》第三十回："难道人情只有男女么？朋友之情，更胜于男女！你不看别的，只有鄂君绣被的故事。"①

先秦两汉以色事人似乎不是女人的专利，《韩非子·说难》记载了弥子瑕有宠于卫灵公的故事，《战国策·魏策四》记载了龙阳君在魏王面前如何固宠的故事。据《史记·樊哙列传》记载，刘邦在军情危机的时候竟然睡在一个宦官身上。另外汉文帝与邓通，汉成帝与张放，汉哀帝与董贤，这些都是当时男风盛行的例子。《后汉书·马廖传》引《传》曰："楚王好细腰，宫中多饿死。"② 这里的楚王指楚灵王。值得注意的是，楚灵王所好"细腰"并非女子的细腰，而是男人的细腰。《墨子·兼爱》："昔者楚灵王好士细要，故灵王之臣皆以一饭为节，胁息然后带，扶墙然后起，比期年，朝有黧黑之色。"③ 这里明确说楚灵王所好的是"士"的细腰，《战国策·楚策一》的说法也基本相同 ④。

"食色，性也。"所谓色，不但指女色，也指男色。作为一种本性，好色之徒，有男有女。所好之色，也有男有女。男风、娈童在当时的楚国似乎并不忌讳，襄成君甚至将其提升到礼的高度，称为"壮少之礼"。屈原特别喜欢修饰自己，在《离骚》中经常以美女自居，"众女嫉余之蛾眉兮，谣诼谓余以善淫"。《离骚》香草美人的写作方法和心态恐怕与楚国的这种社会风气有关，鄂君子皙与拥楫越人的故事则是这种风气最为直接的表现。

二、《越人歌》的民族归属问题

《越人歌》是从越语翻译过来的一首歌辞，在《说苑·善说》还以字记音的方式记录了拥楫越人的歌辞："滥兮抃草滥予，昌枑泽予，昌州州，糶州焉乎，秦胥胥，缦予乎，昭澶秦踰，渗惿随河湖。"⑤ 以字记音方式记载下来的越人歌辞为研究越人的发音提供了珍贵的原始材料，许多学者试图通过这些汉字记录下来的音来探索拥楫越人的身份。壮族学者韦庆稳根据原歌的"音"，从语言学的角

---

① （清）吴敬梓：《儒林外史》，天津人民出版社 2016 年版，第 243 页。
② （南朝）范晔：《后汉书》，中州古籍出版社 1996 年版，第 314 页。
③ 张纯一：《墨子集解》，成都古籍书店 1988 年版，第 101 页。
④ 《战国策》第二册，上海书店影印本 1987 年版，第 25 页。
⑤ 赵善诒：《说苑疏证》，华东师范大学出版社 1985 年版，第 311 页。

度对《越人歌》进行了研究。中国音韵学发达，在历代学者的努力下，基本上可以做到对每个汉字的上古音和中古音进行拟构。韦庆稳借助音韵学家的研究成果，根据历代学者对汉字的上古音的拟构，把《越人歌》中以字记音的每一个汉字的中古音和上古音都用国际音标记下来，然后把它们和壮语中的相关词语逐个进行对照。韦庆稳研究的最终结论是：原歌的记音与壮语译音基本上是相同或相近的，而且构词也很有壮语的特点①。

继韦庆稳之后，侗族学者也用类似的研究方法，对《越人歌》进行了另一个角度的探讨和研究。他们研究的结果还是韵律、格律，包括语言的结构、记音的方法，都和侗族的语言相同。因此他们认为，那位唱歌的越人，还有帮助"楚说之"的越译，应该都是侗族的祖先。换句话说，《越女歌》应该是侗族的古代民歌②。

就族源上来讲，壮侗都是西瓯、骆越的后裔，属于同一个语族。说《越人歌》是壮族的，自然也可以说是侗族的，甚至可以说是岭南一带壮侗语族诸民族的古老民歌。壮侗语族诸民族同时也是古代百越的一部分，百越民族生活在自交趾至会稽七八千里的广阔地域内。作为一个民族共同体，"百越杂处，各有种姓"，百越之间到底还有什么区别，今天人们已经很难区别得清楚了。因而，说《越人歌》属于具体的哪一个民族都是不恰当的。

三、交流中的雅言与野语

《礼记·王制》云："五方之民，言语不通，嗜欲不同。"③《颜氏家训·音辞篇》亦云："夫九州之人，言语不同，生民以来，固常然矣。"④ 先秦时期中国各地的语言差别很大。公元前 666 年，楚国的令尹子元攻打郑国，长驱而入了郑国都城的外郭，只见内城的大门敞开，不禁犯疑，于是"楚言而出，子元曰：'郑有人也。'"⑤ 为了避免走漏消息，子元便和身旁的人采用楚言交谈。由此可知，作

---

① 韦庆稳：《〈越人歌〉与壮语的关系试探》，载《民族语文》编辑部编：《民族语文论集》，中国社会科学出版社 1981 年版。
② 《侗族文学史》编写组编：《侗族文学史》，贵州民族出版社 1989 年版，第 69 页。
③ 崔维高校点：《礼记》，辽宁教育出版社 1997 年版，第 44 页。
④ （北朝）颜之推：《颜氏家训》，北京燕山出版社 1995 年版，第 211 页。
⑤ 李宗侗：《春秋左传今注今译》，新世界出版社 2012 年版，第 166 页。

为中原人的郑人是听不大懂楚言的。

　　然而，没有任何证据证明楚人与中原人之间的交谈必须经过翻译。公元前597年晋楚之间发生了邲之战，楚军派人单车挑战，徐伯为御，乐伯为左，摄叔为右。挑战完毕，正要返回，晋人分三路追击过来。乐伯左射马，右射人，剩下一支箭射中了一只麋鹿。摄叔下车，把麋鹿献给了追在前头的晋将鲍葵，说："以岁之非时，献禽之未至，敢膳诸从者。"鲍葵让部下不要追了，说："其左善射，其右有辞，君子也。"①显然，鲍葵听懂了摄叔的话。战场上，敌我猝然相遇，彼此问答，必定双方都听得懂对方的语言。军情紧急，译者哪里有置喙的余地？这样的例子在《左传》中还很多。

　　能不能说这些人都通晓对方的语言呢？显然不能。较为近实的判断是，楚人和中原人打交道时使用了彼此都熟悉的一种语言。《论语·述而》说孔子在读《诗》《书》以及行礼的时候用雅言。《论语注疏》引孔安国的说法："雅言，正言也。"②雅言与方言相对，是春秋时期的通用语，相当于现在的普通话。不同地方的人们只要学会了雅言，沟通时自然不存在任何障碍。

　　人类主要是凭借语言进行沟通的，语言不通则交流困难。为了克服方言带来的分歧，一个社会群体内部会采用一种标准语（也就是通语）进行交流。为了便于周天子颁布政令和政令畅通，为了加强对诸侯国的控制，同时也为了方便诸侯朝聘盟会以及商业往来等，周朝在统一了黄河流域之后，需要一种各地都能彼此听得懂的语言。雅言就是为了适应这种客观需要产生的。标准语也是一种方言，是大家比较认可的某个地区的方言。刘台拱《论语骈枝》："王都之音最正，故以雅名。"③京师作为政治、经济、文化的中心，这个地方的语言最适合作为标准语的基础。西周都城是镐京，东周都城是洛邑，孔子所用的雅言是镐京方言还是洛邑方言？刘宝楠《论语正义》云："周室西都，当以西都音为正。平王东迁，下同列国，不能以其音正乎天下，故降而称风。而西都之雅音，固未尽废也。"④据刘宝楠的看法，自西周至春秋，在中国已经形成了以西部语音为基础的标准音，这种标准音称作雅言。

---

①　李宗侗：《春秋左传今注今译》，新世界出版社 2012 年版，第 503 页。
②　（清）刘宝楠：《论语正义》，中华书局 1990 年版，第 269 页。
③　（清）刘宝楠：《论语正义》，中华书局 1990 年版，第 269 页。
④　（清）刘宝楠：《论语正义》，中华书局 1990 年版，第 270 页。

通过约定俗成的方式让一种语言成为整个社会的标准语显然是很困难的，没有相关的政治措施来保证它成为通行的语言，那么这种语言的传播将会受到很大限制，也绝不会维持多久。周代雅言之所以能够在先秦的上层社会得以推行和传播，礼制和政策为其提供了方便和保证。当时有一种人叫"行人"，他们的职责是出使邦国，传达王命，接待各地来的客人。《周礼·秋官》这样描述"大行人"的职责："七岁，属象胥，谕言语，协辞命；九岁，属瞽史，谕书名，听声音。"①所谓"谕言语""听声音"，应该就是学习语言的本领。另外，各诸侯国也要按时派一些官员或子弟到京师学习语言和文字。这些官员和子弟学成后返国，肯定会将学到的京师语言教给本国的行人及贵族子弟。楚晋军队将领在战场上猝然相遇能够相对应答，显然与学习了这种雅言有关。

雅言的形成和推广，增进了周王室与各诸侯国之间的联系，保证了周王室的政令能准确无误地在各诸侯国进行推广，对当时人们的交流和交往起到很大作用，对文化传播影响深远。据《左传·昭公十二年》记载，楚国的左史倚相能读《三坟》《五典》《八索》《九丘》，而且受到楚灵王的高度赞扬。这些都是中国最古老的书籍，楚人倚相也能读得下来，由此可见周王朝"谕书名，听声音"政策在诸侯国中产生了很大效果。上层社会交往中常常"赋诗言志"，使用的语言当然也是雅言。公元前 506 年，伍子胥率领的吴军攻破郢都，楚昭王下落不明，申包胥到秦国搬救兵，秦哀公一时举棋不定，申包胥倚着宫墙哭了七天七夜，勺饮不入口，"秦哀公为之赋《无衣》，九顿首而坐，秦师乃出"②。秦哀公赋《无衣》，自然是以雅言赋诗。申包胥听秦哀公赋《无衣》后能够马上心领神会，自然也是因为自己通晓雅言。

《论语·子路》记载了孔子对《诗经》实际用途的看法，他说："诵《诗》三百，授之以政，不达；使于四方，不能专对，虽多，亦奚以为？"③学习《诗三百》最终目的是灵活运用，而要灵活运用其中的篇章，掌握雅言则是基本的、必要的条件。据《左传·襄公二十七年》记载，齐国的庆封出使鲁国，因为行为粗鄙受到别人的鄙视。为了讽刺庆封，鲁国人特意赋了一首《相鼠》，然而庆封竟然不知道这是讽刺自己的。庆封之所以不知别人赋诗讽刺自己，一方面固然在

---

① 崔高维校点：《周礼》，辽宁教育出版社 2000 年版，第 87 页。

② 李宗侗：《春秋左传今注今译》，新世界出版社 2012 年版，第 1215 页。

③ （宋）朱熹：《论语集注》，齐鲁书社 1992 年版，第 129 页。

于其不学无术，另一方面恐怕还是对雅言掌握不够，听不懂别人的雅言赋诗。

先秦时期，方言很多，各地语言差别很大。比如郑国人称玉未理者为璞，周人称没有腌制好的老鼠为璞，楚国人称老虎为于菟。先秦文献记载楚语词汇不多，"莫敖"为官名，"荆尸"为月名，"绖皇"为宫门名，"梦"为有丛林、草泽、丘陵的原野。这些楚言若以雅言求之，其义不可晓。《孟子·滕文公下》载孟子与戴不胜讨论如何使国君"之善"，孟子问戴不胜："一个楚国人想让自己的孩子学习齐国语言，是让楚国人教呢？还是让齐国人教呢？"戴不胜回答："当然是让齐国人教了。"孟子说："一个齐国人教孩子学齐语，很多楚国人在旁边说楚语，虽然天天打孩子，孩子也学不会说齐国的话。将孩子置于齐国，想不让孩子说齐语也不可能。"孟子以楚人学齐语为例，来说明生活环境对一个人的巨大影响。但从侧面反映出，当时各诸侯国为了沟通交流是非常重视学习对方语言的。

值得注意的是，孟子说是"楚大夫"让自己的孩子学习齐语，也就是说只有和别的国家有交往的人才有学习别国语言的需要，一般人用不到没必要学。学习是为了应用，熟悉雅言和各诸侯国的语言是为了方便彼此交流。"无君子莫治野人，无野人莫养君子"（《孟子·滕文公上》），贵族子弟世卿世禄，长大后即充当各类官职，与别国交流的机会多，因此有学习雅言和别国语言的必要。至于"野人"，则无须也无必要学习各种语言。《左传·文公十三年》记载，秦国的军队驻扎在黄河以西，魏国人在黄河以东，秦国人寿余说："请河东能与我们对话的人说话"。秦晋之间方言也有差异，不仅野人不能直接对话，即使是上层贵族，如无雅言作为媒介，恐怕也是无法交流的，所以寿余说"请东人之能与夫二三有司言者"。所谓"有司"，指专门负责某类事情的人，魏人应该有这样的常设机构，里面的工作人员可以与秦人进行语言上的沟通。至于他们使用的语言不外乎秦言、魏语或者雅言。

四、《越人歌》当为吴越民歌

从《说苑》记载的情况来看，作为贵族的一员，鄂君子晳会说楚语，也会说雅言，但却不会说越语。鄂地楚越杂居，拥楫之越人是否通晓楚语不得而知。或许越人是通晓楚语的，但由于《越人歌》表达的是爱慕之情，不便直接陈述当面，故以越语曼歌出之。或许越人只会说越语，既不会说楚语，更不会说雅言。语言交流障碍使得《越人歌》的产生极富戏剧性，拥楫越人优美的歌声吸引了鄂君子皙的注意，仔细倾听却不知所云。让身边越译"楚说之"，表达的竟然是对自己缠绵悱恻的仰慕之情，鄂君子皙大为感动，欣然"行而拥之，举绣被而覆之"。

越人的感情是炽烈的、委婉的、缠绵悱恻的，这些都在优美歌声中掩藏着，只等着越译轻轻地揭去它的面纱。作为文学作品，《越人歌》的艺术特点首先是感情的深挚委婉、朴实浓烈。榜枻越人是在以歌代言，从隆重的舟游到自己有幸参与其中，对今晚的情景，以简洁的笔触作了描述，在描述中渗透着个人的感受，话虽不多，但发自肺腑，以至于充盈的感情溢于言表。"山有木兮木有枝，心悦君兮君不知"，不但情景交融，而且语意双关，风流蕴藉。拥楫越人知道彼此身份和地位悬殊，明知在痴心妄想，却仍按捺不住仰慕之情，还是作了自我表露。就"楚说"之后的《越人歌》而言，语言洗练清新，句式随意取势，但错落有致，韵律自由，节奏鲜明，与北方《诗经》以四字为主的方正格式形成了鲜明的对比。梁启超在《中国之美文及其历史》中对这首歌大加赞扬，说这首歌的歌词旖旎缠绵，常常让人想到南朝的吴歌[①]。确实如此，《越人歌》缠绵委婉，风流蕴藉，南方民歌的特点非常鲜明，读后让人口角生香。

楚人是在熊渠在位时开始与百越接触的，《史记·楚世家》记载了周夷王时楚国国君熊渠兴兵伐庸、杨粤至于鄂的历史。历史上鄂有东鄂和西鄂之分，西鄂在今南阳附近，东鄂在今湖北的鄂州市。[②]南阳盆地的西鄂历史上不见有越人居住的记载，东鄂地处长江中下游，是越、楚居民杂处的地带。子皙是楚国的公子，曾做过楚国的令尹，也是楚灵王的同母弟弟。因为被封在鄂，故又称鄂君子皙。鄂君子皙所封的鄂邑应该是东鄂。

关于鄂的地望，学术界的主流意见认为在东鄂，即今湖北鄂州市。鄂州市位于长江的南岸。长江自岳阳流经武汉再到九江，这一段基本上呈等腰三角形，它的底边是幕阜山的主脉。幕阜山北麓的陆水和富水是两条大的长江支流，陆水和富水中间是两条幕阜山的余脉，一直向北延伸到长江岸边。在这两条幕阜山余脉与长江的交汇处，古代有两个城市，一个就是夏口，另一个是鄂县。在陆水和富水之间，河网交织，湖泊密布，山丘和湖汊交错其间，是典型的江南地理环境。屈原在《涉江》中说"乘鄂渚而反顾兮"，顾野王的《舆地志》："云梦之南为鄂

---

① 梁启超：《中国之美文及其历史》，东方出版社 1996 年版，第 13 页。
② 罗运环：《楚国八百年》，武汉大学出版社 1992 年版，第 102 页。

渚"①。云梦在楚语中是江汉湖群的意思。鄂东南的湖群，称作鄂渚。熊红为鄂王，事在周夷王（公元前 828 年以前）时。之所以称为鄂王，是因此地名为鄂。换句话说，在熊红封鄂王之前，这里便是鄂地，便已有鄂的称呼。历史文献上一致肯定有鄂王城，但具体在什么地方则模糊不清。

春秋时期，楚国是有名的扩张之国。楚将疆域扩张到鄂之后，势必向鄂的北方和东方发展。《史记·楚世家》记载熊渠兴兵伐扬越，至于鄂，然后立其长子康为句亶王，中子红为鄂王，少子执疵为越章王。句亶在什么地方？《史记集解》引张莹说"今江陵也"，学者多从之，其实并没有什么根据。有人认为熊渠长子康应该是长子庸，康、庸因形近而讹。根据《史记·楚世家》记载，熊渠伐庸、扬越至于鄂。熊渠长子名庸，乃因伐庸取胜，以旌其功。②按照这样的说法，如果句亶是一地名，想必其地与庸相距不远。庸是一个小国，在今湖北竹山县一带，位于秦巴山区腹地，远非"江上之楚蛮"。吴越多以"句"为词头，如吴号"句吴"，越国有"句践""句章"等称呼，句亶的构词形式与此相类。加上句亶在"江上楚蛮之地"，有理由相信勾亶不但为越地，同时也是一个越语词汇。越章封地，史籍也不详。蒙文通《越史丛考》认为，章就是《山海经·海内南经》中的郭山，章、郭字通③。按《山海经·海内南经》："三天子郭山，在闽西北。"郭璞注："今在新安歙县东，今谓之三王山，浙江出其边也。"④《汉书·地理志》："丹扬郡，故郭郡，属江都，武帝元封二年更名丹扬，属扬州。"⑤丹扬原名郭郡，当因郡有郭山之故。丹扬郡北边和西边与九江、庐江相接，西南与豫章相接，东面和南面与会稽相接，其区域略相当于现在的皖南、苏南及浙西之地。三国时期，孙吴的丹扬郡山越活动最为剧烈。丹扬与会稽相接，会稽历史上属于越国，也是越国的发祥地，三国时期丹扬山越活动不足为奇。蒙文通先生据此推测，正因此地有越人活动，所以称为越章。按照蒙文通的意见，越章地望在皖南、苏南及浙西这片区域。

《汉书·地理志》："楚地，翼、轸之分野也。今之南郡、江夏、零陵、桂阳、

① （清）王谟：《汉唐地理书抄》，中华书局 1961 年版，第 202 页。

② 赵逵夫：《屈氏先世与句亶王熊伯庸》，《文史》第二十五辑，中华书局 1985 年版。

③ 蒙文通：《越史丛考》，人民出版社 1983 年版，第 8 页。

④ （清）郝懿行：《山海经笺疏》，巴蜀书社 1985 年版，第 374 页。

⑤ （汉）班固：《汉书》，岳麓书社 1993 年版，第 713 页。

武陵、长沙及汉中、汝南郡，尽楚分也。"又说："吴地，斗牛之分野也。今之会稽、九江、丹阳、豫章、庐江、广陵、六安、临淮郡，尽吴分也。""寿春、合肥……亦一都会也。……本吴粤与楚接比，数相兼并，故民俗略同。"[1] 蒙文通《越史丛考》释《汉书·地理志》："谓之吴分，当亦故为吴地。而其'民俗略同'，殆以同有吴越之族为然。……吴越与楚接比之地，当指九江、丹阳、豫章、庐江等郡，其地固多秦汉越人之北徙者，而班氏不以秦汉徙民为释，乃以先秦时'本吴越'、'数相兼并'为说，是班氏以此数郡之有越人盖在先秦之世已然。"[2] 据《汉书·地理志》，寿春、合肥两地在汉代也有越人居住，蒙文通认为是秦汉时越人徙居于此者。先秦时期，各诸侯国相互侵伐，各国的边境犬牙交错，并且经常发生变化。就大致方位来讲，九江、丹阳、豫章、庐江等郡基本上可以视作吴越与楚的交接之处。九江，在鄂之东，楚国越鄂占领了九江，虽然在版图上发生了变化，但其臣民未必因其变迁而变迁。九江，战国时属于楚地，《汉书·地理志》将其归入吴地。丹扬春秋时为越章，熊渠的小儿子执疵曾为越章王，原住民以越人为主。总而言之，鄂在楚国的东部边缘，与吴越接壤为邻。与吴越接壤居住的楚国边民，如果在民族上不属于楚人，自然应该称为吴越人。

　　从交趾（今越南境）至会稽，东西横亘有七八千里，百越民族自古就生活在这片广袤的土地上。由于是"百越杂处，各有种姓"，所以越人一直没有出现统一的国家政权形式。只是在春秋时期，在东南沿海一带出现了吴、越两个国家。吴越两国的风俗和语言都是一致的，后越吞吴，楚灭越，越人流散于东南沿海各地，因此越语流散地范围很广。以现代侗、壮语言与《越人歌》记音文字相比较固然有一定的根据，但若据此断定《越人歌》为壮族或侗族古代民歌，这个结论还是需要商榷的。正如有学者指出的那样，《越人歌》不仅可以用今天的侗语和壮语翻译，相信用水语、傣语、布依语也能翻译[3]。侗语、壮语、水语、傣语、布依语都属于壮傣族语言，用韦庆稳先生的那套研究方法，所有的壮傣族语言都能翻译《越人歌》，得出的结论也都差不多。鄂与吴越临近，九江至于鄂原住民与吴越人同属于百越。从时间和空间上讲，拥楫越人的语言应该更接近吴越，而不是遥在千里之外的壮语和侗语。

――――――――

[1]　（汉）班固：《汉书》，岳麓书社 1993 年版，第 744—745 页。

[2]　蒙文通：《越史丛考》，人民出版社 1983 年版，第 48 页。

[3]　覃平：《也谈越人歌》，《贵州民族研究》1990 年第 1 期。

第三节　吴越文化中的楚人

春秋时期，楚国与诸侯争霸，其劲敌是晋国。在城濮之战中，晋国打败了楚国，楚国北上势头被遏制。为了与楚国争强，晋人联吴抗楚。为了对抗吴国，楚人又去扶植越国。吴越争霸的后面有着晋楚争强的影子，实际是晋楚战争场地的扩大和延续。

一、申公巫臣与晋国的联吴抗楚策略

在鄂君子晳之前，吴越与楚接触已经很频繁。吴国在十九世吴王寿梦时开始崛起于东南，《史记·楚世家》说："寿梦立而吴始益大"。寿梦时期，吴国开始与别的国家交往，而为吴国打开这扇交往之门的，就是楚国人申公巫臣。申公巫臣本名屈巫臣，因为被封在申（今河南南阳）地，故称申公。申公先由楚奔晋，后以晋使的身份出使吴国，教吴国使用兵车作战，并积极唆使吴国讨伐楚国。公元前632年发生的城濮之战，一方面确立了晋文公的霸主地位，另一方面暂时遏制住了楚国向北发展的势头。楚庄王时，楚国奋发有为，再次对晋国霸主地位构成了威胁。申公巫臣使吴，其中既有申公巫臣个人与楚国的恩怨，也是晋国"联吴制楚"战略的一部分。

申公巫臣之所以怨恨楚国，完全因为一个女人。当时，陈国有美人夏姬，是郑穆公的女儿，嫁给了陈国的大夫夏御叔。夏御叔死后夏姬孀居，经常与陈灵公、仪行父、孔宁在一起鬼混，这三人甚至"衷其衵服，以戏于朝"[1]。衵是贴身的内衣，陈灵公、仪行父、孔宁就这样公然穿着夏姬内衣戏于朝堂，事情传得沸沸扬扬，国人尽知。《诗经·陈风》中有《株林》，据说就是讽刺陈灵公通于夏姬的，其诗曰："胡为乎株林？从夏南。非适株林，从夏南。驾我乘马，说于株野。乘我乘驹，朝食于株。"[2]夏姬与夏叔御有个儿子夏征舒，其时已经长大，且血气方刚。公元前598年，陈灵公、孔宁、仪行父到夏姬家饮酒，夏征舒借机杀死陈灵公。仪行父、孔宁跑到了楚国，楚庄王以夏氏作乱为由伐陈，杀了夏征舒。楚

---

① 李宗侗：《春秋左传今注今译》，新世界出版社2012年版，第482页。
② （唐）孔颖达：《毛诗正义》，（清）阮元校刻：《十三经注疏》，中华书局1986年版，第378页。

庄王贪于夏姬的美色，准备把夏姬纳入后宫，但却受到大臣申公巫臣的阻拦。申公巫臣的理由冠冕堂皇，他说君王是因为陈国发生了动乱才带兵到陈国，杀了作乱的夏征舒。现在将夏姬纳到后宫，这是贪色。贪色为淫，会受到上天惩罚的。他告诉楚庄王应该以周文王为榜样，明德慎罚。如果因贪色而败德，聪明人恐怕不会这样做。由于申公巫臣说得理直气壮，楚庄王竟然无话可说。申公巫臣用冠冕堂皇的话阻止了庄王纳夏姬，没想到庄王的弟弟子反也想娶夏姬，申公巫臣再次施展其如簧巧舌进行阻拦，他说夏姬是一个扫帚星，给很多人带来了灾难，她的儿子因她而夭折，她的丈夫夏御叔因她而病亡，她的儿子夏征舒因她而被杀，陈灵公也为她送了命，她就是陈国灭亡的罪魁祸首，这样的人是不能接触的。更何况天下美女多的是，何必非要娶夏姬这样的女人呢？经过申公巫臣的劝说，子反也打消了娶夏姬的念头。后来这个夏姬嫁给了一个叫连尹襄老的楚国人，连尹襄老死于晋楚之邲之战。夏姬是郑穆公的女儿，申公巫臣先让夏姬回到郑国，自己借出使齐国的机会，趁机跑到郑国带着夏姬去了晋国。晋国看重申公巫臣的才能，让他做了邢地（今河南温县东北）大夫。

申公巫臣跑了，却给他的家族带来了灭门之灾。公元前584年，申公巫臣一族在楚国被杀，家产也被子反、子重瓜分了。申公巫臣非常愤怒，他写信给子重、子反："尔以谗慝贪惏事君，而多杀不辜，余必使尔罢于奔命以死。"[1] 于是他自告奋勇出使吴国，唆使吴国与晋国结盟，共同对付楚国。当时的吴国尚不通于中国，军事实力远远不能和楚国相比。就舟师来讲，吴军同楚军一样熟悉水性，很难说孰优孰劣。然而，楚国却建立起了先进的兵种制度，兵车、步兵、骑兵的力量是吴国无法抗衡的。楚国的军事制度是在与中原诸侯国长期作战中建立起来的，吸收和改进了中原各诸侯国军队制度的优点，保证了楚国军事力量与中原大国势均力敌。申公巫臣到了吴国，将楚国和晋国的先进军事制度带到了吴国，教吴国车战、射御、战阵之法，使吴国除了舟师外，又增强了陆战力量。申公巫臣深知楚国军队的优点和缺点，倾尽全力地帮助吴国对付楚国，甚至将自己的儿子屈狐庸留在了吴国。在申公巫臣帮助下，吴国在很短的时间内就具备了与楚较量的资本，吴国势力在中国的东南部迅速崛起。

按照申公巫臣的指导思想，吴国主要采取袭扰战术，积极配合晋国对楚作

---

① 李宗侗：《春秋左传今注今译》，新世界出版社2012年版，第581页。

战。这样一来，楚军不仅要在北方与晋国争霸，还不得不时刻提防吴国从后面偷袭。由于两面作战，楚军疲于奔命，苦不堪言。据《左传·成公七年》记载，子重、子反"一岁七奔命"①，楚国占领的蛮夷之地都被吴国夺去了。公元前577年，晋楚之间爆发了鄢陵之战，子反因贪酒导致楚军全线溃败，而且导致楚共王眼睛严重受伤，最后子反只能自杀谢罪。楚共王二十一年，子重率领楚军同吴军作战，本来楚军占据着优势，攻克了鸠兹邑。不料吴军在放弃了鸠兹邑后，却设伏对楚军拦腰一击，活捉了楚将邓廖，楚军"其能免者，组甲八十，被练三百而已"②。三天之后，吴人又乘胜攻占了楚之良邑驾（今安徽省巢县附近）。子重回国后抑郁而终。内外交困中，在位三十一年的共王也饮恨而卒。

楚人由荆山、睢山起步，筚路蓝缕，艰苦创业，在诸侯林立的春秋时期一步步强大起来。在楚国最强盛的时候，楚国兵锋所指，战无不胜，攻无不克，引起中原诸侯国的集体恐慌。申公巫臣是一个非常厉害的角色，一手促成了晋吴同盟的形成，使得吴国在东南一带迅速崛起。在晋国与吴国的夹击之下，楚国疲于应付，原来的霸业荡然无存。对于申公巫臣来说，这样做可能仅仅是为了复仇。但他的做法却极大地改变了当时的历史走势。楚国为了对付吴国，采取了申公巫臣一样的办法，在吴国后方开始扶植越国，越国很快就成了吴国的劲敌，由此开始了波澜壮阔的吴越争霸的历史。吴越争霸是春秋这段历史的重要内容，在这之前中原正上演着晋楚争霸的好戏。正当晋楚争霸如火如荼的时候，晋楚争霸的声音突然低了下去，吴越之争开始喧宾夺主，而且一度占据了舞台主要位置，备受人们的瞩目。从某种意义上说，夏姬与申公巫臣奔晋事件不仅是楚国由盛而衰的转折点，而且也处在由晋楚争雄向吴越争霸过渡的转折点上，其历史意义绝非一般。

二、吴越之争中的楚人

另一位奔吴的楚人给楚国带来的灾难更大，导致楚国几至于亡国，这就是伍子胥。伍子胥的父亲伍奢是楚国的太子太傅，负责教导太子建。太子少傅费无忌为讨好楚平王，劝楚平王纳太子建所聘的秦女。费无忌得到楚平王欢心，却得罪了太子。为除掉太子，费无忌日夜在楚平王面前进谗言。太子建害怕被害，逃到

---

① 李宗侗：《春秋左传今注今译》，新世界出版社2012年版，第668页。

② 李宗侗：《春秋左传今注今译》，新世界出版社2012年版，第1182页。

了宋国，伍奢也因犯颜进谏被囚。费无忌告诉楚平王，伍奢有二子，应该斩草除根，否则必为后患。楚平王以伍奢为要挟，许诺他们来就赦免他们的父亲。大儿子伍尚遵父命赴死，伍子胥亡命天涯。伍子胥先是逃到了宋国，投奔之前来到宋国避难的太子建。太子建死后伍子胥在宋国待不下去，就带着太子建的儿子胜跑到了吴国。吴王阖闾非常欣赏伍子胥的才能，伍子胥为了报仇也竭尽全力辅佐吴王阖闾。在伍子胥的帮助下，吴国的国力变得更加强盛起来。吴王阖闾向伍子胥请教伐楚之策，伍子胥对曰："为三师以肆焉，一师至，彼必皆出，彼出则归，彼归则出，楚必道敝。亟肆以罢之，多方以误之，既罢而后以三军继之，必大克之。"① "彼出则归，彼归则出"，延续的还是申公巫臣提出的战略方针。此时，楚平王已死，继位的是楚昭王。楚国自昭王即位，吴国的军队几乎年年都对楚用兵。公元前 506 年冬天，吴国突然发动袭击，以迅雷不及掩耳之势进入楚国的腹地，楚师节节败退。十一月，两军在柏举（旧说湖北麻城县，张正明以为安陆一带）决战，楚师溃不成军，退到了雍澨（今湖北京山县），又被吴国军队追上，一阵砍杀。很快，吴师逼近郢都。柏举决战后的第十天，郢都被吴国军队攻占，昭王仓皇出逃。伍子胥为了泄愤，掘平王墓，鞭尸三百。后申包胥从秦国搬来救兵，加上越国突然在后方偷袭吴国，使得入楚的吴军不得不仓皇撤退。为了避吴锋芒，公元前 504 年，楚国不得不放弃郢都北迁于都。

楚国被吴国袭扰得精疲力竭，为了解决两线作战问题，楚国采取了申公巫臣的做法，开始扶植吴国南边的越国，楚国的人才源源不断地输送到越国。在越国崛起的过程中，范蠡、文种起到了关键性作用。《吕氏春秋·当染》高诱注："范蠡，楚三户人也，字少伯。大夫种，姓文氏，字禽，楚之邹人。"②《史记正义》引《会稽典录》："范蠡，字少伯，越之上将军也。本是楚宛三户人，佯狂倜傥负俗。文种为宛令，遣吏谒奉。"③范蠡、文种都不是越国人，他们来自楚国。他们之所以到越国去建功立业，并非因为越王勾践是一个有为的国君。灭吴之后，范蠡坚决拒绝勾践的挽留，泛舟五湖，做他的陶朱公去了。范蠡也劝文种功成身退，文种没有答应。范蠡曾写信给文种，说越王勾践"长颈鸟喙"，这样的人只可共患难，不可共安乐。信中还有"飞鸟尽，良弓藏；狡兔死，走狗烹"这样的

---

① 李宗侗：《春秋左传今注今译》，新世界出版社 2012 年版，第 1182 页。

② （汉）高诱注：《吕氏春秋》，上海书店 1986 年版，第 19 页。

③ （汉）司马迁：《史记》，百衲本《二十五史》第一册，浙江古籍出版社 1998 年版，第 145 页。

名句。后来文种被迫自尽，证明范蠡是非常了解勾践的为人的。范蠡、文种之所以竭尽全力辅助勾践灭吴，更多是从楚国的国家战略上考虑。因为只有"联越制吴"，才能彻底解除吴国对楚国的威胁。范蠡、文种都是很有才能的人，范蠡勇而有谋，文种运筹帷幄。在他们的谋划下，越王勾践内修国政，外结好诸侯，励精图治，由败转胜，终于灭掉了吴国。楚国则坐收渔人之利，除掉了心腹之患，彻底解除了吴国的威胁。

吴越之争，究其实质是晋楚之争。在吴越波澜壮阔的战争场景中，时常闪现楚人的身影。吴国的伯嚭也是楚人是楚太宰伯州犁之孙。公元前515年，费无忌谮杀伯嚭之父郤宛，伯嚭奔吴，在吴国做了大夫。杀父之仇，不共戴天。伍子胥和伯嚭都有着强烈的复仇愿望，促使二人竭尽全力辅助吴王阖闾，不断袭扰楚国，并在楚昭王十年的冬天率领吴师入郢，鞭楚平王尸。阖闾死后，夫差即位，以伯嚭为太宰，习战射。就军事才能讲，伯嚭自然无法和伍子胥、孙武相比，但从伯嚭奔吴即为大夫，夫差又使之为太宰来看，伯嚭也是很有才能的。即使在军事上，伯嚭也未必一无是处，否则夫差也不会让他负责军队"习战射"的重任。报仇之后，伯嚭与伍子胥渐有嫌隙。尤其是阖闾死后，伯嚭受到夫差信任，而伍子胥渐渐被疏远。公元前494年，勾践听不进范蠡的劝说，执意出兵伐吴，结果大败，退守会稽山上。不得已，勾践只能接受范蠡的建议，答应吴国的任何条件，以求保全性命。越国给伯嚭送去很多财物，让伯嚭在夫差面前极力美言。但伍子胥灭越的决心很大，他警告夫差，今天不灭越，以后肯定会后悔莫及。然而，夫差还是拒绝了伍子胥的劝谏，最终放虎归山，留下了腹心大患。伍子胥认定越国必定会报复，所以他多次劝说夫差注意越王勾践的动向，但夫差却不以为意。后来吴国决定要攻打齐国，作为顾命大臣的伍子胥竭力反对，遭到伯嚭陷害，被迫自杀。公元前476年，经过二十多年的精心准备，越国具备了伐吴的条件。趁着夫差北上中原与晋国争霸，后方空虚无人的时候，越国突然发动了对吴国的战争。正在黄池会盟的夫差鞭长莫及，不得不派人带着厚礼向越国求和。公元前473年，越再次攻打吴国，吴军毫无招架之力，最后吴王夫差逃到姑苏台上自杀。越王勾践安葬了吴王夫差，杀了太宰伯嚭。

吴越之争中还有一个人重要人物逢同，《吴越春秋》作扶同，《越绝书》作冯同，越国五大夫之一。据《史记·越王勾践世家》记载，公元前488年，越王勾践要报仇雪耻，逢同劝勾践韬光养晦，暂时忍耐。逢同打了一个比方，他说猛禽在攻击之前都要将自己隐藏起来。他劝越王勾践，先让吴国自我膨胀，在合适的时间再给予它有力的一击，吴国终有败亡的那一天。逢同给勾践提出了具体建议，那就是"结齐，亲楚，附晋"，实行远交近攻的战略布局，待时机成熟，再出兵灭吴。《史记正义》引《越绝书》，说范蠡邀文种、冯同共入吴，"此时冯同相与戒之：'伍子胥在，自余不能关其词。'范蠡曰：'吴越之邦，同风共俗，地广之位非吴则越。彼为彼，我为我！'乃入越。"①据《越绝书》所说，逢同也是楚国人，在灭吴过程中同样发挥了重要作用。

面对共同的敌人，越与楚在春秋时期基本上是互相利用，和平共处的，《史记·越王勾践世家》和《国语》的《越语》《吴语》都用极大的篇幅去叙述吴越之间的战争。原来楚晋在中原争霸，晋国为了牵制楚国，采取了联吴制楚的方针。楚国为了牵制吴国，则采取了联越抗吴的政策。越国为了自身发展，也认同越楚之间的同盟关系，依靠楚国的力量对付来自吴国的威胁。楚国为了摆脱两线作战、疲于应付的局面，也极力支持越国。当然，越楚两国最初的关系是不平等的，为了讨好楚国，越国经常有所贡献，《韩诗外传》卷八记载："越王勾践使廉稽献民于荆王。"②但总的来说，楚国的支持为越国赢得了发展的空间，成为吴越争霸中越国的坚强后盾。吴国不断袭扰楚国，楚国虽然是两线作战，但还是给吴国造成了很大的威胁，牵涉了吴国很大一部分精力。越国抓住吴国对付楚国的有利时机，积极发展壮大国力。伍子胥带领吴国军队攻入楚国都城郢都的时候，越国已经积聚了相当大的实力，所以敢于大胆挑战吴王阖闾的权威。吴王阖闾从楚国退兵后，积极准备与越国开战，没想到居然在檇李（今浙江嘉兴）被勾践打败，并且伤了脚趾，最终殒命。当越国被吴国击溃，越王勾践听从了大夫逢同的建议，结齐，亲楚，附晋，厚吴，吴国更加不可一世。果然不出逢同所料，吴王夫差强凌齐、晋，伐楚，终为越所灭。楚对吴的牵制为越国顺利灭吴创造了条件。

公元前473年，越国灭掉了吴国，越国与楚国的关系开始发生变化，潜在的矛盾逐渐浮现出来，越国和楚国开始互相征伐。勾践灭掉吴国之后，带兵渡过淮水，与齐晋诸侯在徐州会盟，表达对周王室的尊敬。周元王派人赐给越王胙肉，"命为伯"，承认了勾践的霸主地位。勾践为了缓和越楚之间的矛盾，提高自己的

①　（汉）司马迁：《史记》，百衲本《二十五史》第一册，浙江古籍出版社1998年版，第224页。
②　（汉）韩婴：《韩诗外传》，（明）程荣：《汉魏丛书》，吉林大学出版社1992年版，第57页。

声誉，把"淮上地"归还给了楚国。勾践这样做的目的是专门对付齐国，勾践还特意将越国的都城迁往了琅琊。越国要和齐国争霸，这个目的没有达到，因为楚国也有吞并泗上的意图。当越王勾践"以淮上地与楚"①后，楚遂乘势"东侵，广地至泗上"②。公元前445年，楚国军队进入泗东，北上齐鲁之间，将杞国灭掉了。公元前431年，楚师进入杞国以东的沂、沭之间，吞并了齐境以南、琅琊西北的莒国。越人也针锋相对地重返泗上。昔日的盟友变成了仇敌，此后楚越进行了长达两百多年的交锋。根据《竹书纪年》记载，越于公元前414年灭滕，次年灭郯，目的是阻止楚人东犯琅琊。勾践之后，越国连续发生内乱，元气大伤，国力明显不如楚国，在与楚国的争锋中明显处于劣势。越王无疆时，楚威王兴兵伐越，杀死越王无疆，尽取故吴地至浙江。楚越争霸的结果是，吴越大地后来都并入了楚国版图。

三、楚人对吴越的经营

《史记·货殖列传》："彭城以东，东海、吴、广陵，此东楚也。"③司马迁称东海、吴、广陵直至浙江以北为东楚，虽名其为楚，其实都是战国时期从齐国和越国夺来的领土。现在所谓的吴越文化，就地域上来讲主要指的就是东楚。东楚有一部分又称江东，洪亮吉《更生斋集》："盖大江自今安庆府以下，势皆斜北而东，故江至此，又有东西之名。"④安徽境内的长江段成东北西南走向，江南也常常被称为江东，包括皖南、苏南、浙江等地。江东的地理范围基本上和战国时期吴越的地理范围重合。楚考烈王时，春申君黄歇被封于江东，其封地正好也是原来吴越的地盘。黄歇生活于楚国风雨飘摇之际，楚怀王已死在了秦国，秦国攻占了楚国的都城郢，大片领土沦陷，楚顷襄王被迫迁都至陈（今河南淮阳区）。公元前263年，楚顷襄王死后，在黄歇的努力下，楚国太子终于从秦国回到了楚国继位，就是楚考烈王。考烈王任黄歇为令尹，封他为春申君，赏赐食邑十二县。

苏州城的建立可以追溯到公元前514年，距今已有2500多年。苏州古城有城门叫胥门，有条江叫胥江，胥江流入太湖的入口处叫胥口，这些地名都是伍子

---

① （汉）司马迁：《史记》，中华书局2006年版，第274页。
② （汉）司马迁：《史记》，中华书局2006年版，第265页。
③ （汉）司马迁：《史记》，中华书局2006年版，第754页。
④ （清）洪亮吉：《更生斋集》册一卷二，上海中华书局据《北江遗书》校刊本。

胥为苏州留下的历史痕迹。伍子胥奔吴后，得到吴王阖闾的赏识，伍子胥的军事、政治才能得到充分发挥。他不但率领吴国军队攻破郢都，还为吴国规划苏州古城出谋划策。刚开始苏州古城规模比较小，与吴王阖闾的野心极不相称，也不利于经济的发展。伍子胥认为，国君要图霸安民，"立城郭，设守备，实仓廪，治兵库"，为此他建议在原有吴子城的基础上扩建吴都。伍子胥不辞辛劳，"相土尝水，象天法地"，在规划建设苏州城时充分考虑到了军事用途，建有吴王阖闾船军停泊船队的船宫，也有供船军、陆军士卒练习射箭的射台。在营建苏州古城的时候，除了扩大城郭、深挖沟池外，伍子胥还特别注意水道的开凿和疏通。苏州古城修建了八座水门，多条水道从城内通向城外。苏州古城的扩建，加强了吴国国都的防御设施和力量，保证了吴国富国强兵、图霸春秋的大业，具有十分重要的军事和经济意义。伍子胥为吴王阖闾建的苏州城，在勾践灭吴的过程中已成废墟，春申君对苏州城进行了重新修整。重建的苏州城郭雄伟，设施齐全，不但扩建了宫室、仓库等，还开辟了"吴市"。春申君修建的宫室相当豪华，而且在西汉司马迁时还存在。司马迁参观过黄歇修建的宫室后非常震撼，说："观春申君故城，宫室盛矣哉！"①黄歇对太湖的水系也进行了大力治理，加固堤防，疏浚水道，使得这块冲积平原成为"东楚"最富足的地方。

　　虽然项羽自称西楚霸王，他定都的彭城也向来被视作西楚的一部分，但项羽的早期活动却主要在江东。项羽是下相人，下相在今天江苏的宿迁，属于苏北地区。项羽家世代为楚将，因战功被分封在项这个地方，所以姓项氏。项羽由伯父项梁抚养成人，项梁因犯人命官司亡命现在的苏州一带。陈胜、吴广揭竿而起后，项梁与项羽在吴中响应，杀了会稽守，平定了江东，然后渡江而西，参与了灭秦的全过程。项羽的爷爷项燕为秦将王翦所杀，项羽灭秦可谓家恨国仇，萃于一身。就项羽早年活动的范围而言，以先秦的地理论，说项羽为吴越人，亦不为过。项羽垓下突围后，东渡乌江，乌江亭长欢其在江东称王，项羽却说"天之亡我，我何渡为？且籍与江东子弟八千人渡江而西，今无一人还，纵江东父兄怜而王我，我何面目见之？纵彼不言，籍独不愧于心乎？"②可见，项羽自己也视江东为故乡了。

---

① （汉）司马迁：《史记》，中华书局 2006 年版，第 476 页。

② （汉）司马迁：《史记》，中华书局 2006 年版，第 69 页。

第四节　吴越文化中的"吴歈越吟"

吴歈越吟最早起于何时无法考证，但在河姆渡遗址出土了大量骨哨，说明吴越地区的人民从来就能歌善舞，一点也不比其他地区逊色。春秋以后，在与中原的接触交流中，越来越多的吴歈越吟被载入史册，为人熟知。

一、"庄舄越吟"考辨

陈轸是战国时期很活跃的一位策士，他曾经为楚王出使秦国，在与秦王的对话中，陈轸对秦王说："王独不闻吴人之游楚者乎？楚王甚爱之，病，故使人问之，曰：'诚病乎？意亦思乎？'左右曰：'臣不知其思与不思，诚思则将吴吟。'今轸将为王吴吟。"① 这是《战国策·秦策》中的文字。这在《史记·张仪列传》也有记载，但文字上稍有不同："陈轸适至秦，惠王曰：'子去寡人之楚，亦思寡人不？'陈轸对曰：'王闻乎越人庄舄乎？'王曰：'不闻。'曰：'越人庄舄仕楚执珪，有顷而病。楚王曰：'舄故越之鄙细人也，今仕楚执珪，贵富矣，亦思越不？'中谢对曰：'凡人之思故，在其病也。彼思越则越声，不思越则楚声。'使人往听之，犹尚越声也。"② 比较一下这两处文字，不同之处在于，在《史记》中吴人变成了越人，而且明指为越人庄舄。庄舄的生平不详，或者生活在越国灭吴之后，庄舄本为吴人，因为越国吞并了吴国，所以也被称为越人。如此说来，庄舄当为春秋末或战国时人。但也可能生活在吴国灭亡之前的越国，庄舄为越国人，彼时在楚国为官，庄舄的越吟就是越地之声。

无论是越吟还是吴吟，能够与楚声相提并论，都说明其音与楚声有所不同。此事在当时应该传播甚广，人所共知，所以《战国策》中陈轸才反问秦王"独不闻乎"。《史记》中陈轸问"王闻乎越人庄舄乎"，秦惠王回答说"不闻"，不知秦惠王是故意这样说还是真的未闻其事。陈轸是秦国人，他因在秦国不得意跑到了楚国，可能是在楚知晓此事的。但至少说明，"庄舄越吟"在楚是尽人皆知的事情。"庄舄越吟"被记载在《史记》中，随着《史记》的流布，传播更为广泛。

---

① （清）程蕍初：《战国策集注》，上海古籍出版社 2013 年版，第 25 页。

② （汉）司马迁：《史记》，中华书局 2006 年版，第 441 页。

三国时期的王粲在《登楼赋》中把它当作典故来用，云："钟仪幽而楚奏兮，庄舄显而越吟。"① 庄舄思归或庄舄越吟被后人视作不忘故国的典型，代代传颂。

庄舄越吟的"吟"是什么呢？今人吴云、唐绍忠《王粲集注》说："庄舄正在唱着越国的歌。"② 显然是将"吟"理解为歌了。清人程夔初在《战国策集注》中这样解释"吴吟"："作吴人呻吟。"③ 程夔初的解释还是比较准确的，我们无法理解一个病人还能够唱歌，尽管其中也可能"长言之"，但绝不可能等同于后世理解的唱歌。不过，既然越楚语言不同，楚歌与越歌唱起来容易区分倒是事实，鄂君子皙闻《越人歌》不知其意就是这个原因。要说"越吟"与歌完全没有关系也不见得，左思的《三都赋》有："荆艳楚舞，吴歈越吟，翕习容裔，靡靡愔愔。"其中的"越吟"显然是指越国的歌曲。《广雅·释乐》也说："嘘歈讴咏吟，歌也。"④只不过我们不能以《战国策》和《史记》中的"吴吟""越吟"来说明吴越地区的音乐罢了。

左思《三都赋》除了提到"越吟"，还提到了"吴歈"，并将二者与"楚舞""荆艳"相提并论。"荆艳"，李善注："艳，楚歌乜。"⑤《乐府诗集》卷八十三引梁元帝萧绎《纂要》亦云："楚歌曰艳。"⑥《广雅·释乐》释歈为歌，《说文》也说："歈，歌也。"⑦"吴歈"也就是吴地的歌。如果"吟"可以指歌曲的话，那么"吴歈"也可称为"吴吟"。当然，这里说的"吴吟"与《战国策》中的"吴吟"含义不同，《战国策》中的"吴吟"只是作吴声呻吟的意思，"吴吟"或"越吟"在秦汉之前都还不具备音乐上的指称意义。《三都赋》将"越吟"与"吴歈""荆艳""楚舞"并列，文字上虽然说得通，但却没有历史文献的根据。

二、早期的吴歈越吟

"吴歈"这个词倒是出现得很早，《楚辞·招魂》中就有"吴歈蔡讴，奏大吕些"这样的句子。吴歈即吴歌，是用吴语方言传唱的吴地民间歌曲、民谣的总称。

① 俞绍初校点：《王粲集》，中华书局 1980 年版，第 19 页。
② 吴云、唐绍忠：《王粲集注》，中州书画社 1984 年版，第 48 页。
③ （清）程夔初：《战国策集注》，上海古籍出版社 2013 年版，第 25 页。
④ （三国）张揖：《广雅》，中华书局 1985 年版，第 105 页。
⑤ （南朝）萧统编，（唐）李善注：《文选》，中华书局 1977 年版，第 153 页。
⑥ （宋）郭茂倩：《乐府诗集》，中华书局 1979 年版，第 1156 页。
⑦ （清）段玉裁：《说文解字注》，浙江古籍出版社 1998 年版，第 411 页。

历史上吴地疆域的变动很大，仅江南吴地就存在广义、狭义之分。按照顾颉刚先生的理解，吴歌的范围大致在长江以南，浙江以西，流传在这一范围内的民间歌曲都称作吴歌①。但我们知道，吴越两国本就"同气共俗"，吴王夫差曾将勾践赶至会稽，勾践最后逼夫差自杀，三千越甲终吞吴，吴歈越吟很难再区分开来。因此，广义上讲，吴越地区的歌就是吴歌，也就是历史上著名的吴歈越吟。吴越地区的音乐向来被称作"吴歈"，甚至后来的昆腔也称"吴歈"，如明代李诩《戒庵老人漫笔》卷五："张少华者，故金陵民家女……假母移之居吴阊……嘉靖壬子中秋，从汪贾来游虎丘，卒遇周生仕者，吴歈冠绝一时。"②这里的吴歈指的就是昆腔。明代周之标编有《吴歈萃雅》，是一些散曲和戏曲的选本。之所以名之为《吴歈萃雅》，就是因为它们都是用昆腔来清唱的。③

《左传·成公九年》："晋侯观于军府，见钟仪，问之曰：'南冠而絷者谁也？'有司对曰：'郑人所献楚囚也。'使税之，召而吊之，再拜稽首。问其族，对曰：'伶人也。'公曰：'能乐乎？'对曰：'先人之职官也，敢有二事？'使之操琴，操南音。"钟仪为楚人，"乐操土风，不忘旧也。"杜预注："南音，楚声。"④钟仪所操南音确切地说指的是楚声。钟仪操南音，表达的是对楚国的感情。钟仪操南音与庄舄越吟一样，被后人视作爱国主义的表达。称楚声为南音，原因是楚国在晋国之南。对于晋国人来说，南音只是一个方位性的用语，而不是南方某一方国或区域的音乐。《诗经》中的十五国风是十五个地区的土风，《周南》《召南》也不例外。根据"同类并举"的思维惯例，所谓《周南》就是周之南地的民歌。以此类推，南音是与北音相对的一个概念，是一个地理方位的描述。晋楚争霸，楚国势力曾推进到黄河岸边，晋国也曾出兵与楚战于城濮（今河南范县西南一带）、邲（今河南郑州市东）、鄢陵（今河南鄢陵县）。根据晋楚你进我退的态势，按照《吕氏春秋·音初》对南音与北音的描述，南音北端大约可推至淮河以北。

然而到了魏晋南北朝时期，南音已不包括淮河流域的音乐了。东晋政权南迁后，北方的"相和歌"与长江下游的"吴歌"、长江中游的"西曲"结合，形成

---

① 顾颉刚：《吴歌小史》，北大《歌谣》第二十三期，1936年。

② 李诩：《戒庵老人漫笔》，中华书局1997年版，第231页。

③ 周之标：《吴歈萃雅》，王秋桂主编《善本戏曲丛刊》第二辑，台湾书生书局1984年版。

④ （唐）孔颖达：《春秋左传正义》，（清）阮元校刻：《十三经注疏》，中华书局1980年版，第1905页。

了一种被称作"清商乐"的音乐形式。清商乐风格纤柔绮丽，多用于宴饮娱乐场合，作品内容多以爱情为主题，较少触及社会矛盾。这时的"南音"范围南移，与具有独特风格的江南音乐联系在一起，其□就包括吴声流传的江浙一带。明清时期，南音一词更多指南方方言。现在也有人将流行于闽、港、澳、台以及东南亚地区的闽南方言歌曲称作南音。

吴歈越吟最早起于何时虽然无法考证，但至迟也不会晚于《诗经》。《诗经》中没有《吴风》和《越风》，但这不能证明吴越地区没有民歌。《说苑·善说》记载的《越人歌》完全可以证明，吴越地区的人民从来就能歌善舞，一点也不比其他地区逊色。骨哨是一种古老的乐器，在河姆渡遗址曾大量出土，仅第四文化层中就出土了 45 件。埙起源甚古，最初的埙是陶埙。河姆渡第四文化层出土了两件陶埙，埙身呈椭圆形，一端有一小吹孔①。骨哨和陶埙在河姆渡遗址被发现，说明当时的河姆渡人除了生产之外也看重和追求精神上的愉悦。

《吕氏春秋·音初》记："禹行功，见涂山之女。禹未之遇而巡省南土。涂山氏之女乃令其妾候禹于涂山之阳。女乃作歌。歌曰：'候人兮猗！'实始作为南音。"②涂山地望学界有浙江绍兴、安徽淮南、河南嵩县等说法。大禹与越地关系密切，《孔子家语·辨物》载吴国攻打越国的会稽，缴获一节大骨头，不知是什么东西，吴王特地使人到鲁国去问孔子，孔子对来人说："昔禹致群臣于会稽之山，防风氏后至，禹杀而戮之，其骨专车焉。"③根据文献的记载，大禹曾经巡守会稽，至今会稽有一山洞尚名为禹穴。司马迁说自己为收集资料曾"上会稽，探禹穴"，《史记集解》引张晏云："禹巡守至会稽而崩，因葬焉。上有孔穴，民间云禹入此穴"④。说涂山在浙江绍兴有一定的文献依据。

在古代文献中，大禹与会稽关系密切。他曾在这里大会诸侯，杀迟到的防风氏，并且死后葬此。传说越人是大禹的后代，夏后帝少康的时候，将一个庶出的儿子分封到会稽，其目的是"奉守禹之祀"⑤。大禹具体是什么地方的人？目前学术界说法很多，有河南、山西、陕西、山东、四川等说法，大家各执一说，争

讼不已。① 按照《史记·夏本纪》的说法，在舜死后，为了让舜的儿子商均继位，道德高尚的大禹跑到阳城躲避。然而，天下诸侯不去朝拜商均，都到阳城朝拜大禹。大禹不得已，只好即天子位。《孟子·万章上》也说："舜崩，三年之丧毕，禹避舜之子于阳城。"② 阳城位于现在河南省登封市境内。大禹主要在中原一带活动，他是为了治水和巡守才到吴越的。大禹后来死在了会稽，葬于禹穴。

按照考古学上的传统看法，江浙地区的文化发展序列是：河姆渡文化——马家浜文化——崧泽文化——良渚文化。③ 良渚文化主要分布在钱塘江流域和太湖流域，其中钱塘江流域的东北部、东部遗址分布最密集。良渚文化距今 5300—4500 年，然而在距今 4200 年后良渚文化突然从太湖、钱塘江流域消失了，而在同时期或稍晚的中原地区，某些文化类型却突然出现了良渚文化因素。④ 对于良渚文化突然消失的原因，学者们作出了种种猜测。有人推测，或许是环太湖流域发生了当时人们无法克服的自然灾害，迫使吴越先民举族外迁到别处，才使得良渚文化出现了断层。⑤ 一方面是良渚文化在吴越地区突然消失，另一方面是良渚文化在中原某些文化类型中突然出现，时间上又是一前一后，这种文化现象说明，吴越地区的人民曾有一部分向西北迁徙进入了中原。

随着自然环境略有好转，吴越地区又开始出现人类活动的身影。这个时候活动在吴越地区的是什么人呢？可能是一部分外迁的吴越土著人又返回了故居，也有其他地区的人们因为各种原因来到了这里。作为神话传说中的人物，大禹与会稽的关系似应如此理解：大禹不是吴越土著，大禹到吴越治水和巡守故事本身具有浓厚的象征意味，它实际上是早期中原人移民吴越的曲折记录。《史记》的《周本纪》《吴太伯世家》都记载了太伯奔吴的具体经过，太伯端委、太伯的弟弟仲雍都是周太王古公亶父的儿子，季历的哥哥。季历生姬昌，姬昌就是后来的周文王。古公亶父喜欢季历与姬昌，想传位给季历，以便使季历再传姬昌。为帮助古公亶父实现自己的意愿，太伯及仲雍都跑到了荆蛮，自号句吴，这就是后来的吴

---

① 廖明春：《大禹故里说文献考辨》，《中原文化研究》2018 年第 6 期。

② （宋）朱熹：《孟子集注》，齐鲁书社 1992 年版，第 135 页。

③ 徐建春：《越国的自然环境变迁与人文事物演替》，《学术月刊》2001 年第 10 期。

④ 叶文宪：《良渚文化去向蠡测》，《良渚文化》（余杭文史资料第三辑）1987 年版，第 97 页。

⑤ 先秦时期，江浙一带曾遭遇卷转虫海侵，东部沿海一片汪洋。参见徐建春：《越国的自然环境变迁与人文事物演替》，《学术月刊》2001 年第 10 期。

国。据说当年太伯、仲雍来到了无锡的梅里，他们采取"以歌为教"的方式，向当地老百姓传授中原的礼仪文化。"梅里花，梅里果，太伯教民唱山歌"①，当地民间至今还有很多太伯、仲雍的传说。吴越地区自然环境的好转，一方面固然是大环境气候发生了变化，另一方面人类的主观能动性也在发挥着积极作用。大禹和太伯、仲雍一样，是在江浙一带自然生态略有好转后迁来的。大禹迁越的时间比太伯、仲雍早，在流播和传世的过程中逐渐披上了神秘乃至神话的外衣。《候人歌》出自涂山氏之口，但等候的对象却是来自中原的大禹。如果涂山在浙江绍兴，《候人歌》自然是早期的吴歈越吟。早期的吴歈越吟中即闪现着中原人的影子，说明中原文化与吴越文化早在史前即已开始接触和交流，充分的融合看来只是一个时间问题。

据说《弹歌》比《候人歌》还要古老，是黄帝之前的作品②，《吴越春秋·勾践阴谋外传》记载了这首古老的歌谣。故事始于范蠡向越王勾践推荐陈音，陈音是楚人，善射。越王勾践希望陈音谈谈射术中的道，陈音说弩是对弓的改进，弓是对弹的改进，弹的发明与一个孝子有关。早期人类还没有制定各种礼仪，人死了就裹上白茅，随便扔到旷野之中，尸体常常被一些禽兽撕扯得到处都是。有个孝子不忍心看到父母尸体为禽兽侵害，于是就发明了弹驱赶这些禽兽。黄帝在弹的基础上"弦木为弧，剡木为矢"，凭借着弧矢之利，威震八方。③《吴越春秋》说的这种上古丧葬礼俗，在《孟子·滕文公上》也能看到。《弹歌》是这个孝子在制作驱赶禽兽的工具时所唱："断竹，续竹，飞土，逐害。"《弹歌》中的"害"，一作"肉"（或作"宍"）④，一般文学史都引作"断竹，续竹，飞土，逐肉"。

《弹歌》提到制作弓的材料是竹子，竹子是南方常见的植物。黄帝"弦木为弧，剡木为矢"，这里说弓箭制作的材料是木，一般来说北方木多竹少。"弦木为弧，剡木为矢"说的应该是北方制作弓箭的方法。有学者据考古发现认为，黄帝生活

①　朱海容：《记长篇叙事吴歌沈七哥的搜集整理》，见朱海容：《古吴春秋·无锡民俗文化》（中），新疆青少年出版社 1984 年版。
②　白启明先生认为，根据《周易·系辞》"黄帝尧舜垂衣裳而治"的记载，黄帝时代人们已穿衣服了，而《弹歌》的背景是"死则裹以白茅"，人们还没衣裳可穿，说明《弹歌》产生远早于黄帝。参见白启明：《一首古代歌谣弹歌的研究》，钟敬文编：《歌谣论集》，北新书局 1927年版。
③　周生春：《吴越春秋辑校汇考》，上海古籍出版社 1997 年版，第 152 页。
④　刘运好：《〈弹歌〉杂考》，《文学遗产》2010 年第 6 期。

区域以晋西南为中心①。《吴越春秋》说黄帝"弦木为弧，剡木为矢"，这种说法符合黄帝生活区域晋西南一带的生活实际。从制作材料上判断，《弹歌》属于南音的可能性比较大。《弹歌》的内容比较朴野质直，二言的句式也十分古拙，《文心雕龙·章句》："寻二言肇于黄世，《竹弹》之谣是也。"②《弹歌》产生的年代比较久远，它与《候人歌》都是早期南音的代表作品。南音是与北音相对的一个概念，南音的范围相当广泛，其中自然包括楚音和吴歈越吟。《候人歌》在南音中的具体归属辩证如上，《弹歌》的具体归属却很难指清，但也很可能与楚音、吴歈越吟有莫大的关系。

陈音不是音乐家，他只是一个传播者，将一首古老的民歌带到了越王勾践面前，被千年后的赵晔记录在了《吴越春秋》里面。《弹歌》虽然可以推定产生在我国多竹的南方，但具体在南方何地却不易考索。陈音是楚人，具体是楚国什么地方的人，史书语焉不详。据陈音自己介绍，他是"楚之鄙人"。鄙指边远的区域或边疆，段玉裁《说文解字注》："《春秋》经传鄙字多训为边者，盖《周礼》都鄙距国五百里，在王畿之边，故鄙可训为边。"③鄙人可能是陈音自谦，但也可能是实话实说。如果说的是实话，则意味着陈音可能不在楚国核心区域生活。假如说《弹歌》是陈音故乡土风，则《弹歌》可能不是纯粹意义上的楚歌，而是产生于楚国边境上的一首歌。吴越在楚国东南，春秋时期吴楚争霸，中间地带今日属楚，明日属吴。陈音自称"楚之鄙人"，这个"鄙"如果是吴楚中间地带，《弹歌》为陈音乡土之风，则说《弹歌》为楚歌是有道理的，说是吴歈越吟也未尝不可。不过，陈音既然可以到越国，自然也可以游历别的地方，将一首外地歌谣带到越国也不是没有可能。这样一来，《弹歌》也无法排除是楚国核心区域里的歌谣。还有一种可能，《弹歌》本就是越地区的歌谣，陈音到越国后听闻，在与越王勾践对话中顺口引用上了。

1998年6月29日，一批到江苏省张家港市港口镇考察的专家听当地农民歌手唱的一首《斫竹歌》，让大家感到吃惊的是，这首《斫竹歌》竟然是先秦古歌谣《弹歌》。《斫竹歌》的歌谱和歌词为：

①　韩建业：《涿鹿之战探索》，《中原文化研究》2002年第4期。

②　杨明照等：《增订文心雕龙校注》，中华书局2012年版，第444页。

③　（清）段玉裁：《说文解字注》，浙江古籍出版社1998年版，第284页。

斫　竹　歌

（河阳山歌）

江苏张家港市

　　"斫竹，削竹，弹石，飞土，逐肉"，这不就是黄帝时期的《弹歌》吗？唱歌的农民歌手张元元当时七十多岁，从来没出过远门，也不识字，但会唱很多山歌。根据张元元自己的说法，这首《斫竹歌》是他小时候跟自己的父亲学的，歌辞和唱腔都没有改动过。《斫竹歌》的演唱形式是一个人领唱，众人附和，一般在搬重物、扛东西时唱这首歌。①《淮南子·道应训》："今夫举大木者，前呼邪乎，后亦应之。此举重劝力之歌也。"②《斫竹歌》就是这样的一首"举重劝力之歌"。《斫竹歌》与《弹歌》在字句上稍有不同，《斫竹歌》中的"斫竹，削竹"，在《弹歌》中作"断竹，续竹"，《斫竹歌》在"飞土"前插入了"弹石"两字，变成一首二言五句的歌谣。"逐害"在《斫竹歌》中作"逐肉"，这与《北堂书钞》卷一二四、《古诗纪》卷一、《太平御览》卷三五〇与卷七五五等所引《弹歌》一致。

　　到底是"逐害"还是"逐肉"？这一点很重要，因为它关系着《弹歌》的主旨如何理解。如果是"逐害"，自然可以根据《吴越春秋》将《弹歌》理解为孝子之歌，"逐害"乃驱赶危害父母尸首的鸟兽。如果是"逐肉"，即用"断竹，续竹"制作出的工具追赶禽兽，则《弹歌》就是一首原始的狩猎之歌了。由今日的《斫竹歌》我们似乎可以断定，《弹歌》中的"逐害"当作"逐肉"。但这里面会不会有个逐渐演变的过程呢？最初，《弹歌》诚如《吴越春秋》所记，乃孝子驱赶鸟兽之歌。但随着自身力量的增强，古人发现"断竹，续竹"制作出来的工具不但可以驱赶鸟兽，而且经过进一步改良，还可以猎取到食物。于是"逐害"也

---

①　易人：《一首极具史学价值的〈斫竹歌〉》，《人民音乐》1999 年第 1 期。
②　（汉）高诱：《淮南子注》，上海书店 1986 年版，第 190 页。

就变为了"逐肉",孝子之歌也变为了狩猎之歌。"逐害""逐肉"没有对错之分,只不过记录了人类不同历史阶段而已。

张家港流行的《斫竹歌》不可能为陈音带来。张家港市古属吴,陈音援《弹歌》以说理的地点在越国。越王勾践让陈音教士兵习射,习射的地点在越国国都的北郊,训练了三个月,士兵掌握了弓弩发射的本领。此后不久,陈音就死在了越国,被葬在山阴县的西南。越王勾践亲自将埋葬陈音的山命名为陈音山。有人推测,《弹歌》原来是楚歌,由陈音带到越国。陈音死后,吴越交战,越最后灭掉吴国,这首歌又由越国士兵带到了吴国,并在张家港世代流传至今。① 关于《弹歌》,除了知道其为南音无疑,实在无法考索其产生的具体地点。它可能原为一首楚歌,被陈音带至越国,后又流传到吴国。但《弹歌》也可能本就是吴歈越吟,一直在吴越大地广泛流传。由于《吴越春秋》记载了《弹歌》的传播者陈音,而陈音是楚国人,这就为《弹歌》产生在什么地方平添了许多可能性。但无论如何,即便《弹歌》不是产生于吴越大地,最终它也成为了吴歈越吟则是无可辩驳的事实了。

三、春秋时期的吴歈越吟

先秦时期的吴越为长江、淮河所限,历史上长期偏于一隅。太伯立国以后,相当长的一段时间,吴国一直在独立发展,直到吴王寿梦二年"始通于中国"。越国也是如此,从大禹至勾践二十余世,与中原少有接触。吴歈越吟之所以在《诗经》中没有一席之地,与中原长期隔绝不通大概是主要原因。春秋时期,晋楚争霸中原,晋国为了骚扰楚国后方,竭力扶植吴国,吴国迅速在东南崛起。同样,为了牵制吴国,楚国也极力帮助越国,楚人范蠡、文种在灭吴的战争中都立下了不世功勋。随着争霸愈演愈烈,吴越与中原的联系也密切起来。在与中原的接触交流中,越来越多的吴歈越吟被载入史册,为人熟知。

公元前482年,为了争霸中原,吴王夫差不听伍子胥的劝阻,带兵参加黄池(今河南封丘县西南)会盟。越王勾践趁吴国国内空虚,在暗中切断夫差归路后,突然攻入吴国都城姑苏。夫差匆忙结束会盟,回国救援,最后不得不向勾践请和。在这次回军途中,由于补给中断,吴军军粮匮乏,吴国的大夫申叔仪向鲁国

---

① 易人:《一首极具史学价值的〈斫竹歌〉》,《人民音乐》1999年第1期。

的好朋友公孙有山氏借粮。《左传·哀公十三年》："吴申叔仪乞粮于公孙有山氏，曰：'佩玉橐兮，余无所系之；旨酒一盛兮，余与褐之父睨之。'对曰：'粱则无矣，粗则有之。若登首山以呼曰"庚癸乎"，则诺。'"① 有人认为这是一次公开的外交行动，"吴国大夫申叔仪与鲁国大夫公孙有山是好友，吴王夫差便派他去向公孙有山商讨借粮"②。其实，这是一种误读。申叔仪向公孙有山氏是私下借粮，不是衔夫差之命为吴军借粮。如果申叔仪借粮是一次公开的外交活动，何必搞得如此神神秘秘，非要登首山呼什么"庚癸乎"？公孙有山氏答应申叔仪也只是私下情谊，不涉及国家利益。

《论语·颜渊》载子夏之言："四海之内皆兄弟也。"③ 春秋以后，诸侯国之间的人员交流频繁，因志趣相投有不少莫逆之交的佳话，比如吴公子季札与徐国国君。即便双方对垒，朋友依然是朋友。《左传·宣公十二年》："还无社与司马卯言，号申叔展。叔展曰：'与麦麹乎？'曰：'无。''有山鞠穷乎？'曰：'无。''河鱼腹疾奈何？'曰：'目于眢井而拯之。''若为茅绖，哭井则已。'明日萧溃，申叔视其井，则茅绖存焉，号而出之。"④ 公元前597年，楚庄王攻打宋国的属国萧，萧国大夫还无社与楚国大夫申叔展是好朋友，他想向申叔展求救。申叔展希望还无社藏起来，以免大军过后玉石俱焚。但话又不能明说，于是就打起了隐语，问："你有酒曲吗？"还无社回答："没有。"申叔展又问："你有山鞠穷吗？"山鞠穷是一种草药，和酒曲一样都是用来祛湿的，申叔展的意思是让还无社藏到潮湿的地方去。还无社还是没有明白，回答说："没有。"申叔展只好又问："河鱼肚子得病了怎么办？"这下还无社听明白了，说："将它放到枯井里就好了。"申叔展说："你将茅草做的绳子放在井边，我听到哭声就可以了。"第二天，在击溃萧军后，申叔展看到井边有一团草绳，知道还无社躲在里面，就把他叫了出来。当时萧、楚对垒，不能直言，故问答以隐语。申叔仪与公孙有山氏的关系，颇类萧大夫还无社与楚大夫申叔展。

当时鲁国和吴国虽然不是敌对国家，但吴王夫差嚣张跋扈，鲁国对此是敢怒不敢言，彼此各怀鬼胎，心有戒备。在黄池会盟期间，吴王夫差还随意扣押了鲁

---

① 李宗侗：《春秋左传今注今译》，新世界出版社2012年版，第1322—1323页。
② 安冠英主编：《常用熟语典故探源》，金盾出版社2013年版，第209页。
③ （宋）朱熹：《论语集注》，齐鲁书社1992年版，第118页。
④ 李宗侗：《春秋左传今注今译》，新世界出版社2012年版，第513页。

国大夫子服景伯。从个人感情上来说，公孙有山氏是不大会愿意借粮食给夫差的。兵马未动，粮草先行，粮草对军队至关重要。在古代，很多战例证明，焚烧对方粮草或断绝对方粮道是最有效的打击手段。官渡之战，曹操轻骑五千，奋不顾身，火烧袁绍乌巢粮仓，最终导致袁绍大军不战自乱。夫差军中缺粮，属于军事机密，恐怕也轻易不会派申叔仪公开借粮。

申叔仪见到公孙有山氏，并没有直接开口告乏，而是以歌的形式将自己的意思委婉地表达出来。用歌来表情达意本来就很委婉了，歌中又有隐语，则更加显示出申叔仪的难言之隐。对于申叔仪的歌中用隐，杜预注说："军中不得出粮，故为私隐。"① "庚癸"是公孙有山氏与申叔仪私下约定的暗号，其含义杜预解释为："庚，西方，主谷；癸，北方，主水。"② 洪亮吉不同意杜预的看法，他举《越绝书·计倪内经》"庚货之户曰穬比疏食，故无贾"为证，认为"庚、癸，吴、越之市语也"③。杨伯峻《春秋左传词典》解释"庚癸"一词谓："犹言下等货。"④ 其实，庚癸即癸穴庚涡的意思，明代王志坚《表异录·仙趣》谓："道家目华池水曰癸穴庚涡。"⑤ 华池水即口水，也就是说道家称口水为癸穴庚涡。庚主谷，癸主水，二者合起来就是流口水了，想吃东西了。人在饥饿状态下口易生津，故以庚癸为隐。

申叔仪与公孙有山氏是私下接触，旁边没有别人。既然是私下交谈，并无其他人在场，《左传》的作者是如何知晓申叔仪与公孙有山氏说话内容的？这样的事情在《左传》中还真不少，《宣公二年》记载的锄麑夜间行刺大臣赵盾，即属此类。锄麑到赵盾府上时天还没亮，但赵盾一心为国已经起来准备上朝了。由于时间还早，赵盾坐而假寐。锄麑见此情景，心理非常复杂，《左传》对此作了很细致的描绘，"麑退，叹而言曰：'不忘恭敬，民之主也。贼民之主，不忠；弃君之命，不信。有一于此，不如死也！'触槐而死"⑥。行刺赵盾是在夜间，刺客仅锄麑一人，锄麑在赵盾门前叹而有言，这些情况作者是从哪儿听说的？《僖公

---

① （唐）孔颖达：《春秋左传正义》，（清）阮元校刻：《十三经注疏》，中华书局1980年版，第2172页。

② （唐）孔颖达：《春秋左传正义》，（清）阮元校刻：《十三经注疏》，中华书局1980年版，第2172页。

③ （清）洪亮吉：《春秋左传诂》，中华书局1987年版，第873页。

④ 杨伯峻、徐提：《春秋左传词典》，中华书局1985年版，第392页。

⑤ （明）王志坚：《表异录》（及其他二种），商务印书馆1937年版，第56页。

⑥ 李宗侗：《春秋左传今注今译》，新世界出版社2012年版，第459页。

二十四年》记载介之推带着母亲逃亡绵山之前的一番对话，也是《左传》作者不可能耳闻目见的。不独《左传》，这类匪夷所思的记载在《国语》《史记》《战国策》等史书都曾出现过。对于史家的这种写法，很多人表示无法置信。《孔丛子·答问》记载陈涉在读《国语》的时候，对其中骊姬夜间哭泣谮毁申生一事颇为怀疑，他说："人之夫妇，夜处幽室之中，莫能知其私焉，虽黔首犹然，况国君乎？余以是知其不信，乃好事者为之词。"① 后世对这种现象的讨论颇多，批评也颇多。对此，钱锺书先生认为，历史学家在追叙真人真事的时候，经常会"遥体人情，悬想事势"，把自己置身于历史事件当中，"忖之度之，以揣以摩"，以便使自己的叙述合情合理。历史叙事虽然和小说虚构不尽相同，但在臆造人物和虚构场景方面还是有相通之处的②。从以上论述可知，申叔仪偷偷向公孙有山氏借粮，他们的对话也是《左传》作者的想象之词。

　　申叔仪是吴国大夫，根据申叔仪的身份判断，《庚癸歌》可以被称作吴歈似乎是没有疑问的了。但因为申叔仪与公孙有山氏之间的对话是《左传》作者的想象之词，《左传》的作者是在代申叔仪立言，那么这些话就未必真的是申叔仪所说。《庚癸歌》也可能是当时某地流行的一首歌谣，被《左传》的作者拿来作为申叔仪面见公孙有山氏时的说辞。换句话说，由于《左传》的代言性质，使得《庚癸歌》的吴歈地域属性受到一定冲击。但即便如此，《左传》作者大约也不会拿秦晋地区的歌谣充当申叔仪的声口。鲁国与吴国同在东方，申叔仪与公孙有山言语可通，其歌发生地或在鲁吴中间地带也未可知。因此，《庚癸歌》属于吴歈的可能性还是存在的。

　　申叔仪与公孙有山俱为大夫，《汉书·艺文志》："传曰：不歌而诵谓之赋，登高能赋可以为大夫。"③ 登高即登堂，堂是会客的地方。登高能赋指的是大夫具备赋诗言志的才能，能够在政治外交场合熟练运用《诗经》中的作品表情达意。《左传》中的赋诗一般引用《诗经》，但也有超出《诗经》之外者，这些诗被称作逸诗。《史记·孔子世家》说："古者诗三千余篇，及至孔子，去其重，取可施于礼义……三百五篇，孔子皆弦歌之。"④ 所谓逸诗，就是这些被孔子删去的诗。然

---

① （汉）孔鲋：《孔丛子》，中华书局1985年版，第144页。
② 钱锺书：《管锥编》，三联书店2007年版，第272—273页。
③ （汉）班固：《汉书》，岳麓书社1993年版，第777页。
④ （汉）司马迁：《史记》，中华书局2006年版，第329页。

而，就风格和形式来说，《庚癸歌》和今本《诗经》中的作品相去甚远，想必不是司马迁所说的三千余篇中的作品——假如孔子真的删过诗。但这是不是说申叔仪与公孙有山的对话就不是赋诗言志了呢？当然不能这么说，因为《诗经》中《国风》部分的作品本来就是从民间采集而来，只不过经过太师"比其音律"变成了现在这副模样。申叔仪不过是拿了一首未经太师整理的歌谣委婉地表达自己的意愿罢了，赋诗言志的场合虽然不是在樽俎之间，这种应答也正是春秋时期大夫之间常见的范儿。

越国在吴国之南，晋国与吴国结盟以牵制楚国，楚国就与越国结盟来牵制吴国。公元前496年，吴国与越国在槜李（今浙江嘉兴）一带大战，没想到这次吴师大败，阖闾也受伤而死。公元前494年，阖闾的儿子夫差打败了勾践，越王勾践仅以甲盾五千保于会稽，被迫向吴求和。公元前492年，按照吴国要求，勾践到吴国为臣，越国群臣到浙江边上送行，在固陵临水祖道。据《吴越春秋·勾践入臣外传》记载，大夫文种前为祝，其词曰：

> 皇天佑助，前沉后扬。祸为德根，忧为福堂。威人者灭，服从者昌。王虽牵致，其后无殃。君臣生离，感动上皇。众夫哀悲，莫不感伤。臣请荐脯，行酒二觞。①

越王勾践听了文种祝辞，举杯垂涕，默默无语。文种走上前去，复为祝辞：

> 大王德寿，无疆无极。乾坤受灵，神祇辅翼。我王厚之，祉佑在侧。德销百殃，利受其福。去彼吴庭，来归越国。觞酒既升，请称万岁。②

祖道就是祭路神，祭路神时有祝辞，这些祝辞被称作祝祖诗。《固陵祖道祝辞》记载在《吴越春秋·勾践入臣外传》，祝辞由文种完成。《国语·越语下》说，勾践"令大夫种守于国，与范蠡入宦于吴"③。也就是说，勾践入臣于吴时，范蠡随行，文种留在了越国。从《固陵祖道祝辞》的内容来看，当是居者送人之词，尤其是"君臣生离，感动上皇。众夫哀悲，莫不感伤。臣请荐脯，行酒二觞"几句，很符合居者文种的身份。然而《吴越春秋·勾践入臣外传》又说："越王勾践五年五月，将与大夫种、范蠡入臣于吴。"④按《吴越春秋》的说法，当时文种

---

① 张觉：《吴越春秋校注》，岳麓书社2006年版，第175页。
② 张觉：《吴越春秋校注》，岳麓书社2006年版，第175—176页。
③ （三国）韦昭注：《国语》，上海书店1987年版，第234页。
④ 张觉：《吴越春秋校注》，岳麓书社2006年版，第175页。

也随勾践一块儿入臣于吴了。《吴越春秋》的说法不可靠。试想，如果文种也跟随勾践入吴，怎么能说是"君臣生离"呢？即便说是据实以录，文种抽身而出，以旁观者的身份记录下这历史时刻，那么祖道时面对神灵为祝者应该具备的虔诚又在什么地方？文种也太过于理智了吧！这样理解《固陵祖道祝辞》显然有悖于"动天地，感鬼神，莫近于诗"的古训。由此我们不得不作出以下结论：《国语》的说法是对的，文种守于国，没有随勾践入臣于吴。只有这样，祖道浙江之上的祝辞才能落到文种身上。

勾践的人生当时正处于低谷，如何安慰勾践，如何让勾践重新振作起来，是文种在祖道时重点考虑的问题。勾践此时的处境虽然很艰难，但文种却说也不一定是坏事，因为现实中毕竟还有否极泰来的事情发生，所以文种在祝辞中反复说"前沉后扬""其后无殃""祸为德根，忧为福堂"。尽管这些说法毫无根据，但对于绝望中的人来说毕竟还能起到安慰的作用。祖道本应该向路神请求一路平安，但文种却对"皇天""上皇"念念有声。文种知道，只有"皇天""上皇"可以让勾践重振雄风，而路神仅能护送勾践到吴国。因此《固陵祖道祝辞》的重心是"皇天""上皇"，是"皇天""上皇"的福佑。"君臣生离，感动上皇"，文种祈祷"皇天""上皇"能看到他们君臣离别的场景，能被这种场景感动。"皇天""上皇"感动不感动我们不知道，听了文种的祝辞，勾践数次仰天而叹，垂泪，悲哀笼罩着整个送别的队伍。文种的再次祝辞不再讲什么道理，而是说勾践一定能受到天地神祇的福佑，顺利从吴国归来。"威人者灭，服从者昌"，语气决断，丝毫不容商量和怀疑，仿佛不是祈祷，而是在命令，包含了强烈的诅咒意味，带有原始的咒语色彩。祝祖诗严格来说属于实用文体，文学性不是其关注的重点。但也正是祝祖时存在着功利目的，功利性越强，其虔敬之心就越强。虔敬本身就具有文学动人的力量。要说《固陵祖道祝辞》的文学性何在，文种祝祖时的复杂心态就是它的文学性。

祝祖诗由祝祖辞演化而来，祝祖辞是祈祷路神保佑一路平安的。文种的祝辞严格来说不是说给路神听的，而是说给勾践听的，目的是为了鼓起勾践的勇气，为了让勾践对未来充满信心。就内容上来讲，《固陵祖道祝辞》已经偏离了祝祖辞的主题。祝祖辞是送别的产物，祝祖辞后来演变为祝祖诗，进而演变为送别诗。当然送别时也会赠之以言，《送东阳马生序》就属此类。溯其渊源，临别赠言也与祝祖辞有某种关系。无论是送别诗还是临别赠文，路神在其中已不再扮演重要角色，这一点在《固陵祖道祝辞》中已露端倪。但也不是说《固陵祖道祝辞》完全摆脱了祝祖辞的束缚，和后世的送别诗、临别赠文完全没有区别，《固陵祖道祝辞》还保留着原始的诅咒气息。

与勾践一同入吴为臣的还有勾践的夫人，据《吴越春秋·勾践入臣外传》记载，"越王夫人乃据船而哭，顾见乌鹊啄江渚之虾，飞去复来，因哭而歌之，曰：'仰飞鸟兮乌鸢，凌玄虚号翩翩。集洲渚兮优恣，啄虾矫翮兮云间。任厥兮往还。妾无罪兮负地，有何辜兮谴天？飘飘独兮西往，孰知返兮何年？心惙惙兮若割，泪泫泫兮双悬。'又哀吟曰：'彼飞鸟兮鸢乌，已廻翔兮翕苏。心在专兮素虾，何居食兮江湖？徊复翔兮游飓，去复返兮于乎！始事君兮去家，终我命兮君都。终来遇兮何幸，离我国兮入吴。妻衣褐兮为婢，夫去冕兮为奴。岁遥遥兮难极，冤悲痛兮心恻。肠千结兮服膺，于乎哀兮忘食。原我身兮入鸟，身翱翔兮矫翼。去我国兮心摇，情愤惋兮谁识。'越王闻夫人怨歌，心中内恸。"[1] 在去吴国的途中，勾践夫人坐在船上，看见乌鹊在江上自由飞翔，俯啄江渚鱼虾，悲从中来，边哭边唱。前四句即目直寻：飞鸟乌鸢上可高飞玄虚，下可俯啄鱼虾，无拘无束，任意往还。由飞鸟联想到自己，不知为什么会遭到老天的厌弃，不知什么时候才能恢复自由之身。念及以后，心如刀割，泪如雨下。唱罢意犹未尽，又哀吟一首，结构与唱辞仿佛，前六句描写飞鸟乌鸢的自由来往，后面写自己失去自由后的痛苦。哀吟部分希望自己化身为鸟，展翅飞翔天地间。值得注意的是，哀吟部分出现了对丈夫的抱怨情绪，"始事君兮去家，终我命兮君都。终来遇兮何幸，离我国兮入吴"。自古英雄爱美人，在英雄创造丰功伟业时，美人也要被迫承担常人难以想象的历史重任。因为是被迫承担，其中未免有悲壮乃至悲怨色彩。《勾践夫人歌》反复诘问自己何罪之有，暗含了对丈夫的埋怨，对自由生活的憧憬，对逃出囹圄的强烈愿望。就此而言，这首诗歌表达的情感非常真实。

勾践在吴国生活了三年，夫妻两人都穿着粗布衣，为吴王养马、担水、除粪、洒扫，态度恭顺，"不愠怒，面无恨色"[2]。勾践通过自毁自诬，卑辞厚礼，最终获赦以归。回国后，勾践卧薪尝胆，图谋报复。勾践采纳了文种的"九术"建议，"九术"之法包括：一、尊天事鬼以求福佑；二、通过进献财物使吴国君臣

---

① 张觉：《吴越春秋校注》，岳麓书社 2006 年版，第 187 页。
② 张觉：《吴越春秋校注》，岳麓书社 2006 年版，第 190 页。

放松警惕；三、高价买入吴国粮食，不知不觉中使吴国粮食短缺；四、多向吴国进献美女以惑乱吴王；五、多向吴国输送能工巧匠和优质的建筑材料，让吴国在建造宫室方面浪费财力；六、派一些阿谀逢迎之徒侍奉吴王；七、激怒吴国一些谏臣，使之强谏，借刀杀人，除掉吴王得力六臣；八、越国暗中积累财富，积极备战；九、找准机会报仇雪耻。① 在文种"九术"指导下，越国为吴王夫差送去了美女西施，吴王夫差为西施建造了馆娃宫。奸臣伯嚭越来越得势，刚烈的伍子胥最后伏剑自杀。越王勾践则励精图治，君臣一心，积极准备卷土重来。为了取悦夫差，勾践让人到山中采葛，作黄丝之布，以满足夫差喜欢华丽服装的嗜好。越王勾践如此处心积虑，其内心之苦连采葛的妇人都能感觉得到。

《苦之诗》见于《吴越春秋·勾践归国外传》，是采葛之妇伤勾践用心良苦所作，"葛不连蔓菜台台，我君心苦命更之。尝胆不苦甘如饴，令我采葛以作丝。饥不遑食四体疲，女工织兮不敢迟。弱于罗兮轻霏霏，号绨素兮将献之。越王悦兮忘罪除，吴王欢兮飞尺书。增封益地赐羽奇，机杖茵褥诸侯仪。群臣拜舞天颜舒，我王何忧能不移？"② 诗的第一句就说"我君心苦"，但君王能吃苦，"尝胆不苦甘如饴"。下面讲君王令我采葛作丝，大家虽然疲惫也不敢懈怠，织出的绨素比绫罗还轻，吴王接到贡献非常高兴，不但免除了勾践的罪过，还对勾践赏赐封地。勾践达到了自己目的，群臣弹冠相庆，"群臣拜舞天颜舒，我王何忧能不移？"最后这一句仿佛让我们能感受到采葛之妇如释重负的欣喜。这首歌句式整齐，层次清晰，感情饱满，在对勾践表示同情和谅解的同时，也渲染了采葛之妇的苦难和辛酸。

作为文种"九术"建议的重要内容，越国要向吴国贡献大量财物，这些财物都是民脂民膏，沉重的负担最后还是转嫁到了普通劳动者身上。据《吴越春秋·勾践阴谋外传》记载，为了满足吴王夫差穷奢极欲的要求，越王勾践派三千多伐木工人找了整整一年，才找到了"善材"，"一夜，天生神木一双，大二十围，长五十寻，阳为文梓，阴为楩楠"，经过巧妙加工，"状类龙蛇，文采生光"，献于吴王夫差，吴王夫差"遂受而起姑苏之台"。当然，吴国也因此国力耗竭，"民疲士苦，人不聊生"，埋下了亡国的祸根。在为吴王夫差寻找良木的过程中，"作

---

① 张觉：《吴越春秋校注》，岳麓书社 2006 年版，第 229 页。
② 张觉：《吴越春秋校注》，岳麓书社 2006 年版，第 215 页。

士思归，皆有怨望之心，而歌木客之吟"①。《吴越春秋·勾践阴谋外传》记载的《木客吟》可以视作《苦之诗》的姊妹篇。《木客吟》的具体内容没有流传下来，想必和《苦之诗》一样充满了哀怨的情感。《越绝书·越绝外传记越地传》："木客大冢者，勾践父允常冢也。初徙琅琊，使楼船卒二千八百人伐松柏以为桴，故曰木客。去县十五里。一曰勾践伐善材，文刻献于吴，故曰木客。"② 按照《越绝书》的说法，木客是地名，是勾践父亲允常的墓地。另一种说法是，木客就是伐木工人，也就是《木客吟》的作者们。

勾践表面上服从吴国，处处讨吴王欢心，实际上无日不思报仇雪耻。他一方面想尽办法满足吴王夫差的欲望，暗中却收购吴国粮食，使吴国粮库空虚。他使人散布流言，离间吴国君臣关系。又献上美人西施，消磨夫差意志，并最终让他杀害了忠臣伍子胥。在越国，勾践与百姓一块儿耕田播种，穿粗布衣，吃劣等食物。勾践夫人也带领妇女养蚕织布，发展生产。越王勾践还出台一系列政策，鼓励生育，增加人口。经过几年的励精图治，越国的国力大幅度提升，军队的战斗力增强了，越国变得国富兵强，具备了伐吴复仇的条件。公元前482年，夫差率领精兵与中原诸侯黄池会盟，勾践趁吴国内空虚，攻打吴国，杀了吴国太子，迫使吴王夫差匆忙回兵救援，并不得不与越国讲和。

黄池之会后四年（公元前478），越国再次攻打吴国。出征之前，越王勾践与国中不行者诀别，告诉他们做好自己的事情，"安土守职"，自己要去报仇雪恨去了。国人纷纷到郊外送别自己的子弟，"国人悲哀，皆作离别相去之词。曰：跞躁摧长恧兮擢戟驭兵，所离不降兮以泄我王气苏。三军一飞降兮所向皆殂，一士判死兮而当百夫。道佑有德兮吴卒自屠，雪我王宿耻兮威震八都。军伍难更兮势如貙貚，行行各努力兮于乎于乎！"③。对这首歌人们的称呼不一。《风雅逸篇》卷二、《古诗纪》前集卷二、《先秦汉魏晋南北朝诗·先秦诗》都作《离别相去辞》，取《吴越春秋》中"国人悲哀，皆作离别相去之词"之意。《古谣谚》卷二十三作《军士离别词》，清陶元藻辑《全浙诗话》卷一作《国人送从军诗》。《离别相去辞》与现在的《十送红军》不同，《十送红军》重点在送上，感情压抑缠绵。而这首歌则是将士远赴疆场，意在复仇雪耻，所以充满了慷慨激越之情。越王勾

---

① 张觉：《吴越春秋校注》，岳麓书社2006年版，第230—231页。
② （汉）袁康：《越绝书》，中华书局1985年版，第43页。
③ 张觉：《吴越春秋校注》，岳麓书社2006年版，第264页。

践出兵伐吴的场景，在《国语·越语》有详细描写："国人皆劝，父勉其子，兄勉其弟，妇勉其夫，曰：'孰是吾君也，而可无死乎？'"① 居人与行人互相勉励，反映了越王勾践十年生聚、十年教训取得的惊人效果。因此，《离别相去辞》不单单是送者歌，而是送者、行者同仇敌忾，齐声高唱，充满了视死如归的高昂激情。

勾践灭吴之后，带兵北渡江、淮，与齐、晋诸侯会于徐州，向周天子进贡。周元王使人赐勾践胙肉，承认勾践霸主地位。为了显示自己是仁义之师，越王勾践将淮上之地给了楚国，把吴国占领的宋国土地还给了宋国，将泗水以东方圆百里的地方给了鲁国。此时的越国达到了最强盛的时期，越国的军队在江淮之上任意纵横，中原的诸侯国纷纷向越国致敬，越王勾践也跻身于春秋五霸之列了。从中原得意归来后，勾践入住姑苏，在文台大摆酒宴，与群臣庆贺作乐。席间勾践让乐师作伐吴之曲，"遂作《章畅》，辞曰：'屯乎！今欲伐吴可未耶？……'大夫种、蠡曰：'吴杀忠臣伍子胥，今不伐吴人何须？'"有人认为，"这几句歌辞不畅，疑有讹缺"②。也有人认为，"吴杀忠臣伍子胥，今不伐吴人何须"这两句是文种、范蠡插科打诨的调笑之语，他们不等乐师唱下去就接着唱了这两句③。灭掉吴国后，勾践一直不想再回越国，遭到范蠡的劝阻。此时范蠡、勾践故意调笑，或许是为了表达某种不满。《章畅》的歌辞被范蠡打断，断篇残章，自然谈不上有什么文学性。但就《章畅》的创作场景来看，乐师称颂勾践，范蠡、勾践却故意调笑，从中可见君臣之间裂隙已现。接下来文种进祝酒词："皇天佑助，我王受福。良臣集谋，我王之德。宗庙辅政，鬼神承翼。君不忘臣，臣尽其力。上天苍苍，不可掩塞。觞酒二升，万福无极。"对于文种的祝酒词，越王默然不应，或许内心还在生范蠡、文种的气。文种又祝曰："我王贤仁，怀道抱德。灭仇破吴，不忘返国。赏无所吝，群邪杜塞。君臣同和，福佑千亿。觞酒二升，万岁难极。"④ 在祝酒词中，文种再次提到返国。相比于范蠡的识相，文种则表现得不知进退，他明明知道越王勾践不愿再回到会稽，偏偏在接下来的祝酒词中再次提到"灭仇破吴，不忘返国"。范蠡劝勾践返国，代表了群臣共同意愿。范蠡劝

① （三国）韦昭注：《国语》，上海书店 1987 年版，第 231 页。

② 薛耀天：《吴越春秋译注》，天津古籍出版社 1992 年版，第 419 页。

③ 张觉：《吴越春秋校注》，岳麓书社 2006 年版，第 276 页。

④ 张觉：《吴越春秋校注》，岳麓书社 2006 年版，第 276 页。

谏已引起勾践不满，文种拾人牙慧，这无疑让勾践更加不快。当然，文种也不是没有觉察勾践的不满，所以除了再次提醒勾践不要忘了回到越国，在祝酒词中文种说得最多的还是"我王贤仁"，尤其是反复强调"良臣集谋，我王之德""君不忘臣，臣尽其力""君臣同和，福佑千亿"。对"君不忘臣""君臣同和"的反复强调，表现了文种内心的不安与忐忑。然而，对于文种的这种表态，越王勾践听了面无喜色，与台上群臣欢笑形成了鲜明对比。

对于君臣之间出现的裂痕，范蠡是了然于心。他见勾践终不可谏，于是决定弃勾践泛湖而去。范蠡去了齐国，在齐国曾写信给文种，其中说到越王勾践"长颈鸟啄，鹰视狼步。可与共患难，而不可共处乐"①。但文种没有听从范蠡的建议，最后被迫自杀。勾践杀了忠臣文种，将国都迁到了琅琊（今山东诸城一带）。勾践迁都的目的很明确，他要称霸关（函谷关）东，号令天下。如果偏居会稽，如何实现自己的野心呢？看样子，范蠡、文种劝勾践返回越国，还是不懂勾践的心思。

迁都琅琊后，秦桓公想挑战勾践的权威，勾践派吴越将士攻打秦国，秦军恐惧，俯首听命。勾践得胜还军，军人悦乐，作《河梁》之诗："渡河梁兮渡河梁，举兵所伐攻秦王。孟冬十月多雪霜，隆寒道路诚难当。阵兵未济秦师降，诸侯怖惧皆恐惶。声传海内威远邦，称霸穆桓齐楚庄，天下安宁寿考长。悲去归兮何无梁。"② 这次征讨秦国很艰难，越国军队冒着严寒，长途跋涉，克服了种种困难，最后得胜回国。这是一首七言诗，"孟冬十月多雪霜，隆寒道路诚难当"，写出了征战之苦。"阵兵未济秦师降，诸侯怖惧皆恐惶"，写出了越军的威猛难挡。还军虽然是高兴的事情，但由于越王勾践的穷兵黩武，士兵们还是难掩悲伤，最后一句是"悲去归兮何无梁"，反映了士兵的厌战情绪。

目前所见吴歈越吟主要保存在《吴越春秋》和《越绝书》中，这两本史书演义成分浓厚，对于其中著录的吴歈越吟的真实性后人多有怀疑。这些歌谣是不是当时历史环境下的产物，这一点当然无法确定。范蠡、文种是楚国人，他们的作品属不属于吴歈越吟也很成问题。不过，既然范蠡、文种在越国长期为官，其生活习性大约也早吴越化了吧。说他们的作品为吴歈越吟，大致也没什么问题。以

---

① （汉）司马迁：《史记》，中华书局 2006 年版，第 274 页。
② 张觉：《吴越春秋校注》，岳麓书社 2006 年版，第 288 页。

上这些作品即便不一定是当时历史环境下的产物，既然被记录在《吴越春秋》和《越绝书》中，至少《吴越春秋》和《越绝书》的作者是把它们视作吴歈越吟的。

"吴歈越吟"在先秦时期已经名扬四海，为人熟知了。后世的吴歈越吟更加摇曳多姿，让人沉醉。西晋的陆机在其《吴趋行》中说："听我歌吴趋，吴趋自有始。"唐代李白《白纻辞》其一也说："郢中白雪且莫吟，子夜吴歌动君心。"元代张翥的《鹧鸪天》中也有"一曲吴歌酒半酣，声声字字是江南。"吴歌是中国文学中的一枝奇葩，很早就引起了人们的重视。《汉书·艺文志》著录《吴楚汝南歌诗》十五篇，是汉代人对吴歌的一次收集和整理。其后的《隋书·经籍志》著录了《吴声歌辞曲》一卷，郭茂倩《乐府诗集》在《清商曲辞》中则收录了《吴声歌曲》，明代冯梦龙搜集吴歌辑录成《山歌》一书。五四运动前后，在北京大学形成了研究吴歌的中心，他们创办的《歌谣》周刊刊出了《吴歌甲集》《吴歌乙集》《吴歌小史》等。

第五章　荆楚文学的成就与影响

第一节　刘邦好楚声与汉初楚文化的地位

刘邦"乐楚声"，不完全因为楚声优美，更多的是出于政治上的考量。推翻秦朝的主力来自楚地的楚人，对楚人及楚文化的敬仰乃民心所向。汉初抬高楚文化的地位，有利于争取民心，树立汉朝政权的合法性和权威性。

一、刘邦何以乐楚声

以前我们有个误解，以为刘邦是楚国人。《史记·高祖本纪》说："高祖，沛丰邑中阳里人，姓刘氏，字季。"[①]"沛丰邑"这个说法出现在秦灭六国之后。秦灭六国之前，沛属于楚国，丰属于魏国。刘邦出生于公元前256年，年龄比秦始皇小3岁。公元前225年，秦国灭掉了魏国，当时的刘邦已经31岁了。又过了4年，秦国才统一了天下。刘邦活了61岁，刘邦一生中有一半时间是魏国人。《汉书·高帝纪》说刘邦是尧的后裔，他的祖上在舜的时候为陶唐氏，夏朝时候为御龙氏，商朝时候为豕韦氏。西周时候，刘邦的祖上生活在晋国，现在的山西境内，为唐杜氏。唐杜氏的一支为范氏，在晋国为六卿之一，长期左右着晋国的政局。晋定公的时候，范氏退出政治舞台，一支流落到秦国。流落在秦国的这一支在战国时又回到了晋国，当时三家已分晋，这一支回到的晋国实际上就是魏国。直到战国末世，刘邦的祖上才迁到了丰邑。丰与沛为邻，秦灭魏之后，刘邦尝为吏，到沛地做了泗水亭长。刘邦在沛地工作生活多年，对沛地极有感情。公元前195年刘邦还乡，回的是沛，没有回丰。他在和沛地父老纵酒后曾深情地说："游

[①]　（汉）司马迁：《史记》，中华书局2006年版，第71页。

子悲故乡。吾虽都关中，万岁后吾魂魄犹乐思沛。"①沛地在秦灭六国前属楚。说刘邦为楚人，虽然不确切，但也有一定道理。

在以楚人为主体的反秦浪潮中，刘邦自己也以楚人自居。刘邦做沛公后，带领丰沛子弟四处征讨，派雍齿据守丰邑这个根据地。然而雍齿在刘邦返回丰邑时却背叛了刘邦，不接纳刘邦入城，刘邦只好向项梁求救。项梁借给刘邦五千军队攻打丰邑。秦朝灭亡后，项羽将义帝迁到长沙郴县，并在道中劫杀了义帝。刘邦听闻义帝被杀，如丧考妣，大哭不止。他下令军中为义帝发丧，连续三天，亲往祭奠。接着刘邦移檄诸侯，历数项羽罪恶，号召天下为义帝报仇。刘邦对义帝被杀一事的表现和表态，自然是出于当时政治军事斗争的需要，但也并非无感情色彩，因为他一生活动的区域主要是在楚地。

《汉书·礼乐志》："高祖乐楚声，故《房中乐》楚声也。"②刘邦对楚声相当喜欢，汉代的《房中乐》大多配以楚声。《房中乐》为宴飨时所用音乐，周时称作《房中乐》，秦国人称作《寿人》，孝惠二年乐府令夏侯宽"备其箫管，更名曰《安世乐》"③。《房中乐》用在宴飨之时，目的是娱乐，所用音乐应该轻松愉快，不能过于严肃拘谨。汉代《安世房中乐》十七章，其中有刘邦唐山夫人的作品，《汉书·礼乐志》说："又有《房中祠乐》，高祖唐山夫人所作也"④。唐山夫人望风承旨，知刘邦乐楚声，故《房中祠乐》为楚声。

刘邦的另外一个宠姬戚夫人对楚声也很有造诣。戚夫人是定陶（今山东定陶）人，生子刘如意。刘邦曾有废太子刘盈另立刘如意的打算。吕后找到张良想办法，张良让太子刘盈请来了商山四皓。商山四皓是四个有名的长者，为躲避战乱躲到了商山。刘邦曾多次派人请他们出山，都遭到拒绝，原因是听说刘邦不能善待儒者。太子以厚礼卑辞请来了商山四皓，令刘邦大吃一惊，认为现在的太子今非昔比，羽翼已成，于是对戚夫人说："彼四人辅之，羽翼已成，难动矣。"戚夫人大哭，刘邦也感到很悲伤，他对戚夫人说："为我楚舞，吾为若楚歌。"⑤刘邦的《鸿鹄歌》是首四言诗，"鸿鹄高飞，一举千里。羽翮已就，横绝四海。横

---

① （汉）司马迁：《史记》，中华书局 2006 年版，第 82 页。
② （汉）班固：《汉书》，岳麓书社 1993 年版，第 483 页。
③ （汉）班固：《汉书》，岳麓书社 1993 年版，第 483 页。
④ （汉）班固：《汉书》，岳麓书社 1993 年版，第 483 页。
⑤ （汉）司马迁：《史记》，中华书局 2006 年版，第 363 页。

绝四海，当可奈何。虽有缯缴，尚安所施!"以隐喻的手法，表明自己对换太子一事已无能为力了。

二、楚声中的东楚、西楚和南楚

楚声自然是非常好听的，有人在郢都唱《下里》《巴人》，竟然有数千人附和，这是宋玉《对楚王问》中描写的楚地音乐演奏的盛况。楚地的音乐不仅风格多种多样，唱腔难度也有高下之分。比如《阳阿》《薤露》，演唱难度增加，能附和着唱的人数就减少到数百人。《阳春》《白雪》的演唱难度更高，只有数十人能附和着唱。至于更为复杂的乐曲，因为涉及"引商刻羽，杂以流徵"等演唱技巧，能跟着唱的人就更加寥寥无几了①。曲弥高，和弥寡，倒不是这类曲子不好听，不受大众欢迎，而是引商刻羽、杂以流徵等音乐技巧难度太大，一般人难以掌握，欲和而和不来。就像现在的一些高音，不是每个人都能唱上去的。《下里》《巴人》则因为歌唱技巧容易掌握，易于上口，所以唱和的人也就很多。由宋玉《对楚王问》可知，当时楚声的普及很广，其繁荣程度不亚于现在的广场舞。数千人"属而和"，场面一定非常震撼，让我们感受到了楚声的魅力以及楚人对楚声的热情。

《汉书·艺文志》:"自孝武立乐府而采歌谣，于是有代赵之讴，秦楚之风，皆感于哀乐，缘事而发，亦可以观风俗，知厚薄云。"②代赵之讴，秦楚之风，这是当时最具影响力的地方音乐。楚声厕身其间，不能不说其影响范围广，影响深。楚国疆域很大，楚声影响的地域自然很广，但戚夫人、唐山夫人所谓的楚声、楚舞是不是荆楚歌舞呢?我们知道，汉代人的楚声、楚舞概念很宽泛，其含义与南风、南音差不多。鲁襄公十八年，楚国与晋国交战，师旷说:"不害，吾骤歌北风，又歌南风，南风不竞，多死声，楚必不功。"③楚人攻打晋师，师旷谓"南风不竞，多死声"，其中"南风"自然可谓荆楚之风，但也未尝不是对整个南方地域音乐风格的总体印象。《说苑·修文篇》:"昔舜造南风之声，其兴也勃焉，至今王公述而不释;纣为北鄙之声，其废也忽焉，至今王公以为笑。"④据此

---

① 吴广平辑注:《宋玉集》，岳麓书社 2001 年版，第 88—89 页。

② (汉)班固:《汉书》，岳麓书社 1993 年版，第 777 页。

③ 李宗侗:《春秋左传今注今译》，新世界出版社 2012 年版，第 769—770 页。

④ 赵善诒:《说苑疏证》，华东师范大学出版社 1985 年版，第 594 页。

可知，南风是与"北鄙之声"相对的南方音乐。《左传·成公九年》记楚人钟仪被俘虏至晋国，南冠而絷，琴操南音。南音、南风，既可理解为特指，也可理解为泛指。特指分别为荆楚、陈地音乐，泛指则是与"北鄙之声"相对的南方音乐，不但包括荆楚、陈地，也包括吴越音乐。刘邦生长于丰沛地区，丰沛地区属于楚国边疆。戚夫人是定陶人，更加远离荆楚核心地区。戚夫人以才艺事人，自然有可能精通荆楚乐舞。《大招》："代秦郑卫，鸣竽张只。伏羲《驾辩》，楚《劳商》只。讴和《扬阿》，赵箫倡只。"① 在当时的楚国不但活跃着秦国、郑国、卫国的艺人，连赵人都能吹箫于楚宫。按照这样去推理，似乎荆楚民歌流播于定陶也不是没有可能。但现在还没有证据证明刘邦喜欢的楚声就是荆楚民歌。也没有证据显示唐山夫人的楚声、戚夫人的楚舞与荆楚音乐有直接的联系。《史记》《汉书》围绕刘邦、唐山夫人、戚夫人记载的楚声、楚舞、楚歌，其音乐很有可能来自东楚和西楚，而与南楚没太多关系。

与楚声相伴而生的是楚舞，楚舞是楚地音乐的一部分。《招魂》："《涉江》《采菱》，发《扬荷》些。"②《扬荷》即《阳阿》，楚国的舞曲。《淮南子·俶真训》："足蹀《阳阿》之舞。"③《后汉书·祢衡传》："《激楚》《阳阿》，至妙之容。"④ 曹植《箜篌引》："《阳阿》奏奇舞，京洛出名讴。"⑤ 傅毅《舞赋》："《激楚》《结风》《阳阿》之舞，材人之穷观，天下之至妙。"⑥《舞赋》借用宋玉赋高唐之事敷衍成篇，作者以宋玉的口气，对《激楚》《结风》《阳阿》之舞进行了具体描绘，表达了极尽赞美之情。根据《舞赋》的描述，《阳阿》舞开始的时候"若俯若仰，若来若往"，就像神仙在天上自由飞翔，又好像一个人踽踽而行。忽然纵身，摇摇欲坠。又左顾右盼，长袖交横。踩着鼓点，轻歌曼舞，像乳燕归巢，又若惊鸿夜飞。思及高山，舞姿挺拔巍峨；念及流水，舞姿则如水波摇曳。楚舞的优美，在《大招》中也有精细的描写："小腰秀颈，若鲜卑只。"又说："长袂拂面，善留客只。……丰肉微骨，体便娟只。"⑦ 据《韩非子·二柄》记载："楚灵王好细腰，而国中多饿

---

① （汉）王逸注，（宋）洪兴祖补注：《楚辞章句补注》，吉林人民出版社1999年版，第218页。
② （汉）王逸注，（宋）洪兴祖补注：《楚辞章句补注》，吉林人民出版社1999年版，第206页。
③ （汉）高诱：《淮南子注》，上海书店1986年版，第31页。
④ （南朝）范晔：《后汉书》，中州古籍出版社1996年版，第764页。
⑤ 傅亚庶注译：《三曹诗文全集译注》，吉林文史出版社1997年版，第680页。
⑥ （南朝）萧统编，（唐）李善注：《文选》，中华书局1977年版，第476页。
⑦ （汉）王逸注，（宋）洪兴祖补注：《楚辞章句补注》，吉林人民出版社1999年版，第219—220页。

人。"① 长袖细腰，应该是在楚地相当流行的审美时尚。戚夫人"善为翘袖折腰之舞"②，刘邦唱《鸿鹄歌》，让戚夫人楚舞，大约就是这种翘袖折腰之舞。

摧毁暴秦的力量主要来自楚地，项羽的巨鹿之战沉重打击了秦军的势力，迫使章邯不得不投降。对于项羽的功绩，汉朝统治者包括刘邦并不讳言。项羽的祖父项燕，在与秦军作战中被杀。项氏是军人世家，世世代代做楚国的将军。在反抗暴秦的秦末战争中，项梁之所以能够一呼百应，与项氏在楚国的威望密不可分。项羽被杀后，各地皆降汉，只有鲁地坚决不降。直到持项王头让鲁人看，这其间恐怕还要晓之以理，鲁人才降。亦可见项羽的政治影响力。楚人在推翻暴秦的战争中发挥了极为重要的作用，对楚人及楚文化的敬仰乃民心所向。即使是从政治角度进行考量，汉朝统治者也不得不抬高楚文化的地位，以此争取民心，树立汉朝政权的合法性和权威性。刘邦"乐楚声"，恐怕不完全因为楚声优美。鲁迅在《汉文学史纲要》的《汉宫之楚声》中这样说："故在文章，则楚汉之际，诗教已熄，民间多乐楚声。刘邦以一亭长登帝位，其风遂亦被宫掖。"③ 刘邦对楚声的好尚，极大地提高了楚文化在汉初的地位。

第二节　楚汉文学中的"兮"字

楚辞也好，楚歌也好，给人印象最深的是"兮"字入句。碰到带"兮"字的作品，我们就会认为是楚辞，或者说这楚歌。屈原的作品也有不以"兮"字入句的，比如说《天问》，但没有一个人说《天问》不是楚辞的，因为《天问》明明收录在《楚辞》这本书中。楚歌中也有不以"兮"字入句的，比如刘邦的《鸿鹄歌》："鸿鹄高飞，一举千里。羽翮已就，横绝四海。横绝四海，当可奈何。虽有缯缴，尚安所施！"刘邦亲口说《鸿鹄歌》是楚歌，却没有以"兮"字入句。有些事情经不起琢磨，一琢磨原来是很成问题的。

---

①　（清）王先慎：《韩非子集解》，中华书局 2013 年版，第 13 页。
②　（晋）葛洪：《西京杂记》，中华书局 1985 年版，第 2 页。
③　鲁迅：《汉文学史纲要》，《鲁迅全集》第 9 卷，人民文学出版社 2005 年版，第 398—399 页。

一、"兮"字入句不是判断楚辞、楚歌的标准

楚汉文学中有两种重要的诗歌形式，这就是楚辞与楚歌。楚辞的代表作家是屈原，其作品被收集在《楚辞》这本书中。《楚辞》是继《诗经》之后出现的又一部诗歌总集，收集的作品不仅有屈原的作品，还有宋玉和汉代人的一些拟骚之作。《楚辞》中的作品，除了屈原自己的《天问》《卜居》和《渔父》，给人印象最为深刻的是各篇以兮字入句的句法特点。

褚斌杰《中国古代文体概论》将屈原的作品分为两类，一类是接近《诗经》体制的作品，一类是《离骚》《九章》《九歌》那样的作品。褚斌杰先生说，第二类是典型的楚辞体，第一类作品虽然也称作楚辞，但不是典型的楚辞体①。《天问》和《离骚》《九歌》一样，在汉代也被称为楚辞，这个观点至今没有人提出过异议。北宋晁补之有《续楚辞》二十卷，晁补之编辑的《续楚辞》主要是以"兮"字入句的作品，尽管也有少量作品是不用"兮"的，如荀子《成相》《佹诗》等。褚斌杰先生说屈原的《离骚》《九歌》《九章》无论在篇章结构、语言、风格上，全面地表现了楚辞作为一种新兴诗体的特点。其实，在褚先生的思想深处，也可以说在我们很多人的思想深处，不过是看到《离骚》《九歌》《九章》这些作品是"兮"字入句罢了，所谓结构、语言、风格倒在其次。所以我们看到褚先生又说："至于语助词'兮'字在诗中大量而广泛地运用，更是'楚辞'体作品很显著的一个特征。"② 楚辞的特征是后人归纳总结出来的，"兮"字入句因为特别显眼，引人注目，所以被当作了判断楚辞体的标准。但这是后人的观念，后人的楚辞观念与汉代人的楚辞观念有所不同。

郭沫若先生曾云："屈原的'骚体'有来源吗？研究起来，是由民间歌谣发展成功的。"③ 肇自屈原的骚体文学源自民间歌谣，这是后世普遍的一种认识。王国维《人间词话》："《沧浪》《凤兮》二歌，已开楚辞体格。"④《凤兮歌》见于《论语·微子》："凤兮凤兮，何德之衰？往者不可谏，来者犹可追。已而已而，今之

---

① 褚斌杰：《中国古代文体概论》，北京大学出版社 1990 年版，第 58—59 页。

② 褚斌杰：《中国古代文体概论》，北京大学出版社 1990 年版，第 62 页。

③ 郭沫若：《屈原的艺术与思想》，《郭沫若全集·文学编》第 19 卷，人民文学出版社 1992 年版，第 119 页。

④ 滕咸惠校注：《人间词话新注》，齐鲁书社 1981 年版，第 96 页。

从政者殆而！"①孔子周游列国，在楚国听楚狂人接舆唱了这首《凤兮歌》。《沧浪歌》又称《孺子歌》，也是孔子周游列国时在楚国听到的，《孟子·离娄上》："沧浪之水清兮，可以濯我缨；沧浪之水浊兮，可以濯我足。"②《沧浪歌》在楚地流传了很长的时间，屈原《渔父》中的渔父还在唱这首歌③。屈原作品尤其是他的《九歌》创作受楚地音乐的影响，这也是前人的一个共识。王逸在《九歌叙》中介绍说，楚国的南郢一带，沅湘地区，也就是本书所称的南楚，巫风盛行，迷信鬼神，经常祭祀，祭祀的时候多用歌乐鼓舞娱乐众神。屈原流放沅湘期间，耳闻目睹娱乐众神的歌乐鼓舞，觉得这些音乐的歌辞过于粗鄙，于是对它们进行了加工改造，这就是我们现在看到的《九歌》④。洪兴祖《楚辞补注》引《隋志》说："荆州尤重淫祀，屈原制《九歌》，盖由此也。"⑤和王逸、洪兴祖着眼于音乐不同，王国维之所以说《沧浪》《凤兮》二歌实开楚辞体格，主要是看到二歌在"兮"字的运用上，与屈原的某些作品非常接近。这种看法也不是自王国维的创造，元人祝尧《古赋辨体》即云："风雅既变，而《楚狂凤兮》《沧浪孺子》之歌，莫不发乎情，止乎礼义，犹有诗人之六义，但稍变诗之本体，以'兮'字为读，遂为楚声之萌蘖也。原最后出，本诗之六义以为骚，但世号楚辞，不正名曰赋。"⑥当代很多学者也持这种观点，如聂石樵说："楚辞之作，实本于楚地风谣，而由屈原扩为长篇巨制。"⑦金开诚认为："楚辞的形式起源于民歌，所以语气词的运用是重要的。……'兮'字在句中位置的变化，也正显示了楚辞由乐歌形式到吟诵形式的发展演变。"⑧《离骚》《九歌》《九章》作为屈原的代表作，"兮"字入句是它们留给后世读者最深的印象，以至于"兮"字几乎成了判断楚辞体的唯一标准。

单从流传至今的楚歌形式上看，说楚辞起源于楚歌是比较武断和牵强的。以《沧浪》《凤兮》二歌为例，其实《凤兮》只不过首句为"凤兮凤兮"而已，整首歌辞与典型的楚辞体相去甚远。在一般人的印象中，"兮"字似乎主要运用于南

① （宋）朱熹：《论语集注》，齐鲁书社1992年版，第185页。
② （宋）朱熹：《孟子集注》，齐鲁书社1992年版，第98页。
③ （汉）王逸注，（宋）洪兴祖补注：《楚辞章句补注》，吉林人民出版社1999年版，第176—177页。
④ （汉）王逸注，（宋）洪兴祖补注：《楚辞章句补注》，吉林人民出版社1999年版，第54页。
⑤ （汉）王逸注，（宋）洪兴祖补注：《楚辞章句补注》，吉林人民出版社1999年版，第54页。
⑥ （明）吴讷：《文章辨体序说》，人民文学出版社1962年版，第23页。
⑦ 聂石樵：《先秦两汉文学史稿·先秦卷》，北京师范大学出版社1994年版，第450页。
⑧ 金开诚、董洪利、高路明：《屈原集校注》，中华书局1996年版，第3页。

方的民歌中，实际情况并非这样，很多产生于北方的歌辞中也经常以"兮"字入句。比如《韩诗外传》卷二就记载，夏桀和群臣饮酒，为酒池糟隄，听靡靡之音，三千多人一起牛饮，其中有歌曰："江水沛兮，舟楫败兮，我王废兮，趣归于亳，亳亦大兮。"又歌曰："乐兮乐兮，四牡骄兮，六辔沃兮，去不善兮从善，何不乐兮。"① 这里面句句不离"兮"字。商朝灭亡后，箕子去朝见周王的路上，经过殷都故墟，见宫室毁坏，彼黍离离，满怀伤感，作《麦秀》之诗："麦秀渐渐兮禾黍油油，彼狡僮兮不与我好兮。"② 这首诗见载于《史记·宋微子世家》。武王伐纣，不听伯夷、叔齐劝谏，伯夷、叔齐发誓不食周粟，遁隐首阳之山，采薇而食，并作歌："登彼西山兮，采其薇矣。以暴易暴兮，不知其非矣。神农、虞、夏忽焉没兮，我安适归矣？于嗟徂兮，命之衰矣。"③ 伯夷、叔齐的这首《采薇歌》也被记载在《史记》本传中了。尽管这些诗歌可能并非产生于夏商时期，但至少说明西汉以前的人们并没有将"兮"字入句视作南方诗歌独有的特色。对"兮"字与楚辞、楚歌的关系，很多人认识模糊，只有刘大杰慧眼独具，论述得也最为清楚。刘大杰在《中国文学发展史》中首先否定"兮""只""也"是楚辞的特质，认为这些语气词的使用不足以使楚辞构成一种独特新奇的体裁。他的理由是，这些词汇在《诗经》里都出现过，在楚辞中虽然运用得最多，但在《诗经》里也常见。他举《诗经》中的《国风》为例，"兮"字在《周南》《召南》中使用，在其他十三国风里也普遍使用。《周南》《召南》是江汉一带的作品，其他十三国风却都产生在当时中国的北方。以此而论，"兮"字的运用在先秦是不分南北的，它是当时诗歌中普遍使用的一个语气词④。"兮"字入句在先秦乃至汉代是一个普遍的现象，不是楚地的楚歌所独有，不构成楚歌之所以为楚的必要条件。

　　的确，《楚辞》这本书，就其外在形式而论，给人印象最为深刻的是"兮"字入句。因此，很多人将"兮"字作为楚辞、楚歌的标志。其实，在《诗经》305 篇作品中，兮字用了 321 次⑤，其中《国风》用兮最多。《史记》中记载了多

---

① （汉）韩婴：《韩诗外传》，载（明）程荣《汉魏丛书》本，吉林大学出版社据明万历新安程氏刊本影印，1992 年。

② （汉）司马迁：《史记》，中华书局 2006 年版，第 235 页。

③ （汉）司马迁：《史记》，中华书局 2006 年版，第 390 页。

④ 刘大杰：《中国文学发展史》（上卷），古典文学出版社 1957 年版，第 86 页。

⑤ 董治安、王世舜：《诗经词典》，山东教育出版社 1989 年版，第 285 页。

首"兮"字入句的歌诗，除上面提到的《麦秀之诗》，《伯夷列传》记载的《采薇歌》，《赵世家》也有一首："美人荧荧兮，颜若苕之荣。命乎命乎，曾无我嬴"①。这首歌诗的出处很特别，是赵武灵王梦中听到的，赵武灵王梦到一个美丽的女子鼓琴而歌，醒来后还念念不忘。最著名的当然是荆轲唱的那首《易水歌》了。燕太子丹让荆轲刺杀秦王，在易水上置酒为荆轲送行，大家都穿着白衣服，高渐离击筑，荆轲以变徵羽声高歌："风萧萧兮易水寒，壮士一去兮不复还。"②《易水歌》记载在《史记·刺客列传》中。《晏子春秋·内篇谏下》记载，齐景公做了一个长庲之台，非常得意，请晏子喝酒。酒酣耳热之际，晏子唱："穗兮不得获，秋风至兮殚零落。风雨之拂杀也，太上之靡弊也。"③如果以为凡是兮字入句的民歌都是楚歌，则以上作品岂不都要称作楚歌了？《诗经》中的郑、卫、桧、齐诸风中的许多作品岂不也都是楚歌了？

谈到楚歌，人们误解，即楚歌都是以兮字入句的，甚至认为凡是兮字入句的都是楚歌。其实，和其他地区的民歌一样，楚歌的歌辞形式也是复杂多样的，如《凤兮歌》仅"凤兮凤兮"一句有兮字。另外，除了兮字入句的楚歌，尚有大量不以兮字入句的楚歌。斗谷於菟是楚国的令尹，字子文。他辅助楚成王治理国家，北上与北方诸侯国争霸，为楚国的强大作出了贡献。子文高风亮节，治国有方，很受楚人的爱戴，也得到北方诸侯列国的尊重和仰慕。子文的族人犯法，掌管司法的廷理听说是子文的族人，就把他释放了。事情传到子文那里，子文对廷理进行了严肃地批评，并让族人主动伏法。对于子文大义灭亲的举动，楚人很感动，编了一首歌四处传唱："子文之族，犯国法程。廷理释之，子文不听。恤顾怨萌，方正公平"④。此事见于刘向的《说苑·至公》。很显然，《子文之歌》是楚歌，但却是不带兮字的四言诗。在传世的楚歌当中，除了一些四言歌辞不以兮字入句外，还有一些楚歌是杂言歌诗，而且也不用兮字。楚国的令尹孙叔敖，生前为官廉洁，死后子孙清苦，难以为生。优孟以滑稽著称，扮作孙叔敖的样子去见楚王，在楚王面前唱了一首歌："山居耕田苦，难以得食，起而为吏。身贪鄙者余财，不顾耻辱，身死家室富。又恐受赇枉法，为奸触大罪，身死而家灭。贪吏

① （汉）司马迁：《史记》，中华书局 2006 年版，第 292 页。
② （汉）司马迁：《史记》，中华书局 2006 年版，第 518 页。
③ （汉）孙星衍校：《晏子春秋》，中华书局 1985 年版，第 15 页。
④ 赵善诒：《说苑疏证》，华东师范大学出版社 1985 年版，第 399 页。

安可为也？念为廉吏，奉法守职，竟死不敢为非。廉吏安可为也？楚相孙叔敖持廉至死，方今妻子穷困负薪而食，不足为也。"①《优孟歌》被记载在《史记·滑稽列传》中，无论是歌者的身份、听歌者的身份，还是歌唱的地点，说它是首楚歌，是没有人质疑的。但这首《优孟歌》的形式却与常见的楚歌差别太大，怎么看都不像楚辞或楚歌。刘邦非常喜欢楚声。他为戚夫人唱的《鸿鹄歌》名义上虽然是楚歌，却也并没有以兮字入句。可见，仅从兮字入句与否判断一首歌辞是否为楚歌显然有点武断。

楚歌并不都以兮字入句，以兮字入句的歌辞也并非都是楚歌。既然如此，以兮字入句作为判断楚辞、楚歌的标准就有了以偏概全的嫌疑了。先秦没有"楚辞"这一说法，"楚辞"这一名称始见于汉代。《史记·酷吏列传》："买臣以楚辞与（严）助俱幸。"②"楚辞"一说最早见于此处，但这个地方的"楚辞"到底是一本书还是一种文体，司马迁语焉不详，我们也并不太清楚。汉成帝的时候，刘向在中秘校对图书，他把屈原、宋玉和汉代人的一些拟骚作品搜集汇编成一书，称作《楚辞》。从此，"楚辞"作为专书的名字就保存了下来。从《楚辞》收录的作品来看，《天问》《卜居》《渔父》都不是兮字入句的作品，它们被收录进《楚辞》这本书里，这说明汉代人并没有将兮字入句与否当作判断楚辞体的一个标准。

二、楚辞是就风格而言

楚辞的命名，关键在于一个"楚"字。宋人黄伯思《新校楚辞序》云："屈、宋诸骚皆书楚语，作楚声，纪楚地，名楚物，故可谓之楚辞。"③楚语和中原语言是不易相通的。孟子称楚国人为"南蛮鴃舌之人"④。《礼记·王制》云："五方之民，言语不通，嗜欲不同。"⑤《颜氏家训·音辞篇》亦云："夫九州之人，言语不同，生民以来，固常然矣。"⑥隋代和尚道骞擅长读《楚辞》，他是用楚声读《楚辞》的，《隋书·经籍志》说他读《楚辞》"音韵清切"⑦，当时人们读《楚辞》学

① （汉）司马迁：《史记》，中华书局 2006 年版，第 728 页。

② （汉）司马迁：《史记》，中华书局 2006 年版，第 708 页。

③ （宋）吕祖谦编：《宋文鉴》，吉林人民出版社 1998 年版，第 826 页。

④ （宋）朱熹：《孟子集注》，齐鲁书社 1992 年版，第 72 页。

⑤ 崔维高校点：《礼记》，辽宁教育出版社 1997 年版，第 44 页。

⑥ （北朝）颜之推：《颜氏家训》，北京燕山出版社 1995 年版，第 211 页。

⑦ （唐）长孙无忌：《隋书经籍志》，中华书局 1985 年版，第 101 页。

习的都是道骞的读法。楚地方言的特点是"音韵清切"，也就是孟子所说的"鴃舌"之音。

令人难以置信的是，用楚地的方言诵读楚辞一类的作品，在汉初俨然成为专门的学问。《汉书·王褒传》："宣帝时，修武帝故事，讲论六艺群书，博尽奇异之好。征能为楚辞九江被公，召见诵读。"[1]由于诵读楚辞比较特别，以至于汉宣帝讲论六艺群书，非要将千里之外的被公请来诵读。"博尽奇异之好"，正说明诵读楚辞为少数人掌握，成了专门学问。楚辞的诵读，至今已不能完全再现。但其中有个别词语的应用，还能使后人感觉到楚语的独特。如《离骚》："扈江离与辟芷兮，纫秋兰以为佩。"王逸注："扈，被也。楚人名被为扈。"[2]纫，《方言》："续，楚谓之纫。"[3]又"汩余若将不及兮，恐年岁之不吾与。"《方言》："汩，疾行也。南楚之外曰汩。"[4]再"朝搴阰之木兰兮，夕揽洲之宿莽"。王逸注："草冬生不死者，楚人名之曰宿莽。"[5]《说文》"搴"下引"朝搴阰之木兰"，云："搴，拔取也，南楚语"[6]。作为象形文字，汉字可以用不同方言来读。假如用楚语读屈原的作品没有什么特别之处，则一般文士均可诵读，对楚辞的诵读也就不能归入"博尽奇异之好"了。

朱买臣在发达之前，家贫但喜好读书，担柴束薪的时候还"行且诵书"。他的妻子跟在后面，屡屡劝他不要"歌讴道中"。买臣不听，"愈益疾歌之"。买臣的妻子实在受不了了，就改嫁他人了[7]。仔细分析买臣妻子离开买臣的原因，丈夫路上诵书的行为过于怪异，令她难堪是原因之一。买臣行歌的内容颇值得玩味。朱买臣经同乡严助推荐，得到汉武帝的召见。严助推荐买臣的理由是，买臣熟悉《春秋》与《楚辞》[8]。汉武帝时候，刘向的《楚辞》十六卷尚未问世，汉代许多拟骚作品也还未完成。因此，朱买臣所言《楚辞》应该主要指的是屈原作品。买臣以《春秋》《楚辞》贵幸，行且诵书，所诵之书，可能是《春秋》，也可能是

① （汉）班固：《汉书》，岳麓书社 1993 年版，第 1217 页。
② （汉）王逸注，（宋）洪兴祖补注：《楚辞章句补注》，吉林人民出版社 1999 年版，第 5 页。
③ （汉）扬雄：《方言》，中华书局 1985 年版，第 63 页。
④ （汉）扬雄：《方言》，中华书局 1985 年版，第 59 页。
⑤ （汉）王逸注，（宋）洪兴祖补注：《楚辞章句补注》，吉林人民出版社 1999 年版，第 6 页。
⑥ （清）段玉裁：《说文解字注》，浙江古籍出版社 1998 年版，第 605 页。
⑦ （汉）班固：《汉书》，岳麓书社 1993 年版，第 1204 页。
⑧ （汉）班固：《汉书》，岳麓书社 1993 年版，第 1204 页。

《楚辞》。屈原作品是诗歌,《礼记·乐记》:"歌之为言也,长言之也。"① 既曰"行且诵书",又云"歌讴道中",则令妻子蒙羞的应该是屈原的作品,而不当为《春秋》。再者,用楚地方言诵读《楚辞》,在汉初既已成为专门的学问。买臣歌讴道中,行且诵书,其特立独行已然引人侧目。而《楚辞》的独特发音,更易引起路人驻足指点。朱买臣的故事也说明楚辞名楚的原因在于声音。一篇相同的文章,用粤语诵读自然和用普通话诵读不一样。同一首歌,用粤语唱和用国语唱韵味也不相同。以今例古,朱买臣诵《楚辞》之所以引人侧目,正如现在有人在街上诵读外文一样,引人围观,再正常不过了。汉宣帝招九江被公用楚言诵读楚辞,也正如现在人们喜欢听粤语歌曲一样。

文体有两种含义,一种含义指体裁,也就是文章的外在形式;另一种含义是文章的风格。影响风格的因素很多,包括家族、种族、国家、方言以及各个历史阶段的文学风尚,等等。楚辞在诵读上很具特色,这是就听觉上来说的。从视觉上讲,由楚地、楚物形象所构成的画面,给人的印象更为深刻。作品的意境反映了一定的人文地理景观,屈原的作品惝恍迷离,开卷便觉南方的山水烟云扑面而来。信鬼重祀的文化习俗,火耕水耨的生产方式,使得《九歌》中的自然景观充满了神话色彩。楚地、楚物属于物质文化景观,楚声、楚语属于非物质文化景观。黄伯思给楚辞下定义时,紧扣作品的文化景观来立论,确实切中肯綮。作品的地域特色,属于风格范畴。据上所言,"楚辞体"之体应该是就风格而言。屈原的《离骚》《九歌》《九章》等作品,以其崇高的思想、优美的情思,赢得了后人的喜爱。在中国文学史上,拟骚、述骚,将"兮"字嵌入句子当中,这样的文学作品成为诗歌体裁中的一个门类,历久不衰。兮字入句的韵文自然可以视为诗歌的一体,但若以此作为界定一篇作品是不是楚辞的标准,从作品的外在形式把握楚辞的概念,势必将在汉代既被视为楚辞作品的《天问》《橘颂》排除在楚辞范畴之外,更不要说像《卜居》《渔父》这样的作品,既不以兮字入句,句式也长短不齐的作品了。

文体既包括作品的外在形式,也包括影响外在形式的其他因素。很多因素会影响文本的外在表现形式,尤其是风格上的某些因素,会给作品的外在形式打上特殊的烙印,给读者留下鲜明的印象。风格意义上的文体受时代文化环境的影

---

① 崔维高校点:《礼记》,辽宁教育出版社1997年版,第135页。

响，相对来讲容易发生变化，甚至会因不同作家的思想文化个性而表现出复杂多样化。相对于风格来讲，文体外在形式的演变是相当缓慢的。汉代有很多文人追慕效仿屈原，主要是模仿屈原《离骚》的外在形式。但从风格上来说，正如王世贞《楚辞章句序》所说："其人而楚则楚之，或其人非楚而辞则楚，其辞非楚而旨则楚。"①但随着西汉政权的稳固，各地文化水乳交融，楚文化影响减弱。这时的楚辞创作，除了继承屈原取向悲情的文学传统外，只徒具骚体的形式，而没有了楚地鲜明的地域特色。单从风格的角度看，当楚文化如盐化水般消融在渐渐成熟的汉文化之后，作为一种文体的楚辞严格上来说也就不存在了。

在反秦斗争中，有一面旗帜高扬，上面写着大大的楚字。陈胜起义打的就是"张楚"旗号，意为张大楚国。项梁、项羽起事后马上找到楚怀王的孙子心，立为楚怀王。刘邦乐楚声，一方面是楚声的确很好听，另一方面也有政治方面的考量。在这样的历史背景下，楚文化自然在汉初占据了绝对的优势。屈原在政治上是反秦的，代表了当时普遍的反秦意识。汉朝初立，发扬楚文化，推崇屈骚精神，《史记·屈原列传》称"推其志也，虽与日月争光可也"②。屈原的作品也受到普遍喜爱，汉武帝喜欢楚辞，为此他让淮南王刘安作了《离骚传》，刘安"旦受召，日食时上"③。朱买臣、严助都因熟读楚辞受到汉武帝的重用和信任，熟读楚辞和屈原的作品成为一些人在仕途发迹的重要手段。屈原作品多兮字入句，引起了汉人的模仿兴趣。今本《楚辞章句》十七卷，汉代拟骚之作就有七卷之多。皇室贵族歌诗亦往往援兮字入句，如刘安的《八公操》被著录于郭茂倩《乐府诗集》第五十八卷，《汉书·武五子传》记载了燕刺王刘旦的《归空城歌》、华容夫人的《华容夫人歌》、广陵厉王刘胥的《欲久生歌》等。汉武帝的《秋风辞》写得最美，是中国古代诗歌中的瑰宝，王世贞《艺苑卮言》卷二评价说："汉武故是词人，《秋风》一章，几与《九歌》矣"④。在皇室贵族的提倡下，很多人在作歌的时候喜欢援兮字入句。甚至远在漠北的李陵，也有一首兮字入句的歌诗。苏武北海牧羊十九年，终于得归汉室，投降匈奴的李陵为他送行，且愧且悔，自怨自艾，边舞边歌："径万里兮度沙幕，为君将兮奋匈奴。路穷绝兮矢刃摧，士众灭兮名已隤，

---

① （明）王世贞：《弇州四部稿》卷六十七，文渊阁四库全书本。

② （汉）司马迁：《史记》，中华书局 2006 年版，第 505 页。

③ （汉）司马迁：《史记》，中华书局 2006 年版，第 946 页。

④ （明）王世贞著，罗仲鼎校注：《艺苑卮言校注》，齐鲁书社 1992 年版，第 69 页。

老母已死，虽欲报恩将安归?"① 李陵是陇西成纪人，即今甘肃天水一带。

三、"兮"有不同读音

《孟子·滕文公上》称楚人为"南蛮鴃舌之人"②。隋时的释道骞，善读楚辞，能为楚声，音韵清切。楚地方言的特点是"音韵清切"，也就是孟子所说的"鴃舌"之音。兮，上古音读匣母支部 Yie，中古音读胡鸡切 Yiei③，都比较符合楚语"音韵清切"的特点。《说文》："兮，语所稽也，从丂八，象气越亏也。"段注云："八，象气分而扬也。"④ 从字形考察字音，兮属于唇上音，即撮口音。撮口压迫气流从唇上嘘出，声音尖锐而凄厉。屈原的作品凄厉激越，不能不说与兮字的撮口发音有莫大关系。然而孔广森《诗声类》根据《秦誓》"断断猗"在《大学》中引作"断断兮"，认为兮、猗音义相同，猗的古音读作啊，兮字也应该读作啊⑤。郭沫若注《离骚》："'兮'，古音读'啊'。"⑥ 音韵清切，是指楚辞的整体音韵特点而言，作为语气词的"兮"似乎也应该体现楚声特色。将《楚辞》中的兮读作喉间音啊，与"音韵清切"的楚辞风格不类。

先秦时期各地的语言是不易沟通的，楚语、越语和中原语言差别尤其明显，乃至达到了单凭声音根本无法交流的地步。伹中国文字是表意文字，尽管中国各地的方言林林总总，却不影响书面交流。"郢书燕说"这个寓言出自《韩非子·外储说左上》，可以帮助我们理解当时人们是如何用书信交流思想的。楚国人给燕国的相国写信时，他边写边对仆人说"举烛"，不觉将"举烛"两字也写进信里面了。信送到燕国相国那里，"举烛"一词颇让人费解，想半天，终于明白过来，"举烛，尚明也；尚明也者，举贤而任之"⑦。按照这样的理解，燕国的政治为之改观。先秦的人们之所以可以超越方言的障碍进行思想交流，凭借的就是中国表意文字。战国时期，诸侯力政，使得"田畴异亩，车涂异轨，律令异法，衣冠异

---

① （汉）班固：《汉书》，岳麓书社 1993 年版，第 1080 页。
② （宋）朱熹：《孟子集注》，齐鲁书社 1992 年版，第 72 页。
③ 陈士林：《楚辞"兮"字说》，《民族语文》1992 年第 4 期。
④ （清）段玉裁：《说文解字注》，浙江古籍出版社 1998 年版，第 204 页。
⑤ 孔广森：《诗声类》，中华书局 1983 年版，第 22 页。
⑥ 郭沫若：《屈原研究》，重庆群益出版社 1944 年版，第 47 页。
⑦ （清）王先慎：《韩非子集解》，中华书局 2013 年版，第 276 页。

制，言语异声，文字异形"①。许慎在《说文解字叙》中提到的"文字异形"有两个含义，一个是各国的文字发生了些许变化，比如楚国的文字就比较有特色。另一个含义是，用通行的语言文字书写本地的方言。清末民初，出现了以闽、粤、苏州白话著书的风气，就属此类。在大一统的政治格局中，"书同文，车同轨"，言语异声对汉字使用没有造成冲击，为不同方言区共同使用汉字提供了保障。

刘邦的《大风歌》，在《史记·乐书》中称作《三侯》之章②。"三侯"是什么意思？司马贞《索隐》说："过沛诗即《大风歌》也，侯，语词也。兮，亦语词也。沛诗有三兮，故曰三侯。"③由此可知，当年小儿歌《大风歌》，兮字读若侯。从《诗经》运用兮字的情况来看，先秦时期兮字的使用，在民歌里是普遍全国，不分南北。然而具体到读音，各地或不相同。比如，兮在楚地可能读匣母支部 Yie，沛地则读为侯。《战国策·齐策》载冯谖弹铗而歌："长铗归来乎，食无鱼；长铗归来乎，出无车；长铗归来乎，无以为家。"④其中"乎"字，据逯钦立《先秦汉魏晋南北朝诗》："《御览》或作'兮'，《书抄》作'大丈夫归去来兮'，《白帖》作'长铗归来兮'。"⑤由此可知，兮在齐地则读若"乎"。《秦誓》"断断猗"，《大学》引作"断断兮"，在秦地则读"猗"，"猗"的古音读作"啊"，所以孔广森说兮也读作"啊"。

兮字在甲骨文中既已出现，并且在先秦传世典籍特别是韵文中常常使用。然而一个让人感到奇怪的现象是，在与先秦传世典籍同期创制的出土文献中，兮字却很少见其踪影。凡传世文献作兮处，相对应的出土文献都不作兮。有人据此推测，兮作语气词始自秦汉时期，先秦传世典籍所见兮字多为后人改字所致。⑥情况是不是如推测的这样，不得而知。即便真的为秦汉人所改，其动机又是什么呢？或许是受屈原兮字入句作品的影响，反映了汉代人们对楚文化的推崇。但也或许是"兮"字原本就流行于各地，只是各地"兮"字的读音有所不同而已。

刘邦作《大风歌》，"发沛中儿得百二十人，教之歌"⑦。既然需要"教"，《大

---

① （清）段玉裁：《说文解字注》，浙江古籍出版社 1998 年版，第 757 页。
② （汉）司马迁：《史记》，中华书局 2006 年版，第 125 页。
③ （汉）司马迁：《史记》，百衲本《二十五史》第一册，浙江古籍出版社 1998 年版，第 95 页。
④ （清）程夔初：《战国策集注》，上海古籍出版社 2013 年版，第 103 页。
⑤ 逯钦立：《先秦汉魏晋南北朝诗》，中华书局 1983 年版，第 14 页。
⑥ 雷黎明：《先秦传世典籍"兮"字本貌及形用流变》，《广西社会科学》2011 第 7 期。
⑦ （汉）司马迁：《史记》，中华书局 2006 年版，第 82 页。

风歌》的曲调原先恐非流行于沛县，而为刘邦征战过程中习得。只是该曲调经刘邦配以《大风》歌词，才为故乡父老熟悉并在沛地流行开来。其后，《大风》四时歌舞宗庙，侯代兮成为定制，是为三侯之歌。《大风歌》兮字更为侯，可能是兮字不为沛人习惯的缘故。刘邦身边有一批熟悉楚声的艺妓，如戚夫人和唐山夫人，她们使刘邦对楚声发生了兴趣。而刘邦对楚声产生兴趣，又极大地提高了这些艺妓鼓吹楚声的热情。音乐是时间的艺术，受音乐音像资料保存手段限制，《大风歌》的曲调今人不能复闻，但曲调来自荆楚地区，不能说没有可能。另外，《大风歌》语气词由撮口音"兮"字更为喉间音"侯"字，艺术风格也由悲壮激越一变而为浑厚苍凉。沛地地处淮北，此间的人们都生得魁梧高大，绝有胆力，喜欢抱打不平，略有不如意，则敢于拍案而起，绝不委屈自己。刘邦、项羽、刘裕、朱全忠都生活在这片土地上，雄桀之风·积以成俗。在司马迁的三楚中，荆楚、沛陈虽然均属西楚，然距离遥远，民风也呈现出一定差异。《大风歌》的语气词由撮口呼的"兮"字更为喉间音"侯"，体现了沛地民风对楚歌风格产生了影响。

四、楚歌不都是荆楚民歌

关于楚歌还有一个误解，那就是笼统地认为楚歌就是楚国的民歌，甚至专指湖南、湖北的荆楚之歌。"四面楚歌"是大家耳熟能详的一个成语，项羽被围在垓下，兵少食尽，夜间四面响起楚歌声，令项羽误以为自己众叛亲离，汉军全面占领了楚地。四面楚歌起到了瓦解项羽斗志的作用。"四面楚歌"中的楚歌到底是什么地方的歌？项羽的《垓下歌》是楚歌吗？杨匡民、李幼平合著的《荆楚歌乐舞》在第一章"荆楚歌乐之地域性"一节中说："'楚虽三户，亡秦必楚'，这不只是楚人的旦旦誓言，它还反映出荆楚地域文化的强大生命力。起兵灭秦的项羽乃楚裔贵族，他爱楚歌，垓下被围时，在四面楚歌声中，仍然高唱楚辞，壮志不已！"[①]荆楚地区大概相当于今之湖北、湖南，项羽垓下被围时夜间听到的楚歌显然被认作两湖民歌了。"四面楚歌"中的楚歌真的是两湖民歌吗？孟棨在《"四面楚歌"是什么地方的歌》一文中详析分析了参加垓下之战的人员的籍贯，发现没有来自湖南湖北的人员。"四面楚歌"中的楚歌"唯一合理的解释只能是汉军

---

① 　杨匡民、李幼平：《荆楚歌乐舞》，湖北教育出版社 1997 年版，第 10 页。

所唱是江东吴地的楚歌"①，只有江东吴地民歌才能起到瓦解军心、摧毁项羽精神防线的效果。

《垓下歌》向来被视作楚歌，但项羽既然是即兴而歌，从他的生活经历来说，所用曲调很可能是他十分熟悉的吴地小调。从传世文献来看，早在楚兼并吴越之前，兮字入句的歌谣就在吴越地区相当流行了。如《左传·哀公十三年》记载的《庚癸歌》②，《吴越春秋·勾践伐吴外传》记载的《离别相去辞》③，《勾践归国外传》中的《苦之诗》④，《勾践伐吴外传》中的《河梁》之诗⑤等。《越人歌》是首翻译过来的诗，原来是越语，当时被翻译成了楚语。由于使用了汉字，楚语的特点今天已经荡然无存。汉字是表意文字，不知越人拿到这首歌词还能不能唱出原来的意蕴。有人可能会说，楚兼并吴越后将楚风带到了吴地，作为楚将项燕的后代，项羽自然会选择荆楚楚歌抒情。这种可能不能说没有。但从孟棨先生对"四面楚歌"一词的辨析来看，无法排除项羽用吴地小调即兴而歌的可能。

如果说楚歌就是楚国的歌，则不同的历史时期，楚歌的内涵并不一样。西周时期，楚国偏居荆山、雎山之间。春秋时期不但占据整个荆楚，而且越过方城与齐晋争霸中原。战国时期，楚国的疆域进一步扩张，几乎占据了整个中国南方，将北部边界推至今陕西东南部、山东南部。兼并战争尽管促进了各地文化的融合，但文化的地域性并不以行政区划的改变而完全改变。同样，战国时期楚国各地的歌曲也依然保持着相对独立的地域风格。六朝民歌因音乐的地域风格被分为"吴歌"和"西曲"，"西曲"出于荆、郢、樊、邓一带，直接源自战国荆楚民歌。吴歌则是吴越大地上传唱的歌曲，由先秦时期的吴歈越吟演变而来。狭义上讲，楚歌乃先秦时期荆楚民歌。广义上来说，战国楚国的歌就是楚歌。公元前334年，楚攻杀越王无彊后，吴越故地并入楚国版图，所以司马迁将吴地民歌也称作"楚歌"。尽管司马迁将吴越、荆楚之歌都统称为楚歌，但两地的音乐风格却是不一样的。

---

① 孟棨：《"四面楚歌"是什么地方的歌》，载《文史知识》编辑部：《古代礼制风俗漫谈》（二集），中华书局 1986 年版，第 257 页。

② 李宗侗：《春秋左传今注今译》，新世界出版社 2012 年版，第 1322 页。

③ 张觉：《吴越春秋校注》，岳麓书社 2006 年版，第 264 页。

④ 张觉：《吴越春秋校注》，岳麓书社 2006 年版，第 215 页。

⑤ 张觉：《吴越春秋校注》，岳麓书社 2006 年版，第 288 页。

五、战国时期的新乐

战国各诸侯国的音乐各自有着自己的特点，各国之间又能相互了解彼此音乐的特点。楚国伶人钟仪被俘虏到北方，晋侯使他弹琴，他一弹起来，人家就听出了南方风格。北方人能听懂南方的音乐，南方人也能听懂北方的音乐。公元前544年，吴公子季札在鲁国观乐，曾对北方音乐进行了详细评点。当时的音乐有新乐与古乐之分，古乐就是雅乐，属于金石之音，也就是以编钟、编磬协调其他乐器的音乐。金石之音属于礼乐范畴，编钟、编钟都非一般人能够用得起。新乐抛弃了编钟、编磬的束缚，各种乐器得到了极大的解放，旋律更加灵活多变。新乐虽然遭到一些人的反对，但在战国时期已成为音乐中的主流，受到各阶层的普遍喜欢。在当时的诸侯国君中，魏文侯颇以好古著称，但他喜欢听新乐，不喜欢听古乐。他自己说听古乐就昏昏欲睡，听新乐则不知倦 ①。

新乐可以给人带来身心上的愉悦，也可以作为谋生的手段，在当时人们学习新乐的热情很高，对演唱的技巧精益求精。有个年轻人薛谭向秦青学习演唱的技巧，自以为学到了精髓，没想到辞别老师那一天，秦青抚节悲歌，竟然"声振林木，响遏行云"②，从此薛谭再也不敢说自己学到了演唱的精髓。秦青的师傅韩娥，演唱技巧更为惊人，她唱过之后，人走了三日，余音还绕梁不绝。有人欺负她，她为之曼声哀哭，满街老幼为之悲愁，吃不下饭。不得已，只好再把她请过来，复为曼声长歌，人们的精神才恢复过来。

为了谋生，这些民间的歌手奔走各地。《史记·货殖列传》载中山之人"仰机利而食。丈夫相聚游戏，悲歌慷慨，起则相随椎剽，休则掘冢作巧奸冶，多美物，为倡优。女子则鼓鸣瑟，跕屣，游媚贵富，入后宫，遍诸侯"③。又说："今夫赵女郑姬，设形容，揳鸣琴，揄长袂，蹑利屣，目挑心招，出不远千里，不择老少者，奔富厚也。"④赵国、郑国的女歌舞家离开自己的家乡，不远千里四处谋食，在《楚辞》一书中的《招魂》《大招》两篇作品也有反映。《招魂》云"二八

---

① （唐）孔颖达：《礼记正义》，（清）阮元校刻：《十三经注疏》，中华书局1980年版，第1540页。
② 杨伯峻：《列子集释》，中华书局2012年版，第169页。
③ （汉）司马迁：《史记》，中华书局2006年版，第753页。
④ （汉）司马迁：《史记》，中华书局2006年版，第755页。

齐容，起郑舞些""吴歈蔡讴，奏大吕些""郑卫妖玩，来杂陈些"①，《大招》云"代秦郑卫，鸣竽张只""讴和《扬阿》，赵箫倡只"②。这些歌唱家不仅出入宫廷，也活跃在民间市井，韩娥就曾在齐国的雍门"鬻歌假食"③。

楚国的音乐有着自己的特点，固然不错，但从楚人所接触到的音乐来看，除了北方流行的一些古代乐曲以外，也熟悉北方郑国的舞、蔡国的歌和南方吴国的歌。当时人们将蓬勃发展的世俗音乐称为"新乐"，目的是与西周符合王权统治审美观念的雅乐区别开来。《吕氏春秋·侈乐篇》："宋之衰也，作为千钟；齐之衰也，作为大吕；楚之衰也，作为巫音。"④楚之巫音与北方宋国的千钟、齐国的大吕俱被看作侈乐，是"大乐必易"的雅乐的对立面，受到严厉的批评，可见楚之巫音与宋国的千钟、齐国的大吕一样，都属于世俗音乐。宋玉的《对楚王问》提到"引商刻羽，杂以流徵"的唱法⑤，和宋玉时代相距不远的荆轲也会唱"变徵之声"⑥。杨荫浏指出，从《对楚王问》中所提到的音节中的几个音度看来，"很可能与歌曲创作上的调式安排问题有关"。又说："荆轲在离别的席上即兴创作了歌曲，又当场演唱。他起先所唱的属于'变徵声'调式，大家听了，都悲伤流泪；后来所唱，是属于羽声的调式，大家听了，都非常激动，显出愤怒的神情。这里，已经清楚地说出了荆轲在歌唱时所用的是两种不同调式。"⑦就当时的演唱技巧而言，无论是远在南方的楚国都城郢还是属于北方的燕赵大地，都已注意到通过对徵音的变化或修饰来提高演唱的艺术效果。从当时歌曲中所用的调式，也可以看出楚国音乐和北方音乐的发展是同步的，属于同一个时代的音乐，具有同时代音乐的共同特点。总而言之，春秋战国时期，随着诸侯之间兼并战争和交往的不断频繁，文化的融合使得各国的音乐在保持自身特点的同时，也具有了时代赋予的共性。

---

① （汉）王逸注，（宋）洪兴祖补注：《楚辞章句补注》，吉林人民出版社1999年版，第207—208页。
② （汉）王逸注，（宋）洪兴祖补注：《楚辞章句补注》，吉林人民出版社1999年版，第218页。
③ 杨伯峻：《列子集释》，中华书局2012年版，第169页。
④ 陈奇猷：《吕氏春秋校释》，学林出版社1984年版，第266页。
⑤ 吴广平辑注：《宋玉集》，岳麓书社2001年版，第88—89页。
⑥ （汉）司马迁：《史记》，中华书局2006年版，第518页。
⑦ 杨荫浏：《中国古代音乐史稿》上册，人民音乐出版社1981年版，第74页。

六、楚文化没有独立于中国传统文化之外

对屈原作品的研究，以前我们太关注它的楚地特色了，似乎楚文化在开始的时候独立于中国传统文化的母体以外，只是在后来才融合了进来。实际上，芈姓贵族本来就是从中原移居"蛮夷"的，楚国文化更多地继承了夏商巫鬼文化。只是这种文化和当地的土著文化相融合，从而表现出鲜明的地域特色。在中原诸侯国的歧视下，尽管不断有楚王自称"我蛮夷也"，但楚人从来没有忘记自己的中原身份，从来没有要独立出中原的企图。楚王以蛮夷自居，不过是国力强盛问鼎周室的一个信号。

西周时期，楚居"南郢之邑"，蛮荆之地，在政治上归附周天子。由于初期的西周政权稳固，经济和军事实力雄厚，楚人不得不处处避让，并且被迫臣服于周朝。和蛮夷之地的土著部落相比，楚人不但文化先进，而且在经济和军事上都占有优势。在向北扩张受阻的西周时期，楚人选择了实力较弱的南方为突破口，不断用兵，开地千里，借以壮大自己的力量。西周末期，楚人的力量已足以和北方势力抗衡时，于是在稳固南方统治的同时，将用兵的重点转向了北方。《史记·楚世家》载熊通扬言"我有敝甲，欲以观中国之政"。所谓"观中国之政"，意即介入中原的政局。熊通"观中国之政"的雄图，不久就由其子孙实现了。先是"汉阳诸姬，楚实尽之"。公元前684年，楚文王越汉水，出方城以伐蔡。当时的蔡在淮水支流汝水上游，即今河南上蔡县。又过了二十多年，齐桓公伐楚，说明楚国已成为可以与中原诸国抗衡的一支重要的力量。齐楚争霸，表明楚人势力已入中原。楚北部与宋接壤，宋与鲁为中原的文化之邦。鲁是周公旦的封地，代表周文化；宋是微子启的封地，尚保留不少殷商文化。兼并战争加快了各地文化融合的速度，中原文化不断地向楚国渗透南流。如果说楚文化有其自身特点的话，也是受南方文化影响的中原文化，中原文化是质，而南方文化为文。过分地强调楚辞的地域性，甚至把它视作一种地域性的诗歌形式，有将楚文化从中原文化剥离出去的倾向。

战国时期的楚国疆域辽阔，绝大部分是通过战争不断兼并过来的土地，因此楚文化绝对不是一个单一的整体。换句话说，楚文化内部也有地域性。司马迁说楚国有三俗，东楚、西楚、南楚，说明在楚国大地上风物民情是有差异的。虽然说南楚大类西楚，但风俗毕竟有所不同。我们发现，在楚国的广大疆域内，地理

上越是靠南的地方，它的文化就越表现出有异于中原文化的性状，越具有地方色彩。反过来，在地理上越靠北的地区，中原文化的特色越明显，中原文化的比重越大。尤其是"汉阳诸姬"和淮北一带，虽然可以看到南方文化浸染的痕迹，但总体上仍然属于中原文化，是中原文化不可分割的一部分。沛在淮北，处于南北交接之处，是中原诸侯国的旧地，后来才为楚吞并。不可否认，楚国的确为这些地方带来了一些南方文化的因素，但其文化底色毕竟没有彻底改变，中原文化依然固守着自己的领地。楚文化也还保存着殷商文化的底蕴，从文化的传承上来讲，楚文化本就是中国传统文化不可缺少的组成部分。战国末期至于秦汉，随着中国大一统局面的形成，楚文化和各地文化彻底融合，在此基础上形成了影响深远的汉文化。

第三节 "有鸟自南"文学意象的传播

"一鸣惊人"是一个常用的成语，出自司马迁的《史记》。《史记》有两处记载"一鸣惊人"的故事，一处在《楚世家》，一处在《滑稽列传》。对比《楚世家》与《滑稽列传》两处的说法，有相同的地方，也有不同的地方。相同的地方是都提到有一只鸟，三年来一直不飞不鸣。不同的是，劝谏的人变了，由伍举变成了淳于髡。被劝谏的人也变了，由楚庄王变成了齐威王。劝谏的地点变了，由楚国变成了齐国。其实还有一点变化需要引起我们的注意，在《楚世家》中是"有鸟在于阜"，在《滑稽列传》中变成了"止于王之庭"。这个变化虽然细微，却关系重大，后文将有所论述。在《楚世家》和《滑稽列传》中，"一鸣惊人"的故事梗概没有发生多大变化，都是被劝谏者原来不理政事，后听从劝谏，抖擞精神，国力随之强盛起来。甚至连杀人这样的细节也雷同，虽然在杀人的数量上略有差异。在同一部作品中，不同的一群人却做着同一件事情，这不能不让人疑惑："一鸣惊人"的故事到底是发生在楚国还是齐国？这其中又有着怎样的历史文化内涵呢？

一、芳贾与故事"一鸣惊人"

根据《史记·楚世家》的记载，"一鸣惊人"的故事发生在楚庄王三年，即公元前611年。公元前613年楚庄王即位，在位一共二十三年。楚庄王死后，由他的儿子熊审继位，历史上称为楚共王。楚共王在位长达三十一年，死后由他的长子熊昭继位，历史上称为楚康王。楚康王在位十五年而卒，由儿子熊员继位，史书上称他为郏敖。郏敖在位四年，被他的叔父子围谋杀。在此之前，也就是郏敖三年，子围被任命为令尹。郏敖四年，子围奉命去攻打郑国，听说郏敖生病，半途而返。这年的十二月，子围以问疾为名，入宫勒死了郏敖。子围做了楚国国君，他就是历史上的楚灵王。楚灵王绞杀郏敖的时候，楚国正与郑国发生战争，还有部分军队没有回到楚国。国内大局已定，楚灵王马上派人去了结此事。派去的人见到楚军将军，介绍了国内重大人事变动。此时伍举也在军中，伍举问来使："谁为后？"，来人回答："寡大夫围。"伍举纠正说："共王之子围为长。"① 伍举的回答实际上是一种政治表态，说明他是支持子围的，承认子围篡权的事实和合法。另一位将军子比，因为不承认子围的合法性，只好跑到晋国去了。因为伍举拥护楚灵王，所以得到了重用。楚灵王三年，各路诸侯在申这个地方会盟，楚灵王举止高傲，伍举对楚灵王曾有劝谏②。另据《国语·楚语》，灵王造章华之台，伍举也曾有批评③。楚灵王建造的章华台，其落成时间据《史记·楚世家》所述在灵王七年。如果说"一鸣惊人"故事中，劝谏楚庄王的人是伍举，从楚庄王三年算起，到楚灵王七年，前后已经长达七十七年的时间了。假设楚庄王三年，伍举二十岁左右，楚灵王七年后他还生活了一段时间，那么伍举的寿命将达百岁，楚灵王绞杀郏敖那一年伍举少说也有九十多岁了。要知道，郏敖四年伍举是随子围攻打郑国去了，九十岁高龄的老人，几乎不可能随子围在郑。即此而言，《史记·楚世家》记载伍举在公元前 611 年劝谏庄王的真实性就值得怀疑了。

在司马迁之前，《韩非子·喻老篇》对"一鸣惊人"故事也有记载。不过，在韩非的笔下，进谏楚庄王的不是伍举，而是右司马④。右司马的真名叫什么，韩非语焉不详。一些历史文献表明，司马在楚国是军事行政部门的首脑，主要职责是组织军队训练、执行军内法令。比如《左传·襄公二十五年》就说："楚蒍掩为司马，子木使庀赋，数甲兵。甲午，蒍掩书土田，度山林，鸠薮泽，辨京陵，表淳卤，数疆潦，规偃猪，町原防，牧隰皋，井衍沃，量入修赋，赋车籍

---

① （汉）司马迁：《史记》，中华书局 2006 年版，第 260 页。
② （汉）司马迁：《史记》，中华书局 2006 年版，第 260—261 页。
③ （三国）韦昭注：《国语》，上海书店 1987 年版，第 196 页。
④ （清）王先慎：《韩非子集解》，中华书局 2013 年版，第 196 页。

马，赋车兵徒卒甲楯之数，即成以授子木，礼也。"①在司马的下面设置左司马和右司马，他们是司马的副手和属官。除了左司马和右司马，司马的属官还有工正一职。《左传·昭公四年》："夫子为司马，与工正书服。"孔颖达疏云："工正掌作车服，故与司马书服。"②又《左传·襄公九年》："使皇郧命校正出马，工正出车。"杜注："工正主车。"孔颖达疏："昭四年传云：夫子为司马与工正书服，是诸侯之官司马之属有工正主车也。"③工正的职责是掌管战车，也属于军队的高级将领。

《左传·宣公四年》记载："及令尹子文卒，斗般为令尹，子越为司马。蒍贾为工正，谮子扬而杀之，子越为令尹，己为司马。子越又恶之，乃以若敖氏之族，圉伯嬴于轑而杀之。遂处烝野，将攻王。"④楚庄王的时候，有个叫蒍贾的人在当时的政治舞台颇为活跃。蒍贾，字伯嬴，他的父亲是蒍吕臣。城濮之战中，令尹子玉战败自杀，接替子玉为令尹的人就是这个蒍吕臣。蒍贾的儿子更为著名，就是楚国的名相孙叔敖。孙叔敖辅佐楚庄王称霸诸侯。蒍贾在政治活动中也有着出色表现，这一点长期以来为学者们所忽视。蒍贾初登政治舞台年纪还小，但已经表现出过人的政治洞察能力和非凡的应对技巧。晋楚城濮之战前，楚国决定攻打宋国，让斗縠於菟和子玉作战前准备。斗縠於菟整治军队，一个早上下来，没有惩罚一个人。子玉整治军队，一天下来，七个人遭到鞭打，三个人受到穿刺耳朵的惩罚。斗縠於菟就是子文，与子玉两个人同属于若敖氏这个大家族。一个家族出现两个统帅，大家都觉得可喜可贺，都来向子文祝贺。子文为表示谢意，招待大家喝酒。蒍贾后至，也不敬酒，也不祝贺。子文很奇怪，问蒍贾为何不表示祝贺。蒍贾回答说："不知所贺。子之传政于子玉，曰以靖国也。靖诸内而败诸外，所获几何？子玉之败，子之举也。举以败国，将何贺焉？子玉刚而无礼，不可以治民。过三百乘，其不能入矣？苟入而贺，何后之有？"⑤年幼的蒍贾见微知著，看到了子玉致命的弱点。事实证明，蒍贾的担忧不无道理，在城濮之战中子玉大意轻敌、因私忘国而战败自杀了。

---

① 李宗侗：《春秋左传今注今译》，新世界出版社 2012 年版，第 831—832 页。
② （唐）孔颖达：《春秋左传正义》，（清）阮元校刻：《十三经注疏》，中华书局 1980 年版，第 2037 页。
③ （唐）孔颖达：《春秋左传正义》，（清）阮元校刻：《十三经注疏》，中华书局 1980 年版，第 1940 页。
④ 李宗侗：《春秋左传今注今译》，新世界出版社 2012 年版，第 470 页。
⑤ 李宗侗：《春秋左传今注今译》，新世界出版社 2012 年版，第 331—332 页。

　　楚庄王即位前后，芳贾已经成年，官至司马的属官工正。楚庄王即位之前，楚国内部政治斗争激烈，这种争斗一直延续到楚庄王亲政之后。在《韩非子·喻老篇》中，当右司马问那个止于南方之阜的鸟为何"三年不翅，不飞不鸣"的时候，楚庄王回答说："三年不翅，将以长羽翼；不飞不鸣，将以观民则。"① 所谓"长羽翼"，也就是楚庄王需要培养自己的势力。"观民则"表明当时政治形势还不明朗，需要再观察一段时间。这样看来，楚庄王之所以"喜隐"，右司马之所以隐说庄王，这些都是迫不得已的事情，因为当时的政治斗争实在是太险恶了。庄王要想在政治上有所作为，他必须先剪除威胁自己的势力。令尹斗榖於菟去世后，由斗般来接替令尹一职，子越做了司马。当时的芳贾作为子越的副手，为工正。芳贾联合子越杀了斗般，子越做了令尹，芳贾转为司马。然而不久子越与芳贾又起嫌隙，《左传·宣公四年》记载："子越又恶之，乃以若敖氏之族，圉伯嬴于轑而杀之。"② 伯嬴就是芳贾，芳贾就这样被子越囚杀了。子越在杀了芳贾后，还想谋害楚庄王。公元前605年，子越率若敖氏与楚庄王战于皋浒，楚庄王尽灭若敖氏。

　　斗般什么时候做的令尹，具体在哪一年为芳贾所潜杀，这些具体的时间史书中没有明确记载。不过，据学者研究，在楚国的令尹序列中，斗般之前的令尹是成嘉③。成嘉，字子孔。《左传·文公十四年》："楚庄王立，子孔、潘崇将袭群舒，使公子燮与子仪守而伐舒蓼，二子作乱，城郢而使贼杀子孔，不克而还。"④ 这段记载表明，子孔在楚庄王元年还在做令尹。而到了楚庄王三年，芳贾似乎已经在行使司马的权力了。公元前611年，楚国发生了严重饥荒，戎人来伐，群蛮叛楚，在庸人的煽动下，百濮响应，楚国一下子陷入重重危机之中。有人主张避开敌人锋芒，远走高飞。芳贾力排众议，坚决主张抵抗，反对迁徙他处。他说："我能往，寇亦能往，不如伐庸。夫麇与百濮谓我饥不能师，故伐我也。若我出师，必惧而归。百濮离居，将各走其邑，谁暇谋人。"⑤ 楚庄王采纳了芳贾的建议，出兵灭掉了庸，群蛮百濮重新与楚国签订了盟约。楚国灭庸，事情发生在

---

① （清）王先慎：《韩非子集解》，中华书局2013年版，第196页。
② 李宗侗：《春秋左传今注今译》，新世界出版社2012年版，第470—471页。
③ 宋公文：《春秋时期楚令尹序列辨误》，《江汉论坛》1983年第8期。
④ 李宗侗：《春秋左传今注今译》，新世界出版社2012年版，第423页。
⑤ 李宗侗：《春秋左传今注今译》，新世界出版社2012年版，第433—434页。

楚庄王三年。也就是说，子般为令尹后来被杀，蒍贾由工正升为司马，这些都发生在楚庄王继位后的这三年里。右司马以鸟为隐进谏楚庄王之后，大约又经过半年的精心准备，庄王才"所废者十，所起者九，诛大臣五，举处士六，而邦大治"①。其中被诛的五大臣中，应该包括令尹子般在内，这就是《左传·宣公四年》提到的蒍贾潜杀子扬事件。

依靠子越和蒍贾的支持，楚庄王一举摧毁了以子般为首的政治势力。在这场政治斗争中，子越和蒍贾出力最多，从中受益也最大。子般被杀后，子越接替子般做了令尹，空缺出来的司马一职由蒍贾接替。在子般做令尹的时候，司马一职由子越担任，哪个人担任右司马一职却不得而知。右主兵，右司马握有军权，因此这个职位相当重要。右司马升任司马，从情理上讲顺理成章。文献资料显示，蒍贾做过工正，也做过司马。在子般被杀之前，不排除蒍贾可能在短期内担任过右司马这一官职。或者这是楚庄王对付子般的一个策略，特意将蒍贾由工正升为右司马。事成之后，为了报答蒍贾，马上又将他升为了司马。在楚庄王初期的政治舞台上，蒍贾是相当活跃的一个历史人物，在许多重大事件中都能杀伐决断，对于稳定楚国政局起到了关键作用。

在韩非的笔下，以鸟为隐进谏楚庄王的是右司马，而不是伍举。如果说《韩非子》的记载更接近历史真实的话，这个右司马很可能就是蒍贾。《吕氏春秋·重言》的记载为我们的推测进一步提供了佐证。在《吕氏春秋·重言》中，以鸟为隐进谏楚庄王的人物是成公贾②。在楚国的职官制度中，县的长官都称作公。沈诸梁被封于叶，于是号为叶公。楚平王的孙子胜被封于白，于是号为白公。刘邦初起事，从楚制，号为沛公。成公贾也应该是以封地为号，在封号的后面加上了名，正如叶公子高、白公胜一样。在楚国的二十个县中，有成这个地方③。蒍贾可能被封于成，故号为成公，并依例称作成公贾。蒍贾，成公贾，右司马，从小就表现出优异的政治才能，楚庄王初期的中流砥柱，为稳定政局力挽狂澜，这种种的迹象都表明：楚庄王三年以鸟为隐进谏的人应该就是蒍贾。

① （清）王先慎：《韩非子集解》，中华书局 2013 年版，第 196 页。
② 陈奇猷：《吕氏春秋校释》，学林出版社 1984 年版，第 1156 页。
③ 顾久幸：《春秋楚、晋、齐三国县制的比较》，《楚文化觅踪》，中州古籍出版社 1986 年版，第 218 页。

二、淳于髡与故事"一鸣惊人"

《尔雅翼》云:"凤生南方。"① 传世文献也多记载凤生南方,如《山海经·南山经》:"又东五百里,曰丹穴之山……丹水出焉,而南流注于渤海。有鸟焉,其状如鸡,五采而文,名曰凤凰。"②《南山经》又云:"佐水出焉,而东南流注于海,有凤凰、鹓鶵。"③《海内经》:"西南黑水之间……鸾鸟自歌,凤鸟自舞。"④ 从东、南、东南、西南等地理方位而言,显然是指南方的楚地。《艺文类聚》卷90《鸟部上》引《庄子》说"老子叹曰:'吾闻南方有鸟,其名为凤。'"又引《山海经》说:"南禺之山,有凤凰鹓鶵。"又引《焦氏易林》说:"凤生五雏,长于南郭。"⑤"南方""南禺""南郭",指的都是中原之南。《庄子·秋水》亦云:"南方有鸟,其名为鹓鶵。子知之乎?夫鹓鶵,发于南海,而飞于北海。非梧桐不止,非练实不食,非醴泉不饮。"⑥ 庄子称"南方有鸟",也表现了凤生南方的观念。庄子在《逍遥游》中称大鹏要从北冥徙南冥,大鹏为什么要从北冥徙南冥呢?因为南冥为其故乡。由于凤生南方,所以屈原在《抽思》中用"有鸟自南"指代凤凰:"有鸟自南兮,来集汉北。"⑦ 那只来自南方的鸟实际就是凤鸟,屈原用以自喻。可以这样说,在楚人凤鸟崇拜的原始思维之上,中国文学史上逐渐形成了一个"有鸟自南"的经典意象。

在以鸟为隐进谏君王的记载中,《史记·楚世家》说是"有鸟在于阜",《史记·滑稽列传》说是"国中有大鸟,止于王之庭"。而同样是记载以鸟为隐进谏君王,《韩非子·喻老篇》和《吕氏春秋·重言》都不约而同地说:"有鸟止南方之阜"。虽然只是些微的差别,因司马迁的记载丢掉了"南方"二字,不但使以鸟为隐进谏君王的故事发源地变得模糊不清,其中的文化内涵也几乎丧失殆尽。

从《史记·滑稽列传》的记载可知,淳于髡以鸟为隐进谏齐威王事情发生在齐威王初年。《史记·孟子荀卿列传》又载荀卿年五十游学于齐,"淳于髡久与处,

---

① （宋）罗愿著,石云孙点校:《尔雅翼》,黄山书社1991年版,第133页。
② 袁珂:《山海经校注》,巴蜀书社1992年版,第19页。
③ 袁珂:《山海经校注》,巴蜀书社1992年版,第23页。
④ 袁珂:《山海经校注》,巴蜀书社1992年版,第505页。
⑤ （唐）欧阳询:《艺文类聚》,中华书局1965年版,第1558页。
⑥ （清）王先谦:《庄子集解》,上海书店1986年版,第108页。
⑦ （汉）王逸注,（宋）洪兴祖补注:《楚辞章句补注》,吉林人民出版社1999年版,第135页。

时有得善言","齐襄王时，而荀卿最为老师"①。淳于髡能与活跃在齐襄王时代的荀子久处，虽然我们不能断定他与荀子久处的这段时间是否就在齐襄王时代，但就此推断齐襄王即位前后淳于髡仍在世恐怕还是合理的。因此，王先谦《荀子集解》引汪中《荀卿子通论》，谓荀子"年五十始来游学于齐，则当湣王之季"②。按照《史记·田敬仲完世家》中的纪年，威王在位三十六年，宣王在位十九年，湣王在位四十年，③ 襄王在位十九年。抛开襄王不算，从威王三年到湣王末年，时间长达九十二年。若也以二十岁作为淳于髡进谏齐威王时的年纪，则淳于髡在齐襄王即位之前已寿至一百一十岁。这与《史记》记载伍举寿过百岁一样，不由得令人生疑。

　　淳于髡出身贫贱，《史记·滑稽列传》称他为齐之"赘婿"。《史记索隐》谓"赘婿"："女之夫也，比于子，如人疣赘，是余剩之物也。"④ 淳于髡的"髡"，在古代是一种剃发的刑罚，"淳于髡名叫髡，该即因被处髡刑而来，犹如孙膑因被处膑刑而叫膑。"⑤ 淳于髡后来虽为齐大夫，数使诸侯，但名字终其一生没有改变。人们称其为髡，显然不是尊称。对比一下古人对名字的珍重，淳于髡可谓是负污之名了。据《史记·孟子荀卿列传》记载，当时的齐国流行着"谈天衍，雕龙奭，炙毂过髡"的说法，《史记集解》引刘向《别录》云："'过'字作'輠'。輠者，车之盛膏器也。炙之虽尽，犹有余流者。言淳于髡智不尽如炙輠也。"⑥ 这样一个出身贫贱、身材矮小、其貌不扬的人，凭着自己的博闻强识、滑稽多智受到齐国几代国君的赏识和器重，其人生的成功本身不能不说是一个奇迹。淳于髡不仅身材矮小，自己也不持威仪。《史记·滑稽列传》记载，齐威王八年，楚国攻打齐国，齐王决定派淳于髡以"金百斤，车马十驷"到赵国请救兵，淳于髡听后竟然"仰天大笑，冠缨索绝"⑦。以夸张的形体语言动人视听本来是战国策士惯用的伎俩，也是民间故事塑造人物常用的技巧。淳于髡不同寻常的出身，奇特的自身形象，

① （汉）司马迁：《史记》，中华书局 2006 年版，第 456 页。

② （清）王先谦：《荀子集解》，中华书局 1988 年版，第 32 页。

③ 钱穆在《先秦诸子系年》中认为齐湣王在位十八年。载钱穆：《钱宾四先生全集》（五），台湾联经出版事业股份有限公司 1998 年版，第 457 页。

④ （汉）司马迁：《史记》，百衲本《二十五史》第一册，浙江古籍出版社 1998 年版，第 285 页。

⑤ 杨宽：《战国史》，上海人民出版社 1980 年版，第 398 页。

⑥ （汉）司马迁：《史记》，百衲本《二十五史》第一册，浙江古籍出版社 1998 年版，第 202 页。

⑦ （汉）司马迁：《史记》，中华书局 2006 年版，第 727 页。

滑稽多智的性格，这类人物最容易成为茶余饭后的谈资，为人们津津乐道。正如伏俊琏所说："晏子和淳于髡都是箭垛式的人物，他们都是那个时候小到民间艺人，大到宫廷倡优讲演故事的题材之一。"①

针对齐威王的礼薄而望多，淳于髡接着为齐威王讲了个民间故事：一个农民，拿了个猪蹄和一小杯酒，向老天祈祷有个好收成，"臣见其所持者狭，而所欲者奢侈，故笑之。"②此事亦见于《说苑·尊贤篇》，淳于髡也是先仰天大笑，而且等齐威王连问三遍，淳于髡才讲出自己大笑的理由来。值得注意的是，那个农民襄田的祝词，《史记·滑稽列传》中是"瓯窭满篝，污邪满车，五谷蕃熟，穰穰满家"③，而在《说苑·尊贤篇》却变成了"蟹堁者宜禾，洿邪者百车，传之后世，洋洋有余"④。淳于髡讲礼薄而望多的故事还有别的一些版本，比如《艺文类聚》卷96所引《说苑》这样说："齐遣淳于髡到楚。……（楚王）即与髡共饮酒，谓髡曰：'吾有仇在吴国，子宁为吾报之乎？'对曰：'臣来，见道旁野民，持一头鱼，上田祝曰：高得万束，下得千斛。臣窃笑之，以为礼薄望多也。王今与吾半日之乐，而委以吴王，非其计。'"⑤不仅野人祝祷之词与前两处记载发生了变化，礼薄望多者也由齐威王一变而为楚王。

《晏子春秋·内篇杂下》记载，晏子个子短小，其貌不扬，为齐国出使楚国时遭到刁难和嘲笑。先是进门时开侧门迎接晏子，晏子不入，说："使狗国者，从狗门入，今臣使楚，不当入从此门入。"迫使楚国礼宾官员开大门迎接。接着是楚王的挑衅，说齐国无人，怎么能派晏婴这样的人出使楚国。晏子回答："齐命使，各有所主。其贤者使使贤主，不肖者使使不肖主，婴最不肖，故宜使楚矣。"⑥在淳于髡身上也发生了相似的事情，《太平御览》卷437引刘向《新序》记载了一个类似的故事："齐遣淳于髡到楚。髡为人短小，楚王甚薄之，谓曰：'齐无使耶，而使子来？子何长也？'对曰：'臣无所长，腰中七尺剑，欲斩无状王。'王曰：'止，吾但戏之耳！'"⑦也是出使楚国，也是因为身材短小遭到耻笑，

① 伏俊琏：《淳于髡及其论辩体杂赋》，《管子学刊》2010年第2期。
② （汉）司马迁：《史记》，中华书局2006年版，第727页。
③ （汉）司马迁：《史记》，中华书局2006年版，第727页。
④ 赵善诒：《说苑疏证》，华东师范大学出版社1985年版，第235页。
⑤ （唐）欧阳询：《艺文类聚》，中华书局1965年版，第1671页。
⑥ （清）孙星衍校：《晏子春秋》，中华书局1985年版，第55页。
⑦ （宋）李昉等：《太平御览》，中华书局1960年版，第2012页。

淳于髡的回答同样以机智折服了楚王。《史记·孟子荀卿列传》说淳于髡"慕晏婴之为人"。然而，即便淳于髡尽量模仿晏子，楚王也未必会效前王故伎嘲笑淳于髡。其实，像这样的故事是很难考实的。

"一部历史作品应当做到言有所据，事有依托，字字句句，均有来历。"① 尤其是像《史记》这样的作品，"自刘向、杨雄，博极群书，皆称迁有良史之材，服其善序事理，辩而不华，质而不俚，其文直，其事核，不虚美，不隐恶，故谓之实录"②。司马迁曾"网罗天下放失旧闻"，"天下遗文古事靡不毕集太史公"③。《史记·滑稽列传》对淳于髡的记载未必没有来源出处，但可以肯定的是，这些来源出处本身已与历史真实有了一定距离。司马迁为了写作《淮阴侯列传》，曾亲赴韩信的老家淮阴，听淮阴当地人讲韩信早年的事情，"淮阴人为余言，韩信虽为布衣时，其志与众异。其母死，贫无所葬，然乃行营高敞地，令其旁可置万家。余视其母冢，良然"④。可以想见，胯下之辱、漂母赐饭等故事也都是得之淮阴人口中。滑稽人物淳于髡也许讲述过"一鸣惊人"的故事，但也有可能是当时人们茶余饭后谈论淳于髡时的附会，最后被司马迁录入了《史记》。

历史上"一鸣惊人"的故事发生在楚国，以鸟为隐进谏君王的历史人物是活跃在楚庄王即位初期的芳贾。随着楚国国力增强和领土扩张，这一故事流播开来，广为人知。值得注意的是，在人们津津乐道的过程中，历史细节发生了某些变化，尤其是"有鸟止南方之阜"这一重要文化信息密码渐渐为人所忽略，遂使以鸟为隐进谏君王的故事发源地变得模糊不清。《韩非子·喻老篇》和《吕氏春秋·重言》都明明记载"一鸣惊人"的故事发生在楚庄王时，司马迁在《楚世家》中也记载了这一事实，但他又不顾前后矛盾，在《滑稽列传》中记载了淳于髡以鸟为隐谏说齐威王，这不能不说在司马迁"实录"精神背后隐藏着强烈的"好奇"冲动。

---

① 张大可：《史记研究》，甘肃人民出版社 1985 年版，第 230 页。
② （汉）班固：《汉书》，岳麓书社 1993 年版，第 1183 页。
③ （汉）司马迁：《史记》，中华书局 2006 年版，第 769 页。
④ （汉）司马迁：《史记》，中华书局 2006 年版，第 554 页。

第四节　屈原在汉初的地位

灭秦的主力是楚人，刘邦曾与楚人并肩作战，长期与楚人生活在一起，连刘邦自己也认同自己的楚人身份。刘邦非常喜欢楚声，一方面因为楚声的确很好听，另一方可能也是出于政治方面的考量。但不管怎样，刘邦对楚文化的认同的确有助于提高楚文化的地位，楚文化在汉初的文化建设中发挥了巨大作用，屈原在汉初时的地位后人难以想象。

一、汉初屈原作品为经

西汉王朝建立之后，有一段时间楚辞很受上层人物的青睐。首先是汉武帝对楚辞表现出异乎寻常的喜爱，朱买臣、庄助都因熟悉楚辞受到汉武帝的重用。在喜欢楚辞这一点上，淮南王刘安与汉武帝可以说是情趣相投。为讨好汉武帝，刘安特著《离骚传》献上。屈原在政治上是反秦的，代表了当时普遍的反秦意识。汉朝初立，发扬楚文化，自然推崇屈骚精神。作为反秦的一面旗帜，在汉初文化建设中，屈原及其作品在当时受到普遍重视也在情理之中。《楚辞章句》十七卷，其中汉代人作品七卷，作者有刘安、贾谊、庄助、王褒、东方朔、刘向、王逸等。汉代人的这些作品向来不受学者重视，他们不但模仿屈原作品的形式，还模仿屈原的声口，无病呻吟，形同剽窃。这固然有对屈原的敬仰的成分在里面，但也难免有邀宠的嫌疑，模仿屈原作品在当时是步入仕途的一条捷径。

刘安对于《楚辞》的结集和传播功绩甚伟。刘安十六岁袭封淮南王，都寿春（今安徽省寿县）。公元前241年，楚考烈王迁都寿春，寿春成为楚国后期的政治行政中心。章太炎先生认为"《楚辞》传自淮南"[1]，姜亮夫《洪庆善〈楚辞补注〉所引释文考》进一步申说章太炎的观点，认为淮南王刘安都寿春，而寿春属于楚地，楚国后来曾徙都于此，屈原很有可能到过这里，屈原的作品想必在这个地方流传颇广，刘安招致很多宾客在此讲论文艺，从事了搜集屈原作品的工作。因此，"自《离骚》至《招隐》为书，必刘安之所为"[2]。北宋的时候《楚辞释文》颇为流行，

---

[1]　章炳麟著，徐复注：《訄书详注》，上海古籍出版社2000年版，第54页。

[2]　姜亮夫：《楚辞学论文集》，上海古籍出版社1984年版，第398页。

篇目次序与今本《楚辞章句》有很大不同。汤炳正将《楚辞释文》的篇目分为五组，认为第一组《离骚》《九辩》为先秦人纂辑，纂辑者可能是宋玉；第二组《九歌》《天问》《九章》《远游》《卜居》《渔父》《招隐士》等篇可能是淮南王刘安或者其门客陆续增辑的作品①。《楚辞释文》篇目次序是不是汉代古本《楚辞》的本来面貌，其说法或可商榷。但刘安对《楚辞》的传播作出了巨大贡献是不争的事实。

据王逸《离骚后叙》，刘安、班固、贾逵都作过《离骚经章句》。今存王逸《楚辞章句》和朱熹《楚辞集注》，在屈原《离骚》题目下也都有一个"经"字。"经也者，恒久之至道，不刊之鸿教也。"②作为"至道""鸿教"的经书，在中国封建社会只有一种，那就是由官方法定的政治教科书，以"六经"为核心的儒家经典。对于屈原作品称经，前人讨论主要集中在《离骚》一篇上，这是因为在所有的《楚辞》版本上只有《离骚》篇目后有"经"字。《楚辞》是一部诗歌总集，除了屈原、宋玉等人的作品外，还有将近一半的作品是汉代人模仿《离骚》的所谓述骚之作。洪兴祖《楚辞考异》在"《九歌》第二"的题目下注曰："一本《九歌》至《九思》下，皆有传字。"③洪兴祖曾见到过这样的《楚辞》版本：除《离骚》被称作"经"外，屈原其他的作品也和汉代人的作品一样被称作"传"。明正德十三年（公元1518年）黄省曾校高第刊本王逸《楚辞章句》即是《离骚》后有"经"字、《九歌》至《九思》后皆有"传"字的传本。受汤炳正划《楚辞释文》篇目为五组做法的启发，我们不妨也将今本《楚辞章句》的篇目作如下划分：第一组《离骚》《九歌》《天问》《九章》《远游》《卜居》《渔父》《九辩》《招魂》《大招》《惜誓》《招隐士》，第二组《七谏》《哀时命》《九怀》《九叹》，第三组《九思》。第一组是西汉武帝时淮南王刘安或其门客编辑，第二组是刘向在刘安《楚辞》十二卷基础上增辑而成，第三组《九思》是王逸作《楚辞章句》时援例把自己的作品附了上去。从第一组作品来看，《九辩》之前一共七题二十五篇，这应该就是屈原的全部作品，与《汉书·艺文志》所说屈原作品有二十五篇这个数目正相符合。第二组和第三组则是祖述屈原的作品。"圣人制作曰经，贤人著述曰传"④。屈原所有的作品都应该归入经类，其他祖述屈原的作品则属于传。换句话说，《楚辞》这本书

---

① 汤炳正：《屈赋新探》，齐鲁书社1984年版，第93—96页。

② 杨明照等：《增订文心雕龙校注》，中华书局2012年版，第27页。

③ （汉）王逸注，（宋）洪兴祖补注：《楚辞章句补注》，吉林人民出版社1999年版，目录第1页。

④ （晋）张华：《博物志》，中华书局1985年版，第27页。

是按照以传释经的体例编纂的。

《史记·屈原列传》称屈原的《离骚》兼有风雅之致，也就是说《离骚》既有《国风》好色而不淫的特点，也有《小雅》怨诽而不乱的精神。这是将《离骚》与《诗经》相提并论了。《史记·屈原列传》还称赞屈原的人格可以与日月争光，将屈原精神提高到一个无可比拟的程度。从"《离骚》者，犹离忧也"到"推此志也，虽与日月争光可也"，这段话在《屈原列传》中显得比较突兀，文气上不太连贯。有人从写作的角度认为司马迁行文"奇绝"，所以这段话给人突兀不连贯的印象。有人对这种说法不以为然，认为这段话是后人插进去的，不是出自司马迁之手①。刘安曾写过《离骚传》，可惜的是已经失传了，其原貌不得而知，但班固《离骚序》说："昔在孝武，博览古文，淮南王安叙《离骚传》，以《国风》好色而不淫，《小雅》怨诽而不乱，若《离骚》者，可谓兼之矣。蝉蜕浊秽之中，浮游尘埃之外，皭然泥而不滓，推其志，虽与日月争光可也。"②这段话里很多句子和意思与《屈原列传》中的那段话相同，这足以说明《屈原列传》中的那段话出自刘安的《离骚传》。尤其值得注意的是，在刘安心目中《离骚》与《国风》《小雅》的地位相同，这与刘安按照以传释经的体例编纂《楚辞》这本书是相吻合的。不唯如此，刘安还推称屈原"虽与日月争光可也"③，由此可见屈原在刘安心目中有着崇高的地位。屈原作品在刘安眼里不输《诗经》，至少在刘安心目中屈原作品可以称经。如果我们承认今本王逸《楚辞章句》的篇目次序传自刘向，刘向《楚辞》十六卷又传自刘安，则刘安纂辑《楚辞》十二卷时采用以传释经的体例，显然有其合理的动机在里面。

二、东汉人已不知屈原作品曾为经

刘向《楚辞》十六卷是在刘安《楚辞》十二卷基础上增辑而成，在体例上沿用了刘安《楚辞》十二卷以传释经的体例。东汉王逸在作《楚辞章句》时，虽然在《离骚后叙》中称自己"稽之旧章，合之经传，作十六卷章句"④，实际上他对

---

① 黄中模：《谈〈屈原问题考辨〉中涉及的有关〈史记·屈原列传〉的一些争议问题》，《重庆师院学报》1983 年第 4 期。

② （汉）王逸注，（宋）洪兴祖补注：《楚辞章句补注》，吉林人民出版社 1999 年版，第 49 页。

③ （汉）王逸注，（宋）洪兴祖补注：《楚辞章句补注》，吉林人民出版社 1999 年版，第 49 页。

④ （汉）王逸注，（宋）洪兴祖补注：《楚辞章句补注》，吉林人民出版社 1999 年版，第 48 页。

于《楚辞》以经释传的体例已经不甚了了。王逸在解释"离骚经"三字时这样说："离，别也。骚，愁也。经，径也。言己放逐离别，中心愁思，犹依道径，以讽谏君也。"①王逸将"经"解释为路径的"径"，与经传之"经"含义相去甚远，说明他不知道《楚辞》原来的编纂体例。王逸在作《楚辞章句》时，也没有按照刘向《楚辞》十六卷的篇目顺序依次作注。在为《九章·哀郢》："美超远而逾迈"一句作注时，王逸说"皆解于《九辩》中"②，从中可以推测王逸先为《九辩》作注，然后再为《九章》作注。王逸对于《九歌》《九章》中的"九"都没有作任何解释，而在《九辩》的叙文中却对"九"字大加发挥。这也说明，王逸是先注《九辩》，后注《九歌》和《九章》的。在宋代流传的五代时期王勉所作的《楚辞释文》，篇目次序与今本《楚辞章句》大异，《离骚》之后即为《九辩》。汤炳正认为《楚辞释文》的篇目次序是汉代古本《楚辞》的原貌。即便《楚辞释文》是汉代古本《楚辞》的原貌，也只能说是王逸《楚辞章句》古本的原貌，而不是刘向《楚辞》十六卷的古本原貌，更不是刘安编纂的《楚辞》原貌。

我们已经说过，刘安、刘向的《楚辞》是按以传释经的体例编纂。那么，刘安、刘向的《楚辞》是如何安排"经"字和"传"字的呢？将今本《楚辞章句》的篇目，《离骚》后添一"经"字，《九辩》后添一"传"字，《楚辞》以传释经的体例便豁然呈现在我们面前了。也就是说，刘安、刘向在编辑《楚辞》这本书的时候，只在《离骚》后写了一个"经"字，《九辩》后写了一个"传"字，《离骚》后屈原的作品《九歌》《天问》《九章》《远游》《卜居》《渔父》诸篇都蒙前省去了"经"字，《九辩》后《招魂》《大招》《惜誓》《招隐士》《七谏》《哀时命》《九怀》《九叹》也都蒙前省去了"传"字。问题出在，汉代的书籍都是把竹简编成一册一册的，或者写在绢帛上成为一卷，与现在的书籍装订成册不一样。刘向编订的《楚辞》十六卷只在《离骚》后标了一个"经"字，《九辩》后标了一个"传"字，卷、册挤压在一起，整本书的篇目次序很容易发生混乱。我们可以这样想象，由于王逸对《楚辞》的编纂体例不甚了了，以至于当他为《离骚经》作注后，接下来他拿起的不是屈原的作品《九歌》，而是宋玉的《九辩》。《楚辞释文》篇目次序大约是王逸《楚辞章句》的本来面貌，却不是刘向《楚辞》十六卷的原貌。刘向《楚

---

① （汉）王逸注，（宋）洪兴祖补注：《楚辞章句补注》，吉林人民出版社 1999 年版，第 2 页。
② （汉）王逸注，（宋）洪兴祖补注：《楚辞章句补注》，吉林人民出版社 1999 年版，第 132 页。

辞》十六卷不但按以传释经的体例编纂，而且以其人之先后次叙篇第。若《楚辞释文》的篇次是王逸《楚辞章句》的原貌，则今本《楚辞章句》的篇目顺序应该是知道刘向《楚辞》以其人之先后次叙篇第者为之重新排序的结果。

据《汉书·艺文志》著录，屈原作品有二十五篇。班固自己讲，他的《汉书·艺文志》是在刘歆《七略》基础上"删其要，以备篇辑"①，而刘歆《七略》又是在刘向《叙录》基础上完成的。刘向曾在秘府典校经书，又曾亲手编辑过《楚辞》十六卷。刘向是我国重要的目录学家，刘向说屈原作品二十五篇是有绝对权威性的，后世学者没有谁敢对此表示怀疑。《汉书·艺文志》虽然明确记载屈原的作品一共有二十五篇，但没有将屈原的这二十五篇作品的名称一一列出，所以这二十五篇到底包括哪些作品就成了悬案，后世学者聚讼不已。《离骚》《九歌》《九章》和《天问》基本是公认的屈原的作品，《卜居》《远游》《渔父》就有人怀疑不是屈原的作品。《大招》的作者，王逸说是屈原所作，但又说"或曰景差，疑不能明"②。又《史记·屈原列传》："太史公曰：余读《离骚》《天问》《招魂》《哀郢》，悲其志。"③有人根据这段文字，推断说屈原的作品里面有《招魂》。《九章》有九篇，《九歌》有十一篇，加上《离骚》《天问》《远游》《卜居》《渔父》正好二十五篇。如果说《大招》是屈原的作品，就溢出了二十五篇之数。加上《招魂》，屈原的作品就是二十七篇了。在楚辞学上，《九歌》的"九"字曾是学者争论的一个焦点。有学者认为"九"不是实指，只是代表多数。持这种观点的学者坚持认为《九歌》就是十一篇；也有学者坚持认为"九"字是实数，屈原的《九歌》总共只有九篇。《九歌》明明是十一篇，如何证明《九歌》的"九"是实数呢？为了证明"九"是实数，学者们或者采取合并《九歌》中篇目的方法，或者将一头一尾看作迎神曲和送神曲，不算在《九歌》之内。其实，认为"九"是实数的学者，他们的目的不过是要把《大招》和《招魂》这两篇作品塞进屈原的作品里面。而主张"九"为虚数的学者，坚持认为《九歌》就是十一篇，他们的目的不过是为了把《招魂》《大招》排除在屈原作品之外。关于《九歌》的分章，很多学者为之殚精竭虑。无论是主张"九"是实数还是虚数，其实大家的目的都是一样的，那就是为了让屈原的作品符合《汉书·艺文志》的二十五篇之数。实际上，如果弄明白了刘安、刘

---

① （汉）班固：《汉书》，岳麓书社1993年版，第758页。
② （汉）王逸注，（宋）洪兴祖补注：《楚辞章句补注》，吉林人民出版社1999年版，第213页。
③ （汉）司马迁：《史记》，中华书局2006年版，第509页。

向编纂《楚辞》的原初体例，以上问题就都可以迎刃而解了。

我们认为《楚辞》这本书的编纂体例甚明，它定型于刘安之手，并为刘向所延续。《楚辞》采取了以传释经的编纂体例，屈原的作品为经，其他人的作品都是传。根据这样的一个编纂体例，审视今本《楚辞》，很清楚地发现，《离骚》《九歌》《天问》《九章》《远游》《卜居》《渔父》正好七题二十五篇，这就是《汉书·艺文志》所说的屈原赋二十五篇；《九歌》实际是十一篇，"九"是一个虚数，代表多数，并非实指；《楚辞》这本书是按照作者先后编排作品的，《招魂》和《大招》都在宋玉的《九辩》之后，所以不可能是屈原的作品。

从《楚辞》的编纂体例可以看出，《楚辞》中能够被称作经的不止《离骚》一篇，屈原所有的作品都应该称作经。汉武帝对《楚辞》情有独钟，曾让刘安为《离骚》作传，朱买臣也因为善言《楚辞》飞黄腾达。据《汉书·王褒传》，汉宣帝曾召九江被公诵读《楚辞》，说明汉朝政府给予了屈原及其作品很高的地位。另外，在《汉书·古今人物表》中，先秦的历史人物被分为九个等级，它们是上上、上中、上下、中上、中中、中下、下上、下中、下下。上上为圣人，周公、孔子属于这一个等级。上中为仁人，屈原和孟子并列。班固在《离骚序》中对屈原极尽攻击之能事，批评屈原"露才扬己""强非其人"[1]。既然班固对屈原如此贬低，为什么还在《古今人物表》中将屈原列为上中仁人呢？首先，班固死的时候，《汉书》中的部分表、志还没有全部完成，一部分"志""表"由其妹班昭和马续完成，《古今人物表》可能出自班昭、马续之手。其次，班固撰《汉书》与司马迁撰《史记》的初衷不一样，司马迁撰《史记》是为了"究天人之际，通古今之变，成一家之言"[2]，而班固则是奉召修史，站在汉朝政府的立场上为历史人物树碑立传。即便《古今人物表》出自班固之手，屈原被置于上中仁人与孟子并列，那也只是汉朝政府对屈原的历史评价，而不能完全代表班固自己的立场。一般来说政府对一个历史人物的评价往往是比较稳定，除非出现大的政治波动，否则一个人物的历史地位一般不会轻易发生改变。而作为个人而言，由于社会环境和个人际遇不同，对历史人物可能会有不同的解读和认识，所以往往会出现言人人殊的现象。

屈原作品称经，是汉初楚文化特别受重视的结果和反映。随着时间的推移，

---

[1] （汉）王逸注，（宋）洪兴祖补注：《楚辞章句补注》，吉林人民出版社1999年版，第49页。

[2] （汉）班固：《汉书》，岳麓书社1993年版，第1181页。

至东汉时期，楚文化已经与各地文化融为一体，形成了统一的汉文化。此时的汉朝政府已经没有必要再以楚文化自我标榜，加之儒家思想在社会意识形态中逐渐占据主导地位，屈原及其作品地位大不如前。虽然政府依然承认屈原上中仁人的地位，其作品曾被称作经的事实却再无人提起，而且已经有人敢于公开指责屈原了。针对班固批评屈原"露才扬己、怨刺其上，强非其人"①的说法，王逸《离骚后叙》认为"殆失厥中"②，他不同意班固对屈原的评价。尽管王逸驳斥了班固对屈原人格及作品的攻击，且他也不知道在汉初屈原的作品曾一度被尊为经。东汉时期，屈原作品的经学地位已不为人承认，之后更不为人知，以至于《离骚》称经问题成为楚辞学一大悬案。出于维护儒家在封建社会意识形态中统治地位的目的，有人不同意称《离骚》为经。清陈本礼在《屈辞精义·略例》中就说《离骚》后的"经"为汉代人所加③，清夏大霖在《屈骚心印·发凡》中也说："予谓'经'、'传'字，自是后人多赘者，删之是"④。北京图书馆藏明正德十四年沈圻刻本朱熹《楚辞集注》八册，其中所载张旭的《重刊楚辞序》更称《离骚》之下的"经"自为好事者所为，"牵强附会，不知甚矣"⑤。后人之所以不同意《离骚》为经，一方面受当时经专指儒家经典的观念的制约，另一方面也说明他们没有站在历史的角度看待"经"的含义，没有将屈原作品放在汉初文化建设中来考察，不知道楚文化对于汉文化的形成曾经发挥了怎样的建设意义。

第五节　从《诗经》到《离骚》

自刘师培《南北文学不同论》发表，南方文学与北方文学就被截然对立起来了。就《诗经》《楚辞》而言，《诗经》被认为代表了北方文学，《楚辞》代表了

---

① （汉）王逸注，（宋）洪兴祖补注：《楚辞章句补注》，吉林人民出版社1999年版，第49页。
② （汉）王逸注，（宋）洪兴祖补注：《楚辞章句补注》，吉林人民出版社1999年版，第49页。
③ 陈本礼：《屈辞精义》，见杜松柏主编：《楚辞汇编》（第五册），台湾新文丰出版公司1986年版。
④ 姜亮夫先生藏清夏大霖《屈骚心印》中有"发凡"十八则，《楚辞书目五种》有著录，参见中华书局1961年版，第181—185页。
⑤ 明正德十四年陈圻刻本《楚辞集注》八册，北京图书馆藏。是书及张旭《重刊楚辞序》，崔富章先生《楚辞书目五种续编》一书并有著录，参见崔富章：《楚辞书目五种续编》，上海古籍出版社1993年版，第57、69—70页。

南方文学。黄河哺育了《诗经》，长江滋养了《楚辞》。甚至有人打了一个这样的比喻：如果说中国诗歌是一条河流，那么这条河流由两条支流汇集而成，这两条支流分别就是代表黄河文明的《诗经》和代表长江文明的楚辞。且不说这个比喻恰当不恰当，长江与黄河并没有汇集到一起。就时间上来说，《诗经》在春秋中叶即戛然而止，三百多年后楚辞才"奇文郁起"。从《诗经》到楚辞，这中间是怎样一个关联，对于理解《诗经》与楚辞的关系至关重要。

一、诗歌与歌诗

翻开中国文学史，我们仿佛进入了诗歌的殿堂。春秋中叶，中国出现了第一部诗歌总集《诗经》，三百年后出现了以屈原为代表的楚辞创作，汉代有乐府诗，魏晋出现了文人诗歌创作高潮，然后是唐诗、宋词、元曲。从古至今的诗歌创作，为中国赢得了"诗的国度"的美誉。诗歌是中国人重要的精神食粮，很多人不但吟诵诗歌，研究诗歌，也积极创作诗歌。

我们谈论中国的诗歌何以用"诗歌"两字来命名，实际上是在谈诗歌之名与诗歌之实之间的关系，属于名实之辨。名指名称、概念，实指现实中实有的东西。在生活中，名分很重要。孔子说："名不正则言不顺，言不顺则事不成。"① 讲究名分，是孔子的生活态度。然而庄子却觉得名并不那么重要，他说："名者，实之宾也"②。在名与实的关系上，人们存在着不同的理解和认识。东汉的徐幹认为："名者所以名实也，实立而名从之，非名立而实从之也。"③ 南北朝时的刘昼也认为："名以订实，实为名源。"所谓正名，就是要做到"实由名辨"，"不使名害于实，实隐于名"④。清代王夫之则进一步指出："知实而不知名，知名而不知实，皆不知也。"⑤ 名绝非仅仅是实的附属物，名实之间的关系隐喻着事物的真相和本质。因此，追寻中国的诗歌何以用"诗歌"两字来命名便成了我们考察的重点。

刘勰的《文心雕龙·乐府》中有："昔子政品文，诗与歌别。"⑥ 子政，就是汉

---

① （宋）邢昺：《论语注疏》，（清）阮元校刻：《十三经注疏》，中华书局 1980 年版，第 2506 页。

② （清）郭庆藩撰，王孝鱼点校：《庄子集释》，中华书局 2013 年版，第 25 页。

③ （汉）徐幹：《中论》，中华书局 1985 年版，第 21 页。

④ （北朝）刘昼撰，傅亚庶校释：《刘子校释》，中华书局 1988 年版，第 156 页。

⑤ （清）王夫之著，阳建雄校注：《姜斋文集校注》，湘潭大学出版社 2013 年版，第 3 页。

⑥ 杨明照等：《增订文心雕龙校注》，中华书局 2012 年版，第 85 页。

代的刘向。汉成帝时，刘向为校书中秘，负责经传诸子诗赋部分，并撰成《叙录》一书。刘向死后，刘歆子承父业，并完成《七略》一书。在《七略》基础上，班固完成了《汉书·艺文志》。班固的《汉书·艺文志》中，"诗"被归入"六艺略"，著录了六家，一共四百一十六卷；"歌"被归入"诗赋略"，著录了二十八家，一共三百一十四篇。"歌"又称歌诗，都是入乐的歌辞，"诗赋略"中的"诗"指的就是歌诗。《诗经》原本也是入乐的歌辞。公元前544年，吴公子季札出使鲁国，鲁国乐工为曾为其依次演奏了《诗经》中的作品。孔子周游列国，晚年返回鲁国，他自己最为重视的一件事情就是为《诗经》"正乐"。马瑞辰在《毛诗传笺通释》卷一云："诗三百篇，未有不可入乐者。"① 由于《诗经》曾被孔子作为教材讲授，汉代独尊儒术，所以在汉代特别受到推崇。在汉代人们所谓的"诗"有两个含义：一指歌诗，一特指《诗经》。诗在先秦一般也特指《诗经》，但也偶尔指入乐的歌辞。如《庄子·大宗师》说子舆与子桑是好朋友，在子桑病重期间，子舆给他送饭，在门口听子桑一边鼓琴，一边唱"父邪！母邪！天乎！人乎！"② 对于子桑的唱歌，庄子描述为"若歌若哭"③，又说"有不任其声而趋举其诗焉"④。注意，这里庄子将歌辞"父邪！母邪！天乎！人乎"称作了"诗"。子舆进到屋里，对子桑说："子之歌诗，何故若是？"⑤ 从子舆的言辞里我们知道，歌辞"父邪！母邪！天乎！人乎"也可以称作歌诗。

"歌的本质是音乐"，"西周至战国早期，除《诗经》，歌很少被称为'诗'的"⑥。称歌为诗大约始于战国中后期，西周至战国早期歌一般不称作诗。汉代也有人称歌诗为诗，如杨恽的《报孙会宗书》，说自己被罢职后，在家中斗酒自劳，仰天拊缶，拂衣而喜，奋袖低卬，顿足起舞，并说自己作诗一首："田彼南亩，荒秽不治。种一顷豆，落而为萁。人生行乐耳，需富贵何时！"⑦ 缶是一种乐器，仰天拊缶自然是指诗有乐相伴，杨恽的《种豆诗》显然为入乐的歌辞。如果按照刘向"诗与歌别"的标准，《种豆诗》自然应归于"诗赋略"中的歌诗一类。

---

① （清）马瑞辰：《毛诗传笺通释》，中华书局1989年版，第1页。

② （清）郭庆藩撰，王孝鱼点校：《庄子集释》，中华书局2013年版，第260页。

③ （清）郭庆藩撰，王孝鱼点校：《庄子集释》，中华书局2013年版，第259页。

④ （清）郭庆藩撰，王孝鱼点校：《庄子集释》，中华书局2013年版，第260页。

⑤ （清）郭庆藩撰，王孝鱼点校：《庄子集释》，中华书局2013年版，第260页。

⑥ 赵辉：《歌与诗的起源及原始功能异同》，《武汉大学学报》（人文科学版）2009年第6期。

⑦ （汉）班固：《汉书》，岳麓书社1993年版，第1247页。

杨恽自称是《种豆诗》，大约和庄子一样，诗是"歌诗"之诗。"歌诗"与《诗经》原本是泾渭分明的，或许是有感于"歌诗"之诗与《诗经》之诗有混同合一的趋向，作为目录学家的刘向才特别强调"诗与歌别"。"诗与歌别"是先秦时期的一个传统观念，这一观念被刘向、刘歆、班固等人继承，在经学昌盛的时代影响深远。根据《汉书·艺文志》"屈原赋二十五篇"①，刘向应该是将屈原所有的作品都归入了"诗赋略"中的赋类。也就是说屈原的很多作品，我们现在称作诗的，而刘向、刘歆父子却一律视之为赋了。

二、诗为在寺之言

根据现存的传世典籍，《尚书》和《诗经》中的《大雅》都已出现"诗"字。"诗"到底是什么意思？历代学者对其进行了大量的训释和考辨，其中汉朝人对"诗"的一些诠释引起不少学者浓厚的兴趣。孔颖达《诗谱序正义》云："名为诗者，《内则》说负子之礼云：'诗负之。'注云：'诗之言承也。'《春秋说题辞》云：'在事为诗，未发为谋，恬淡为心，思虑为志。诗之为言，志也。'《诗纬·含神雾》云：'诗者，持也。'然则诗有三训，承也，志也，持也。作者承君政之善恶，述己志而作诗，为诗所以持人之性，使不失队（坠），故一名而三训也。"②"承也，志也，持也"，这里对"诗"字的三种解释，是作为后世学者的孔颖达对汉朝人多种说法的概括。

《尚书·舜典》："帝曰：夔！命汝典乐，教胄子，直而温，宽而栗，刚而无虐，简而无傲。诗言志，歌永言，声依永，律和声。八音克谐，无相夺伦，神人以和。"③ 对《尚书》中的这段话仔细品味，其中"诗言志"似乎不是在讨论"诗"的字源，而是在说诗的作用：志只有通过诗这种方式才能够得到充分表达。"诗言志"在司马迁的《史记·五帝本纪》中作"诗言意"④，三国时魏人张揖在《广雅·释言》中说："诗，意也。"汉朝人对诗与志、意关系的理解深受"诗言志"影响，所谓的训诗为志、为意，实际不过在重复"诗言志"这句老话："诗"是用来表达内心之志意的。闻一多在《歌与诗》中认为志与诗原来是一个字⑤。然

---

① （汉）班固：《汉书》，岳麓书社 1993 年版，第 774 页。
② （唐）孔颖达：《毛诗正义》，（清）阮元校刻：《十三经注疏》，中华书局 1980 年版，第 262 页。
③ （唐）孔颖达：《尚书正义》，（清）阮元校刻：《十三经注疏》，中华书局 1980 年版，第 131 页。
④ （汉）司马迁：《史记》，中华书局 2006 年版，第 5 页。
⑤ 闻一多：《歌与诗》，载闻一多：《神话与诗》，中华书局 1956 年版，第 185 页。

而《说文》云："诗，志也。"① 在解释"志""意"的时候说："志，意也。""意，志也。"《说文》将"志""意"互训，却没有将"诗""志"互训，说明"诗"与"志"还是有区别的。如果说"志"为要载的货物，则"诗"就是载货的车马，货物与车马显然不是一回事。《毛诗序》："在心为志，发言为诗。"② 作为货物的"志""意"，汉朝人说得很清楚，但承载志、意的"车马"为什么称作诗呢？对此汉朝人没有作进一步的说明。

"诗之言承也。"③ 这句话是郑玄对《礼记·内则》"诗负之"中"诗"的解释，原文是这样的："国君世子生，告于君。接以大牢，宰掌具。三日，卜士负之。吉者宿齐（斋），朝服寝门外，诗负之。射人以桑弧、蓬矢六，射天地四方。保受，乃负之。宰醴负子，赐之束帛。卜士之妻、大夫之妾，使食子。"④ 这段话记载的是负子之礼，即国君世子生三日后举行的仪式。据郑玄注："负者，谓抱之使其向前也。"⑤ 负子之礼，首先要通过占卜来遴选，被选中的士（吉者）头天晚上斋戒，朝服候于寝门外，"诗负之"。这里的"诗负之"，根据上下文意当为"侍负之"。《说文》："侍，承也。"⑥ 郑玄"诗之言承也"正是对"侍"的解释。由此可见，《内则》"诗负之"的"诗"实为一个假借字，其本字为"侍"。

《礼记·内则》孔颖达疏："《诗含神雾》云：诗者，持也。以手维持，则承奉之义。谓以手承下而抱负之。"⑦ 据日人安居香山、中村璋八所辑的《纬书集成》，"以手维持，则承奉之义。谓以手承下而抱负之"亦为《含神雾》中的句子。如果是这样，则"诗者，持也"的说法实受"诗之言承也"的影响。纬书形成于西汉哀帝、平帝时期，至东汉基本完备。东汉末的郑玄虽然释"诗"为"承"，但并没有指出"诗负之"中"诗"的本字为"侍"，他所谓的"诗之言承也"可能是在传述汉代流行的一种说法。正是在传统说法"诗之言承也"的基础上，纬书《含神雾》的作者作了进一步的发挥，云："在于敦厚之教，自持其心，讽刺之道，可以扶持邦家者也。"⑧"诗""持"皆从

---

① （清）段玉裁：《说文解字注》，浙江古籍出版社 1998 年版，第 90 页。
② （唐）孔颖达：《毛诗正义》，（清）阮元校刻：《十三经注疏》，中华书局 1980 年版，第 269 页。
③ （唐）孔颖达：《礼记正义》，（清）阮元校刻：《十三经注疏》，中华书局 1980 年版，第 1469 页。
④ （唐）孔颖达：《礼记正义》，（清）阮元校刻：《十三经注疏》，中华书局 1980 年版，第 1469 页。
⑤ （唐）孔颖达：《礼记正义》，（清）阮元校刻：《十三经注疏》，中华书局 1980 年版，第 1469 页。
⑥ （清）段玉裁：《说文解字注》，浙江古籍出版社 1993 年版，第 373 页。
⑦ （唐）孔颖达：《礼记正义》，（清）阮元校刻：《十三经注疏》，中华书局 1980 年版，第 1469 页。
⑧ ［日］安居香山、中村璋八：《纬书集成》，河北人民出版社 1994 年版，第 464 页。

寺得声，朱骏声《说文通训定声》释"诗"曰："假借……为侍，或为持。"①"持"的本义为握，"侍"的本义为承，《含神雾》为了阐发"诗"所以持人之性的观点，混淆假借字与本字之间的区别，将诗理解为承、持，显然不足为训。

由以上分析可知，汉朝人所谓的诗"一名而三训"，其实并没有说清"诗"到底是什么。闻一多在《歌与诗》中感叹："'诗'字最初在古人的观念中，却离现在的意义太远了。"②"诗"字最初在古人的观念中到底是什么，恐怕汉朝人已经不很清楚了。因此探讨"诗"字本义需要另辟蹊径。

关于"寺"，史书有多种解释，主要有：第一，《汉书·外戚传》颜师古注："寺者，掖庭之官舍。"③ 第二，《文选》吴都赋注引汉代《风俗通义》："今尚书、侍御史、谒者所止皆曰寺。"④ 第三，《后汉书·光武纪》注引《风俗通义》："寺，司也。诸官府所止曰寺。"⑤ 以上三种说法不尽一样，但在一点上是相同的，即：寺是供人活动的场所，这一点在后来寺指佛教徒活动的场所也没有改变。寺是供人活动的场所，帝王掖庭宫禁称作寺，其原因不过像后来的佛教徒活动场所称作寺一样。然而，寺毕竟不是普通的场所。《左传·隐公七年》"发币于公卿"孔颖达疏云："自汉以来，三公所居谓之府，九卿所居谓之寺。"⑥ 寺与政治有着密切的关系，正如《说文》所说："寺，廷也，有法度者也。"⑦ 佛教庙宇称寺，缘于鸿胪寺。宋赵彦卫《云麓漫钞》卷六："汉明帝梦金人，而摩腾、竺法始以白马陁经入中国，明帝处之鸿胪寺。后造白马寺居之，取鸿胪寺之义。"⑧ 鸿胪寺掌管礼仪，负责接待外宾。追根溯源，寺庙之寺原来也与政治有关。

按照许慎的《说文解字》，寺字的小篆字形为𡳐。有学者将屮释为止，"止乃足趾之趾的初文"⑨。𡳐即寸，从又一，又为手形。刘士林先生认为寺是实体量度的手和脚的组合字，"由于人手的自然条件并不一致，故最初那个做为标准件的

---

① （清）朱骏声：《说文通训定声》，中华书局1984年版，第164页。

② 闻一多：《歌与诗》，载闻一多：《神话与诗》，中华书局1956年版，第184页。

③ （汉）班固：《汉书》，百衲本《二十五史》第一册，浙江古籍出版社1998年版，第593页。

④ （南朝）萧统编，（唐）李善注：《文选》，中华书局1977年版，第88页。

⑤ （南朝）范晔：《后汉书》，百衲本《二十五史》第一册，浙江古籍出版社1998年版，第631页。

⑥ （唐）孔颖达：《春秋左传正义》，（清）阮元校刻：《十三经注疏》，中华书局1980年版，第1732页。

⑦ （清）段玉裁：《说文解字注》，浙江古籍出版社1998年版，第121页。

⑧ （宋）赵彦卫：《云麓漫钞》，古典文学出版社1957年版，第92页。

⑨ 于省吾：《〈诗经〉中"止"字的辨释》，载于省吾：《泽螺居诗经新证》，中华书局1982年版，第178页。

'寺'可能是一双非常具体的手足，联系到上古政教合一，用来作为公共单位的'手'、'足'，很可能就是氏族首领的手与足"，"随着社会的发展，原始社会所要处理的事务已不仅仅是简单的食物分配或土地丈量，政治、军事、宗教等事务开始繁多起来。这就需要一个议事的场所，而最初的场所很可能是不固定的，只是随着氏族首领的居停之处而变动，人们也一直习惯于用'寺'来指称这些流动性的议事会议场所，直到有一天，原始部落确定了其议事地点，如《七月》中所谓的'公堂'，所有的决策都由此而发，这才使作为手足的寺，最后换喻为作为'廷'的寺"，"从某种角度来说，寺也就是中国历史上最初的'明堂'"①。

笔者不同意将屮释为脚趾之趾。寺从土从寸，据许慎的《说文解字》，土显然由屮隶变而来。《说文》："土，地之吐生万物者也，二象地之上、地之中，｜，物出形也。"②屮之形亦分明像草木从土出，下面一横象地，上面部分为草木。止，《说文》写作屮，云："下基也，象草木出有阯，故以止为足。"③屮之形，像草出斜坡，斜坡为阯，故云"下基也"。就目前已出土的简帛文献来看，寺之上半部分"土"与"止"之区别，关键也在于下面一横，屮下一横表示平地，屮（止）之形则像草出斜坡。④从字形的构造来讲，土、屮、屮均表示草木从地出，只不过对斜坡也就是"下基"作了刻意地突出和强调，并由此引申为足。嵜字中的屮隶变为土而没有隶变为止，说明屮不宜释为止。"寺"之本义或许很简单，寸土为寺，寺指极小的一片地方。而这片小小的地方，应该就是刘先生所谓的原始部落议事地点。另外，寸从手，有持平之义。《诗经·国风》中的《召南》有《甘棠》一诗，据《史记·燕召公世家》言："召公巡行乡邑，有棠树，决狱政事其下，自侯伯至庶人各得其所，无失职者。召公卒，而民人思召公之政，怀棠树不敢伐，歌咏之，作《甘棠》之诗。"⑤又《礼记·王制》载："正以狱成告于大司寇，大司寇听之棘木之下。"⑥古代听讼于甘棠、棘木之下，当听讼有了固定场所，这便是后来的大理寺了。总而言之，寺最初要表达的意思可能就是氏族首领在树荫下处理政务。

① 刘士林：《胼首胝足：诗从寺新考》，《河南师范大学学报》2000 年第 1 期。
② （清）段玉裁：《说文解字注》，浙江古籍出版社 1998 年版，第 682 页。
③ （清）段玉裁：《说文解字注》，浙江古籍出版社 1998 年版，第 67 页。
④ 参见李守奎：《楚文字编》"寺"字、"止"字条，华东师范大学出版社 2003 年版，第 194、81 页。
⑤ （汉）司马迁：《史记》，中华书局 2006 年版，第 215 页。
⑥ （唐）孔颖达：《礼记正义》，（清）阮元校刻：《十三经注疏》，中华书局 1980 年版，第 1343 页。

《周礼·考工记》："外有九室，九卿朝焉。"① 可以想象，原始社会公共事务相对简单，最初未必分九卿理事，举凡政治、军事、宗教等事务均在寺议论而定。寺初无定所，或在甘棠之下，或在棘木之侧。后场所固定，构屋筑巢，甚或分屋理事，"九卿所居谓之寺"②，九寺雏形成焉。随着氏族首领的权力一步步加强，寺的部分建筑由氏族首领专居，变成了帝王的掖庭宫禁，另一部分公共建筑则成为各种行政机构的官舍。从"寺"的三种解释来看，除了帝王居住的掖庭宫禁称作寺外，各种行政机构的官舍，甚至包括官员的府邸也是可以称为寺的。《东观汉记·刘般传》："时五校尉官显职闲，府寺宽敞，舆服光丽。"③《颜氏家训·治家》："邺下风俗，专以妇持门户，争讼曲直，造请逢迎，车乘填街衢，绮罗盈府寺。"④ 无论是帝王的掖庭宫禁，还是官员的府邸和官署，其来源都是原始社会处理和商议公共事务的场所——寺。正因如此，后世凡与寺相关的称呼都与政治有着千丝万缕的联系。

就字形的构造说，"诗"字从言从寺，王安石《字说》释诗为寺人之言。《周礼·天官》："寺人，掌王之内人及女宫之戒令，相道其出入之事而纠之。若有丧纪、宾客、祭祀之事，则帅女官而至于有司。佐世妇治礼事，掌内人之禁令，凡内人吊临于外，则帅而往，立于其前而诏相之。"⑤ 寺人就是执事于掖庭宫禁之人，一般由阉人充当。顾炎武《日知录》卷二十八云："三代以上，凡言寺者皆奄竖之名。"⑥ 寺人之言和诗有着怎样的关系，王安石没有进一步说明。今人叶舒宪从比较文化入手，根据域外一些国家盛行宗教性阉割行为，推断中国一度出现过祭司净身制度。叶先生认为诗乃祭政合一时代作为祭仪主持人的寺人的"礼仪圣辞"。⑦ 宗教性阉割行为在中国古代文献中并不见任何记载，也无法提供本土宗教信仰方面的任何依据。诗为寺人之言，虽经发扬光大，未必便为定论。况且古代寺人至微至贱，"夫中才之人，事关于宦竖，莫不伤气，况慷慨之士乎？"⑧

---

① （唐）贾公彦：《周礼注疏》，（清）阮元校刻：《十三经注疏》，中华书局 1980 年版，第 928 页。
② （唐）孔颖达：《春秋左传正义》，（清）阮元校刻：《十三经注疏》，中华书局 1980 年版，第 1732 页。
③ 吴树平校注：《东观汉记校注》，中州古籍出版社 1987 年版，第 650 页。
④ （北朝）颜之推：《颜氏家训》，北京燕山出版社 1995 年版，第 41、43 页。
⑤ （唐）贾公彦：《周礼注疏》，（清）阮元校刻：《十三经注疏》，中华书局 1980 年版，第 687 页。
⑥ （清）顾炎武：《日知录》，甘肃民族出版社 1997 年版，第 1236—1237 页。
⑦ 叶舒宪：《"诗言志"辨——中国阉割文化索源》，《文艺研究》1994 年第 2 期。
⑧ （汉）司马迁：《报任安书》，载（汉）班固：《汉书》，岳麓书社 1993 年版，第 1178 页。

诗是中国文学王国中的贵族，诗人是对能诗文人的尊称。将诗与寺人联系起来，单从感情上来说也难以让人接受。上博简《孔子诗论》“诗”写作，上部为土生草木，下部为言，其义为言于草木之侧，更与作为阉宦的寺人了无关涉。

“原初汉字是以它所记录的词义做为构词理据的，形义统一是它的主要制符原则。”[①]然而，在历史发展中，汉字的形与义都有所变化。因此，后人在理解汉字的形义关系上，便有与字源不一致的说法。在不了解字源的情况下，这些说法有时具有一定的合理性，有时也难免造成对字源的偏离。王安石“字说”式的解字方式，主观性和随意性比较强，对同一个汉字的结构，不同的人完全有可能给出不同的解释。以“诗”字为例，“诗”从言从寺，王安石释诗为寺人之言，是将寺理解为寺人。然而，寺人的出现当在寺成为氏族首领(帝王）私有财产之后，在此之前寺一直是处理和议论社会事务的公共场所。寺是供人活动的场所，尤其是处理社会政治事务的场所。诗从言从寺，就字形的构成来说，我们也可以这样理解：诗为在寺之言，即在公共议事场合（寺、廷）发表政治言论。在这一点上，春秋时期的“赋诗言志”仍然延续着“在寺之言”的传统，只不过此时的“诗”一般已特指《诗经》了。

先秦典籍中多处言及“诗言志”，如《左传・襄公二十七年》记载文子观子展、伯有、子西、子产、子大叔、印段、公孙段七人赋诗，告叔向曰：“伯有将为戮矣！诗以言志，志诬其上，而公怨之，以为宾荣，其能久乎？”[②]《庄子・天下》：“《诗》以道志，《书》以道事，《礼》以道行，《乐》以道和，《易》以道阴阳，《春秋》以道名分。”[③]《荀子・儒效》：“《诗》言是其志也，《书》言是其事也，《礼》言是其行也，《乐》言是其和也，《春秋》言是其微也。”[④]从语境上说，以上记载“诗言志”的几处文献，都与《诗经》有着直接或间接的关系。那么，是不是说言志之“诗”仅限于《诗经》中的作品呢？答案是否定的。被朱自清誉为中国诗学的“开山的纲领”的“诗言志”三字出自《尚书・舜典》，舜时《诗经》尚未成书。尽管对《舜典》产生的时间学术界还有不同的意见，但无论《舜典》产生于何时，《舜典》之作者无疑清楚地表述了这样一个观点：言志之“诗”不限于《诗经》中的作品。

① 王宁：《汉字的优化和简化》，《中国社会科学》1991年第1期。

② 李宗侗：《春秋左传今注今译》，新世界出版社2012年版，第861页。

③ （清）郭庆藩撰，王孝鱼点校：《庄子集释》，中华书局2013年版，第937页。

④ 张觉：《荀子译注》，上海古籍出版社1995年版，第125页。

言志之"诗"不仅不限于《诗经》中的作品，也未必就是现代意义上的诗歌。《毛诗序》云："诗者，志之所之也。在心为志，发言为诗。情动于中，而形于言。言之不足，故嗟叹之。嗟叹之不足，故永歌之。永歌之不足，则不知手之舞之，足之蹈之也。"①"情动于中"云云，与《礼记·乐记》"歌之为言也，长言之也"②一段内容相同，谈论的内容实际是歌。《尚书·舜典》谓"诗言志，歌永言"③，诗与歌显然是有区别的。何谓发言为诗？根据《毛诗序》的说法，蕴藏在心而未发谓之志，发而为言乃名为诗。然而从后世的诗歌创作来看，写诗总是少数人的专利。即便是出口成章的才子，志形于言也未必能称为诗。"在心为志，发言为诗"至少说明，诗既可以是歌，也可以是谣，也包括歌谣之外我们平常说的话。从字形上说，诗从言从寺，与歌谣本来毫无干涉，所以最初诗与日常口语的关系恐怕比与歌谣的关系还要近呢。

为了避免行为上有过失，"轩辕有明台之议，放勋有衢室之问，皆所以广询于下也"④，"尧有欲谏之鼓，舜有诽谤之木，汤有司过之士"⑤。氏族首领及后来帝王天子都有纳谏的需要，这样就形成了我国的上谏传统。刘向《说苑·正谏》："谏有五：一曰正谏，二曰降谏，三曰忠谏，四曰戆谏，五曰讽谏。"⑥《后汉书·李云传论》："礼有五谏，讽为上。"⑦ 讽又作风，扬雄《甘泉赋序》："从上甘泉还，奏甘泉赋以风。"⑧ 李善注："不以正言谓之讽。"正言，即直言，说实话。"风诵依违，远罪避害者也。"⑨ 讽谏，以婉言隐语相劝谏，避免直陈其事，通过隐喻与暗示，实现双方有效的沟通。据朱骏声《说文通训定声》的解释："放言曰谤，微言曰诽。"⑩"舜有诽谤之木"，说明舜时人们已开始注意上谏方式了。上谏要讲究方式，一方面是出于维护氏族首领及帝王天子的权威的需要，另一方面是上谏者要自保。进谏存在风险，进谏的风险韩非深有体会，特著《说难》一文，

---

① （唐）孔颖达：《毛诗正义》，（清）阮元校刻：《十三经注疏》，中华书局 1980 年版，第 270 页。
② （唐）孔颖达：《礼记正义》，（清）阮元校刻：《十三经注疏》，中华书局 1980 年版，第 1545 页。
③ （唐）孔颖达：《尚书正义》，（清）阮元校刻：《十三经注疏》，中华书局 1980 年版，第 131 页。
④ （晋）陈寿：《三国志》，百衲本《二十五史》第一册，浙江古籍出版社 1998 年版，第 1026 页。
⑤ 陈奇猷校释：《吕氏春秋校释》，学林出版社 1984 年版，第 1601 页。
⑥ 赵善诒：《说苑疏证》，华东师范大学出版社 1985 年版，第 239 页。
⑦ （南朝）范晔：《后汉书》，百衲本《二十五史》第一册，浙江古籍出版社 1998 年版，第 824 页。
⑧ （南朝）萧统编，（唐）李善注：《文选》，中华书局 1977 年版，第 88、111 页。
⑨ （三国）王肃注：《孔子家语》，中州古籍出版社 1991 年版，第 66 页。
⑩ （清）朱骏声：《说文通训定声》，中华书局 1984 年版，第 562 页。

云："夫龙之为虫也，可扰狎而骑也。然其喉下有逆鳞径尺，人有婴之，则必杀人。人主亦有逆鳞，说之者能无婴人主之逆鳞，则几矣。"①如何有效进谏，且能保证进谏者的人身安全，成为上谏者不得不考虑的一个问题。

《毛诗序》言诗有六义，其一为兴，孔颖达疏云："《毛传》特言兴也，为其理隐故也"②。闻一多也认为，兴与隐语有着渊源关系。③隐语作为一种艺术的话语形式在世界各民族诗歌中，尤其是各民族早期诗歌中普遍存在。《周易·归妹》上六："女承筐，无实。士刲羊，无血。"④在不点明要说的事物的前提下，以具体的物象曲为渲染，描写了剪羊毛的场面。歌谣的这种言外之意，言近旨远，非常符合讽谏婉言暗示的要求，如孔子周游列国推行自己的政治主张，楚狂接舆歌而过孔子："凤兮！凤兮！何德之衰？往者不可谏，来者犹可追。已而，已而！今之从政者殆而！"⑤用歌谣的形式委婉地批评了孔子不合时宜的所作所为。《汉书·艺文志》："古有采诗之官，王者所以观风俗，知得失，自考正也。"⑥《诗经》中的"国风"部分就是为了讽谏目的而采集的。《毛诗序》："上以风化下，下以风刺上，主文而谲谏，言之者无罪，闻之者足以戒，故曰风。"⑦又云："风，风也，教也。风以动之，教以化之。"⑧孔颖达疏："风训讽也，教也。讽，谓微加晓告。"⑨《诗经》中"国风"名之为"风"，殆为此欤？

歌谣的讽谏作用在西周统治上层得到普遍承认，政府不但设采诗之官，还鼓励公卿至于列士献诗，《国语·周语》："天子听政，使公卿至于列士献诗"⑩。据《尚书·金縢》，周公就曾作《鸱鸮》一诗贻王。《诗经》中有怨刺诗，也有颂美诗。《汉书·儒林传》载昌邑王以行淫乱废，治事使者责昌邑王师王式："师何以亡谏书？"王式对曰："臣以《诗》三百五篇朝夕授王，至于忠臣孝子之篇，未尝不为王反复诵之也；至于危亡失道之君，未尝不流涕为王深陈之也。臣以三百五篇

① （清）王先慎：《韩非子集解》，中华书局2013年版，第94页。
② （唐）孔颖达：《毛诗正义》，（清）阮元校刻：《十三经注疏》，中华书局1980年版，第271页。
③ 闻一多：《说鱼》，载闻一多：《神话与诗》，中华书局1956年版，第118页。
④ （唐）孔颖达：《周易正义》，（清）阮元校刻：《十三经注疏》，中华书局1980年版，第64页。
⑤ （宋）朱熹：《论语集注》，齐鲁书社1992年版，第185页。
⑥ （汉）班固：《汉书》，岳麓书社1993年版，第760页。
⑦ （唐）孔颖达：《毛诗正义》，（清）阮元校刻：《十三经注疏》，中华书局1980年版，第271页。
⑧ （唐）孔颖达：《毛诗正义》，（清）阮元校刻：《十三经注疏》，中华书局1980年版，第269页。
⑨ （唐）孔颖达：《毛诗正义》，（清）阮元校刻：《十三经注疏》，中华书局1980年版，第269页。
⑩ （三国）韦昭注：《国语》，上海书店1987年版，第4页。

谏，是以无谏书。"①无论是怨刺诗还是颂美诗都有教育意义，所以王式以三百五篇为谏书，用来讽谏昌邑王。春秋时期，以《诗》讽谏广泛运用于各种政治场合，这就是《左传》反复记载的赋诗言志现象。从毛亨开始，在两千多年的封建社会里，《诗经》也一直发挥着政治说教的功能。瑞士心理学家荣格认为："无论什么时候，只要我们遇见普遍一致和反复发生的领悟模式，我们就是在与原型打交道。"②荣格用原型指称组成集体无意识的内容："集体无意识是千百万年来人类种族心理的积淀，是每一世纪仅增添极少变化的史前社会的回声。"③中国传统诗学中温柔敦厚的诗教观念正是诗为"在寺之言"这一"原始意象"留给我们的"种族记忆"。诗为在寺之言，内容自然要庄重严肃。所谓"诗庄词媚"，文人喜欢在诗中表达忧国忧民的思想，传达的也正是"在寺之言"这一"史前社会的回声"。

《诗经》为什么被称作"诗"，先秦古籍中没有明确的记载。诗为"在寺之言"这一"原始意象"则透露了《诗经》命名的一些消息：先秦典籍称《诗经》为"诗"或"诗三百"，显然与其承担的"在寺之言"的政治功能有关，反映了《诗经》编集的最初目的和动机。春秋战国时期，社会上下弥漫着即兴而歌的风尚，先秦典籍记载了不少这类的歌辞。站在歌必有词、词即为诗、以词配曲、曲即为乐的角度，它们既是歌，同时也是诗。这是我们后人的文体观念，先秦人们却不这样认为。《孟子·滕文公下》："《春秋》，天子之事也。"④诗亦为天子之事，无论采诗和献诗，目的都是为了王者观政。因此，孟子将诗与《春秋》相提并论，故《孟子·离娄下》又云："王者之迹熄而诗亡，诗亡然后《春秋》作。"⑤春秋以降，王纲解纽，天子以诗观政之迹息，诗跟着也就亡了。既然诗亡在《春秋》之前，孔子修《春秋》之后即兴而歌的歌辞只能称为歌，而不能称为诗。即使是在孔子修《春秋》以前，歌谣也只有进入讽谏系统，成为天子之事后，才可以称作诗，否则只能称为歌或谣。由于诗在先秦有其独特的含义，在庄子之前歌与诗的畛域还是比较分明的。

① （汉）班固：《汉书》，岳麓书社 1993 年版，第 1563 页。
② ［瑞士］荣格：《本能与无意识》，改革出版社 1997 年版，第 8 页。
③ 胡苏晓：《集体无意识——原型——神话母体》，《文学评论》1989 年第 1 期。
④ （宋）朱熹：《孟子集注》，齐鲁书社 1992 年版，第 87 页。
⑤ （宋）朱熹：《孟子集注》，齐鲁书社 1992 年版，第 117 页。

三、"诗亡"与诸子时代歌诗的繁荣

中国文学史的书写普遍忽视对《诗经》与《楚辞》之间过渡环节的描述，几乎所有的文学史和诗歌史著述都承袭着这样一种模式：开篇《诗经》，继而是《楚辞》，文学史则在中间穿插一章散文的勃兴，似乎这将近三百年的时间内并没有诗歌的产生和存在。文学史是研究文学的历史现象及其发展规律的科学，缺少了对《诗经》与《楚辞》之间过渡环节的描述，先秦诗歌的发展脉络被拦腰斩断，还如何揭示其发展演变的规律？从这个意义上讲，诸子时代的诗歌创作值得我们深思和研究。

战国时期，诸子蜂起，百家争鸣，各种门类的学术、文化蓬勃发展。然而，《诗经》之后的中国诗坛好像一下子沉寂下来，直到屈原出现才打破这种停滞不前的局面。针对诸子时代的诗歌创作情况，刘勰在《文心雕龙·辨骚》中感叹说："自《风》《雅》寝声，莫或抽绪，奇文郁起，其《离骚》哉！"[1] 刘勰的这种看法被不少文学史采纳，如李长之在《中国文学史略稿》中说："《诗经》之后，屈原出现以前，在中国诗歌史上是一段空白。"[2] 近年出版的袁世硕、张可礼主编的《中国文学史》还在说："《诗经》之后，散文勃起，诗坛沉寂了三百馀年。"[3] 也有文学史承认"《诗经》以后的韵文，各种古籍里记载的也不少"，只是"这些都不重要，故略去不讲"[4]。总而言之，在很多人的印象中，"诸子时代似乎是一个诗歌创作消歇的时代"[5]。

孟子的"诗亡"说似乎也在印证着诸子时代诗歌创作的确存在"消歇"的现象。事情果真如此吗？春秋以后真的就没有诗歌创作了吗？《诗三百》文本自问世之后，一直是专门的学问和实用工具，其传承与应用从来没有中断过，自然无所谓"《诗》亡"。至于当时的诗歌创作，《礼记·檀弓上》载："孔子蚤作，负手曳杖，消摇于门，歌曰：'泰山其颓乎！梁木其坏乎！哲人其萎乎！'"[6] 又孔子于楚曾闻

---

① 杨明照等：《增订文心雕龙校注》，中华书局 2012 年版，第 51 页。
② 李长之：《中国文学史略稿》（第一卷），五十年代出版社 1954 年版，第 58 页。
③ 袁世硕、张可礼：《中国文学史》（上），中国人民大学出版社 2006 年版，第 76 页。
④ 陆侃如、冯沅君：《中国文学史简编》，作家出版社 1957 年版，第 16—17 页。
⑤ 罗宗强：《诗的实用与初期诗歌理论》，《文学遗产》1983 年第 3 期。
⑥ （唐）孔颖达：《礼记正义》，（清）阮元校刻：《十三经注疏》，中华书局 1980 年版，第 1283 页。

《凤兮》（见《论语·微子》）、《孺子》（见《孟子·离娄上》）二歌。既然如此，先秦时期怎么就"诗亡"了呢？"歌的本质是音乐"，"西周至战国早期，除《诗经》，歌很少被称为'诗'的"①。孟子"王者之迹熄而诗亡"②，其中之"诗"历代学者多读作《诗》，特指《诗经》。关于"《诗》亡"的含义，或谓颂亡，或谓雅亡，或谓雅、颂俱亡，或谓风、雅俱亡，或谓风、雅、颂俱亡。③从前贤对于孟子"诗亡"说的阐释来讲，孟子感叹的不是春秋以后没有诗歌，而是感叹没有了《诗经》一类的作品。

《诗经》是入乐的文学作品。《诗经》的音乐被称作雅乐，主旋律受到编钟、编磬的支配和调控。礼崩乐坏后，编钟、编磬被上层阶级废弃，不但雅乐的旋律得到极大解放，郑卫之音也开始登堂入室，受到社会普遍的欢迎。"诗亡"之后，中国的音乐进一步发展和繁荣，当时出现了一大批优秀的民间歌手。《孟子·告子下》："昔者王豹处于淇，而河西善讴；绵驹处于高塘，而齐右善歌；华周、杞梁之妻善哭其夫，而变齐俗。"④《韩诗外传》卷六亦云："昔者揖封生高商，齐人好歌。"⑤《列子·汤问》载："薛谭学讴于秦青……（秦青）抚节悲歌，声振林木，响遏行云。"⑥又载韩娥善歌，"余音绕樑，三日不绝"⑦。既然当时音乐如此繁荣，那么多人喜欢唱歌，从学理上推断自然应该会有大量诗歌（歌词）产生。事实也正如此。《左传·襄公二十五年》载崔杼弑齐庄公，庄公曾"拊楹而歌"⑧，《礼记·檀弓上》载："鲁人有朝祥而莫歌者"⑨，《礼记·檀弓下》说"曾点倚其门而歌"⑩，《韩非子·外储说》载射稽、讴癸师徒二人曾为宋王筑武宫而伴歌，等等。这些歌词均未被载录。《左传·昭公十二年》记载，因为季平子对南蒯没有礼貌，南蒯想在费这个地方发动叛乱。在他去费之前，和一些人喝酒，有人就唱歌说："我有圃，生之杞乎。从我者子乎，去我者鄙乎，倍其隣者耻乎。已乎已乎，非

---

① 赵辉：《歌与诗的起源及原始功能异同》，《武汉大学学报（人文科学版）》2009 年第 6 期。

② （宋）朱熹：《孟子集注》，齐鲁书社 1992 年版，第 117 页。

③ （清）焦循：《孟子正义》，中华书局 1987 年版，第 337—338 页。

④ （宋）朱熹：《孟子集注》，齐鲁书社 1992 年版，第 176 页。

⑤ （汉）韩婴撰，许维遹校释：《韩诗外传集释》，中华书局 1980 年版，第 218 页。

⑥ 杨伯峻：《列子集释》，中华书局 2012 年版，第 169 页。

⑦ 杨伯峻：《列子集释》，中华书局 2012 年版，第 169 页。

⑧ 李宗侗：《春秋左传今注今译》，新世界出版社 2012 年版，第 821 页。

⑨ （唐）孔颖达：《礼记正义》，（清）阮元校刻：《十三经注疏》，中华书局 1980 年版，第 1277 页。

⑩ （唐）孔颖达：《礼记正义》，（清）阮元校刻：《十三经注疏》，中华书局 1980 年版，第 1298 页。

吾党之士乎"①。歌辞暗示了南蒯有谋反的意图。《礼记·檀弓下》记载，成这个地方有个人的哥哥死了，他也不哀泣，也不服丧。后来他听说高子皋要到成这个地方作宰，就马上把孝服穿上了。成这个地方的人根据这个人的表现，编了一首歌："蚕则绩而蟹有匡，范则冠而蝉有绥，兄则死而子皋为之衰。"②《晏子春秋》记载了好几首当时的歌辞，其中在《内篇杂上》，歌辞的背景是齐景公大摆筵席，晏子赴宴，刚一进门，齐景公就让乐人奏乐唱歌："已哉已哉！寡人不能说也，尔何来为？"③晏子入座，乐人演奏了三遍，晏子才发现是在说自己。齐景公在和晏子开玩笑，让乐人通过唱歌告诉晏子，不欢迎晏子来赴宴。《庄子·大宗师》记载，子桑户、孟子反、子琴张三个人是好朋友，子桑户死了，下葬前孔子让子贡去帮忙，子贡发现孟子反和子琴张这两个人，一个在编曲子，一个在鼓琴，而且两个人一起唱："嗟来桑户乎，嗟来桑户乎，而已反其真，而我犹为人猗。"④这类歌诗见于先秦典籍，如吉光片羽，从中可以看到当时诗歌（歌词）创作的繁荣景象。

《淮南子·道应训》："今夫举大木者，前呼'邪许'，后亦应之，此举重劝力之歌也。"⑤这说明，诗歌自原始人开始在劳动中发出有节奏的呼声就开始了。照此推测，自西周初年到春秋中叶长达五百年的时间，岂止《诗经》所载的区区三百零五篇而已！《史记·孔子世家》称"古者诗三千余篇"⑥，虽然不知道司马迁说这句话的根据何在，但很多作品未被收进《诗经》却是可以肯定的。《诗经》成书之后、屈原出现之前，这近三百年的时间内，中国的音乐比《诗经》那个时代还要繁荣，只是这段时间没有出现一部像《诗经》一样的诗歌总集，没有出现像屈原这样用诗歌表达自己喜怒哀乐的伟大诗人，所以这三百年给人的总的印象是：中国诗歌似乎处于一种消歇休眠的状态。早在隋末唐初，王通在同弟子薛收探讨"诗亡"问题时就曾指出："诗者，民之情性也，情性能亡乎？非民无诗，职诗者之罪也。"⑦人需要将感情宣泄出去，人通过诗来宣泄自己的情感，诗是情

---

① 李宗侗：《春秋左传今注今译》，新世界出版社 2012 年版，第 1031 页。
② （唐）孔颖达：《礼记正义》，（清）阮元校刻：《十三经注疏》，中华书局 1980 年版，第 1317 页。
③ （清）孙星衍校：《晏子春秋》，中华书局 2011 年版，第 43 页。
④ （清）郭庆藩撰，王孝鱼点校：《庄子集释》，中华书局 2013 年版，第 241—242 页。
⑤ 何宁：《淮南子集释》，中华书局 1998 年版，第 831 页。
⑥ （汉）司马迁：《史记》，中华书局 2006 年版，第 329 页。
⑦ （隋）王通：《文中子中说》，上海古籍出版社 1989 年版，第 45 页。

感宣泄的产物。凡有人群的地方，总会有诗的产生与存在。所谓"诗亡"，不过是由于传统的采诗制度被废置和停辍了，如此而已。"人禀七情，应物斯感。感物吟志，莫非自然。"①自生民始，诗歌就一直与人类共始终，它从未在任何民族、任何时代、任何地域断绝或消歇过。站在歌必有词、词即为诗、以词配曲、曲即为乐的角度，诸子时代并非一个诗歌创作的"消歇"时代。

《诗经》的成书有赖于完善的采诗、献诗和删诗制度的存在。《国语·周语》："故天子听政，使公卿至于列士献诗，瞽献曲，史献书，师箴，瞍赋，矇诵。"②公卿列士可以视作我国早期的知识分子，他们把持和掌握着西周的学术和教育，并由此形成了春秋之前"学术官守""学在官府"的教育制度。公卿至于列士除了担任一定的官职，还兼有教育国子的责任。③西周教育的受众面有一个特定的范围，只有贵族子弟才能接受教育。西周的贵族子弟被称作国子，这些国子经教育培养掌握一定的从政才能后就成为公卿列士。《周礼·春官》"大司乐"："以乐语教国子：兴、道、讽、诵、言、语。"④"大师"："教六诗，曰风，曰赋，曰比，曰兴，曰雅，曰颂。"⑤以上是对国子们的教育内容。从教育的内容上来说，六诗及兴、道、讽、诵、言、语等，这些似乎都是语言上的培训。对此，学者们常常解读为对赋诗言志能力的培养，其中的"诗"特指《诗经》中的内容，也就是用《诗经》中的作品表达自己的情感倾向和政治态度。其实，在熟读和运用《诗经》的过程中，也是对写诗技巧的一种训练。在学习赋诗言志本领的同时，国子们自然也就学会了写诗和献诗。经过长期专门的系统训练，国子们长大后不仅要登高能赋，具备赋诗言志的能力，而且还要履行公卿列士的职责，积极向天子献诗。周天子听政需要听取臣民们的心声，公卿列士献诗是其中重要的一个途径。因为有这种现实需要，所以"诗"成为了西周贵族教育的重要内容。献诗制度是为现实政治服务的，同时也是西周教育制度中的一环。《诗经》的成书，固然有赖于乐师对民间采来的诗进行加工和润色，公卿列士积极献诗则为其另外一个重要来源。

---

① 杨明照等：《增订文心雕龙校注》，中华书局 2012 年版，第 65 页。

② （三国）韦昭注：《国语》，上海书店影印本 1987 年版，第 4 页。

③ 郭齐家、乔卫平：《中国远古暨三代教育史》，人民出版社 1994 年版，第 84 页。

④ （唐）贾公彦：《周礼注疏》，（清）阮元校刻：《十三经注疏》，中华书局 1980 年版，第 787 页。

⑤ （唐）贾公彦：《周礼注疏》，（清）阮元校刻：《十三经注疏》，中华书局 1980 年版，第 796 页。

　　春秋后期及战国期间，社会纷乱，战祸频仍，采诗、献诗、删诗制度遭到很大破坏。《汉书·百官公卿表上》说："自周衰，官失而百职乱。"① 周天子地位下降，没有财力供养那些采诗、删诗的乐官，他们只好四散谋食，甚至流落在民间。据《论语·微子》记载，大师挚流落到了齐国，亚饭干跑到了楚国，三饭缭去了蔡国，四饭缺去了秦国，鼓方叔在黄河边谋生活，播鼗武在汉水边谋生活，少师阳和击磬的襄则流落到了海滨。这个击磬的襄，朱熹说"即孔子所从学琴者"②。据《论语·宪问》记载，孔子在卫国的时候，有一次击磬，有个荷蒉者从门口过，评论道："有心哉，击磬乎！"听了一会又说："鄙哉，硁硁乎！莫己知也，斯已而已矣。深则厉，浅则揭。"③"深则厉，浅则揭"是《诗经·卫风·匏有苦叶》中的句子。这个荷蒉者不但懂音乐，还熟悉《诗经》。尽管他的话语中不乏隐逸思想，但恐怕不是一般的隐者，很可能也是流落民间的乐官。

　　孟子说"王者之迹熄而诗亡"④，清人朱骏声认为"迹"是"迹"字之误，"迹"指的是"迹人"，又称作为"遒人"，是周天子派往各国采诗的官员。⑤ 朱骏声认为，"诗亡"的意思并非说没有人写诗，而是说没有人再为王室采集和删定诗歌了，"王者之迹息而诗亡"意味着西周的采诗制度遭到了彻底破坏。朱骏声的看法得到很多人的肯定，清代持这种观点的人很多。成僎《诗说考略》卷一引方氏云："大一统之礼莫大于巡狩述职之典，今厝衰矣，天子不巡狩，故曰迹熄。不巡狩则太史不采诗献俗，不采国风则诗亡矣。"⑥ 尹继美的《诗管见·王论篇》云："诗有美刺可以劝戒，诗亡则是非不行。……且诗之亡，亦非谓民间不复作诗也，特其不复采诗尔。"⑦ 可以想象，春秋以后，当采诗、献诗、删诗制度遭到破坏以后，战国时期即使民间诗歌创作不绝，也很难再产生像《诗经》这样的诗歌总集了。

---

① （汉）班固：《汉书》，岳麓书社 1993 年版，第 321 页。
② （宋）朱熹：《论语集注》，齐鲁书社 1992 年版，第 189 页。
③ （宋）朱熹：《论语集注》，齐鲁书社 1992 年版，第 151 页。
④ （宋）朱熹：《孟子集注》，齐鲁书社 1992 年版，第 117 页。
⑤ （清）朱骏声：《说文通训定声》，中华书局 1984 年版，第 185 页。
⑥ 成僎：《诗说考略》，清道光王氏信芳阁木活字印本。
⑦ （清）尹继美：《诗管见》，清咸丰鼎吉堂木活字印本。

四、诸子为何抵制新声

春秋时期，诸侯争霸是在礼的名义下展开的，卿大夫在外交、讽谏、宴享等场合赋诗言志，引用《诗经》中的篇章，以示遵礼守义。到了战国时期，诸侯之间的较量虽然主要取决于各国的武力，但谋臣策士的纵横捭阖也极大程度地左右着各国势力。这个时候，春秋时代所信奉的礼法信义被弃如敝屣，权谋谲诈大行其道；在政治外交场合，大家不再心平气和，从容辞令，而是剧谈雄辩以取得出其不意的效果。春秋时期的行人这个角色，到了战国时期被那些滔滔不绝、口若悬河的辩士所代替。与之相应的是，雍容和顺、迂徐从容的语境空间受到了挤压，委婉含蓄的赋诗言志无法适应词锋逼人的激辩场合，盛行于春秋时期的赋诗言志风气就这样消亡在战国策士们的疾言厉色之中。春秋之末，王道衰微，官失其守，私人之学兴起，由此产生了士的阶层。士的来源很复杂，有没落的贵族、新兴的地主，也有脱离生产走向城市的自耕农，他们很多是有学问有才能的人。为了干禄，士不得不摇动唇吻。为了让话语说得动听，又不得不缘饰其辞。缘饰其辞除了"不学诗，无以言"①，掌握说话的技巧外，还要能帮助统治者解决实际问题。为了解决实际问题，这些人纵横捭阖，互相辩难，站在不同的角度和立场争论不休。面对剧变的社会，每个人的要求和主张不同，对政治和社会问题的看法也不同。先秦诸子除了积极投身于火热的政治斗争，还积极著书立说，形成了百家争鸣的局面。诸子散文的语言是以先秦口语为基础加工提炼而成的，语言奇句单行，长短不拘，具有因事陈词，"辞事相称"②、"气盛则言之短长与声之高下者皆宜"③ 等特点，非常便于诸子表达不同的思想和观点。战国时期，诗歌还未从音乐母体内分离出来，诗歌语言受音乐旋律支配。赋诗言志尚难与高谈阔论、抵掌而谈时的声音高下相协调，与音乐相伴而生的战国诗歌则更难在诸子辩论的语境中觅得一席之地。

中国诗歌存在两个发展系统：一个是随音乐发展而发展的歌词。音乐不同，时代语言不同，歌词也在作自身规律内的调整；一个是文人创作的文人诗。文人是个特殊的群体，他们从形式和内容两个方面不断向外界释放自己的能量，并且

---

① （宋）朱熹：《论语集注》，齐鲁书社 1992 年版，第 172 页。

② （唐）韩愈：《进撰评淮西碑文表》，载《韩愈集》，中州古籍出版社 2010 年版，第 12 页。

③ （唐）韩愈：《答李翊书》，载《韩愈集》，中州古籍出版社 2010 年版，第 87 页。

成为后世文学史书写的主要对象。春秋之后，公卿列士献诗停辍，赋诗言志风气消歇，士取代卿士活跃在政治外交舞台。历史赋予士的使命是"比之堂上，禽将户内，拔城于尊俎之间，折冲席上"①，奇句单行、长短不拘的口语是他们最得力的语言工具。战国时期的音乐和诗歌（歌诗）创作虽然很繁荣，作为能文之士的诸子却缺乏创作的动力，没有参与诗歌创作。诸子时代的诗歌创作由于缺少了文人的参与，没有产生思想深刻、影响深远的作品，在《诗经》《楚辞》前后辉映下，诗坛自然不免显得沉寂和荒凉。

王权统治下的音乐分为两个系统：一是宗庙祭祀及国家典礼所用的雅乐，一是社会上流行的俗乐。世俗之乐以娱乐为目的，追求感官的刺激和快感，《吕氏春秋·侈乐》将其特点归纳为"以钜为美，以众为观，俶诡殊瑰，耳所未尝闻，目所未尝见，务以相过，不用度量"。②雅乐因为强调教育意义，必须配合道德，以和平中正为原则，以庄严肃穆为标准。因此，我们在《尚书·尧典》中看到，掌管音乐的夔在教育贵族子弟时把握着"直而温，宽而栗，刚而无虐，简而无傲"这样的尺度，恪守"八音克谐，无相夺伦"的音乐美善原则③。雅乐运用在特殊的场合，比如宗庙祭祀、国家典礼、政治外交，这些场合不得喧哗，需要秩序井然，气氛庄严肃穆。雅乐与这些场合的气氛相得益彰，凸显了参加人员虔敬肃穆的态度。雅乐不是为了娱乐，雅乐是为了配合严肃的程式。宗庙祭祀、国家典礼、政治外交场合有着一整套的严肃程式。自古及今，程式的严肃性从未改变，这就使得雅乐的风格几乎没有什么发展。实际上，宗庙祭祀、国家典礼、政治外交等场合用乐也不要求发展、进步或改变。至于俗乐，在战国或更早之时已有急剧的发展变化。俗乐可以给人带来身心上的愉悦，也可以作为谋生的手段，当时人们学习新乐的热情很高，对演唱的技巧精益求精。当时有"引商刻羽，杂以流徵"④的唱法，荆轲会唱"变徵之声"⑤。俗乐也得到了上层社会的喜爱，颇以好古著称的魏文侯就说自己喜欢听俗乐，不喜欢听雅乐。春秋以后，俗乐对代表西周礼乐文化的雅乐造成了严重的冲击，诸子时期的诗歌创作就产生在这样的音乐

---

①　《战国策》第二册，上海书店影印本 1987 年版，第 4 页。

②　陈奇猷校释：《吕氏春秋校释》，学林出版社 1984 年版，第 265—266 页。

③　（唐）孔颖达：《尚书正义》，（清）阮元校刻：《十三经注疏》，中华书局 1980 年版，第 131 页。

④　吴广平辑注：《宋玉集》，岳麓书社 2001 年版，第 88—89 页。

⑤　（汉）司马迁：《史记》，中华书局 2006 年版，第 518 页。

环境之中。

孔子是坚决反对世俗音乐冲击雅乐的，他特别厌恶"郑声之乱雅乐也"①，提出要"放郑声，远佞人"②。为此，孔子自卫反鲁后，对《诗经》的音乐进行了一番"正乐"工作，"正乐"的目的是为了"乐正"，使"雅颂各得其所"③。据《孟子·梁惠王下》记载，齐宣王有一次对孟子说，自己喜欢世俗之乐，不喜欢古乐。针对齐王的"直好世俗之乐"，孟子开导他说："今之乐犹古之乐"④。有人据此认为孟子肯定今乐，肯定郑声，肯定世俗之乐⑤。然而《孟子·尽心下》曾引孔子之言"恶郑声，恐其乱乐也"，并对孔子的这句话进一步评价说："君子反经而已矣。经正，则庶民兴。庶民兴，斯无邪慝矣。"⑥由此可见，孟子也把郑声视作邪恶的东西，也主张"反经"、正乐，恢复雅乐的地位。据此，蔡仲德先生认为，孟子"今之乐犹古之乐"的意思重点不在肯定今乐，而在强调无论是古乐还是今乐，娱乐的本质是和乐，只有政和人和，才能从娱乐中得到快乐⑦。音乐可以娱乐身心，所以人人喜闻乐见，通过音乐传达某种理念也容易被接受。荀子看到了这一点，所以他认为音乐可以担负起教化人民的重任。但正如孔子攻击郑卫之音一样，荀子也认为不是所有的音乐都适合用来教化人民，《荀子·乐论》说："乐中和则民和而不流，乐肃庄则民齐而不乱"⑧。只有那些中和肃庄的音乐才能起到良好的教化作用。用来教化人民的音乐需要中和，需要有所节制，而娱乐的本质却是自我放纵，自我放飞。音乐既要中和，又能愉悦身心，这就像既想让马跑，又不给马吃草，一样的道理。总而言之，孔子、孟子和荀子都强调音乐应当受到礼的节制，礼才是根本，音乐为礼服务。儒家强调音乐要和礼相配合，音乐不过是治人治国的一种手段，一种方法而已。儒家眼中的音乐是政治的，是为礼服务的，音乐从属于礼，所以被称作礼乐文化。

"素""朴"是事物的本来样子，老子反对修饰和改变事物的本来样子。声音

---

① （宋）朱熹：《论语集注》，齐鲁书社 1992 年版，第 179 页。

② （宋）朱熹：《论语集注》，齐鲁书社 1992 年版，第 157 页。

③ （宋）朱熹：《论语集注》，齐鲁书社 1992 年版，第 88 页。

④ （宋）朱熹：《孟子集注》，齐鲁书社 1992 年版，第 15 页。

⑤ 刘兰：《孟子的音乐思想》，《齐鲁学刊》1986 年第 4 期。

⑥ （宋）朱熹：《孟子集注》，齐鲁书社 1992 年版，第 222 页。

⑦ 蔡仲德：《论孟荀的音乐思想》，《孔子研究》1988 年第 1 期。

⑧ 张觉：《荀子译注》，上海古籍出版社 1995 年版，第 436 页。

也是一样，音乐就是经过修饰后的声音。"五音令人耳聋"①，音乐对人不但没有好处，还会损伤人的听力。老子推崇"大音希声"②，"大音"就是没有经过修饰的声音，这是最为理想的音乐。"大音"几乎听不到，自然而言，淡而无味，却是绝对的至美。"五音"包括雅乐和俗乐，是现实社会中的有声音乐，是经过人为修饰过的声音，它的美是相对的，其实是不美的，甚至是有害的。老子通过对音乐的解释，表达了对自在自为状态的向往。老子的哲学态度，决定了老子对音乐的态度，雅乐和俗乐在老子那里都没有地位。墨子也强烈反对音乐。墨子判断是非的标准是能否"利人"，能否"兴天下之利，除天下之害"③。因为音乐"不中圣王之事"，"不中万民之利"，不能"利人"，所以虽然"耳知其乐"④，也在他排斥反对之列。和墨子一样，韩非也认为美与艺术都是无用的东西，不仅无用，而且有害。历史上"新声兆衰"的说法颇为流行，晋平公喜欢新声，师旷评论说："公室其将卑乎！君之明兆于衰矣。"⑤韩非进一步对"新声兆衰"说踵事增华，在《韩非子·十过篇》编造了卫灵公于濮水夜闻新声、师涓为晋平公奏新声、师旷向晋平公说新声的由来以及演奏新声带来了灾难等情节，以此说明"不务听治，而好五音不已，则穷身之事也"⑥的观点。庄子法天贵真，崇尚自然。妻子死了，庄子不但不哭，反而"箕踞鼓盆而歌"⑦。虽说庄子能歌，但其歌唱的形式非常简陋，唯求适性而已。《庄子·山木》记载孔子厄于陈蔡七天没有吃饭，"左据槁木，右击槁枝，而歌焱氏之风，有其具而无其数，有其声而无宫角，木声与人声，犁然有当于人之心"⑧。这里的孔子当然不是儒家的孔子，而是道家的孔子，是庄子笔下的一个艺术形象。庄子通过刻画这么一个形象，表达了道家对"大音希声"的理解。庄子鼓盆而歌，也不过是"有其具而无其数，有其声而无宫角"的木声与人声。当时的新声绝非如此，"进俯退俯，奸声以滥，溺而不止"⑨，舞姿优美

① （三国）王弼注、楼宇烈校释：《老子道德经注》，中华书局2011年版，第31页。

② （三国）王弼注、楼宇烈校释：《老子道德经注》，中华书局2011年版，第116页。

③ 朱越利校点：《墨子》，辽宁教育出版社1997年版，第68页。

④ 朱越利校点：《墨子》，辽宁教育出版社1997年版，第68页。

⑤ （三国）韦昭注：《国语》，上海书店影印本1987年版，第165页。

⑥ （清）王先慎：《韩非子集解》，中华书局2013年版，第59页。

⑦ （清）郭庆藩撰，王孝鱼点校：《庄子集释》，中华书局2013年版，第545页。

⑧ （清）郭庆藩撰，王孝鱼点校：《庄子集释》，中华书局2013年版，第610页。

⑨ （唐）孔颖达：《礼记正义》，（清）阮元校刻：《十三经注疏》，中华书局1980年版，第1540页。

灵活，乐声婉转生动，使人沉浸其中，不能自拔。新声能让人忘乎所以，"猱杂子女，不知父子"①。庄子鼓盆而歌与当时生动活泼的新声显非同调。

先秦诸子在对待新声的态度上显示出惊人的一致性，基本上对新声都持抵制的态度，儒家和法家尤其如此，对新声有不少严厉的批评。春秋之后，新声流行，社会上下，听之不倦。那个时代，可以说上至贵族，下至庶民，都积极参与了诗歌创作活动。在整个社会都为新声癫狂的时候，诸子作为一个特殊的群体却置身事外，用冷静的批判的眼光审视着这种社会现象。诸子对新声的抵制态度必然导致诸子对诗歌创作的漠视和回避，从而决定了诸子时代文人不可能成为诗歌创作的主体。

五、"诗可以怨"与屈原创作

《九歌》曾经是古老的乐曲名字，《左传·文公七年》引用《夏书》，说"劝之以《九歌》"②。据此可知古老的《九歌》具有激励人心的作用。《山海经·大荒西经》说，夏朝的开国国君夏启，借给天帝送美女的机会，从天上将《九辩》《九歌》带到人间③。屈原对《九歌》的态度值得玩味，《离骚》一则说："启《九辩》与《九歌》兮，夏康娱以自纵。"④夏启因为沉溺《九辩》与《九歌》，最后导致了太康失国。如果从儒家的角度看，《九歌》自当归于亡国之音一类。屈原虽然认为夏启醉心《九辩》《九歌》导致了太康失国，但这只是夏启自身的原因，与作为音乐的《九辩》《九歌》并无关系。所以在《离骚》中屈原又说："奏《九歌》以舞《韶》兮，聊假日以媮乐。"⑤《韶乐》据说为舜时的音乐，被孔子赞为"尽美矣，又尽善也"⑥。屈原将《九歌》与《韶乐》相提并论，可见他并不像孔子那样视雅乐之外的音乐为洪水猛兽。正因如此，屈原才有可能汲取民歌营养，在沅湘之间的民歌基础上创作出《九歌》这样的作品。

李陵之祸对司马迁打击很大，不但使他体会到了世态炎凉，更让他看到了汉

---

① （唐）孔颖达：《礼记正义》，（清）阮元校刻：《十三经注疏》，中华书局1980年版，第1540页。
② 李宗侗：《春秋左传今注今译》，新世界出版社2012年版，第396页。
③ （清）郝懿行：《山海经笺疏》，巴蜀书社1985年版，第478页。
④ （汉）王逸注，（宋）洪兴祖补注：《楚辞章句补注》，吉林人民出版社1999年版，第21—22页。
⑤ （汉）王逸注，（宋）洪兴祖补注：《楚辞章句补注》，吉林人民出版社1999年版，第47页。
⑥ （宋）朱熹：《论语集注》，齐鲁书社1992年版，第29页。

武帝的刻薄寡恩。为了完成《史记》写作，他忍辱负重，不断从前人的著述中汲取力量。《史记·太史公自序》列举了周文王演《周易》，孔子作《春秋》，屈原赋《离骚》，左丘明著《国语》，孙膑修《兵法》，吕不韦编《吕氏春秋》，韩非写《说难》《孤愤》，乃至于《诗》三百篇，"大抵贤圣发愤之所为作也"①。司马迁这段话的意思是说，发愤著书是我国的一个传统。其实这段话是很成问题的。孔子作《春秋》并非在厄于陈蔡期间，吕不韦在迁蜀前《吕览》也已经编成。《史记·吕不韦列传》讲，《吕氏春秋》完成后，曾悬之咸阳市门，"能增损一字者予千金"②。当时，魏国的信陵君、赵国的平原君、齐国的孟尝君、楚国的春申君称战国四公子，都以养士著称。为了和四公子争强，吕不韦也有门客三千。战国著述风气颇盛，荀子之徒多以著书闻名天下。为了显示秦国在各方面都优于其他诸侯国，著述上也有非凡的成就，吕不韦召集门客编纂《吕氏春秋》。这是一部"备天地万物古今之事"③的大著作，有八览、六论、十二纪，二十多万字。当时秦王嬴政年纪还小，吕不韦正处于权力的顶峰。编《吕氏春秋》的动机不过是要与战国四公子争名声，比个高下，以此来显示秦国的强大，当然也有著书以垂名的想法。《周易·系辞下》："作《易》者，其有忧患乎。"④若以为有这种"忧患"意识即可以称为"发愤"，则所有著书的动机都可以说是"抒愤"。所以，对司马迁《史记·太史公自序》中发愤著书的说法，我们不必过于认真。司马迁胪列的文王演《周易》，孔子修《春秋》，左丘明著《国语》，孙膑论《兵法》，吕不韦传《吕览》，韩非《孤愤》《说难》，以及《诗》三百篇，这些都称不上是"贤圣发愤之所为作"。倒是屈原赋《离骚》，因自身遭际而自怨自艾，忧愁幽思，责数怀王，怨恶椒兰，属于发愤之作。

先秦诸子著书立说的目的不是为了"抒愤"，而是为了解决现实生活中的政治社会问题，为了让统治者接受自己的主张，先秦诸子在著书时必须要条分缕析，将话说清楚，将道理讲明白。因此，抒愤绝不是先秦诸子著书立说的动机，更不是目的。诸侯多辩士，先秦诸子为了说服别人，往往站在谈话对方的立场，阐明自己的观点。孟子见齐宣王，齐宣王直言不讳地说自己好勇、好货、好色。

---

① （汉）司马迁：《史记》，中华书局2006年版，第761页。
② （汉）司马迁：《史记》，中华书局2006年版，第511页。
③ （汉）司马迁：《史记》，中华书局2006年版，第511页。
④ （唐）孔颖达：《周易正义》，（清）阮元校刻：《十三经注疏》，中华书局1980年版，第89页。

酒色财气全被齐宣王占尽，而且宣之于口，是真无耻。然而孟子却说文王、武王也好勇，公刘也贪财好货，古公亶父也好色，并举《诗经》中的作品为证，希望齐宣王向他们学习。从孟子内心来说，不是不想斥责齐宣王，只是自己的政治主张还要有赖于这些统治者采纳，所以不得不掩藏自己的个人情绪。李斯《谏逐客书》也是这样，为了劝秦王嬴政收回逐客令，他完全站在秦国的立场上立论，分析逐客弊病，绝口不谈收回逐客令对自己有何好处。韩非著书针砭时弊，《史记·韩非列传》说他看不惯法制不明，君上无力驾驭臣下，浮夸之徒在上，有功之士得不到奖励。尤其是儒者以文乱法，侠者以武犯禁，沽名钓誉之徒如鱼得水，给国家带来了极大危害。儒者、侠者都是成事不足，败事有余的蠹虫，一旦国家有难，还得甲胄之士冲锋陷阵。"所养非所用，所用非所养"，韩非为此既"疾"且"悲"，为此他写出了《孤愤》《五蠹》《内外储》《说林》《说难》等作品。韩非著书或者有"疾""悲"的情绪在里面，但与其他诸子一样，韩非著书更重要的目的是阐述自己的政治主张。先秦诸子著书立说，目的都是想干预现实，属于经世之学。因为《孤愤》《五蠹》以犀利的言辞指出了政治社会问题的症结，提出了切实可行的方法，使得秦始皇不禁感叹："嗟乎，寡人得见此人与之游，死不恨矣"①。汉武帝曾安车蒲轮征枚乘，朱买臣、严助以《楚辞》贵幸，司马相如以《子虚赋》见召。同是因文见召，秦皇汉武的侧重点显然有所不同。

怨是《诗》的一大功用，孔子在《论语·阳货》中提出的兴观群怨，主要是就《诗》三百篇来说的。怨也是中国所有诗歌的一大功用。中国人很早就认识到，感情在内心涌动，需要寻找一个宣泄的出口。言辞携带着感情喷薄而出，"在心为志，发言为诗"②，诗就是这样产生的。当言辞不足以表达自己的感情，人们还会借助其他手段宣泄自己的喜怒哀乐，比如手舞足蹈，比如拉长声音。拉长声音，一唱三叹，歌产生了。手舞足蹈，捶胸顿足，舞也产生了。很多时候诗乐舞三位一体，共同负起了人类宣泄情感的重任。《毛诗序》"正得失，动天地，感鬼神，莫近于诗"③，说的是诗，其实也包括了歌舞。屈原是我国第一位伟大的诗人，在他之前专门创作诗歌的人还没出现，先秦诸子又多专注于著述，所以屈原的出现不能不说是一个奇迹。司马迁《史记·屈原列传》说："屈平之作《离骚》，

① （汉）司马迁：《史记》，中华书局 2006 年版，第 396 页。
② （唐）孔颖达：《毛诗正义》，（清）阮元校刻：《十三经注疏》，中华书局 1980 年版，第 270 页。
③ （唐）孔颖达：《毛诗正义》，（清）阮元校刻：《十三经注疏》，中华书局 1980 年版，第 270 页。

盖自怨生也。"① 屈原在《惜诵》中自己也说:"惜诵以致愍兮,发愤以抒情。"② 屈原志在事功,悉心为国,力主合纵,东联于齐,西抗强秦。有上官大夫,诋訾于怀王,怀王怒而疏屈平。张仪诈楚,佯许楚商于之地六百里,使楚背齐。怀王贪而信张仪,绝齐,兴师伐秦,大败。后秦昭王会楚怀王,屈原极力劝阻,子兰却不欲绝秦欢。楚怀王听信子兰,竟被掳到秦国,客死于秦。楚人怨子兰劝怀王与秦昭王会盟,子兰则迁怒于屈原,屈原被放流。屈原与楚同姓,是楚武王熊通之子屈瑕的后代。《孟子·万章下》:"君有过则谏,反覆之而不听则去。"③ 这同宗共祖之亲使得屈原在去留选择上异常痛苦而艰难。屈原怨怀王昏庸糊涂,恨小人弄权误国。怨恨之情充塞胸臆,急需一个管道宣泄出来。一个被贬斥流放之人哪还有心思向君王条陈自己的经世方略,再者楚国也没有君王愿意听他谈治国方略了。设身处地地为屈原着想,屈原所能做的也只有"忧愁幽思""发愤抒情"这一件事了。屈原在楚国受到排挤和放流,当时没有人愿意听屈原讲自己的治国理念,即使屈原的政治主张再好也无用武之地。对此,屈原是非常清楚的,"众不可户说兮,孰云察余之中情"④,"既莫足与为美政兮,吾将从彭咸之所居"⑤。然而,当真的要远离政治核心,屈原却又心有不甘,他在《思美人》中说:"登高吾不说兮,入下吾不能"⑥。既不愿与人同流合污,又难忍归隐山林的寂寞,徘徊在歧路之间,内心的纠结无以言表,唯有长歌当哭才能倾吐自己的苦闷。屈原原本是政治人物,被边缘化之后,政治情结不但没有消解,反而进一步强化了。在他看来,自己不幸的遭际皆因政治而起,怀王、顷襄王、上官大夫、子兰、郑袖,包括他的"萎绝""荒秽"了的学生,都成为他不幸命运的制造者。他怨恨这些人,为楚国的未来命运揪心,他甚至怨恨所有楚国人。他在《渔父》中恨恨地说:"举世皆浊我独清,众人皆醉我独醒"⑦,他将自己的一腔怨恨都倾洒在自己的作品中,将"诗可以怨"的功能发挥得淋漓尽致。

《国语·周语》中,召公告诫周厉王,防民之口,甚于防川,应该对众口嚣

---

① (汉)司马迁:《史记》,中华书局 2006 年版,第 505 页。
② (汉)王逸注,(宋)洪兴祖补注:《楚辞章句补注》,吉林人民出版社 1999 年版,第 121—122 页。
③ (宋)朱熹:《孟子集注》,齐鲁书社 1992 年版,第 154 页。
④ (汉)王逸注,(宋)洪兴祖补注:《楚辞章句补注》,吉林人民出版社 1999 年版,第 20 页。
⑤ (汉)王逸注,(宋)洪兴祖补注:《楚辞章句补注》,吉林人民出版社 1999 年版,第 48 页。
⑥ (汉)王逸注,(宋)洪兴祖补注:《楚辞章句补注》,吉林人民出版社 1999 年版,第 150 页。
⑦ (汉)王逸注,(宋)洪兴祖补注:《楚辞章句补注》,吉林人民出版社 1999 年版,第 181—182 页。

器加以引导。召公告诉周厉王，作为一个天子，在处理政事的时候应该多听听别人的意见，具体做法是"使公卿至于列士献诗，瞽献曲，史献书，师箴，瞍赋，矇诵，百工谏，庶人传语，近臣尽规，亲戚补察，瞽、史教诲，耇、艾修之，而后王斟酌焉"①。《汉书·艺文志》也说："古有采诗之官，王者所以观风俗，知得失，自考正也。"②这些应该是历代周天子承认并遵循的执政理念，其中的一些做法，比如献诗，可能有着一定的规章制度和可以操作的一整套做法。上层统治者，尤其是天子、诸侯国君，从理论上讲，他们为了政权的稳固，也愿意和应该听听下层社会的意见。然而直谏毕竟刺耳，一般人尚且难以接受，何况是自认为天之骄子的最高统治者，所以提倡讽谏。《毛诗序》："上以风化下，下以风刺上，主文而谲谏，言之者无罪，闻之者足以戒，故曰风。"③汉武帝立乐府采歌谣，其初衷也是希望能从民歌中听取民意。除了从民歌中了解民情，士大夫献诗也是天子听政了解民情的重要途径。"王欲玉女，是用大谏"④，"家父作诵，以究王凶"⑤，"寺人孟子，作为此诗"⑥，《诗经》中的这些句子明确地告诉我们，这些作品的作者创作意图很明显，就是为了劝谏而进行创作的。根据作者的交代，现在我们知道《诗经·大雅》中的《民劳》，《小雅》中的《节南山》《巷伯》都属于献诗类的作品。据《尚书·金縢》记载，周武王死后，谣言四起，说周公将"不利于孺子"⑦，即要采取对周成王不利的行动。为了避嫌，周公居东二年。最终散布流言的人受到了处罚。事后，周公写了一首诗献给周成王，这首诗的题目是《鸱鸮》。《诗经·豳风》中有《鸱鸮》一诗，据《毛诗序》说是周公为救乱而作。《毛诗序》又说："成王未知周公之志，公乃为诗以遗王，名之曰《鸱鸮》焉。"⑧《诗经·豳风》中的《鸱鸮》是否为周公所作，与《金縢》所说的《鸱鸮》是不是同一首诗，尚待商榷，但献诗言志是西周贵族的一个传统似可不用怀疑。献诗自然可以是借用别人的诗作，但从《诗经》的大小雅来看，很多是献诗者自作，这应

① （三国）韦昭注：《国语》，上海书店影印本 1987 年版，第 4 页。

② （汉）班固：《汉书》，岳麓书社 1993 年版，第 760 页。

③ （唐）孔颖达：《毛诗正义》，（清）阮元校刻：《十三经注疏》，中华书局 1980 年版，第 271 页。

④ 程俊英、蒋见元：《诗经注析》，中华书局 2017 年版，第 635 页。

⑤ 程俊英、蒋见元：《诗经注析》，中华书局 2017 年版，第 430 页。

⑥ 程俊英、蒋见元：《诗经注析》，中华书局 2017 年版，第 475 页。

⑦ （唐）孔颖达：《尚书正义》，（清）阮元校刻：《十三经注疏》，中华书局 1980 年版，第 197 页。

⑧ （唐）孔颖达：《毛诗正义》，（清）阮元校刻：《十三经注疏》，中华书局 1980 年版，第 394 页。

该也毋庸置疑。周公自为《鸱鸮》，使得献诗具有了合法性与合理性，因此《诗经》中才保留了那么多远不为温柔敦厚诗教所规范的诗篇。

　　从先秦时期的子史著述来看，当时人们对"诗"的运用方法有四：一赋诗言志，二引诗为证，三歌诗，四作诗。先秦时期的子史著述中所提到的"诗"字，除了作诗以外，赋诗、引诗和歌诗中的"诗"字都要加上书名号，特指引用《诗经》中的作品。在《左传》中，引《诗》检索到了181条，赋《诗》检索到了68条，歌《诗》检索到了25条，作诗只检索到5处；《国语》中引《诗》检索到26条，赋《诗》检索到6条，歌《诗》检索到6条，没有检索到作诗的情况；《论语》中引《诗》检索到8条，《墨子》中引《诗》检索到12条，《孟子》中引《诗》检索到35条，《荀子》引《诗》最多，检索到96条，《晏子春秋》引《诗》检索到20条，《吕氏春秋》引《诗》检索到18条，《战国策》引《诗》检索到8条，赋诗、歌诗、作诗都不见了踪影①。从以上检索的数据来看，赋诗主要出现在春秋时期，春秋以后就不见其踪了。顾颉刚说："我们读完一部《战国策》，看不到有一次的赋诗，可见此种老法子已经完全废止。"②单从对先秦子史著述的检索情况来看，战国时期被废止的不仅仅是赋《诗》，歌《诗》、作诗也都一同被"废止"了，只有引《诗》热潮未退。《诗经》是儒家推崇的经典，因此战国时期的引《诗》主要发生在儒家著述活动中，《庄子》和《韩非子》就很少引用《诗经》中的句子来证明自己的观点。随着新声的兴起和繁荣，春秋以后即兴而歌的现象很多，站在歌必有词、词即为诗的角度，它们也是歌诗。但和《左传》《国语》中的歌诗不同的是，春秋时期的歌诗都与《诗经》有关，而战国时期的歌诗却是自作歌词，不再采用《诗经》中现成的作品。从这个角度讲，说春秋时的歌《诗》在战国时期已经"废止"是很有道理的。由于历史赋予的使命特殊，除了荀子作有《成相》《佹诗》等，先秦诸子还没有谁涉足作诗这个领域。从历史上看，作诗有着悠久的历史传统。《诗经》中的作品，除了部分采自民间，还有很大一部分来自贵族阶层的献诗，献诗不就是作诗吗？但自《诗经》成书后，"不学《诗》，无以言"③，大师乐以乐语教国子，"讽道兴诵言语"概取自《诗经》，赋诗言志有了现

---

① 梁冬丽：《先秦两汉著述引诗流变及其俗文学意义》，《文艺评论》2011年第4期。

② 顾颉刚：《诗经在春秋战国间的地位》，载顾颉刚主编：《古史辨》第三册，上海古籍出版社1982年版，第355页。

③ （宋）朱熹：《论语集注》，齐鲁书社1992年版，第172页。

成的作品，贵族子弟只要能在政治外交场合熟练运用《诗经》中作品就足够了。作诗和献诗不仅需要感情的蓄积，还要有组织句子的才能，不是所有人都具备写诗的天赋。贵族子弟既然没有了作诗献诗的必要，自然也就缺乏作诗献诗的动力和激情。在礼乐还没有完全败坏的春秋时期，政治外交场合流行赋诗言志，引用《诗经》中的作品表情达意。赋诗言志的场合熟练运用《诗经》作品就可以了，谁也不愿意费神去作诗，因为七步为诗仅仅是少数的天才才能做到，对一般人来说太难了。而且，在感情的驱使下，"诗可以怨"，政治外交场合作诗献诗很难控制感情冲动，很难保证这些现场发挥不逾诗教的藩篱，不逾礼制规范下的温柔敦厚。《孟子·离娄下》云："王者之迹熄而诗亡，诗亡然后《春秋》作。"① 从孟子的这句话可以知道，作诗最终是要献给天子的，是为了天子听政而献诗的。也就是说，献诗有一个特定的对象，诗为天子之事。公卿至于列士献诗大约都应该在家仔细斟酌修改，如后代写奏折一般，定稿后再献给天子，绝不可能即兴而作。随着"王者之迹息"，也就是周天子地位下降，献诗制度渐渐被废止了。《诗经》成书之后，献诗、采诗、删诗活动也都停了下来，即便有人作诗献诗，也无法再进入《诗经》这个系统。礼崩乐坏导致的后果是，作诗献诗的言说方式完全没有了生存空间，作诗传统也就此断绝了。到了战国时期，先秦诸子急于发表自己对政治社会的各种看法和观点，其兴趣更不在作诗献诗上。

六、屈原依诗赋骚的文学史意义

《史记·屈原列传》说屈原"博闻强志，明于治乱，娴于辞令"②。博闻强志是说屈原知识渊博，读过很多书。娴于辞令是说屈原很会说话，尤其擅长外交辞令。屈原被疏远后，楚怀王遭到张仪的欺诈，与齐国断绝了关系。楚怀王发现被欺骗，非常懊悔，又希望与齐国重新结盟，于是派屈原出使齐国。作为外交人员，必须具备娴于辞令的素质。重耳周游列国，到秦国寻求支持，要见秦穆公，商量陪同人员的时候，子犯推荐赵衰，说："吾不如衰之文也，请衰从"③。"文"指的就是会说话。果然，赵衰不辱使命，在陪同重耳的过程中，应对得体，顺利完成任务。春秋时期，对外交人员应对才能的培训是从学习《诗》三百开始的，

---

① （宋）朱熹:《孟子集注》，齐鲁书社1992年版，第117页。
② （汉）司马迁:《史记》，中华书局2006年版，第505页。
③ 李宗侗:《春秋左传今注今译》，新世界出版社2012年版，第288页。

外交人员必须学会灵活运用《诗经》中的作品表情达意，孔子所谓的"不学《诗》，无以言"①，说的就是这种赋诗言志的本领。战国时代的政治外交场合虽然不再赋诗言志，但作为一种传统，一种知识积累，《诗经》在政治生活中依然在发挥着作用，这只要看看先秦诸子著述中大量引《诗》就不难明白。甚至到了刘邦的时候，陆贾还常常在刘邦面前称引《诗》《书》，来证明自己的观点是正确的。作为一部曾经在政治生活中发挥过巨大作用，并且依然对政治生活产生影响的经典著作，博闻强志的屈原对《诗经》不可能不熟悉。《天问》以四言句式为主，显然是对《诗经》作品外在形式的模仿。《国风》中的作品好色而不淫，《小雅》中的作品怨诽而不乱，汉代的刘安认为屈原的《离骚》兼具《国风》和《小雅》的这两个特点②。为《楚辞》作章句的王逸也认为，屈原创作《离骚》秉持着"诗人之义"，也就是继承了《诗经》"上以讽谏，下以自慰"的创作精神③。就创作精神上来说，《诗经》对屈原的影响是直接的，也是深远的。

　　早在春秋中叶，《诗》《书》等中原的典籍就在南楚的上流社会广泛传播。楚庄王很关心太子的教育问题，向大夫申叔时请教如何教太子，申叔时列举了大量太子教育应该包括的内容，其中就提到了《诗》。楚庄王自己也曾在政治场合应用自如地赋《诗》。公元前506年，伍子胥率领的吴军攻破郢都，申包胥到秦国搬救兵，倚着宫墙哭了七天七夜，"秦哀公为之赋《无衣》，九顿首而坐，秦师乃出"④。由此可见，申包胥对赋诗言志是相当熟悉的。据统计，《左传》《国语》中楚人引《诗》竟然高达19次之多，远远超过中原的周、卫、齐、宋、陈、蔡等诸侯国的引《诗》次数⑤。楚人酷爱中原文化，礼失求诸野，当中原各诸侯国纷纷抛弃礼乐文化的时候，中原的礼乐文化却在楚国得到了很好的保护和继承。理解了这些，对屈原"依诗人之义而作《离骚》"的说法也就不足为奇了。过于突兀，在作诗献诗"废止"了三百年之后，实在令人惊诧，所以《文心雕龙·辨骚》感叹说："自《风》《雅》寝声，莫或抽绪，奇文郁起，其《离骚》哉！"⑥ 为了融入

①　（宋）朱熹：《论语集注》，齐鲁书社1992年版，第172页。
②　（汉）司马迁：《史记》，中华书局2006年版，第505页。
③　（汉）王逸注，（宋）洪兴祖补注：《楚辞章句补注》，吉林人民出版社1999年版，第49页。
④　李宗侗：《春秋左传今注今译》，新世界出版社2012年版，第1215页。
⑤　马银琴：《春秋时代赋引风气下诗的传播与特点》，《中国诗歌研究》第二辑，中华书局2003年版，第162页。
⑥　杨明照等：《增订文心雕龙校注》，中华书局2012年版，第51页。

中原大家庭，楚人对中原文化进行了有效的保护与继承，屈原及其作品的出现就是楚人保护和继承中原文化的结果，也是楚人保护和继承中原文化的集中体现。屈原不仅继承和发扬了《诗经》的创作精神，而且承续了中断近三百年的献诗传统。屈原在中国诗歌史上占据着承前启后的重要地位。

自西汉的刘安认为《离骚》兼具风雅之旨后，清代以前的人们大多认为，屈原的《离骚》继承了《诗经》的创作精神，以屈原为代表的楚辞作家是在学习《诗经》的基础上进行楚辞创作的。1905年刘师培《南北文学不同论》发表以后，南北文化的差异引起学者们的高度注意，清代以前由《诗》到《骚》的传统理路受到怀疑乃至质疑。当代学者大多站在南北文化交融的立场看待屈原及楚辞的创作，认为以屈原为代表的楚辞作家既受北方风雅之教的影响，又受到荆楚地理环境、文化风俗的浸染，在南北文化的共同作用下，才有了楚辞这种诗歌形式的出现，才有了优秀的楚辞作品的创作。南北文化交融的观点固然圆通，但过度突出楚辞的地域特点，仍然给人割裂《诗经》与《离骚》关系的印象。在楚文化研究中，许多学者钟情于发现楚文化的地方特色，不厌其烦地胪列楚地重淫祀的风俗，南音、南风的地域特色，"南冠""楚服"以及官制的独特性，等等。这样做的后果是割裂了楚文化与中原文化之间联系，使楚文化游离于中原文化之外。其实，这些都是表面现象。楚文化最为本质的内容是楚人认祖归宗的文化趋同心理。楚人由黄河中下游南迁至荆山一带，本身就是中原文化向南拓展和影响的举动。楚人在荆楚地区，一方面继承了殷商巫鬼文化，另一方面积极与当地居民融合，入乡随俗，使楚文化濡染上了"蛮夷"的色彩。更加值得我们注意的是，在向南开疆拓土的同时，楚人极力融进中原文化圈的努力始终没有停止，而且在屈原之前也确实已经完全融入了进去。《韩非子·外储说左上》记载有郢书燕说的故事①，说明作为书面语言，当时南北几乎是一致的。屈原的作品"书楚语，作楚声，纪楚地，名楚物"②，的确为其作品打上了南楚的地域色彩。然而楚声已随历史而消失，保存在楚辞作品中的楚语也寥寥无几，除了楚地、楚物使读者恍然端坐于沅湘之际的幽林竹篁之下，如今阅读楚辞作品，其地域特色其实并不突出。即便是大家公认的兮字入句，在当时也遍及全国，而非楚地独产。有人认为："楚辞不

---

① （清）王先慎：《韩非子集解》，中华书局2013年版，第276页。

② （宋）黄伯思：《校定楚辞序》，载姜亮夫：《楚辞书目五种》，云南人民出版社2002年版，第41页。

学《诗经》，它与北方《诗经》是平行关系．北方的《诗经》与南方的楚辞，这两条平行发展的线索是到汉代才合二为一，由此开创出中国诗歌的新局面。"①将楚辞视作独立于中原之外的地域文学，理由显然并不充分。

屈原在《离骚》一开始就宣称自己是高阳的后代，炫耀自己高贵的出身，不凡的生辰，高洁的品质，远大的志向。在《离骚》中，诗人以花草冠佩象征品格，通过集中的夸张的描写，极力铺写自己崇高的理想和为之矢志不渝的俊洁人格，把诗人的自我形象刻画得异常纯洁高大。同时，为了表现自己的高大巍峨，《离骚》将昏君佞臣与"我"并置对照，以此将自己置于美丽、孤危、哀怨的境地进行描述，突出自己的美丽、孤独和清高。屈原的形象实在过于完美。对屈原如此刻画自己的形象，有人表示不解，如一个日本的学者就说"读之令人觉得也未免太有些自吹自擂"②。中国学者往往将这种文学现象称为浪漫主义创作手法。文人诗歌创作深受诗骚影响，《诗经》的风雅比兴和《离骚》的政治抒情规定了文人诗歌带有很强的社会政治功能。齐梁文风"彩丽竞繁，而兴寄都绝"③，没有充分发挥诗歌的政治功能，受到了陈子昂的严厉批评。袁宏道有诗云："自从老杜得诗名，忧君爱国成儿戏。"④文人喜欢在诗歌中表达忧国忧民的思想，杜甫的影响自然不可忽视，但最重要的还是文人诗歌本来就有政治担当的责任。简文帝萧纲论文，主张"立身先须谨慎，文章且须放荡"⑤。但萧纲不明白，文人创作诗歌本来就是在"立身"，是放荡不得的。因此，以他为代表的宫体诗被后人斥为"文艳用寡""体穷淫丽"⑥。屈原在《离骚》中塑造了一个纯洁高大的抒情主人公形象，理想的崇高、人格的峻洁、感情的强烈，使得这一形象远远超出了流俗和现实之上。在屈原那里，诗歌是干预社会的一种手段，诗人的身份是公众的，一定程度上带有表演性质，自我褒扬或者有所掩饰，这些都是在所难免。

在寺之言最初是公卿至于列士政治观点的表达，把他们的在寺之言用文字记录下来就是我们现在所谓的散文，一如先秦诸子采用当时的口头语言写作。《尚

---

① 陈桐生：《论楚辞不学〈诗经〉》，《云梦学刊》2006 年第 2 期。
② ［日］冈村繁：《楚辞与屈原》，《日本学者中国文学研究译丛》第一辑，吉林教育出版社 1986 年版，第 1 页。
③ 徐鹏校点：《陈子昂集》，中华书局 1960 年版，第 15 页。
④ 钱伯城笺校：《袁宏道集笺校》，上海古籍出版社 1979 年版，第 651 页。
⑤ 詹锳：《文心雕龙义证》，上海古籍出版社 1988 年版，第 1069 页。
⑥ （唐）李延寿：《南史》，中华书局 1975 年版，第 252 页。

书》中的一些典、诰、谟、誓，未尝不可视作在寺之言的最初形式。从礼乐文化的需要出发，政治场合中的言语要求温柔敦厚，彬彬有礼。为了使得语气委婉，在寺之言与歌渐行渐近，并最终合二为一。诗与歌合二为一后，以歌的面貌出现的诗依然保持了在寺之言庄重严肃的面目，忧君爱国也依然是诗的一个永恒主题。和最初的在寺之言不同的是，以歌的面貌出现的诗"可以怨"。诗"可以怨"是诗与歌合二为一后才出现的特点，这是因为诗接受了歌的抒情特性。

宋诗喜欢议论时政，反映现实，抒写心志，秉持着"诗可以怨"的理念，作品或慷慨激昂，或沉郁悲愤，显得格外严肃庄重。宋诗很少写爱情，宋代的男欢女爱，相思离情都被写进了词中。宋词情调悠悠，意绪绵绵，妩媚柔婉，承担起宋人表达爱情的重任。以上是翻开宋人诗词集子给我们的总体印象。总而言之，宋人的诗很严肃，宋人的词却很妩媚，有人将这种现象概括为"诗庄词媚"。诗何以要庄？诗是写给公众看的，而词最初是自家私事。孔子云："出门如见大宾。"① 出门见大宾自然要穿戴整齐，不能像在家一样随便。苏轼、辛弃疾等"以诗为词"后，词成为诗之一体。走出阁楼伎馆后，词不也变得堂堂正正了吗？礼乐文化背景下的赋诗言志也好，作诗献诗也罢，终究是要在庄严肃穆的场合使用。《诗经》中倒也有不少爱情诗，但先秦时期的子史著述引《诗》时无不名之曰"美刺"，原因就在于美刺是政治的。屈原的作品自始至终贯穿着诗人以理想改造现实的顽强斗争的精神，香草美人、恶禽臭物的意象寄寓着诗人对现实政治的理想和批判。屈原的作品不是写给他自己的，他自怨自艾，惆怅流连，喋喋不休，客观效果是：痛斥奸佞，显扬君过。屈原写作过程的本身就是一种政治行为，是在寺之言，所以我们才称屈原的作品为政治抒情诗。

古代文人诗从来就不是私人写作，受"在寺之言"传统的影响，文人写诗是要给大家看的。因为"出门见大宾"，诗人自然竭力表现自己高大的一面，忧国忧君、悲天悯人、抨击群小、诉说冤屈成为文人诗最喜欢表达的主题。后世的文人与先秦的公卿列士在思想上是一脉相承的，肩负的历史使命是相同的，通过诗的形式关注国家与社会命运也是一成不变的。这种固定不变的创作思维模式，是中国史前社会"在寺之言"的历史回声，是沉积在民族内心深处的"集体无意识"，是"在寺之言"这一"原始意象"留给我们的"种族记忆"。

---

① （宋）朱熹：《论语集注》，齐鲁书社 1992 年版，第 116 页。

第六节　屈原与齐言诗的出现

中国诗歌的发展有两条线索，一个是随音乐发展而发展的歌辞，音乐不同，时代语言不同，歌辞也在作自身规律内的调整；一个是文人诗，从四言、五言、七言到唐诗、宋词、元曲，文人诗歌形式经过了多次演进和变化。文人诗歌形式的演进和变化，一直是学者津津乐道的话题。任半塘在谈论唐代声诗时指出："唐代歌辞与历代歌辞同，皆大别为齐言、杂言二体，同时并举，无所后先，各倚其声，不相主从。"① 就歌辞而言，杂言歌诗和齐言歌诗的产生既不是有先有后，也不是一个时代只有杂言歌诗或只有齐言歌诗。但在文人诗歌创作中，"中国古典诗歌以齐言诗为主，杂言作为自由体诗，一直处于非主流的地位"②。

一、雅乐与《诗经》以四言为主的特点

文人诗歌创作偏重齐言诗，这种现象在词曲产生之前表现尤为明显。五、七言的唐诗自不必说，南北朝文人诗也主要是齐言诗，三曹七子也多作齐言诗，汉末文人作品《古诗十九首》也无一例外。屈原的作品除《卜居》《渔父》别为一格，句子长短参差，近于散文，其他作品虽间杂言，但句式整齐划一的趋向是非常明显的。《诗经》的国风和小雅都是以四言为主的句式，虽然其中也有一些杂言，但整齐划一的趋向却很明显。

先秦时期的杂言诗还是比较多的，主要是没被《诗经》收录的一些歌辞。如《礼记·郊特牲》中的《蜡辞》《论语·微子》中的《凤兮歌》《国语·晋语二》中的《暇豫歌》等。一般我们认为，《诗经》是周王朝在诸侯各国的协助下进行采集，然后由乐师整理、编纂而成。按照任半塘"历代歌辞，皆大别为齐言、杂言二体"③ 的说法，参照先秦时期杂言歌诗亦颇流行的实际情况，我们不得不承认：一些采集来的作品经过乐师的一番"比其音乐"，歌辞的外在形式也悄然发生了变化。在乐师整理之前，这些作品的音乐属于俗乐。经过整理，音乐被纳入雅乐系统，由编钟、编磬调节它们的主旋律，音乐句式变得整齐方板，歌辞的句

---

① 任半塘：《唐声诗》，上海古籍出版社 1982 年版，第 2 页。
② 葛晓音：《先唐杂言诗的节奏特征和发展趋向》，《文学遗产》2008 年第 3 期。
③ 任半塘：《唐声诗》，上海古籍出版社 1982 年版，第 2 页。

式也趋向整齐划一。由此可见，《诗经》以四言为主的特点是乐师"正乐"的结果。

一般我们认为，雅诗和颂诗中的绝大部分作品，可能是出自公卿至于列士之手。和国风、小雅中的作品相比较，《诗经》雅、颂部分的作品，其以四言为主的句式特点更为突出。公卿列士可以说是中国早期的知识分子，如果说雅、颂大部分作品为他们所献，则其整齐方板的四言形式无疑反映了早期中国文人对齐言诗的审美价值取向。而且从周代的爵位来看，大司乐和乐师分别为中大夫和下大夫，也属于"公卿至于列士"中的成员 ①。所以，国风和小雅中的部分作品，虽然大多采自民间，但经过这些乐师身份的士大夫的整理和编纂后，语言形式也变得和雅颂部分的作品一样，表现出了整齐划一的特点。

《诗经》以四言为主的特点与其说反映了最初文人对齐言诗的审美取向，不如说受制于当时占统治地位的雅乐。西周礼乐制度的特点是乐从属于礼，乐与礼相辅相成，维护着西周的宗法制度。礼乐因为强调教育意义，礼乐文化中的音乐必须配合道德，故以和平中正为原则，以庄严肃穆为标准。在礼乐文化中，编钟、编磬占据了很重要的地位。钟、磬有不同的音程，通过打击音程不同的钟磬可以演奏旋律性的音乐。然而编钟、编磬发音时余音较长，比较适合演奏中速或慢速、节奏比较松散而悠缓的旋律，演奏快速或节奏较为密集的旋律便容易造成音响上的浑浊和混乱。②《诗经·商颂·那》："猗与那与，置我鞉鼓。奏鼓简简，衎我列祖。汤孙奏假，绥我思成。鞉鼓渊渊，嘒嘒管声，即和且平，依我磬声。"③《诗经》时代的祭祀典礼乐舞中，音乐伴奏明显由两部分组成，一部分是敲击编钟、编磬所奏出的旋律，在整个演奏中起主导作用；另一部分是吹奏乐器和弹弦乐器奏出的旋律，这部分旋律要配合编钟、编磬所奏出主旋律，《商颂·那》所谓的"依我磬声"就是这个意思。由于是单个的音节组成，中间缺少平滑音，通过打击音节不同的钟、磬演奏的乐曲，声调平淡、缓慢是其旋律的主要特点。金石之音的旋律悠缓平和，音调中正刻板，速度很有控制，容易形成整齐划一的音乐句式，与之相配合的歌辞自然也容易整齐方板。《诗经》雅、颂的大部分作品用于祭祀典礼，故中正平和的音乐特点决定了雅、颂作品以四言为主的整齐方板的外在形式。

---

① 郭齐家、乔卫平：《中国远古暨三代教育史》，人民出版社 1994 年版，第 84 页。

② 高鸿祥：《曾侯乙钟磬编配技术研究》，《黄钟》（武汉音乐学院院报）1988 年第 4 期。

③ 程俊英、蒋见元：《诗经注析》，中华书局 2017 年版，第 773 页。

《汉书·食货志》："孟春之月，群居者将散，行人振木铎徇于路以采诗，献之太师，比其音律，以闻于天子。"① 太师是如何"比其音律"的？我们看下孔子"正乐"就明白了。孔子在《论语·卫灵公》中说"郑声淫"，提出"放郑声，远佞人"②。据《史记·孔子世家》："孔子语鲁太师：吾自卫返鲁，然后乐正，雅颂各得其所。"③"三百五篇，孔子皆弦歌之，以求合《韶》《武》《雅》《颂》之音。"④太师"比其音律"，应该和孔子"正乐"一样，对采集来的民歌进行整理，以使音乐符合中正平和的雅正要求。音乐发生了变化，歌辞形式也相应地发生了变化。《诗经》以四言为主的特点是太师"比其音律"的结果，音乐的雅化使得本来具有民歌风味的国风、小雅部分作品也和大雅、颂一样表现出以四言为主的特点。由此可见，《诗经》以四言为主的齐言倾向受制于雅乐缓慢悠长的曲调，《诗经》用乐局限在雅乐这一相对独立和封闭的音乐系统内，对《诗经》文本形式起到了校正和固化作用。

先秦音乐有两个系统，一个是雅乐系统，一个是俗乐系统。雅乐系统相对比较封闭，俗乐在进入雅乐前要经过层层把关和筛选，以防止"郑声之乱雅乐也"⑤。雅乐主要是配合西周王权统治的需要，以金石之音调节乐曲的节奏，曲调舒缓而严肃。金石乐器属于贵重之物，一般普通民众不易拥有，而且在礼法上也不允许普通民众使用。因此民间娱乐甚至娱神都不用也不可能使用金石之音，他们主要使用琴、瑟、竽、笙等丝竹乐器。丝竹乐器摆脱了金石之音的羁绊，旋律可快可慢，音乐句式也变化万端，歌辞形式既有齐言，也有杂言。⑥

俗乐中的杂言歌辞出于演唱的需要，仔细分析大都能在某些地方寻绎到节奏、押韵等方面的规律。但也有些杂言歌辞的规律难以归纳，散乱的句式几乎与散文差不多，如《史记·滑稽列传》所载《优孟歌》："山居耕田苦，难以得食，起而为吏。身贪鄙者余财，不顾耻辱，身死家室富。又恐受赇枉法为奸触大罪，

---

① （汉）班固：《汉书》，岳麓书社 1993 年版，第 509 页。
② （宋）朱熹：《论语集注》，齐鲁书社 1992 年版，第 157 页。
③ （汉）司马迁：《史记》，中华书局 2006 年版，第 329 页。
④ （汉）司马迁：《史记》，中华书局 2006 年版，第 329 页。
⑤ （宋）朱熹：《论语集注》，齐鲁书社 1992 年版，第 179 页。
⑥ 先秦歌诗有齐言者，如《礼记·檀弓上》载："孔子蚤作，负手曳杖，逍遥于门，歌曰：'泰山其颓乎，梁木其坏乎，哲人其萎乎。'"先秦杂言诗尤多，见逯钦立：《先秦汉魏南北朝诗》"先秦诗"部分，中华书局 1983 年版。

身死而家灭，贪吏安可为也。念为廉吏，奉法守职，竟死不敢为非，廉吏安可为也。"① 在上古音或楚地方言中，《优孟歌》或许能够找到押韵的规律。但和同为楚地作品的屈原诗歌相比较，《优孟歌》给我们留下的非诗印象是很深刻的。

俗乐在先秦被称为新乐或郑卫之音，新乐的歌辞称作"歌"，"歌"在本质上属于音乐。"西周至战国早期，除《诗经》，歌很少被称为'诗'的。"② 西周至战国早期，"诗"与"歌"畛域分明。"诗"字从言从寺。《说文》："寺，廷也，有法度者也。"③ 有人认为，"寺"是"中国历史上最早的明堂"④。蔡邕《明堂月令章句》："明堂者，天子大庙，所以祭祀。……飨功、养老、教学、选士，皆在其中。"⑤ 明堂是一个公共场所，在这里举行的活动具有社会性和政治性。诗为在寺之言，寺是集居住、祭祀、行政于一体的宫廷。就字义上来说，诗在周代承担着一定的讽谏功能。雅乐是周代礼乐制度的重要组成部分，"正乐"后的《诗经》用乐被局限在雅乐系统之内。"兴于《诗》，立于礼，成于乐"⑥，《诗经》因其政治功能独擅"诗"名。在雅乐的规范之下，《诗经》文本样式显示出整齐划一的倾向，《诗经》的形式既不同于先秦诸子奇句单行的散文，又有别于新乐系统中的"歌"，因此"诗"在先秦时期是一种与诸子散文和新乐歌辞并称的独立的文学样式。

二、屈原的文体意识及其文学史意义

屈原的《卜居》和《渔父》是近似散文的作品，句子长短不齐，也不大讲究押韵。屈原其他作品都是后世公认的诗歌，有五言句式、六言句式和七言句式，以六言句式为主。屈原的这些被公认为诗歌的作品，和《诗经》一样表现出明显的整齐划一的倾向。屈原的这些被公认为诗歌的作品和当时流行的新乐歌辞不完全相同，除了《九歌》是在民间祭祀乐歌基础上创作的以外，其他作品都表达了屈原的政治诉求。屈原在创作这些作品的时候，他所看重的不是音乐本身，甚至

---

① （汉）司马迁：《史记》，中华书局 2006 年版，第 728 页。

② 赵辉：《歌与诗的起源及原始功能异同》，《武汉大学学报（人文科学版）》2009 年第 6 期。

③ （清）段玉裁：《说文解字注》，浙江古籍出版社 1998 年版，第 121 页。

④ 刘士林：《中国诗性文化》，海南出版社 2006 年版，第 126 页。

⑤ （唐）孔颖达：《礼记正义》，（清）阮元校刻：《十三经注疏》，中华书局 1980 年版，第 1487 页。

⑥ （宋）朱熹：《论语集注》，齐鲁书社 1992 年版，第 77 页。

这些作品本身已经完全脱离了音乐而单独存在了。屈原让这些相对整齐划一的词句负载起了社会政治意义，直接绍续了《诗经》的美刺传统，在创作精神上与《诗经》一脉相承。

当时的诸子散文已经取得了很大成就，诸子们的创作实践标明，以日常话语为基础的文字最易于表达思想和观点，奇句单行的文字是散文最恰当的语言形式。但屈原并非要直白、直观地表达自己的政治观点，内心感情的冲动使他迫切要寻找更为恰当的语言方式。"正得失，动天地，感鬼神，莫近于诗。"① 诗在《诗经》成书之后，已经确立了自身的各种特点。相对整齐的语言形式，委婉含蓄的美刺精神，既满足了屈原表达政治理想的需要，又兼顾了屈原发愤抒情的主观要求。屈原根据自己学习《诗经》的体会，以不世之才创作了《离骚》《九章》《天问》等优秀作品。屈原的这些作品卓然独立于诸子散文之外，自成一家。如果说《诗经》以四言为主的齐言倾向主要受制于雅乐，而并非参与《诗经》创作和编纂的中国早期知识分子的主动选择，屈原的意图已很明显，他希望通过自己的作品，宣示一种有别于诸子散文的文学形式的存在，通过押韵和整齐划一的句式，标识作品的诗歌体裁。

屈原清醒的诗人意识和文体意识，在西汉很长一段时间内没有被完全理解和接受。受诸子散文影响，在屈原作品基础之上产生了"一代之文学"汉赋。汉赋非诗非文，亦诗亦文，诗歌与散文的界限呈现胶着模糊的状态。至东汉初期，文人才渐渐感觉到诗歌有必要与散文划清界限。汉乐府中整齐的五、七言歌辞渐渐引起了文人们的注意，他们开始对这种既有的形式进行模仿和探索。文人在诗歌创作过程中，有意识地强化和凸显诗歌的齐言特点，经过长期的实践，不断地总结经验，在音乐歌辞系统之外，一个相对独立的文人诗歌创作系统慢慢被建立起来。

在歌辞系统中，春秋后期在楚国出现了《孺子歌》，秦始皇时出现了《长城歌》，汉武帝时协律都尉李延年有五言《北方有佳人》被广泛传唱。武帝以后，五言歌谣被大量采入乐府，它们被称为乐府歌辞。汉乐府中的这些五言歌辞，形式上比较固定，易于被文人模仿，所以对于文人五言诗的出现具有重要的意义。"它们有不少的新颖故事，相当成熟的艺术技巧，逐渐吸引了文人们的注意和爱

---

① （唐）孔颖达：《毛诗正义》，（清）阮元校刻：《十三经注疏》，中华书局 1980 年版，第 270 页。

好。它们在自己的诗歌创作中试行模仿起来，于是就有了文人的五言诗。"① 文人五言诗一般认为是东汉时才有的，相传西汉枚乘、李陵、苏武等人的五言诗都不可信。从现存文献来说，班固创作的《咏史》诗属于比较早的文人五言诗，但在艺术上"质木无文"②，技巧上还不成熟。其后张衡的《同声歌》词才绮丽，感情细腻真挚，表达技巧有一定进步。东汉末，秦嘉、蔡邕、郦炎、赵壹、辛延年、宋之侯等人的五言诗日趋成熟。尤其是以《古诗十九首》为代表的无名氏"古诗"，成为中国文学史上早期抒情诗的典范。

七言句式产生很早，晋挚虞《文章流别论》将七言句式上溯到《诗经》，云："七言者，'交交黄鸟止于棘'之属是也，于俳谐倡乐常用之。"③ 刘勰《文心雕龙·章句》、胡应麟《诗薮·内篇》卷三"古体下"、钱大昕《十驾斋养新录》卷十六、赵翼《陔余丛考》卷二十三也都有七言源于诗骚的见解。但真正对文人七言诗产生直接影响的，应该说是歌辞系统中的七言句式，因此挚虞特别提到七言句式"于俳谐倡乐多用之"④。现存最早的完整的文人七言诗是建安时代曹丕创作的两首《燕歌行》，《燕歌行》是乐府旧题，曹丕之后凡是写这个题目的都是七言诗，很可能这个曲调原来就是配七言的。从这里不难看出，文人七言诗的形成也受了乐府歌辞的影响。

乐府古辞中有大量杂言歌辞，如《战城南》《妇病行》《孤儿行》《东门行》等。文人为什么没有去模仿杂言歌辞，而是对五言和七言形式表现出了浓厚的兴趣？汉代的代表文体是赋，按照章学诚的说法，赋这种文体"原本《诗》《骚》，出入战国诸子"⑤。《诗》《骚》是诗，句式整齐而押韵。战国诸子指的是诸子散文，诸子散文的句子长短不一。从外在形式上看，赋既有整饬华丽的韵文，又有大段的散文描写。赋介于诗和文之间，它非诗非文，亦诗亦文，可以说是文学中的两栖类，在文的总集中能够见到赋，在诗的总集中也能见到赋。在汉代，韵文和散文没有一个明确的界限，诗歌与散文处于胶着模糊状态。扬雄有一种直觉，觉得当时的辞赋创作与《诗》有着很大不同，他希望将诗人和辞人区分开来。他说："诗

① 游国恩等主编：《中国文学史》第一册，人民文学出版社 2002 年版，第 206 页。
② （南朝）钟嵘：《诗品》，载何文焕辑：《历代诗话》，中华书局 1981 年版，第 2 页。
③ 郭绍虞主编：《中国历代文论选》第一册，上海古籍出版社 1979 年版，第 191 页。
④ 詹锳：《文心雕龙义证》，上海古籍出版社 1988 年版，第 185 页。
⑤ （清）章学诚著，叶瑛校注：《文史通义校注》，中华书局 1985 年版，第 1064 页。

人之赋丽以则，辞之人赋丽以淫。"①但什么是诗人之赋？什么是辞人之赋？"淫"与"则"都是比较主观的标准，很难做出明确的判定。换句话说，在汉赋盛行的西汉，诗人的身份是不容易确定的，诗人的形象也是不鲜明的。

从外在形式上来讲，散文与诗歌的主要区别在于杂言和齐言，有些杂言歌辞一旦脱离了音乐也就与散文相差无几了。杂言既然与散文容易混淆，如选择汉乐府歌辞中的杂言作为摹写的对象，文人如何证明自己的诗人身份？须知并非所有的文人都通晓音乐，文人的诗歌创作往往是案头作品，主要通过视觉而非听觉向读者传达文字承载的信息内容。也就是说，选择汉乐府中的杂言歌辞形式，诗人将如同辞赋作家一样，其作品既非诗又非文，诗人的身份也将变得非常模糊。区别诗歌与散文，齐言并且入韵无疑是最为简明的形式。所以，当五言、七言成熟的形式出现于歌辞系统中之后，文人很快就选定了五、七言作为摹写的对象，在此基础上构建了文人齐言诗创作系统，创作了大量极具思想性和艺术性的作品。

关于诗体的演变，学者往往主观地认为是一个由简单到复杂、由低级到高级的发展过程。钟嵘《诗品序》谓："夫四言，文约易广，取效《风》《骚》，便可多得。每苦文繁而意少，故世罕习焉。五言居文词之要，是众作之有滋味者也。"②钟嵘的意思是，五言句所包含的词和音节比四言句多，运用起来伸缩性大，在表达上比四言更灵活更方便。钟嵘的这一看法对后世影响很大，学术界在讨论诗体的演进时，习惯于从节奏和句式结构着眼，大多将思考的重心放在后世诗体的句式优于前代诗体的句式上。应该说，从这一思路出发研究诗体演进相当细致也颇有说服力。但就句子的复杂性而言，早在完善的五言诗出现之前，屈原作品的六言（除去兮字）句式已经相当成熟。如果单从句式的优劣来解释诗歌演进的原因，则屈原成熟的作品何以会出现在文人五言诗之前？学术界在探讨文体演变的原因时，过于强调文体和语言自身的进化能力，而忽视了文人在文体方面的自觉追求。实际上，每次文体的演进和改变，无不是文人主动选择和"炫奇斗巧"的结果。

东汉文人五言诗的出现，不单单因为五言优于四言，更为重要的是：屈原将诗歌与散文区别开来的文体意识得到了文人的承认、理解和继承。汉赋写作实践

---

① 詹锳：《文心雕龙义证》，上海古籍出版社 1988 年版，第 84 页。

② （南朝）钟嵘：《诗品》，见何文焕辑：《历代诗话》，中华书局 1981 年版，第 3 页。

证明，只有将诗歌与散文区别开来，诗人的身份才能获得确证。和屈原主动选择相对整齐的六言句式发愤抒情一样，汉代文人没有选择杂言歌辞作为自己模仿的对象，而是对当时整齐的五言和七言形式表现出了浓厚的兴趣，反映了文人将诗歌与散文区别开来的意图。文人是个特殊的群体，他们从形式和内容两个方面不断向外界释放自己的能量，并以此标识本身异于常人的身份。推动文体演变的重要动力是文人的主动性选择。没有文人的主动选择，即使某种文体已经在民间长期存在，也无法进入文体的演进序列。如长短句，"自有诗而长短句即寓焉，《南风》之操，《五子之歌》是已"①，但直到中唐才渐次进入文人诗歌创作领域。东汉文人以汉乐府五、七言歌辞形式作为构建齐言诗创作系统的基础，充分说明在文体演进中文人主动选择的重要性。

屈原有意识选择整齐的句式以区别诗歌与散文，暗示了汉代文人诗歌发展的方向，齐言诗在东汉成为文人主要诗歌形式。经过长期探索，文人建立了完备的齐言诗创作规范，总结了一套适合思想情感表达的语言规则。对于文人来讲，齐言诗就像孩童手中的玩具，总希望能够不断地翻出新的花样。但新的花样毕竟有穷尽和厌倦的时候，当花样翻新难以为继，齐言诗形式的进一步发展也就成为一个棘手的问题。

文人齐言诗创作系统的构建历经千年，至唐代格律诗已经完全成熟。格律诗是文人建立的齐言诗创作系统中最为精美的形式，齐言诗发展至此如水抵岸，明清文人宗唐拟宋的复古做法不过是齐言诗发展过程中的回头潮而已。文人齐言诗的颓势在格律诗形成的时候既已显现，杜甫、韩愈、白居易等人的变格、求奇和新乐府运动反映了文人希望在格律诗基础之上为齐言诗寻找更大发展空间的意图。这种愿望被宋元明清的文人所继承，虽经左冲右突，不过在细枝末节上修修补补，终究无法跳出前人规范的牢笼。

---

① （清）朱彝尊：《词综》，上海古籍出版社 2005 年版，第 1 页。

第六章　东楚、西楚与汉代文学

第一节　道家的分化与汉代文学

道家思想从战国中期以来形成了两大流派，一派是黄老学派，一派是老庄学派。道家虽然主张清净恬淡，胸中却怀着济世利物的主见，他们进则为黄老，退则为老庄。老庄学派自命清高，不愿也不屑于与世同流，因此多被排斥在统治阶层之外。即便步入仕途，也多被边缘化，不能发挥才智。这时他们的逆反心理被激发出来，转而走向当权者的对立面。由于他们洞悉世情，深知各种流弊产生的原因，因此揭露世态、鞭挞时弊往往能一针见血，入木三分。

一、从黄老到老庄

战国时期，齐国的稷下是一个重要的学术中心，稷下学宫聚集了一批学者，他们讲道德，同时重视刑名。服膺老子的无为无不为，又认为社会秩序的存在缺少不了法治的在场。他们看到了"法令滋彰，盗贼多有"①的社会现实，要求统治者能够"虚静谨听，以法为符"②，不受任何干扰，一切均以法律为准绳。这一学派宣称他们的思想来源于黄帝、老子，他们也被称作黄老学派。黄老学派对法家产生了深远影响，在司马迁的《史记》中，先秦著名的法家代表韩非、申不害与老子合传，原因就在于申不害、韩非"其归本于黄老"③。先秦黄老学派看似道、法并举，其实他们的重点还是在于法而不在于道，他们很少谈儒家的"礼治"或"德治"。秦灭六国后，秦始皇采取了"刻薄寡恩"的法家之学。法家思想宣扬赤裸裸的暴力镇压，赋敛无度，严刑苛法，结果不到十五年时间秦统治就土崩瓦解了。

---

① （三国）王弼注，楼宇烈校释：《老子道德经》，中华书局 2011 年版，第 154 页。
② 余明光著：《黄帝四经与黄老思想》，黑龙江人民出版社 1989 年版，第 277 页。
③ （汉）司马迁：《史记》，中华书局 2006 年版，第 395 页。

到了汉初，黄老之学经过改头换面，以一副崭新的面孔登上历史舞台。汉初的黄老学派，并没有放弃法的基本立场，但与此同时却对于礼和德有了新的认识。他们重新界定了德与刑之间的关系，反复强调礼和德在社会治理中的重要作用。"春夏为德，秋冬为刑，先德后刑以齐生"，这是湖南长沙马王堆出土的《十六经》中的句子。老子最重要的一个思想是无为。所谓"无为"，就是政府尽量不要干涉人们的生活，与民休息。

经过长期战乱，汉初民生凋敝，天下人心思定，无为而治成为当时社会上下的一个共识。刘邦和他一起打天下的人出身下层，他们知道当时人们的需求，以黄老清静之术治理天下，推行休养生息的政策成为最佳选择。就这样，黄老之学蔚然大兴，汉初形成了清静无为、与民休息的宽松环境。汉初黄老思想的流行，既是时代对秦苛法暴政的厌弃，也是黄老思想自我调整、自我改造的结果。清静无为，垂拱而治，刑政宽简，去除烦苛，崇德化民，恢宏礼义，顺乎了民欲，应乎了时变。经过思想改造，黄老思想对于安定当时社会、恢复经济、缓和社会矛盾起到了积极的作用。汉初的"文景之治"，得益于黄老思想的滋养。

然而，随着社会的发展，各种弊端也渐渐显露出来。汉初实行无为而治的宽大政策，这固然有利于恢复农业生产，但也助长了功臣们的居功自傲，各地诸侯也趁势扩大自己的势力。没有了苛法重典，消除了暴政对社会的不利影响，但同时也放纵了地方豪强势力的恣意妄为，富商大贾开始疯狂兼并。对于当时的社会形势，年轻气盛的贾谊痛心疾首，他在《陈政事疏》中沉痛地指出："夫百人作之不能衣一人，欲天下亡寒，胡可得也？一人耕之，十人聚而食之，欲天下亡饥，不可得也。"[1]贾谊认为，国家统一的局面正面临着严重威胁，加强中央集权刻不容缓。为了巩固政权，贾谊要求汉文帝削弱诸侯日益坐大的势力，限制豪强商贾的非法活动，通过建立更加完善的封建礼制，以此来维护国家的统一和社会的安定。贾谊能够见微知著，显示了敏锐的政治观察能力。但他的一系列建议却遭到一些人的质疑和忌恨，受到一些功臣的诋毁，最终被贬到长沙去做长沙王的太傅去了。

经过几十年的休养生息，汉武帝的时候西汉王朝进入了全盛时期。为了和政治经济发展相适应，统治阶级上层的思想也在发生深刻变化。武帝即位之初，对

---

① （汉）班固：《汉书》，岳麓书社 1993 年版，第 986 页。

于"申、商、韩非、苏秦、张仪之言"① 就进行了严厉打击，他接受了董仲舒"罢黜百家，独尊儒术"的思想，希望能够矫治当时面临的一系列重大现实问题。其实，汉武帝面临的强劲对手并非申、商、韩非、苏秦、张仪之流，而是为汉朝走向强盛立下汗马功劳的黄老之术。自刘邦开始，黄老治国实行了六七十年，而且成绩斐然，有目共睹。想让黄老之术一下子退出历史舞台，谈何容易。汉武帝即位之初，笃信黄老的窦太后掌握着实权，与汉武帝发生了激烈的冲突，以至于支持汉武帝的赵绾、王臧被迫自杀。直到窦太后去世后，汉武帝才摆脱了羁绊，放开手脚，将儒家思想郑重推广到社会的各个领域。

儒家独尊之后，黄老一派开始失势。不得已，黄老思想内部也在悄然发生分化：一部分人顺应历史潮流，进一步与儒家合流，在政治生活中继续发挥作用。另一部分人则被边缘化，他们被迫离开政治中心，与老庄学派越走越近，以儒学的异端面目，在政治生活中处处与儒学较劲。他们与老庄学派一样，愤世嫉俗，尤其在社会衰乱的时候，抨击社会弊端不遗余力，而且特别尖酸辛辣，入木三分。

西汉武帝时的东方朔自视甚高，自称十三岁学书，十五岁学击剑，十六学习《诗》《书》，十九掌握了孙吴兵法，并且生得一表人才。但就是这样一个人，汉武帝偏偏让他待招金马门，终不见用。东方朔深感怀才不遇，常常以滑稽的方式发泄自己的不满。又著《答客难》，通过主客问答，讽刺汉武帝"绥之则安，动之则苦；尊之则为将，卑之则为虏；抗之则在青云之上，抑之则在深泉之下；用之则为虎，不用则为鼠"②，抒发了士人在帝王摆布下怀才莫展的不满情绪。在封建专制之下，文人掌握不了自己的命运，但又无可奈何，只好将不满化作冷嘲热讽，借助俳谐滑稽的形式表达出来。东方朔的《答客难》为后世文人抒写怀才不遇的情绪树立了一个标本，很多文人模仿《答客难》排解自己的忧闷，形成了文学史上一个奇特的文学现象。

黄老学派和老庄学派都是从老子之学发展而来，在哲学、政治、人生、美学等方面，有很多相同之处。它们的区别在于，黄老学派推崇和假托黄帝，以老子之学为其核心思想，又掺杂了阴阳、儒、墨、名、法诸家思想，既不完全同于老

---

① （汉）司马迁：《史记》，中华书局 2006 年版，第 58 页。
② （南朝）萧统编，（唐）李善注：《文选》，中华书局 1977 年版，第 628 页。

子思想，又不完全沿袭儒、墨、名、法、阴阳，是一个综合了众家之长的新学派。就学术渊源而论，庄子的道家学说与老子一脉相承，但也有较大的发展变化。庄子继承了老子"天道自然无为"的思想，认为道是"先天地而生"①，无始无终，实有而无形，自然而永恒，神秘莫测，无处不在，主宰和推动着万事万物的存在和发展。道是至高无上的，因而他崇尚自然，反对人对自然界的任何抗拒和拂逆。老庄学派念念不忘生命的价值，不忘个性与自我，坚决反对外在的约束和桎梏，强烈的厌恶感。和黄老学派将研究的重点放在治国平天下不同，老庄学派支离其德，指斥名法，自觉地外放于统治秩序之外，而不愿走进束缚人心的庙堂。

值得注意的是，老庄学派并不就此安于寂寞，他们在外放自己的同时，又喜欢高标自许，站在庙堂人物的对立面，冷嘲热讽，指手画脚。老庄学派的这种做派，实际是黄老思想窜入老庄学派的结果。由于老庄学派总是站在失意者的一边，历史上失意者又特别多，因此他们总是不乏同盟者。另外，人生不如意事十之八九，即便是庙堂人物，也总有一些不顺心的事情。因此老庄思想并不总是在失意的人群中能够引起共鸣，即使是在庙堂之中也不乏知音。

二、贾谊与庄子思想

贾谊是汉初最早接受庄子思想的人。与皇室和萧何、曹参为代表的丰沛功臣集团奉行黄老学说不同，贾谊接受庄子思想完全是为了自救，是想借庄子思想走出人生困境。文帝三年（公元前177年），贾谊为利益集团所嫉，被贬为长沙王的太傅。在他去长沙的途中，路过湘江，写了《吊屈原赋》这个作品。在《吊屈原赋》中，贾谊除了表达了对屈原的同情，更多的是书写自己遭遇打击后的痛苦，他用了很长的篇幅表达自己要远离政治的决心，充满了对政治的恐惧和厌恨。其实贾谊和屈原的志趣并不完全相同，屈原在《九章·思美人》中说："登高吾不说兮，入下吾不能。"②屈原既不愿同流合污，也不愿远离政治中心，他的内心是矛盾的。而贾谊在《吊屈原赋》中却说："凤漂漂其高逝兮，夫固自缩而远去。袭九渊之神龙兮，沕深潜以自珍；弥融爝以隐处兮，夫岂从蚁与蛭蚓？所

---

① （三国）王弼注，楼宇烈校释：《老子道德经》，中华书局2011年版，第65页。

② （汉）王逸注，（宋）洪兴祖补注：《楚辞章句补注》，吉林人民出版社1999年版，第145页。

贵圣人之神德兮，远浊世而自藏；使骐骥可得系而羁兮，岂云异夫犬羊？"① 这里的圣人"远浊世而自藏"，显然不是儒家的人格代表，贾谊却将他作为自己的学习的榜样。

道家心目中的圣人与儒家不同，屈原在《渔父》一文中借渔父之口说"圣人不凝滞于物，而能与世推移"②，此处的"圣人"是渔父心目中的圣人，并不是屈原心目中的圣人。屈原心目中的圣人与渔父所说的圣人形成了鲜明的对比，代表了两种不同的人生态度。按照屈原的行事方式，他心目中的圣人必然是一个原则性强，不愿意迁就这个社会的人。而渔父所说的圣人则相反，认为没必要固执己见，应该做到与世推移。屈原认定自己屡遭打击的原因是"举世皆浊我独清，世人皆醉我独醒"③，渔父却认为屈原的悲剧在于过于高标独立，并且劝他与世浮沉、远害全身。由此可见，渔父是一位隐者，走的是道家的路子。《老子》第四章说"和其光，同其尘"④，《庄子·应帝王》说"虚而委蛇"⑤。渔父的人生哲学和处世态度，都与老庄思想一脉相承。贾谊完全接受和继承了《渔父》中渔父的思想观念，在《吊屈原赋》反复表达了远世避祸的思想。

老庄思想在贾谊的《鵩鸟赋》中表现得最为充分和浓厚。这一年的四月庚子这一天，一只鵩鸟落在屋顶。鵩鸟是不祥之鸟，民间常说鵩鸟集屋，必有大事发生。贾谊内心很不安，拿出占卜书来看，书上说主人有生命之忧。贾谊内心不安，问鵩鸟，鵩鸟不答，于是贾谊乃"对以意"，即揣摩鵩鸟心中所想，实际是自己对占卜结果"主人将去"的回答。在自问自答的过程中，贾谊从万物变化规律谈起，阐述了"祸兮福所倚，福兮祸所伏"⑥的人生感受。然后追溯历史，罗列了历史上很多出人意料的事情，以此感叹人生之无常。面对这样的无常人生，如何安顿自己的灵魂，乃是为人必须考虑的事情。惶惶不可终日固然有损人的精神，与之强行对抗也只是徒然挣扎，最好的办法是安之若命，听之自然。"德人无累兮，知命不忧。细故蒂芥，何足以疑"⑦，这是贾谊在思考权衡后对自己的人

① （汉）班固：《汉书》，岳麓书社 1993 年版，第 980 页。
② （汉）王逸注，（宋）洪兴祖补注：《楚辞章句补注》，吉林人民出版社 1999 年版，第 176 页。
③ （汉）王逸注，（宋）洪兴祖补注：《楚辞章句补注》，吉林人民出版社 1999 年版，第 175—176 页。
④ （三国）王弼注，楼宇烈校释：《老子道德经》，中华书局 2011 年版，第 12 页。
⑤ （清）郭庆藩撰，王孝鱼点校：《庄子集释》，中华书局 2013 年版，第 277 页。
⑥ （汉）班固：《汉书》，岳麓书社 1993 年版，第 980 页。
⑦ （汉）班固：《汉书》，岳麓书社 1993 年版，第 981 页。

生安排。

《史记·屈原贾生列传》："贾生既以谪居长沙，长沙卑湿，自以为寿不得长，伤悼之，乃为赋以自广。"① 谪居长沙对于贾谊的打击是致命的，他无力对抗现实，只好自我解脱，自我安慰，这是贾谊写作《鹏鸟赋》的目的。借与鹏鸟的对话自己回答了内心的疑惑，抒发了忧愤不平之情。作者借庄子齐生死、等祸福的思想聊以解脱，充满了"纵躯委命"②的思想，反映了身处逆境中的不安心情。《鹏鸟赋》中的思想意识几乎全部源于庄子，甚至有很多词句和语意都是套用《庄子》一书。《庄子·大宗师》将天地比喻成一个熔炉，《鹏鸟赋》则曰："天地为炉兮，造化为工；阴阳为炭兮，万物为铜。"③《庄子·秋水》说："夏虫不可以语冰，曲士不可以语道"④。《鹏鸟赋》说："大人不曲兮，亿变齐同。拘士系俗兮，攌若囚拘。"⑤《庄子·刻意》说"其生若浮，其死若休"，⑥《鹏鸟赋》也说："其生兮若浮，其死兮若休。"⑦《庄子·列御寇》希望饱食遨游，"泛若不系之舟"⑧。《鹏鸟赋》也说："澹乎若深渊之静，泛乎若不系之舟。"⑨ 另外《鹏鸟赋》有"夫祸之与福兮，何异纠缠；命不可说兮，孰知其极"，又道"天不可与虑兮，道不可与谋；迟速有命兮，焉识其时"⑩，这些句子显然是读了《老子》"祸兮福所倚，福兮祸所伏"所引发的感受。

三、刘安的著述与黄老思想

在西汉谈论黄老的著作中，《淮南子》是标志性成果。此书完成于汉武帝独尊儒术之前，被视作汉初黄老之学的集大成之作，是"西汉道家思潮的理论结晶"⑪。《淮南子》据说是淮南王刘安召集门客编纂的，但可以说代表了刘安自己

---

① （汉）司马迁：《史记》，中华书局 2006 年版，第 508 页。
② （汉）司马迁：《史记》，中华书局 2006 年版，第 509 页。
③ （汉）司马迁：《史记》，中华书局 2006 年版，第 508 页。
④ （清）郭庆藩撰，王孝鱼点校：《庄子集释》，中华书局 2013 年版，第 500 页。
⑤ （汉）司马迁：《史记》，中华书局 2006 年版，第 509 页。
⑥ （清）郭庆藩撰，王孝鱼点校：《庄子集释》，中华书局 2013 年版，第 480 页。
⑦ （汉）司马迁：《史记》，中华书局 2006 年版，第 509 页。
⑧ （清）郭庆藩撰，王孝鱼点校：《庄子集释》，中华书局 2013 年版，第 913 页。
⑨ （汉）司马迁：《史记》，中华书局 2006 年版，第 509 页。
⑩ （汉）司马迁：《史记》，中华书局 2006 年版，第 508 页。
⑪ 任继愈主编：《中国哲学发展史》秦汉卷，人民出版社 1985 年版，第 245 页。

的思想。梁启超说："《淮南鸿烈》为西汉道家言之渊府，其书博大而有条贯，汉人著述中第一流也。"[①] 胡适也说："道家集古代思想的大成，而《淮南王书》又集道家的大成。"[②] 笼统地说《淮南子》为道家之书自然不错，但道家中尚有黄老和老庄之别，《淮南子》属于黄老之言。《淮南子》极为推崇"道"，推崇"无为"，主张积极入世的无为，反对消极逃避的无为。《主术训》专讲帝王之术，里面既谈道德，又讲仁义，宣扬法势，辨察名实。关于《淮南子》的立言宗旨，汉代高诱《淮南鸿烈解叙》云："其旨近老子，淡泊无为，蹈虚守静，出入经道。"[③] 既然是出入经道，可见不是纯粹的道家之言。班固《汉书·艺文志》列《淮南子》为杂家，而没著录于道家。其实高诱和班固的观点并没有多大区别，因为汉初的黄老学派本来就兼采儒、墨、名、法、阴阳诸家思想。

《淮南子》又名《淮南鸿烈》，鸿是大的意思，烈有光明义，鸿烈的意思就是这本书包含了人世间所有的大道理。当然，这里的道理指的是黄老之道。《淮南子》的内容极为丰富，里面不但谈天文，还谈地理。不但讲政治，还讲经济和军事。在内容的安排上，《原道训》《俶真训》主要探讨道的起源、道的特征及其规定性，是《淮南子》全书的思想基础和核心内容；在《天文训》和《时则训》两篇中，《淮南子》集中讨论了天文方面的问题，总结了历史上天文历法、候星测影、风雨气候及阴阳五行等相关方面的知识和思想，通过天象、四季、二十四节气、十二月与农事、物候、气象、干支、音律等的相配，构建了一个完整的包罗万象的思想体系。《天文训》和《时则训》侧重探讨天人关系，《地形训》则进一步讨论了地与人的关系，展示了《淮南子》由天及地、由地到人的思维模式。《览冥训》《精神训》《本经训》三篇讲宇宙精神与人的精神是如何想通的；《主术训》《缪称训》《齐俗训》《道应训》《氾论训》《诠言训》《兵略训》，将讨论的重点放在了社会政治的具体问题上，力图给出具体的最佳解决方案；《说山训》《说林训》没有明确的主题，主要是一些佳言隽语，对于人生有着切实的指导意义；《人间训》《修务训》《泰族训》针对人间万事，站在道家的立场一一给予解答。全书一共二十一篇，其中《要略》一篇隳栝全书，起着全书序言的作用。《淮南子》按照天地人的顺序排列全书内容，每篇都围绕着一个中心主题进行论述和分析，结

① 梁启超：《中国近三百年学术史》，东方出版社 1996 年版，第 263 页。
② 胡适：《淮南王书》，《胡适文集》第 6 卷，北京大学出版社 1998 年版，第 463 页。
③ 何宁：《淮南子集释》，中华书局 1998 年版，第 5 页。

构匀称，环环相扣，在谋篇布局上颇具匠心。

《淮南子》是一部哲学书籍，阐述道家思想中的黄老学说是其中心任务。《淮南子》虽然以讲道理为主，但并不晦涩难懂。究其原因，在于作者采取了特殊的言说方式。《淮南子》中保存了大量历史故事、寓言传说和原始神话，通过这些生动有趣的故事的讲解，融合进去了丰富的思想内容，不但避免了哲学著作晦涩难懂的弊病，而且使人心悦诚服，潜移默化地受到《淮南子》的影响。《淮南子》在运用寓言讲述道理的时候，往往用"老子曰"来点明寓意。即便没有出现"老子曰"三字，寓言的内容也都是在宣传黄老学说。比如有名的"塞翁失马"故事，强调祸福变化无常，深不可测，阐述了老子"祸兮福之所倚，福兮祸之所伏"①的思想。在《淮南子》的作者看来，人是无法掌握变化的规律的。既然如此，人就没有必要为掌握规律而执着努力了，只要随顺自然就行了。

《淮南子》搜集了大量神话故事，是研究上古神话的珍贵资料，向来受到神话研究学者的高度重视。值得注意的是，《淮南子》中的神话是作为阐述黄老学说的论据来使用的，因此神话的哲学意味非常浓厚。如《淮南子·原道训》："泰古二皇，得道之柄，立于中央，神与化游，以抚四方。是故能天运地滞，轮转而无废，水流而不止，与万物终始。"②"泰古二皇"作为神话中的人物，在《淮南子》中他们的能力来自道，是因为"得道之柄"后才有了经营万物的能力。由此可见，道对于"泰古二皇"有着化育功能，"泰古二皇"只有接受"道"的化育才能进行进一步的创世工作。道家的核心概念是道，在道家学说中，道具有宇宙本体论的色彩。《老子》二十五章："有物混成，先天地生，寂兮寥兮，独立不改，周行而不殆。可以为天下母，吾不知其名，字之曰道，强之为名曰大。"③四十二章又说："道生一，一生二，二生三，三生万物。"④在老子看来，道先天地而存在，天地万物都由道产生。那么老子说的这个"道"是什么样的呢?《老子》二十一章："道之为物，惟恍惟惚。惚兮恍兮，其中有象；恍兮惚兮，其中有物；窈兮冥兮，其中有精。其精甚真，其中有信。"⑤在老子那里，作为创世之源的"道"只是一个

---

① （三国）王弼注，楼宇烈校释：《老子道德经》，中华书局 2011 年版，第 158 页。

② 何宁：《淮南子集释》，中华书局 1998 年版，第 4—5 页。

③ （三国）王弼注，楼宇烈校释：《老子道德经》，中华书局 2011 年版，第 65 页。

④ （三国）王弼注，楼宇烈校释：《老子道德经》，中华书局 2011 年版，第 120 页。

⑤ （三国）王弼注，楼宇烈校释：《老子道德经》，中华书局 2011 年版，第 55 页。

抽象的概念。但在《淮南子》中，道则分化为阴阳两神，阴阳两神再深入分化，世间万物由此而生。道在《淮南子》中由一个抽象的概念变成了两种具体明确的创世力量，通过阴阳两神成为创世之源。

《淮南子》保存下来了大量传说，如仓颉作书、伯益作井、仪狄作酒、奚仲为车等。尤其是对大禹的记载，丰富、生动而且具体。大禹带领太章、竖亥丈量土地，积土成山，平山填海，改变了大地面貌，"沐浴霾雨栉扶（疾）风，决江梳河"①，甚至"以身解于阳盱之河"②来祷祭。为了抢时间，大禹"履遗而弗取，冠挂而弗顾"③，终于"平治水土，定千八百国"④。《淮南子》还记载大禹治水走遍天下，入乡随俗，"之裸国，解衣而入，衣带而出，因之也"⑤。将《淮南子》中所有大禹的材料连缀起来，一个以天下为己任的英雄人物便栩栩如生地站在我们面前。经《淮南子》记录、改编的历史典故超过一百多条，如"宓子贱治亶父""段干木辞禄""申胥哭秦庭""阳虎乱鲁"等。经过改写的这些故事，往往比历史典籍中记载的更鲜明生动，情节也更丰满完整。

刘安不仅是一个哲学家，还是一个文学家。刘安的《招隐士》保存在《楚辞》这本书中，《汉书·艺文志》著录淮南王刘安赋八十二篇。对于刘安的文学才能，汉武帝非常欣赏，为了不至于贻笑大方，写给刘安的书信事先都要经司马相如这样的文人进行润色。刘安创作了大量赋体文学作品，《淮南子》的语言也极富赋体特征。《淮南子·原道训》对道这样表述："夫道者，覆天载地，廓四方，柝八极；高不可际，深不可测；包裹天地，禀授无形；原流泉浡，冲而徐盈；混混滑滑，浊而徐清。故植之而塞于天地，横之而弥于四海，施之无穷而无所朝夕；舒之幎于六合，卷之不盈于一握。约而能张，幽而能明；弱而能强，柔而能刚；横四维而含阴阳，纮宇宙而章三光；甚淖而滒，甚纤而微；山以之高，渊以之深；兽以之走，鸟以之飞；日月以之明，星历以之行；麟以之游，凤以之翔。"⑥ 这段文字讲究对仗和铺排，一个意思非要分成几个对偶的短句，这种用心的铺排虽然

① 何宁：《淮南子集释》，中华书局1998年版，第1313页。
② 何宁：《淮南子集释》，中华书局1998年版，第1317页。
③ 何宁：《淮南子集释》，中华书局1998年版，第54页。
④ 何宁：《淮南子集释》，中华书局1998年版，第1314页。
⑤ 何宁：《淮南子集释》，中华书局1998年版，第40页。
⑥ 何宁：《淮南子集释》，中华书局1998年版，第2~4页。

有辞多意少的弊病，但读起来却朗朗上口，极富节奏感。《淮南子》对道的言说方式与老庄不同，显然吸收了汉赋的写法，注意文字的对称和意思的铺排。《淮南子》成书于西汉前期，当时汉赋盛行，贾谊、枚乘、司马相如、严忌、东方朔、司马迁，包括淮南王刘安自己，都写出了影响深远的赋作。受时代影响，《淮南子》也有许多思想是通过汉赋的形式来表达的。刘安的赋作和《淮南子》表现了时代风气，对于汉初的骚体赋向散体赋转变具有推动作用。

司马相如论及大赋的特点时说"赋家之心，包括宇宙，总览人物"①。《淮南子》初名《鸿烈》，许慎解释说："鸿，大也。烈，功也。凡二十篇，总谓之《鸿烈》"②。作者自认为该书包含了广大光明的道理，可出诸子百家之上，为汉代治国法典，故谓之《鸿烈》。气盛则言宜，《淮南子》观天地之象，通古今之事，经纬治道，纪纲王事，铺陈渲染，揽物引类，形成《淮南子》包罗万象的壮丽美和宏大美。很早就有人注意到《淮南子》的文学特色，东汉高诱《淮南鸿烈解叙》云："言其大也，则焘天载地；说其细也，则沦于无垠，及古今治乱存亡祸福，世间诡异瑰奇之事。其义也著，其文也富，物事之类，无所不载。"③宋代高似孙《子略》云："淮南，天下奇才也！淮南之奇，出于《离骚》；淮南之放，得于庄列；淮南之议论，错于不韦之流；其精好者，又如《玉杯》《繁露》之书。"④梁启超也说："《淮南洪烈》为西汉道家言志渊府，其书博大而有条贯，汉人著述中第一流也。"⑤

四、黄老的隐忍思想与司马迁创作

遭受李陵之祸的司马迁对屈原充满了同情，他在写《屈原列传》时也寄寓了自己的身世之感。然而和贾谊深受老庄思想影响不同，司马迁更多地接受了当时流行的黄老思想。司马迁的父亲司马谈也是著名学者，他的《论六家要旨》是一篇总结性的文献。司马谈在《论六家要旨》中对儒、墨、名、法、阴阳五家都有所批判，唯独完全肯定了道家。《论六家要旨》是汉武帝独尊儒术之前黄老思想

① （晋）葛洪：《西京杂记》，中华书局 1985 年版，第 12 页。
② 何宁：《淮南子集释》，中华书局 1998 年版，第 1453 页。
③ 何宁：《淮南子集释》，中华书局 1998 年版，第 5 页。
④ （宋）高似孙：《子略》，中华书局 1985 年版，第 36 页。
⑤ 梁启超：《中国近三百年学术史》，东方出版社 1996 年版，第 263 页。

盛行的结果和反映，司马迁将此文录于《太史公自序》，思想自然会受到影响。贾谊也同情屈原的悲剧命运，但却反对屈原沉江自杀。在《吊屈原赋》中贾谊这样说："般纷纷其离此尤兮，亦夫子之故也。"① 在贾谊看来，屈原的性格和行事是屈原悲剧根源，在一定程度上屈原是咎由自取，因为他没有像道家推崇的那样"远浊世而自藏"②。司马迁对屈原态度却是毫无保留的，由于身世的关系，司马迁在写《屈原列传》时倾注了自己深厚的感情，他曾"适长沙，观屈原所自沉渊，未尝不垂涕，想见其为人"③。黄老思想与老庄思想的不同之处，除了一热衷政治，一远离政治，在受到打击后的反映也有所不同。老子尚阴谋，以退为进，柔弱胜刚强，因此在受到打击后表现出的不是心灰意冷，而是更加坚定的信念与一往无前的精神。司马迁遭李陵之祸后，"每念斯耻，汗未尝不发背沾衣也"④。然而为了完成《史记》，他"就极刑而无愠色"⑤，以发愤著述的圣贤为榜样，激励自己终于完成了《史记》这样一部"史家之绝唱，无韵之《离骚》"⑥。

司马氏世代掌管太史一职，司马迁的父亲司马谈在汉武帝建元年间为太史令，有志于"史记"，但宏愿未完就死了。临终向司马迁交代，务必完成自己的遗愿。忠孝观念，儒家特为浓厚。司马迁一生的事业就是要完成父亲的遗愿。最初他对汉武帝抱有"拳拳之忠"，所以李陵降匈奴后，司马迁"见主上惨怆怛悼，诚欲效其款款之愚"⑦。不意"明主不晓，以为仆沮贰师，而为李陵游说，遂下于理"⑧。司马迁并无意在政治上有多少作为，他为李陵辩解的初衷不过是为了"广主上之意"，不意却因此获刑，遭受了莫大耻辱。被自己最敬仰的人伤害是非常痛苦的，因为被伤害者面临着怨与不怨的两难选择。《孟子·告子下》："亲之过大而不怨，是愈疏也。亲之过小而怨，是不可矶也。愈疏，不孝也。不可矶，亦不孝也。"⑨汉武帝雄才大略，励精图治，有目共睹。对于李陵之祸给自己带来的

---

① （汉）班固：《汉书》，岳麓书社1993年版，第980页。

② （汉）班固：《汉书》，岳麓书社1993年版，第980页。

③ （汉）司马迁：《史记》，中华书局2006年版，第509页。

④ （汉）班固：《汉书》，岳麓书社1993年版，第1182页。

⑤ （汉）班固：《汉书》，岳麓书社1993年版，第1182页。

⑥ 鲁迅：《汉文学史纲要》，北京联合出版公司2014年版，第44页。

⑦ （汉）班固：《汉书》，岳麓书社1993年版，第1179页。

⑧ （汉）班固：《汉书》，岳麓书社1993年版，第1180页。

⑨ （宋）孙奭：《孟子注疏》，（清）阮元校刻：《十三经注疏》，中华书局1980年版，第2756页。

痛苦，司马迁有着常人难以体会到的难言之痛和难言之隐，"此可为智者道，难为俗人言也"①。事君之事，到此为止，司马迁将全副精力投入了《史记》的撰写当中。司马谈在《论六家之要旨》有云："道家使人精神专一。"② 司马迁笔下有许多倔强隐忍的历史人物，如勾践、伍子胥、豫让、孙膑、苏秦、张仪、屈原等。司马迁不但详细记载了他们的历史事迹，而且高度赞扬他们为了自己的事业忍受千辛万苦的倔强精神。如对于伍子胥的复仇，司马迁评价道："向令伍子胥从奢俱死，何异蝼蚁。弃小义，雪大耻，名垂后世。悲夫！方子胥窘于江上，道乞食，志岂尝须臾忘郢邪？故隐忍就功名，非烈丈夫孰能致此哉。"③ 道家讲精神专一，专一就需要持久不懈，就必须排除外界的诱惑和骚扰，没有隐忍精神是绝对做不到精神专一的。精神专一是父亲司马谈留给儿子司马迁的精神食粮，司马迁将黄老思想中的精神专一同历史人物身上的隐忍精神相结合，顶住了李陵之祸给自己带来的精神压力和负担，矢志不移，以过人的毅力完成了长达六十多万字的《史记》。

《史记》中，孔子被列入了世家，老子与韩非合传，属于列传。司马迁对儒家经典非常熟悉，写作时常常引用。那么，这是不是说司马迁尊儒非道呢？司马迁早年曾拜孔安国、董仲舒为师，向他们学习儒家经典，所以精通儒术。孔子一生"追修经术，以达王道，匡乱世而反之正，见其文辞，为天下制仪法，垂六艺之统纪于后世"④，所以司马迁对孔子非常崇敬。司马迁的父亲也崇敬孔子，《太史公自序》说："先人有言：自周公卒五百岁而有孔子，孔子卒后至今五百岁，有能绍名世，继《春秋》，本《诗》《书》《礼》《乐》之际？"⑤ 司马迁这里讲的先人就是父亲司马谈。司马谈将孔子作为自己的榜样，立志也要像孔子一样能写出一部名垂青史的史学著作。作为黄老学者，司马谈的《论六家要旨》虽然推崇道家，但并不讳言"采儒、墨之善"⑥。司马谈的这种思想无疑对司马迁也有直接的影响。孔子推崇周公的礼乐思想，是站在最高统治者的角度，来安排现实的社会秩

---

① （汉）班固：《汉书》，岳麓书社 1993 年版，第 1182 页。
② （汉）班固：《汉书》，岳麓书社 1993 年版，第 1170 页。
③ （汉）司马迁：《史记》，中华书局 2006 年版，第 408 页。
④ （汉）司马迁：《史记》，中华书局 2006 年版，第 764 页。
⑤ （汉）司马迁：《史记》，中华书局 2006 年版，第 760 页。
⑥ （汉）班固：《汉书》，岳麓书社 1993 年版，第 1170 页。

序。孔子强调个人需求要让位于社会需求，这样的思想更加有利于社会的稳定，也受到统治者的重视和欢迎。因此，孔子活着的时候虽然没有受到重用，无法施展自己的理想抱负，但他死后却受到很高的评价。孔子死后即受到祭祀，"至于汉二百余年未绝。高皇帝（刘邦）过鲁，以太牢祠焉"①。老子汉初一度受到推崇，但却从来没有像孔子那样享受此种殊荣。司马迁生活在汉武帝时期，汉武帝即位之初就有贬斥黄老的意图，在窦太后死后"独尊儒术"更被推广到社会的各个层面。司马迁写作《史记》的时候，黄老思想已经被黜退，老子就更加不可能与孔子相提并论了。从当时的思想状况来看，老子归入列传是合情合理的。

据《左传·宣公二年》记载，赵穿杀了晋灵公，晋国的史官董狐却这样记载："赵盾弑其君。"② 其实，赵穿杀晋灵公的时候，赵盾正在逃往他国的路上。赵盾觉得自己挺冤枉的，董狐的理由是："子为正卿，亡不越境，反不讨贼，非子而谁？"③ 对于董狐的做法，孔子发表意见说："董狐，古之良史也，书法不隐。赵盾，古之良大夫也，为法受恶。惜也，越境乃免。"④孔子接受了古之良史的传统做法，修《春秋》时"明王道""褒周室""辨是非""别嫌疑"，以春秋笔法为"为尊者讳""为贤者讳""为亲者讳"。正因如此，《孟子·滕文公下》说："孔子成《春秋》，乱臣贼子惧。"⑤ 又引夫子自道："知我者其惟《春秋》乎！罪我者其惟《春秋》乎！"⑥孔子修史，融入了自己的褒贬态度，有悖于"善恶必书"的实录精神。司马迁著史，目的是为了"究天人之际，通古今之变，成一家之言"，⑦为现实生活提供一面借鉴的镜子。为此，司马迁抛弃了"为尊者讳""为贤者讳""为亲者讳"的著史原则，秉笔直书，不虚美，不隐恶，真实地记录了他心目中的历史。他巧妙地利用"互见法"，在不同章节记录了刘邦的狡诈、残忍和无赖。虽然司马迁一再声称，自己写《史记》秉承了孔子修《春秋》的传统，对于孔子惯用的春秋笔法并没有一以贯之。

司马迁早年受业于大儒董仲舒和孔安国，对于儒学是非常推崇的。但他父亲

---

① （汉）司马迁：《史记》，中华书局 2006 年版，第 331 页。

② 李宗侗：《春秋左传今注今译》，新世界出版社 2012 年版，第 458 页。

③ 李宗侗：《春秋左传今注今译》，新世界出版社 2012 年版，第 461 页。

④ 李宗侗：《春秋左传今注今译》，新世界出版社 2012 年版，第 461 页。

⑤ （宋）孙奭：《孟子注疏》，（清）阮元校刻：《十三经注疏》，中华书局 1980 年版，第 2715 页。

⑥ （宋）孙奭：《孟子注疏》，（清）阮元校刻：《十三经注疏》，中华书局 1980 年版，第 2714 页。

⑦ （汉）班固：《汉书》，岳麓书社 1993 年版，第 1181 页。

的黄老立场可能对他影响更大，以至于在评价具体的历史人物和事件时，司马迁的立场往往比较公正、兼容，与正统的儒家思想保持着一定距离。无怪乎班固这样评价司马迁和他的《史记》："是非颇谬于圣人，论大道则先黄老而后六经。"① 黄老学派当然离不开老子，但又不是纯粹的老子思想，里面掺杂不少儒、墨、名、法、阴阳家的成分。和道家、儒家相比，黄老学派具有更大的包容性。因此司马迁能够用一种宏观的、开放的眼光俯视历史，对历史人物和历史事件作出客观公允的评价。《汉书·艺文志》："道家者流，盖出于史官。历记成败存亡祸福古今之道，然后知秉要执本，清虚以自守，卑弱以自持，此君人南面之术也。"② 众所周知，孔子和班固都是儒家人物。也就是说，著史不为道家所专有。既然如此，《汉书·艺文志》为什么要说"道家者流，盖出于史官"③ 呢？据说《汉书·艺文志》是在刘歆《七略》基础上写成，刘歆《七略》的基础是刘向的《别录》，因此"道家者流，盖出于史官"可能不是班固的观点，而是刘向在总结司马迁以黄老思想著作《史记》之后所下的一个结论。春秋笔法是儒家传统的著史方法，这种著史方法看似为了"惩恶扬善"，实则遮盖了许多历史事实。在春秋笔法的掩护下，儒家避免了很多不愿直面的历史结论。司马迁以黄老思想著作《史记》，将儒家不愿也不敢直面的历史呈现出来，自然引起一些人的不满和批评。司马迁以黄老思想著作《史记》，但司马迁在《史记》中并没有刻意地表达自己的黄老思想。只有我们在读完《史记》掩卷沉思，才能体会到《史记》与传统史书的书写有所不同。

司马迁的《悲士不遇赋》是赋体中极为成功的作品，它的篇幅虽然很短，只有一百八十多个字，但全文感情悲愤激越，语言简劲铿锵，个性鲜明，震撼人心。《悲士不遇赋》重点表达了两个思想，一是感叹生不逢时，二是表达不甘于"没世无闻"的强烈愿望。感叹生不逢时是文人普遍的情绪，不甘于"没世无闻"，却带有司马迁强烈的个性色彩。自鲁国的叔孙豹在《左传·襄公二十四年》提出"三不朽"的观念，人的自觉越发突出和强烈。孔子曾站在河边浩叹"逝者如斯夫"④，在《论语·卫灵公》中感叹"君子疾没世而名不称焉"⑤。屈原同样有着"岁

---

① （汉）班固：《汉书》，岳麓书社1993年版，第1183页。
② （汉）班固：《汉书》，岳麓书社1993年版，第769页。
③ （汉）班固：《汉书》，岳麓书社1993年版，第769页。
④ （宋）邢昺：《论语注疏》，（清）阮元校刻：《十三经注疏》，中华书局1980年版，第2491页
⑤ （宋）邢昺：《论语注疏》，（清）阮元校刻：《十三经注疏》，中华书局1980年版，第2518页。

既晏兮孰华予"①的焦虑，他在《离骚》中显得那么汲汲皇皇，"汩余若将不及兮，恐年岁之不吾与"②，深感时间如流水，一去不复返。孔子和屈原都是司马迁崇敬的对象，他们对时间的感受、对生命的眷恋和珍惜、对身后名的渴望，对司马迁产生了很深的影响。司马迁著《史记》，一个很明确的目的，就是希望自己的著书能够"藏诸名山，传之其人"③。在司马迁看来，身后名是延长生命的最佳方式，立言是获得身后名的途径之一。司马迁的父亲很自觉地认识到，从周公到孔子是五百年，从孔子到司马谈和司马迁又是五百年。在司马谈看来，这不是一种巧合，而是上天的有意安排。他将著史当作一种使命，坚信完成这种事业足以让他在历史上与孔子、周公齐肩。司马谈赍志而没，将这种信念传递给了儿子。司马迁"鄙没世而文采不表于后也"④，以发愤著书的历史人物为楷模，"就极刑而无愠色"⑤，以顽强的毅力，忍辱负重，终于完成了皇皇巨著《史记》。《悲士不遇赋》在情感上与《报任安书》一脉相通，字里行间跳跃着司马迁为实现理想坚忍不拔的精神，对穷达易惑、美恶难分的社会黑暗现实的强烈控诉和批判。《悲士不遇赋》虽然也有庄子"委之自然，终归一兮"的旷达超脱，但更重要的则是黄老思想中"隐忍以就功名"的坚韧和倔强。

五、道家的贵生思想与汉代文学创作

养生是黄老学说中的重要内容，也是秦汉各种著作喜欢讨论的重要话题。《吕氏春秋》中的《重己》《贵生》《情欲》等章节有专门讨论养生的内容，《淮南子》对养生也有详细的阐述。养生当然是对生命的尊重和珍惜，但同样是对生命的尊重和珍惜，人们的表现却大相径庭。有人出于热爱生命，可能会倍感人生苦短，从而转向恣意享乐。这种以恣意享乐的方式来表达对生命的热爱，在大乱将至、危机四伏、朝不保夕的社会环境中往往会尤为突出。养生是黄老学说中的重要内容，也是秦汉各种著作喜欢讨论的重要话题。

死亡对于每个人来说都是不可避免的。绝大多数人对这个世界是非常眷恋

---

① （汉）王逸注，（宋）洪兴祖补注：《楚辞章句补注》，吉林人民出版社 1999 年版，第 79 页。
② （汉）王逸注，（宋）洪兴祖补注：《楚辞章句补注》，吉林人民出版社 1999 年版，第 6 页。
③ （汉）班固：《汉书》，岳麓书社 1993 年版，第 1182 页。
④ （汉）班固：《汉书》，岳麓书社 1993 年版，第 1181 页。
⑤ （汉）班固：《汉书》，岳麓书社 1993 年版，第 1182 页。

的，由于眷恋增加了对死后世界的恐惧。为延长在这个世界停留的时间想尽办法，服食仙丹，延年益寿，乃至于追求长生不老。然而，得道成仙毕竟过于虚幻，很多帝王终其一生服食仙丹还是难免一死。各种宗教趁虚而入，为人们勾画出天堂和地狱两个死后的世界。儒家比较现实，清楚认识到人不能不死。儒家是如何拓展生命的长度呢？叔孙豹提出"三不朽"，他们将流芳百世当作延长生命的一种方式。和儒家不同，道家本来不主张克制自己，但因为不自我克制，很容易进一步引申为及时行乐。及时行乐意味着纵欲不忍，然而过度的纵欲反过来会缩短寿命。正是亲眼看到了纵欲的可怕后果，一些人反过来反对纵欲，强调通过清心寡欲以延长生命的长度。于是我们会发现，黄老学说中除了顺情享乐外，养德性、禁嗜欲竟然也是其重要内容。

在汉代的文学作品中，散体赋最能体现黄老学说中的养德性、禁嗜欲思想。枚乘的《七发》是汉代第一篇散体大赋，作品虚构了楚太子和吴客两个人物，通过主客问答的方式结构全篇。关于《七发》的主旨，《文心雕龙·杂文》曰："盖七窍所发，发乎嗜欲，始邪末正，所以戒膏粱之子也。"①《七发》的写作目的就是为了劝诫贵族子弟不要过分沉溺于安逸享乐。《老子》第十二章曰："五色令人目盲，五音令人耳聋，五味令人口爽，驰骋畋猎令人心发狂，难得之货令人行妨。"②《七发》则进一步指出："纵耳目之欲，恣支体之安者，伤血脉之和。且夫出舆入辇，命曰蹶痿之机。洞房清宫，命曰寒热之媒；皓齿娥眉，命曰伐性之斧；甘脆肥脓，命曰腐肠之药。"③ 在《七发》中，吴客认为楚太子的病因是生活过于舒适所致，只能"以要言妙道说而去也"④。作品依次对音乐、饮食、乘车、游宴、田猎、观涛等事情进行了详细铺叙和描述，针对太子的生活方式进行启发和诱导，一步步向太子讲明了改变生活方式的重要性。在结尾部分，吴客提出要向太子推荐"方术之士"，以"论天下之精微，理万物之是非"⑤。在听吴客铺叙的过程中，太子不觉"涊然汗出"，病突然就好了。

章学诚《校雠通义·汉志诗赋第十五》："古者赋家者流，原本《诗》《骚》，

---

① 杨明照等：《增订文心雕龙校注》，中华书局2012年版，第184页。
② （三国）王弼注，楼宇烈校释：《老子道德经》，中华书局2011年版，第31页。
③ （南朝）萧统编，（唐）李善注：《文选》，中华书局1977年版，第478页。
④ （南朝）萧统编，（唐）李善注：《文选》，中华书局1977年版，第479页。
⑤ （南朝）萧统编，（唐）李善注：《文选》，中华书局1977年版，第484页。

出入战国诸子。假设问对，《庄》《列》语言之属也；恢廓声势，苏、张纵横之体也；排比、谐隐，韩非《储说》之属也；征材聚事，《吕览》类辑之义也。"① 黄老学派是战国诸子的一部分。关于汉赋的来源，章学诚论述得比较详细和全面，但对于黄老学说重视不够。虽然列举中提到了《庄》《列》，但《庄》《列》毕竟不等于黄老，而且章学诚也仅仅说汉赋在"假设问对"这一点上受《庄》《列》的影响。实际上，汉大赋先铺排奢侈的场面，然后曲终奏雅，归于节俭，这种结构文章的方式正是黄老思想顺情、节欲矛盾思想的反映。《七发》的写作目的，我们自然可以理解为"戒膏粱也"，但也未尝不是借此手段宣扬黄老思想。发乎嗜欲，始邪末正，枚乘的《七发》为汉大赋立下了规矩，其内容和形式直接影响了后来马、扬、班、张的表现对象和叙述方式。汉大赋源自先秦散文和诗、骚的说法固然不错，枚乘为宣扬黄老学派养德性、禁嗜欲的思想却直接开创了汉赋创作的新局面。因此我们说，"卒章归之于节俭"②，不仅是在宣扬黄老思想，也是催生汉大赋的一个重要因素。

就黄老学说的本意来讲，养德性、禁嗜欲都是出于贵生的需要，养德性、禁嗜欲不是最终目的。不过为了说明嗜欲对贵生的危害，在有意无意之间将穷奢极欲的场面给夸大了。由于汉大赋的内容主要以描写帝王和贵族的生活为主，帝王贵族的生活自然离不开京都、宫殿、苑囿、游猎、饮食、声色这样的内容，很容易对这些内容进行夸张失实的铺排描写。养德性本不是黄老之学的最终目的，养德性很容易淹没在波澜壮阔的场面描写中。铺张扬厉是汉大赋创作最重要的表现方法，对描写对象进行穷形尽相的描写和渲染，容易使文章气势充沛。但刻板的创作方法和特定的描写内容，必然让汉大赋成为奢侈之文。汉大赋的创作目的是为了讽谏，这在汉代已经形成了共识。然而"卒章归之于节俭"的讽谏之旨在贵族宫廷生活的骄奢淫逸的场面描写中显得那么微不足道，以至于使人不由得起"劝百而讽一""曲终而奏雅"的感叹，这一点连擅长作赋的扬雄也不得不承认。但就汉大赋创作的初衷而言，的确是为了宣扬黄老思想，劝谏帝王贵族养德性、禁嗜欲，只不过事与愿违而已。

在老子的思想中，道是宇宙万物的本源，道生万物，并且大象无形。在庄

---

① （清）章学诚著，叶瑛校注：《文史通义校注》，中华书局 1985 年版，第 1064 页。
② （汉）司马迁《史记》，中华书局 2006 年版，第 673 页。

子那里，道也极富深度和广度。庄子称"天地有大美"①，"在大极之先而不为高，在六极之下而不为深，先天地生而不为久，长于万古而不为老"②。道家以大为美的思想影响到汉初文人的心胸，和汉朝蒸蒸日上的国力相适应，汉初文人整体上心胸开阔，视野阔大，信心十足，气象不凡。没有道家以大为美的思想支撑，司马迁举不动如椽巨笔，容纳不下三千年的历史。司马相如没有道家思维的深度和广度，他做不到"控引天地，错综古今"，"苞括宇宙，总览人物"。对时间和空间上的深度挖掘，使得司马相如的散体大赋篇幅冗长，体制宏伟，状物精细而富丽。没有汉初黄老思想的滋养，司马相如的学养不会有如此深厚。

　　道家强调清心寡欲，同时又要求不逆人情，顺从自己的欲望，不要过于限制，以免损性。将顺欲思想进一步引申就是及时行乐。西汉的杨恽，自矜其能，不能容物，又好发人隐私，同僚中宿敌很多，终因与人争斗造到陷害。杨恽失爵位以后，屏居在家，内心郁闷，无以为遣，于是以财自娱，日夜饮酒为乐。友人孙会宗写信给杨恽，希望他有所收敛。不料杨恽却写了封回信，对孙会宗的观点逐一批驳，为自己狂放不羁的行为辩解，其中有云："夫人情不能止者，圣人弗禁。"③"人生行乐耳，须富贵何时。"④又举段干木、田子方，称他们"漂然皆有节概，知去就之分"⑤。并云："道不同，不相为谋。今子尚安得以卿大夫之制而责仆哉！"⑥旷达即牢骚，对于贬斥后的生活，杨恽表面上似乎非常惬意，内心却充满了怨恨。他打着及时行乐的旗号，表达的却是不与执政者合作的决心，这在封建专制时代是不允许的。所以后来宣帝看到杨恽的《报孙会宗书》，勃然大怒，竟然把杨恽腰斩于市。

　　"祸兮福所倚，福兮祸所伏"⑦，老子对祸福倚伏的洞察隐含着忧生惧祸的观念。这种心理庄子表现得更加突出。在很多人的心目中，庄子"齐万物""一死生"，生有何欢，死有何惧，似乎看淡了生死，一切都那么无所谓了。其实庄子是很重视生命的。庄子行山间，见一树木枝繁叶茂，却无人砍伐，觉得很奇怪。

---

① （清）郭庆藩撰，王孝鱼点校：《庄子集释》，中华书局 2013 年版，第 649 页。

② （清）郭庆藩撰，王孝鱼点校：《庄子集释》，中华书局 2013 年版，第 225 页。

③ （汉）班固：《汉书》，岳麓书社 1993 年版，第 1247 页。

④ （汉）班固：《汉书》，岳麓书社 1993 年版，第 1247 页。

⑤ （汉）班固：《汉书》，岳麓书社 1993 年版，第 1247 页。

⑥ （汉）班固：《汉书》，岳麓书社 1993 年版，第 1247 页。

⑦ （汉）班固：《汉书》，岳麓书社 1993 年版，第 980 页。

一打听才知道，这棵树不中用，是所谓的不材之木。庄子由此得到启发，人也应该做一个废人，不能太有用了。后庄子去一个朋友家，朋友招待庄子，要在两只鹅中选择一只杀掉。选哪一只呢？最后将不会叫的那只鹅给杀了。庄子的学生非常吃惊，没用不是可以保全性命吗？怎么将不会叫的那只给杀了？庄子告诉学生，为了保全性命，要处于材与不材之间。为了保全性命，庄子可以说是费尽心机。材与不材，因时因地而异。彼时之材，今时之障碍也。今时之障碍，彼时之屏障也。材与不材，处之实难。然从庄子主张要处材与不材之间，可见庄子之学要在贵生保命。只因祸福无常，故又常提"齐万物""一死生"以求解脱。东汉中叶以后，汉王朝急剧走向没落，文人目睹社会黑暗，道德沦丧，传统的信念开始动摇。又因随时可能遭到迫害，内心的忧惧和愤懑与日俱增。文人们或忧生惧祸，或与世逶迤，或隐居避世，或愤世嫉俗，老庄思想越来越浓厚。

庄子的贵生思想对张衡影响很大，张衡作《思玄赋》的起因就在于"常思图身之事，以为吉凶倚伏，幽微难明，乃作《思玄赋》，以宣寄情志"①。为了避祸，他毅然辞官乡居，师法自然，皈依老庄。在赋中作者首先交代自己"游都邑以永久，无明略以佐时"②，乃思"超埃尘以遐逝，与世事乎长辞"③；接着以简洁清新的语言，通过自然景物的描写，抒写归田后逍遥的原野之乐；结尾则以老庄自况，纵心物外，"安知荣辱之所如"④。张衡的《髑髅赋》则模仿《庄子·至乐》，也称在野外见一髑髅，只不过髑髅自称庄周。作者告诉髑髅，自己可以告之五岳，祷之神祇，让髑髅死而复生。然而髑髅对作者并不领情，认为"死为休息，生为役劳"⑤，没必要重新领受世间的悲苦。髑髅"言卒响绝，神光除灭"⑥，作者乃"为之伤涕，酬于路滨"⑦。作者若没体验过人生的大喜大悲，不会有这样大彻大悟的文字。在《髑髅赋》貌似通达的背后，其实是对人生沉重的哀痛。

东汉末年，在危机四伏、朝不保夕的社会环境中，纵情享乐的思想愈加突出。一般来说，与及时行乐相伴的往往是厌世思想。作为时代的精神面貌，厌世

---

① （南朝）萧统编，（唐）李善注：《文选》，中华书局1977年版，第213页。

② （南朝）萧统编，（唐）李善注：《文选》，中华书局1977年版，第223页。

③ （南朝）萧统编，（唐）李善注：《文选》，中华书局1977年版，第223页。

④ （南朝）萧统编，（唐）李善注：《文选》，中华书局1977年版，第223页。

⑤ （汉）张衡著，张震泽校注：《张衡诗文集校注》，上海古籍出版社1986年版，第248页。

⑥ （汉）张衡著，张震泽校注：《张衡诗文集校注》，上海古籍出版社1986年版，第248页。

⑦ （汉）张衡著，张震泽校注：《张衡诗文集校注》，上海古籍出版社1986年版，第248页。

思想和享乐主义在这时表现得最为充分，淋漓尽致。既然要及时行乐，自然要尽量占有社会的各种资源，所以《古诗十九首》鼓吹"何不策高足，先据要路津"。人生苦短，时不我待，《古诗十九首》表现出对荣名的强烈占有欲望，"奄忽随物化，荣名以为宝"。人生难免一死，《古诗十九首》充满了对死亡的恐惧和悲哀，"驱车上东门，遥望郭北墓。白杨何萧萧，松柏夹广路。下有陈死人，杳杳即长暮。潜寐黄泉下，千载永不寤。浩浩阴阳移，年命如朝露。人生忽如寄，寿无金石固。万岁更相送，贤圣莫能度。服食求神仙，多为药所误。不如饮美酒，被服纨与素"。在《古诗十九首》里，屈原式的执着彻底销声匿迹，待之而起的是"生年不满百，常怀千岁忧。昼短苦夜长，何不秉烛游！为乐当及时，何能待来兹？愚者爱惜费，但为后世嗤。仙人王子乔，难可与等期"，"青青陵上柏，磊磊涧中石。人生天地间，忽如远行客。斗酒相娱乐，聊厚不为薄。驱车策驽马，游戏宛与洛。洛中何郁郁，冠带自相索。长衢罗夹巷，王侯多第宅。两宫遥相望，双阙百余尺。极宴娱心意，戚戚何所迫"①。《古诗十九首》中的享乐思想反映了东汉末年现实生活的一个侧面，也是老庄顺乎人情思想发展的一个结果。

东汉末年的赵壹，恃才傲物，不容于世，屡触禁网，几乎被杀。但他始终不愿同流合污，宁愿一生屈居下流，表现出一个士人激越不屈的斗争精神。他的《穷鸟赋》，描写一只走投无路的鸟，上有罗网，下有机辟，前有鹰隼，后有弹者，思飞不得，唤无应者，孤危无助，内心恐怖，将动辄得咎、难以全身的痛苦表达得惊心动魄，悲愤之情，溢于言表。又作《刺世疾邪赋》，指斥历代帝王不恤国计民生，争斗杀伐，辛辣地嘲讽了人妖颠倒、是非混淆的社会现实。

张衡、赵壹都是被政治边缘化的人物。张衡主动退却，希望以此避免人生的厄运，充满了忧谗畏讥的焦虑。赵壹坚决地站在当权者的对立面，宁愿遍体鳞伤也绝不屈服。这选择已经不是退却让步，而是大胆地挑战，表现出强烈的斗争精神。黄老学派的思想并不太复杂，但具体到每个人，表现却千差万别。仔细分析，殊途同归，在汉代很多作家的身上和作品中，都能看到黄老一派的影响。

---

① （南朝）萧统编，（唐）李善注：《文选》，中华书局 1977 年版，第 409—410 页。

第二节　中原的想象能力与汉代文学的灵动性

庄骚向来被视作浪漫主义文学的渊薮，想象无疑扮演着重要角色。想象能力对于作家尤其重要，屈原、庄子因为有丰富的想象能力，所以才能创作出想象诡奇的作品来。汉代出现了一批以生命永恒、灵魂不死及成仙得道为主题的神怪故事小说，汉赋铺采摘文、虚幻荒诞，也充满了神灵仙怪、飘风云霓的浪漫主义气息。

一、心之官则思

人的大脑是非常奇妙的。晚上躺在床上，浮想联翩，一幅幅画面像过电影一样在眼前闪烁跳动。我们会想到千里之外的亲人，也尽可以沉浸于已逝的青春年华中不能自拔。对于去世的人，无论过了多少年，我们总还能想象出他长的模样来。在很多人的记忆中，小时候的生活场景永远是那么的鲜活生动。再比如听一个故事，看一部小说，我们仿佛进入了另一个世界，和一群"熟悉"的陌生人同吃同住，听罢或掩卷后这些人物的容貌依然那么清晰。想象是人类特有的一种本领，有些东西虽然不在面前，但我们能想象出它的具体形象来。

无论在文学创作还是文学欣赏中，想象都扮演着非常重要的角色。在文学认识论视野里，文学想象常常被形象思维所代替。思维的本来含义是指概念、判断、推理的逻辑运演，是脱离感性形象的抽象心理活动。形象思维突破了思维的传统含义，被赋予了不脱离感性形象也能进行理性思维的新义。想象是形象思维，是一种特殊的思维方式。现代科学证明，主宰思维的器官是大脑，人类的各种想法都是大脑运行的产物，想象当然也不例外。可是在人类历史上，在相当长的时间内，心一直被视为思维的器官。直到现在，那些浮现在眼前的画面，如果不刻意运用抽象思维的本领，恐怕我们大多数人仍然不由自主地认为：这是我的心在想，而不是大脑在想。

小孩说想妈妈的时候，有的说是自己的食指想妈妈了。从科学的意义上讲，"心里想妈妈"并不比"手指想妈妈"高明多少。然而，"心里想妈妈"是人类思维发展的一个阶段，和孩子说"手指想妈妈"一样令人讶异。想想看，古人写了那么多文学作品，而这些作品竟然绝大部分是在心而不是在脑的指挥下完成的，这该是一个多么有趣的问题啊。

《孟子·告子上》："心之官则思。思则得之，不思则不得也。"① 从孟子的这句话中我们可以知道，当时人们是将心视作思维器官的。心不仅是思维器官，担负着思考、辨别、推理、判断等功能，同时也是人类情感搬演的舞台天地。李清照的："此情无计可消除，才下眉头，又上心头。"相思之情在眉头徘徊不去，好不容易通过观景将情思从眉头驱散，没想到恼人的情思又来到心头折腾起来。吴文英的《唐多令·何处合成愁》更加形象地描写出愁在心头翻腾的况味，它的第一句说："何处合成愁，离人心上秋。"离人将秋景搬上心头，离人心上的秋色远比外界的秋色惨淡。

中国有些文字，如思、念、感、想、志、忑以及惧、怕、惆、怅等字，都带有心或忄偏旁部首，用来表示精神状态或思维活动。单从这些文字的构型上也能够看出，古人认为心与思维、记忆、感情等精神活动密切相关。心字的产生源自人们对心脏的实际观察。心，金文《师望鼎》作 ，《克鼎》作 ，《散盘》作 ，《王孙钟》作 。② 心是一个象形字，从金文心字字形可以看出，其最初含义仅仅代表心脏本身的外观。但随着"心之官则思"观念的产生，心的含义就发生了变化和延伸，人们将精神意识思维活动都归属于心，使心包含了心理活动的基本内容，从而可以进行思维、记忆、产生情感。

二、孟子的"放心"与"操心"

我们从小受到的教育是，做事要全神贯注，集中精力。《孟子·告子上》弈秋诲棋的故事广为人知，故事说："弈秋，通国之善弈也。使弈秋诲二人弈，其一人专心致志，惟弈秋之为听；一人虽听之，一心以为有鸿鹄将至，思援弓缴而射之，虽与之俱学，弗若之矣。"③ 弈秋诲棋的故事告诉我们，只有专心致志，心无旁骛，才能学好一门技艺。但问题是，专心致志容易吗？《孟子·告子上》这样描述心的特性："操则存，舍则亡，出入无时，莫知其乡。"④ 生活经验告诉我们，专心致志并不容易。很多时候，一不注意心就不知跑哪儿去了。换句话说，

---

① （宋）孙奭：《孟子注疏》，（清）阮元校刻：《十三经注疏》，中华书局1980年版，第2753页。

② 张立文：《中国哲学范畴发展史》，中国人民大学出版社1988年版，第578页。

③ （宋）孙奭：《孟子注疏》，（清）阮元校刻：《十三经注疏》，中华书局1980年版，第2751页。

④ （宋）孙奭：《孟子注疏》，（清）阮元校刻：《十三经注疏》，中华书局1980年版，第2751页。

心很容易受外界干扰而转移注意力。在孟子看来，"操心"对于集中精力至为重要。操，把持。操心，即对心要着意约束和控制。在孟子看来，人的心也像鸡犬一样，喜欢到外面游荡。孟子反对人心到外面游荡。在他看来，人心到外面游荡便会远离人的本心。一旦人心远离了本心，也就意味着远离了人的本来的善性。《孟子·告子上》："恻隐之心，人皆有之。"① 恻隐之心被孟子视作道德本性，孟子看重心的这种道德本性。《孟子·离娄下》说："君子所以异于人者，以其存心也。"② 孟子讲的所谓存心，就是保存人的这种"恻隐之心"。《孟子·告子上》又说："仁，人心也；义，人路也。舍其路而弗由，放其心而不知求，哀哉！人有鸡犬放则知求之，有放心而不知求。学问之道无他，求其放心而已。"③ 孟子反对心到外面游荡。孟子所谓的操心和存心，就是要将在外游荡的心找回来。在孟子看来，心的理想状态是不动，能做到不动心就可以专心致志，心无旁骛，不受外界干扰了。与此同时，不动心也最容易贴近本心，利于存心。

孟子反对人心到外面游荡，当然是为他的心善论观点服务的。不过，因为专心致志是认真思考的保证，对此很多人深有体会，所以主张不动心在当时并非孟子一人。孟子在《孟子·公孙丑上》中曾自豪地宣称自己"四十不动心"④，同时称告子先他不动心。管子也认为心有安定的必要，《管子·内业》说："定心在中，耳目聪明，四肢坚固，可以为精舍。"⑤ 又说："我心治，官乃治；我心安，官乃安。治之者心也，安之者心也。"⑥《管子·心术下》也说："心安是国安也，心治是国治也；治也者，心也；安也者，心也。"⑦ 又说："无以物乱官，毋以官乱心。"⑧ 在管子看来，心定有着重要的现实意义，不仅可以保证身体健康，同时也是国家安定的根本。在动心与不动心问题上，老子的观点和孟子、管子基本相同，认为人应该保持内心的安定。老子认为，驰骋田猎会导致人"心发狂"⑨，他

---

① （宋）孙奭：《孟子注疏》，（清）阮元校刻：《十三经注疏》，中华书局1980年版，第2751页。

② （宋）孙奭：《孟子注疏》，（清）阮元校刻：《十三经注疏》，中华书局1980年版，第2730页。

③ （宋）孙奭：《孟子注疏》，（清）阮元校刻：《十三经注疏》，中华书局1980年版，第2752页。

④ （宋）孙奭：《孟子注疏》，（清）阮元校刻：《十三经注疏》，中华书局1980年版，第2685页。

⑤ （唐）房玄龄注：《管子》，浙江书局辑刊：《二十二子》，上海古籍出版社1986年版，第155页。

⑥ （唐）房玄龄注：《管子》，浙江书局辑刊：《二十二子》，上海古籍出版社1986年版，第155页。

⑦ （唐）房玄龄注：《管子》，浙江书局辑刊：《二十二子》，上海古籍出版社1986年版，第145页。

⑧ （唐）房玄龄注：《管子》，浙江书局辑刊：《二十二子》，上海古籍出版社1986年版，第144页。

⑨ （三国）王弼注：《老子道德经》，浙江书局辑刊：《二十二子》，上海古籍出版社1986年版，第2页。

主张"不见可欲，使民心不乱"①。但无论是操心也好，还是存心也好，安心或不动心都需要主体付出一定的努力，刻意为之才能做到。这从另一方面说明，心是最不容易安定的。对此孟子本人也有清醒的认识，所以他在《孟子·告子上》引孔子之言云："操则存，舍则亡，出入无时，莫知其乡。"② 这说明，人心是不容易安定的。"出入无时，莫知所向"才是心的正常状态。

《论语·述而》："志于道，据于德，依于仁，游于艺。"③ 在儒家的思想观念中，道、德、仁是一个人的立身之本。但人是有各种欲望的，这些欲望很多与道、德、仁背道而驰，因此道、德、仁只能是克制欲望的结果。也就是说，道、德、仁需要主体付出一定的努力刻意为之。就词语的含义讲，志、据、依都有努力保持的意思，所以"志于道，据于德，依于仁"也就是孟子所说的存心。唯有游，朱熹《集注》说"玩物适情之谓"④。从词的本义上说，游原本指旌旗的流苏在风中摆动，《说文》："游，旌旗之流也。"⑤ 旌旗流苏，风中不定，故游引申为来往不定。游就是动，就是不固定，"游于艺"就是游心于艺。《论语·子张》载子夏之言曰："虽小道，必有可观者焉；致远恐泥，是以君子不为也。"⑥ 和"志于道，据于德，依于仁"相比，"游于艺"属于小道。和道、德、仁相比，"致远恐泥"，儒家认为对小道的"艺"不必那么认真努力为之。换句话说，"游于艺"不是存心，它所追求的是率意适情，反映了孔子外溢其心的思想倾向。在庄子的人生美学中，人生的价值和意义就在于任情适性，因此对于心灵向外溢出自然不愿予以约束。《庄子·人间世》说："且夫乘物以游心，托不得已以养中，至矣。"⑦"乘物以游心"也就是心与物游，言心随事物的变化而变化。游心是一种形象的说法，"乘物以游心"准确地表达出心喜旁骛的特性。

《孟子·告子上》中那个向弈秋学棋的人首先被窗外飞过的鸿鹄所吸引，于是有了"援弓缴而射之"的想法。他虽然身体未动，却可以想象出一系列的画面：

---

① （三国）王弼注：《老子道德经》，浙江书局辑刊：《二十二子》，上海古籍出版社 1986 年版，第 1 页。

② （宋）孙奭：《孟子注疏》，（清）阮元校刻：《十三经注疏》，中华书局 1980 年版，第 2751 页。

③ （宋）邢昺：《论语注疏》，（清）阮元校刻：《十三经注疏》，中华书局 1980 年版，第 2481 页。

④ （宋）朱熹：《论语集注》，齐鲁书社 1992 年版，第 63 页。

⑤ （清）段玉裁：《说文解字注》，浙江古籍出版社 1998 年版，第 311 页。

⑥ （宋）邢昺：《论语注疏》，（清）阮元校刻：《十三经注疏》，中华书局 1980 年版，第 2531 页。

⑦ （清）郭庆藩撰，王孝鱼点校：《庄子集释》，中华书局 2013 年版，第 148 页。

鸿鹄高翔，追奔驰逐，弯弓射箭，说不定还有烹煮饮酒之乐事。"心之官则思"，心本来应该凝聚于棋，但那个向弈秋学棋的人"思援弓缴而射之"，心似乎被飞鸿带走了。从训诂学的角度看，"乘物以游心"的乘当然是《庄子·逍遥游》中"乘天地之正"的乘，乘训为顺。① 但对于"思援弓缴而射之"的学棋者而言，心被鸿鹄带走了，"乘物以游心"无疑开启了一次愉快的精神之旅。撇开庄子的本意，对于"乘物以游心"不妨这样理解：心与外物自由地私奔了，而且私奔得兴高采烈。"乘物以游心"突破了时空对肢体的限制，心驰神往，浮想联翩，将心带入了一个不受任何束缚的自由想象的空间。从这个意义上讲，"乘物以游心"就是物诱使心灵离体出走，心灵从中也得到了美的享受。

三、庄子的逍遥之境

当然，庄子的"乘物以游心"首先是一种人生态度，"心与物游"中的物是现实生活中遭遇到的各种问题。庄子做事不主张与外物发生抵触，"心与物游"讲的是不断随外物的变化调整自己的心态，或者根据外物来确定自己的意见。和孟子的存心不同，庄子的"心与物游"追求的是心灵的自由与快适。庄子的"乘物以游心"使得人们在社会生活中不凝滞于物，与世推移，可以根据具体情况因势利导办好事情。但另一方面，在心灵获得相对自由的同时，庄子的"心与物游"也意味着放弃了对原则的坚持固守。《庄子·逍遥游》："夫列子御风而行，泠然善也，旬有五日而后反。彼于致福者，未数数然也。此虽免乎行，犹有所待者也。若夫乘天地之正，而御六气之辩，以游于无穷者，彼且恶乎待哉！"② 在庄子的哲学观念中，人生境界被分为两种：有待和无待。待的意思是依靠、凭借，有待即有所凭借。在现实生活中，人受外物的种种限制，不可能得到全部的自由。在受到客观因素限制的时候，庄子主张"乘物以游心"，心要顺从外物，根据外界条件的变化而决定自己的行为。庄子试图通过"乘物以游心"实现对现实生活（有待）的超脱。

不唯如此，庄子还热烈地追求生命的本真自由，对无待的逍遥境界一往情深。在庄子的无待境界中，名与利都与自身脱离了干系，人彻底摆脱了外物的束

---

① 《庄子·逍遥游》："乘天地之正。"郭象注："顺万物之性也。"郭庆藩撰，王孝鱼点校：《庄子集释》，中华书局 2013 年版，第 21 页。
② （清）郭庆藩撰，王孝鱼点校：《庄子集释》，中华书局 2013 年版，第 18 页。

缚，甚至连自身也丧失了现实存在感。《庄子·逍遥游》这样具体描写无待的境界："藐姑射之山，有神人居焉。肌肤若冰雪，绰约若处子。不食五谷，吸风饮露。乘云气，御飞龙，而游乎四海之外；其神凝，使物不疵疠而年谷熟。"① 在庄子的逍遥境界中，人获得了彻底的绝对精神自由。但现实生活中是没有绝对自由的，人只能存活在有待的现实环境中。换句话说，庄子的逍遥游或者说无待境界只能是一个精神境界。这种精神境界超越了现实，只存在于想象和理想之中。问题是庄子并未认识到逍遥境界的虚妄不实，而是认为通过一定的方法人是可以达到逍遥之境的。通达逍遥之境的途径和方法有很多种，其中最重要的有"心斋"和"坐忘"两途。关于"心斋"和"坐忘"的情形，庄子进行了详细的描述。《庄子·人间世》记载颜回问"心斋"，孔子回答："若一志：无听之以耳，而听之以心；无听之以心，而听之以气。耳止于听，心止于符；气也者，虚而待物者也。唯道集虚。虚者，心斋也。"②《庄子·大宗师》："堕肢体，黜聪明，离形去知，同于大通，此为坐忘。"③ 在庄子看来，要想进入逍遥的无待之境，个体首先需要进入一个虚静的状态。在这种虚静状态之下，努力排除外界纷繁世事的干扰，祛除心中的世俗欲念，集中全部精神进入"无待"的境界。和"乘物以游心"不同，为了进入无待的逍遥之境，个体需要"堕肢体，黜聪明，离形去知"，需要集中精力，"无听之以耳，而听之以心；无听之以心，而听之以气"④ 等。从庄子描绘的个体进入逍遥之境的具体过程来看，虽然庄子口口声声说无为，其做出的努力实在不比孟子的"操心""存心"少。"为道日损"，心灵的自由在通向自由的道路上反而受到了挟持，追求逍遥游实际走向了"心与物游"的反面，对极力想外出游荡的心起到了强有力的约束作用。就人的想象来说，有时候是被动的，比如受外界影响不由自主的胡思乱想。有时候却是主动的，如努力回忆过去的事情便是如此。庄子的逍遥游也是一种想象，是努力空想出来的一个精神世界。

在老子的哲学观念中，"道"是超越感官的一种客观存在，它虽然不能被人看得见，听得到，摸得着，但却可以通过"玄览"得之。《老子》第十章："涤除

---

① （清）郭庆藩撰，王孝鱼点校：《庄子集释》，中华书局 2013 年版，第 29 页。
② （清）郭庆藩撰，王孝鱼点校：《庄子集释》，中华书局 2013 年版，第 137 页。
③ （清）郭庆藩撰，王孝鱼点校：《庄子集释》，中华书局 2013 年版，第 259 页。
④ （清）郭庆藩撰，王孝鱼点校：《庄子集释》，中华书局 2013 年版，第 137 页。

玄览，能无疵乎？"① 西汉河上公释"玄览"："心居玄冥之处，览知万物，故谓之玄览。"② 从河上公的解释中我们大致可以知道，"玄览"是一种超感官的心理认识活动。其具体方法是：先澡雪个体的内心，使之清明净洁，毫无瑕疵，然后祛除外物干扰，凝神结想，在静观默察中达到对"道"的认识。在认识论上庄子和老子差别不大，只不过庄子更重视认识的超感官性，这就使得道家的认识论更富于玄虚色彩了。庄子主张"遗其耳目"③，进而"自事其心"④。庄子的理想境界是要做到"以神遇而不以目视，官知止而神欲行"⑤，只有这样才能达到对"道"的全面把握。在庄子的体道过程中，主体要主动与客体合二为一，要消弭主观与客观之间的界限。体道的最终目的是要达到物我合一的境界，也就是《庄子·齐物论》中所说的"天地与我并生，而万物与我为一"⑥ 的理想状态。物我合一的时候已经不分主体与客体，也分不清主观与客观，主体与客体此时已合而为一，是一个纯而又纯的自我。达至纯而又纯的自我之后，人才真正进入了绝对自由的境界。《庄子·应帝王》讲"游心于淡"⑦，《则阳》讲"游心于无穷"⑧，《外物》讲"心有天游"⑨，说的都是纯而又纯的自我进入至道之境以后"心"的绝对自由。

在通达逍遥之境的途径中还有"坐驰"一说，《庄子·人间世》："瞻彼阙者，虚室生白，吉祥止止。夫且不止，是之谓坐驰。"成玄英疏："苟不能形同槁木，心若死灰，则虽仪容端拱，而精神驰骛，可谓形坐而心驰者也。"⑩ 清代王夫之解为"端坐而神游于六虚"⑪，"凝神以坐，而匹应如驰"⑫。关于精神活动的无限自由性，《庄子·刻意》作了这样的描述："精神四达并流，无所不极，上际于天，

---

① （三国）王弼注，楼宇烈校释：《老子道德经》，中华书局 2011 年版，第 25 页。
② （汉）河上公章句：《宋刊老子道德经》，福建人民出版社 2008 年版，第 21 页。
③ （清）郭庆藩撰，王孝鱼点校：《庄子集释》，中华书局 2013 年版，第 244 页。
④ （清）郭庆藩撰，王孝鱼点校：《庄子集释》，中华书局 2013 年版，第 144 页。
⑤ （清）郭庆藩撰，王孝鱼点校：《庄子集释》，中华书局 2013 年版，第 111 页。
⑥ （清）郭庆藩撰，王孝鱼点校：《庄子集释》，中华书局 2013 年版，第 77 页。
⑦ （清）郭庆藩撰，王孝鱼点校：《庄子集释》，中华书局 2013 年版，第 268 页。
⑧ （清）郭庆藩撰，王孝鱼点校：《庄子集释》，中华书局 2013 年版，第 784 页。
⑨ （清）郭庆藩撰，王孝鱼点校：《庄子集释》，中华书局 2013 年版，第 824 页。
⑩ （清）郭庆藩撰，王孝鱼点校：《庄子集释》，中华书局 2013 年版，第 140 页。
⑪ （清）王夫之：《船山遗书》（第 7 卷），北京出版社 1999 年版，第 3933 页。
⑫ （清）王夫之：《船山遗书》（第 7 卷），北京出版社 1999 年版，第 3934 页。

下蟠于地，化育万物，不可为象。"①在庄子看来，精神活动具有超时空的绝对自由，它可以"上际于天，下蟠于地"，乃至于"无所不极"。与此同时，庄子也意识到，精神所化育的万物不过是"道"的虚影，是精神运动的结果，实际并不存在，也就是"不可为象"。庄子所谓的精神化育万物，完全符合想象的特征，实际就是我们现在所说的想象。从主体的感受上来说，"乘物以游心"是顺从外物，心随外物而舞，是心溢出体外的自由游荡。"游心于淡""游心于无穷""心有天游"乃至"坐驰"，讲的却是静观默察中精神运动的"无所不极"。"乘物以游心"是为了应付复杂的现实世界，而"游心于淡""游心于无穷""心有天游"乃至"坐驰"则是庄子对生命本真的追求。

四、"心不在焉"与神魂魄

《礼记·大学》说"心不在焉"②，心既可以固定不动，又可以溢出体外游荡，这在先秦时期已经是非常流行的一个观念。先秦诸子有的主张存心，有的主张放心，对存心和放心的争论也正是建立在"心动"这样的观念基础之上。《列子·汤问》载流水知音的故事说："伯牙善鼓琴，钟子期善听。伯牙鼓琴，志在登高山。钟子期曰：'善哉！峨峨兮若在泰山！'志在流水。钟子期曰：'善哉！洋洋兮若在江河！伯牙所念，钟子期必得之。伯牙游于泰山之阴，卒逢暴雨，止于岩下；心悲，乃援琴而鼓之。初为霖雨之操，更造崩山之音。曲每奏，钟子期辄穷其趣。伯牙乃舍琴而叹曰：'善哉！善哉！子之听夫！志想像犹吾心也。吾于何逃声哉？'"③这是用音乐的形式想象高山和流水。《毛诗序》："在心为志。"④俞伯牙鼓琴时，或志在高山，或志在流水，意思就是心溢出了体外，在高山流水之间自由飘荡。尤其值得我们注意的是，俞伯牙和钟子期两人之间还能够准确无误地传达这种想象，说明当时人们对想象的领悟能力已经达到了一个很高的境界。俞伯牙和钟子期的这种想象也是以"心动"观念为基础的。

《庄子·让王》记载了中山公子牟的一句话，说自己"身在江海之上，心居

---

①　（清）郭庆藩撰，王孝鱼点校：《庄子集释》，中华书局 2013 年版，第 483 页。

②　（唐）孔颖达：《礼记正义》，（清）阮元校刻：《十三经注疏》，中华书局 1980 年版，第 1674 页。

③　（晋）张湛注：《列子》，浙江书局辑刊：《二十二子》，上海古籍出版社 1986 年版，第 211 页。

④　（唐）孔颖达：《毛诗正义》，（清）阮元校刻：《十三经注疏》，中华书局 1980 年版，第 269 页。

乎魏阙之下"①。从上下文意来看，公子牟讲的是自己身在民间，心却在遥远的朝廷，表达了自己难舍富贵生活的思想。《淮南子·俶真训》中也有类似的句子，云："是故身处江海之上，而神游魏阙之下。"②《淮南子》此处论述了"体道"后的神奇效应，认为人如果能够"体道"，则"湍濑旋渊吕梁之深不能留也，太行石涧飞狐句望之险不能难也"。《淮南子》的"身处江海之上，而神游魏阙之下"褒扬了"原道""体道"的精神，是对老庄"体道"思想的进一步阐发。值得注意的是，《庄子》"身在江海之上，心居乎魏阙之下"，游荡于魏阙之下的是心。而《淮南子》"身处江海之上，而神游魏阙之下"，游荡于魏阙之下的不是心，而是神。身在江海之时，游荡魏阙的到底是心还是神？《淮南子·俶真训》给出了另外一种说法："夫目视鸿鹄之飞，耳听琴瑟之声，而心在雁门之间。一身之中，神之分离剖判，六合之内，一举万里。"③ 在描述目送归鸿、耳听琴瑟时的心理活动中，《淮南子》认为随飞鸿、琴瑟自由飞翔的不仅仅有心，还有神。李白在《闻王昌龄左迁龙标遥有此寄》说："我寄愁心与明月，随君直到夜郎西。"④ 由此可知，在古人的观念里，心不仅可以游于万仞，也可以周游四海。人之所以能够"视通万里，思接千载"⑤，原因就在于人心可以溢出体外，自由游荡。然而，从《淮南子》对目送归鸿、耳听琴瑟时的心理活动的描述中，神似乎也像心一样，具有自由活动的能力。

　　在古代，由于生产力的低下限制了人们的知识水平，他们对身边的事情不可能完全了解和掌握。古人对各种不理解的事物，认为其内部有一个神秘的东西在主宰着它们，这个神秘的主宰被称作神。《素问·五常政大论》："根于中者，命曰神机，神去则机息。"⑥《庄子·至乐》："万物皆出于机，皆入于机。"⑦ 成玄英疏："机者，发动，所谓造化也。"⑧ 神机，就是造化之机，是神机在促使事物按

---

① （清）郭庆藩撰，王孝鱼点校：《庄子集释》，中华书局2013年版，第858页。

② 何宁：《淮南子集释》，中华书局1998年版，第112页。

③ （汉）高诱注：《淮南子》，浙江书局辑刊：《二十二子》，上海古籍出版社1986年版，第1212页。

④ 郁贤皓选编：《李白集》，凤凰出版社2006年版，第170页。

⑤ 杨明照等：《增订文心雕龙校注》，中华书局2012年版，第372页。

⑥ （唐）王冰注：《补注黄帝内经素问》，浙江书局辑刊：《二十二子》，上海古籍出版社1986年版，第900页。

⑦ （清）郭庆藩撰，王孝鱼点校：《庄子集释》，中华书局2013年版，第555页。

⑧ （清）郭庆藩撰，王孝鱼点校：《庄子集释》，中华书局2013年版，第558页。

着自己的规律运行。《灵枢·大惑论》："心者，神之舍也。"①《素问·宣明五气》也说："心藏神，肺藏魄，肝藏魂，脾藏意，肾藏志，是谓五藏所藏。"② 从以上表述看来，心如一室，而神居其中。在这种观念支配之下，《管子·心术上》说："虚其欲，神将入舍；扫除不洁，神不留处。"③ 在古人看来，"心之官则思"未必是心本身具有这样的本领，在其背后可能还有一个更为神秘的力量使得心具有了思考的能力。"心藏神"这类思想就是在这样的逻辑下产生的。《淮南子·修务训》这样描写圣人游心："且夫精神滑淖纤微，倏忽变化，与物推移，云蒸风行，在所设施。君子有能精摇摩监，砥砺其才，自试神明，览物之博，通物之壅，观始卒之端，见无外之境，以逍遥仿佯于尘埃之外，超然独立，卓然离世，此圣人之心游也。"④ 对于圣人之游，《淮南子·俶真训》中还有这样的描述："是故圣人内修道术，而不外饰仁义，不知耳目之宣，而游于精神之和。若然者，下揆三泉，上寻九天，横廓六合，撅贯万物，此圣人之游也。"⑤ 又说："心有所至，而神喟然在之，反之于虚，则消铄灭息，此圣人之游也。"⑥《淮南子》是这样思考圣人之游的：既然神藏于心，当心远游的时候，神自然会如影相随。《荀子·解蔽篇》："心者，形之君也，而神明之主也。"⑦《素问·灵兰秘典论》说："心者，君主之官也，神明出焉。"⑧ 古人认为，心不但是"形之主""形之君"，而且在五脏六腑中也处于主导地位。《灵枢·口问》云："心者，五藏六府之主也。"⑨ 按照《素问·宣明五气》"心藏神，肺藏魄，肝藏魂"⑩ 的说法，神与魂、魄各有所属，神游就是藏于心的神随心而游。

---

① （唐）王冰注：《补注黄帝内经素问》，浙江书局辑刊：《二十二子》，上海古籍出版社 1986 年版，第 1037 页。
② （唐）王冰注：《补注黄帝内经素问》，浙江书局辑刊：《二十二子》，上海古籍出版社 1986 年版，第 904 页。
③ （唐）房玄龄注：《管子》，浙江书局辑刊：《二十二子》，上海古籍出版社 1986 年版，第 143 页。
④ （汉）高诱注：《淮南子》，浙江书局辑刊：《二十二子》，上海古籍出版社 1986 年版，第 1298 页。
⑤ （汉）高诱注：《淮南子》，浙江书局辑刊：《二十二子》，上海古籍出版社 1986 年版，第 1213 页。
⑥ （汉）高诱注：《淮南子》，浙江书局辑刊：《二十二子》，上海古籍出版社 1986 年版，第 1212 页。
⑦ （清）王先谦：《荀子集解》，中华书局 1988 年版，第 397 页。
⑧ （唐）王冰注：《补注黄帝内经素问》，浙江书局辑刊：《二十二子》，上海古籍出版社 1986 年版，第 119 页。
⑨ 杨永杰、龚树全主编：《黄帝内经》，线装书局 2009 年版，第 295 页。
⑩ （唐）王冰注：《补注黄帝内经素问》，浙江书局辑刊：《二十二子》，上海古籍出版社 1986 年版，第 904 页。

　　然而《灵枢·本神》中却又说："随神往来者谓之魂；并精而入者谓之魄。"①神、魂之间的关系，古人的认识并不太清晰，而是比较模糊的。《列子·黄帝》记载了黄帝的一次白日梦游，其文云："华胥氏之国在弇州之西，台州之北，不知斯齐国几千万里，盖非舟车之所及，神游而已。其国无师长，自然而已。其民无嗜欲，自然而已。不知乐生，不知恶死，故无夭伤；不知亲己，不知疏物，故无爱憎；不知背逆，不知向顺，故无利害；都无所爱惜，都无所畏忌。入水不溺，入火不热。斫挞无伤痛，指摘无痟痒。乘空如履实，寝虚若处床。云雾无碍其视，雷霆不乱其听，美恶不滑其心，山谷不踬其步，神行而已。"②这段文字寓实于虚，遗尘超物，荒唐而谲怪，作者称其为神游、神行，显示了梦境的虚幻和离奇。《庄子·齐物论》："其寐也魂交，其觉也形开。"③寐的意思是睡觉，觉意为醒来。这个很好理解。但什么叫"魂交"，什么又是"形开"呢？参照《列子》可以理解庄子的意思。《列子·周穆王》认为觉有八征，梦有六候，其文云："奚谓八征？一曰故，二曰为，三曰得，四曰丧，五曰哀，六曰乐，七曰生，八曰死。此者八征，形所接也。奚谓六候？一曰正梦，二曰蘁梦，三曰思梦，四曰寤梦，五曰喜梦，六曰惧梦。此六者，神所交也。"④又引子列子之言："神遇为梦，形接为事。"晋张湛注："神之所交谓之梦，形之所接谓之觉。"⑤据上所言，《列子》所谓的"神遇""神交"，实际就是《庄子·齐物论》中的"魂交"。自然，《庄子·齐物论》中的"形开"也就是《列子》中的"形接"了。"形接"指的是醒时的状态，神交指的是梦中状态。由此可见，《列子》所谓的神游实际为灵魂离体出游。

　　许多宗教都承认有灵魂存在，灵魂被认为居住在人或其他物质的内部，它们可以脱离具体的东西独立存在，并对这些东西起主宰作用。古希腊人相信，人死后魂是不离开肉体的，而与之幽闭于坟墓中⑥。埃及人则将坟墓视作永久的住宅，他们将尸体用香料涂抹，制成木乃伊永久保存，期望有朝一日灵魂复来，即得

---

① （唐）王冰注：《补注黄帝内经素问》，浙江书局辑刊：《二十二子》，上海古籍出版社1986年版，第1004页。

② （晋）张湛注：《列子》，浙江书局辑刊：《二十二子》，上海古籍出版社1986年版，第198页。

③ （清）郭庆藩撰，王孝鱼点校：《庄子集释》，中华书局2013年版，第52页。

④ 杨伯峻：《列子集释》，中华书局2012年版，第97页。

⑤ （晋）张湛注：《列子》，浙江书局辑刊：《二十二子》，上海古籍出版社1986年版，第204页。

⑥ ［法］古朗士：《希腊罗马古代社会研究》，李玄伯译，商务印书馆1938年版，第1—4页。

复活①。而在中国，不但有魂，还有魄。魂魄对于个体生命至关重要，《灵枢·天年》说："魂魄毕具，乃成为人。"②《左传·昭公七年》也说："魂魄去之，何以能久？"③中医学认为人们很多疾病都与魂魄异常有关，中医理论中甚至有"肝主魂，肺主魄"之类的内容，比如《素问·六节藏象论》就说："肺者，气之本，魄之处也。"④"肝者，罢极之本，魂之居也。"⑤《灵枢·天年》也说："八十岁，肺气衰，魄离，故言善误。"⑥葛洪的《抱朴子》中说："人无贤愚，皆知己身有魂魄，魂魄分去则人病，尽去则人死。"⑦一些精神疾病，在传统中医学那里往往被解释为魂魄的异常活动，并且依据这些奇怪的理论和解释进行有针对性的治疗，如张仲景《金匮要略·五脏风寒积聚病》说："邪哭使魂魄不安者，血气少也。血气少者属于心，心气虚者，其人则畏，合目欲眠，梦远行而精神离散，魂魄妄行，阴气衰者为癫，阳气衰者为狂。"⑧所谓邪哭，指的是患者无故悲伤哭泣。中医学认为是鬼邪作祟，使得魂魄不得安宁，才导致了人精神失常。魂魄与人类的本体生命息息相关，人的精神活动和生命活动都深受它们的影响。

孔子和他的学生宰我曾探讨过魂魄是什么样子。《礼记·祭义》："宰我曰：'吾闻鬼神之名，不知其所谓。'子曰：'气也者，神之盛也。魄也者，鬼之盛也。……众生必死，死必归土，此之谓鬼。骨肉毙于下，阴为野土。其气发扬于上为昭明，焄蒿凄怆，此百物之精也，神之著也。"⑨这里，孔子所谓的"气""神"都是指灵魂而言，灵魂发扬于上，飘荡在空中。孔子认为魄最终归于土，归于土的魄则被称作鬼。《礼记·郊特牲》也说："魂气归于天，形魄归于地。"⑩魄归于地，也就是肉身回归于土，故郑玄注："魄本归形，形既入土，故言形魄归于

① 金寿福：《征服死亡的尝试——论古代埃及人制作木乃伊的动机和目的》，《社会科学战线》2002年第4期。
② （唐）王冰注：《补注黄帝内经素问》，浙江书局辑刊：《二十二子》，上海古籍出版社1986年版，第1024页。
③ （唐）孔颖达：《春秋左传正义》，（清）阮元校刻《十三经注疏》，中华书局1980年版，第2107页。
④ （唐）王冰注：《补注黄帝内经素问》，中华书局第137页。
⑤ （唐）王冰注：《补注黄帝内经素问》，中华书局第138—139页。
⑥ 杨永杰、龚树全主编：《黄帝内经》，线装书局2009年版，第333页。
⑦ （晋）葛洪：《抱朴子》，上海书店出版社1986年版，第7页。
⑧ 张仲景：《金匮要略》中华书局1936年版，第59页。
⑨ （唐）孔颖达：《礼记正义》，（清）阮元校刻：《十三经注疏》，中华书局1980年版，第1595页。
⑩ （唐）孔颖达：《礼记正义》，（清）阮元校刻：《十三经注疏》，中华书局1980年版，第1457页。

地。"①《淮南子·精神训》："精神者，所受于天也；而形体者，所禀于地也。"又说："是故精神，天之有也；而骨骸者，地之有也。精神入其门，而骨骸反其根，我尚何存？"②《列子·天瑞篇》中也有相似的表述："精神者，天之分；骨骸者，地之分。属天清而散，属地浊而聚。精神离形，各归其真，故谓之鬼。鬼，归也，归其真宅。黄帝曰：精神入其门，骨骸反其根，我尚何存？"③从以上所引文字可以看出，《淮南子》所说的"精神"其实和《列子》所说的"精神"在含义上并无二致，它们异口同声地都指向了"属天清而散"的魂气。所以，在谈到圣人游心时，《淮南子》一则曰"精神滑淖纤微，倏忽变化，与物推移"④，再则说"游于精神之和"⑤。这些都充分说明，圣人在游心时魂魄并没有袖手旁观，而是积极参与其中了。

五、阴阳理论与魂魄观念

三国时的徐整在《三五历纪》中这样记载我国的创世神话："天地混沌如鸡子，盘古生其中。万八千岁，天地开辟，阳清为天，阴浊为地。盘古在其中，一日九变，神于天，圣于地。天日高一丈，地日厚一丈，盘古日长一丈，如此万八千岁。天数极高，地数极深，盘古极长。后乃有三皇。数起于一，立于三，成于五，盛于七，处于九，故天去地九万里。"⑥鸡蛋是人们日常生活中经常接触到的东西，受鸡蛋内部构造的启发，中国古人一度认为天地原来像一个鸡蛋，只是后来蛋清部分慢慢上升变为了天，蛋黄部分慢慢下沉变为了地，天地由此开辟，并慢慢演化成了后来的世界。这个神话中说，在天地开辟之前，盘古生活在其中。随着天日高一丈，地日厚一丈，盘古也日长一丈。天地形成之后又出现了三皇，盘古和三皇是最早的人类。人生天地之间，天地人并称三才。那么人又是如何生成的呢？女娲抟黄土造人是一种颇为流行的说法，不过造人的女娲又是从何而来的呢？这样一问便不免陷入鸡生蛋蛋生鸡的思想怪圈里去。还是另一种说法更具哲学意味。沿着开天辟地的思路，《列子·天瑞篇》这样解释人类的由来："清轻

---

① （唐）孔颖达：《礼记正义》，（清）阮元校刻：《十三经注疏》，中华书局 1980 年版，第 1457 页。
② （汉）高诱注：《淮南子》，浙江书局辑刊：《二十二子》，上海古籍出版社 1986 年版，第 1234 页。
③ （晋）张湛注：《列子》，浙江书局辑刊：《二十二子》，上海古籍出版社 1986 年版，第 196 页。
④ （汉）高诱注：《淮南子》，浙江书局辑刊：《二十二子》，上海古籍出版社 1986 年版，第 1298 页。
⑤ （汉）高诱注：《淮南子》，浙江书局辑刊：《二十二子》，上海古籍出版社 1986 年版，第 1213 页。
⑥ （唐）欧阳询：《艺文类聚》，中华书局 1965 年版，第 2 页。

者上为天，浊重者下为地，冲和气者为人。"①春秋战国时期，人们一度认为气是组成天地万物的基本元素。气又分阴阳，天地开辟时上升为天的"阳清"为阳气，下沉为地的"阴浊"为阴气。很显然，《淮南子》所谓的"精神，天之有""骨骸，地之有"也隐含了中国创世神话中阳清为天、阴浊为地的思想。

天地开辟之后，阳清之气和阴浊之气并未就此分道扬镳，《周易·系辞下》："天地氤氲，万物化醇；男女构精，万物化生。"②"氤氲"指的是天地间的阴阳之气彼此弥漫、纠缠和激荡，最后导致包括人类在内的万物生成。天地氤氲，阴阳交合，万物化生，这个过程颇似男女的结合生育。人是阴阳交合的结果，自然也同时拥有阴阳两种属性。《庄子·知北游》中说："人之生，气之聚也。聚则为生，散则为死。"③人活着的时候，就像天地混沌的初期，处于阴阳合一的状态。人死了，就像天地剖分，阴阳各自回归本处。《左传·昭公七年》："人生始化曰魄，既生魄，阳曰魂。"④孔颖达疏云："始变化为形，形之灵者，名之曰魄也。既生魄矣，魄内自有阳气，气之神者，名之曰魂也。"又云："附形之灵为魄，附气之神为魂。"⑤按照《左传》的说法，在灵魂产生之前，形体即将产生的时候，魄也随之产生了。魄为形之灵，魄之内有阳气，这阳气之灵就是魂。阳气是属于天的，阴气属于地，它们在人身上汇聚，分别成为了人的魂魄。所以《淮南子·主术训》说："天气为魂，地气为魄，反之玄房，各处其宅。"⑥朱熹《朱子语类》卷三引高诱注也说："魂者，阳之神；魄者，阴之神。"⑦魄属阴，其性浊重，物质表现明显，故魄与体连称，是为体魄。魂属阳，其性清轻，物质表现不明显，这就是所谓的灵魂。

神是什么？古人曾给出过很多不同的答案。《说文》："申，神也。七月阴气成，体自申束，从臼自持也。"⑧又于"虹"字下云："申，电也。"⑨文字学家经过

①　（晋）张湛注：《列子》，浙江书局辑刊：《二十二子》，上海古籍出版社1986年版，第195页。

②　（唐）孔颖达：《周易正义》，（清）阮元校刻：《十三经注疏》，中华书局1980年版，第88页。

③　（清）郭庆藩撰，王孝鱼点校：《庄子集释》，中华书局2013年版，第647页。

④　（唐）孔颖达：《春秋左传正义》，（清）阮元校刻：《十三经注疏》，中华书局1980年版，第2050页。

⑤　（唐）孔颖达：《春秋左传正义》，（清）阮元校刻：《十三经注疏》，中华书局1980年版，第2050页。

⑥　（汉）高诱注：《淮南子》，浙江书局辑刊：《二十二子》，上海古籍出版社1986年版，第1241页。

⑦　（宋）黎靖德编：《朱子语类》，中华书局1994年版，第37页。

⑧　（清）段玉裁：《说文解字注》，浙江古籍出版社1998年版，第746页。

⑨　（清）段玉裁：《说文解字注》，浙江古籍出版社1998年版，第673页。

考证认为，神的字源为申，申又是电的本字，"古人见电光闪烁于天，认为神所显示，故金文又以'申'为'神'字，神为申的孳乳字"①。在甲骨卜辞中，商朝人把自然界中的风云雷雨虹等都看成神灵，因此甲骨卜辞中有很多"帝令雨""帝令雷""帝云""帝令凤（风）""帝史凤"等这样的记录。②《说文》这样解释："神，天神，引出万物者也。"③《周礼·大司乐》："奏黄钟，歌大吕，舞云门，以祀天神。"郑玄注："天神，谓五帝及日月星辰也。"④《礼记·祭法》："山林川谷丘陵能出云，为风雨，见怪物，皆曰神。"《周易·系辞上》则云："一阴一阳谓之道，阴阳不测之谓神。"⑤由此可见，神与奇总是分不开的，因为不了解，所以觉得奇怪。古人相信各种奇怪现象的背后都有一个无形的神存在着，促使事物按规律运行。

不在眼前的事物却能浮现在眼前，这种奇妙的现象我们称为想象。早期人们对人类拥有想象这一能力感到非常神奇。在"心之官则思"的时代，想象一度被认为是"形坐而心驰"，是藏于心的神赋予了人类"心与物游"的能力。随着人们对魂魄思考的步步深入，想象也被解释为魂魄离体而游。不在眼前的事物却能浮现在眼前，这到底是心游的结果还是魂游的结果？对于这个问题，古人的看法并不完全一致。《淮南子》是一部集体创作的作品，是由刘安及其门客集体编著而成。既然是集体创作，《淮南子》当然表现出鲜明的集体创作的特点。虽然《淮南子》的道家思想倾向很明显，但却掩盖不了其博采众家之长、综合先秦百家学说的事实。《汉书·艺文志》将《淮南子》归入杂家，显然有着非常充足的事实依据。《淮南子》吸收了当时流行的各种观念和说法，所以在对神游的理解上，《淮南子》的观点并不鲜明。一方面，《淮南子·精神训》说："心者，形之主也。而神者，心之宝也。"⑥承认神藏于心，心为神之主，心游与神游相伴而生。另一方面，又受中国创世神话中阳清为天、阴浊为地思想的影响，《淮南子》承认"精神，天之有""骨骸者，地之有"。这样一来，《淮南子》的神游思想就与《列子》

---

① 于省吾：《寿县蔡侯墓铜器铭文考释》，《古文字研究》第一辑，中华书局1979年版，第51页。
② 贾晋华：《神明释义》，《深圳大学学报》2014年第3期。
③ （清）段玉裁：《说文解字注》，浙江古籍出版社1998年版，第3页。
④ （唐）贾公彦：《周礼注疏》，（清）阮元校刻：《十三经注疏》，中华书局1980年版，第788页。
⑤ （唐）孔颖达：《礼记正义》，（清）阮元校刻：《十三经注疏》，中华书局1980年版，第1588页。
⑥ （汉）高诱注：《淮南子》，浙江书局辑刊：《二十二子》，上海古籍出版社1986年版，第1235页。

殊途同归了。

《文心雕龙·神思》:"古人云:形在江海之上,心存魏阙之下,神思之谓也。文之思也,其神远矣。故寂然凝虑,思接千载,悄焉动容,视通万里。吟咏之间,吐纳珠玉之声;眉睫之前,卷舒风云之色:其思理之致乎?故思理为妙,神与物游,神居胸臆,而志气统其关键;物沿耳目,而辞令管其枢机。"①《淮南子》的神游已经表现出心游与魂游相结合的倾向,刘勰的《文心雕龙·神思》干脆将二者合而为一,称之为"神思"了。

魂与魄是人死后的两种存在方式,然而和魄相比较,灵魂这种观念更加古老。一万八千年前的他们在埋葬死者的时候,往往在尸骨周围或其身上撒上赤铁矿粉末,说明在他们的思想里已经有了灵魂观念。②据《列子·汤问》:"秦之西有仪渠之国者,其亲戚死,聚柴积而焚之,熏则烟上,谓之登遐,然后成为孝子。"③"熏则烟上"喻示灵魂升天,然而魄呢?对尸体的这种处理方式显然表明仪渠人重魂而轻魄,甚至可以说仪渠人尚无魄这一观念。不独义渠人有着重魂轻魄的观念,中原地区的人们也曾经重魂轻魄。《孟子·滕文公上》:"盖上世尝有不葬其亲者。其亲死,则举而委之于壑。他日过之,狐狸食之,蝇蚋姑嘬之。其颡有泚,睨而不视。夫泚也,非为人泚也,中心达于面目。盖归反蔂梩而掩之,掩之诚是也。"④从《孟子》的记载可以知道,上古人们因为还没有魄这一观念,所以处理尸体的方式相当随便。但随着人类情感日益丰富,不忍心看到野兽撕扯亲人尸体,不忍心看到亲人尸体上爬满蝇蛆,于是有了掩埋尸体的举动。据一些文献记载,中原地区的墓葬有段时间是不封不树的,也就是说既没有隆起坟头,也没有什么标志,仅仅是掩埋尸体而已。所以孔子在《礼记·檀弓上》中说:"吾闻之,古也墓而不坟。"⑤可以想象,在掩埋死尸的过程中,自然而然会产生尊重尸体这一人类情感。于是墓不但封树,而且"见封之若堂者矣,见若坊者矣,见若覆夏屋者矣,见若斧者矣"⑥。尤其是诸侯国君之墓的封土,高大如山,称为

---

① 杨明照等:《增订文心雕龙校注》,中华书局 2012 年版,第 372 页。

② 贾兰坡:《中国大陆上的远古居民》,天津人民出版社 1978 年版,第 67 页。

③ (晋)张湛注:《列子》,浙江书局辑刊:《二十二子》,上海古籍出版社 1986 年版,第 210 页。

④ (宋)孙奭:《孟子注疏》,(清)阮元校刻:《十三经注疏》,中华书局影印 1980 年版,第 2707 页。

⑤ (唐)孔颖达:《礼记正义》,(清)阮元校刻:《十三经注疏》,中华书局 1980 年版,第 1275 页。

⑥ (唐)孔颖达:《礼记正义》,(清)阮元校刻:《十三经注疏》,中华书局 1980 年版,第 1292 页。

"陵"了。此时的人们不但敬畏发扬于上的灵魂，尸体本身也成为膜拜的对象，于是产生了魄这一观念。

由于魂魄的配属不同，死后的归属也应该有所不同。照理说，人死后魂即离魄而去，魄则随形体朽烂而解散，因此人的生命主在魂而不在魄。《刘大櫆集》卷六《书田氏刲股事》云："人之既死，则其生灵将散而无所不之，故为主以栖之；若其体魄既与其神灵离而为二矣，掩藏之而已。于是前古之礼祭主而不祭墓。"① 主也被称作木主，即人死后的牌位，把死者的谥号刻在"主"的背后，死者的灵魂就会附在"主"上，以便后人膜拜和祭祀。《礼记·王制》："天子七庙，三昭三穆，与大祖之庙而七。诸侯五庙，二昭二穆，与大祖之庙而五。大夫三庙，一昭一穆，与大祖之庙而三。士一庙。庶人祭于寝。"② 建立宗庙耗费财力，只有士以上的阶层才有条件在宗庙祭祖，一般百姓只能在家祭祖。《礼记·祭法》："是故王立七庙，一坛一墠。"郑玄注："封土曰坛，除地曰墠。"③ 西周春秋时期，人们祭祀祖先的地方有三，或者在宗庙，或者在家，另外一个是坛墠之祭。在文献中还有"古不墓祭"这种说法，比如《后汉书·明帝纪》："帝率公卿已下朝于原陵。"李贤注引东汉应劭《汉官仪》云："古不墓祭。"④《汉书·刘向传》载刘向奏章，其中也说："殷汤无葬处，文武周公葬于毕。"⑤ 我们不敢肯定文武周公时有没有墓祭的风俗，但既然殷汤无葬处，则墓祭也就无从谈起了。《周礼·春官·冢人》："凡墓祭，为尸。"⑥《孟子·离娄下》载齐人乞墦，墦就是墓地，既然齐人能于墦间乞其余，说明墓祭在周代的民间已很流行。正如尚秉和《历代社会风俗事物考》卷二十二"周已墓祭"条所说："周贵人祭庙时多，祭墓时少，非不祭也。祭庙必以其子孙为尸，祭墓则外人可为尸，是祭墓礼轻于祭庙也，若庶人则无庙可祭，尤须祭墓。"⑦ 西周春秋时期人们祭祀祖先的地方主要在庙祧坛墠，随着魄这一观念渐入人心，墓祭也逐渐成为慎终追远的重要方式。

本来魂气是归于天的，魄气则归于地，阴阳相分，完成了"聚则为生，散

---

① （清）刘大櫆：《刘大櫆集》，上海古籍出版社 1990 年版，第 215 页。

② （唐）孔颖达：《礼记正义》，（清）阮元校刻：《十三经注疏》，中华书局 1980 年版，第 1315 页。

③ （唐）孔颖达：《礼记正义》，（清）阮元校刻：《十三经注疏》，中华书局 1980 年版，第 1589 页。

④ （南朝）范晔：《后汉书》，百衲本《二十五史》第一册，浙江古籍出版社 1998 年版，第 634 页。

⑤ （汉）班固：《汉书》，岳麓书社 1993 年版，第 859 页。

⑥ （唐）贾公彦：《周礼注疏》，（清）阮元校刻：《十三经注疏》，中华书局 1980 年版，第 786 页。

⑦ 尚秉和：《历代社会风俗事物考》，商务印书馆 1941 年版，第 275 页。

则为死"的人生轮回。灵魂观念产生后很长一段时间，人们主要在木主面前完成生人与死者之间的情感交流。随着墓祭流行，生人在坟墓前同样能产生"祭如在"的心理状态。这样一来，魄就不再随形体灰飞烟灭，而是与魂一样千古流芳，永垂不朽，受到后人的供奉和祭祀。如此说来，人死后应该是一分为二，被想象成魂和魄两种状态才对。奇怪的是，在现实生活中往往不是这样。比如汉乐府《蒿里》就说："蒿里谁家地，聚敛魂魄无贤愚。鬼伯一何相催促，人命不得少踟蹰。"① 从《蒿里》的歌辞可知，在汉代人们的观念中，人死后魂魄是在一起的，它们相伴着在坟墓附近徘徊不定。《礼记·檀弓下》说："骨肉归复于土，命也。若魂气则无不之也。"② 按照一般的说法，魄必须依形而立，魂则不但可以附着在木主之上，也可以离开木主去别的地方，因此墓祭时魂魄合二为一。在鲁迅的小说《祝福》中，祥林嫂被逼改嫁他人，这时柳妈有一番奇谈怪论，她说："你和你的第二个男人过活不到两年，倒落得了一件大罪名。你想，你将来到阴司去，那两个死鬼的男人还要争，你给了谁好呢？阎罗大王只好把你锯开来，分给他们。"③ 这种想法自然荒唐，自古再嫁的人多的是，是不是都要锯开呢？既然都要锯开，也就不用恐惧了。尽管如此，这番话还是在祥林嫂的内心产生了深深的震撼。由此可见，对于生人来讲，生前是一个整体，死后也希望是一个整体。魂魄合一避免了人死之后一分为二，符合生人的这一心理需求。

六、气与鬼魂的形象

西方学者推测，原始人这样想象人类的灵魂：首先，灵魂有着人的形象。其次这种形象稀薄而虚幻，具有气息、薄膜或者影子一样的性质。再者，灵魂可以与身体分离，出现在醒时或梦境中。最后一点是，灵魂在身体死亡后依然继续存在。④ 在中国，人们的灵魂的想象更为丰富。首先，鬼一般比较轻。《搜神记》卷十六载宋定伯担鬼，"鬼略无重"⑤。其次，鬼无形。王充《论衡·论死》说："神

---

① （宋）郭茂倩：《乐府诗集》，中华书局 1979 年版，第 398 页。
② （唐）孔颖达：《礼记正义》，（清）阮元校刻：《十三经注疏》，中华书局 1980 年版，第 1314 页。
③ 鲁迅：《彷徨》，天津人民出版社 2011 年版，第 14 页。
④ ［英］爱德华·泰勒：《原始文化》，连树声译，上海文艺出版社 1992 年版，第 416 页。
⑤ 鲁迅校录：《古小说钩沉》，齐鲁书社 1997 年版，第 88 页。

者，恍惚无形者也。"① 鬼不惟无形，也无声。《淮南子·泰族训》："夫鬼神，视之无形，听之无声。"② 鬼甚至无影，《聊斋志异·晚霞》中阿端与晚霞"夫妇皆鬼"，"验之无影"③。古人认为鬼魂如气，《聊斋志异·莲秀》中李氏的鬼魂像一股轻烟，"随风漾泊"，"昼凭草木，夜则信足浮沉"④。没有形体的鬼魂只能凭借死者自己或其他人的躯体才能被感觉到，《聊斋志异·喷水》中的老妪显形时，"短身驼背，白发如帚，冠一髻，长二尺许"⑤。这些外部特征只是借助她生前的形象，鬼魂一旦离去也就消失得干干净净，不留下任何痕迹。从理性上说，"死去元知万事空"，鬼魂实际是不存在的。但在人类文化史上，对鬼魂的信仰的确比较古老。相信不相信鬼魂的存在，实际是两种不同的思维方式。就逻辑思维来说，外部世界可以也应该为主体所认识，同时又具有不依赖于主体的客观特点。对于原始思维来说，"他感知的客体的实在，丝毫也不决定于是否能够用我们叫做经验的那种东西来证实；而且，一般来说，正是触摸不到的和看不见的东西他才认为是最实在的东西"⑥。鬼魂作为人死之后的转化形态，这种看不见摸不着而又被认为实实在在的东西，正是原始思维的产物。

鬼魂虽然看不到也摸不着，但因为觉得它是实实在在的东西，所以人们还是想办法描述鬼的存在。《左传·文公二年》有"新鬼大，故鬼小"⑦ 之说。晋国太子申生被骊姬谮杀，死后冤魂不散。《左传·僖公十年》记载，有一个叫狐突的人曾在路上遇到已成鬼魂的申生。《左传·昭公七年》还记载了一个叫伯有的郑国人，因为被人冤杀，心中不平，于是就常常出来吓人。《论衡·死伪》说："人死世谓鬼，鬼象生人之形，见之与人无异。"⑧ 在古人的观念中，人死后的鬼魂模样和生人差不多。《墨子·明鬼》记载了杜伯射周宣王一事。杜伯被周宣王冤杀，三年后周宣王到山间打猎，光天化日之下却看见"杜伯乘白马素车，朱衣冠，执

① （汉）王充：《论衡》，岳麓书社 1991 年版，第 321 页。

② （汉）高诱注：《淮南子》，浙江书局辑刊：《二十二子》，上海古籍出版社 1986 年版，第 1301 页。

③ （清）蒲松龄：《聊斋志异》，齐鲁书社 1981 年版，第 708 页。

④ （清）蒲松龄：《聊斋志异》，齐鲁书社 1981 年版，第 118 页。

⑤ （清）蒲松龄：《聊斋志异》，齐鲁书社 1981 年版，第 545 页。

⑥ ［法］列维·布留尔：《原始思维》，丁由译，商务印书馆 1981 年版，第 294 页。

⑦ 李宗侗：《春秋左传今注今译》，新世界出版社 2012 年版，第 370—371 页。

⑧ （汉）王充：《论衡》，岳麓书社 1991 年版，第 335 页。

朱弓，挟朱矢，追周宣王，射之车上，中心折脊，殪车中，伏弢而死"①。由此可见，鬼为人见，与生人无异。《搜神记》卷十六载西晋阮瞻事。阮瞻是一个无神论者，口才极佳，在与别人辩论鬼神之有无，常常令对手理屈词穷。有一天，忽然有客人拜访，执意要与他辩论鬼之有无，二人"反复甚苦。客遂屈。乃作色曰：'鬼神古今圣贤所共传，君何得独言无？即仆便是鬼。'于是变为异形，须臾消灭。"② 鬼先为人形，与生人无异。忽然变为异形，想必样子十分可怕。《聊斋志异·庙鬼》写一个又肥又黑的妇人看上了新城的王启后，不断过来骚扰挑逗，但王启后不为所动。有一天，正当黑肥妇人叨扰之际，有一武士拎着索子从外面闯进来，一把锁了黑肥妇人，从窗棂跃出，"才至窗外，妇不复人形，目电闪，口血赤如盆"③。《幽明录》中记载的一个鬼故事更加有趣：阮德如晚上去厕所，见一鬼，长丈余，面色漆黑，眼睛颇大，穿着黑色的衣服，戴着扁平的头巾，离阮德如咫尺站立。对视了一会，阮德如忍不住笑了，说："人言鬼可憎，果然。"鬼听了，羞愧地跑了。④ 在这个故事中，鬼不但被想象描绘成人的样子，而且有了羞恶之心。在古人的想象中，鬼不仅有美丑之别，还有善恶之分。鬼魂和《聊斋志异》中的各种花妖狐魅一样，"多具有人情，和易可亲，忘为异类，而又偶见鹘突，知复非人"⑤。

气在中国是一个很神奇的东西，陈独秀在《新青年》创刊号《敬告青年》一文中指出，中国传统"想象之最神奇者，莫如气之一说"⑥。气可以营造出各种气氛。《卿云歌》："卿云烂兮，纠缦缦兮。日月光华，旦复旦兮。"⑦ 这首据说产生于尧舜时期的上古歌谣，将日月光华与祥云缭绕巧妙地结合起来，为人们勾画出了一幅祥和安宁的盛世图景。云从龙，风从虎，龙虎有风云就有了生气。气又是神秘的。孟子说自己善养浩然之气，但当他的学生公孙丑问他什么是浩然之气，孟子却回答说："难言也。其为气也，至大至刚，以直养而无害，则塞于天地之间。其为气也，配义与道，无是，则馁也。是集义所生者，非义袭而取之也，行

① 朱越利校点：《墨子》，辽宁教育出版社 1997 年版，第 63 页。
② 鲁迅校录：《古小说钩沉》，齐鲁书社 1997 年版，第 157 页。
③ （清）蒲松龄：《聊斋志异》，齐鲁书社 1981 年版，第 20 页。
④ 鲁迅校录：《古小说钩沉》，齐鲁书社 1997 年版，第 157 页。
⑤ 鲁迅：《中国小说史略》，上海古籍出版社 1998 年版，第 147 页。
⑥ 陈独秀：《独秀文存》，安徽人民出版社 1987 年版，第 9 页。
⑦ 刘立志编著：《先秦歌谣集》，南京师范大学出版社 2014 年版，第 38 页。

有不慊于心，则馁矣。"①气在中国古代方术中更为玄虚。方术中有望气一说。《史记·高祖本纪》记载，刘邦因为私自放掉刑徒，不得已亡匿芒砀山中，然而吕后常常很容易就找到他的藏身之地了。吕后告诉刘邦，说刘邦头顶常有云气，所以很容易就找到他了。近代广东也流行着这样的看法：人一旦死亡，尸体就会释放出煞气，煞气弥漫在死者的屋子里，"像一朵看不见的云"附着在吊丧者的身上②。

《说文》："气，云气也，象形。凡气之术皆从气。"③又说："云，山川气也。"④气的最初含义指云气。《说文》又有氣字，云："氣，馈客之刍米也。"⑤馈客之米何以从气？《诗经·大雅·生民》有描写祭祀的细节，其中谓蒸米云"烝之浮浮"，生动地写出了米饭炊熟时热气腾腾的景象。另外又写祭品摆好后"其香始升""胡臭亶时"，香、臭都是祭品的气味，上天歆享的就是这样的气味。馈客之米从气应该与米炊熟后散发出热气和香味有关。鬼神享受祭品，只不过闻闻祭品的味道而已。但正是这种或淡或浓、或隐或显的气味沟通了人鬼之间的关系。《列子·汤问》记载仪渠之国，有亲戚死则聚柴积而焚之，熏则烟上，谓之登遐。"熏则烟上"，袅袅而上的烟被仪渠人想象成灵魂升天。自然界中的气没有一定的形状，或浓或淡，似有若无，变幻无常，飘忽不定，非常神秘，最容易被认为是鬼魂在出没。纪晓岚的《阅微草堂笔记》卷七写了一个故事：有个书生曾在鄱阳湖边停泊，步月纳凉来到一个小酒馆里，见数人聚在一起喝酒，书生一时兴起，也沽酒小饮，不知不觉也参加到众人闲话当中。原来大家在说鬼故事，所讲的鬼故事一个比一个神奇。故事的末尾，书生开玩笑说："安知说此鬼者，不又即鬼也。"那些人闻听此言，一时色变，"微风飒起，灯火黯然，并化为薄雾轻烟，蒙蒙四散。"⑥在蒲松龄的笔下，鬼魂也常常以气的形态出现。比如《聊斋志异·阎王》就说："李久常，临朐人，壶榼于野，见旋风蓬蓬而来，敬酹奠之。"⑦

---

① （宋）孙奭：《孟子注疏》，（清）阮元校刻：《十三经注疏》，中华书局 1980 年版，第 2685 页。

② ［美］James L. Watson（屈佑天）：《骨肉相关：广东社会中对死亡污染的控制》，沈宇斌译，《广西民族大学学报》2008 年第 6 期。

③ （清）段玉裁：《说文解字注》，浙江古籍出版社 1998 年版，第 20 页。

④ （清）段玉裁：《说文解字注》，浙江古籍出版社 1998 年版，第 575 页。

⑤ （清）段玉裁：《说文解字注》，浙江古籍出版社 1998 年版，第 333 页。

⑥ （清）纪昀：《纪晓岚文集》第 2 册，河北教育出版社 1991 年版，第 145 页。

⑦ （清）蒲松龄：《聊斋志异》，齐鲁书社 1981 年版，第 323 页。

那在野外徘徊的旋风就是鬼魂。《聊斋志异·王六郎》描写死后升职为土地神的王六郎，他的两次现身阳世也分别是"俄见风起座后，旋转移时，始散"，"送出村，欻有羊角风起，随行十余里……风盘旋久之，乃去"①。《阅微草堂笔记》卷三写聂某在破庙里遇到一个吊死鬼，"后聂每上墓，必携饮食纸钱祭之，辄有旋风绕左右"②。空气流动而成风，气既可令人有所感知，又让人看不见摸不着，鬼魂的旋风形态使得鬼魂愈加神秘莫测。

　　阴阳观念在中国源远流长，据说萌芽于原始社会。郭沫若在《中国古代社会研究》中说："八卦的根柢我们可以很鲜明地看出是古代生殖器崇拜的孑遗，画一以象男根，分而为二以象女阴，所以由此而演出男女、父母、阴阳、刚柔、天地的观念。"③但阴阳观念的提出却比较晚，直到西周末年才由阳伯父明确提出。据《国语·周语上》记载，公元前780年，泾水、渭水、洛水两岸在短时间内发生了多次大地震，阳伯父对此发表评论说："夫天地之气，不失其序；若过其序，民乱之也。阳伏而不能出，阴迫而不能烝，于是有地震。今三川实震，是阳失其所而镇阴也。"④阳伯父认为，天地之间存在着阴阳两种气，阴阳二气如果失衡就会发生地震。阴阳二气不仅存在于天地之间，更是构成人之魂魄的基本元素。班固《白虎通·性情》："魂魄者，何谓也？魂犹伝伝也，行不休也。少阳之气，故动不息。于人为外，主于情也。魄者，犹魄然著人也。此少阴之气，象金石著人不移，至于性也。魂者，伝也，情以除秽。魄也，白也，性以治肉。"⑤《庄子·知北游》进一步说："聚则为生，散则为死。"⑥在道家思想中，阴阳二气还被用来解释生命的轮回。

　　《正字通》谓："阳魂为神，阴魄为鬼。"⑦魂与魄乃阴阳之二气。按照中国创世神话开天辟地的思路，人死后魂即上升归于天，魄则入土藏于地，各有归属，这在《大戴礼记·曾子天圆》北周的卢辩注中说得最为清晰明白，卢辩说："魂

---

① （清）蒲松龄：《聊斋志异》，齐鲁书社1981年版，第12页。

② （清）纪昀：《阅微草堂笔记》，中国戏剧出版社2000年版，第63页。

③ 郭沫若：《中国古代社会研究》，上海出店1989年版，第236页。

④ （三国）韦昭注：《国语》，上海书店影印本1987年版，第9页。

⑤ （汉）班固：《白虎通》，中华书局1985年版，第214—215页。

⑥ （清）郭庆藩撰，王孝鱼点校：《庄子集释》，中华书局2013年版，第647页。

⑦ 张自烈著，廖文英辑：《正字通》，清康熙清畏堂刻本。

气上升于天为神，体魄下降于地为鬼。"①只是随着墓祭的流行，魂飞之后魄不再流散，魂魄相随，是为鬼魂。鬼魂附草依木，随风漾泊。《史记·高祖本纪》载高祖还乡，留饮，谓沛父兄曰："游子悲故乡。吾虽都关中，万岁后吾魂魄犹乐思沛"②。习凿齿《襄阳耆旧记》卷五载羊祜与邹湛登岘山，垂泣曰："如百岁后有知，魂魄犹应登此山也。"③魂归故乡，生前不能做到的事情，死后魂魄可以做到，这恐怕是不能归乡的游子最感欣慰的事情。在古人的观念中，无论是魂还是魄，也包括后来的鬼魂，其根本属性都是气。气是自由的，随势赋形，一旦离开身体，也就获得了全部自由。

七、在想象中放飞自由

"生命诚可贵，爱情价更高。若为自由故，二者皆可抛。"在裴多菲的心目中，自由甚至比生命还要重要。由于生存境遇中面临的主要问题不同，不同人追寻的自由路向不同，对自由的理解和阐释各有侧重。战国时期，诸侯兼并，统治者"争地以战，杀人盈野；争城以战，杀人盈城"④，老百姓朝不保夕，人命危浅，如何在乱世中保全自身，成为某些思想家重点思考的问题。人们熟知庄子"齐万物，一死生"的观点，简单地从字面意义上理解，庄子似乎已将生死置之度外。但庄子真的就对生命毫无留恋了吗？庄子反复讲述一个散木的寓言：一棵大树生长在路边，周边的树都遭到砍伐，只有它安安生生地长在那里，伐木者来来往往，对它却视若无睹。原来这棵树既不能做门，也不能做梁，连烧火都不能好好燃烧。庄子由此悟出一个道理，为了避免受到伤害，人也要像这棵树一样，不能太有用。无用的树被称作散木，无用的人就是散人。但复杂的现实生活却让庄子的散人理论受到了挑战。有一次，庄子带领学生在山中行走，刚教导完学生要做一个散人，出得山来，到一个朋友家投宿。为欢迎庄子一行，庄子的朋友命仆人杀鹅做饭。仆人问自己的主人：家里有两只鹅，一个会叫，一个不会叫，杀哪只？朋友告诉自己的仆人，杀那只不会叫的。庄子的学生很吃惊，向庄子请教：山中之木，以不材得其终年；现在这只鹅，因不材却殒其命。人到底应该怎

---

① （汉）戴德辑，（北朝）卢辩注：《大戴礼记》，商务印书馆 1937 年版，第 92 页。

② （汉）司马迁：《史记》，百衲本《二十五史》第一册，浙江古籍出版社 1998 年版，第 42 页。

③ （晋）习凿齿著，黄惠贤校补：《校补襄阳耆旧记》，中州古籍出版社 1987 年版，第 77 页。

④ （宋）孙奭：《孟子注疏》，（清）阮元校刻：《十三经注疏》，中华书局 1980 年版，第 2722 页。

样才能保全性命呢？庄子的回答是："周将处夫材与不材之间。"①庄子为了活命，如此费尽心机，由此可见庄子是多么地留恋这个世界。如果庄子真的"一死生"，大可不必绞尽脑汁，使自己处于"材与不材之间"了。

但诚如庄子所说，战国时期的确是一个"今世殊死者相枕也，桁杨者相推也，刑戮者相望也"②、"相与争地为战，伏尸百万"③的乱世。在这样一个年代，不要说贵生，即便苟全性命也未必能够如愿。为了减却死亡降临带给人们的恐惧和痛苦，庄子告诉我们死亡未必不是一件好事，因为无人知道死后的情形。《庄子·齐物论》讲骊姬未嫁晋献公之前涕泣沾襟，嫁晋献公后才发现当初的哭泣很傻。④庄子在用这个寓言告诉我们，不要惧怕死亡，死后的生活可能比我们想象的好得多。果然，《庄子·至乐》又讲了髑髅的故事：庄子在野外看到一个髑髅，觉得非常可怜，于是问髑髅有没有复活的愿望。庄子当天晚上就梦见了那个髑髅，髑髅告诉庄子，人死后无君于上，无臣于下，也没有饥饿冷暖，"虽南面王，乐不能过也"⑤。人活着就要为生活奔波劳苦，受尽各种各样的诱惑和束缚，也就是庄子所谓的"有待"。一旦死亡，"亡国之事""斧钺之诛""不善之行""冻馁之患"等，统统与己无关，这样便进入了"无待"的境界。如果说庄子"乘物以游心"还希望自己能够在这个世界活下去的话，"无待"或"逍遥游"则是临死者对于未来的一个期许。

庄子的自由学说是为了超越死亡，陶渊明的自由学说却意在摆脱"口腹自役""心为形役"的桎梏。陶渊明在《与子俨等疏》中说："吾年过五十，少而穷苦，每以家弊，东西游走。"⑥这里所谓的"东西游走"，指的是自己归隐前的数次游宦。陶渊明早年做过江州祭酒、镇军参军、建威参军及彭泽令等官职。对于早年出仕的初衷，陶渊明在《归去来兮辞序》中曾详细谈及："余家贫，耕植不足以自给。幼稚盈室，瓶无储粟，生生所资，未见其术。亲故多劝余为长吏，脱然有怀，求之靡途。会有四方之事，诸侯以惠爱为德，家叔以余贫苦，遂见用于

---

① （清）郭庆藩撰，王孝鱼点校：《庄子集释》，中华书局2013年版，第591—592页。
② （清）郭庆藩撰，王孝鱼点校：《庄子集释》，中华书局2013年版，第344页。
③ （清）郭庆藩撰，王孝鱼点校：《庄子集释》，中华书局2013年版，第784页。
④ （清）郭庆藩撰，王孝鱼点校：《庄子集释》，中华书局2013年版，第98页。
⑤ （清）郭庆藩撰，王孝鱼点校：《庄子集释》，中华书局2013年版，第549页。
⑥ 王瑶编注：《陶渊明集》，作家出版社1956年版，第153页。

小邑。于时风波未静，心惮远役。彭泽去家百里，公田之利，足以为酒，故便求之。及少日，眷然有归欤之情。何则？质性自然，非矫厉所得；饥冻虽切，违己交病。尝从人事，皆口腹自役。于是怅然慷慨，深愧平生之志。"① 陶渊明说"尝从人事"，指早年做江州祭酒、镇军参军、建威参军等事。和古代许多读书人一样，陶渊明也受儒家修齐治平思想的影响，所以他在《杂诗》之五中说自己"猛志逸四海，骞翮思远翥"②。然而，陶渊明真正的人生理想却是任真适性，"少无适俗韵，性本爱丘山"③ 才是他生命中作为根基的存在结构。既然如此，陶渊明何以又要逼迫自己出仕呢？他自己说得很明白，家贫，孩子多，为了养家活口，不得不一次次投入"尘网"之中。当时老庄思想盛行，道法自然的思想大受鼓吹，大行其道。所谓自然，按照道家的解释即事物原本的样子。道家反对干扰和改变事物的自在状态。魏晋时期，人们将自然概念移植到人们自身，反对干扰、改变、压抑人的各种欲望。比如嵇康，想睡就睡，想起就起，不想做官就不做官。他们忽略了庄子的"有待"思想，罔顾礼法的存在，率性而为，不计后果。其实后果很严重。后世的读书人很快就吸取了血的教训，虽然魏晋风度在文章中还熠熠生辉，但绝大多数人在现实生活中却过着"违己交病"、言不由衷的生活。在古代知识分子中，陶渊明在这点上是很另类的，因为他不但信奉老庄道法自然的思想，而且还将其付诸实施。在经过艰难取舍之后，陶渊明毅然辞去彭泽令，彻底退隐故里了。

归隐后的陶渊明在《归去来兮辞》中这样描写自己："引壶觞以自酌，眄庭柯以怡颜。倚南窗以寄傲，审容膝之易安。园日涉以成趣，门虽设而常关。策扶老以流憩，时矫首而遐观。云无心以出岫，鸟倦飞而知还。景翳翳以将入，抚孤松而盘桓。"④ 陶渊明喜欢看高处，端着酒杯静静地凝视着院子里高高的树梢，内心的欢愉不知不觉展现在脸上。他还喜欢看远处，"倚南窗以寄傲"，临窗而立，目光投向苍穹，无人打扰，无拘无束，身心都得到了解放。对陶渊明来说，高处和远方仿佛是诗意的栖居之地。陶渊明的这两个姿势特别引人注目，并一再出现

---

① 王瑶编注：《陶渊明集》，作家出版社 1956 年版，第 135 页。
② 王瑶编注：《陶渊明集》，作家出版社 1956 年版，第 55 页。
③ 王瑶编注：《陶渊明集》，作家出版社 1956 年版，第 35 页。
④ 王瑶编注：《陶渊明集》，作家出版社 1956 年版，第 136 页。

在他的作品中。《和郭主簿》其一说："遥遥望白云，怀古一何深。"①《始作镇军参军经曲阿》也说："望云惭高鸟，临水愧游鱼。"②《饮酒》其五更有"采菊东篱下，悠然见南山"③的佳句。高处和远处到底有什么使得诗人如此心驰神往？夫子自道：有飞鸟和白云。文人对飞鸟和白云向来一往情深，崔颢的《黄鹤楼》说："昔人已乘黄鹤去，此地空余黄鹤楼。黄鹤一去不复返，白云千载空悠悠。"④白云也还是飞鸟留下的白云。

"采菊东篱下，悠然见南山"向来为世人所激赏，历代诗论家都对这句诗不吝赞美之词。苏轼《东坡题跋》卷二《题渊明饮酒诗后》说："因采菊而见山，境与意会，此句最有妙处。"⑤惠洪《冷斋夜话》卷四："'采菊东篱下，悠然见南山'，其浑成风味，句法如生成。而俗人易曰望南山，一字之差，遂失古人情状。"⑥李清照的《醉花阴》（薄雾浓云愁永昼）中有"东篱把酒黄昏后"一句，显然是化用陶渊明的这句名言。王国维《人间词话》论诗有"有我之境"和"无我之境"之分，他将"采菊东篱下，悠然见南山"两句视作"无我之境"的代表。⑦然而关于这两句到底好在何处，前人的解释非玄即虚。晁补之《鸡肋集》卷三十三《题陶渊明诗后》："望山，意尽于山，无余蕴矣，非渊明意也。'采菊东篱下，悠然见南山'，则本自采菊，无意望山，适举首见之，故悠然忘情，趣闲而心远。"⑧蔡启的《蔡宽夫诗话》也说："'采菊东篱下，悠然见南山'，此其闲适自得之意，直若超然邈出宇宙之外。俗本多以'见'字为'望'字，若尔，便有褰裳濡足之态矣。"⑨以上说法都是对苏轼"境与意会"一说的补充和说明，没有多少新意。"悠然见南山"到底属于"无我之境"还是"有我之境"，对此朱光潜先生有着自己的理解，他说："他的'无我之境'的实例为'采菊东篱下，悠然见南山''寒波淡淡起，白鸟悠悠下'，都是诗人在冷静中所回味出来的妙境（所

① 王瑶编注：《陶渊明集》，作家出版社 1956 年版，第 19 页。

② 王瑶编注：《陶渊明集》，作家出版社 1956 年版，第 32 页。

③ 王瑶编注：《陶渊明集》，作家出版社 1956 年版，第 63 页。

④ 喻守真编注：《唐诗三百首详析》，中华书局 1957 年版，第 214 页。

⑤ （宋）苏轼：《东坡题跋》，中华书局 1985 年版，第 28 页。

⑥ （宋）惠洪：《冷斋夜话》，中华书局 1985 年版，第 17 页。

⑦ （清）况周颐、王国维：《蕙风词话·人间词话》，人民文学出版社 1960 年版，第 191 页。

⑧ （宋）晁补之：《鸡肋集》卷三十三，《影印文渊阁四库全书》第 1118 册，台湾商务印书馆 1986 年版，第 644 页。

⑨ 王大鹏、张宝坤、田树生等编选：《中国历代诗话选》，岳麓书社 1985 年版，第 296 页。

谓'于静中得之'），没有经过移情作用，所以实是'有我之境'。"①"采菊东篱下，悠然见南山"的确是千古妙句，但要认真分说起来，其妙处却很难述说。其实，陶渊明自己曾言及这两句诗的好处，只是他的说法是"此中有真意，欲辨已忘言"，妙处想说却说不出来，读者还是自己去体会好了。

《周易·系辞上》有"书不尽言，言不尽意"的说法②，《文心雕龙·神思》也感叹："方其搦翰，气倍辞前，暨乎篇成，半折心始"。这说明言意之间有时存在着一定的距离。③作为表情达意的媒介，因为言意之间存在着一定距离，语言在特定的场合下有时会显得苍白无力。语言只是表情达意的一种方式，道路以目也能起到达意的功能，图画、信号、文字等也能架起沟通的桥梁。庄子夸大了言意之间的距离，他主张通过把握"言外之意""言外之旨"的方式来解决言意之间的矛盾。《庄子·外物》："筌者所以在鱼，得鱼而忘筌；蹄者所以在兔，得兔而忘蹄；言者所以在意，得意而忘言。吾安得夫忘言之人而与之言哉！"④庄子"得意忘言"的方法在魏晋时期被进一步发扬光大。当时的玄学家们普遍认为，把握事物的本质是认识的最终目标，事物的本质总是隐藏在事物的表象之下。因此玄学家们认为，执着于事物的表象是毫无意义的，甚至认识事物的方法也是无关紧要的。就言意之间的关系来说，言意之辨的实质和目标是达意，言属于事物的表象，意才是事物的本质。受魏晋玄学思潮的影响，陶渊明也主张得意而忘言，他在《五柳先生传》中说自己："好读书，不求甚解。每有会意，辄欣然忘食。"⑤所以，陶渊明在这里没有明确交代"此中有真意，欲辨已忘言"中的"真意"到底是什么，而是让读者自己去体会"采菊东篱下，悠然见南山"的妙处。中国哲学史上，也有人主张"言能尽意"，比如《墨子·经说上》就说："执所言而意得见，心之辨也"⑥。《孟子·公孙丑上》："不得于心，勿求于气，可；不得于言，勿求于心，不可。"⑦孟子也认为，意在心中，不可不求。实际上，言能不能尽意关键还要看主体的表达能力。比如有些想法，齐宣王表达不出来，孟子却能说出来，对

---

① 朱光潜：《朱光潜美学文集》第二卷，上海文艺出版社 1992 年版，第 59 页。
② （唐）孔颖达：《周易正义》，（清）阮元校刻：《十三经注疏》，中华书局 1980 年版，第 82 页。
③ 杨明照等：《增订文心雕龙校注》，中华书局 2012 年版，第 373 页。
④ （清）郭庆藩撰，王孝鱼点校：《庄子集释》，中华书局 2013 年版，第 828 页。
⑤ 王瑶编注：《陶渊明集》，作家出版社 1956 年版，第 123 页。
⑥ 朱越利校点：《墨子》，辽宁教育出版社 1997 年版，第 85 页。
⑦ （宋）孙奭：《孟子注疏》，（清）阮元校刻：《十三经注疏》，中华书局 1980 年版，第 2685 页。

此齐宣王非常佩服，称赞孟子说："《诗》云：'他人有心，予忖度之。'夫子之谓也。夫我乃行之，反而求之，不得吾心。夫子言之，于我心有戚戚焉。"①陶渊明所谓的"真意"不是说用言语表达不出来，而是看有没有人有能力把它表达出来。

嵇康《赠秀才入军》一诗："目送归鸿，手挥五弦。俯仰自得，游心太玄。"②玄是一个哲学概念，《老子》第一章："无名，天地之始；有名，万物之母……此两者同出而异名，同谓之玄。玄之又玄，众妙之门。"③西汉扬雄准《易》而作的《太玄》也说："玄者，幽摛万类而不见形者也。"④在老子和扬雄那里，玄是万物之始的道，也就是幽暗深远、神妙莫测的最高本体。《说文》："玄，幽远也。黑而有赤色者，为玄。"⑤《易经·坤文言》说："天玄而地黄。"⑥通常情况下，夜晚天空是黑的，破晓之前则呈暗中带红。天道高远，深不可测，非普通智慧可以理解，因此有"天玄而地黄"之说。嵇康说的"游心太玄"不仅是心系于道，更多的指向还在于广阔无边的苍穹。目送归鸿，眼睛追随天空中的飞鸟，心也摆脱了身体的束缚，随鸟飞向了无边的太空。嵇康是如何"游心太玄"的？归鸿显然是重要媒介。嵇康目送的归鸿上有没有一个仙人呢？如果有，那一定是嵇康自己的心灵。有意思的是，在崔颢的笔下真的出现了仙人，在大家的注视下乘鹤翩翩远去，留下千古徘徊的白云令人遐思。那个仙人一定是崔颢的心或魂的具象化，或者就是嵇康骑鹤来而复去。陶渊明长期为"口腹自役""心为形役"所困扰和苦恼。放飞灵魂，让心灵随飞鸟自由翱翔，对陶渊明来说是一种难以言说的欢愉，也是陶渊明一生的精神追求。"引壶觞以自酌，眄庭柯以怡颜。倚南窗以寄傲，审容膝之易安"⑦，将目光尽力投向高处和远方，这是"放心"的一种方式，心不再有所拘束。这是灵魂出窍，摆脱了身体的束缚，灵魂在树梢和天空中快乐自由地舞蹈。陶渊明未必能清晰地认识到，这种快乐到底源自"放心"还是"魂游"，但精神上的自由必然是其快乐的源泉。陶渊明"采菊东篱下，悠然见南山"一句的

---

① （宋）孙奭：《孟子注疏》，（清）阮元校刻：《十三经注疏》，中华书局1980年版，第2670页。

② 戴明扬编注：《嵇康集校注》，人民文学出版社1962年版，第16页。

③ （三国）王弼注：《老子道德经》，浙江书局辑刊：《二十二子》，上海古籍出版社1986年版，第1页。

④ 司马光注：《太玄集注》，中华书局1998年版，第184页。

⑤ （清）段玉裁：《说文解字注》，浙江古籍出版社1998年版，第159页。

⑥ （唐）孔颖达：《周易正义》，（清）阮元校刻：《十三经注疏》，中华书局1980年版，第19页。

⑦ 王瑶编注：《陶渊明集》，作家出版社1956年版，第136页。

诗意在此，陶渊明所谓的"真意"也在此。

　　排除外界干扰，做什么事都要聚精会神，这是《孟子》弈秋诲棋这个故事要告诉我们的道理，这个故事也一直在发挥着这样的教育作用。在弈秋诲棋这个故事中，那个为窗外鸿鹄所吸引，"思援弓缴而射之"的学棋者，向来被作为反面典型警示着后人。然而，专心致志毕竟是一种精神负荷，好逸恶劳才是人的自然本性。任情适性不但是人类生活的重要组成部分，也是人类生活努力追求的最终目标。一旦条件允许，谁还愿意将思想包袱一直背在身上呢？孔子不也说要"游于艺"吗？鸟儿在空中自由来去，许多对人类来讲不可逾越的障碍，在鸟儿面前都显得那样不费吹灰之力。《山海经·海外南经》说羽民国的人"身生羽"①，《大荒南经》说驩头国的人有翼、鸟喙，在海中捕鱼，杖翼而行。②飞在原始人看来是最能解决问题的，所以飞鸟常常成为先民想象的对象。"飞鸟"也是古代文学经常使用的一个意象，孟浩然《秋登万山寄张五》："相望始登高，心随雁飞灭。"③王维《留别山中温古上人兄并示舍弟缙》："开轩临颍阳，卧视飞鸟没。"④刘长卿《饯别王十一南游》："飞鸟没何处，青山空向人。"⑤杜甫的《望岳》也说："荡胸生层云，决眦入归鸟。"⑥转瞬即逝的飞鸟身上承载着文人追求自由的灵魂。因此，在"思援弓缴而射之"的学棋者身上，我们不仅要看到它的教育价值，更应该看到它的审美价值。

　　宋之问《度大庾岭》："魂随南翥鸟，泪尽北枝花。"⑦飞鸟闯入眼帘，引起人们的注意，心里掀起一阵波澜，不由得想入非非。同是由飞鸟引起的心理活动，仔细分析，人们对它的认识却大有不同。在孟子看来，这是"放心"，是心溢出体外，随飞鸟远游去了。如果有"心藏神"的观念，心既随鸟而去，神自然如影相随，这就是《淮南子》所说的"心有所至，而神喟然在之"⑧。或认为神游即魂游，那么飞鸟带走的就不仅仅是心，还有不安的灵魂。但这一切在弗洛伊德看来都是

---

①　（晋）郭璞注：《山海经》，浙江书局辑刊：《二十二子》，上海古籍出版社 1986 年版，第 1369 页。

②　（晋）郭璞注：《山海经》，浙江书局辑刊：《二十二子》，上海古籍出版社 1986 年版，第 1382 页。

③　徐鹏校注：《孟浩然集校注》，人民文学出版社 1989 年版，第 24 页。

④　陈铁民校注：《王维集校注》，中华书局 1997 年版，第 115 页。

⑤　杨世明校注：《刘长卿集编年校注》，人民文学出版社 1999 年版，第 270 页。

⑥　（唐）杜甫：《杜工部诗集》，中华书局 1957 年版，第 49 页。

⑦　黄勇主编：《唐诗宋词全集》第 1 册，北京燕山出版社 2007 年版，第 177 页。

⑧　何宁：《淮南子集释》，中华书局 1998 年版，第 147 页。

白日梦，不过是人们的想象罢了。

八、梦与自由想象

弗洛伊德将梦与白日梦区分得很清楚，他认为梦有两个共同的特征，第一，梦发生在熟睡状态。第二，梦中的经历主要表现为视觉运动。白日梦不具备梦的这两个基本特征，尤其是白日梦不是发生在睡眠状态，这就将梦与白日梦严格地区分开来了。在弗洛伊德看来，白日梦是幻想的产物，而且白日梦者也并非不知道自己是在幻想。① 弗洛伊德举了一个典型的白日梦例子："有这么一个孤儿，他得到了你开给他的某个老板的地址，在那儿他可能会找到工作。在去那个地点的路上，他一边走一边做着白日梦。……他所幻想的可能是这样：他被录用了，很讨老板的喜欢，并且使自己成了老板的事业所不可缺少的人；他被领到老板的家中，同主人可爱的女儿结了婚；然后，他参与了经营业务，先是一名帮手，后来成了岳父的继承人。"② 按照弗洛伊德的看法，《孟子·告子上》中随弈秋学棋的那个人，"一心以为有鸿鹄将至，思援弓缴而射之"③，显然是在做白日梦。

《论衡·纪妖》："人之梦也，占者谓之魂行。"④《太平御览》卷三九七《人事部·叙梦》引《梦书》："梦者，象也，精气动也；魂魄离身，神来往也；阴阳感成，吉凶验也。……魂出游，身独在，心所思念，忘身也。"⑤ 魂魄离体主要通过做梦的方式体现出来的，然而有时白天也会出现魂魄离体现象。据《列子·周穆王》讲，梦有六候，其四寤梦，寤梦就是白日梦，又称"默存"。《列子·周穆王》为我们讲述了白日梦故事：一个会幻化之术的人来见周穆王，酒宴之间周穆王执化人衣袖腾空而起，顷刻之间游遍化人之宫。化人之宫建在云雨之上，以金银为栋梁，以珠玉为装饰。上看不到日月，下看不到江河。在宫中听到、看到、吃到、闻到的，皆非世间所有。所到之处，光影散乱，五音错杂，使人耳乱目眩，悸而不凝。周穆王请求回来，"化人移之，王若殒虚焉。既寤，所坐犹向者之处，侍御犹向者之人。视其前，则酒未清，肴未昳。王问所从来，左右曰：'王默存

---

① ［奥地利］弗洛伊德：《精神分析引论》，彭舜译，陕西人民出版社1999年版，第78—90页。
② ［奥地利］弗洛伊德：《论创造力与无意识》，孙恺祥译，中国展望出版社1986年版，第46页。
③ （宋）孙奭：《孟子注疏》，（清）阮元校刻：《十三经注疏》，中华书局1980年版，第2751页。
④ （汉）王充：《论衡》，岳麓书社1991年版，第342页。
⑤ （宋）李昉：《太平御览》，中华书局1985年版，第1835页。

耳.'"① 这是《列子》为我们描绘的白日梦，发生在饮宴之时，众目睽睽之下，周穆王的身体未动分毫，却在片刻之间经历了很多事情。对于此次出游，按照化人的说法是"神游"，形体没有在场。

弗洛伊德认为白日梦起源于儿童的游戏，他说："儿童最喜爱又最能使他们专心一意的事是游戏，我们大致可以这样说，每个做游戏的儿童的行为，同一个富于想象的作家在这一点上一样，他创造了一个自己的世界，或者更确切地说，他按照使他中意的新方式，重新安排他的天地里的一切。"② 在弗洛伊德看来，儿童的游戏行为就是想象的产物，他们通过想象认真地做游戏，快乐的欲望在一种似现实又不似现实的梦幻中得到了满足。对这种快乐的追求伴随人的一生，"只不过是丢掉了游戏同实际物体的联系，而开始用幻想来取代游戏而已。他建造海市蜃楼，创造出那种称之为白昼梦的东西。"③ 白日梦起源于儿童游戏，白日梦是一种创意，是想象的产物。诗人也好，作家也罢，他们的作品之所以能引人入胜，就在于他们具有非同凡响的想象力。当作家的想象到了出神入化的地步，也就进入了梦幻般的状态，这时的作家差不多忘记了自己是在写字造句，完全沉浸在一个如梦似幻的世界里。

《列子·汤问》记载了一则报仇故事：魏国的黑卵杀了丘邴章，丘邴章的儿子来丹要为父报仇。但来丹生来身体孱弱，黑卵则力大无穷。卫国的孔周有三把剑，"一曰含光，视之不可见，运之不知有。其所触也，泯然无际，经物而物不觉。二曰承影，将旦未爽之交，日夕昏明之际，北面而察之，淡淡焉若有物存，莫识其状。其所触也，窃窃然有声，经物而物不疾也。三曰宵练，方昼则见影而不见光，方夜见光而不见形。其触物也，骍然而过，随过随合，觉疾而不血刃焉"④。来丹将妻子抵押给孔周，换得含光那把宝剑，回来寻找黑卵。当时黑卵喝醉了酒，卧在窗户下睡觉。来丹径直走到他面前，从脖子到腰连砍三剑，黑卵浑然不觉。走出黑卵家，半路遇到黑卵的儿子，来丹对他也砍了三下，"如投虚"。黑卵的儿子回家见到黑卵，告诉他回家路上见到了来丹，来丹对着自己做了几个奇怪的动作，自己现在感到身体僵硬，很不舒服。黑卵的儿子怀疑来丹对自己使

---

① （晋）张湛注：《列子》，浙江书局辑刊：《二十二子》，上海古籍出版社 1986 年版，第 203 页。
② ［奥地利］弗洛伊德：《论创造力与无意识》，孙恺祥译，中国展望出版社 1986 年版，第 42 页。
③ ［奥地利］弗洛伊德：《论创造力与无意识》，孙恺祥译，中国展望出版社 1986 年版，第 43 页。
④ 杨伯峻：《列子集释》，中华书局 2012 年版，第 179 页。

用了魔法。《列子》搭建的恢诡奇谲的场景尽管栩栩如生，但作为一个稍微有点判断能力的读者是决不会将此信以为真的。《列子》这本书或许想通过这个故事传递其"道"的某种理念，后人也尽可以从中解读出各种微言大义来。但从创作心理上看，作者此时无疑进入了某种梦幻状态。

武侠小说有许多虚拟的招式和武功，武侠小说作家在传统武术文化基础上极尽想象和夸张，使得武侠小说中的一招一式都具有了丰富的审美意蕴和审美价值。如"凌波微步"，原话出自曹植的《洛神赋》"凌波微步，罗袜生尘"，本来是用来形容洛神体态轻盈，在金庸小说《天龙八部》中却是一种上乘的武功。轻功的练习在传统武术中是真实存在的，"凌波微步"则是对轻功的想象和夸张。按照弗洛伊德的理论，武侠小说作家无疑是以白日梦的创作心态，通过想象巧妙地遮蔽了游戏与现实之间的距离，以此搭建他们恢诡奇谲的故事世界。

自从人类有了自我意识，就知道自己会做梦。梦是一种特殊的精神活动，它发生在人类的睡眠状态下。人类无法控制自己做梦，也不能预期做梦的内容。梦是什么呢？人在睡觉时双目紧闭，肉体感官与外物并无接触，怎么就像清醒时一样历历在目了呢？人们对梦发生的原因和机制至今还处在揣测和探索阶段。早期人类将梦产生的原因归结为灵魂的活动，恩格斯对此分析说："在远古时代，人们还不知道自己身体的构造，并且受梦中景象的影响，于是就产生一种观念：他们的思维和感觉不是他们身体的活动，而是一种独特的、寓于这个身体之中而在人死亡时就离开身体的灵魂的活动。从这个时候起，人们不得不思考这种灵魂对外部世界的关系。既然灵魂在人死时离开肉体而继续活着，那么就没有任何理由去设想它本身还会死亡；这样，就产生了灵魂不死的观念。"[1] 灵魂活动使人做梦，这是人类普遍的自然而然的一个观念。但在中国，情况又比较复杂，因为在中国除了有灵魂的观念，还有一个与灵魂密切相关的魄的观念。魂魄离身而外游，是中国古人对梦之产生原因的一种解释。《灵枢·淫邪发梦》云："魂魄飞扬，使人卧不得安而喜梦。"[2]《梦书》也说："梦者象也，精气动也，魂魄离身，神来往也。"[3]

自刘义庆《幽冥录》巨鹿石氏女故事出现以后，离魂故事一再出现在文学作

---

①　《马克思恩格斯选集》第 4 卷，人民出版社 1972 年版，第 219—220 页。

②　杨永杰、龚树全主编：《黄帝内经》，线装书局 2009 年版，第 314 页。

③　(宋) 李昉：《太平御览》，中华书局 1985 年版，第 1835 页。

品中。如唐传奇中《独异记·韦隐》《灵怪录·郑生》《宣室志·郑氏女》《广异记·苏莱》《集异记·裴璞》《稽神录·舒州军吏》等，尤其是陈玄祐的《离魂记》，虽然取材于刘义庆《幽冥录》巨鹿石氏女故事，其构思之巧妙，描写之细腻，形象之鲜明，都是六朝志怪小说离魂题材作品所无法比拟的。陈玄祐的《离魂记》不仅发展了前代离魂主题，而且对后代离魂作品的产生具有深远的影响意义。受陈玄祐《离魂记》影响，元代出现了郑光祖的杂剧《述青琐倩女离魂》，明代出现了王骥德的杂剧《倩女离魂》等。汤显祖根据拟话本《杜丽娘慕色还魂》创作的《牡丹亭》更是家喻户晓，将离魂题材推向了一个后人无法企及的高度。明代拟话本《闹樊楼多情周胜仙》《大姊游魂完凤愿》以及《聊斋志异》中的《阿宝》《连成》《叶生》等也都是离魂题材中的优秀作品。

　　与离魂故事相关的是鬼魂题材的作品。《列异传》中的《谈生》，叙谈生"年四十，无妇"，与女鬼"为夫妇，生一儿"[1]。《幽冥录》中的《胡馥之》，写胡馥之妻早卒，胡馥之为无子苦恼，后与女鬼为夫妇之事，"十月后产一子"。《徐玄方女》中的女鬼也为马子生了二儿一女。《搜神记》中的《崔少府墓》，写卢广与崔少府女儿的鬼魂结为夫妻，三年后女鬼为卢光送来一子。宋元话本中《金明池吴清逢爱爱》《志诚张主管》《碾玉观音》等，都是写鬼魂与生人之间的悲欢离合。元代杂剧涉及鬼魂形象的剧目数量相当可观，如公案题材的《窦娥冤》《生金阁》《后庭花》《盆儿鬼》《朱砂担》《神奴儿》，爱情题材的《留鞋记》《碧桃花》，历史英雄人物题材的《昊天塔》《西蜀梦》《东窗事发》，宣扬社会伦理的《范张鸡黍》，以及宗教剧《铁拐李借尸还魂》。可以说，鬼魂是元杂剧描写的主要对象之一。《聊斋志异》中的许多形象也都是已经死去或曾经死过的人，如公孙九娘、林四娘、梅女、薛慰娘、王六郎、祝翁、牛成章、王兰、耿十八、聂小倩、伍秋月、宦娘、小谢等，不管他们死于什么原因，他们在小说中的活动都是从死后才开始的。

　　鬼魂是人类创造的幻体，是人类想象的结果，它本来是不存在的，是人们的精神活动使之获得了生命。鬼魂观念给人们的生活带来了种种影响，与现实中的鬼魂观念相伴随，在文艺创作中，鬼魂形象长期占有一席之地，形形色色的鬼魂丰富了鬼话、神话、传说、宗教，在文学作品中则千姿百态，活灵活现，成为具

---

[1]　（三国）曹丕等：《列异传等五种》，文化艺术出版社 1988 年版，第 33 页。

有较高艺术价值的审美对象。魂魄离体不但为文学创作提供了取之不尽的创作题材，也为文学家提供了广阔的想象空间。冯梦龙《情史》卷九《李月华》文末借情史氏之口说："梦者，魂之游也。魄不灵而魂灵，故形不灵而梦灵。事所未有，梦能造之；意所未设，梦能开之。其不验，梦也；其验，则非梦也。梦而梦，幻乃真也；梦而非梦，真乃愈幻矣。人不能知我之梦，而我自知之；我不能自见其魂，而人或见之；我自觉其梦，而自不能解，魂不可问也。人见我之魂，而魂不自觉，亦犹之乎梦而已矣。生或可离，死或可招，他人之体或可附，魂之于身犹客寓乎？"①长期以来，人类对于鬼魂的形态理解是多样的，道理很简单，鬼魂本不存在，其形态只不过是人们在鬼魂观念的支配下并受到某些现实物态的刺激而想象出来的。因此，鬼魂的形态自有其随意性，具有非常广阔的想象发挥空间。

九、想象增添了汉代文学的浪漫

想象是人类特有的一种本领，古人对人类拥有想象这一能力感到非常神奇，对此进行了长期不懈的探究。想象一度被认为是"形坐而心驰"，是藏于心的"神"赋予了人类"心与物游"的能力。随着人们对魂魄思考的步步深入，想象也被解释为魂魄离体而游。古人对"心游""魂游"观念的阐释极大地解放了人们的思想，放飞灵魂、乘物以游心成为文人摆脱"心为形役"困扰的有力武器。古人对人类何以拥有想象能力的解释固然没有科学道理，但作为一种探索未知领域的精神却值得后人尊重。尤为重要的是，"心游""魂游"观念为文学插上了想象的翅膀，为文学家提供了广阔的想象空间，也为文学提供了取之不尽的创作题材。如果没有这些看似荒唐的观念，我们的文学史想必是另一番样貌。

庄骚向来被视作浪漫主义文学的渊薮，想象无疑扮演着重要角色。想象能力对于作家尤其重要，屈原、庄子因为有丰富的想象能力，所以才能创作出想象诡奇的作品来。而对人类何以能想象的问题进行思考，这是人类好奇的产物，表达了人类对未知领域探索的欲望。古人对人类何以能想象的猜度虽然荒诞不经，却是理性思维的产物。在这方面，中原理性文化作出了巨大贡献，而活跃在西楚大地上思想家贡献尤其突出。借用远古宗教神话表现奇谲波诡的浪漫想象，这种艺术传统一直存在于南楚文化中，但却一度为中原文化及其理性精神所摒弃。在文

---

① （明）冯梦龙：《情史》，岳麓书社 2003 年版，第 180 页。

化整合汇通的汉代，浪漫主义在中原文化中得到了重新确认，神话传说和鬼神信仰是汉代画像石表现的重要内容。文学方面，汉代不但出现了一批以生命永恒、灵魂不死及成仙得道为主题的神怪故事小说，汉赋铺采摘文、虚幻荒诞，也充满了神灵仙怪、飘风云霓的浪漫主义气息。汉代浪漫文学吸收了南楚浪漫传统，又深受质朴厚重的西楚文化影响，同时处在儒家理性精神指导之下。因此，汉代浪漫文学除了虚幻荒诞的浪漫想象之外，还表现出古朴质拙、粗犷劲挺等汉家气象。

第三节　东楚文学的发轫与发展

吴越地处中国的东南部，气候温润，雨量充沛，土地肥沃，河网纵横。吴越的地理环境呈现出淡雅灵秀的迷人之美，吴越的才子佳人、大文学家、大学问家、大艺术家更是群星灿烂，使中国的东南一隅显得格外辉煌。汉初，这一幕才刚刚开启。

一、季札的文化素养

司马迁将楚国故地分为东楚、西楚和南楚，其中东楚范围为彭城以东，包括东海、吴、广陵等地。东楚在春秋时期为吴越地区，后越国吞并吴国，越国将疆域扩展至淮泗沿岸。战国时期，吴越领土又尽入楚国版图，历史上称这片土地为东楚。据《史记·吴太伯世家》所说，吴越与中原的文化交流很晚，公元前584年申公巫臣代表晋国出使吴国，吴国才开始与中原相交通。然而，在四十多年后的公元前544年，吴国就出现了一个文化修养极高的人才，这就是吴公子季札。季札为吴王寿梦的第四个儿子，因为被封于延陵（今江苏镇江、丹阳一带），故称延陵季子。季札道德高尚，名声极佳，吴王寿梦想传位于季札，但季札坚决推辞，吴国不得已立了长子诸樊为吴王。诸樊的儿子公子光与馀昧的儿子公子僚都想做吴王，结果公子光使专诸借献鱼的机会，在宴会上刺杀了公子僚，公子光做了吴王，这就是历史上赫赫有名的吴王阖闾。季札表示承认现实，然后在公子僚的墓地放声大哭。吴王馀昧时，季札奉命出使中原各国，北过徐国，拜见徐君。吴国铸造业非常发达，尤其是兵器铸造精良，对此古代文人多有歌咏，如屈原《九歌·国殇》云："操吴戈兮被犀甲，车错毂兮短兵接。"① 李贺《南园十五首》（其五）："男儿何不带吴钩，收取关山五十州。"② 当时出使中原各国的季札就佩戴着一把宝剑，徐君看了非常喜欢，嘴上虽然没说，内心着实希望季札能够以剑相赠。在冷兵器时代，十八般兵器中，宝剑恐怕是最不实用的兵器，然而宝剑却是君子身份和地位的象征。由于出使任务还没有完成，不能将宝剑赠予徐君，所以季札没答应徐君的要求，但心已默许。出使任务完成后，归国途中再经徐国，徐君已死。季札来到徐君墓前，吊唁后解下那把宝剑，挂在墓树上走了。随行的人很不理解，说既然徐君已死，就没有必要将宝剑挂在墓前树上了。但季札却认为，既然自己以前已经默许，即便徐君死了，也应该践行自己的诺言。此事记载在《史记·吴太伯世家》中，刘向《新序·节士》中也有相似的记载。

季札不仅品德高尚，而且是位有着远见卓识的政治家和外交家。《史记·吴太伯世家》还记载，季札出使中原诸侯国，与郑国子产一见如故，并作推心置腹之谈："郑之执政侈，难将至矣，郑之政必及子。子为政，慎以礼。不然，郑国将败。"③ 子产后来果然做了执政。子产是郑国著名的政治家，在他执政期间，国家安定，人民乐业。在外交上，他能够审时度势，巧于应对，不卑不亢，有理有节，既不失国家尊严，又不得罪于强国，表现出卓越的外交家风范。公元前524年，郑国发生了火灾，有人劝子产向火神祈禳，子产信德不信邪，"遂不与，亦不复火"④。子产对国事尽心尽力，一辈子廉洁奉公，病危时还嘱咐后人要薄葬自己，向后继者传授为政之道。纵观子产一生功绩，可见季札有知人之明。

季札出使卫国，见到了卫国许多名人，不禁感叹："卫多君子，未有患也。"⑤ 在去晋国的路上，季札听到钟声，评价说："异哉！吾闻之，辩而不德，必加于戮。夫子获罪于君以此，惧犹不足，而又可以畔乎？夫子之在此，犹燕之巢于幕也。君在殡可以为乐乎？"⑥ 季札对音乐有着过人的欣赏能力，他能够从钟声中嗅出政治斗争的味道。晋国执政赵武听过季札的评论后，竟然终生不敢听

---

① （汉）王逸注，（宋）洪兴祖补注：《楚辞章句补注》，吉林人民出版社1999年版，第83页。
② （唐）李贺著，王友胜、李德辉校注：《李贺集》，岳麓书社2003年版，第81页。
③ （汉）司马迁：《史记》，中华书局2006年版，第191—92页。
④ 李宗侗：《春秋左传今注今译》，新世界出版社2012年版，第1076页。
⑤ （汉）司马迁：《史记》，中华书局2006年版，第192页。
⑥ （汉）司马迁：《史记》，中华书局2006年版，第192页。

琴瑟。可以看出，当时中原诸侯各国对季札的言论是多么重视！在晋国，季札曾对晋国的未来局势发表过看法："晋国其萃于三家乎！"① 离开晋国之前，又和叔向话别，对叔向说："吾子勉之！君侈而多良，大夫皆富，政将在三家。吾子必思自勉于难。"② 后三家分晋，充分验证了季札洞悉政局的过人能力。

季札最为后人称道的还是对中原礼乐文化的娴熟。公元前 544 年，季札出使鲁国，鲁国的乐工为之歌《诗经》中的作品，季札一一为之点评。季札观乐一事见载于《左传·襄公二十九年》，是中国文化史上的重大事件，使我们得以了解《诗经》在那个时期的编订状态。《史记·孔子世家》曾说《诗》原来有三千多首，后经孔子删其重，取符合礼仪的三百零五篇流传后世。有人据《左传·襄公二十九年》记载的季札观乐，认为公元前 544 年孔子八岁时《诗经》已经有了定本，从而否定了孔子删诗的可能性。季札观乐时的评语代表了春秋时代艺术欣赏的最高水平，评语之精当耐人寻味。这评价不是纯粹的理论分析，表达的只是观赏者的经验和感受。他对周乐的评论，不仅说明他有很丰富的历史知识，也显示了很高的艺术修养。而当时的吴国，还没有彻底融入中原诸侯国，季札拥有如此丰富的知识，高超的艺术欣赏水平，不能不说是一种奇迹。可以看出，季札不但对《诗经》这部中原的典籍非常熟悉，而且有着自己的看法和评价。当然季札的评价未必全是独出机杼，很可能代表了当时的主流看法。但正因如此，我们才惊讶于季札对中原文化竟然如此熟稔。不仅仅对《诗经》，季札对《象簕》《南龠》《韶濩》《大夏》等乐舞也有精到评论。这些评论不但可以帮助我们想象这些失传了的乐舞的具体内容，而且说明季札受到的中原文化的教育是全面的。从季札观乐我们完全看不出，当时的吴国与中原"始通"还没多长时间。吴越人士对中原文化的熟悉程度远非现代人所能想象。

《史记·货殖列传》："楚越之地，地广人希，饭稻羹鱼，或火耕而水耨，果隋蠃蛤，不待贾而足，地埶饶食，无饥馑之患，以故呰窳偷生，无积聚而多贫。是故江淮以南，无冻饿之人，亦无千金之家。"③《汉书·地理志》亦云："江南地广，或火耕水耨。民食稻鱼，以渔猎山伐为业，果蓏蠃蛤，食物常足。故呰窳偷

---

① （汉）司马迁：《史记》，中华书局 2006 年版，第 192 页。
② （汉）司马迁：《史记》，中华书局 2006 年版，第 192 页。
③ （汉）司马迁：《史记》，中华书局 2006 年版，第 754 页。

生而亡积聚，饮食还给，不忧冻饿，亦无千金之家。"①这些记载表明，秦汉时期的江南还处在火耕水耨的阶段。上溯至五百年前的春秋时期，又该是怎样的蛮荒落后！然而，就是在春秋时期，江南却出现了季札这样的历史人物。吴王寿梦二年，自楚奔晋的楚大夫申公巫臣为晋出使吴国，在吴国传授先进的兵车和军事思想。二十五年，吴王寿梦卒，季札有让国之举。十三年后，吴王诸樊卒，其弟馀祭继立为王。馀祭四年，也就是鲁襄公二十九年，即公元前544年，季札出使鲁国观周乐。自巫臣使吴至季札聘鲁，不过短短的四十年，吴国就出现了这样一位谙熟礼乐制度的人才。如果没有系统的教育制度，不经过专门的训练培养，无论如何是产生不出这样的人才的。春秋时期，礼崩乐坏，王官四散。据《左传·昭公二十六年》记载，王子朝因与王子猛争国失败，一批贵族带着周朝的典籍逃到了楚国，"王子朝及召氏之族，毛伯得，尹氏固，南宫嚚奉周之典籍奔楚"②。《论语·微子》也记载了王官流落民间的一些情况："大师挚适齐，亚饭干适楚，三饭缭适蔡，四饭缺适秦，鼓方叔入于河，播鼗武入于汉，少师阳、击磬襄入于海。"③恐怕在申公巫臣使吴之前，早就有王官奔吴，并为吴地贵族子弟讲解周公礼制，所以才有季札观乐并对周乐逐一评价的可能。

二、吴王刘濞与东楚文学创作

然而就文学创作来讲，除了文献中出现的"吴歈越吟"和几首民歌外，先秦时期的东楚却没有出现任何作家，文学活动也很少。东楚大地上直到汉初才出现真正的文学活动和文学家，首先在吴王刘濞周围形成了一个文学集团，其后出现了严助、朱买臣、枚乘等人。

刘濞是刘邦二哥刘仲的儿子，最初被封为沛侯，在平定黥布的叛乱中立有战功时才二十岁。《汉书·高帝纪》："（汉六年）春正月丙午，韩王信等奏请以故东阳郡、鄣郡、吴郡五十三县立刘贾为荆王。"④黥布叛乱前，刘贾为荆王，其封地包括东阳郡、鄣郡、吴郡五十三县。黥布叛乱时，刘贾被杀，没有子嗣。黥布叛乱被平定后，刘邦考虑派谁去那里镇守比较合适。《汉书·吴王刘濞传》："上患

---

① （汉）班固：《汉书》，岳麓书社1993年版，第744页。
② 李宗侗：《春秋左传今注今译》，新世界出版社2012年版，第1150页。
③ （宋）朱熹：《论语集注》，齐鲁书社1992年版，第188页。
④ （汉）班固：《汉书》，岳麓书社1993年版，第21—22页。

吴会稽轻悍，无壮王镇之，诸子少，乃立濞于沛，为吴王，王三郡五十三城。"①
刘邦担心吴越地区民风彪悍，很难镇抚，而自己的几个孩子年少，唯有侄子刘濞
堪此重任。《汉书·吴王刘濞传》说，刘濞为吴王，王三郡五十三城，由此可见
刘濞的封地与刘贾同。据周振鹤《西汉政区地理》考证："东阳郡为《汉志》临
淮郡之淮东部分和广陵国全部"，"鄣郡为《汉志》丹阳郡原名，吴郡即《汉志》
会稽郡前身"②。《史记·货殖列传》说："彭城以东，东海、吴、广陵，此东楚
也。"③从图1可以看出，吴王刘濞完全继承了荆王刘贾的封地，基本上就是司马
迁所谓的东楚。刘濞定都在广陵，《后汉书·郡国志·广陵》李贤注："吴王濞所
都，城周十四里半。"④广陵就是现在的扬州。吴国的疆域很大，它北抵淮水，西
邻淮南国，西北与梁国接壤，南至诸越（今福建），东至大海。

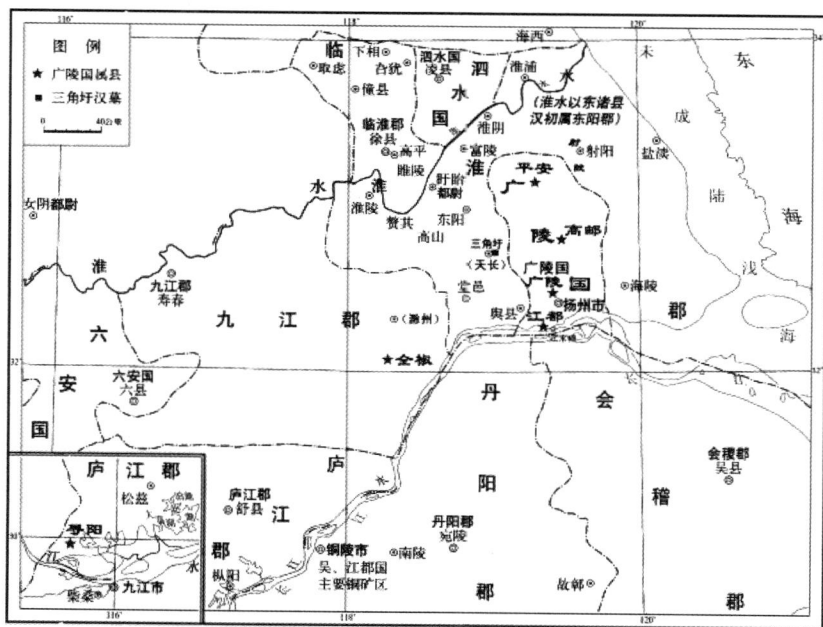

图 1　西汉广陵厉王的封域 ⑤

---

① （汉）班固：《汉书》，岳麓书社 1993 年版，第 839 页。

② 周振鹤：《西汉政区地理》，人民出版社 1987 年版，第 34—36 页。

③ （汉）司马迁：《史记》，中华书局 2006 年版，第 754 页。

④ （南朝）范晔：《后汉书》，百衲本《二十五史》第一册，浙江古籍出版社 1998 年版，第 999 页。

⑤ 王冰据《中国历史地图集》第 2 册改绘，参见王冰：《西汉广陵厉王的封域与昭帝益封之邑考略》，
《中国历史地理论丛》2011 年第 4 期。

据《史记·吴王濞列传》，刘濞初封吴王时，刘邦曾对他谆谆告诫："汉后五十年东南有乱者，岂若邪？然天下同姓为一家也，慎无反！"①此时的刘濞信誓旦旦，连说自己不敢。面对刘邦的告诫，刘濞说自己不敢有叛乱之心，这应该是他的肺腑之言。然而事情的发展是刘濞不能左右的。汉文帝时，刘濞让太子刘贤入京朝贺。刘贺和皇太子刘启喝酒下棋时，两人争棋路，刘启失手打死了刘贤。为争棋路皇太子杀了吴太子，刘濞对此自然耿耿于怀。但即便在这时候，刘濞也不敢对皇太子表示怨恨。汉文帝派人将刘贤的遗体送回吴国去埋葬，刘濞"复遣丧之长安葬"，后又以"称病不朝"来表达自己的不满。吴太子刘贤被杀事件，经汉文帝多方努力最终得以妥善解决，但吴国与中央政权却就此产生了不可弥合的裂缝。汉景帝即位之后，朝廷对吴王的猜忌更加厉害，吴国与中央政府的矛盾愈发尖锐。《史记·吴王刘濞列传》记载，吴中大夫应高在与胶西王谈话中曾说："吴王不肖，有宿昔之忧。"又说："吴王身有内病，不能朝请二十余年，尝患见疑，无以自白，今胁肩累足，犹惧不见释。"②从应高与胶西王的谈话中不难看出吴王当时的处境和心情。司马迁在《史记·吴王刘濞列传》中以"太史公"的口吻说刘濞"逆乱之萌，自其子兴"③，是比较符合历史实际的。当然，最终促使刘濞谋反的还是中央政府的执意削藩。

在汉初诸侯国中，吴国不但疆域广大，而且经济雄厚。吴国的经济实力让决意叛乱的刘濞有恃无恐。《史记·吴王刘濞列传》记载了刘濞的檄天下文，在檄文里刘濞大言："寡人金钱在天下者往往而有，非必取于吴，诸王日夜用之弗能尽。有当赐者告寡人，寡人且往遗之。"④刘濞的檄天下文不但具体列出斩捕大将、列将、裨将所封赏的户数，而且挥金如土，对战争所需钱财毫不吝啬，毫不在乎，毫不担心。吴国临近大海，海水煮盐是吴国的主要收入来源。《史记·吴王刘濞列传》说他"招致天下亡命者……煮海水为盐"⑤。刘濞垄断了吴国的煮盐，很多"亡命者"被安排在他的煮盐作坊中工作。在汉代，"亡命"有着特殊的含义。《史记·张耳列传》说"张耳尝亡命游外黄"。在这句话下面，司马贞的《索

① （汉）司马迁：《史记》，中华书局2006年版，第615页。
② （汉）司马迁：《史记》，中华书局2006年版，第616页。
③ （汉）司马迁：《史记》，中华书局2006年版，第620页。
④ （汉）司马迁：《史记》，中华书局2006年版，第617页。
⑤ （汉）司马迁：《史记》，中华书局2006年版，第615页。

隐》引晋灼之言："命者，名也，谓脱名籍而逃。"又引崔浩之言："亡，无也；命，名也。逃匿则削除名籍，故以逃为亡命。"① 而在《史记·吴王刘濞列传》中，司马迁又在"亡命者"前加了一个定语"天下"，这就意味着其他地方的"亡命者"也可以到吴国来煮盐。如此一来，吴国就成了藏污纳垢、招降纳叛的渊薮。《汉书·游侠传》："及至汉兴，禁网疏阔，未之匡改也。是故代相陈豨从车千乘，而吴濞、淮南皆招宾客以千数。外戚大臣魏其、武安之属竞逐于京师，布衣游侠剧孟、郭解之徒驰骛于闾阎，权行州域，力折公侯，众庶荣其名迹，觊而慕之。"② 一些游侠"亡命"之后，就借助这些喜欢养士的公侯藩王势力，逃避汉朝政府的管辖和打击。刘濞不但公开养士，也利用煮海水为盐这份工作为"亡命者"提供庇护，他们混在这些煮盐的队伍中，最后成为了刘濞的门客。为刘濞煮盐的"亡命者"不但为吴王刘濞带来了巨额财富收入，也为他发动叛乱准备了人才队伍。

吴国经济的另一来源是即山铸钱。当时汉朝政府允许各地铸钱，吴国因为有铜山，条件得天独厚，铸造的钱也非常受欢迎，据《西京杂记》卷三载："吴王亦有铜山铸钱，故有吴钱，微重，文字肉好，与汉钱不异。"③ 当时天下除了通行吴王半两和文景半两，邓通的半两也天下流通。在天下通行的半两钱中，吴王半两并不比文景半两逊色，邓通的半两就更没法与吴钱相比了。在这两项经济来源的支持下，吴王刘濞可以说是富埒天子，所以他在七国之乱中最积极，是最坚定的组织者和领导者。

关于刘濞的为人，《史记·孝文本纪》记载汉文帝之言说："吴王于朕，兄也，惠仁以好德"④。刘濞被封为吴王的一个理由就是性格厚重，《汉书·高帝纪》："诏曰：'朕复欲立吴王，其议可者。'长沙王臣等言：'沛侯濞重厚，请立为吴王。'"⑤ 刘濞对下还是比较宽厚的，身边文士邹阳、枚乘屡次劝说他不要谋反，刘濞虽然没听，倒也没有加罪。刘濞本人也并不好浮华奢侈，《史记·吴王刘濞列传》记载刘濞本人之言："敝国虽贫，寡人节衣食之用，积金钱，修兵革，夜以继日，

① （汉）司马迁：《史记》，百衲本《二十五史》第一册，浙江古籍出版社1998年版，第224页。
② （汉）班固：《汉书》，岳麓书社1993年版，第1601页。
③ （晋）葛洪：《西京杂记》，中华书局1985年版，第16页。
④ （汉）司马迁：《史记》，中华书局2006年版，第92页。
⑤ （汉）班固：《汉书》，岳麓书社1993年版，第27页。

三十余年矣。"①吴国财力雄厚，但刘濞并没有像其他诸侯王那样生活奢靡，大兴土木。那么刘濞节衣缩食，省下来的钱都用来干什么了呢？《史记·吴王刘濞列传》："会孝惠、高后时天下初定，郡国诸侯各务自拊循其民。吴有豫章郡铜山，即招致天下亡命者盗铸钱，东煮海水为盐，以故无赋，国用饶足。"又云："其居国以铜盐故，百姓无赋，卒践更，辄与平贾，岁时存问茂才，赏赐闾里，它郡国吏欲来捕亡人者，讼其禁不予。如此者四十余年，以故能使其众。"②从《史记·吴王刘濞列传》的记载来看，因为煮盐和铸钱带来了丰厚财富，搜刮百姓赋税对于刘濞来说已经没有多大意义，所以吴国的百姓是不用纳税的。汉代兵役有更卒和正卒之别，正卒是正式兵员，更卒是轮番服役的兵卒。汉代规定，更卒可以出钱让人代替，这被称作过更。自己主动服役叫居更，替人服役称作践更。替人服役肯定是家中缺钱，为了照顾这些践更者，吴王刘濞会另外付给他们报酬。对于当地名人，刘濞也很关心，逢年过节都会去慰问。《史记·吴王濞列传》说刘濞常常"赏赐闾里"③，说的是刘濞还经常会将一些财物散发给一些平民百姓。刘濞这样做非止一日，《史记·吴王刘濞列传》说他"如此者四十余年"④。由此可见，刘濞在吴国还是深得民心的。

像其他藩王一样，刘濞的周围也聚集了数千宾客，这里面有布衣游侠，也有一些文士。《汉书·贾邹枚路传》："吴王濞招致四方游士，阳与吴严忌、枚乘等俱仕吴，皆以文辩著名。"⑤阳即邹阳，齐国人，他看到吴王刘濞折节下士，招纳四方豪杰，也来到刘濞身边。当时吴国与中央政权已出现很严重的裂隙，随着中央削藩步伐越来越快，刘濞谋反的迹象也越来越明显。刘濞以儿子刘贤为皇太子刘启打死为由，称疾不朝，阴有邪谋，为此邹阳写了《上吴王书》来劝谏，载于《汉书·贾邹枚路传》，其辞曰：

> 臣闻秦倚曲台之宫，悬衡天下，画地而不犯，兵加胡、越；至其晚节末路，张耳、陈胜连从兵之据，以叩函谷，咸阳遂危。何则？列郡不相亲，万室不相救也。今胡数涉北河之外，上覆飞鸟，下不见伏菟，斗城不休，救兵

① （汉）司马迁：《史记》，中华书局 2006 年版，第 617 页。
② （汉）司马迁：《史记》，中华书局 2006 年版，第 615 页。
③ （汉）司马迁：《史记》，中华书局 2006 年版，第 615 页。
④ （汉）司马迁：《史记》，中华书局 2006 年版，第 615 页。
⑤ （汉）班固：《汉书》，岳麓书社 1993 年版，第 1028 页。

不止，死者相随，辇车相属，转粟流输，千里不绝。何则？强赵责于河间，六齐望于惠后，城阳顾于卢博，三淮南之心思坟墓。大王不忧，臣恐救兵之不专，胡马遂进窥于邯郸，越水长沙，还舟青阳。虽使梁并淮阳之兵，下淮东，越广陵，以遏越人之粮，汉亦折西河而下，北守漳水，以辅大国，胡亦益进，越亦益深。此臣之所为大王患也。

臣闻交龙襄首奋翼，则浮云出流，雾雨咸集。圣王底节修德，则游谈之士归义思名。今臣尽智毕议，易精极虑，则无国不可奸；饰固陋之心，则何王之门不可曳长裾乎？然臣所以历数王之朝，背淮千里而自致者，非恶臣国而乐吴民也，窃高下风之行，尤说大王之义。故愿大王之无忽，察听其志。

臣闻鸷鸟累百，不如一鹗。夫全赵之时，武力鼎士袨服丛台之下者一旦成市，而不能止幽王之湛患。淮南连山东之侠，死士盈朝，不能还厉王之西也。然而计议不得，虽诸、贲不能安其位，亦明矣。故愿大王审画而已。

始孝文皇帝据关入立，寒心销志，不明求衣。自立天子之后，使东牟朱虚东襄义父之后，深割婴儿王之。壤子王梁、代，益以淮阳。卒仆济北，囚弟于雍者，岂非象新垣平等哉！今天子新据先帝之遗业，左规山东，右制关中，变权易势，大臣难知。大王弗察，臣恐周鼎复起于汉，新垣过计于朝，则我吴遗嗣，不可期于世矣。高皇帝烧栈道，水章邯，兵不留行，收弊民之倦，东驰函谷，西楚大破。水攻则章邯以亡其城，陆击则荆王以失其地，此皆国家之不几者也。愿大王孰察之。①

邹阳的《上吴王书》先述亡秦旧事。秦始皇统一天下，秦国势力如日中天。凭借秦始皇横扫六合的余威，秦二世"倚曲台之宫，悬衡天下""兵加胡越"，以五十万大军略定岭南，又派三十万大军攻击匈奴。然而却经不住陈胜登高一呼，偌大一个秦帝国登时土崩瓦解。原因何在？贾谊的《过秦论》说是"仁义不施，而攻守之势异也"。邹阳却认为是"列郡不相亲，万室不相救也"。汉朝建立后，汉朝与胡越的矛盾依然存在。南越国的赵佗数次反复，匈奴单于给吕后寄来一封极尽侮辱的信。由于汉朝还不具备反击的条件，所以更多时候只能忍气吞声。"今胡数涉北河之外，上覆飞鸟，下不见伏菟，斗城不休，救兵不止，死者相随，辇车相属，转粟流输，千里不绝。"匈奴不断挑衅，汉朝政府不得不拼死抵抗匈奴

① （汉）班固：《汉书》，岳麓书社1993年版，第1028页。

的进攻，然而一些诸侯王却抱着事不关己高高挂起的态度，甚至因为与皇帝的个人恩怨而希望事态扩大。"强赵责于河间，六齐望于惠后，城阳顾于卢博，三淮南之心思坟墓"，赵、齐、城阳、淮南诸王都抱着这样的心思，冷眼旁观胡越与汉恶斗。但这样的结果，必然是"胡亦益进，越亦益深"，对同是刘姓的诸王又有什么好处呢？"皮之不存，毛将焉附"①，秦朝的土崩瓦解就是前车之鉴。由此可见，诸侯的利益与汉朝政府是完全一致的。邹阳希望通过这样的利害分析来劝导刘濞不要与中央政府离心离德。文章的第二层讲邹阳不远千里投奔吴王的原因。他说吴王能"底节修德""高下风之行"，指的是皇太子刘启打死吴太子刘贤一事，在这一件事情上吴王刘濞隐忍未发是对的。在邹阳看来，儿子被人打死都能忍下来，还有什么不能忍的呢！第三层讲此时的中央政府强大无比，不可抗拒，不能抗拒，稍有不慎，"虽诸、贲不能安其位"，以此提醒吴王刘濞不要存侥幸之心。邹阳举了最近发生的新垣平欺骗汉文帝终被灭族的事情为例，告诉吴王刘濞，阴有邪谋无异于在玩火，会给自身带来灭顶之灾。由于当时刘濞谋反的迹象尚不明显，邹阳《上书谏吴王》写得比较含蓄，没有明加指责。文章先以秦亡的历史教训入手，接着转入对齐、赵、淮南等批评，然后才委婉地表达自己的真实用意。对于邹阳《上吴王书》的这种写法，班固这样讲："久之，吴王以太子事怨望，称疾不朝，阴有邪谋，阳奏书谏。为其事尚隐，恶指斥言，故先引秦为喻，因道胡、越、齐、赵、淮南之难，然后乃致其意。"②班固对邹阳《上吴王书》写作的特点的把握是准确的，对于邹阳写作的心理揣摩得很细致到位。

枚乘，淮阴人，与严忌都是真正的东楚人，做过吴王刘濞的郎中。刘濞阴谋叛乱，枚乘两次上书劝谏。第一次上书，见载于《汉书·枚乘传》。

文章开门见山，"臣闻得全者全昌，失全者全亡"。然后列举历史上事实："舜无立锥之地，以有天下；禹无十户之聚，以王诸侯。汤武之土不过百里，上不绝三光之明，下不伤百姓之心者，有王术也。"只有秉承父子之道、忠臣之心，才能事无遗策，功流万世。在枚乘看来，不要说将谋反付诸行动，即使是"阴有邪谋"也是非常危险的。下面三段就围绕着这个主题，反复论说退一步海阔天空，只要不谋反，"百举必脱"；进一步就是万丈深渊，万劫不复。为了渲染形式

① （汉）刘向：《新序》，中华书局 1985 年版，第 28 页。
② （汉）班固：《汉书》，岳麓书社 1993 年版，第 1028 页。

的危机，枚乘使用了大量比喻，"一缕系千钧之重，上悬无极之高，下垂不测之渊""马方骇鼓而惊之，系方绝又重镇之""其出不出，间不容发"。解除危机的关键是"纳其基，绝其胎"，就是不要谋反，彻底打消这个念头，"变所欲为，易如反掌，安于泰山"。为了说明解除危机很容易，枚乘也用了大量的比喻，"人性有畏其景而恶其迹者，却背而走，迹愈多，景愈疾，不知就阴而止，景灭迹绝"。"欲人勿闻，莫若勿言。欲人勿知，莫若勿为"，"欲汤之凉，一人炊之，百人扬之，无益也，不如绝薪止火而已"①。刘濞执意要反的因素有二：一是儿子为皇太子刘启所杀，心结难解；一是朝廷削地无已，藩王面临着灭亡的危险。这两点无论邹阳还是枚乘，都没有提及。邹阳和枚乘苦口婆心劝吴王不要谋反，对吴王刘濞最为关切的两个问题却没有给予足够的关注，意见自然很难被吴王所采纳。

枚乘见吴王不听劝谏，遂与邹阳等去了梁国，当时的梁孝王也是一个极爱招揽名士的诸侯王。汉景帝即位后，藩国与中央政府的矛盾更加激烈。公元前154年，吴王刘濞起兵广陵（今江苏扬州），联合楚王刘戊、赵王刘遂、淄川王刘贤、胶西王刘昂、胶东王刘雄渠和济南王刘辟光，七国打着"诛晁错，清君侧"②的名义叛乱。汉景帝为解燃眉之急，慌乱中不得已杀了晁错。然而"诛晁错，清君侧"不过是叛乱的借口，汉景帝杀了晁错并没有使七国望而却步，叛乱之火燃烧得更加旺盛。枚乘坚决反对诸侯叛乱，为了阻止吴王反叛，枚乘再次上书吴王。这篇谏书，《汉书·枚乘传》也全文照录。

枚乘在这篇谏书中严正指出，以诸侯之力对抗朝廷，实是蚍蜉撼树，"举吴兵以訾于汉，譬犹蝇蚋之附群牛，腐肉之齿利剑，锋接必无事矣"。而针对景帝斩晁错一事，枚乘极力劝吴王顺势而为，借坡下驴，"今汉亲诛其三公，以谢前过，是大王之威加于天下，而功越于汤武也"③。

就文章的写作来讲，枚乘的两篇《上吴王书》都善用比喻，语言明显带有辞赋习气，有很多排偶句，形象生动，颇有战国说辞的遗风。但辞胜不如理胜，从文章的说服力来说，包括邹阳的《上吴王书》，都是屈人之口而难服人之心，除了在辞藻上讲究润色，实在算不上是说理文中的上乘之作。

梁孝王死后，枚乘回到了淮阴（今江苏淮安）。汉武帝为太子时就听说过枚

① （汉）班固：《汉书》，岳麓书社 1993 年版，第 1034—1035 页。
② （汉）班固：《汉书》，岳麓书社 1993 年版，第 1036 页。
③ （汉）班固：《汉书》，岳麓书社 1993 年版，第 1036 页。

乘的大名，即位以后，特以安车蒲轮征乘，然而当时枚乘已经年老，竟然死于奔赴长安的道上。汉武帝特意问别人枚乘有无儿子，后来才听人说他有个孽子叫枚皋，也很擅长文学写作。

枚皋，字少孺，母亲是枚乘在梁国娶的小妾。枚乘从梁国回淮阴时，枚皋的母亲不愿意相随，枚乘留了些钱给他们就离开了梁国。汉武帝时，枚皋为郎，曾出使过匈奴，随汉武帝参加过泰山封禅大典。枚皋不通经术，但才思敏捷。时人常将其与司马相如作对比，说司马相如为文迟缓，枚皋写文章敏疾，"皆尽一时之誉"①。枚皋却自称作赋比不上司马相如。公允地说，枚皋的赋作成就的确不及司马相如的，在这点上枚皋有自知之明。《汉书·枚皋传》也说枚皋为文疾，所以做的赋也很多。司马相如虽然为文迟，但"所作少而善于皋"②。枚皋对赋的看法是比较消极，他甚至怀疑赋到底有什么价值，《汉书·枚皋传》说他"言为赋乃俳，见视如倡，自悔类倡也"③。枚皋经常跟在汉武帝左右，汉武帝有什么感触，枚皋很快就能写出来。皇子过生日、跟汉武帝去甘泉宫、封泰山这样的事情都被他写进赋里去了，还就猎射、驭狗马、蹴鞠写过赋。对于枚皋来说，似乎没有什么不可以写进赋里。他写作又比较快，所以作品数量也比较多，《汉书·枚皋传》说他"凡可读者百二十篇，其尤嫚戏不可读者尚数十篇"④。《汉书·艺文志》著录"枚皋赋百二十篇"⑤，确实是汉赋史上一个多产的作家。然而其作品多仓促中写就，缺少必要的推敲和锤炼，所以流传到后世的作品并不多。枚皋是一个谈吐诙谐，不拘礼节的人，他喜欢开别人玩笑，也开自己的玩笑。枚皋对赋的态度也有别于时人，没有把赋作为讽谏的工具。虽然司马迁、班固都相信赋有讽谏的功能，枚皋却通过自己的创作实践深刻认识到，赋起不到讽谏的作用，不过是帝王娱乐的玩具而已。

三、严忌与朱买臣

严忌，本姓庄，会稽吴（今属江苏）人，为避汉明帝的讳改姓严。史书中或

---

① （晋）葛洪：《西京杂记》，中华书局 1985 年版，第 22 页。
② （晋）葛洪：《西京杂记》，中华书局 1985 年版，第 22 页。
③ （汉）班固：《汉书》，岳麓书社 1993 年版，第 1038 页。
④ （汉）班固：《汉书》，岳麓书社 1993 年版，第 1038 页。
⑤ （汉）班固：《汉书》，岳麓书社 1993 年版，第 775 页。

称严忌为严夫子，或称庄夫子，如《汉书·艺文志》称"庄夫子赋二十四篇"①。王逸《哀时命序》："《哀时名》者，严夫子之所作也。夫子名忌，与司马相如俱好辞赋，客游于梁，梁孝王甚奇重之。忌哀屈原受性忠贞，不遭明君而遇暗世，斐然作辞，叹而述之，故曰《哀时命》也。"②《哀时命》是严忌留存下来的唯一作品，保存在王逸的《楚辞章句》十七卷中。《哀时命》以抒发怀才不遇为主题，无论形式还是内容上都模仿《离骚》。《楚辞》中的汉代拟骚作品大都如此，很难判断这些作者是在抒发自己的真情实感，还是在代屈原立言。对此朱熹的批评很严苛，他说："《七谏》《九怀》《九叹》《九思》，虽为骚体，然其词气平缓，意不深切，如无所疾痛而强为呻吟者。"③《哀时命》尽管在艺术上创新不多，然而在感情的宣泄上还算比较真切，说它无病呻吟到底有失公允。

严助也是西汉著名的辞赋作家，《汉书·艺文志》说他有赋三十五篇④。有人说他是严忌的儿子，也有人说他是严忌的族子。据《汉书·严助传》，汉武帝时，严助通过郡举贤良对策被任命为中大夫。建元三年（公元前138年），闽越举兵攻打东瓯，东瓯向汉朝中央政府求救，太尉田蚡主张不予理睬。严助当面反驳说："今小国以穷困来告急，天子不振，尚安所诉，又何以子万国乎？"⑤汉武帝支持严助，随后派严助到会稽敦促发兵。但会稽守不能领会汉武帝的战略意图，拒绝执行中央命令，严助当机立断，斩杀一司马，会稽守不得已只好跟随严助派兵走海路紧急救援东瓯。严助曾做过会稽太守，又留侍中陪伴汉武帝。陪侍期间，汉武帝有什么想法，"辄使为文，及作赋颂数十篇"⑥。后来淮南王刘安涉嫌谋反，受到牵连，严助竟然以此被杀。在庄氏宗族中又有庄忽奇者，《汉书·艺文志》说庄忽奇与枚皋同时，颜师古注引《七略》云："忽奇者，或言庄夫子子，或言族家子庄助昆弟也。从行至茂陵，诏造赋。"⑦据《汉书·艺文志》知庄忽奇曾作赋十一篇。

吴人有朱买臣者，家贫，但好读书，以砍柴为生。据《汉书·朱买臣传》记

---

① （汉）班固：《汉书》，岳麓书社1993年版，第775页。
② （汉）王逸注，（宋）洪兴祖补注：《楚辞章句补注》，吉林人民出版社1999年版，第265页。
③ （宋）朱熹：《楚辞集注》，上海古籍出版社2001年版，第168页。
④ （汉）班固：《汉书》，岳麓书社1993年版，第775页。
⑤ （汉）班固：《汉书》，岳麓书社1993年版，第1198页。
⑥ （汉）班固：《汉书》，岳麓书社1993年版，第1203页。
⑦ （汉）班固：《汉书》，百衲本《二十五史》第一册，浙江古籍出版社1998年版，第408页。

载，朱买臣有个怪毛病，喜欢行且诵书。一边担着柴，一边读书，手不释卷。妻子也担着东西跟在后面，屡次阻止朱买臣，希望他不要在路上讴歌。但朱买臣不听，反而讴歌的声音更大了。"妻羞之，求去。"① 朱买臣笑着劝妻子不要离开自己，说自己很快就时来运转了。妻子生气地说："如公等，终饿死沟中耳，何能富贵！"② 从买臣妻"何能富贵"的抱怨中，似乎买臣妻嫌贫爱富，故后世有"买臣休妻""马前泼水"的故事和剧目。然从《汉书·朱买臣传》的记载来看，买臣与妻俱不是无情无义之人。朱买臣的妻子没有听买臣的话，最终还是改嫁他人，留下朱买臣负薪墓间。后朱买臣在野外与前妻不期而遇，前妻见朱买臣可怜，还招呼朱买臣一块吃饭。朱买臣富贵后，特意向汉武帝请求去做会稽太守。回到故乡，见前妻和她丈夫在修路，朱买臣让后面的车辆载上他们夫妻俩回到官舍，给他们安排好食宿。这样过了一个多月，朱买臣的前妻终于上吊自杀了。买臣行歌道中，行为怪异，恐怕是其妻"羞之"的主要原因。而且买臣行歌的内容也颇值得玩味。买臣因同乡严助的推荐，得到汉武帝的召见。推荐的理由是买臣熟悉《春秋》与《楚辞》。朱买臣读《楚辞》的时候，刘向《楚辞》十六卷还未出现，汉代许多拟骚作品还未完成。因此，买臣所言《楚辞》应该主要指的是屈原作品。买臣以《春秋》《楚辞》贵幸，行且诵书，所诵之书，或为《春秋》，或为《楚辞》。屈原作品是诗歌，《礼记·乐记》："歌之为言也，长言之也。"③ 既曰"行且诵书"，又云"歌讴道中"④，则令妻子蒙羞的应该是屈原的作品，而不当为《春秋》。再者，用楚地方言诵读《楚辞》，在汉初既已成为专门的学问。行且诵书的特立独行已然引人侧目，而《楚辞》的独特发音，更易引起路人驻足指点。买臣不但能说《春秋》，言《楚辞》，《汉书·艺文志》还著录"赋三篇"⑤，说明他也具有一定的文学才能。

① （汉）班固：《汉书》，岳麓书社 1993 年版，第 1204 页。

② （汉）班固：《汉书》，岳麓书社 1993 年版，第 1204 页。

③ （唐）孔颖达：《礼记正义》，（清）阮元校刻：《十三经注疏》，中华书局 1980 年版，第 1545 页。

④ （汉）班固：《汉书》，岳麓书社 1993 年版，第 1204 页。

⑤ （汉）班固：《汉书》，岳麓书社 1993 年版，第 775 页。

第四节　刘安与淮南国文学集团

刘安本人有着很高的艺术修养，凭着藩王之尊，周围聚集了大批文人，当之无愧地成为当时最具有影响力的区域文化集团的领袖。

一、刘安的文学才能

淮南国在夏商时期属"淮夷"之地，西周时这里有个州来子国。公元前529年，吴灭掉了州来，此地被吴国吞并。随着楚国势力的扩张，位于淮河上游的蔡国与楚国不断发生冲突，蔡国不抵楚国，被迫几度迁都。走投无路的蔡国向吴求救。为便于共同抵抗楚国，公元前493年吴国帮助蔡国将都城迁到了州来，并且改州来为下蔡（今安徽凤台县）。战国初期，楚惠王灭掉了蔡国，淮南国属于楚。楚威王时，越王无彊不自量力，主动发起对楚国的挑战，结果身死国亡，越人所占领的吴地至于浙江都归于楚国版图，淮南国由楚之边邑一变而为楚之腹心，成为三楚当中西楚的一部分。公元前278年，秦将白起攻破郢都（今湖北荆州），楚国被迫迁都陈城（今河南淮阳）。公元前241年，为躲避秦国侵略，楚国又将都城迁往了寿春。公元前223年，秦军攻进寿春，俘虏了楚王负刍，楚国彻底灭亡。第二年，秦国划江淮及其以南地区为九江郡。汉高祖四年（公元前203年），黥布被封为淮南王，以六（今六安市）为都，寿春属于淮南王国地。黥布后来发动叛乱被剿灭，刘邦将自己的儿子刘长立为淮南王，以寿春为都。刘邦的儿子刘长性格刚强，骄傲不法，多次不奉召令，触怒了汉文帝，被废除，后绝食而死。刘长死后，汉文帝以推恩的方式，将刘长的淮南国一分为三，刘长的儿子刘安被立为淮南王，刘勃做了衡山王，刘赐做了庐江王。刘长的淮南国有四个郡，它们是九江郡、庐江郡、衡山郡和豫章郡。刘安的封地领有九江郡和豫章郡，仍都寿春。据周振鹤《西汉政区地理》："淮南国东邻吴国，西界衡山国，北临梁国，南频庐江国。"[①] 汉武帝元狩元年（公元前122年），刘安因涉嫌谋叛被迫自杀，国除，寿春成为九江郡的治所。

刘安为王四十三年，其间经历了文、景、武三朝。他学识渊博，在音乐、诗

---

① 　周振鹤：《西汉政区地理》，人民出版社1987年版，第52页。

歌、辞赋等文学艺术创作活动以及学术研究方面都取得了相当突出的成就。刘安不大喜欢骑马射箭，表面上生活淡泊，喜欢读书和鼓琴，一生著述丰富。漆子扬《刘安及宾客著述考略》从官私书目著录中辑得刘安及宾客的著述 49 种，除去同书异名 15 种和后人伪托的 11 种，比较可信的著述约 22 种①。据《汉书·淮南衡山济北王传》记载，淮南王刘安曾"作为《内书》二十一篇，《外书》甚众"②，《汉书·艺文志》则著录了"淮南王赋八十二篇"③，只是刘安的很多作品没能流传下来。《招隐士》署名淮南小山，被收入了王逸编的《楚辞章句》。《招隐士》对山中的幽深险阻、猿狖虎豹的描写，给人印象深刻。描写山中的阴森可怕，目的是告诉隐士山中不可久留，回应了题目的应有之义。《招隐士》的语言富于形象性和音乐性，是汉代优秀的骚体赋作品。《招隐士》是不是刘安的作品尚存异议。刘向、王逸在增辑《楚辞》时都附上了自己的作品，如果他们是援例而行，则《招隐士》应该是编辑《楚辞》者的作品。章太炎、姜亮夫、汤炳正都认为刘安曾编辑过《楚辞》。如此，则《招隐士》应该也是刘安的作品。

《汉书·淮南衡山济北王传》说刘安曾"招致宾客方术之士数千人"④，集体编写了《鸿烈》（后称该书为《淮南鸿烈》或《淮南子》）一书。鸿，大也；烈，意为光明。鸿烈的意思是，世间的各种道理都包含在其中了。从书名就可见出，编者或者说刘安本人对这本书既充满了自信，也倾尽了全部的心血和智慧。《淮南子》的内容包罗万象，涉及政治学、哲学、伦理学、史学、文学、经济学、物理、化学、天文、地理、农业水利、医学养生等多个领域，全书以道家思想贯穿前后，是汉代道家学说最重要的一部代表作品。该书既有史料价值，又有文学价值。刘安博雅能文，在其周围形成了一个文化中心。这个文化中心存在近三十年，在汉初历时最长、影响最大。

刘安喜欢屈原的作品，据《汉书·淮南衡山济北王传》记载，汉武帝曾让刘安作《离骚传》，早上接到汉武帝的旨意，午饭时就完成了。如果没有平时的积累，没有将屈原的作品烂熟于心，是不可能做到的。刘安喜欢屈原作品，汉武帝也是知道的，否则也不会将这个任务交给刘安去完成。刘安的《离骚传》已经失

---

① 漆子扬：《刘安及宾客著述考略》，《古籍整理研究学刊》2006 年第 1 期。
② （汉）班固：《汉书》，岳麓书社 1993 年版，第 946 页。
③ （汉）班固：《汉书》，岳麓书社 1993 年版，第 775 页。
④ （汉）班固：《汉书》，岳麓书社 1993 年版，第 946 页。

传，但班固的《离骚序》和刘勰的《文心雕龙·辨骚》都有引用，而且根据《离骚序》和《文心雕龙·辨骚》知道《离骚传》的部分内容窜入了《史记·屈原列传》。《离骚传》的全文我们虽然无缘目睹，但从《离骚序》《文心雕龙·辨骚》《史记·屈原列传》还保留的语句可以知道，刘安对屈原及其作品的评价极高，称屈原之志"虽与日月争光可也"，说屈原的作品兼有《国风》《小雅》之长①。从刘安对屈原及其作品的评价来看，他非常敬仰屈原的人品和才华，对于屈原的悲剧命运也给予了深刻的同情。刘安是汉武帝时期最具有文才和学识的诸侯王，在这一点上可以说和汉武帝兴趣相投，并深受汉武帝的尊重。《汉书·淮南衡山济北王传》记载，汉武帝经常和刘安闲谈，从昏至暮，乐而忘倦。因为刘安很善于写文章，汉武帝害怕贻笑大方，所以他写给刘安的信件事先都要经过司马相如的润色加工。

二、围绕伐闽越刘安与汉武帝、严助的文辞交锋

汉武帝建元六年（公元前 135 年），闽粤兴兵攻打南越，南越王赵胡上书汉廷，请求主持公道。汉武帝派遣王恢、韩安国往讨闽粤，兵未逾岭，闽越发生内讧，闽越王的弟弟杀了闽越王请降。针对汉武帝的军事行动，淮南王刘安上书汉武帝，坚决反对出兵闽越：

> 陛下临天下，布德施惠，缓刑罚，薄赋敛，哀鳏寡，恤孤独，养耆老，振遗乏，盛德上隆，和泽下洽，近者亲附，远者怀德，天下摄然，人安其生，自以没身不见兵革。今闻有司举兵将以诛越，臣安窃为陛下重之。越，方外之地，劗发文身之民也。不可以冠带之国法度理也。自三代之盛，胡越不与受正朔，非强弗能服，威弗能制也，以为不居之地，不牧之民，不足以烦中国也。故古者封内甸服，封外侯服，侯卫宾服，蛮夷要服，戎狄荒服，远近势异也。自汉初定已来七十二年，吴越人相攻击者不可胜数，然天子未尝举兵而入其地也。
>
> 臣闻越非有城郭邑里也，处溪谷之间，篁竹之中，习于水斗，便于用舟，地深昧而多水险，中国之人不知其势阻而入其地，虽百不当其一。得其地，不可郡县也；攻之，不可暴取也。以地图察其山川要塞，相去不过寸数，而间独数百千里，阻险林丛弗能尽著。视之若易，行之甚难。天下赖宗

---

① （汉）司马迁：《史记》，中华书局 2006 年版，第 505 页。

庙之灵，方内大宁，戴白之老不见兵革，民得夫妇相守，父子相保，陛下之德也。越人名为藩臣，贡酎之奉，不输大内，一卒之用不给上事。自相攻击而陛下发兵救之，是反以中国而劳蛮夷也。且越人愚戆轻薄，负约反复，其不用天子之法度，非一日之积也。一不奉诏，举兵诛之，臣恐后兵革无时得息也。

间者，数年岁比不登，民待卖爵赘子以接衣食，赖陛下德泽振救之，得毋转死沟壑。四年不登，五年复蝗，民生未复。今发兵行数千里，资衣粮，入越地，舆轿而逾领，拖舟而入水，行数百千里，夹以深林丛竹，水道上下击石，林中多蝮蛇猛兽，夏月暑时，呕泄霍乱之病相随属也，曾未施兵接刃，死伤者必众矣。前时南海王反，陛下先臣使将军间忌将兵击之，以其军降，处之上淦。后复反，会天暑多雨，楼船卒水居击棹，未战而疾死者过半。亲老弟泣，孤子啼号，破家散业，迎尸千里之外，裹骸骨而归。悲哀之气数年不息，长老至今以为记。曾未入其地而祸已至此矣。

臣闻军旅之后必有凶年，言民之各以其愁苦之气薄阴阳之和，感天地之精，而灾气为之生也。陛下德配天地，明象日月，恩至禽兽，泽及草木，一人有饥寒不终其天年而死者，为之凄怆于心。今方内无狗吠之警，而使陛下甲卒死亡，暴露中原，沾渍山谷，边境之民为之早闭晏开，朝不及夕，臣安窃为陛下重之。

不习南方地形者，多以越为人众兵强，能难边城，淮南全国之时，多为边吏，臣窃闻之，与中国异。限以高山，人迹所绝，车道不通，天地所以隔外内也。其入中国必下领水，领水之山峭峻，漂石破舟，不可以大船栽食粮下也。越人欲为变，必先田馀干界中，积食粮，乃入伐材治船。边城守候诚谨，越人有入伐材者，辄收捕，焚其积聚，虽百越，奈边城何！且越人绵力薄材，不能陆战，又无车骑弓弩之用，然而不可入者，以保地险，而中国之人不能其水土也。臣闻越甲卒不下数十万，所以入之，五倍乃足，挽车奉饷者，不在其中。南方暑湿，所夏瘅热，暴露水居，蝮蛇蠚生，疾疠多作，兵未血刃而病死者什二三，虽举越国而启之，不足以偿所亡。

臣闻道路言，闽越王弟甲弑而杀之，甲以诛死，其民未有所属。陛下若欲来内，处之中国，使重臣临存，施德垂赏以招致之，此必携幼扶老以归圣德。若陛下无所用之，则继其绝世，存其亡国，建其王侯，以为畜越，此必委质为藩臣，世共贡职。陛下以方寸之印，丈二之组，填抚方外，不劳一卒，不顿一戟，而威德并行。今以兵入其地，此必震恐，以有司为欲屠灭之也，必雉兔逃入山林险阻。背而去之，则复相群聚；留而守之，历岁经年，则士卒罢倦，食粮乏绝，男子不得耕稼树种，妇人不得纺绩织纴，丁壮从军，老弱转饷，居者无食，行者无粮。民苦兵事，亡逃者必众，随而诛之，不可胜尽，盗贼必起。

臣闻长老言，秦之时尝使尉屠睢击越，又使监禄凿渠通道。越人逃入深山林丛，不可得攻。留军屯守空地，旷日引久，士卒劳倦，越出击之。秦兵大破，乃发適戍以备之。当此之时，外内骚动，百姓靡敝，行者不还，往者莫反，皆不聊生，亡逃相从，群为盗贼，于是山东之难始兴。此老子所谓"师之所处，荆棘生之"者也。兵者凶事，一方有急，四面皆从。臣恐变故之生，奸邪之作，由此始也。《周易》曰："高宗伐鬼方，三年而克之。"鬼方，小蛮夷；高宗，殷之盛天子也。以盛天子伐小蛮夷，三年而后克，言用兵之不可不重也。

臣闻天子之兵有征而无战，言莫敢佼也。如使越人蒙徼幸以逆执事之颜行，厮舆之卒有一不备而归者，虽得越王之首，臣犹窃为大汉羞之。陛下以四海为境，九州为家，八薮为囿，江汉为池，生民之属皆为臣妾。人徒之众足以奉千官之共，租税之收足以给乘舆之御。玩心神明，秉执圣道，负黼依，冯玉几，南面而听断，号令天下，四海之内莫不向应。陛下垂德惠以覆露之，使元元之民安生乐业，则泽被万世，传之子孙，施之无穷。天下之安犹泰山而四维之也，夷狄之地何足以为一日之闲，而烦汗马之劳乎！《诗》云"王犹允塞，徐方既来"，言王道甚大，而远方怀之也。臣闻之，农夫劳而君子养焉，愚者言而智者择焉。臣安幸得为陛下守藩，以身为障蔽，人臣之任也。边境有警，爱身之死而不毕其愚，非忠臣也。臣安窃恐将吏之以十万之师为一使之任也！①

刘安的这篇上书保存在《汉书·严助传》中，严可均在收录进《全汉文》卷十二时题为《上书谏伐南越》，也有人省略"上书"两字，径称《谏伐南越书》。但据史书记载，汉武帝发兵闽越，刘安认为不妥，为此特意上书，所以这篇文章

① （汉）班固：《汉书》，岳麓书社1993年版，第1198—1201页。

的题目还是应该题作《上书谏伐闽越》比较符合事实。曹道衡、刘跃进先生《先秦两汉文学史料学》中编第三节题即为《谏伐闽越书》，这应该是最为确切的篇名。

天下初定，人心思安，老子无为而无不为的思想对于战后的休养生息有着现实的指导意义。因此，在西汉初期以黄老思想治国成为社会上下一致的愿望和共识。随着社会的发展，萧规曹随，无为而治，一些社会弊病也渐渐凸显出来。汉武帝希望纠正积弊，刚继位就与窦太后发生了冲突。窦太后死后，汉武帝才放开手脚，积极推行"罢黜百家，独尊儒术"的治国理念。刘安上书汉武帝谏伐闽越时，汉武帝"罢黜百家，独尊儒术"的想法还不太成熟，儒家思想还没有推行到国家各个层面。很多人的黄老思想根深蒂固，一时也无法完全根除。刘安就是一个死抱着黄老思想不放的人。刘安对黄老思想的痴迷和持守在《淮南子》这本著作中得到了充分阐述和发挥，在写《谏伐闽越书》中自然也不会放弃自己的基本观点和立场。所以，《谏伐闽越书》开篇就从老子"至道无为"的基本自然法则出发，反对和否定用兵闽粤的军事行动。刘安站在道家处静守弱的立场，提倡"安民"和"足用"，认为只要百姓衣食住行得到满足，天下自然太平，人民对天子感恩戴德。在刘安看来，保持目前社会的安稳是最重要的。天下太平，人民安居乐业，大家对生活都很满意，很多人认为自己一辈子也不会遇到战乱，不会再过颠沛流离的生活。一旦用兵，这样的好日子就到头了，必将造成生灵涂炭，天下大乱，兵戈四起，死人无数，男子不能在家种地，女子不能安心纺织，青壮年不得不上战场，老年和幼年无人照顾，田地荒芜，粮食歉收，灾荒也随之而来。刘安引用老子之言"师之所处，荆棘生之"，军旅之后必有凶年。为了活命，很多人将被逼落草为寇，官兵捕之不尽，杀之不绝。刘安鼓吹天子要秉执圣道，垂拱而治，不要无事生非，庸人自扰。刘安希望朝廷"垂德惠以覆露之，使元元之民安生乐业"，闽粤自然向化，不劳大动干戈。《论语·季氏》记孔子之言："远人不服，则修文德以来之；既来之，则安之。"① 刘安吸收了儒家这种教化思想，将孔子的话改为"王道甚大，而远方怀之"，希望汉武帝能够以德安民。

刘安反对兴兵伐闽粤的另一个重要理由是，出征闽越看似容易，其实很难。首先，岭南地形复杂，到处是溪谷篁竹，高山险阻，湖泊沼泽。地图上看着两地不过数寸之远，其实却相隔几百上千里。林中毒蛇猛兽，瘴气逼人。北方士兵在

---

① （宋）朱熹：《论语集注》，齐鲁书社 1992 年版，第 166 页。

这种环境中很容易生病。贸然发兵，深入岭南，仗还没打，士兵就会死十分之二三。即使进入岭南，越人被征服，政府军队刚一离开，难保他们不再次反叛。如此叛而复剿，剿完又叛，将永无宁日。刘安以秦始皇南征为例，以说明一旦兴兵则后患无穷。公元前218年，尉屠雎率领50万大军，越过五岭，分五路进攻百越。进军过程中，秦军遇到了当地越人的顽强抵抗。他们采取游击战术，利用高山密林，分散聚合，出没无常。在秦国士卒劳倦之时，越人趁着夜色突然发起猛烈攻击，尉屠雎被杀，秦军损失严重。刘安在《谏伐闽越书》中举尉屠雎被越人击破事，起到了"殷鉴不远，在夏后之世"的警戒效果。刘安甚至认为，秦朝灭亡也和屠雎南征有着莫大的关系。屠雎伐越，旷日持久，造成了内外骚动，民不聊生的局面。以至于陈胜、吴广登高一呼，天下云集响应，秦朝登时土崩瓦解。屠雎伐越简直是秦朝爆发农民起义的导火索。秦并六国，所向披靡，锐不可当，在秦始皇的努力经营下，在几十年时间内终于荡平六合，四海为家。但秦王朝仅仅存在了十多年便很快灭亡了，这个历史教训是很沉痛的。因此，汉初统治者非常注意总结秦亡的原因。高祖刘邦曾让陆贾条奏秦亡原因，陆贾连着写了十二篇文章，刘邦看后深以为然。贾谊的《过秦论》上、中、下三篇，以犀利的笔锋、激切的言辞、强烈的感情，通过铺张渲染的手法，深入探讨了秦朝迅速灭亡的原因，成为这类作品中的代表之作。刘安以秦代伐越事与汉武帝出兵闽粤作对比，其用意是很深远的。

刘安谏阻伐闽粤的理由是很冠冕堂皇的。他将岭南看作"不居之地，不牧之民"，认为闽越那个地方的人断发文身，外化于中原礼仪，不能用中原的礼仪去要求束缚他们。至于闽粤兴兵击南越，那是越人之间常有的事情，汉朝不应该进行干预。汉武帝建元三年（公元前138年），闽粤曾经围攻东瓯，东瓯向汉廷求救，当时太尉田蚡的态度也是不去管它，说秦朝时也是这样做的，《汉书·严助传》记载田蚡的原话是"不足烦中国往救也"①。但汉武帝却不以为然，并明确表示"太尉不足与计"②。最后商议的结果是，汉武帝派严助到会稽督战，从海路解救东瓯。三年后闽越又攻打南越，汉武帝要出兵岭南，刘安用的还是田蚡的理由谏阻伐闽粤。时隔三年，同样在伐闽粤的问题上，刘安再次重弹田蚡老调，究竟

---

① （汉）班固：《汉书》，岳麓书社1993年版，第1198页。
② （汉）班固：《汉书》，岳麓书社1993年版，第1198页。

是为什么呢？淮南王国初封的时候，在南边和诸越交界。其中有南海国，大约处在闽赣之间，或降或叛。汉文帝时，南海国有百姓来投奔，一般安置在江淮之间。刘安的父亲刘长对南海国投奔来的百姓不按汉法安置，因为处置不当，曾引起他们的反抗，最后不得不动用军队弹压。南海王织为勾践后裔，《汉书·高帝纪》记载汉高帝十二年（公元前 195 年）织被立为南海王 ①，《史记·淮南衡山列传》谓"南海民王织上书献璧皇帝"②，《史记》显然衍一"民"字。当时的淮南王是刘安的父亲刘长，刘长刚而犯法，竟然纵容下属截留南海王的书信和贡品。汉景帝时，刘安的弟弟庐江王刘赐频频与南越遣使往来，想借重南越向朝廷施压。刘安本人也曾阴谋响应吴王刘濞，只是由于过于谨慎没有来得及公开叛乱。公元前 138 年，闽越攻打东瓯，汉武帝命严助从会稽率兵救援，没有动用淮南军队。究其原因就在于淮南王国一直不愿见到岭南诸越归附汉朝。这次汉武帝决定再次征讨闽越，为了减轻阻力，也没有动用淮南的兵力，而是命王恢出豫章郡、韩安国出会稽郡，分两路征讨闽越。

刘安是汉武帝的叔叔，比汉武帝年长二十三岁，武帝时为二十二岁。刘安曾听信田蚡的细言，有取代武帝之志。汉武帝年轻，好艺文，对"辩博善为文辞"的叔父刘安"甚尊重之"③，在一定程度上膨胀了刘安自大心理。此时的武帝虽然仍然坚持自己意见，派王恢、韩安国往讨闽粤，但并未洞悉刘安包藏的祸心，而是诚心诚意给淮南王刘安写了一封回信：

> 皇帝问淮南王，使中大夫玉上书言事，闻之。朕奉先帝之休德，夙兴夜寐，明不能烛，重以不德，是以比年凶灾害众。夫以眇眇之身，托于王侯之上，内有饥寒之民，南夷相攘，使边骚然不安，朕甚惧焉。今王深惟重虑，明太平以弼朕失，称三代至盛，际天接地，人迹所及，咸尽宾服，藐然甚惭。嘉王之意，靡有所终，使中大夫助谕朕意，告王越事。④

这封书信也保存在《汉书·严助传》中，《文馆词林》卷六百六十二题作《答淮南王安谏伐越诏》。汉武帝在《答淮南王安谏伐越诏》中首先反思自己的过失，将"比年凶灾"、南夷骚然统统归咎于自己。对刘安谏阻伐越的动机不但没察觉，

---

① （汉）班固：《汉书》，百衲本《二十五史》第一册，浙江古籍出版社 1998 年版，第 306 页。
② （汉）司马迁：《史记》，百衲本《二十五史》第一册，浙江古籍出版社 1998 年版，第 273 页。
③ （汉）班固：《汉书》，岳麓书社 1993 年版，第 946 页。
④ （汉）班固：《汉书》，岳麓书社 1993 年版，第 1202 页。

反而感谢刘安对自己的辅弼之功。这次伐闽粤本来是正确的决策，汉兵未逾南岭，闽粤王的弟弟馀善便杀闽南王而降。严助出使南越也获得极大成功，南越王赵胡对中央政府感激不尽，《汉书·严助传》记载赵胡的肺腑之言："天子乃幸兴兵诛闽粤，死无以报。"①但年轻的汉武帝在叔父的指责下却不敢居功，反而特意派严助谕意淮南王刘安，"嘉王之意，靡有所终，使中大夫助谕朕意，告王越事"②。

《谕意淮南王》亦保存在《汉书·严助传》中，严可均的《全汉文》卷十九录有此文。此时的严助在政治上显然比汉武帝成熟，《谕意淮南王》虽然是代表武帝的意见，但和武帝的《答淮南王安谏伐越诏》相比，显然增添了不少严助自己的意见：

今者大王以发屯临越事上书，陛下故遣臣助告王其事。王居远，事薄遽，不与王同其计。朝有阙政，遗王之忧，陛下甚恨之。夫兵固凶器，明主之所重出也，然自五帝三王，禁暴止乱，非兵，未之闻也。汉为天下宗，操杀生之柄，以制海内之命，危者望安，乱者仰治。今闽越王狼戾不仁，杀其骨肉，离其亲戚，所为甚多不义。又数举兵，侵陵百越，并兼邻国，以为暴强。阴计奇策，入燔寻阳楼船，欲招会稽之地，以践句践之迹。今者，边又言闽王率两国击南越，陛下为万民安危久远之计，使人谕告之曰："天下安宁，各继世抚民，禁毋敢相并。"有司疑其以虎狼之心，贪据百越之利，或于逆顺，不奉明诏，则会稽、豫章必有长患。且天子诛而不伐，焉有劳百姓苦士卒乎？故遣两将屯于境上，震威武，扬声乡。屯曾未会，天诱其衷，闽王陨命，辄遣使者罢屯，毋后农时。南越王甚嘉被惠泽，蒙休德，愿革心易行，身从使者入谢。有狗马之病，不能胜服，故遣太子婴齐入侍；病有瘳，愿伏北阙，望大廷，以报盛德。闽王以八月举兵于冶南，士卒甚倦，三王之众，相与攻之，因其弱弟馀善，以成其谋（诛）。至今国空虚，遣使者上符节，请所立，不敢自立，以待天子之明诏。此一举，不挫一兵之锋，不用一卒之死，而闽王伏辜，南越被泽，威震暴王，义存危国，此则陛下深计远虑之所出也。事效见前，故使臣助来谕王意。③

---

①　（汉）班固：《汉书》，岳麓书社 1993 年版，第 1202 页。
②　（汉）班固：《汉书》，岳麓书社 1993 年版，第 1202 页。
③　（汉）班固：《汉书》，岳麓书社 1993 年版，第 1202—1203 页。

首先，严助将出兵闽粤的深远意义讲得很清楚。严助认为，"夫兵固凶器，明主之所重出也，然自五帝三王，禁暴止乱，非兵，未之闻也。"直接驳斥了刘安"兵者凶事"的观点。其次，武帝出兵闽粤，乃是"为万民安危久远之计"，不能视作穷兵黩武，"烦扰""多求"。反而是闽粤王"狼戾不仁，杀其骨肉，离其亲戚，所为甚多不义。又数举兵，侵陵百越，并兼邻国，以为暴强"，迫使武帝不得不出兵，而出兵闽粤恰恰是武帝安民德民的表现。最后，和汉武帝不一样，对于出兵闽粤的辉煌战果，庄助丝毫不加隐瞒，而是竭力展示，"此一举，不挫一兵之锋，不用一卒之死，而闽王伏辜，南越被泽，威震暴王，义存危国，此则陛下深计远虑之所出也"。严助用事实证明，刘安谏阻出兵闽粤如果不是目光短浅，就是包藏祸心。严助目光如炬，几乎洞穿了刘安内心的一切，刘安吓得赶紧谢罪："虽汤伐桀，文王伐崇，诚不过此。臣安妄以愚意狂言，陛下不忍加诛，使使者临诏安以所不闻，诚不胜厚幸"①。

但严助和汉武帝对刘安的态度却在后来发生了变化。作为当事人来讲，刘安主要和汉武帝存在利益之争，他们都是刘邦的后代，争夺帝位在严助看来是刘氏皇族的家务事，严助只是一个局外人。后来严助和武帝关系有些疏远，做了会稽太守，数年不与武帝"闻问"，以致武帝赐书诏问。汉武帝推崇儒家，而严助学苏秦纵横术，甚为武帝厌憎，在诏问中甚至明确批评："具以《春秋》对，毋以苏秦从横"②。严助只好违心上书："《春秋》天王出居郑，不能事母，故绝之。臣事君，犹子事父母也，臣助当伏诛。陛下不忍加诛，愿奉三年计最。"③正是由于在思想上存在距离，严助虽然在谕意淮南王时尽了臣子之责，但最终和刘安"相结而还"④。作为辞赋作家，严助对刘安的文学才能还是非常欣赏的。后淮南王来朝，厚赂结交严助，交私议论。及刘安谋反事发，严助受到牵连，又受张汤排陷，终遭杀害。和严助相反，武帝年轻时曾非常尊重叔父刘安。但随着年龄增长和政治上逐渐成熟，削藩成为他首要考虑的事情，淮南王刘安成为他实现中央集权的主要障碍，最终在元狩元年（公元前122年）借谋反罪名除掉了刘安。

围绕着汉武帝建元六年（公元前135年）闽粤兴兵击南越一事，庄助、刘

---

① （汉）班固：《汉书》，岳麓书社1993年版，第1203页。

② （汉）班固：《汉书》，岳麓书社1993年版，第1203页。

③ （汉）班固：《汉书》，岳麓书社1993年版，第1203页。

④ （汉）班固：《汉书》，岳麓书社1993年版，第1203页。

安、汉武帝都有文章传世。就文体上来讲，《谏伐闽越书》《答淮南王安谏伐越诏》《谕意淮南王》都属于公文诏令。秦政过于苛暴，汉初统治者特别引以为鉴，所以秦汉之际行政特别松弛。《汉书·曹参传》记载，曹参接任萧何为丞相后，天天饮酒作乐，不理政事，以至于汉惠帝都感到奇怪，及问曹参，曹参的回答是："高皇帝与萧何定天下，法令既明具，陛下垂拱，参等守职，遵而无失，不亦可乎？"①黄老之学，内严外宽，顺应了无为而治的现实需要，所以成为汉初的指导思想。老子崇尚简朴，少思寡欲，认为"五色令人目盲；五音令人耳聋；五味令人口爽；驰骋田猎令人心发狂；难得之货令人行妨"②，见素抱朴，常德乃足，反对声色之炫。受黄老学说的影响，汉初的公文崇尚简约。黄老学说贵柔守雌，反对华藻，求真务实，反映在公文创作中，则表现出真诚、简朴、淡远的本色美。汉武帝的《答淮南王安谏伐越诏》，作为皇室下行公文，基本上继承了高祖刘邦以来的朴实文风。当时的汉武帝还很年轻，还没有完全形成"罢黜百家，独尊儒术"的执政理念，受当时黄老思想和"无为而治""休养生息"政策的影响，必然部分沿袭汉初公文的创作风格，运笔简明扼要，绝弃浮文。三言两语，语意明了，并不铺排夸饰。汉初的上行文中的章、奏、表、议，也同样体现出尚俭的文风。刘安《谏伐闽越书》开篇揭示大义："陛下临天下，布德施惠，缓刑罚，薄赋敛，哀鳏寡，恤孤独，养耆老，振匮乏，盛德上隆，和泽下洽，近者亲附，远者怀德，天下摄然，人安其生，自以没身不见兵革。今闻有司举兵将以诛越，臣安窃为陛下重之。"认为发兵闽粤需要郑重其事。继而层层铺叙，段段精炼，阐述出兵闽粤不得不慎重的理由。最后讲自己身为藩臣，"以身为障蔽，人臣之任也。边境有警，爱身之死而不毕其愚，非忠臣也"。虽别有企图，但以情动人，颇具慧心。行文中又多排偶句调，散句中间杂韵语，音节和谐流畅。虽有纵横气势，然其论事却能于骈词中得"昭晰"之义。文洁而体清，无句不简，显示了辞赋家之文的神采隽气。然观其基本格调，还是不出汉初黄老文化氛围中的尚简特点。与淮南王刘安的《谏伐闽越书》相比，严助的《谕意淮南王》稍逊一丝文采，却多了一份深刻，在口舌之辩上明显稍胜一筹。刘大櫆《论文偶记》云："文贵简。凡文笔老则简，意真则简，辞切则简，理当则简，味淡则简，气蕴则简，品贵则

---

① （汉）班固：《汉书》，岳麓书社 1993 年版，第 890 页。

② （三国）王弼注，楼宇烈校释：《老子道德经注》，中华书局 2011 年版，第 31 页。

简，神远而含藏不尽则简，故简为文章尽境。"① 汉初公文文笔老到，词真意切，味淡神远，这些特点的形成与当时以黄老治国有莫大关系。

三、刘安与伍被的言辞交锋

刘安好宾客，宾客方术之士达数千人，其中人才济济，不乏军事才能者。雷被擅长舞剑。淮南王太子刘迁也喜欢舞剑，自以为天下无人能及，听说雷被擅长舞剑很不服气，主动要求比试。雷被一再辞让，被逼没法只好试一试，没想到误中太子。太子大怒，雷被也很害怕，就想离开淮南，去投靠大将军卫青，奋击匈奴。刘安害怕雷被泄密，百般阻挠，后雷被还是找了个机会亡走长安，并向朝廷说明情况。根据汉朝法律：阻挠天子政令者，弃市。汉武帝以淮南王阻挠雷被从军为由，乘机夺其二县。

《淮南子》有《兵略训》，广泛吸收先秦各家军事思想，并结合新的历史条件，成为一篇内容广泛、颇有特点的军事理论篇章。刘安门客中有通军事者，写成了这篇军事理论著作，收入《淮南子》一书。《汉书·淮南王传》说刘安经常和伍被、左吴等人日夜研究地图，看哪些地方可以埋伏，哪些地方可以驻扎。其中，伍被是一个比较重要的人物。伍被，楚人，有人说是伍子胥的后代，为淮南王中郎。淮南王刘安欲谋反，常召伍被商议，但伍被告诉淮南王刘安，今非昔比，谋反无异于以卵击石。劝谏淮南王，伍被言真意切，他以伍子胥自比，说吴王夫差不听劝说，伍子胥曾预言麋鹿游于姑苏之台，他也可预言淮南王宫中将生荆棘，露水沾衣。因不同意刘安谋反，刘安将伍被的父母抓了起来要挟。伍被不为所动，仍然给刘安分析利害关系。"臣闻聪者听于无声，明者见于未形，故圣人万举而万全。文王一动而功显万世，列为三王，所谓因天心以动作者也。"② 这是告诉刘安不要利令智昏，要看清形势。刘安问伍被如何看待汉武帝治理天下，伍被的回答是："被窃观朝廷，君臣、父子、夫妇、长幼之序皆得其理，上之举错遵古之道，风俗纪纲未有所缺。重装富贾周流天下，道无不通，交易之道行。南越宾服，羌、僰贡献，东瓯入朝，广长榆，开朔方，匈奴折伤。虽未及古太平时，然犹为治。"③ 伍被称赞大将军卫青遇士大夫以礼，与士卒有恩，材力绝人，虽古

---

① （清）刘大櫆：《论文偶记》，人民文学出版社 1998 年版，第 9 页。
② （汉）班固：《汉书》，岳麓书社 1993 年版，第 957 页。
③ （汉）班固：《汉书》，岳麓书社 1993 年版，第 957 页。

代名将也不过如此。为此他还举实例证明自己所言不诬，说行军途中卫青常身先士卒，士卒渡河后自己才渡河，驻扎时士卒休乃舍，皇后赏赐的金钱尽数拿来赏赐士卒。伍被进一步为淮南王刘安详细分析秦末与汉初形势之不同，说现在天下安宁万倍于秦时，绝不是陈胜当年振臂高呼的年代。七国之乱都被平定了，何况淮南国之兵众还不到吴、楚的十分之一，所以此时谋反绝无可胜的可能。在这段说辞中，除了冷静客观的分析，其中也不乏感情的参与，言语当中对汉朝多有称美。最后伍被对刘安掏心掏肺地说："愿王用臣之计。臣闻箕子过故国而悲，作《麦秀》之歌，痛纣之不用王子比干之言也。故孟子曰，纣贵为天子，死曾不如匹夫。是纣先自绝久矣，非死之日天去之也。今臣亦窃悲大王弃千乘之君，将赐绝命之书，为群臣先，身死于东宫也。"①直言不讳地告诉刘安，刘安如果一意孤行，下场不会比商纣王强。以商纣王不听箕子的劝说类比刘安，可谓振聋发聩。

伍被之辞见于《汉书·伍被传》，均为与淮南王刘安的答对。其辞整饬凝练，生动形象。写秦末民怨，以欲为乱者"十室而五""十室而六""十室而七""十室而八"②，层层递进，愈翻愈险，将天下危若累卵的情势描写得惊心动魄。言秦为无道，残贼天下，"杀术士，燔《诗》《书》，灭圣迹，弃礼义，任刑法，转海濒之粟，致于西河"③，连用五个动词，杀、燔、灭、弃、转，写出了暴秦的专横强梁。秦始皇修长城，攻南越，穷兵黩武，"暴兵露师，常数十万，死者不可胜数，僵尸满野，流血千里"④，读来触目惊心。写民怨不空洞，不抽象，"行者不还，往者莫返"，"父不宁子，兄不安弟"，"引领而望，倾耳而听，悲号仰天，叩心怨上"⑤，不仅形象鲜明，而且感情饱满，将民怨写得有血有肉，具体可感。称美武帝临制天下，"口虽未言，声疾雷震；令虽未出，化驰如神；心有所怀，威动千里；下之应上，犹景响也"⑥，对汉武帝推崇备至，甚至不惜夸饰之辞，颇得战国策士"因其所惧，危言耸听"⑦的精髓。至于引箕子故事，孟子之言，则又振聋发聩，可惊可愕。最后以"今臣亦窃悲大王弃千乘之君，将赐绝命之书，为群

① （汉）班固：《汉书》，岳麓书社 1993 年版，第 959 页。
② （汉）班固：《汉书》，岳麓书社 1993 年版，第 958—959 页。
③ （汉）班固：《汉书》，岳麓书社 1993 年版，第 958 页。
④ （汉）班固：《汉书》，岳麓书社 1993 年版，第 958 页。
⑤ （汉）班固：《汉书》，岳麓书社 1993 年版，第 959 页。
⑥ （汉）班固：《汉书》，岳麓书社 1993 年版，第 959 页。
⑦ （汉）班固：《汉书》，岳麓书社 1993 年版，第 959 页。

臣先，身死于东宫也"① 一句绾尾，辞气恳切，衷心拳拳，苍凉可感。此段对话之后，《汉书·伍被传》又记："被因流涕而起。"② 伍被与刘安讨论秦末与汉初形势之不同，似为即兴而言。然观其文辞，论证充分，逻辑严密，结构和语言，自然而趋于严整，冷静客观而不乏恳切。刘勰《文心雕龙·神思》中有："子建援牍如口诵，仲宣举笔似宿构。"③ 就《汉书》记载的场景来说显然是口诵，然观其结构文法则似宿构。到底是出自伍被之口，抑或是班固为之代言？淮南王刘安谋反事发，伍被"诣吏自告与淮南王谋反踪迹如此。天子以伍被雅辞多引汉美，欲勿诛"④。以此而言，班固所记似也渊源有自。《汉书·伍被传》中淮南王刘安称伍被为将军，可见伍被的身份主要还是一个军事家。然高诱在《淮南叙目》中说："安为辩达，善属文。……天下方术之士多往归焉。于是遂与苏飞、李尚、左吴、田由、雷被、毛被、伍被、晋昌等八人，及诸儒大山、小山之徒，共讲论道德，总统仁义，而著此书。"⑤ 以此而言，伍被不仅为淮南王军事参谋，还参与了《淮南子》一书的撰写工作。《淮南子》以说理为主，但极具文学色彩。无怪乎伍被辞文采飞扬了。

四、刘安集团的性质

《汉书·景十三王传》："是时，淮南王安亦好书，所招致率多浮辩。"⑥ "浮辩"是刘安宾客的特点，从今人的观点看，刘安"所招致率多浮辩"正说明在其周围形成了一个文学色彩极浓的文人集团。漆子扬的《刘安及宾客著述考》一文说目前见于汉代典籍的刘安及其宾客著作共计二十多种（篇）⑦。《汉书·艺文志》记载，淮南王刘安创作了八十二篇赋，淮南王群臣创作了四十四篇赋。据《汉书·艺文志》我们还知道，淮南王刘安曾创作了淮南歌诗四篇。《汉书·艺文志》著录的这些作品，除淮南小山创作的《招隐士》收在《楚辞》中之外，其余的都没能流传下来。《汉书·淮南衡山济北王传》说刘安曾向汉武帝献了《内篇》和《离

---

① （汉）班固：《汉书》，岳麓书社 1993 年版，第 959 页。

② （汉）班固：《汉书》，岳麓书社 1993 年版，第 959 页。

③ 杨明照等：《增订文心雕龙校注》，中华书局 2012 年版，第 373 页。

④ （汉）班固：《汉书》，岳麓书社 1993 年版，第 960 页。

⑤ 何宁：《淮南子集释》，中华书局 1998 年版，第 5 页。

⑥ （汉）班固：《汉书》，岳麓书社 1993 年版，第 1055 页。

⑦ 漆子扬：《刘安及宾客著述考》，《古籍整理研究学刊》2006 年第 1 期。

骚传》，后又献上《颂德》及《长安都国颂》两篇作品。《汉书·艺文志》说："《淮南内》二十一篇，王安。"①《内篇》就是我们现在看到的《淮南子》，今本《淮南子》也是二十一篇，与《汉书·艺文志》所说正好相同。《汉书·艺文志》"诸子略"中又说刘安还有《淮南外》三十三篇，按照颜师古的说法，《内篇》为论道，《外篇》为杂说②。《汉书·艺文志》的"六艺略"又有这样的句子："出淮南、刘向等《琴颂》七篇。"③若将淮南、刘向点断，则淮南当指刘安。也就是说，刘安、刘向共写了七篇《琴颂》。刘安的《谏伐闽越书》全文见载于《汉书·严助传》。《初学记》卷二十一引刘向《别录》，说淮南王刘安曾"聘善为《易》者九人，从之采获，故中书著曰《九师书》"④，由此可知刘安及其宾客还著有《九师书》。刘向《列仙传》中有《刘安》一篇，其中说到刘安曾著有《鸿宝万毕》三卷，内容专论变化之道，神仙黄白之事⑤。以上大致就是刘安及其门客的著述书目。从刘安及其宾客著述的书目上来看，淮南王刘安及其宾客除了从事辞赋创作，更多的还是从事学术活动。

汉朝诸侯王喜欢养士，对中央集权的汉朝政府构成了直接威胁，因此不断受到来自中央政府的严厉打击。早在汉高祖刘邦的时候，阳夏侯陈豨就因为宾客太盛，招致刘邦的忌惮，陈豨以谋反的罪名被除掉。吴王刘濞因招四方游士，受到汉景帝的忌恨。七国之乱，吴楚兵败，汉景帝令汉军"深入多杀为功，斩首捕虏，比三百石以上者皆杀之"⑥，誓将依附刘濞的士人都赶尽杀绝。汉武帝登基后，进一步加强中央集权制度。此时的诸侯王国经过文、景二代的打击，势力已经减弱。据《汉书·百官公卿表》可知，当时的诸侯藩王已经"不得复治国，天子为置吏"⑦。但在汉朝中央政府看来，这些诸侯王和依附他们的游士仍然构成威胁，是一个不可掉以轻心的政治势力，必须进一步打击和瓦解。刘安有数千宾客，其中不乏各类杰出的人才，而刘安本人又怀有非分之想，这是汉武帝绝对不能容忍的。在汉武帝看来，刘安网罗人才，无疑有问鼎谋叛之心，所以非剿灭不

① （汉）班固：《汉书》，岳麓书社 1993 年版，第 772 页。
② （汉）班固：《汉书》，百衲本《二十五史》第一册，浙江古籍出版社 1998 年版，第 408 页。
③ （汉）班固：《汉书》，岳麓书社 1993 年版，第 762 页。
④ （唐）徐坚等著：《初学记》，中华书局 1962 年版，第 499 页。
⑤ （唐）欧阳询：《艺文类聚》，中华书局 1965 年版，第 1327 页。
⑥ （汉）司马迁：《史记》，中华书局 2006 年版，第 619 页。
⑦ （汉）班固：《汉书》，岳麓书社 1993 年版，第 328 页。

可。在反击匈奴的战争中，卫青居功甚伟，有人劝卫青召选天下贤士大夫，但卫青清楚地看到，魏其侯、武安侯好宾客，曾让汉武帝暗中切齿，他们最后走向灭亡也是不可避免。因此，卫青说："人臣奉法遵职而已，何与招士！"① 卫青深得汉武帝信任，也最了解武帝忌讳什么。七国叛乱之前，汉朝中央政府最忌惮的是各诸侯王的领土和职权。在平定七国之乱后，各诸侯王的领土和职权都被大大削弱了。到了汉武帝的时候，朝廷"猜防的重点特转向到诸侯王的宾客上面，尤其是转向到有学术意义的宾客方面"②。公元前122年，汉武帝终于对淮南王刘安痛下杀手，刘安被迫自杀。刘安死后，汉武帝随即颁布了《左官律》《附益法》等，这时的王国至此已经等同于郡县了。刘安父子反叛之事因门客而起，又因门客而败。汉武帝在消灭诸侯王政治势力，扑灭私人养士之风的同时，也彻底铲除了这个以刘安为首的影响深远的文化中心。

第五节　梁孝王与汉初梁宋文学

梁孝王本人没有文章传世，但他诚恳待士，让宾客乐而忘归，促使了汉初梁宋文化群体的形成，无意之中充当了梁国文化繁荣局面的组织者和开创者的角色。

一、梁孝王的历史功绩

在淮南国的北部，吴国的西北部，是梁孝王辽阔肥沃的封地。梁孝王刘武为文帝之子，景帝之弟。先封为代王，后徙为淮阳王。公元前168年梁怀王刘揖去世，因为没有后嗣，刘武继嗣为梁王。《史记·梁孝王世家》说刘武的封地北抵泰山，西界高阳。据周振鹤《西汉政区地理》一书考证云："《汉志》云：'梁国，故秦砀郡，高帝五年为梁国。'秦于故魏地置有东、砀二郡，东郡置于始皇五年攻魏取二十城之后（《始皇本纪》），砀郡置于始皇二十年取大梁灭魏之后（《睢水注》），魏大梁于《汉志》为浚仪，属陈留；睢阳《汉志》为梁都，定陶为济阴郡

---

① （汉）司马迁：《史记》，中华书局 2006 年版，第 654 页。
② 徐复观：《两汉思想史》，华东师范大学出版社 2001 年版，第 107 页。

治；谷城在东平国北，属东郡，于是彭越之梁国大体方位已定。……《史记·文帝纪》：二年三月，'立子揖为梁王'。此时之梁国仅有砀郡。《史记·诸侯王表》：'文帝十二年，淮阳王武徙为梁王。'武之梁国比揖多淮阳郡北边三城。……'文帝于是从谊计，乃徙淮阳王武为梁王，北界泰山，西至高阳，得大县四十余城。'（《汉书·贾谊传》）……二、三列城估计为襄邑、僑县、宁陵。此时之东郡当然仍属汉，否则孝王之梁当不止四十余城矣。"[①]根据周振鹤先生的考证，梁孝王的梁国主要包括秦时的砀郡和淮阳郡北边的三座城。梁孝王封地的范围并非一成不变，而是时有变迁。马孟龙先生在周振鹤考证的基础上对此有所研究，他认为从高帝十一年至景帝中元六年，梁国的封域经历了一个由大至小后来又由小至大的变化。当年刘邦封刘恢为梁王的时候，因为喜欢刘恢，曾给梁国增加了一个东郡。吕后执政后，觉得诸侯太大不好驾驭，又将东郡收了回来。刘恢之后，吕产、刘揖相继被封为梁王。汉景帝三年，七国叛乱失败后，为了惩罚参与叛乱的楚国，楚国大片土地被划归给了梁国。所以到了景帝中元五年，梁孝王刘武的梁国北界已拓展至章县，东界到了湖陵、杼秋一线[②]。附图如下：

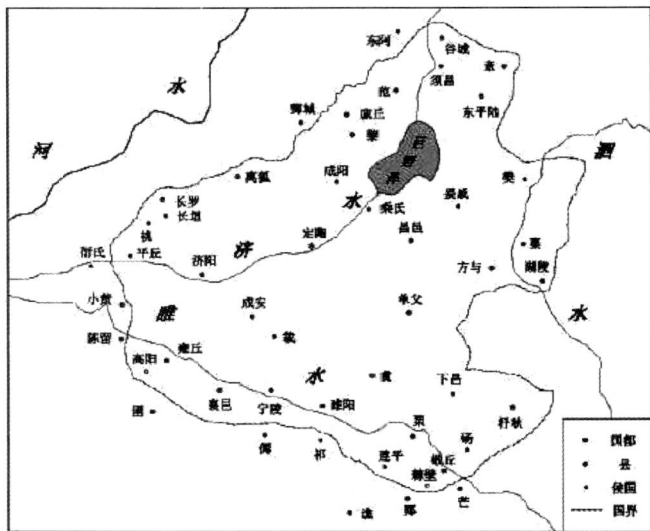

图 2 景帝中元五年梁国封域[③]

---

① 周振鹤：《西汉政区地理》，人民出版社 1987 年版，第 54—56 页。
② 马孟龙：《西汉梁国封域变迁研究（附济阴郡）》，《史学月刊》2013 年第 5 期。
③ 引自马孟龙：《西汉梁国封域变迁研究（附济阴郡）》，《史学月刊》2013 年第 5 期。

七国叛乱时，各地诸侯藩王都蠢蠢欲动，尤其是函谷关以东的诸侯藩王，几乎都被裹挟进了叛乱之中。叛军声势浩大，朝廷形势危急。在所有的诸侯王中，只有梁孝王态度坚决，旗帜鲜明地站在汉景帝这边。他积极组织力量，以一国之力，硬是抵挡住了潮水般涌来的叛军。梁国不拔，长安无虞，梁孝王为汉王朝竖起了一道坚不可摧的防线。梁孝王的抵抗之所以如此坚决，一方面自然是和汉景帝的血缘近，他是汉景帝的亲弟弟，一奶同胞。另一方面也和刘武的孝心有关，他这样做是为了保护生活在长安的母亲窦太后。对刘武的孝心，大臣韩安国看得最为真切，他曾对大长公主说梁孝王至孝。《史记·韩长儒列传》借韩安国之口，写出了梁孝王面对诸侯扰乱局面的忧心，韩安国称梁孝王常常"一言泣数行下"①。为了保护在长安的窦太后，梁孝王曾跪送韩安国等六位大臣去抗击吴楚进攻，拜托他们尽力杀贼。吴楚始终无法越梁国而西，乃至最后被消灭，几乎全凭梁王一己之力。《史记·梁孝王世家》也说梁孝王慈孝，每当听说窦太后身体不舒服，梁孝王就口不能食，居不安寝。梁孝王曾向汉景帝提出，希望自己能留在长安侍奉母亲。正因为孝王慈孝，在抗击吴楚的进攻中，才能够坚定不移，拼其全力，苦力死撑。在七国之乱中，吴楚攻梁，情势十分危急。梁孝王多次派人向太尉周亚夫求救。周亚夫从大局出发，没有分兵救助梁国，只让梁孝王拖住吴楚军队。据《汉书·文三王传》，"吴楚以梁为限，不敢过而西，与太尉亚夫等相距三月"，最后周亚夫断吴楚军队食道，吴楚大败，"吴楚破，而梁所杀虏略与汉中分"②。梁孝王苦死抵御吴楚叛军，保卫了京师长安，为周亚夫消灭叛军创造了条件，战功卓著。

二、梁孝王为文人提供了理想的栖息之所

梁孝王是窦太后的小儿子，在平定七国之乱中立了大功，深受窦太后的喜欢。汉景帝对梁孝王也心存感激。为了表彰梁孝王的丰功伟绩，汉景帝和窦太后对他的赏赐格外丰厚。在封域上，刘武时的梁国远远超过吕产、刘揖时的梁国。楚国因为参与了叛乱，作为惩罚，楚国的封域大大缩小，汉景帝将楚国大片领土都划归了梁国。据史书记载，刘武所封达四十余城，而且都是土地肥沃的大县，

---

① （汉）司马迁：《史记》，中华书局 2006 年版，第 626 页。
② （汉）班固：《汉书》，岳麓书社 1993 年版，第 972 页。

因此梁国物产丰富。朝廷、太后的赏赐就更不计其数了，《汉书·文三王传》说梁孝王在世时财以巨万计，府库里的金钱堆积如山，珠玉宝器比京师里还多。梁孝王一生奢侈，喜欢大兴土木，他死后藏府尚余黄金四十多万斤，其他财物更是不计其数了。《史记·梁孝王世家》说梁孝王获赐天子旌旗，出言跸，入言警，千乘万骑，东西驰猎，拟于天子，驱驰国中，以夸诸侯。汉景帝希望通过这种方式，使天下之人都知道太后与皇帝对刘武的宠爱。在汉景帝的支持下，梁国的财力远非其他诸侯王国所能相比。梁孝王自己也性喜奢侈，他将睢阳扩建，使之成为方圆七十里的大城。在睢阳城里大治宫室，所建复道平台连属三十余里。所筑兔苑方圆三百余里，是梁孝王与当时文人游乐宴息的地方。《西京杂记》卷二载："梁孝王好营宫室苑囿之乐，作曜华之宫，筑兔园。园中有百灵山，山有肤寸石、落猿岩、栖龙岫，又有雁池，池间有鹤洲、凫渚。其宫观相连延亘数十里，奇果异树，瑰禽怪兽毕备。王日与宫人宾客弋钓其中。"① 梁孝王除了在生活上奢靡无度，还喜欢招延四方豪杰，天下游说之士闻风而至。梁孝王就这样天天带着这些人在梁园骑马射箭，以文会友，喝酒为乐。丰富的物质基础为四方游士提供了优厚的待遇，梁园成为文人举行盛会的地方，梁国成为文人向往的一个地方。

　　邹阳、枚乘、严忌等人原来客游于吴，他们见刘濞反心已萌，劝阻无效，为了远灾避祸，纷纷来到了梁国。司马相如原来在长安做孝景帝的常侍，由于孝景帝不喜欢辞赋，所以司马相如在长安的日子并不舒心。有一次梁孝王带着邹阳、枚乘、严忌来长安朝拜，司马相如见到这批文士大喜过望，他辞去在长安的官职，随梁孝王也来到了梁国。梁孝王对司马相如很客气，让他和邹阳、枚乘、严忌住在一起，司马相如在梁园生活了好多年。梁孝王与宾客关系融洽，南朝文人谢惠连的《雪赋》再现了梁孝王与群臣宴乐的场景：岁晚将暮，彤云密布，寒风劲吹，使人愁苦。梁王心烦，游于兔园，置酒召客，歌咏南山。俄而微霰零，密雪下，梁王命司马相如为《雪赋》。唐代罗隐的《后雪赋》在谢惠连《雪赋》的基础上，反其意而用之，说邹阳看了司马相如《雪赋》，认为写得好是好，只是有些地方还可以商榷。梁王端起满满的一杯酒，向邹阳请教。邹阳说出一番道理，梁王表示敬服，相如也表示要拜邹阳为师。唐代诗文中，提到雪、竹、兔等事物，提到宋州或睢阳，往往会联想到梁孝王。储光羲《登商丘》回顾了历史上

---

① （晋）葛洪：《西京杂记》，中华书局 1985 年版，第 15 页。

梁园的盛况，对比了眼前梁园的衰败，感叹"太息梁王苑，时非枚马游"①，表达了对梁孝王与文士们的诗酒唱和的祈慕之情。王昌龄的《梁苑》："梁园修竹古时烟，城外风悲欲暮天。万乘旌旗何处在，平台宾客有谁怜？"②也表示不得与梁孝王宾客同游的遗憾。高适《宋中十首》其中有诗云："梁王昔全盛，宾客复多才。悠悠一千年，陈迹唯高台。寂寞向秋草，悲风千里来。"③看到梁孝王平台遗迹，想到梁孝王与文学侍从们驰骋打猎、纵酒豪饮的不羁生活，不禁神往。驰骋打猎，饮酒赋诗，裘马轻狂，是许多文人理想的生活状态。梁孝王为后世文人搭建了一个寄托灵魂的场所，梁园情结常常出现在文人的梦中。

梁孝王热情好客，四方名士纷纷来投，他们来到梁园之后都受到了梁孝王很好的招待。梁孝王自己也很喜欢和他们在一起游玩，他们在梁园里诗酒唱和，流连忘返，宾主尽欢，创作了大量的文学作品。据《汉书·艺文志》记载，严忌创作了二十四篇赋，枚乘创作了九篇赋，司马相如创作了二十九篇赋。《汉书·艺文志》没有说这些赋究竟是哪些作品，也没有说这些作品具体的创作时间和地点，但可以推测其中一定有不少作品是在梁园所作，是梁孝王和这些文士诗酒唱和时创作的作品。《西京杂记》卷四收录了《忘忧馆游士七赋》，这七篇赋可以肯定是梁孝王时文人在梁园的唱和之作。《古文苑》收录了枚乘的《兔园赋》，从内容上看也是枚乘在梁国时所写。司马相如的《子虚赋》，据《史记·司马相如列传》可以知道，是司马相如和邹阳、枚乘诸人在梁园交游时写的。司马相如的《美人赋》，其中有"游于梁王""邹阳潜之于王"云云，④可能也是在梁时所写。枚乘到了梁国，为了谏阻吴王刘濞谋反，特意写了《重上吴王书》。邹阳在梁国时受人陷害，被投入监狱，为了向梁孝王表达忠心，写有《狱中上梁王书》。枚乘的《重上吴王书》和邹阳的《狱中上梁王书》都是散文中的名篇。

三、梁园中的赋作

"梁园虽好，不是久恋之家"，据说此语为司马相如离开梁国时所说。梁园又

---

① （唐）储光羲、元结：《储光羲诗集·次山集》，上海古籍出版社 1992 年版，第 20 页。
② 曾亚兰编校：《王昌龄集·高适集·岑参集》，岳麓书社 2000 年版，第 46 页。
③ 曾亚兰编校：《王昌龄集·高适集·岑参集》，岳麓书社 2000 年版，第 103 页。
④ 周殿富：《楚辞余——历代骚体赋选》，吉林人民出版社 2003 年版，第 9 页。

称菟园，菟、兔二字古常通用，如《左传·昭公五年》提到的地名"菟氏"，①《水经注》卷二十二即作"兔氏"②；屈原的《天问》有"而顾菟在腹"的句子，洪兴祖《楚辞考异》谓"菟一作兔"③；《战国策·庄辛谏楚襄王》："见菟顾犬，未为晚也"④。其中的"菟"也是"兔"字之借。菟园就是兔园，《文心雕龙》称枚乘的《梁王菟园赋》即作《兔园赋》，《西京杂记》卷二称此园也作"兔园"⑤。枚乘是亲眼见过梁园的，他写的《兔园赋》为我们留下了宝贵的历史资料。《兔园赋》今存《古文苑》，但残缺错讹，难以卒读。费振刚、胡双宝、宗明华编著的《全汉赋》收录此篇并进行了校点，其辞曰：

> 修竹檀栾，夹池水，旋菟园，并驰道，临广衍，长冗故，故径于昆仑，豜观相物，芴焉子有，似乎西山。西山陻陻，恤焉巍巍。巻岿娄，崟岩提巍焉。暴熛激，扬尘埃。蛇龙奏林薄竹。游风涌焉，秋风扬焉，满庶庶焉，纷纷纭纭，腾踊云乱。枝叶翚散，摩来幡幡焉。溪谷沙石，涸波沸日，湲浸疾东，流连焉辚辚。阴发绪菲菲，闾阎谨谨扰。昆鸡蜒蛙，仓庚密切。别鸟相离，哀鸣其中。若乃附巢塞之傅于列树也。栅栅若飞雪之重弗丽也。西望西山，山鹊野鸠，白鹭鹛桐，鹩鹑鹪雕，翡翠鸰鸰，守狗戴胜，巢枝穴藏。被塘临谷，声音相闻。啄尾离属，翱翔群熙。交颈接翼，阖而未至。徐飞蹁跹，往来霞水，离散而没合。疾疾纷纷，若尘埃之间白云也。予之幽冥，究之乎无端，于是晚春早夏，邯郸襄国易阳之容丽人，及其焉饰子，相与杂遝而往款焉，车马接轸相属，方轮错毂。接服何骖，披衔迹踬。自奋增绝，怵惕腾跃，水意而未发。因更阴逐心相秩奔，隧林临河，怒气未竭，羽盖繇起，被以红沫，濛濛若雨委雪。高冠扁焉，长剑闲焉，左挟弹焉，右执鞭焉。日移乐衰，游观西园之芝，芝成宫阙，枝叶荣茂，选择纯熟，挈取含苴。复取其次，顾赐从者，于是从容安步，斗鸡走兔，俯仰钓射，烹熬炮炙，极欢到莫。若乃夫郊采桑之妇人兮，袿裪错纤，连袖方路，摩长。便娟数顾。芳温往来，按神连未接，已诺不分，缥俜进靖，傧笑连便，不可忍视

---

①　李宗侗：《春秋左传今注今译》，新世界出版社 2012 年版，第 973 页。

②　（北朝）郦道元著，谭属春、陈爱平点校：《水经注》，岳麓书社 1995 年版，第 337 页。

③　（汉）王逸注，（宋）洪兴祖补注：《楚辞章句补注》，吉林人民出版社 1999 年版，第 90 页。

④　（汉）高诱注：《战国策》第二册，上海书店 1987 年版，第 36 页。

⑤　（晋）葛洪：《西京杂记》，中华书局 1985 年版，第 15 页。

也。于是妇人先称曰，春阳生兮萋萋，不才子兮心哀，见嘉客兮不能归，桑萋蚕疾，中人望奈何！ ①

南宋章樵注《古文苑》于篇末注云："乘有二书谏吴王濞，通亮正直，非词人比。是时梁王宫室逾制，出入警跸，使乘果为此赋，必有以规警之。详观其辞，始言苑囿之广，中言林木禽鸟之富，继以士女游观之乐，而终之以郊上采桑之妇人，略无一语及王，气象萧索。盖王薨乘死后其子皋所为，随所睹而笔之。史言皋诙笑，类俳倡，为赋疾而不工，后人传写误以为乘耳。" ②此赋在唐代一般认为是枚乘的作品，如李善在为《文选》作注时多次提到《兔苑赋》为枚乘所作 ③，更早的《文心雕龙·诠赋》也有"枚乘《兔园》，举要以会新" ④这样的句子，章樵疑为枚乘的儿子枚皋所作，未必如是。《兔苑赋》虽然残缺错讹，难以卒读，但我们依然可以看出作者的写作意图，那就是尽力夸饰梁孝王兔苑的广大壮观。作品描写了兔苑的山水，写了兔苑中的动植物的繁多，仕女是如何的艳丽，弋钓是多么快乐，这些都是赋家典型的笔法。赵逵夫先生甚至认为此赋开首缺少了"述主客以首引"的主客问答一段，中间缺少了大段描写田猎之事，结尾也没有归纳全篇或揭示主旨的文字⑤。枚乘对散体赋体式的确立的确居功至伟，尤其是他的《七发》对司马相如创作《子虚赋》《上林赋》都起到了明显的示范作用。但《兔苑赋》是不是一篇格式完备的散体大赋值得商榷。赵先生用后世赋体结构衡量《兔苑赋》，自然有其逻辑上的缺陷。换句话说，《兔苑赋》中间是否真如赵先生所说有大段缺文，也还没有足够的证据。但无论如何，《兔苑赋》这种铺排写作方式还是为后来的赋家继承和发扬，对于赋体的形成具有不可忽视的作用和影响。

《西京杂记》卷四："梁孝王游于忘忧之馆，集诸游士，各使为赋。" ⑥在这次集体创作中，枚乘创作了《柳赋》，路乔如创作了《鹤赋》，公孙诡创作了《文鹿赋》。邹阳不但自己写了《酒赋》，还为韩安国代写了《几赋》。公孙乘创作了《月

---

① 费振刚等辑校：《全汉赋》，北京大学出版社 1993 年版，第 29—33 页。

② 《四部丛刊》影印韩元吉本《古文苑》。

③ （南朝）萧统编，（唐）李善注：《文选》，中华书局 1977 年版，第 401、700 页。

④ 杨明照等：《增订文心雕龙校注》，中华书局 2012 年版，第 98—99 页。

⑤ 赵逵夫：《关于枚乘〈梁王兔园赋〉的校理、作者诸问题》，《文献》2005 年第 1 期。

⑥ （晋）葛洪：《西京杂记》，中华书局 1985 年版，第 26 页。

赋》，羊胜创作了《屏风赋》。在这七人当中，路乔如和公孙乘的生平事迹不详，其余五人的事迹在《汉书》中都多少有记载。《西京杂记》原来托名西汉的刘歆所作，但新、旧《唐书》却都署名为葛洪所作。葛洪是西晋人，《忘忧馆游士七赋》在西晋之前不见有典籍著录，所以有人对其真伪表示怀疑。现在也没有确凿的证据证明《忘忧馆游士七赋》是后人伪作，疑伪者主要依据这些作品的句式与风格，认为"或杂以六言，且属对甚工"，"至少也是西汉后期的伪托，或者即是葛洪所为，而不能视为西汉藩国君臣之作"①。王小盾在给其研究生上讲课时强调："要注意避免'文艺学逻辑'，即主观地设想每一事物的过程如同植物成长的过程，其发展线索像是平滑的抛物线，而使用'发生'、'萌芽'、'初盛'、'成熟'一类概念。这其实是图像思维的产物，即在想象中歪曲地填补运动中本有的空缺。文学艺术的发展哪里像植物生长那样单纯？每一时代的文学艺术现象都取决于社会所要求于它的功能，功能变了，这一线条的方向就转变了。"②认为《忘忧馆游士七赋》不可能出现在汉初，正是这类图像思维的产物。余嘉锡在《四库提要辩证》卷一七认为《西京杂记》系"杂采诸书"，"其记事多有所本，不皆杜撰也"③。在获得确凿证据之前，认定《忘忧馆游士七赋》为后世伪作显然过于武断了。

忘忧馆是梁园中的一处馆舍，《忘忧馆游士七赋》就是梁孝王带领一干文人游玩忘忧馆时的诗酒唱和作品。七篇都为咏物小赋，所咏之物分别是柳、鹿、鹤、酒、屏风、茶几、月色，这些东西都是彼时彼地在梁园即目所见之物。枚乘的《柳赋》虽以"柳"为题，但描写的重点并不在柳上，而是通过写柳树记载了梁王刘武在菟园忘忧馆柳树下的一次宴会：

> 忘忧之馆，垂条之木，枝逶迟而含紫，叶蓁蓁而吐绿。出入风云，去来羽族。既上下而好音，亦黄衣而绛足。蜎蟺厉响，蜘蛛吐丝。阶草漠漠，白日迟迟。于嗟细柳，流乱轻丝。君王渊穆其度，御群英而玩之。小臣瞽聩，与此陈词。于嗟乐兮！于是樽盈缥玉之酒，爵献金浆之醪。庶羞千族，盈满六庖。弱丝清管，与风霜而共雕。铃锽啾唧，萧条寂寥。僬义英旄，列襟联袍。小臣莫效于鸿毛，空衔鲜而嗽醪。虽复河清海竭，终无增景于边撩。④

---

① 马积高：《赋史》，上海古籍出版社 1987 年版，第 69—70 页。
② 马银琴：《两周诗史》，社会科学文献出版社 2006 年版，第 5 页。
③ 余嘉锡：《四库提要辩证》，中华书局 1980 年版，第 1016 页。
④ （晋）葛洪：《西京杂记》，中华书局 1985 年版，第 26 页。

赋从忘忧馆的垂条之木写起，"枝透迟而含紫，叶萋萋而吐绿"，这是正面描写柳树，对仗工整，刻画细致。"透迟"一词，写尽了柳枝的依依之态。"出入风云，去来羽族"，写的是穿过柳树的风云和鸟儿，看似离开了柳，其实是将柳树放在了一个更大的自然空间范围内，使柳树成为宜人的对象，柳树、风云、禽鸟互相点缀，使得此处有了诗情画意。从"蜩螗厉响"这句看，时间应该是夏季了。阶草漠漠，蜘蛛吐丝，作者的观察是极为细致的。但也正是这种细致入微的观察，表现出作者寂寥的心态，那是一种悠闲无聊的寂寞，无聊到可以有时间有功夫细细观察蜘蛛吐丝。下一句"白日迟迟"也正是人们在盛夏那种揣度永昼的心态。鸣蝉高唱，黄鹂婉转，也只能让这里显得更为孤寂。令人欣喜的是，当大家正愁如何消夏的时候，君王却在此大摆宴席，缥玉金浆，庶羞千族，弱丝清管，铿锽啾唧，夏日的沉闷被一扫而光。所有的画面都生动起来，人生的趣味由此得到升华。后四句归结到对君王的礼赞：自己毫无功劳，却参与这样的盛会，实在有些惭愧。这次宴会中应命而作的七篇赋，只有枚乘的《柳赋》和路乔如的《鹤赋》获得了褒奖，说明这篇赋当时就获得了很高的评价。

路乔如的《鹤赋》与枚乘《柳赋》一并获得梁王的褒奖，《西京杂记》卷四载梁王因为欣赏路乔如的《鹤赋》与枚乘《柳赋》，"赐枚乘、路乔如绢，人五匹"[①]。其辞云：

> 白鸟朱冠，鼓翼池干。举修距而跃跃，奋皓翅之朡朡。宛修颈而顾步，啄沙碛而相欢。岂忘赤霄之上，忽池篱而盘桓。饮清流而不举，食稻粱而未安。故知野禽野性，未脱笼樊。赖君王之广爱，虽禽鸟兮抱恩。方腾骧而鸣舞，凭朱槛而为欢。[②]

《鹤赋》的第一句话是"白鸟朱冠，鼓翼池干"，一下子就将池塘边的一只鹤写活了。作者抓住了鹤的两个重要特点，一个是浑身雪白，一个是头上的冠鲜红醒目。红白映照，其色彩的冲击力是很大的。这只鹤不是静止的，而是不时的鼓动双翅，悠闲舒缓地徘徊在池边。"鼓翼池干"既有生活环境的交代，又有动态特征的描绘。文字简洁，却引人入胜。下面四句分别写白鹤的步态、奋翅、回盼和啄食，这些都是鹤独有的特征。鹤的警惕性很高，随时准备躲避危险，所以作

---

① （晋）葛洪：《西京杂记》，中华书局 1985 年版，第 28 页。

② （晋）葛洪：《西京杂记》，中华书局 1985 年版，第 26 页。

者在写鹤的步态时说"举修距而跃跃"。果然，鹤感觉到了不安，它展开了翅膀，一片雪白呈现在人们眼前。翅膀展开后一片白色，作者选了一个"皓"字来形容。感觉到危险不过是自己心虚罢了，白鹤终于放下心来，它在沙滩上"宛修颈而顾步"，似乎是在自我欣赏。下面一句"啄沙碛而相欢"写出了白鹤对目前状况的安乐自足。作者这里不仅仅是写一只白鹤，而是在刻画自己的某种心态。自己来到梁国，就像那只白鹤一样，内心并非没有恐惧和不安。其实自己更羡慕白鹤在空中的自在翱翔，来这里只是偶尔盘桓，毕竟有些不安在心里。全凭君王的仁慈，才让自己能在此找到暂时歇脚的地方。赋的最后四句表达了报恩之意。这篇赋最大的特点是咏物言志，表面上写白鹤，但每一句话都紧扣自己的心态，通过白鹤的动作形态展现自己复杂的心理活动。全赋语言简洁，结构紧凑，描摹鹤的神态含而不露，是一篇很好的咏物小赋。

《汉书·梁孝王传》说公孙诡足智多谋，他作为梁孝王的门客，诡计多端，官至中尉，号称公孙将军。梁孝王刘武因在七国之乱中立有大功，深受窦太后喜欢，汉景帝对他也心存感激。有一次汉景帝在家宴中失言要将皇位传给刘武，引发了刘武对皇位的觊觎之心。但很多朝臣反对，袁盎（《汉书》中作"爰盎"）就是其中一位。刘武由此对袁盎心生怨恨。公孙诡善于揣摩梁孝王的心意，在公元前150年与羊胜等合谋刺杀了袁盎。汉朝政府对此自然穷追不舍，公孙诡藏匿在梁王后宫，最后被迫自杀。公孙诡也是忘忧馆七游士之一，他的《文鹿赋》这样写道：

> 麀鹿濯濯，来我槐庭。食我槐叶，怀我德声。质如缃缛，文如素綦。呦呦相召，《小雅》之诗。叹丘山之比岁，逢梁王于一时。①

公孙诡的《文鹿赋》虽然比较短，但内容却很集中，不枝不蔓。在简短的文字中，作者交代了文鹿是只母鹿——麀鹿，这只母鹿的质地是白色的——濯濯，白色的皮毛很柔滑，摸上去像缃缛一样。这只鹿的花纹是苍青色的——文如素綦。作者抓住了麀鹿的显著特点，把一只可爱温顺的白鹿描写得鲜明生动。作者接着交代，这只母鹿"来我槐庭"，仰食庭院中的槐叶。这与其说是叙事，不如说是写景。梁宋故地多黄河冲击黄沙，土质疏松，非常适合槐树生长。来槐庭，食槐叶，我们仿佛看见一只白鹿在庭院里旁若无人地漫步，四周槐叶肥大，绿荫

---

① （晋）葛洪：《西京杂记》，中华书局1985年版，第26页。

匦地。"怀我德声"既交代了这只白鹿旁若无人的原因，也更增添了环境的静谧和谐。作者写作的目的显然不在于为我们描绘一个温馨的画面。"呦呦相召，《小雅》之诗"，这一句是化用《诗经·小雅·鹿鸣》的诗句，点出这篇小赋的写作目的。在《诗经》中，《鹿鸣》是一首宴饮诗，描绘了宴会上琴瑟歌咏和宾主间互敬互融的场景，整首诗从头至尾洋溢着欢乐的气氛。《鹿鸣》的起兴句"呦呦鹿鸣，食野之苹"①，写一群悠闲的麋鹿，在空旷的原野上吃草，你发出一声鸣叫，我发出一声鸣叫，此起彼伏，和谐悦耳。构思显然受《诗经·小雅·鹿鸣》的影响，所要表达的意思也与《小雅·鹿鸣》相同。《文鹿赋》将写作的重点放在了对文鹿的刻画上，因为有《鹿鸣》这首诗作为文化背景，过多描写宾主之间的融洽和谐反而显得多余，所以《文鹿赋》只用"呦呦相召，《小雅》之诗"便将自己的用意和盘托出，顺理成章，也让最后一句"叹丘山之比岁，逢梁王于一时"对梁王的称颂变得不那么生硬和直接。

这篇赋一共只有十句，但人称却发生了数次转变。"食我槐叶，怀我德声"中的"我"自然指的是梁王，但相对于文鹿来讲，"我"未尝不是作者自己。"食我槐叶，怀我德声"是作者对文鹿讲的话，意思是我会对你好的，显然也是作者对梁王的一种希望，在这里作者又化身为文鹿了。这种人称的转变，角色的转换，使得作者与梁王同心一体，将对梁王的希望和感激表达得非常充分，在文章的写作上可谓是曲尽其意了。这篇赋因为化用《诗经》中的句子，省了很多文字，但内容却很丰富。四言句式也非常符合《诗经》的典雅，显示了诗赋的同源关系，符合"赋者，古诗之流也"②的说法。

羊胜来自齐国，同样是梁孝王身边的核心人物，参与了刺杀袁盎的阴谋活动，当然最后的下场也是被迫自杀。羊胜的《屏风赋》更加短小，其辞曰：

> 屏风鞈匝，蔽我君王。重葩累绣，沓璧连璋。饰以文锦，映以流黄。画以古列，颙颙昂昂。藩后宜之，寿考无疆。③

鞈匝意为环绕貌。屏风呈环绕状，置于君王身旁。"重葩累绣，沓璧连璋"是指屏风绣有叠合的花纹，上面配置璧、璋加以装饰。璧、璋两样玉器连连不断，可见屏风装饰的奢华之气。"流黄"为褐黄色，屏风还饰有褐黄色的文锦。

---

① （唐）孔颖达：《毛诗正义》，（清）阮元校刻：《十三经注疏》，中华书局1980年版，第405页。

② （南朝）萧统编，（唐）李善注：《文选》，中华书局1977年版，第21页。

③ （晋）葛洪：《西京杂记》，中华书局1985年版，第27页。

除此以外，屏风上还绘有古代忠烈形象，他们个个器宇轩昂，大义凛然。"画以古列，颙颙昂昂"句非常重要，没有这两句，整篇赋就是死的，仅仅是对一个屏风的忠实描绘。有了这两句，赋的美刺作用才能显示出来，"藩后宜之，寿考无疆"才有落脚之处。

邹阳也来自齐国，在刺杀袁盎一事上与公孙诡、羊胜持不同意见，并与他们产生了很深的矛盾。公孙诡、羊胜在刘武面前诋毁邹阳，邹阳被下到狱中，差点被处死。邹阳在狱中写了《狱中上梁王书》，感情深切动人，梁王看后赦免了邹阳死罪。刺杀袁盎后，朝廷大为震怒，公孙诡、羊胜被迫自杀，邹阳则被派去长安活动。邹阳的活动很有成效，在汉景帝的妻舅王长君的疏通之下，汉景帝没有进一步深究刘武的责任。事后，邹阳继续在刘武手下服务，公元前 144 年刘武去世，邹阳之后的活动就不大清楚了。在忘忧观之会中，邹阳即目所见，以酒为赋，《酒赋》云：

> 清者为酒，浊者为醴；清者圣明，浊者顽骏。皆曲涅丘之麦，酿野田之米。仓风莫预，方金未启。嗟同物而异味，叹殊才而共侍。流光醒醒，甘滋泥泥。醪酿既成，绿瓷既启。且筐且漉，载茜载齐，庶民以为欢，君子以为礼。其品类，则沙洛渌鄱，乌程若下，高公之清。关中白薄，清渚萦停。凝醒醇酎，千日一醒。哲王临国，绰矣多暇。召嶓嶓之臣，聚肃肃之宾。安广坐，列雕屏，绡绮为席，犀璩为镇。曳长裾，飞广袖，奋长缨。英伟之士，莞尔而即之。君王凭玉几，倚玉屏。举手一劳，四座之士，皆若哺梁肉焉。乃纵酒作倡，倾碗覆觞。右曰宫中，旁亦徵扬。乐只之深，不吴不狂。于是锡名饵，祛夕醉，遣朝醒。吾君寿亿万岁，常与日月争光。①

邹阳的《酒赋》层次分明，依次铺写了酿酒的过程、名酒的品类和梁孝王大宴宾客的场面，最后一句点明写作的目的："吾君寿亿万岁，常与日月争光"。在铺写酿酒的过程中，邹阳写到了清酒与浊酒之别。浊酒颜色浑浊，酿造时间短，中有沉积物，经过多次重酿和过滤才能成为清酒。就酒的等级品类而言，清酒自然要好于浊酒。清酒为贵族享用，浊酒为庶人所用，"清者圣明，浊者顽骏"隐含了对梁王的称颂。"嗟同物而异味，叹殊才而共侍"这句中可能有对羊胜、公孙诡之流的不屑和不满。在描写宴会场面时，邹阳不忘对梁王形象的刻画和赞

---

① （晋）葛洪：《西京杂记》，中华书局 1985 年版，第 26—27 页。

扬，"凭玉几，倚玉屏。举手一劳，四座之士，皆若哺粱肉焉"，其中既有梁王雍容和雅的态度，也有包括作者在内的参加集会宾客的感受。宾客的感受很新奇，梁王的态度让大家"若哺粱肉焉"。《左传·宣公十二年》记楚庄王巡军，"师人多寒，王巡三军，拊而勉之，三军之士皆如挟纩"[①]。邹阳的写法与《左传》的写法如出一辙，都写出了个体在特定的场合微妙的心理变化。

参加忘忧馆之会的七士中，枚乘和邹阳应该是最有文采的。邹阳的《狱中上梁王》，句多偶俪，意多重复，通过反复引喻，推心置腹，写得情恳意切。尤其是在每一援引结束后，又以"是以"字、"故"字接下，使得文意断而不断，一气呵成，在哀婉悲叹之中饱含着激愤和感慨，颇有战国策士说辞的意味。在忘忧馆之会中，邹阳的表现可谓不俗，他除了作《酒赋》，还为韩安国代作了《几赋》：

> 高树凌云，蟠纡烦冤，旁生疏枝。王尔公输之徒，荷斧斤，援葛藟，攀乔枝。上不测之绝顶，伐之以归。眇者督直，聋者磨砻。齐贡金斧，楚入名工，乃成斯几。离奇仿佛，似龙盘马回，凤去鸾归。君王凭之，圣德日跻。[②]

《几赋》没有对几作过多的正面描写，主要写制作几的材料来源和制作过程。开头一句"高树凌云"，虽然是简单的四个字，但气象阔大，让人读了胸襟开阔，油然升起一种豪迈感。这棵树不但高，而且直。作者没有明说树直，但高树凌云，旁生疏枝，高且直的大树就矗立在我们面前了。在写制作过程的时候，作者采用了借代手法，说这个几的材料是由王尔、公输之徒带着斧头，翻山越岭，千辛万苦，从高山深处采伐而来。这样写目的是突出这个几来之不易，突出了它的珍贵和不平凡。在加工成几的过程中，作者让"眇者督直，聋者磨砻"，使得文章陡然添了一层滑稽色彩。"离奇仿佛，似龙盘马回，凤去鸾归"是对做成的几的描写。雕龙画凤已经很了不起了，这个几上的龙凤几乎要活起来了，盘、回、去、归四个动词，将几上雕刻的龙凤刻画得活灵活现，动态感极强。文章的结尾归结到称颂君王，说"君王凭之，圣德日跻"，其中也暗含着对君王的希望和要求。几是用来"凭"的，凭几的君王之所以"圣德日跻"，乃在于凭几要处理公文，操劳国家大事。这样来看，凭几就具有了家国大事的意义了。《几赋》虽然短小，

---

① 李宗侗：《春秋左传今注今译》，新世界出版社 2012 年版，第 512—513 页。

② （晋）葛洪：《西京杂记》，中华书局 1985 年版，第 27 页。

但层次清楚，思路开阔，语言清新可喜。在梁王忘忧之馆的宴会中，邹阳奉命作赋之后，又代韩安国成此篇，可见邹阳思路敏捷，善于属文，竟至因替别人作弊而受罚，看来邹阳确是汉初赋苑高手。

公孙乘的生平事迹不详，我们只知道他是西汉初的文士，曾为梁孝王刘武的门客，与枚乘等随梁孝王游于忘忧馆，奉命作了《月赋》：

> 月出皦兮，君子之光。鹍鸡舞于兰渚，蟋蟀鸣于西堂。君有礼乐，我有衣裳。猗嗟明月，当心而出。隐圆岩而似钩，蔽修堞而分镜。既少进以增辉，遂临庭而高映。炎日匪明，皓璧非净。躔度运行，阴阳以正。文林辩囿，小臣不佞。①

《月赋》一开始写“月出皦兮，君子之光”，这是化用《诗经·陈风·月出》中的句子。《陈风·月出》写月下美人，这里用来称颂梁王。看到月亮的皎洁，便想到君子的高尚品格。接着承月出之意，描写月下景致，“鹍鸡舞于兰渚，蟋蟀鸣于西堂”，一片祥和宁静的景象。良辰美景，君子彬彬，“君有礼乐”是对梁王的直接称颂，而“我有衣裳”则含蓄地表达了对梁王的感恩之情。感受到梁王的关切，再看看东方升起的明月，心情是非常舒爽的。下面具体描绘月亮升起来的样子，被岩石遮挡的月亮像一把钩子，被修堞遮挡的月亮像镜子被分开。升至高空，则天下同辉，将整个院子都照亮了。日月按照自己的运行规律，在天上恪尽职守，阴阳因此而正。作者从正面描绘明月过渡到日月“躔度运行”，将笔墨又转向了对梁王的称颂上来。日月恪尽职守，阴阳因此而正，则政治清明、天下太平的寓意也在不言之中了。结尾写梁王周围人才济济，自己斗胆献丑，显示了作者温文尔雅的君子作风。

《初学记》在著录《月赋》的时候，称这篇作品乃为枚乘所作。《西京杂记》记载了忘忧馆七游士作赋的经过，梁孝王让这七个游士作赋，邹阳在完成《酒赋》之后，代韩安国作了《几赋》，结果邹阳和韩安国都受到处罚。当时枚乘作《柳赋》，与路乔如都受到了封赏。从作赋的过程来看，枚乘没有机会再去作《月赋》。公孙乘与枚乘的名字里都有一个“乘”字，《初学记》可能因此张冠李戴，将公孙乘误作了枚乘。

① （晋）葛洪：《西京杂记》，中华书局1985年版，第27页。

四、《忘忧馆游士七赋》的文学史地位

《忘忧馆游士七赋》在赋史上占有非常重要的地位。赋之所以能上升为一种文体，自然是因为作品中赋法凸显的缘故。赋在"诗六义"中是创作手法，《诗大序》说："故《诗》有六义焉：一曰风，二曰赋，三曰比，四曰兴，五曰雅，六曰颂。"① 类似的说法也见于《周礼·大师》："（大师）……教六诗：曰风，曰赋，曰比，曰兴，曰雅，曰颂。"郑玄《周礼注》："赋之言铺，直铺陈今之政教善恶。"②《诗经·大雅·烝民》："明命使赋。"《毛传》："赋，布也。"③《吕氏春秋·慎大》："赋鹿台之钱。"高诱注："赋，布也。"④《楚辞·九章·悲回风》："窃赋诗之所明。"王逸注："赋，铺也。"⑤ 刘熙的《释名·释典艺》则谓"敷布其义谓之赋"⑥。在《诗经》赋比兴三种表现方法中，赋被视作是直陈其事、敷布其义的叙述方法，也就是刘勰《文心雕龙·诠赋》所说的"赋者，铺也，铺彩摛文，体物写志也"⑦。

赋与诗关系至为密切，在所谓的"诗六义"中，赋在风后，与比、兴、雅、颂并称。班固《两都赋序》也说："赋者，古诗之流也。"⑧ 根据汉代人的理解，所谓"古诗"主要指《诗经》。《左传·隐公元年》："公入而赋：'大隧之中，其乐也融融！'姜出而赋：'大隧之外，其乐也洩洩！'"⑨ 隐公三年："（庄姜）美而无子，卫人为赋《硕人》也。"⑩ 杨伯峻的《春秋左传注》于隐公三年注："赋有二义，郑玄曰，'赋者或造篇，或诵古'，是也。此'赋'字及隐元年《传》之'公入而赋'、'姜出而赋'，闵二年《传》之'许穆夫人赋《载驰》'、'郑人为之赋《清人》'，文六年《传》之'国人哀之，为之赋《黄鸟》'，皆创作之义；其余赋字，则多是诵古诗之义。"⑪《左传》中的"赋"，一指作诗，一指诵诗。《汉书·艺文志》："《传》曰：

① （唐）孔颖达：《毛诗正义》，（清）阮元校刻：《十三经注疏》，中华书局 1980 年版，第 271 页。

② （唐）贾公彦：《周礼注疏》，（清）阮元校刻：《十三经注疏》，中华书局 1980 年版，第 796 页。

③ （唐）孔颖达：《毛诗正义》，（清）阮元校刻：《十三经注疏》，中华书局 1980 年版，第 568 页。

④ 陈奇猷：《吕氏春秋校释》，学林出版社 1984 年版，第 856 页。

⑤ （汉）王逸注，（宋）洪兴祖补注：《楚辞章句补注》，吉林人民出版社 1999 年版，第 152 页。

⑥ （汉）刘熙：《释名》，中华书局 1985 年版，第 100 页。

⑦ 杨明照等：《增订文心雕龙校注》，中华书局 2012 年版，第 98 页。

⑧ （南朝）萧统编，（唐）李善注：《文选》，中华书局 1977 年版，第 21 页。

⑨ 李宗侗：《春秋左传今注今译》，新世界出版社 2012 年版，第 6 页。

⑩ 李宗侗：《春秋左传今注今译》，新世界出版社 2012 年版，第 16 页。

⑪ 杨伯峻：《春秋左传注》，中华书局 1981 年版，第 30~31 页。

'不歌而诵谓之赋。登高能赋，可以为大夫。'"又云："古者诸侯卿大夫交接邻国，以微言相感，当揖让之时，必称《诗》以谕其意。"① 班固所引《传》中所说的"赋"，既非赋法，亦非赋体，而是就诵古诗之义而言。"登高能赋"并非后世的"登高赋诗"。首先，这里的"高"指的是堂，堂为诸侯卿大夫交接揖让的场所。其次，后世的"登高赋诗"为造篇，《传》中"登高能赋"为诵古，"登高能赋"所用"诗"皆来自《诗经》。

赋作为一种创作手法，在《诗经》中被广泛运用。谢榛《四溟诗话》卷二："洪兴祖曰：'《三百篇》比赋少而兴多，《离骚》兴少而比赋多。'予尝考之《三百篇》，赋七百二十，兴三百七十，比一百一十。洪氏之说误矣。"② 谢榛对《诗经》中赋比兴的统计精确与否姑且不说，赋在《诗经》中占多数这个结论却是正确的。《雅》和《颂》中大部分是赋，《国风》中也有很多赋。任何时代用赋的诗总是占多数，而且就赋、比、兴的关系而言，比兴也总是以赋为基础的。在《诗经》中，许多兴是通过赋法实现的，比如《魏风·伐檀》"坎坎伐檀兮，置之河之干兮，河水清且涟漪"③ 是兴，简单的句子却勾画出水边劳动的场景。《硕人》通篇为赋，"手如柔荑，肤如凝脂。领如蝤蛴，齿如瓠犀"④，连用了四个比喻句刻画人物。清人惠周惕说："毛公传诗，独言兴不言比赋，以兴兼比赋也。"⑤ 就《诗经》中赋比兴的关系来说，与其说兴兼比赋，倒不如说赋兼比兴。诚然，比兴对我国诗歌产生了深远影响，然而我们不能就此低估赋法的价值。无论是后世还是在"六诗""诗六义"中，赋都居于比兴之前。《诗经》之后，比兴依然是一种表现手法，而赋法在大行其道的同时，还上升为一种文体，在汉代成为"一代之文学"。

赋之所以能上升为一种文体，自然是因为作品中赋法凸显的缘故。赋本身是一种创作手法，而不是一种文体。在《诗经》中，赋呈现出诗的形式。在汉赋中，赋以韵文、散文的形式出现。直陈其事、敷布其义，韵文做得到，散文也做得到。如果说赋体因赋法而得名，那么只要是直陈其事、敷布其义，无论是诗歌还是散文，抑或是韵、散间杂，都应该称作赋。起初，人们的确也是这么认为的，

---

① （汉）班固：《汉书》，岳麓书社 1993 年版，第 777 页。
② （明）谢榛：《四溟诗话》，商务印书馆 1936 年版，第 30 页，
③ （唐）孔颖达：《毛诗正义》，（清）阮元校刻：《十三经注疏》，中华书局 1980 年版，第 358 页。
④ （唐）孔颖达：《毛诗正义》，（清）阮元校刻：《十三经注疏》，中华书局 1980 年版，第 322 页。
⑤ （清）惠周惕：《诗说》，中华书局 1985 年版，第 3 页。

比如屈原作品二十五篇，有韵文、有散文，《汉书·艺文志》概称之为"屈原赋二十五篇"①。传为宋玉的《风赋》《钓赋》《高唐赋》《神女赋》等作品，以散文为框架，句式长短交错，间以用韵，且以赋名篇，确立了赋体非诗非文、亦诗亦文的基本文体特征。宋玉确立的赋体之所以为人们普遍接受，固然与作品中赋法的成功运用有关，大约也受了"不歌而诵谓之赋"②一说的影响，非诗非文、亦诗亦文的确不适合歌而适合诵。

西汉时期，一般辞赋连称。辞指楚辞，以屈原作品为代表，除了描摹物状，更重视情志的抒发。这方面的作品，以贾谊的《吊屈原赋》和《鵩鸟赋》为代表，因为句式模仿《离骚》，通常被称为骚体赋。宋玉以散文框架确立的赋体，经枚乘、司马相如踵事增华，大肆铺排，散体赋取代骚体赋，成为赋体正宗。后世论文，有韵之文往往被视作诗。然而在分析具体的文学作品时，我们不得不面对这样的事实，有些作品不是以赋名篇，而是以诗的面目出现的赋，比如屈原的《橘颂》。《橘颂》虽然是赋，但人们一般是将它当作诗来看待的。以赋名篇，称之为赋自然毫无疑义。诗的面目，赋法赋体，因为没有以赋名篇，诗体赋可能因被归入诗类而导致赋体隐晦不彰。"名者，实之宾也。"③对于有些作品文体归属或许不显得那么重要，但有时候诗体赋的名号却对有些作品有着特殊的意义。

《陌上桑》向来被视作汉乐府民歌中最为优秀的作品之一，然而这首诗却有很多不易理解之处。正如明末清初的史学家谈迁在《北游录·纪咏上》之《陌上桑》序中所指出的："'头上倭堕髻，耳中明月珠。缃绮为下裙，紫绮为上襦'，夫采桑，何饰也？'行者见罗敷，下担捋髭须。少年见罗敷，脱帽著帩头'，夫自明，何冶也？'东方千余骑，夫婿居上头'，又'十五府小吏，二十朝大夫，三十侍中郎，四十专城居'，贵宠若是，何采桑也？'罗敷年几何？二十尚不足，十五颇有余'，以耦夫婿，年相倍矣。"④谈迁对《陌上桑》的质疑也正是我们疑惑不解的地方。其实，一旦我们意识到《陌上桑》是诗体赋，那么所有的问题也就涣然冰释了。

《陌上桑》有很多失实之处，比如罗敷的身份，诗歌交代她是一个采桑女，

---

① （汉）班固：《汉书》，岳麓书社1993年版，第774页。

② 马积高：《赋史》，上海古籍出版社1987年版，第6页。

③ （清）郭庆藩撰，王孝鱼点校：《庄子集释》，中华书局2013年版，第25页。

④ （明）谈迁：《北游录》，中华书局1960年版，第161页。

然而其衣着打扮却华贵无比。按照罗敷的自述，她是太守的夫人，但这位太守夫人怎么会一个人跑到路边去采桑呢？一个大守夫人跑到野外采桑已经不可思议了，偏偏又跑来一位太守对她说了那么多疯话。萧涤非在《汉魏六朝乐府文学史》中说："以二十尚不足之罗敷，而自云其夫已四十，知必无是事也。"[①]《陌上桑》是诗体赋，顾炎武的《日知录》卷十九云："古人赋多假设之词，序往事以为点缀，不必一一符同也。子虚、亡是公、乌有先生之文，已肇始于相如矣，后之作者，实祖此意……而《长门赋》所言陈皇后复幸者，亦本无其事。俳谐之文，不当与庄论矣。"[②] 从赋法赋体的角度看，《陌上桑》中的不实细节很容易理解。

《子虚赋》中乌有先生批评子虚先生："是何言之过也。……必若所言，固非楚国之美也；无而言之，是害足下之信也。"[③]《史记·司马相如列传》也称相如"多虚辞滥说"，"子虚言楚云梦所有甚众，侈靡过其实"[④]。《汉书·司马相如传》全盘接受了司马迁的看法，班固在《典引序》中进一步说司马相如"但有浮华之辞，不周于用"[⑤]。汉赋原本《诗》《骚》，出入战国诸子，韵散间杂外，诡异之辞、谲怪之谈也是赋中常见笔法。所以胡应麟的《诗薮》外编卷一谓："蒙叟《逍遥》，屈子《远游》，旷荡虚无，绝去笔墨畦径，百代诗赋源流，实兆端此。"[⑥] 刘熙载的《艺概·赋概》也说："相如一切文，皆善于驾虚行危。其赋既会造出奇怪，又会撇入窅冥，所谓'似不从人间来者'，此也。至范山模水，犹其末事。"[⑦] 夸张已然失实，凭虚更属子虚乌有。

《陌上桑》的主旨是铺陈罗敷的美貌，虽然是一个采桑女，作者却让她穿戴华贵无比。"青丝为笼系，桂枝为笼钩"，罗敷的采桑工具也不实用。诗写行者、耕者、犁者、少年等见到罗敷的反应，是从侧面烘托罗敷之美。为了夸大罗敷的美貌，诗中甚至说"来归相怨怒，但坐观罗敷"[⑧]，也到了不顾生活实际的程度。《陌上桑》产生的汉代，散体大赋风靡一时，对事物进行穷形尽相的夸饰和描绘

---

① 萧涤非：《汉魏六朝乐府文学史》，人民文学出版社 1984 年版，第 88 页。

② （清）顾炎武著，清黄汝成集释：《日知录集释》，岳麓书社 1994 年版，第 695 页。

③ （汉）司马迁：《史记》，中华书局 2006 年版，第 574 页。

④ （汉）司马迁：《史记》，中华书局 2006 年版，第 577 页。

⑤ （汉）班固：《典引序》，见萧统编，李善注：《文选》，中华书局 1977 年版，第 681 页。

⑥ （明）胡应麟：《诗薮》，中华书局 1958 年版，第 121 页。

⑦ （汉）刘熙载：《艺概》，上海古籍出版社 1978 年版，第 92 页。

⑧ （宋）郭茂倩：《乐府诗集》，中华书局 1979 年版，第 410—411 页。

是散体大赋写作的主要手段。虽然前人也注意到了《陌上桑》中赋法的运用，但仅仅是将其视作创作的一种手法，而且是局部的，只限于第一解对罗敷美貌的夸饰。其实，使君调戏罗敷，又何尝不是从侧面烘托罗敷的美丽。罗敷夸夫，虽属子虚乌有，但正是这子虚乌有的丈夫，将夸饰罗敷的美丽推向了一个无以复加的程度。这种写法，不就是典型的散体赋作中的铺张扬厉吗？《陌上桑》三解，每一解都围绕着罗敷之美进行夸饰，而且一解更比一解恢廓。夸饰的手法也是花样百出，不断翻新，愈翻愈奇。

汉赋凭虚，除了在内容上夸大其词，在人物的命名上也多假托。司马相如《子虚赋》假托子虚、乌有和亡是公，张衡《二京赋》托名凭虚公子和安处先生，班固《两都赋》则虚拟了东都主人和西都宾。《陌上桑》的主人公是罗敷。罗，列也；敷，布也。而列布之义正是汉人对赋的解释。罗敷之名，假语村言，已然隐指《陌上桑》为诗体之赋。《史记·司马相如列传》："相如以'子虚'，虚言也，为楚称；'乌有先生'者，乌有此事也，为齐难；'无是公'者，无是人也，明天子之义。空藉三人为辞，以推天子诸侯之园囿。"①司马相如之前，有东方朔托名"非有"，作《非有先生论》。司马相如则将这种命名方式发扬光大，成为赋中人物命名的标准范式。汉赋对乐府诗有着很强的渗透能力，《陌上桑》中连罗敷的命名方式都带有明显的汉赋特征。

《陌上桑》采取了问答形式，"使君遣吏往，问是谁家姝"②，故事情节就在一问一答中展开。汉赋普遍采用主客问答的方式，问答体长期被视作赋体作品特有的结构形式。祝尧《古赋辨体》卷三："赋之问答体，其原自《卜居》《渔父》篇来。厥后宋玉辈述之，至汉此体遂盛。"③问答体的前身应该是语录体，语录体源于史官记言。《汉书·艺文志》："古之王者，世有史官，君举必书，所以慎言行、昭法式也。左史记言，右史记事，事为《春秋》，言为《尚书》。"④史官所记之言便构成了语录体。先秦诸子常借记言方式著述，《论语》《孟子》《庄子》等著作对话问答特点突出。鉴于此，章学诚《校雠通义》卷三云："古者赋家者流，原本《诗》《骚》，出入战国诸子。假设问对，《庄》《列》寓言之

①（汉）司马迁：《史记》，中华书局 2006 年版，第 673 页。
②（宋）郭茂倩：《乐府诗集》，中华书局 1979 年版，第 410—411 页。
③（元）祝尧：《古赋辨体》，清文渊阁四库全书本，第 27 页。
④（汉）班固：《汉书》，岳麓书社 1993 年版，第 763 页。

遗也。"①

对话问答在《诗经》中已经出现，如《郑风》中的《溱洧》："女曰：'观乎？'士曰：'既且。'"②问答体在汉乐府中也常见，如《十五从军征》："道逢乡里人，'家中有阿谁？''遥看是君家，松柏冢累累。'"③《上山采蘼芜》："上山采蘼芜，下山逢故夫。长跪问故夫：'新人复何如？''新人虽言好，未若故人姝。颜色类相似，手爪不相如。'"④对话问答的特点在《孔雀东南飞》中也很鲜明。对话问答在很多赋体作品中出现过，这一特点在汉赋中表现得最为明显。但也不是所有赋体作品都采用问话对答的形式，一些篇幅较短的赋作，尤其是骈赋、律赋，绝大部分不采用问话对答的结构形式。对话问答在诗歌中也是如此，它不是结构诗歌的主要方式，但一些汉乐府诗歌的确采用了汉赋常用的对话问答方式。《陌上桑》中的一问一答带有明显的时代色彩。

以美刺说《诗》是汉代四家诗的共同特点。赋源于《诗》，汉人以美刺说《诗》深刻地影响了汉赋创作。汉赋不仅可以刺，而且可以美，并且美是主要的，所谓刺只不过在结尾处平添几句无关痛痒的讽谏而已。汉武帝好神仙，司马相如欲讽，作《大人赋》。《大人赋》用骚体赋的形式，大赋的手法，虚构夸张地铺叙了"大人"的游仙过程。文末则归于超脱有无，独自长存，婉转地表达仙道不通。由于"大人"凌驾众仙遨游天外的行为和气质满足了汉武帝的虚荣心，武帝读《大人赋》竟然"飘飘有凌云之气，似游天地间意"⑤。关于司马相如辞赋的创作特点，《汉书·司马相如传》赞曰："司马迁称'……相如虽多虚辞滥说，然其要归引之节俭，此与诗之讽谏何异！'扬雄以为靡丽之赋，劝百而讽一，犹骋郑卫之音，曲终而奏雅，不已戏乎！"⑥班固和司马迁都认为赋与诗一样，有讽谏的效果。扬雄却认为汉赋劝百讽一，曲终奏雅，无补于规谏。从创作的动机来说，赋家未必没有讽谏之意。但汉赋在追求巨丽之美的时候，夸大其词，铺彩摛文，淹没了讽谏之意。所以，从效果上讲，汉赋的确是劝百讽一，劝而不止。

---

① （清）章学诚著，叶瑛校注：《文史通义校注》，中华书局 1985 年版，第 1064 页。

② （唐）孔颖达：《毛诗正义》，（清）阮元校刻：《十三经注疏》，中华书局 1980 年版，第 346 页。

③ （宋）郭茂倩：《乐府诗集》，中华书局 1979 年版，第 365 页

④ （南朝）徐陵：《玉台新咏》，上海书店 1988 年版，第 1 页。

⑤ （汉）司马迁：《史记》，中华书局 2006 年版，第 682 页。

⑥ （汉）班固：《汉书》，岳麓书社 1993 年版，第 1130 页。

深受汉赋浸淫的《陌上桑》对使君的批判也还停留在讽谏的层面上，这只要和同时代的《羽林郎》一比较就一目了然了。辛延年的《羽林郎》在内容上和《陌上桑》相仿，但霍家奴和使君的形象却有很大不同。冯子都作为霍家奴，"依倚将军势"，做出了"调笑酒家胡"的不良举动。①《羽林郎》明言冯子都仗势欺男霸女，的确反映了汉代尖锐的阶级矛盾。《羽林郎》为了突出冯子都之恶，对冯子都行径多有描写，并用酒家胡女的刚烈衬托冯子都的恶劣。《陌上桑》对使君却未作正面描写，通篇只有几句和罗敷的应答词，还是"使君遣吏往"，本人根本没有出面。和"依倚将军势，调笑酒家胡"②的霍家恶奴冯子都相比，使君几乎可以说是彬彬君子了。即便和《陌上桑》中提到的行者、耕者、犁者、少年等相比，使君也未必就更下作。在《陌上桑》中，使君不过像行者、耕者、犁者、少年诸人一样，充当了陪衬罗敷美丽的道具而已。

对于使君戏罗敷和罗敷夸夫两解，人们一直将其当作一个完整的故事来看，并且从中解读出了很多社会意义。比如对使君与罗敷冲突的性质，传统的解读认为，罗敷是一个美丽、坚贞而又非常机智的女子，她不畏权势，敢于斗争，善于斗争。面对太守的调戏，她严词拒绝，并通过夸夫打击了使君的气焰。这种观点认为，作者通过使君与罗敷的矛盾冲突，热情歌颂了劳动人民不畏强暴的反抗精神和机智勇敢的可贵品质，反映了上层统治阶级的荒淫无耻。以上观点越来越受到挑战和质疑。实事求是地说，如果说《陌上桑》对使君真有批判之意，这种批判也实在是太过于温柔敦厚了。我们很难说作者对使君没有批判之意，但即便《陌上桑》创作的动机是讽刺使君，受汉赋的影响或者说受文体的限制，这一目的显然没有达到。

"诗体赋"这一概念，最早由马积高在《赋史》中提出，他以屈原的《天问》、荀况《赋篇》中的《佹诗》和《战国策·楚策四》记载的《遗春申君赋》等为例。荀况的《成相篇》是唱辞，《汉书·艺文志》视作赋，马积高却认为"与不歌而诵殊科"③。马积高将"不歌而诵谓之赋"作为界定诗体赋的一个标准，凡是可歌的韵文都被排除在诗体赋之外了。荀况的《礼》《智》《云》《蚕》《箴》因为被视

---

① （宋）郭茂倩:《乐府诗集》（第九册），中华书局 1979 年版，第 31 页。

② （宋）郭茂倩:《乐府诗集》（第九册），中华书局 1979 年版，第 31 页。

③ 马积高:《赋史》，上海古籍出版社 1987 年版，第 6 页。

作"说唱之祖",也被马积高判定为诗体赋的变体 ①。《礼》《智》《云》《蚕》《箴》诸篇隐语诗的特点有目共睹,将文学史上最早以赋名篇的作品判定为诗体赋的变体,这样做似乎不大妥当。当然,将赋法作为界定诗体赋的唯一标准也存在问题,因为赋法在诗中被广泛运用,总不至于凡出现赋法的诗都视作诗体赋吧!这样一来,《诗经》中几乎所有的作品都可以称作赋了。所以,诗体赋固然要看作品中赋法的运用,也要结合赋体确立之后的特点,这样诗体之赋才可能从诗与赋中彰显出来。

《忘忧馆游士七赋》既以赋名篇,又铺排眼前所呈现之事之物,内容不乏称颂之语。即便按照马积高的标准,《忘忧馆游士七赋》被称为诗体赋也是实至名归的。众所周知汉赋中有骚体赋、散体大赋(也称汉大赋、新体赋)、抒情小赋,但对诗体赋却知之甚少。诗体赋一直为诗的外衣和光环所掩盖,尽管以赋为诗始终不是诗歌创作的主流,然而以韵语的形式铺采摛文不但可能而且的确存在,《忘忧馆游士七赋》就是文学史上留给文体研究者的一个样本。汉初是汉赋形成的重要关口,是赋法向赋体转变和确立的关键阶段,《忘忧馆游士七赋》对认识赋的形成和发展具有重要的文学史意义。

第六节 《七发》与文学性

早在先秦时期,老子在陈,庄子在宋,二位先哲就开始了他们的玄想。在西汉有籍贯的作家中,楚越地区的作家人数是最多的。枚乘《七发》分说音乐、饮食、车马、宫苑、田猎、观涛诸事,其描绘方法后来进一步定型为散体赋的描绘模式。枚乘对于散体赋这一文体特征,具有开创之功。更为重要的是,枚乘开创的散体赋描绘模式虽然曾被扬雄批评为"劝百讽一,曲终奏雅",但其蕴含的美学意味却深刻地影响了后世文人的创作心理和创作追求。

一、语言文学性的产生

什么是文学?文学是一个尽人皆知却又难以把握的概念。中国历史上产生了

---

① 马积高:《赋史》,上海古籍出版社 1987 年版,第 6 页。

很多伟大诗人，历代的诗人创作了不计其数的诗歌作品，诗是中国文学桂冠上一颗耀眼的明珠。中国古代诗歌源远流长，据《吕氏春秋》讲，早在夏禹时代，大禹的妻子涂山氏就创作了感人至深的诗歌。大禹娶涂山氏女为妻，结婚三天即外出治水。治水十年，三过家门而不入。涂山氏非常思念大禹，经常站在村口盼望大禹归来，并情不自禁地唱道："候人兮猗。"① 这首诗歌虽然很短，但感情真挚，被誉为"中国最早的情诗"②。然而，"候人兮猗"只有在文学史的层面才可以称为诗，放在今天恐怕连口水诗人也会嗤之以鼻。

我们之所以承认《候人歌》是诗，一个很重要的依据是"候人兮猗"是抒情的。在很多人的潜意识中，抒情成为判断一段文字是文学还是非文学的重要标准。如果说文学是抒情的，那么说理诗是不是文学呢？魏晋南北朝时期的玄言诗是典型的说理诗，钟嵘对玄言诗的评价是"理过其辞，淡乎寡味"，"孙绰、许询、桓、庾诸公诗，皆平典似《道德论》"③。这种"淡乎寡味"的作品留存至今的很少，从现在还可以看到的许询的《竹扇》、孙绰的《答许询》《赠谢安》《兰亭》《秋日》等几首玄言诗来看，都是就眼前之景敷衍道家的哲理，既不动人，也向来不为人看重。历史证明，魏晋玄言诗的写作是不成功的，自然也算不上文学。那么，宋代的说理诗是不是文学呢？苏轼的《题西林壁》几乎家喻户晓："横看成岭侧成峰，远近高低各不同。不识庐山真面目，只缘身在此山中。"④ 写法还是那种写法，就眼前景有所感悟，但在苏轼笔下说理诗像被注入了灵魂一样，显得那么生机勃勃。朱熹的《读书有感》也很有名："半亩方塘一鉴开，天光云影共徘徊。问渠那得清如许？为有源头活水来。"⑤ 全诗以方塘为喻，形象地表达了一种微妙难言的读书感受。

胡适在《什么是文学》一文中说："文字的作用不外达意表情，达意达得好，表情表得妙就是文学。"⑥ 胡适认为文学首先要让人看得懂，就是要说得明白；其次要能动人，能感动人心；最后是要让人感到美。让人感到美其实就是能动人，

---

① 陈奇猷：《吕氏春秋校释》，学林出版社 1984 年版，第 334—335 页。

② 孙秋克主编：《中国古代文论新体系教程》，浙江大学出版社 2007 年版，第 36 页。

③ （南朝）钟嵘：《诗品》，载何文焕辑：《历代诗话》，中华书局 1981 年版，第 2 页。

④ （宋）苏轼著，（清）王文诰辑注，孔凡礼点校：《苏轼诗集》，中华书局 1982 年版，第 1219 页。

⑤ 陈达凯编著：《宋诗选》，上海书店出版社 1993 年版，第 82 页。

⑥ 姜义华编：《胡适学术文集》，中华书局 1993 年版，第 87 页。

因此胡适对文学的看法不外乎两点，那就是表情要表得明白，而且能引起听者的共鸣。值得注意的是，这里胡适没有将表情也就是抒情视作判断一段文字是不是文学的唯一标准，表情和达意是并列的，共同构成了判断一段文字是不是文学的标准。胡适对文学的看法耐人琢磨，比如，有没有这样的情况：达意达得好，表情却不妙？我们知道，墨子讲究实用，不重文采，但《墨子》一书明辨是非，逻辑严密，这样的文字是不是就不入文学之域了呢？

在什么是文学的追问中，我们一直围绕着什么样的文字才算是文学。文字是对语言的记录，与其追问什么样的文字是文学，不如先考察什么样的语言具有文学的基质。语言的基本功能当然是为了沟通和交流。在使用语言交流沟通的时候，为了达到特定的目的和特定的效果，说话人会本能地注意自己的说话方式。《尚书·尧典》记舜之言："诗言志，歌永言，声依永，律和声。"[1] 言志就是心中有话要说，为了将心中的想法更好地表达出来，于是将说出的话拉长声音，这便是歌了。由诗到歌，《毛诗序》将这一过程说得更为清晰："诗者，志之所之也。在心为志，发言为诗。情动于中而形于言，言之不足，故嗟叹之；嗟叹之不足，故咏歌之；咏歌之不足，不知手之舞之足之蹈之也。"[2] 对语言的修饰不仅仅是拉长声音，有时候换一个字词，或者对某个字词加重或弱化一下语气，都会影响到说话的效果。同样一句话，不同的语气，对于听者来说感觉是不一样的。当说话人有意无意地调整自己语气的时候，应该说语言的文学性就产生了。

二、语言的主要功能是沟通

语气是抒情的重要方式，《候人歌》很短，"候人兮猗"四字中有两个语气词。但正是这两个语气词，奠定了《候人歌》"中国最早情诗"的地位。用文字记录语言的时候，语气主要通过语气词体现出来。然而，有些语气是通过语言的抑扬顿挫实现的，随着言说者情绪、情感的起伏不定，语气会表现出丰富复杂的轻重缓急，而这部分情感一般很难落实到文字上来，抑扬顿挫的语气在化为文字的过程中会消弭很多。一般来说，语气在文字中保留得越多，文字越能贴近语言的真实状态，人物形象在读者的脑海中就越生动。

---

[1]　（唐）孔颖达：《尚书正义》，（清）阮元校刻：《十三经注疏》，中华书局1980年版，第271页。

[2]　（唐）孔颖达：《毛诗正义》，（清）阮元校刻：《十三经注疏》，中华书局1980年版，第269—270页。

　　我们常说"动之以情，晓之以理"。语言的文学性包括但不限于抒情，抒情只是沟通交流的方法和手段之一。公元前630年，晋文公联合秦穆公攻打郑国，郑国危在旦夕，烛之武"夜缒而出，见秦伯"①。对于利欲熏心的秦穆公来说，乞哀是不会有任何效果的，所以烛之武抛开了"动之以情"，专就利害关系说秦穆公：秦国和晋国联合起来攻打郑国，郑国知道无法抵抗。如果郑国灭亡对秦国有利也就罢了，问题是郑国灭亡对秦国不但没有好处，还有坏处。原因是什么呢？这就是"邻之厚，君之薄也"。现在秦晋两个国家实力相当，郑国与晋国紧邻，所得土地立马可并入晋国版图。秦国和郑国中间却隔着东周，秦国即便在灭亡郑国能获得一片土地，但这片土地却无法并入秦国。晋国领土增加，秦国领土不增加，这就是"邻之厚，君之薄"②的道理。而且晋国贪得无厌，不讲信义，今后必为秦国劲敌。与其这样，莫如保全郑国，秦国出使东方国家，在郑国还可以歇歇脚，让郑国充当东道主的角色，对秦国是极为有利的。秦穆公听了烛之武的一番分析后，与晋文公招呼都没打就撤军了，而且留下三个秦军将领协助郑国抵抗晋国。烛之武在秦穆公面前侃侃而谈，其间并没有情感的起伏。韩国为了阻止秦国东侵，派水利专家郑国到秦国实行"疲秦之策"。这一图谋被发觉后，公元前237年秦王嬴政有心将所有的客卿逐出秦国。此时，楚国上蔡人李斯也在被驱逐之列，惶恐不安中李斯写下了著名的《谏逐客书》。《谏逐客书》也没有"动之以情"，没有表现出祈求可怜之相，而是完全站在秦国和秦王嬴政的立场上，客观分析了逐客对秦国的危害。李斯达到了自己的目的，秦王嬴政读了李斯的这篇奏章，立马取消了逐客令。烛之武和李斯都没有使用抒情手段，但都达到了自己的目的。

　　使文字具有文学性的方法是多样的，除了动之以情和晓之以理外，在诗歌中赋、比、兴也是常用的方法。赋、比、兴是古人对《诗经》创作经验的理论性总结，是对中国古代诗歌表现方法上的归纳和提炼。《诗经》中还有一种表现手法叫复沓。复沓是指一首诗由若干章组成，章与章之间字句基本相同，只对应地变化少数字词，反复咏唱。《诗经》大量运用复沓的表现手法加强了抒情效果。另外，《诗经》中还大量运用重言、双声、叠韵等，这对加强《诗经》的文学性都起到了很重要的作用。

---

① 李宗侗：《春秋左传今注今译》，新世界出版社2012年版，第341页。
② 李宗侗：《春秋左传今注今译》，新世界出版社2012年版，第342页。

　　文学是一种语言现象，文学的基本功能是帮助言说者进行有效的思想情感的传达。为了更好地完成人际交流过程中的思想和情感的传达，言语者要对所用言辞进行适当的选择和修饰。以这样的标准看待文学，则凡是用来表情达意的文字都可以称为文学。墨子讲究实用，不重文采，但其文能够做到明辨是非，逻辑严密，故也在先秦文学的范围之内。先秦时期，文史哲不分家，文学作为思想的表达手段，已经受到先秦诸子们的高度重视，著书立说，一时成为风气。屈原发愤以抒情，屈原的作品过多地承载了他心中郁积的怨愤，"屈原履忠被谗，忧悲愁思，独依诗人之义而作《离骚》，上以讽谏，下以自慰"①，创作的现实功利性不言而喻。后世文人继承了先秦诸子开创的传统，文以载道成为创作的基本原则。

　　孔子在《论语·卫灵公》中说："辞达而已矣。"② 在孔子看来，说话最重要的是将内心的想法准确无误地传达给对方。在《周易·文言传》中，孔子提到了"修辞立其诚"③，要求修辞者持中正之心，怀敬畏之意，对自己的言辞要切实负责，采取恰当的方式进行表达。换句话说，说话者要怀真诚之心，从心灵深处发声音，讲真话。当然，孔子还说过"言而无文，行而不远"的话，见于《左传·襄公二十五年》："仲尼曰：'志有之，言以足志，文以足言。不言谁知其志？言而无文，行而不远。'"④ 孔子之前，人们已经认识到了文对言的重要性。但综合孔子说过的三句话可以看出，孔子更看重言语意思的准确传达，文只不过是为了更好地传达意思而已。

　　古人很早就认识到言辞的重要性，《诗经·大雅·板》："辞之辑矣，民之协矣；辞之绎矣，民之莫矣。"⑤ 辑，意思是和顺。协，指融洽。绎，同"怿"，喜悦。莫的意思是安定。这句诗的意思是言辞和顺，百姓就融洽和睦；言辞动听，百姓就安宁悦生。关于言辞的重要性，《诗经·大雅·抑》也说："白圭之玷，尚可磨也；斯言之玷，不可为也。"⑥ 告诫人们言语不可不慎重。据《论语·子路》记载，鲁定公曾问孔子："一言而可以兴邦，有诸？""一言而丧邦，有诸？"⑦ "一

---

① （汉）王逸注，（宋）洪兴祖补注：《楚辞章句补注》，吉林人民出版社 1999 年版，第 49 页。
② （宋）朱熹：《论语集注》，齐鲁书社 1992 年版，第 132 页。
③ （唐）孔颖达：《周易正义》，（清）阮元校刻：《十三经注疏》，中华书局 1980 年版，第 271 页。
④ 李宗侗：《春秋左传今注今译》，新世界出版社 2012 年版，第 831 页。
⑤ （唐）孔颖达：《毛诗正义》，（清）阮元校刻：《十三经注疏》，中华书局 1980 年版，第 549 页。
⑥ （唐）孔颖达：《毛诗正义》，（清）阮元校刻：《十三经注疏》，中华书局 1980 年版，第 555 页。
⑦ （宋）朱熹：《论语集注》，齐鲁书社 1992 年版，第 140 页。

言兴邦，一言丧邦"固然言过其实，但言语的重要性也是不可忽视的，尤其是事关国家政事更应该用词严谨。《论语·宪问》："为命，裨谌草创之，世叔讨论之，行人子羽修饰之，东里子产润色之。"①一份完善的命令出炉，竟然需要那么多人为之呕心沥血！

对于"东里子产润色之"这句话，何晏集解说："子产居东里。"② 子产是春秋时期郑国人，姬姓，名侨，字子产，著名的政治家和思想家，很有口才。据《左传·襄公三十一年》记载，公元前542年，子产出使晋国，晋国国君借故不见，子产派人把招待他们的低矮客馆的围墙给拆了。晋国责备子产，子产有一番说辞，大意是我们郑国是一个小国，对哪个大国都不敢怠慢。现在带着贡赋来晋国，晋国却推脱很忙，也不知道什么时候能将带来的礼物交割完毕。想送到仓库却没有人检验，放在外面怕坏了。子产说一般盟主都是比较讲礼仪的，宁愿自己住简陋的宫室，也要修好道路，建好招待各国来使的国宾馆，给各国使臣宾至如归的感觉。现在郑国到晋国贡献，不获接见，所贡之物无处存放。宾馆低矮，门不容车，盗贼公行，也不知道什么时候才获接见。如果不将宾馆的围墙拆掉，没有地方藏这些礼物，损坏了礼物罪行岂不更大。子产这番话有礼、有利、有节，赢得了晋国上卿赵武的敬佩，连晋国的叔向都说："辞之不可以已也如是夫！子产有辞，诸侯赖之，若之何其释辞也？"③ 叔向的话不仅仅是表达对子产的敬佩，而且特别强调了言辞修饰的重要性。

战国时期，处士横议，言辞的重要性更为凸显。据《史记·张仪列传》记载，张仪刚开始游说诸侯的时候，先到了楚国。通过各种方法，张仪获得了接近楚相的机会。楚相在家招待宾客，没想到其间家中失盗。因为张仪家中贫困，在大家心目中也没什么品行，所以就有人怀疑张仪偷了东西，而且将张仪捆绑起来拷打，被打个半死，抬回家中。妻子嘲笑他说："嘻！子毋读书游说，安得此辱乎？"然而张仪对挨打毫不在乎，对妻子说："视吾舌尚在不？"他的妻子看了看，告诉张仪，他的舌头还在。张仪说："足矣！"④ 张仪一生靠的就是好口舌，只要舌头还在，人生就有希望。可见先秦时期人们对言辞的重视，《说苑·善说》用

① （宋）邢昺：《论语注疏》，（清）阮元校刻：《十三经注疏》，中华书局1980年版，第2510页。
② （宋）邢昺：《论语注疏》，（清）阮元校刻：《十三经注疏》，中华书局1980年版，第2510页。
③ 李宗侗：《春秋左传今注今译》，新世界出版社2012年版，第910页。
④ （汉）司马迁：《史记》，中华书局2006年版，第433页。

一段话进行了归纳总结："夫辞者，人之所以通也。主父偃曰：'人而无辞，安所用之。'昔子产修其辞，而赵武致其敬；王孙满明其言，而楚庄以惭；苏秦行其说，而六国以安；蒯通陈说，而身得以全。夫辞者乃所以尊君、重身、安国、全性者也。故辞不可不修而说不可不善。"①言辞首先是交流沟通的工具，只有通过言辞人们才能了解言说者的所思所想。一旦所思所想借助语言表达了出来，对现实必然会产生一定的影响。这种影响也会反诸说话者自身，给言说者带来好的或坏的结果。张仪自信自己的言辞能给他带来荣华富贵，所以特别看重自己的舌头。不过，春秋和战国时期的人们对如何修饰言辞的看法还是有所不同的。虽然说"言之无文，行之不远"②，但在孔子看来，善说的基础是辞达。到了战国时期，从士阶层分化出来的一大批游说之士，他们继承了春秋时期"行人"相聘于诸侯的传统，熟悉纵横捭阖之术，凭借自己的口才，鼓吹"纵合则楚王，横成则秦帝"③。为了自己的功名利禄，他们见风使舵，明辨利害得失，为诸侯争城、掠地、杀人、灭国，出奇谋、划妙策，他们或游说君王，或互相辩难，无不变本加厉，铺张夸饰，出奇制胜，决胜千里，形成的文字令人拍案叫绝。战国策士们在雄谈剧辩时大大偏离了孔子"修辞立其诚"④的原则，为达目的不惜危言耸听，夸张渲染，挑拨离间，玩弄权谋。

三、文笔之辨与朱自清的"论诗""论辞""论文"三阶段

朱自清在《诗言志辨·序》中说："我们的文学批评似乎始于论诗，其次论'辞'，是在春秋及战国时代。论诗是论外交'赋诗'，'赋诗'是歌唱入乐的诗。论'辞'是论外交辞令或行政法令。两者的作用都在政教。从论'辞'到论'文'还有一段曲折的历史，这里姑且不谈。只谈诗论，'诗言志'是开山的纲领。"⑤"诗言志，歌咏言"，单从表情的角度看，诗歌当然是文学的重要组成部分。辞为了动人视听，无论是修辞立其诚还是铺张夸饰，都是对言辞的有意修饰，言辞的文学性也因这种修饰凸显了出来。但正如朱自清所说，先秦时期的诗

① 赵善诒：《说苑疏证》，华东师范大学出版社1985年版，第301—302页。
② 李宗侗：《春秋左传注今译》，新世界出版社2012年版，第831页。
③ （汉）司马迁：《史记》，中华书局2006年版，第427页。
④ （唐）孔颖达：《周易正义》，（清）阮元校刻：《十三经注疏》，中华书局1980年版，第271页。
⑤ 朱自清：《诗言志辨》，华东师范大学出版社1996年版，第4页。

与辞都关乎政教。《诗经》就不用说了，"不学诗，无以言"①，"学诗三百，授之以政，不达；使于四方，不能专对，虽多，亦奚以为！"②《诗经》就是为了"赋诗言志"的现实需要编纂的。屈原的作品也与政治关系密切，《史记·屈原列传》说"屈平疾王听之不聪也，谗谄之蔽明也，邪曲之害公也，方正之不容也，故忧愁幽思而作《离骚》"③。朱自清所说的辞除了包括外交辞令和行政法令，也应该包括诸子著述。诸子著述和那些游说的策士一样，都是在用言辞干预现实，只不过诸子将言辞用文字记录了下来，换一种方式而已。

朱自清认为"从论'辞'到论'文'还有一段曲折的历史"，这段曲折的历史就是中古时期"文笔之辨"经历过的三个阶段④。两汉时期重要的文体是赋，由骚体赋到散体大赋再到抒情小赋，赋体文学经过了一个潮起潮落的过程。与此同时，"笔"体文字也渐趋成熟，并与赋一起，共同支撑起汉代文学的天空。在纸张成为主要的书写工具之先，刀、笔是从事文字工作的必要工具。笔在竹简木牍上书写，难免有错讹之处，修改错讹之处就需要专门的工具——刀。"笔则笔，削则削"，刀笔并用，所以当时的读书人和政客都要随身携带这两件东西。汉代的时候，这些随身携带刀笔为官家效力的人被称作"刀笔吏"。张汤是汉代著名酷吏，在《汉书·张汤传》中他自称"无尺寸之功，起刀笔吏"⑤。笔体文字出自这些笔吏之手。汉武帝用儒生充实刀笔吏之后，笔体文字的文学水准得到了快速提高。魏晋时期，士族自恃清高，他们不屑于刀笔工作，将"笔"拱手让给了庶族，出现了钟嵘所说的"今之士俗，斯风炽矣。才能胜衣，甫就小学，必甘心而驰骛焉。于是庸音杂体，各各为容。至使膏腴子弟，耻文不逮，终朝点缀，分夜呻吟。独观谓之警策，众睹终沦平钝"⑥的奇观。南朝时期，寒族兴起，"笔"成为他们改变自身命运的重要工具。

关于文、笔的区分，刘勰的《文心雕龙·总术》谓："今之常言，有文有笔；

---

① （宋）朱熹：《论语集注》，齐鲁书社 1992 年版，第 172 页。

② （宋）朱熹：《论语集注》，齐鲁书社 1992 年版，第 129 页。

③ （汉）司马迁：《史记》，中华书局 2006 年版，第 505 页。

④ "文笔之辨"的三个阶段，参见胡大雷：《"文笔之辨"与中古政治、文化》，《文学评论》2015 年第 6 期。

⑤ （汉）班固：《汉书》，岳麓书社 1993 年版，第 1143 页。

⑥ （南朝）钟嵘：《诗品》，载何文焕辑：《历代诗话》，中华书局 1981 年版，第 3 页。

以为无韵者笔也，有韵者文也。"① 范晔的《狱中与诸甥侄书》也说："手笔差易，文不拘韵故也。"② 刘勰的观点影响深远，以至于不少人认为当时的人们是以有韵无韵来区分文与笔的。然而范晔在《狱中与诸甥侄书》又称："吾思乃无定方，特能济难适轻重，所禀之分，犹当未尽。但多公家之言，少于事外远致，以此为恨，亦由无意于文名故也。"③ 范晔这里所说的"公家之言"指的是实用性文字，而"事外远致"指的是私人化有情趣的文字，在承认有韵为文、无韵为笔的基础上，范晔进一步认为文乃私人化的文字，笔是与文相对的公家实用性文字。之后的萧绎在《金楼子·立言》中进一步发挥范晔的观点，他说："吟咏风谣，流连哀思者，谓之文。……笔退则非谓成篇，进则不云取义，神其巧惠笔端而已。至如文者，惟须绮縠纷披，宫徵靡曼，唇吻遒会，情灵摇荡。"④ 由此可见，从范晔到萧绎，人们对文、笔的区分有了新的认识，正如逯钦立在《说文笔》中提道："这是放弃以体裁分文笔的旧说，开始以制作的技巧，重为文笔定标准。"⑤ 以制作技巧作为定文笔的标准，说明先秦时期"言之无文，行而不远"观念在文笔之辨中并没有完全退场和缺席。

公家实用性文字之所以称作笔应该与秦汉时期的刀笔吏有关。秦汉以文书御天下，各级官府间的行政事务往来基本依赖官方文书来实施运作。当时从事案牍文书工作的人被称为刀笔吏，所作文字被称作案牍文书。案牍文书最切实际，讲究立足现实，用词严谨，条理清晰。张汤是汉代著名的酷吏，他还是个孩子的时候就已经表现出卓异的案牍才干。《史记·张汤列传》载，张汤小时候，有一次老鼠偷吃了家里的肉，父亲打了他一顿。张汤掘得盗鼠及余肉，"劾鼠掠治，传爰书，讯鞫论报，并取鼠与余肉，具狱磔堂下。其父见之，视其文辞如老狱吏，大惊，遂使书狱"⑥。张汤磔鼠堂下，有理有据，从折狱之辞来看，盗鼠死有余辜。张汤从小就显示了驾驭案牍文书的能力。从言辞的达意角度看，案牍文书出

---

① 杨明照等：《增订文心雕龙校注》，中华书局 2012 年版，第 535 页。

② （南朝）范晔：《狱中与诸甥侄书》，载郭绍虞：《中国历代文论选》第 1 册，上海古籍出版社 2001 年版，第 222 页。

③ （南朝）范晔：《狱中与诸甥侄书》，载郭绍虞：《中国历代文论选》第 1 册，上海古籍出版社 2001 年版，第 222 页。

④ （南朝）萧绎撰：《金楼子》，中华书局 1985 年版，第 75 页。

⑤ 逯钦立：《逯钦立文存》，中华书局 2010 年版，第 555 页。

⑥ （汉）司马迁：《史记》，中华书局 2006 年版，第 707 页。

自刀笔吏之手，肯定是准确无误的上好文字。为了准确无误，案牍文书遣词造句极为严谨，在言辞的修饰上也会极为讲究。因此，案牍文书不能说完全不具有文学性。但案牍文书乃"官人百吏之所以取禄秩也"①，很多公文具有程式化的特点，刀笔吏除了在字词的选择上具有发挥的空间，很多文学手段毕竟无法充分施展，文学发挥的余地并不太大。案牍文书"循法则、度量、刑辟、图籍"，撰作者可以"谨守其数，慎不敢损益也"②。刘勰《文心雕龙·书记》称朝廷公家实用性文字为"虽艺文之末品，而政事之先务也"。③ 换句话说，案牍文书虽然也符合文学的某些特点，但却是"艺文之末品"，必须服从"政事之先务"这个中心。

必须承认，在朝廷公家实用性文字中，也有一些文字取法诸子之文、纵横家之辞，对言辞的修饰不仅没有减少，反而踵事增华，变本加厉。为动人视听，贾谊的《陈政事疏》一开头即感叹："臣窃惟事势，可为痛哭者一，可为流涕者二，可为长叹息者六，若背理而伤道者，难遍以疏举。进言者皆曰天下已安已治矣，臣独以为未也。"④贾谊年少气盛，对国家充满热情，对自己充满自信，在阐述自己观点的时候用语疏直激切，不假含蓄，一泻无余。案牍文书有固定的格式，言辞要求准确无误，文学手段受到一定程度的限制，而奏疏却为文学手段提供了相当大的运用空间。为了取得成效，奏疏往往会采取动之以情、晓之以理的各种文学手段。奏疏无非是分析事情的曲直利害，对此先秦时期的行人和策士积累了很多经验。奏疏包括后来科举中的策论，实际就是将行人和策士陈说事理的言辞文字化。鲁迅《汉文学史纲要》称誉贾谊的《过秦论》为"西汉鸿文"⑤，是贾谊最有文学色彩的一篇。《过秦论》语言跳跃奔放，气势峥嵘磅礴。用高度凝练的语言，把风云变幻的历史浓缩为一个个具体的形象，使《过秦论》具有了广阔的时空内涵和强大的逻辑力量。《过秦论》是一篇政论兼史论的散文，是作者对社会政治思考的成果。史论文和政论文也都以说理为主，写作的目的性和功利性都很强，和先秦诸子著书立说一样，也都有关政教。

从渊源上讲，史论文、政论文、奏疏等都可追溯至春秋时期行人的外交辞

---

① 章诗同：《荀子简注》，上海人民出版社1974年版，第28页。
② 章诗同：《荀子简注》，上海人民出版社1974年版，第28页。
③ 杨明照等：《增订文心雕龙校注》，中华书局2012年版，第350页。
④ （汉）贾谊：《贾谊集·贾太傅新书》，岳麓书社2010年版，第125页。
⑤ 鲁迅：《鲁迅全集》第9卷，人民文学出版社1998年版，第391页。

令。《说苑·善说篇》记载子贡之言云："出言陈词，身之得失，国之安危也。"①行人辞令在外交场合发挥着巨大作用，烛之武、子产皆以辞令维护了国家利益。策士们继承了春秋行人善说的传统，在战国时期纵横捭阖，翻手为云，覆手为雨。诸子百家则深思熟虑，笔则笔，削则削，以行人陈述利害的思维方式著书立说，表达着对现实社会的思考。汉代以后的政论文、史论文、奏疏、策论等，内容上都有关政教，思维方式上依然是行人的摆事实，讲道理，分析利害关系。朱自清称先秦时期的外交辞令和政教法令为"辞"，汉代以后的政论文、史论文、奏疏、策论等也是辞，尽管其中也有文学手法的运用。值得注意的是，秦汉以文书御天下，儒生笔下的案牍文书也加入进来，辞与案牍文书一并构成了"笔"的主要内容。

文学批评的形成，在时间上往往滞后于文学创作，它需要批评家对文学创作文本进行思考和归纳。创作文本业已存在，无论批评家怎么批评，依附于作品的文学现象是不会消失的。文学批评的任务是尽可能地贴近实际，将依附于作品的文学现象剥离出来，呈现出来。这个过程有时很长，需要几代人甚至几十代人去发掘和思考。最初人们以有韵、无韵区分文笔，但后来放弃了以体裁分文笔的旧说，开始以制作技巧重为文笔定标准。区分文笔标准的变化也说明，文学批评不是一朝一夕，一蹴而就的。在批评家努力区别文笔的时候，士族却醉心于"宫徵靡曼，唇吻遒会，情灵摇荡"②，有韵、无韵根本无法诠释士族的创作心理，为文笔制定新的区分标准势在必行。朱自清先生将我国早期文学批评分为论诗、论辞、论文三个阶段，这三个阶段也符合我国文学创作实际。公元前6世纪，出于赋诗言志的现实需要，我国第一部诗歌总集《诗经》编订成书。春秋战国时期，外交辞令、策士雄辩取得了很大成就，并被史书记录在案。在善说风气鼓舞之下，诸子百家著书立说，诸子散文辉煌一时。有了以上文学创作，才有了先秦时期文学批评方面论诗和论辞的出现。那么朱自清所说的"论文"又是什么呢？汉代以后，辞与案牍文书一并构成了"笔"的主要内容。因此，文笔之辨的"笔"实际就是朱自清所谓的"辞"。既然朱自清所谓的"辞"就是文笔之辨中的"笔"，那么朱自清所谓的"论文"中的"文"肯定另有所指，而不可能与"辞"同时指

---

① 赵善诒：《说苑疏证》，华东师范大学出版社1985年版，第301页。
② （南朝）萧绎撰：《金楼子》，中华书局1985年版，第75页。

向"笔"。换句话说，朱自清所谓的"论文"中的"文"不是指散文，也不是一般意义上的文章。他在《什么是文学》这篇短文中说："南朝所谓'文笔'的文，以有韵的诗赋为主，加上些典故用得好，比喻用得妙的文章，昭明《文选》里就选的是这些。"① 萧统在《文选序》中谈到，诸子百家之作，"以立意为宗，不以能文为本"，史家之作，"褒贬是非，纪别异同，方之篇翰，亦已不同"，这些都不入选。能够入选《文学》的文章，须是"综辑辞采""错比文华"的，须是"事出于沈思，义归乎翰藻"的②。清代阮元在谈到萧统的选编标准时，把萧统的标准称为"惟沈思翰藻乃可名之为文也"③。

就文体而言，《文选》所选之文包括诏、令、册、教、表、文、启、上书、弹事、奏记、对问、设论、笺、书、檄、辞、序、颂、赞、论、箴、铭、诔、符命、史论、史述赞、连珠、哀、碑文、墓志、行状、吊文、祭文等，所选文章多讲究对仗。昭明宣称不选史家之文，但《文选》中却出现了史论、史述赞等13篇文章。从昭明所选的这些史论、史述赞等文章来看，它们都具有一个相同的特点，那就都比较注重形式，讲究对仗。《文选》选文有韵文，有散文，其中的诏、册、令、教、文、表、上书、启、弹等又属于朝廷公家实用性文字，属于笔。注重形式，讲究对仗，"事出于沈思，义归乎翰藻"④，这是《文选》选文的标准。《文选》选文实际抛弃了"有韵者文，无韵者笔"⑤ 的说法，萧统更为重视文字的修饰效果。萧绎《金楼子·立言》："吟咏风谣，流连哀思者，谓之文。"⑥ 在对"文"的认识上，萧统与萧绎的看法是一致的。萧统、萧绎心目中的"文"实际就是孔子所说的"言之无文，行之不远"⑦ 的"文"。"文"原本是一种手段，是对言辞的各种修饰方法，对言的表达效果起到辅助的功能。朱自清在《什么是文学》一文中提到了南朝"文笔"的文，提到了萧统《文选》的选文。朱自清所说的我国早期文学批评的论诗、论辞、论文三个阶段，其中"论文"中的"文"当是指言辞

---

① 朱自清：《朱自清讲文学》，百花洲文艺出版社 2016 年版，第 3 页。
② （南朝）萧统编，（唐）李善注：《文选》，中华书局 1977 年版，第 2 页。
③ （清）阮元：《揅经室集·揅经室三集》卷二《书昭明太子文选序后》，中华书局 1993 年版，第 609 页。
④ （南朝）萧统编，（唐）李善注：《文选》，中华书局 1977 年版，第 2 页。
⑤ 杨明照等：《增订文心雕龙校注》，中华书局 2012 年版，第 535 页。
⑥ （南朝）萧绎：《金楼子》，中华书局 1985 年版，第 75 页。
⑦ 李宗侗：《春秋左传今注今译》，新世界出版社 2012 年版，第 831 页。

的各种修饰方法，也就是我们常说的文学手段。我国早期的文学批评经历过三个这样的阶段：第一个阶段是对诗的评价，适应了当时赋诗言志的社会风气；第二个阶段是对辞的评价，这是因为辞关系到个人安危、国家利益，于是出现了对辞的探讨；第三个阶段是对文的讨论。文作为言辞的修饰手段，最初只是达意的辅助性工具。但在第三个阶段，言辞的修饰方法受到了前所未有的重视，《文选》一书的结集就是这一思潮影响的结果和反映。其实，言辞达意是目的，言辞的修饰方法只是手段。言辞的修饰方法和言辞达意的目的原非矛盾，很多言辞之所以达意达得好就是运用了恰当的言辞修饰方法。但在第三个阶段，言辞的修饰方法已不仅仅是言辞达意的辅助性工具，人们对手段的重视有超越目的的倾向。

四、《七发》炫耀写作技巧的文学史意义

《孟子·万章上》："说《诗》者不以文言辞，不以辞害志。"①《庄子·外物》也说："筌者所以在鱼，得鱼而忘筌；蹄者所以在兔，得兔而忘蹄；言者所以在意，得意而忘言。"②这都是针对读者和听者来说的。在阅读作品和听人言说的时候，要正确理解和接收作品或言说者要表达的意思，不能仅仅从字面上作简单的理解。从作者或言说者的角度讲，表达不但要准确严谨，也要采用适当的方式易于读者或听者理解。如果说"不以辞害意"是对读者或听者提出的要求，采取适当的方式准确严谨地表达自己心中的想法则是对言说者或作者提出的要求。到了朱自清所谓的中国早期文学批评的三个阶段，作为第三阶段的"论文"，作者却对言辞的修饰方式表达出过分的热情，甚至于出现了"以文害辞""以文害意"也在所不惜的情况。以贾谊的《过秦论》上篇开头来说："秦孝公据崤函之固，拥雍州之地，君臣固守以窥周室，有席卷天下，包举宇内，囊括四海之意，并吞八荒之心。"③这段文辞向来为人称道，但"席卷天下""包举宇内""囊括四海""并吞八荒"四个词在重复同一个意思。钱锺书对贾谊的这几句话进行了批评，认为是"堆叠成句，词肥义瘠"④。当然，从效果上来说，这四个字还是造成了一定气势，显示出贾谊少年气盛的创作个性。但如果一味地追求这种气势，势必如钱锺

---

① （宋）朱熹：《孟子集注》，齐鲁书社 1992 年版，第 132 页。
② （清）郭庆藩撰，王孝鱼点校：《庄子集释》，中华书局 2013 年版，第 828 页。
③ （汉）贾谊：《贾谊集·贾太傅新书》，岳麓书社 2010 年版，第 3 页。
④ 钱锺书：《管锥编》，三联书店 2007 年版，第 1432 页。

书所批评的那样，辞多意少也会影响到达意的效果。

铺张扬厉本来是战国策士的说话方式。为了游说成功，战国策士不惜夸大其词，危言耸听，运用比喻、夸张、对偶、排比等修辞手法，极尽铺陈夸饰之能事。枚乘将策士们的这种说话方式运用到《七发》的创作当中，对音乐、饮食、车马、宫苑、田猎、观涛等事项的铺排，希望借此使太子明白这样一个道理：过度的安逸和物质享受会损害身心健康。枚乘创作《七发》的目的很明显，那就是使得自己的作品起到讽谏的作用。但他极力铺写音乐、饮食、车马、宫苑、田猎、观涛的场面，显然与劝谏目的本身关联度不大。汉代人一般认为赋有讽谏之义，比如司马迁就评价司马相如的《子虚赋》说是"其卒章归之于节俭，因以讽谏"①，班固也认为司马相如的作品"虽多虚辞滥说，然要其归之于节俭，此与《诗》之讽谏何异？"② 然而，司马相如写作《子虚赋》和《上林赋》的过程却说明，汉赋的铺张扬厉与讽谏的确没有多大关系。司马相如先著《子虚赋》，汉武帝读后大加赞赏，司马相如自告奋勇："然此乃诸侯之事，未足观，请为天子游猎之赋。"③"未足观"显然指游猎之事。《子虚赋》对诸侯游猎之事的铺张描写已经够夸大其词了，但司马相如表示还不满意。他希望创作一篇天子游猎赋，无论在气势上还是在内容的铺排上都要远远超过描写诸侯游猎的《子虚赋》。事实果真如此，《上林赋》没有让汉武帝失望，"赋奏，天子以为郎"④。汉武帝欣赏《子虚赋》绝不是因为其"卒章归之于节俭"⑤，而是赋中对游猎之事的夸张描写引起了汉武帝的兴趣。因此，他续写《子虚赋》的最终目的也不是为了讽谏，而是为了迎合汉武帝好大喜功的心理，向汉武帝展现天子游猎的壮观场面。由此可见，司马相如对文的重视程度远超对义的追求。换句话说，司马相如在继承孔子"言之无文，行之不远"思想的同时，却背离了孔子"修辞立其诚"的写作原则和立场。

《子虚赋》和《上林赋》借子虚、乌有、亡是公三个虚拟的人物相互夸耀展开故事情节，极力铺写齐、楚及天子游猎之事，而且夸张的强度越来越大，都是后者超越前者，后来者踵事增华、变本加厉，最后把夸张推到极致。司马相如的

---

① （汉）司马迁：《史记》，中华书局 2006 年版，第 673 页。
② （汉）班固：《汉书》，岳麓书社 1993 年版，第 1130 页。
③ （汉）班固：《汉书》，岳麓书社 1993 年版，第 1111 页。
④ （汉）司马迁：《史记》，中华书局 2006 年版，第 677 页。
⑤ （汉）班固：《汉书》，岳麓书社 1993 年版，第 1111 页。

写作目的根本不在讽谏，而是在按时空顺序采取以类相缀的方式来铺陈事物。在当时人们的潜意识中，这种铺陈越是超乎想象越能显示作家的能力。对夸张铺陈的追求才是汉大赋创作的内在驱动力。然而，对于汉大赋创作的内在驱动力，当时人们并没有清醒的认识，即便是汉赋作家本人，也多误以为自己的写作目的是讽谏。汉代辞赋作家在创作散体大赋的时候言不由衷，一面自欺欺人地说自己的创作目的是讽谏，一面却夸大其词，铺采摛文，大肆掇拾相同的事类，不厌其烦地堆叠成句，妄想以此虚张声势，达到动人视听的目的。汉大赋实际上是以辩难的方式进行夸张艺术的表演和比赛。对此，有着丰富写作经验的扬雄感触最深，出言也最为精当。班固《汉书·扬雄传》说扬雄"以为靡丽之赋，劝百而讽一，犹骋郑卫之声，曲终而奏雅"①。在汉代，很少有人能像扬雄这样对散体赋的这一特点看得如此清楚。

汉大赋是夸张艺术的表演和比赛，辞赋家在创作中铺张扬厉，铺采摛文，反映了汉代作家对"有意味的形式"的追求。"有意味的形式"由克莱夫·贝尔在《艺术》一书中提出，其内涵是"纯粹的形式"不担负指示的意义，也就是不传递信息，也不进行启发和教化，拒绝唤起世俗的、功利的、作为手段的情感，它所激发的是我们的审美情感，通过审美来与读者进行交流和共鸣。"在纯粹的审美中，我们只考虑自己的感情和审美对象"，"而艺术家的工作就是按这种规律去排列、组合出能够感动我们的形式"②。汉武帝对文辞的理解已经远远超出了它的实际交际功能，《汉书·淮南衡山济北王传》："时武帝方好艺文，以（刘）安属为诸父，辩博善为文辞，甚尊重之。每为报书及赐，常召司马相如等视草乃遣。"③因为刘安善属文，汉武帝与刘安的来往书信往往要司马相如等润色后再发出。除了准确交流和传达，汉武帝对文辞所负载的"文学意味"表现出异乎寻常的兴趣。汉武帝对"文学意味"的重视是一个风向标，在辞赋作家那里则表现为夸张艺术的表演和比赛，形成了汉大赋铺张扬厉、铺采摛文的文体特点。

《左传·襄公二十四年》记载鲁国的叔孙豹所称的"三不朽"云："太上有立德，其次有立功，其次有立言，虽久不废，此之谓三不朽。"④立德、立功、立言

---

① （汉）班固：《汉书》，岳麓书社 1993 年版，第 1130 页。

② 克莱夫·贝尔：《艺术》，周金环、马钟元译，中国文联出版公司 1984 年版，第 6 页。

③ （汉）班固：《汉书》，岳麓书社 1993 年版，第 946 页。

④ 李宗侗：《春秋左传今注今译》，新世界出版社 2012 年版，第 812 页。

都足以使一个人流芳百世。但德是什么？见仁见智，一个人的立身行事需要经过别人的评骘。立功不仅需要过人的才智，还需要有强健的体魄。在边疆一刀一枪建功立业，对于一介书生来说谈何容易。曹丕《典论·论文》："盖文章经国之大业，不朽之盛事。年寿有时而尽，荣乐止乎其身，二者必至之常期，未若文章之无穷。是以古之作者，寄身于翰墨，见意于篇籍，不假良史之辞，不托飞驰之势，而声自传于后。"①文人勤于思考，他们乐于也善于将心中所思所感用文字记录下来，因此文人每以"立言"为第一要务，以求不朽。人们一般视曹丕文章乃"经国之大业，不朽之盛事"为文学自觉的标志，其实曹丕不过是对三不朽进行了重新阐释，是对立言功用的再次确认，并未涉及"文学意味"的核心问题。先秦时期，文只是辞达的辅助工具，还没有抛开辞达而将文作为把玩的对象。汉大赋的出现，虽然辞达的目的性还没有抛弃，但已然表现出对文的醉心追求，表现出对政教的疏离。文学自觉应该是对"文学意味"有了进一步的认识，这种意识的觉醒在秦汉之际，散体大赋是这种意识觉醒的直接表现。

司马迁称宋玉、唐勒、景差之徒"皆好辞而以赋见称"②，《汉书》称邹阳、严忌、枚乘"皆以文辩著名"③，称刘安"辩博善为文辞"④，称千乘人儿宽"善属文"⑤，称终军"少好学，以辩博能属文闻于郡中"⑥。《史记》《汉书》对"善属文"现象的记录反映了汉代人对"文学意味"的认识和追求。宋玉、唐勒、景差之徒"皆好辞而以赋见称"，最先对"文学意味"表现出浓厚的兴趣。但他们的创作，包括汉初贾谊的《吊屈原赋》《鵩鸟赋》，都还不脱文以载道、发愤抒情的传统窠臼。只有到了枚乘出现，将战国策士铺陈夸饰的说话方式转化为"有意味的形式"，在《七发》中分说音乐、饮食、车马、宫苑、田猎、观涛诸事，并以此规定了汉大赋专事铺张的体制，才使得文学真正以"纯粹的形式"的面貌出现。在此后的文学创作实践中，先秦时期所形成的文以载道、发愤抒情的传统依然在发挥着深远不息的影响，但对"文学意味"的追求也从此在文人心中扎下了根，成

---

① （三国）曹丕：《典论》，中华书局 1985 年版，第 1—2 页。
② （汉）司马迁：《史记》，中华书局 2006 年版，第 507 页。
③ （汉）班固：《汉书》，岳麓书社 1993 年版，第 1028 页。
④ （汉）班固：《汉书》，岳麓书社 1993 年版，第 1028 页。
⑤ （汉）班固：《汉书》，岳麓书社 1993 年版，第 1137 页。
⑥ （汉）班固：《汉书》，岳麓书社 1993 年版，第 1214 页。

为一代代文人安身立命的事业，为之甘心驰骛。

汉兴之初，为了巩固政权，在剿灭异姓王的同时，刘邦大力分封同姓诸侯。汉初采取礼贤兴学的文化政策，对于民间学术不加干预，甚至得到了诸侯藩王的有力支持，于是汉初学术在各藩国呈现了"师异道，人异论，百家殊方，指意不同"①的勃发局面。在分封的众多藩王中，有些藩王或者爱好文学，或者爱好经学，或者爱惜人才，于是在他们周围聚集了各色人才，形成了一个个文学、学术团体，在汉初文学沉寂、百废待兴的背景下显得异常活跃。除了以上介绍的吴王文学集团、淮南王文学集团、梁孝王文学集团，在楚元王刘交周围也形成了一个以研究《诗》学为中心的学术团体。世代务农的刘家有两个闲人，刘邦和刘交。刘邦不事产业，在外面游手好闲，刘交却是一个读书的种子。《汉书·楚元王传》载刘交"好书，多材艺。少时尝与鲁穆生、白生、申公俱受《诗》于浮丘伯。伯者，孙卿之门人也。及秦焚书，各别去"②。汉六年，刘交被立为楚王，都彭城，在位二十三年而卒。刘交为楚王时，之前与他一起游学的穆生、白生、申公都做了他的中大夫。高后时，刘交还特意派申公护送自己的儿子刘郢客到长安从浮丘伯受业。申公精于《诗》，文帝时被立为博士，三家诗中的《鲁诗》就传自申公。楚元王刘交对《诗》也很痴迷，据《汉书·楚元王传》："元王好《诗》，诸子皆读《诗》，申公始为《诗》传，号《鲁诗》。元王亦次之《诗》传，号曰《元王诗》。"③刘交喜欢的是《诗》学，聚集在他周围的也都是研究《诗》学的。

刘德是汉景帝刘启的第二个儿子，以皇子身份被封为河间献王，在皇族当中是最喜欢收集古书的人。河间献王实事求是，从民间得到善本书，一定要认真抄录一遍，将抄本让献书人带走，留下善本。由于河间献王收集古书不惜金钱，赏赐丰厚，很多人愿意将书献给河间献王，以至于河间献王的藏书与汉朝官家相等。刘德不仅喜欢藏书，在他周围也聚集了一批学者，如毛苌和贯公。毛苌先从毛亨学习《诗诂训传》，后被立为河间国博士，其所授《毛诗》流传至今。《史记·五宗世家》言刘德"好儒学，被服造次必于儒者。山东诸儒多从之游"④。在河间献王周围聚集了一批儒家学者，围绕着河间献王形成了一个研习儒家经典的学术团体，其中不乏对儒家经典研究颇深的大学者。

　　淮南王刘安也以好书闻名，但从所好的书的内容上来说，刘安和刘德不太相同。《汉书·景十三王传》云："是时，淮南王安亦好书，所招致率多浮辩。献王所得书皆古文先秦旧书，《周官》《尚书》《礼》《礼记》《孟子》《老子》之属，皆经传说记，七十子之所论。"①河间献王喜欢收集先秦旧书，尤以儒家经典为重点。淮南王刘安所好之书，《汉书》用"浮辩"一词来概括其特点。什么是"浮辩"呢？颜师古注云："言无实用耳。"②汉初以黄老治国，武帝时"罢黜百家，独尊儒术"，黄老儒术都是经世致用的学问，因此不能说是无实用。什么是无实用的呢？西方存在主义大师萨特不无尖锐地指出："对于饥饿的人们来说，文学能顶什么用呢？"③刘安好浮辩之辞，也好浮辩之士，在他周围的八公之徒，都是文学修养深厚的人，他们各竭才智，著作篇章，分造辞赋。据《汉书·艺文志》记载，淮南王刘安自己就曾作赋八十二篇，淮南王群臣赋作四十四篇。以刘安为首的淮南集团不仅是学术团体，更重要的还是一个文学创作集团。

　　吴国北抵淮水，西邻淮南国，西北与梁国接壤。吴国、淮南国、梁国壤地相接，呈西北东南走向，在空间地域上是一个整体。这里原来是吴、越、陈、宋的疆土，战国时期几乎悉数归入楚国版图。司马迁将楚国领土分为三楚，原来的吴越故地被称为东楚，淮北沛、陈属西楚。在这块土地上，先秦时期生活过老子和庄子。秦末的陈胜、吴广曾在此登高疾呼，揭竿而起，掀起了反抗暴秦的序幕。刘邦、项羽也由此出发，一路势如破竹，攻入咸阳，实现了改朝换代的壮举。之后刘、项相争，逐鹿中原，千军万马也驰骋来往于这片土地上。汉朝建立之后，这片土地依然热闹非凡，既有七国之乱的金戈铁马，也有梁园忘忧馆诗酒唱和，君臣相得，其乐融融。《汉书·贾邹枚路传》："汉兴，诸侯王皆自治民聘贤，吴王濞招致四方游士，（邹）阳与吴严忌、枚乘等俱仕吴，皆以文辩著名。"④和在刘德、刘交周围形成的学术集团不完全一样，以刘濞为首的吴国集团、以刘安为首的淮南集团和以刘武为首的梁宋集团，在繁荣学术的同时，更支撑起了汉初文

①　（汉）班固：《汉书》，百衲本《二十五史》，浙江古籍出版社1998年版，第462页。
②　（汉）班固：《汉书》，百衲本《二十五史》，浙江古籍出版社1998年版，第462页。
③　转引自［日］池田大作、［英］汤因比：《展望21世纪》，苟春生、朱继征、陈国梁译，国际文化出版公司1999年版，第67页。
④　（汉）班固：《汉书》，岳麓书社1993年版，第1028页。

学创作的天空。这块土地是汉初文学活动最具活力的地方，据尧荣芝博士论文《两汉文学地域性研究》统计，在西汉有籍贯的作家中，楚越地区作家人数最多，有35人，占西汉有籍贯作家总数的52.2%[1]。另外，还有一些作家客游此地，比如司马相如先是自蜀游京师，因为钦服淮阴的枚乘、吴地严忌等人，听说他们在梁园诗酒唱和，也来到梁园参加了这个文学集团。枚乘的《七发》是汉大赋正式形成的第一篇作品，奠定了汉大赋的创作体制：虚构人物，采用问答的方式结构全篇；篇幅宏大，韵散结合；夸张的笔墨，精细的描绘；叙事状物，不厌其烦；等等。司马相如"与诸侯游士居，数岁，乃著《子虚之赋》"[2]，可见司马相如创作《子虚赋》深受枚乘影响。

　　司马相如创作《子虚赋》的地点值得注意，是在汉景帝时客游梁地所作，此时辞赋家枚乘也从梁王游。枚乘是淮阴（今江苏淮安）人，初为吴王刘濞的郎中。刘濞欲反，枚乘上书劝谏，刘濞不听，枚乘遂离开吴地，去了文人荟萃的梁园。枚乘随梁王朝京师，当时的司马相如做汉景帝的武骑常侍，一见枚乘，佩服得五体投地，于是以病为由，辞官与枚乘客游于梁。在梁园待了几年，司马相如创作了《子虚赋》。司马相如客游于梁，与其说是慕枚乘之为人，不如说是仰慕枚乘的文学创作才华。司马相如的《子虚赋》是和枚乘交游期间的作品，在此之前枚乘已完成了《七发》的创作。从三楚地理观念来看，枚乘的家乡淮阴属东楚，但又是在东楚的北部，与西楚的彭城相距不远。另外《七发》创作的地点在梁[3]，梁为西楚腹地。因此我们可以说，真正的汉大赋的发源地在西楚。模仿是汉代文学的一个重要特点，司马相如仰慕枚乘，从他那里学到了创作汉大赋的本领，并将这种本领发扬光大，甚至远播西南夷。

　　《子虚赋》是司马相如的代表性作品，代表了汉大赋的最高成就，为散体大赋的写作树立了经典样本。作品通过子虚先生、乌有先生和亡是公三人的问答，曲终奏雅，表达了统治者应该节俭的主题思想。其中的子虚先生是楚国人，他为楚国出使齐国。齐王为了向楚使炫耀齐国的强大，"悉发车骑，与使者出畋"。田猎过后，子虚先生去拜访乌有先生，亡是公也在那儿。乌有先生问子虚先生：

---

①　尧荣芝：《两汉文学地域性研究》，四川师范大学文学院博士学位论文，2012年，第18页。

②　（汉）司马迁：《史记》，中华书局2006年版，第672页。

③　（唐）李善《文选注》："孝王时，恐孝王反，故作《七发》以谏之。"《六臣注文选》，中华书局1987年版，第634页。

"今日畋乐乎？"子虚先生说："乐。"乌有先生又问："今日打猎收获大吗？"子虚先生说："收获不多。"乌有先生很奇怪，既然收获不多，怎么会快乐呢？原来，齐王向子虚先生炫耀齐国车骑之众，以为子虚先生一定会惊讶齐国国力之强大。没想到子虚先生详析向他介绍了楚国园囿之辽阔、物产之富饶、楚王车骑之众多、畋猎之快乐，远非齐王所能及。子虚先生所说的"乐"实为口胜之乐。乌有先生先替齐王辩解，首先说齐王"悉发境内之士，与使者出畋"，不过是待客之道，将此看作炫耀，是子虚先生理解错了。其次，子虚先生盛推云梦，奢言淫乐，如果属实，是"彰君恶"；如果不属实，则"伤私义"，君子怎能说假话呢！所以，无论子虚先生铺叙的云梦之美是真是假，"二者无一可。而行之，必且轻于齐而累于楚矣"。接着，乌有先生又将齐国地域之辽阔、物产之丰富、国势之强大，进行了更为恢宏的铺张描写。前后对比使得子虚先生的夸耀顿时黯然失色。这样，齐国不但在精神上、道义上占据了制高点，而且在物质丰富的程度上也远远超过了楚国。

《上林赋》紧承乌有先生的言论展开，亡是公站在一个新的高度首先批评了子虚先生和乌有先生的攀比炫耀，指出齐、楚诸侯徒事奢靡，不明君臣之义，只知道游戏为乐，奢侈相胜，荒淫相越，不但不能提高齐楚国君的声誉，反而是一种贬损。接着笔锋一转，亡是公开始对上林苑的巨丽之美、天子游猎的空前盛况进行了全方位的描绘，极写高台之高、舞场之大、巨钟之重、参加演出人员之多，各种物类事项被纳入画面，铺排得波澜壮阔，气势充沛。在文章的结尾，作者写天子在尽兴之余，突然醒悟，说："嗟乎，此太奢侈。"于是决定今后不再如此铺张，并发布爱民诏令，施行开明政策，天下为之大治。

两汉王朝总共四百余年，是中国历史上的昌盛时期。汉朝经济繁荣，国力强盛，疆域辽阔，极大地影响了人们的精神风貌。《子虚赋》体现了时代精神，反映了当时人们整体的精神追求。《子虚赋》为我们描绘了一个物质极为丰富，疆域极为辽阔的大汉帝国形象，从多个角度表现了汉朝在上升阶段那种朝气蓬勃、昂扬奋进、信心十足的精神风貌。国泰民安，崇德尚义，贤良的大臣聚集在仁政爱民的帝王周围；诸侯宾服，四海升平，君民同乐，富庶无边。为了铺叙汉帝国的富庶，作者罗列了大量奇花异草，珍禽异兽，池苑亭台，崇楼峻宇。写天子行乐，除了曼妙的佳人，美酒佳肴，还有搏虎的勇士。这些描述充分展示了汉帝国的宏大气象和赫赫声威。汉代自文帝以来逐渐意识到藩国对中央政权的威胁，贾谊、晁错冒天下之大不韪，不断向最高统治者建议削藩，以加强中央集权，保证天下政令畅通。司马相如的《子虚赋》以文学的形式反映了这一时代要求。作者极力描写中央王朝的强大，在气势上使地方诸侯国相形见绌，以此打压诸侯的气势。作品用天子的仁政爱民、崇德尚义与诸侯的竞富斗侈行为作对比，目的是显现天子的仁厚爱民，在道义上远高于诸侯。作者千方百计凸显中央王朝的中心地位和绝对权威，目的是宣扬大一统的观念，展示汉民族对国泰民安、生活富庶的渴望和追求。

司马相如不仅在梁地从枚乘学会了创作大赋，还将创作大赋的方法和心得进一步推广传播。梁孝王死后，司马相如一度回到蜀郡成都，牂柯郡有个文人叫盛览，他曾向司马相如请教如何写赋，在司马相如的指导下，盛览创作了《合组歌》《列锦赋》等。《西京杂记》卷二记载，司马相如离开梁国后回到自己家乡蜀郡，盛览向他请教如何作赋，司马相如说："合綦组以成文，列锦绣以为质。一经一纬，一宫一商，比赋之迹也。赋家之心，苞括宇宙，总览人物，斯乃得之于内，不可得而传。"① 司马相如虽然说他写作散体赋"乃得之于内，不可得传"，但他毕竟从枚乘那里得到了真传，学到了创作汉大赋的本领，并将这种本领传给了盛览。汉武帝即位后，有一次读到《子虚赋》，不禁感叹："朕独不得与此人同时哉！"时有狗监杨得意在一旁伺候，说："臣邑人司马相如自言为此赋。"② 武帝大喜，马上召见司马相如。司马相如很受鼓舞，主动表示，说《子虚赋》主要叙述诸侯之事，还不是最好的作品，主动请求"为天子游猎赋"③，于是在《子虚赋》的基础上进一步创作了《上林赋》。武帝读后大为赞赏，拜司马相如为郎。司马相如是汉代最重要的辞赋作家，他的散体赋以歌颂大汉王朝的声威和气魄为主要内容，这种题材的选择为后世赋家立下了标尺，其后的著名赋家沿着司马相如的创作轨迹，创作了很多夸耀铺叙汉朝声威的赋颂作品。汉大赋铺张扬厉的体制或云"出入战国诸子"④，意思是说战国诸子受策士游说习气的影响，写文章喜欢夸张和渲染。但最终使得铺张扬厉的写法成为一种体制，则不得不首推枚乘的《七发》。司马相如受枚乘影响，踵事增华，进一步有力地推动了汉大赋的创作。

---

① （晋）葛洪：《西京杂记》，中华书局 1985 年版，第 12 页。
② （汉）司马迁：《史记》，中华书局 2006 年版，第 672—673 页。
③ （汉）司马迁：《史记》，中华书局 2006 年版，第 673 页。
④ （清）章学诚著，叶瑛校注：《文史通义校注》，中华书局 1985 年版，第 1064 页。

早在先秦时期，老子在陈，庄子在宋，二位先哲就开始了他们的玄想。在西汉有籍贯的作家中，楚越地区的作家人数是最多的。枚乘《七发》分说音乐、饮食、车马、宫苑、田猎、观涛诸事，其描绘方法后来进一步定型为散体赋的描绘模式。枚乘对于散体赋这一文体特征，具有开创之功。更为重要的是，枚乘开创的散体赋描绘模式虽然曾被扬雄批评为"劝百讽一，曲终奏雅"①，但其蕴含的美学意味却深刻地影响了后世文人的创作心理和创作追求。就此意义上讲，说中国文学起东南应该是不过分的。

———————

① （汉）班固：《汉书》，岳麓书社 1993 年版，第 1130 页。

主要参考文献

[1]（清）阮元校刻:《十三经注疏》,中华书局 1980 年版。

[2] 浙江书局辑刊:《二十二子》,上海古籍出版社 1986 年版。

[3] 百衲本《二十五史》,浙江古籍出版社 1993 年版。

[4]（宋）朱熹:《周易本义》,湖南人民出版社 1998 年版。

[5]（清）郝懿行:《山海经笺疏》,巴蜀书社 1985 年版。

[6] 杨伯峻:《列子集释》,中华书局 2012 年版。

[7]（清）郭庆藩:《庄子集释》,中华书局 2013 年版。

[8] 马叙伦:《庄子义证》,上海商务印书馆 1930 年版。

[9] 姜亮夫:《屈原赋校注》,人民文学出版社 1957 年版。

[10]（清）王先慎:《韩非子集解》,中华书局 2013 年版。

[11]（汉）扬雄:《方言》,中华书局 1985 年版。

[12]（汉）孔鲋:《孔丛子》,中华书局 1985 年版。

[13]（汉）班固:《白虎通》,中华书局 1985 年版。

[14]（汉）张仲景:《金匮要略》中华书局 1936 年版。

[15]（汉）赵晔:《吴越春秋》,中华书局 1985 年版。

[16]（汉）袁康:《越绝书》,中华书局 1985 年版。

[17]（汉）徐幹:《中论》,中华书局 1985 年版。

[18]（三国）张揖:《广雅》,中华书局 1985 年版。

[19]（汉）刘熙:《释名》,中华书局 1985 年版。

[20]（汉）桓谭:《新论》,上海人民出版社 1977 年版。

[21]（汉）王充:《论衡》,岳麓书社 1991 年版。

[22]（三国）曹丕:《典论》,中华书局 1985 年版。

[23]（汉）王粲:《王粲集》,中华书局 1980 年版。

[24]（三国）王肃:《孔子家语》,中州古籍出版社 1991 年版。

[25]（南朝）萧绎:《金楼子》,中华书局 1985 年版。

[26]（晋）张华:《博物志》,中华书局 1985 年版。

[27]（晋）葛洪:《西京杂记》,中华书局 1985 年版。

[28]（南朝）萧统编,（唐）李善注:《文选》,中华书局 1977 年版。

[29]（南朝）干宝:《搜神记》,中华书局 1979 年版。

[30]（南朝）陶渊明:《陶渊明集》,作家出版社 1956 年版。

［31］（北朝）郦道元：《水经注》，巴蜀书社 1985 年版。

［32］（南朝）徐陵：《玉台新咏》，上海书店 1988 年版。

［33］（唐）长孙无忌：《隋书经籍志》，中华书局 1985 年版。

［34］（唐）陈子昂：《陈子昂集》，中华书局 1960 年版。

［35］（唐）杜甫：《杜工部诗集》，中华书局 1957 年版。

［36］（唐）韩愈：《韩愈集》，中州古籍出版社 2010 年版。

［37］（唐）刘禹锡：《刘禹锡集》，上海人民出版社 1975 年版。

［38］（唐）李贺：《李贺集》，岳麓书社 2003 年版。

［39］（五代）刘昫：《旧唐书》，中华书局 2016 年版。

［40］（唐）欧阳询等：《艺文类聚》，中华书局 1965 年版。

［41］（唐）徐坚等：《初学记》，中华书局 1962 年版。

［42］（宋）章樵：《古文苑》，中华书局 1985 年版。

［43］（宋）李昉等：《太平御览》，中华书局 1960 年版。

［44］（宋）李昉：《太平广记》，中华书局 1961 年版。

［45］（宋）赵彦卫：《云麓漫钞》，古典文学出版社 1957 年版。

［46］（宋）欧阳修：《六一题跋》，中华书局 1985 年版。

［47］（宋）苏轼：《东坡题跋》，中华书局 1985 年版。

［48］（宋）苏轼：《苏轼文集》，中华书局 1986 年版。

［49］（宋）黄庭坚：《黄庭坚全集》，四川大学出版社 2001 年版。

［50］（宋）惠洪：《冷斋夜话》，中华书局 1985 年版。

［51］（宋）高似孙：《子略》，中华书局 1985 年版。

［52］（宋）李清照：《漱玉词》，中华书局 1985 年版。

［53］（宋）郭茂倩：《乐府诗集》，中华书局 1979 年版。

［54］（宋）朱熹：《诗集传》，凤凰出版社 2007 年版。

［55］（宋）朱熹：《孟子集注》，齐鲁书社 1992 年版。

［56］（宋）朱熹：《论语集注》，齐鲁书社 1992 年版。

［57］（宋）朱熹：《楚辞集注》，上海古籍出版社 1979 年版。

［58］（宋）郑樵：《通志略》，山东画报出版社 2004 年版。

［59］（宋）洪迈：《容斋随笔》，上海古籍出版社 2015 年版。

［60］（宋）吕祖谦编：《宋文鉴》，吉林人民出版社 1998 年版。

［61］（宋）黎靖德：《朱子语类》，中华书局 1994 年版。

［62］（明）吴讷：《文章辨体》，人民文学出版社 1962 年版。

［63］（元）祝尧：《古赋辨体》，清文渊阁四库全书本。

［64］（明）董说：《七国考》，中华书局 1985 年版。

［65］（明）胡应麟：《诗薮》，中华书局 1958 年版。

［66］（明）谢榛：《四溟诗话》，商务印书馆 1936 年版。

［67］（明）王世贞：《弇州四部稿》卷六十七，清文渊阁四库全书本。

［68］（清）成僎：《诗说考略》，清道光王氏信芳阁木活字印本。

[69]（清）尹继美：《诗管见》，清咸丰鼎吉堂木活字印本。

[70]（明）王志坚：《表异录》（及其他二种），商务印书馆 1937 年版。

[71]（清）顾祖禹：《读史方舆纪要》，中华书局 2005 年版。

[72]（明）谈迁：《北游录》，中华书局 1960 年版。

[73]（清）顾炎武：《日知录》，甘肃民族出版社 1997 年版。

[74]（清）王夫之：《楚辞通释》，上海人民出版社 1975 年版。

[75]（清）赵翼：《瓯北诗话》，凤凰出版社 2009 年版。

[76]（清）刘大魁：《论文偶记》，人民文学出版社 1998 年版。

[77]（清）顾祖禹：《读史方舆纪要》，上海书店 1998 年版。

[78]（清）刘熙载：《艺概》，上海古籍出版社 1978 年版。

[79]（清）朱骏声：《说文通训定声》，中华书局 1984 年版。

[80]（清）段玉裁：《说文解字注》，浙江古籍出版社 1998 年版。

[81]（清）纪昀：《阅微草堂笔记》，中国戏剧出版社 2000 年版。

[82]（清）俞正燮：《癸巳类稿》，辽宁教育出版社 2001 年版。

[83]（清）沈德潜：《沈德潜诗文集》，人民文学出版社 2011 年版。

[84]（清）朱彝尊：《词综》，上海古籍出版社 2005 年版。

[85]（清）惠周惕：《诗说》，中华书局 1985 年版。

[86]（清）何文焕辑：《历代诗话》，中华书局 1981 年版。

[87]（清）王谟：《汉唐地理书抄》，中华书局 1961 年版。

[88]（清）赵翼：《陔余丛考》，河北人民出版社 1990 年版。

[89]（清）刘大櫆：《刘大櫆集》，上海古籍出版社 1990 年版。

[90] 梁启超：《中国之美文及其历史》，东方出版社 1996 年版。

[91] 梁启超：《中国近三百年学术史》，东方出版社 1996 年版。

[92] 王国维：《观堂集林》，中华书局 1959 年版。

[93] 胡适：《胡适文集》，北京大学出版社 1998 年版。

[94] 陈独秀：《独秀文存》，安徽人民出版社 1987 年版。

[95] 鲁迅：《鲁迅书信集》，人民文学出版社 1976 年版。

[96] 鲁迅：《鲁迅全集》，人民文学出版社 2005 年版。

[97] 鲁迅校录：《古小说钩沉》，齐鲁书社 1997 年版。

[98] 鲁迅：《中国小说史略》，上海古籍出版社 1998 年版。

[99] 郭沫若：《殷契粹编》，科学出版社 1965 年版。

[100] 郭沫若：《殷周青铜器铭文研究》，人民出版社 1954 年版。

[101] 郭沫若：《两周金文辞大系图录考释》，科学出版社 2002 年版。

[102] 郭沫若：《金文丛考》，人民出版社 1954 年版。

[103] 郭沫若：《屈原研究》，重庆群益出版社 1944 年版。

[104] 郭沫若：《中国古代社会研究》，人民出版社 1954 年版。

[105] 郭沫若：《〈文艺论集〉汇校本》，湖南人民出版社 1984 年版。

[106] 陈梦家：《殷墟卜辞综述》，科学出版社 1956 年版。

[107] 闻一多:《神话与诗》,中华书局 1956 年版。

[108] 钱锺书:《管锥编》,生活·读书·新知三联书店 2007 年版。

[109] 陈直:《史记新证》,中华书局 2006 年版。

[110] 傅斯年:《史料论略及其他》,辽宁教育出版社 1997 年版。

[111] 钱穆:《先秦诸子系年》,商务印书馆 2001 年版。

[112] 徐复观:《两汉思想史》,华东师范大学出版社 2001 年版。

[113] 张文虎:《校刊史记集解索隐正义札记》,中华书局 1977 年版。

[114] 贾兰坡:《中国大陆上的远古居民》,天津人民出版社 1978 年版。

[115] 杨宽:《战国史》,上海人民出版社 1980 年版。

[116] 徐旭生:《中国古史的传说时代》,文物出版社 1985 年版。

[117] 吕思勉:《文字学四种》,上海教育出版社 1985 年版。

[118] 杨荫浏:《中国古代音乐史稿》,人民音乐出版社 1981 年版。

[119] 朱东润:《诗三百篇探故》,上海古籍出版社 1981 年版。

[120] 任半塘:《唐声诗》,上海古籍出版社 1982 年版。

[121] 于省吾:《泽螺居诗经新证》,中华书局 1982 年版。

[122] 逯钦立:《先秦汉魏晋南北朝诗》,中华书局 1983 年版。

[123] 任继愈:《中国哲学发展史》,人民出版社 1983 年版。

[124] 邓以蛰:《邓以蛰全集》,安徽教育出版社 1998 年版。

[125] 徐仲舒:《徐仲舒历史论文选辑》,中华书局 1998 年版。

[126] 王献唐:《山东古国考》,齐鲁书社 1983 年版。

[127] 谭其骧:《长水集续编》,人民出版社 1994 年版。

[128] 周振鹤:《西汉政区地理》,人民出版社 1987 年版。

[129] 李泽厚:《美的历程》,中国社会科学出版社 1984 年版。

[130] 朱自清:《诗言志辨》,华东师范大学出版社 1996 年版。

[131] 何其芳:《关于写诗和读诗》,作家出版社 1956 年版。

[132] 艾青:《诗论》,复旦大学出版社 2005 年版。

[133] 冯文炳:《谈新诗》,人民文学出版社 1984 年版。

[134] 林庚:《问路集》,北京大学出版社 1984 年版。

[135] 汤炳正:《屈赋新探》,齐鲁书社 1984 年版。

[136] 张大可:《史记研究》,甘肃人民出版社 1985 年版。

[137] 王大鹏等编选:《中国历代诗话选》,岳麓书社 1985 年版。

[138] 唐圭璋辑:《词话丛编》,中华书局 1986 年版。

[139] 孙淼:《夏商史稿》,文物出版社 1987 年版。

[140] 张立文:《中国哲学范畴发展史》,中国人民大学出版社 1988 年版。

[141] 罗常培:《语言与文化》,语文出版社 1989 年版。

[142] 褚斌杰:《中国古代文体概论》,北京大学出版社 1990 年版。

[143] 朱光潜:《朱光潜美学文集》,上海文艺出版社 1992 年版。

[144] 郭齐家、乔卫平:《中国远古暨三代教育史》,人民出版社 1994 年版。

[145] 陈引驰编校：《刘师培中古文学论集》，中国社会科学出版社 1997 年版。

[146] 费振刚：《先秦两汉文学研究》，北京出版社 2001 年版。

[147] 赵敏俐：《汉代诗歌史论》，吉林教育出版社 1995 年版。

[148] 刘士林：《中国诗性文化》，海南出版社 2006 年版。

[149] 马银琴：《两周诗史》，社会科学文献出版社 2006 年版。

[150] 龚克昌：《全汉赋评注》，花山文艺出版社 2003 年版。

[151] 陶秋英：《汉赋研究》，浙江古籍出版社 1986 年版。

[152] 马积高：《赋史》，上海古籍出版社 1987 年版。

[153] 萧涤非：《汉魏六朝乐府文学史》，人民文学出版社 1984 年版。

[154] 罗根泽：《周秦两汉文学批评史》，商务印书馆 1947 年版。

[155] 李长之：《中国文学史略稿》，五十年代出版社 1954 年版。

[156] 刘大杰：《中国文学发展史》，古典文学出版社 1957 年版。

[157] 陆侃如、冯沅君：《中国文学史简编》，作家出版社 1957 年版。

[158] 柳存仁等著：《中国大文学史》，上海书店 2001 年版。

[159] 游国恩等主编：《中国文学史》，人民文学出版社 2002 年版。

[160] 聂石樵：《先秦两汉文学史稿》，北京师范大学出版社 1994 年版。

[161] 郭预衡主编：《中国古代文学史》，上海古籍出版社 1998 年版。

[162] 郭绍虞主编：《中国历代文论选》，上海古籍出版社 1979 年版。

[163] 郭绍虞辑：《宋诗话辑佚》，中华书局 1980 年版。

[164] 赵明等：《两汉大文学史》，吉林大学出版社 1998 年版。

[165] 杨栋：《中国散曲学史研究》，高等教育出版社 1998 年版。

[166] 姜亮夫：《楚辞书目五种》，中华书局 1961 年版。

[167] 姜亮夫：《楚辞学论文集》，上海古籍出版社 1984 年版。

[168] 崔富章：《楚辞书目五种续编》，上海古籍出版社 1993 年版。

[169] 孟修祥：《楚辞影响史论》，湖北人民出版社 2003 年版。

[170] 李守奎：《楚文字编》，华东师范大学出版社 2003 年版。

[171] 过常宝：《楚辞与原始宗教》，东方出版社 1997 年版。

[172] 李立：《楚汉浪漫主义发展史》，中国社会科学出版社 2013 年版。

[173] 周殿富：《楚辞余——历代骚体赋选》，吉林人民出版社 2003 年版。

[174] 杨奋生：《荆楚文化金三角发展模式》，湖北教育出版社 1990 年版。

[175] 赵成甫主编：《南阳汉代画像砖》，文物出版社 1990 年版。

[176] 朱锡禄：《武氏祠汉画像石》，山东美术出版社 1986 年版。

[177] 朱存明：《汉画像的象征世界》，人民文学出版社 2005 年版。

[178] 信立详：《汉代画像石综合研究》，文物出版社 2000 年版。

[179] 罗运环：《楚国八百年》，武汉大学出版社 1992 年版。

[180] 张正明：《楚文化史》，上海人民出版社 1987 年版。

[181] 刘和惠：《楚文化的东渐》，湖北教育出版社 1995 年版。

[182] 马世之：《中原楚文化研究》，湖北教育出版社 1995 年版。

[183] 蒙文通：《越史丛考》，人民出版社 1983 年版。

[184] 张正明：《楚史》，湖北教育出版社 1995 年版。

[185] 皮道坚：《楚艺术史》，湖北教育出版社 1995 年版。

[186] 高至喜：《楚文化的南渐》，湖北教育出版社 1996 年版。

[187] 高至喜：《湖南春秋战国时期的越楚文化》，湖南省博物馆 1984 年编印。

[188] 朱海容：《古吴春秋》，新疆青少年出版社 1984 年版。

[189] 董楚平等：《广义吴越文化通论》，中国社会科学出版社 2012 年版。

[190] 林东华：《河姆渡文化初探》，浙江人民出版社 1992 年版。

[191] 邹文生：《陈楚文化》，辽宁教育出版社 1998 年版。

[192] 蔡靖泉：《楚文化流变史》，湖北人民出版社 2001 年版。

[193] 尚秉和：《历代社会风俗事物考》，商务印书馆 1941 年版。

[194] 胡朴安：《中华全国风俗志》，上海科学技术文献出版社 2008 年版。

[195] 周晓陆编著：《秦封泥集》，三秦出版社 2000 年版。

[196] 刘立志编著：《先秦歌谣集》，南京师范大学出版社 2014 年版。

[197] 王秋桂主编：《善本戏曲丛刊》，台湾书生书局 1984 年版。

[198] 孙秋克主编：《中国古代文论新体系教程》，浙江大学出版社 2007 年版。

[199] 杜松柏主编：《楚辞汇编》，台湾新文丰出版公司 1986 年版。

[200] 张正明主编：《楚学文库》（共十八册），湖北教育出版社 1996 年版。

[201] 黄灵庚主编：《楚辞文献丛刊》（全八十册），国家图书馆出版社 2014 年版。

[202] 杨匡民、李幼平合著：《荆楚歌乐舞》，湖北教育出版社 1997 年版。

[203] 陈伯海主编：《唐诗学文献集粹》，上海古籍出版社 2016 年版。

[204] 夏亨廉、林正同主编：《汉代农业画像砖石》，中国农业出版社 1995 年版。

[205] 《侗族文学史》编写组：《侗族文学史》，贵州民族出版社 1989 年版。

[206] 《文史知识》编辑部：《古代礼制风俗漫谈》（二集），中华书局 1986 年版。

[207] 中国社科院考古研究所：《中国考古学中碳十四年代数据集》（1965—1981），文物出版社 1983 年版。

[208] 中国社会科学院考古研究所：《殷周金文集成释文》，香港中文大学出版社 2001 年版。

[209] 中国戏曲研究院编：《中国古典戏曲论著集成》，中国戏剧出版社 1959 年版。

[210] 中国考古学会编辑：《中国考古学会第一次年会论文集》，文物出版社 1979 年版。

[211] 民族语文编辑组：《民族语文论集》，中国社会科学出版社 1981 年版。

[212] 四川大学学报编辑部、四川大学古文字研究室：《古文字研究论文集》，四川人民出版社 1982 年版。

[213] 湖北省社会科学院文学研究所：《楚风补校注》，湖北人民出版社 1998 年版。

[214] 河南省考古学会：《楚文化觅踪》，中州古籍出版社 1986 年版。

[215] 中国地理学会历史地理专业委员会：《历史地理》第 5 辑，上海人民出版社 1987 年版。

[216] 浙江省余杭县委员会文史资料委员会编：《良渚文化》（余杭文史资料第三辑），余

杭人民印刷厂 1987 印制。

[217] [德] 马克思、恩格斯：《马克思恩格斯选集》，人民出版社 1972 年版。

[218] [德] 黑格尔：《哲学史讲演录》，贺麟、王太庆译，商务印书馆 1959 年版。

[219] [瑞士] 荣格：《本能与无意识》，改革出版社 1997 年版。

[220] [日] 青木正儿：《中国文学思想史》，孟庆文译，春风文艺出版社 1985 年版。

[221] [法] 古朗士：《希腊罗马古代社会研究》，李玄伯译，商务印书馆 1938 年版。

[222] [法] 列维·布留尔：《原始思维》，丁由译，商务印书馆 1981 年版。

[223] [美] R.J. 约翰斯顿主编：《人文地理学词典》，柴彦威等译，商务印书馆 2004 年版。

[224] [英] 爱德华·泰勒：《原始文化》，连树声译，上海文艺出版社 1992 年版。

[225] [英] 克莱夫·贝尔：《艺术》，周金环、马钟元译，中国文联出版公司 1984 年版。

[226] [日] 池田大作、[英] 汤因比：《展望 21 世纪》，苟春生等译，国际文化出版公司 1999 年版。

[227] [奥地利] 弗洛伊德：《论创造力与无意识》，孙恺祥译，中国展望出版社 1986 年版。

[228] [奥地利] 弗洛伊德：《精神分析引论》，彭舜译，陕西人民出版社 1999 年版。

[229] [美] 露丝·本尼迪克特：《文化模式》，王炜译，社会科学出版社 2009 年版。

后　记

本书系国家社科基金一般项目"汉代文学与三楚文化关系研究"的最终成果。

刚来徐州的时候，街头的一句标语引起了我的注意："楚风汉韵，南雄北秀。"我的学术起步是从研究楚辞开始的，当然知道徐州曾是楚国的一部分，但徐州并非一开始就属于楚国。楚人最初生活在荆山、雎山之间，后来逐渐向四周扩张。楚国版图最大时，几乎整个南中国都属楚地。但在很多人的印象中，最有资格谈楚文化的当属湖南、湖北，徐州谈"楚风汉韵"总让人觉得有点牵强。对于徐州的城市文化定位，一开始我也很不以为然。

然而，随着思考的深入，越来越觉得这条标语言简意赅。因为按照司马迁的说法，楚地分为东楚、西楚、南楚，徐州所谓的"楚风汉韵"指的是西楚又有何不可！而且在我看来，楚风、汉韵同义复指，都是指西楚文化，西楚文化在汉初文化建设中发挥了巨大作用，并作为汉唐气象的底色一直延续到现在。

2014年，朱存明先生的国家社科基金重大招标课题"'汉学大系'编纂及海外传播研究"获得正式立项。在一次研讨会上我谈了自己的想法，引起了与会专家的兴趣，朱存明先生给予了很高评价，鼓励我将这个想法深入下去。2015年，在这种想法基础上撰写的国家社科基金申请书获得正式立项，该书的撰写随即全面展开。

我是从2003年开始招收古代文学专业研究生，来江苏师范大学工作后继续招收古代文学方向的研究生。江苏师范大学文学院要在文艺学专业下设一个文体学方向，院领导希望我在文艺学专业也招收研究生。文艺学专业负责人是徐放鸣先生。徐先生是全国著名的美学专家，长期担任江苏师范大学校长、党委书记，为人谦虚和蔼，喜欢奖掖后进，思维敏捷，口才极佳。后来才知道，"楚风汉韵，南雄北秀"就是出自徐先生之口。

在徐州新结识了许多师友。李昌集先生酒量不大，但很健谈，有他在，周围总充满快活的空气。张仲谋先生则比较稳重，虽然话不多，但言必有中。他们都是做学问很认真的人，也很热心，有所请益，言无不尽。教研室其他同事也一样，共事这么多年，惠我颇多，在此向他们致敬。

感谢江苏师范大学汉文化研究院对本书出版的大力支持。感谢人民出版社编辑王怡石女士在本书立项、出版、编校等方面付出的辛苦努力。

本人水平有限，肯定有不少错误疏漏的地方，敬请读者不吝指正。

周苇风

2021 年 3 月 2 日

责任编辑：王怡石

图书在版编目（CIP）数据

两汉文学与三楚文化关系研究／周苇风 著 . — 北京：人民出版社，2021.10
ISBN 978 – 7 – 01 – 023293 – 5

I. ①两⋯　II. ①周⋯　III. ①中国文学 – 古典文学研究 – 汉代②楚文化 – 研究

　IV. ① I206.34 ② K871.34

中国版本图书馆 CIP 数据核字（2021）第 062098 号

两汉文学与三楚文化关系研究
LIANGHAN WENXUE YU SANCHU WENHUA GUANXI YANJIU

周苇风　著

人民出版社 出版发行

（100706　北京市东城区隆福寺街 99 号）

北京盛通印刷股份有限公司印刷　新华书店经销

2021 年 10 月第 1 版　2021 年 10 月北京第 1 次印刷
开本：787 毫米 × 1092 毫米 1/16　印张：23.5
字数：390 千字

ISBN 978 – 7 – 01 – 023293 – 5　定价：118.00 元

邮购地址 100706　北京市东城区隆福寺街 99 号
人民东方图书销售中心　电话（010）65250042　65289539